D1993722

READER'S DIGEST

AUSWAHL BÜCHER

Die Kurzfassungen in diesem Buch erscheinen
mit Genehmigung der Autoren und Verleger
© 2011 Reader's Digest
– Deutschland, Schweiz, Österreich –
Verlag Das Beste GmbH,
Stuttgart, Zürich, Wien
Alle Rechte, insbesondere das der Übersetzung, Verfilmung
und Funkbearbeitung, im In- und Ausland vorbehalten
041152 (298)
Printed in Germany
ISBN: 978-3-89915-704-8

Besuchen Sie uns im Internet: www.readersdigest.de | www.readersdigest.ch | www.readersdigest.at

READER'S DIGEST

AUSWAHL BÜCHER

Reader's Digest

Deutschland · Schweiz · Österreich

INHALT

Beim Überfall auf einen Kunsttransporter im Frankfurter Stadtwald wird ein wertvolles Gemälde gestohlen. Kurz darauf erhält Hauptkommissar Marthaler einen überraschenden Hinweis: es soll eine Verbindung zu einem ungeklärten Fall aus dem Jahr 1966 geben, dem Mord an der Lebedame Karin Rosenherz. Gemeinsam mit der Journalistin Anna Buchwald forscht er nach und stößt auf gefährliche Gegner, die nur eines wollen: die „Akte Rosenherz" muss geschlossen bleiben – um jeden Preis!

Logan Thibault kämpft als Soldat an vorderster Front im Irak. Zufällig findet er in der Wüste das Foto einer lächelnden jungen Frau, das er fortan immer bei sich trägt. Er ist überzeugt, dass sie sein besonderer Schutzengel ist, denn im Gegensatz zu vielen seiner Kameraden übersteht er seinen Kriegseinsatz unbeschadet. Zurück in seiner Heimat, macht er sich deshalb gemeinsam mit seinem Schäferhund zu Fuß auf, um die geheimnisvolle Frau zu suchen und ihr zu danken …

Max Moreton, Sternekoch und Restaurantbesitzer, hat ein Problem: Bei einem von ihm ausgerichteten Galadiner auf der traditionsreichen Pferderennbahn von Newmarket haben sich zahlreiche Gäste eine mysteriöse Lebensmittelvergiftung zugezogen. Moretons Ruf ist angekratzt, die Zukunft seines Restaurants steht auf dem Spiel. Aber das ist nur der Anfang: am nächsten Tag explodiert eine Bombe, und Moreton muss erkennen, dass es ab sofort um alles oder nichts geht.

Seite 364

Beide fühlen sich noch immer mit dem alten Gut Marielund verbunden: die Stewardess Lena, die eigentlich nie wieder nach Hause zurückkehren wollte, weil sie von schrecklichen Erinnerungen an ihre Jugend heimgesucht wird, und der Architekt Magnus, der hier den schönsten Sommer seiner Kindheit verlebte. Auf Marielund begegnen sich die beiden – und verlieben sich ineinander. Doch die Vergangenheit lässt sich nicht verdrängen, und bald werden ihre Gefühle auf die Probe gestellt.

Seite 496

Die AKTE
Rosenherz
Jan Seghers

Plötzlich hatte Anna das Gefühl,
beobachtet zu werden.
Sie legte den Kopf in den Nacken.
Am oberen Ende der Treppe
war ein Gesicht zu sehen.
Anna begann zu schreien.
Sie rannte die Treppe hinauf.
Als die schwere Tür des Mausoleums
vor ihr ins Schloss fiel,
blieb sie wie versteinert stehen.
Sie war gefangen.
Man hatte sie gemeinsam mit einem
Toten in diese dunkle Gruft gesperrt.

Erster Teil

1 Lange Zeit war sie spät schlafen gegangen. Manchmal, nachts, wenn sie endlich wieder allein war, lag sie noch wach und dachte: Ich muss jetzt schlafen. Dann nahm sie ein Buch, las eine Seite oder zwei, bis ihre Gedanken abschweiften und das eben Gelesene sich vermischte mit den Dingen, die sie erlebt hatte.

Heute war Mittwoch, der 3. August des Jahres 1966. Als Karin Niebergall gegen Mittag langsam erwachte, schien ihr die Sonne durch den Spalt zwischen den Vorhängen ins Gesicht, und die junge Frau merkte, dass etwas anders war als sonst. Sie hatte den undeutlichen Eindruck, mit der Nacht auch ihr altes Leben hinter sich lassen zu müssen. Noch war sie zu müde, um zu entscheiden, ob sie diesen Gedanken mochte oder ob sie ihn rasch verwerfen sollte. Sie schaute auf die Uhr, schloss erneut die Augen und drehte sich auf die andere Seite.

Erst als sie hörte, wie einer der jungen Männer aus dem Nachbarhaus seinen Motorroller auf dem Bürgersteig parkte, stand sie auf, reckte sich ausgiebig, ging hinüber zum Büfett und schaltete das Radio ein. Während sie sich im Bad die Zähne putzte, hörte sie, wie Cliff Richard „Rote Lippen soll man küssen" sang.

Ihr letzter Kunde war gegen drei Uhr gegangen. An den Namen des Mannes erinnerte sie sich nicht mehr.

Als sie die Vorhänge öffnete und nunmehr die Straße mit dem bunten Gewimmel der Passanten im Sonnenlicht liegen sah, war es, als würde sie zugleich einen Blick in ihre Zukunft werfen. Unwillkürlich musste sie lächeln bei der Vorstellung, vielleicht selbst bald zu jenen Frauen dort unten zu gehören, die am Arm ihres Ehemanns durch die Stadt schlenderten und den Abend vor dem Fernseher verbrachten. Vielleicht würde sie, wie schon öfter geplant, ein kleines Geschäft eröffnen, eine Modeboutique, einen Schreibwarenladen oder einen Schönheitssalon. Sie würde sich zeitig schlafen legen und nur mit dem Mann ins Bett gehen, den sie liebte. Die Vorstellung kam ihr verlockend vor. Verlockend und zugleich ein wenig fad.

Sie schaute sich um. Auf dem kleinen Rauchtisch zwischen den beiden Sesseln standen die Gläser, die sie in der Nacht benutzt hatten. Ihres erkannte sie an den Lippenstiftspuren. Die halb volle Whiskeyflasche stand offen daneben.

Doch, dachte sie noch einmal, mein Leben muss sich ändern. Aber schon wenig später, als sie geduscht und im „Café Kranzler" angerufen hatte, um ein Frühstück zu bestellen, auf das sie nun wartete, hatte sie den Vorsatz bereits wieder vergessen.

Als es klingelte, drückte sie den Öffner, ließ die Wohnungstür angelehnt und ging zurück in die Küche, um Kaffee aufzubrühen. Aus dem Treppenhaus hörte sie Schritte, die sich näherten. „Leg die Sachen vor die Tür", rief sie, „ich zahle morgen!"

„Ich habe etwas für Sie", antwortete die Stimme eines jungen Mannes.

Sie huschte ins Schlafzimmer, zog sich den Kimono über und ging zur Tür.

Der Bote des Kranzler, der ihr zwei-, dreimal in der Woche gegen Mittag das Frühstück brachte, streckte ihr beide Hände entgegen. In der einen hielt er die Tüte mit den belegten Brötchen, in der anderen einen blauen Briefumschlag.

Karin Niebergall sah den Jungen an. Er trug eine Uniform und hatte rosige Wangen. Unter der Mütze sah man sein krauses rotblondes Haar. „Danke", sagte sie. „Ich zahle morgen." Und als der Junge keine Anstalten machte zu gehen: „Sonst noch was?"

Er schaute zu Boden. „Ich soll Ihnen den Brief geben. Ein Mann steht unten und wartet. Ich soll ihm sagen, ob Sie kommen."

„Ob ich komme? Ob ich wohin komme? Und warum kommt dieser Mann nicht selbst herauf, wenn er etwas von mir will?"

Der Junge zuckte die Schultern. Karin Niebergall seufzte, riss den Umschlag auf und sah als Erstes den Hundertmarkschein. Dann zog sie die bedruckte Karte hervor und las: *Philipp Lichtenberg würde sich freuen, Sie am 3. August 1966 um 16 Uhr auf seiner Geburtstagsparty im Haus seiner Eltern begrüßen zu dürfen.*

Sie schüttelte den Kopf. „Aber das ist ja heute. Unmöglich! Sag dem Mann, so kurzfristig kann ich keine Termine annehmen."

Der Junge nickte. Er hatte sich bereits abgewandt, um zu gehen, als sie ihn wieder zurückrief. „Nein, warte! Hast du heute Nachmittag schon was vor?"

„Wer? Ich? … Bis drei muss ich arbeiten …"

„Willst du mich begleiten? Hast du Lust, mit mir auf eine Party in Sachsenhausen zu gehen?"

Die Wangen des Jungen glühten. Er suchte die Antwort zwischen seinen Füßen.

Karin Niebergall legte ihm eine Hand auf den Oberarm und zwang ihn, sie anzuschauen. „Sag mal, du hast ja richtig Muskeln … Wie heißt du?"

„Hartmut."

„Gut, Hartmut. Sei um vier Uhr hier, ja? Und sag dem Mann, dass ich da sein werde. Aber verrat nicht, dass du mitkommst."

Lange stand sie vor dem Schrank und überlegte, was sie anziehen sollte. Schließlich lächelte sie und griff nach dem knielangen, gestreiften Sommerkleid, das Jean Seberg in „Außer Atem" getragen hatte. Karin Niebergall hatte ihren Schneider in den Film geschickt und ihn gut dafür bezahlt, dass er ihr eine Kopie dieses Kleides anfertigte. Mit seinem breiten, hochgeschlossenen Kragen wirkte es keineswegs verführerisch. Dennoch ahnte sie, dass ihr genau deshalb die Aufmerksamkeit der Geburtstagsgäste gewiss sein würde.

Sie hatte gelernt, das Interesse an ihrer Person immer aufs Neue zu wecken, indem sie sich anders verhielt, als man erwartete. Sie änderte ihr Aussehen durch neue Kleider, Hosen, Schuhe, Frisuren und Perücken und scheinbar zugleich sich selbst. Mal war sie die herrische Generalin, die ganze Armeen von Männern mit einer fast unmerklichen Bewegung ihres Kopfes zu willenlosen Marionetten machte, dann wieder konnte sie ängstlich die Augen aufreißen und so hilflos an ihrem Zeigefinger knabbern, dass nur der allergröbste Klotz in der Lage gewesen wäre, ihr nicht schützend den Arm um die Schultern zu legen.

Und wer sie irgendwann aus guten Gründen für ein verschlagenes Luder hielt, dem konnte sie beim nächsten Zusammentreffen als Inbegriff der Treuherzigkeit erscheinen, zumindest aber als eine schuldlos Gefallene, die unausweichlich das Bedürfnis weckte, ihr beizustehen und sie auf den rechten Weg zurückzuführen. Oder wenn sich das als aussichtslos erwies, wenigstens von ihrer Verruchtheit zu naschen.

Als sie die Straße betrat, legte Karin Niebergall für einen Moment den Kopf in den Nacken und ließ ihr Gesicht von der Sonne bescheinen. Im dritten Stock des gegenüberliegenden Hauses sah sie den Kunststudenten am Fenster stehen und zu ihr hinunterschauen. Sie lächelte und nickte ihm zu. Dann setzte sie ihre Sonnenbrille auf. Von der Polizei befragt, würde der junge Mann später angeben, sie an diesem Tag um kurz nach 16 Uhr zum letzten Mal gesehen zu haben. Er selbst habe bald darauf das Haus verlassen, sei zum Bahnhof gegangen und mit dem Zug nach Mannheim gefahren, wo er sich eine Ausstellung angesehen habe.

Hartmut stand auf der anderen Straßenseite. Er trug einen Anzug und ein weißes Oberhemd. Sein Kopf schien in Flammen zu stehen.

Karin Niebergall lachte. „Du siehst aus wie eine Karotte", sagte sie. „Wie eine Karotte im Konfirmandenanzug. Wirst du jedes Mal rot, wenn eine Frau dich ansieht?"

Sie gingen zum Parkhaus in der Nähe der Hauptwache, wo Karin Niebergall einen Stellplatz gemietet hatte. „Der da ist es", sagte sie, als beide bei dem weißen Mercedes 220 SE angekommen waren. Sie warf dem Jungen den Wagenschlüssel zu und wartete, dass er ihr die Beifahrertür öffnete.

„Soll ich fahren?", fragte Hartmut.

„Ich sitze nie am Steuer, wenn ein Mann mich begleitet, es sei denn, es ist ein Kunde. Merk dir das."

Sie fuhren in Richtung Basler Platz. „Mir scheint, du hast keine Ahnung, wer ich bin, oder?", sagte Karin Niebergall.

Der Junge zögerte. Offensichtlich wollte er nichts Falsches sagen: „Ich weiß, wie Sie heißen."

„Ja", entgegnete sie, „vielleicht. Schließlich steht ja mein Name auf dem Klingelschild. Aber wenn du nicht mehr wissen willst, soll's mir recht sein."

„Ich würde aber gern etwas wissen … Haben Sie keinen Freund?"

„Ich habe einen Verlobten. Aber der hat sich seit zwei Tagen nicht blicken lassen. Und wenn er nicht bald wiederauftaucht, war's das. Für heute bist du mein Verlobter … einverstanden? Ich heiße übrigens Karin. So darf mich nicht jeder nennen."

Hartmut warf ihr einen kurzen Seitenblick zu, dann schaute er wieder angestrengt auf die Straße.

„Hauptsache, du verliebst dich nicht in mich", sagte Karin Niebergall. „Klar?"

„Klar!", sagte der Junge eifrig.

Sie erreichten das kleine Villenviertel zwischen dem Stadtwald und der Kennedyallee, parkten den Wagen am Rand der Fahrbahn und gingen den restlichen Weg zu Fuß.

„Ich weiß es", sagte Hartmut plötzlich, als sie vor der Villa Lichtenberg standen. „Ich weiß, was Sie sind."

„Nichts weißt du“, erwiderte Karin Niebergall.

„Doch. Sie sind … Du bist eine Nutte.“

Sie blickte ihn sekundenlang an, ohne etwas zu sagen. Sie holte aus und schlug ihm mit der flachen Hand auf die Wange. Dann hakte sie sich bei ihm unter und steuerte auf den Eingang zu.

2

Als sich Fausto Albanelli am frühen Morgen des 4. August 1966 auf den Weg zur Arbeit machte und an der Wohnung seiner Nachbarin vorbeikam, hielt er einen Moment inne. Die Tür war nur angelehnt, doch als er nun anklopfte und den Namen der Frau rief, meldete sich niemand.

„Signora Niebergall!“, rief er noch einmal, nun schon etwas lauter, aber auch diesmal erhielt er keine Antwort. Er drückte auf den Klingelknopf und erschrak vor dem schrillen Geräusch. Albanelli überlegte, ob er einfach hineingehen und nach dem Rechten sehen sollte, dann schaute er auf die Uhr und merkte, dass er schon jetzt viel zu spät dran war. Eilig lief er die Treppen hinab und hatte, als er kaum zwei Minuten später das Hotel „Frankfurter Hof“ erreichte, wo er als Zimmerkellner arbeitete, seine Nachbarin bereits wieder vergessen.

Fausto Albanelli war zwanzig Jahre alt und kam, wie die beiden anderen jungen Männer, mit denen er sich die Dachwohnung in der Frankfurter Kirchnerstraße teilte, aus Pietrabruna, einem kleinen Ort in den Bergen Liguriens.

Es war sein Freund Guido, der ihn Stunden später, als sie alle gemeinsam im Aufenthaltsraum ihr Mittagessen zu sich nahmen, wieder an den Vorfall erinnerte. „Bei deinem Fräulein stand die Tür offen“, sagte er, „vielleicht hat sie dich erwartet.“

„Sie ist nicht mein Fräulein“, erwiderte Fausto, „und sie hat mich nicht erwartet.“

„Aber du warst schon mal bei ihr und willst nicht drüber reden, das ist verdächtig genug. Warum willst du eigentlich nicht drüber reden?“, fragte Dario.

„Weil es lustiger ist, wenn ihr euch eure Gedanken macht.“

„Ich habe neulich mit Paola am Telefon darüber geredet; sie fand es jedenfalls gar nicht lustig.“

Fausto, der gerade seine Gabel mit einer Ladung Makkaroni zum Mund führte, hielt mitten in der Bewegung inne: „Du hast … mit Paola …?“

„Natürlich“, sagte Dario. „Auch ich bin mit ihr befreundet. Sie soll schließlich wissen, was für ein Strolch ihr Zukünftiger ist. Ich musste ihr die Wahrheit sagen."

Seit zwei Jahren waren Fausto und Paola ein Paar. Die junge Frau stammte aus demselben Dorf wie er, arbeitete inzwischen als Kindergärtnerin in Imperia und lebte somit neunhundert Kilometer von ihrem Geliebten entfernt, worüber dieser allabendlich klagte. Die beiden hatten sich am Tag vor seiner Abreise verlobt und wechselten seitdem regelmäßig Briefe.

Fausto legte seine Gabel nieder, beugte sich über den Tisch und packte Dario am Kragen. Erst als er das breite Grinsen auf Guidos Gesicht sah, merkte er, dass er einem Scherz seiner Freunde aufgesessen war. „Na, wisst ihr …", stammelte er, „nein, wirklich."

„Also? Was ist nun? Was wolltest du bei Signora Niebergall?"

„Sie hat mich gebeten, drei Bilder an die Wand zu hängen. Dann hat sie mir eine Tasse Kaffee und ein Stück Kuchen angeboten."

„Und du hast angenommen?"

„Ja, warum nicht?"

„Aber Paola hast du davon natürlich nichts erzählt."

„Nein, verdammt, ihr wisst doch, wie eifersüchtig sie sein kann."

Gegen 16 Uhr am Nachmittag desselben Tages war der Arbeitstag der drei jungen Italiener beendet. Während Dario und Guido sich vor dem Ausgang des Hotels eilig verabschiedeten, weil sie sich im Bahnhofskino einen Western von Sergio Leone anschauen wollten, machte sich Fausto direkt auf den Heimweg.

Als er wenig später im dritten Stock an der Wohnung von Karin Niebergall vorbeikam, sah er, dass die Tür noch immer offen stand. Seine Beunruhigung vom Morgen wich nun der Gewissheit, dass hier etwas nicht stimmen konnte. Wieder klopfte er an, wieder rief er den Namen seiner Nachbarin, wieder meldete sich niemand.

Das Innere der Wohnung war dunkel. Mit der Fußspitze schob er die Tür ein wenig weiter auf, machte einen Schritt nach vorn und drückte auf den Schalter für die Dielenlampe. Nichts. Es blieb dunkel. Er senkte seine Stimme zu einem Flüstern: „Signora Niebergall, sind Sie zu Hause? Geht es Ihnen gut?"

Es war, als habe er Angst, das Unglück, das hier geschehen sein mochte, durch seine Stimme erst hervorzurufen. „Ihr Licht ist kaputt. Soll ich nachschauen?"

Er ging einen Meter weiter, dann sah er den Fleck an der Wand. Sofort war er sicher, dass es sich um Blut handelte. Auch auf dem Boden waren dunkle Flecken zu sehen. Fausto Albanelli wich mit pochendem Herzen zurück bis zur Wohnungstür.

Er wollte gerade den Hausflur wieder betreten, als er das Geräusch von Schritten hörte. Mit angehaltenem Atem blieb er stehen. Jemand kam die Treppe herauf, ein Schlüssel klapperte, in einer der unteren Etagen wurde eine Tür geöffnet und gleich darauf wieder geschlossen. Dann war es still.

Eilig huschte der junge Mann aus Karin Niebergalls Wohnung, lief, so leise er es vermochte, bis ins Dachgeschoss und atmete erleichtert auf, als er endlich in seinem Zimmer saß und überlegen konnte, was zu tun war.

Jedenfalls würde er nicht zur Polizei gehen. Obwohl er selbst noch keine Erfahrungen mit deutschen Polizisten gemacht hatte, war immer wieder zu hören, dass man als „Spaghetti" schlecht behandelt wurde. Also würde er einfach warten, bis seine Freunde aus dem Kino kamen, um dann gemeinsam mit ihnen zu beratschlagen.

Aber mit jeder Minute, die er tatenlos verstreichen ließ, wuchs seine Nervosität. Und obwohl er ein reines Gewissen hatte, wurde das Gefühl, sich schuldig zu machen, immer stärker. Um sich abzulenken, begann Fausto Albanelli, einen Brief an seine Verlobte zu schreiben. Dreimal setzte er an, dreimal zerriss er das Blatt wieder, bis er schließlich aufgab. Er versuchte, an Paola zu denken, er versuchte, an seine Eltern zu denken, aber immer wieder schweiften seine Gedanken ab und landeten bei dem Fleck an Karin Niebergalls Wand.

Schließlich traf er eine Entscheidung, die ihm so ungeheuerlich wie unausweichlich schien. Er würde nicht warten, bis der Film, den sich Guido und Dario anschauten, zu Ende war. Er würde zum Bahnhof gehen und verlangen, dass man seine Freunde aus dem Kino holte.

Keine halbe Stunde später standen die drei Freunde, jeder mit einer brennenden Kerze in der Hand, im Treppenhaus vor der dunklen Wohnung Karin Niebergalls. Sie sahen einander unschlüssig an, bis Fausto kurz nickte und vorging. Während seine Freunde in der Diele warteten, öffnete er die Tür, von der er wusste, dass sich dahinter das Wohnzimmer der Nachbarin befand, schaute sich kurz um, konnte aber nichts Auffälliges entdecken. „Leer", sagte er flüsternd und ging zum nächsten Raum.

Er hatte ihn kaum betreten, als er mit seinem rechten Fuß gegen etwas Hartes stieß. Er ging in die Hocke, leuchtete mit seiner Kerze den Boden ab und sah eine Weinflasche, die auf dem Teppich ausgelaufen war. Er wandte sich zu den beiden anderen um, die hinter ihm im Türrahmen standen. „Ich glaube, hier ist es“, sagte er mit belegter Stimme.

Dario und Guido kamen näher. Zu dritt standen sie nebeneinander und hielten ihre Kerzen in die Höhe. Auf dem Boden lagen herausgerissene Schubladen, verstreute Papiere und Kleidungsstücke. Fast gleichzeitig sahen sie im schwachen, flackernden Licht die Beine der Frau, die zwischen dem Bett und einem Sessel hervorschauten.

Fausto atmete durch, dann ging er ein paar Schritte weiter, bis er neben dem zerwühlten Himmelbett stand. *„O Dio“*, sagte er, als er den zusammengekrümmten Körper Karin Niebergalls auf dem Boden liegen sah.

Dario machte einen Schritt nach vorn, aber im selben Moment wandte Fausto sich um und breitete die Arme aus. Sein Gesicht war bleich: „Mein Gott, nein“, stammelte er. „Bleibt, wo ihr seid. Das … das wollt ihr nicht sehen.“

FÜR DIE BEIDEN SCHUTZPOLIZISTEN Ernst Wendtland und Rüdiger Heinemann hatte der Abend ruhig begonnen. Sie kamen gerade von einem Einsatz in einem Café auf der Zeil, bei dem sie die Personalien einer Zechprellerin aufgenommen hatten.

Der Funkspruch erreichte sie um 17.56 Uhr. „Leblose weibliche Person in der Kirchnerstraße 2, dritter Stock, Wohnung Niebergall. Wahrscheinlich äußere Gewalteinwirkung. Sofort überprüfen.“

Mit eingeschaltetem Martinshorn raste Wendtland los. Wenige Minuten später hatten sie die Kirchnerstraße erreicht. Vor der Wohnung im dritten Stock wurden sie von einem Mann erwartet. Auf den Treppenstufen zum Dachgeschoss saßen die drei jungen Männer.

Der Mann nickte den beiden Polizisten zu. „Sie ist tot. Wahrscheinlich erstochen. Wie es aussieht, mit einem spitzen Gegenstand …“

„Was reden Sie da? Wer sind Sie?“, fuhr Wendtland ihn an.

Der Mann zog die Augenbrauen hoch und ließ einen Moment vergehen, bis er mit einem Lächeln antwortete: „Mein Name ist Dr. Gerlach, ich bin Arzt. Meine Praxis befindet sich im Erdgeschoss. Diese drei jungen Herren haben mich vor etwa einer halben Stunde benachrichtigt, dass Frau Niebergall in ihrem Blut auf dem Boden liegt. Ich habe nachgesehen und ihren Tod festgestellt.“

„Sie haben sie gefunden?“, fragte Wendtland in Richtung der Freunde. Die nickten. „Dann bleiben Sie hier sitzen und rühren sich nicht von der Stelle. Wir gehen rein und sehen nach.“

„Nehmen Sie das hier mit“, sagte Dr. Gerlach und reichte den Polizisten eine Taschenlampe. „In der Wohnung scheint der Strom ausgefallen zu sein. Und …“

„Was ‚und‘?“, fragte Rüdiger Heinemann.

„Nun ja“, sagte der Arzt. „Ich bin ja einiges gewohnt, aber das, was Sie dort drinnen erwartet, ist kein schöner Anblick. Ich wollte Sie nur warnen.“

Heinemann schluckte. Dann nickte er dem Arzt zu und betrat als Erster die Wohnung. Als Wendtland seinem Kollegen folgen wollte, hielt Dr. Gerlach ihn zurück. „Ich denke, es sind bereits genug Leute durch die Wohnung getrampelt. Ihre Kollegen von der Kripo werden froh sein, wenn nicht noch mehr Spuren zerstört werden.“

Es dauerte keine Minute, bis Rüdiger Heinemann zurückkam. Aus seinem Gesicht war jede Farbe gewichen. Er schien kurz davor, sich übergeben zu müssen. An die Wand des Treppenhauses gelehnt, sah er mit flackernden Lidern in Richtung seines Kollegen. „Hol die Kripo“, stieß er hervor. „Die ganze Besetzung.“

Staatsanwalt Traugott Köhler saß am Esstisch seines Wohnzimmers und nahm sein Abendbrot zu sich. Er war Anfang dreißig, durchtrainiert und trug sein Haar nach Art der amerikanischen Soldaten kurz geschnitten. Er galt als scharfer Hund und wurde im engeren Kreis seiner Kollegen Terry genannt, was ihm durchaus gefiel – auch deshalb, weil dieser Spitzname auf jene Hunderasse verwies, der er sich im Innersten verwandt fühlte. Vier Generationen lang hatte Terry Köhlers Familie begnadete Juristen hervorgebracht, und auch er hatte sein Studium als Bester seines Jahrgangs abgeschlossen. Dennoch war er unzufrieden. Er wollte mehr, als nur in Fachkreisen bekannt zu sein, er wollte mehr als beruflichen Erfolg.

Terry Köhler mochte die Oper. Er ging gern zu Ausstellungseröffnungen und sah sich jede neue Inszenierung im Schauspielhaus an. Vor allem liebte er den Applaus nach der Vorstellung, die flammenden Blitzlichter. Er beneidete die Künstler. Wenn man ihnen zujubelte, wenn man sie interviewte und fotografierte, wünschte er, selbst ein Künstler zu sein. Berühmt zu sein, stellte er sich als Inbegriff des Glücks vor.

Terry Köhler war unverheiratet, beabsichtigte, dies auch noch eine Weile zu bleiben, und begnügte sich stattdessen mit gelegentlichen Affären, bei denen er stets darauf achtete, sie rechtzeitig zu beenden.

Wie jeden Donnerstag hatte Terry Köhler auch heute zeitig Feierabend gemacht, um im Fernsehen die alten Kurzfilme mit Stan Laurel und Oliver

Hardy sehen zu können und hinterher noch ein paar Akten zu bearbeiten. Umso ärgerlicher reagierte er, als ausgerechnet jetzt das Telefon läutete.

Am anderen Ende meldete sich Kriminaldirektor Gerling. Der Staatsanwalt und er kannten sich seit einigen Jahren und waren nicht nur dienstlich miteinander verbunden, sondern traten auch als Tennisspieler einmal pro Woche gegeneinander an.

„Terry, sieh zu, dass du so schnell wie möglich herkommst. Die Niebergall ist umgebracht worden. Wir müssen …"

„Du meinst *die* Niebergall?"

„Ja. Hier sieht es aus wie in einem Schlachthaus. Wahrscheinlich ist sie in ihrem Himmelbett erstochen worden. Wir müssen sofort einen Plan aushecken; in Kürze wird es hier von Reportern nur so wimmeln. Du weißt, was jetzt auf uns zukommt."

Terry Köhler lächelte. Sein Ärger war mit einem Schlag verflogen. Er wusste, was jetzt vor allem auf ihn selbst zukommen würde. Und es erfüllte ihn mit Genugtuung. Genau darauf hatte er gewartet: auf seinen ersten wirklich spektakulären Fall.

Er würde noch mehr arbeiten müssen als jetzt schon. Er würde fotografiert werden und Interviews geben. Und seine Karriere würde, wenn alles gut lief, einen deutlichen Schub bekommen. Der Mord an der Lebedame Rosemarie Nitribitt war neun Jahre her, aber allen Mitarbeitern bei Polizei und Justiz noch gut in Erinnerung. Und die Presse würde jetzt dafür sorgen, dass der Öffentlichkeit jedes Detail wieder ins Gedächtnis gerufen würde. Auch wenn es im Fall Nitribitt nie zu einer Verurteilung gekommen war – ihr Tod war zu einer Legende geworden, von der alle, die damals mit dem Fall befasst waren, noch immer zehrten. Die Ermordung Karin Niebergalls hatte das Zeug, ein zweiter Fall Nitribitt zu werden. Ein Fall, der, wenn man keinen entscheidenden Fehler machte, einen Staatsanwalt bis an das Ende seiner Laufbahn begleiten würde.

Er war Karin Niebergall nie begegnet, wusste aber um den Ruf, den sie bei Eingeweihten genoss. Und er würde dafür sorgen, dass nun, da sie tot war, dieser Ruf ins Unermessliche wuchs. In Kürze würde es niemanden geben, der ihren Namen nicht kannte. Alles hing davon ab, wie geschickt er die Ermittlungen lenkte. Und davon, dass der Fall nicht allzu schnell gelöst würde. Wenn der Täter nur nicht ein tölpelhafter Freier war, der sie aufgrund eines Streits getötet hatte und sich zwei Tage später erwischen ließ. Wenn es nur nicht, wie bei 95 Prozent aller Tötungsdelikte, eine langweilige Beziehungstat war. Je größer das Rätsel, umso mehr würde die Neugier der Öffentlichkeit angeheizt. Je dunkler die Tat, desto heller würde er im Licht stehen. Er sah die Schlagzeilen bereits vor sich: TOD IM HIMMELBETT: DAS TRAURIGE ENDE VON DEUTSCHLANDS RAFFINIERTESTEM FREUDENMÄDCHEN. EXKLUSIV-INTERVIEW MIT STAATSANWALT TRAUGOTT „TERRY" KÖHLER.

Als der Staatsanwalt kurz nach 19 Uhr am Tatort eintraf, glich das alte Bürgerhaus in der Kirchnerstraße 2 einem Bienenstock. Man hatte den Eingang abgesperrt. Dennoch wimmelte es von Männern – manche in Uniform, die meisten in Zivil –, die treppauf, treppab liefen und Terry Köhlers Unmut hervorriefen.

Er bahnte sich einen Weg in den dritten Stock und wies den dort postierten Schutzpolizisten an, Kriminaldirektor Gerling ins Treppenhaus zu bitten.

„Gut", sagte Gerling, als er im Türrahmen erschien, „wird Zeit, dass du hier Ordnung reinbringst."

„Worauf du dich verlassen kannst. Wie viele Leute sind drinnen?"

„Zu viele. Aber alle sehr, sehr wichtig!"

„Wer?"

„Fünf Leute der MK1, fünfmal Erkennungsdienst, die Rechtsmedizin in Person von Professor Fassbinder samt Assistentin. Und ... der PP."

Köhler schaute ungläubig: „Der Polizeipräsident? Du machst Witze!"

„Von wegen Witze. Die Sache wird schon jetzt ganz hoch gehängt. Alle sind völlig aus dem Häuschen. Du kannst dir denken, was hier los ist, wenn ..."

„Wenn hier bekannte Namen ins Spiel kommen, meinst du? Wenn sich auf ihrer Kundenliste die Telefonnummern von Prominenten finden?"

Gerling nickte. „Unter den Kollegen wird schon jetzt gemunkelt. Von Politikern ist die Rede, von Wirtschaftsleuten ..."

Köhler winkte ab. „*Same procedure as every time.* Lass sie munkeln."

„Wir wissen noch nicht mal, wie wir den Fall nennen sollen. Bei der Polizei ist niemand mit dem Namen Niebergall aktenkundig. Im Melderegister steht der Name Karin Rosenherz. Das ist ihr Geburtsname. Anscheinend war sie irgendwann mit einem Herrn Niebergall verheiratet, ist später geschieden worden und hat nach der Scheidung ihren Geburtsnamen wieder angenommen. Für ihre Freier war sie aber immer noch die Niebergall."

„Obwohl Rosenherz ja viel passender geklungen hätte ... bei ihrem Gewerbe", sagte der Staatsanwalt.

Gerling lachte. „Tja. Aber wahrscheinlich hat sie den Namen ihrer Familie genau damit nicht in Verbindung bringen wollen. Also hat sie sich weiter Niebergall genannt."

„Jedenfalls ist ihr richtiger Name Rosenherz?"

Gerling nickte.

„Perfekt", sagte Köhler. „Dann ist das der Name, den sie ab sofort in allen offiziellen Schriftstücken tragen wird. Und jetzt … will ich sie endlich sehen."

Irritiert schaute der Polizist den Staatsanwalt an. „Du weißt, dass du dir das nicht zumuten musst."

Terry Köhler grinste. „So schlimm wird's schon nicht werden. Ich muss wissen, mit was wir es hier zu tun haben."

Gerling nickte. Dann ließ er Köhler an sich vorbei ins Innere der Wohnung gehen.

Obwohl sich in jedem Zimmer Leute aufhielten, war kaum ein Laut zu hören. Leise gingen die Beamten des Erkennungsdienstes unter den aufgestellten Scheinwerfern ihrer Arbeit nach. Es wurde vermessen und fotografiert. Aus dem Schlafzimmer war Gemurmel zu hören.

Der Polizeipräsident stand mit dem Rücken zur Tür. Er hörte, dass sich jemand von hinten näherte, drehte sich um und gab Köhler wortlos die Hand. Als der Polizeipräsident einen Schritt zur Seite trat, um den Blick auf die Tote freizugeben, hatte Köhler Mühe, die Fassung zu bewahren.

Karin Rosenherz, wie er sie nun bei sich bereits nannte, lag auf der Seite. Im gesamten Bereich um die Leiche herum war der Teppich durchtränkt mit Blut, das bereits getrocknet war. Ihr Körper war nackt bis auf eine Art Büstenhalter, der aber nur den unteren Teil ihrer kleinen Brüste bedeckte. Die Beine waren leicht angewinkelt, die Arme verdreht und beide Hände zu Fäusten verkrampft.

Unterhalb des Kehlkopfes konnte man eine deutlich klaffende Wunde erkennen. Der gesamte Nacken war übersät mit Stichverletzungen. Der Mund der Toten war halb geöffnet, ebenso die Augenlider. Die Pupillen waren nach oben gerichtet, der Blick gebrochen. Es sah aus, als habe sie in den letzten Sekunden ihres Lebens in den Abgrund des bevorstehenden Todes geblickt und verstanden, dass nichts und niemand ihr mehr helfen würde.

„Geht es?", fragte der Rechtsmediziner, der Terry Köhler besorgt anschaute. „Soll ich Ihnen etwas zur Beruhigung geben?"

Der Staatsanwalt schluckte. Dann schüttelte er den Kopf. Am meisten überraschte ihn, wie klein, wie schmal Karin Rosenherz gewesen war. „Etwas so Verlorenes habe ich noch nie gesehen", sagte er leise.

„Ob Sie es glauben oder nicht", erwiderte Professor Fassbinder, „mir geht es genauso. Der Täter hat diese Frau terrorisiert. Man meint, die Panik noch in ihren toten Augen zu erkennen."

Als Staatsanwalt Köhler sich jetzt umschaute, stellte er fest, dass nicht nur in der direkten Umgebung des Leichnams, sondern überall im Zimmer Blutspuren zu sehen waren. Verschmierte Flecken auf dem Parkett, Spritzer an den Wänden, auf der zerwühlten Bettwäsche, an der Tür ein verwischtes Muster, das aussah, als habe jemand versucht, sich mit einer blutigen Hand dort abzustützen. Und auch der Oberkörper der Leiche war zum Teil mit Blut verschmiert.

„Können Sie schon etwas zu Zeitpunkt und Ursache ihres Todes sagen?", fragte Terry Köhler.

Professor Fassbinder legte den Kopf in den Nacken und fuhr sich mit der Hand über das Gesicht. „Geben Sie mir noch ein paar Minuten, dann bin ich mit der ersten äußeren Leichenschau durch. Ich rufe Sie, wenn ich so weit bin."

Ohne zu antworten, wandte sich der Staatsanwalt um. An der Schlafzimmertür blieb er stehen und sah noch einmal zurück. Der Raum sah aus, als sei ein Sturm hindurchgefegt. Die Türen des großen Kleiderschranks standen offen. Schubladen waren herausgerissen worden, der Inhalt auf dem Boden verteilt. Auf dem Teppich lagen eine Weinflasche, zerknitterte Kleidungsstücke und zwei Perücken. Einer der schweren Vorhänge vor dem Fenster war halb heruntergerissen.

Als Köhler die Diele betrat, stand dort ein stämmiger Mann in Zivil, den er nie zuvor gesehen hatte. Der Mann rauchte und ließ die Asche seiner Zigarette achtlos zu Boden fallen. „Wer sind Sie, was haben Sie hier zu suchen?!", fuhr der Staatsanwalt ihn an.

Verdutzt schaute ihn der Fremde an, dann grinste er. „Himstedt. Peter Himstedt. Mir gehört dieses Haus; die Tote war meine Mieterin."

Köhler platzte der Kragen. „Was fällt Ihnen ein, hier zu rauchen? Wie kommen Sie auf die Idee, hier herumlungern zu dürfen? Wer hat Sie überhaupt hereingelassen?" Ohne auf eine Antwort zu warten, schob der Staatsanwalt den Hausbesitzer aus der Wohnungstür, dann drückte er dem dort postierten Schutzpolizisten einen Bleistift und einen Zettel in die Hand: „Schreiben Sie mir Ihren Namen und Ihre Dienstnummer auf!"

Der Uniformierte sah ihn fragend an.

„Tun Sie, was ich sage! Ich werde dafür sorgen, dass Sie die nächsten drei Jahre Gummiknüppel polieren."

Kurz sah es so aus, als wolle der Polizist protestieren, dann zog er jedoch den Kopf ein und tat, was man ihm befohlen hatte.

Köhler lief zurück in die Wohnung. Er stürmte durch sämtliche Zimmer. „Raus!", brüllte er. „Jeder, der hier nichts zu tun hat, verlässt sofort den Tatort! Egal welche Abteilung, egal welcher Dienstgrad. Das ist ein Befehl! Sammelt euch auf der Straße. Wir kommen gleich runter und verteilen die Aufgaben."

KURZ DARAUF hatten sich vor dem Haus fast zwanzig Ermittler versammelt. Der Platz rund um den Kaiserbrunnen war abgesperrt. Inzwischen hatte sich herumgesprochen, was in der Kirchnerstraße 2 passiert war. Neben den zahlreichen Neugierigen, die an der Absperrung warteten, versuchten nun auch die ersten Reporter, sich Zugang zu verschaffen.

Köhler und Gerling standen ein wenig abseits. Mit gesenkter Stimme redete der Staatsanwalt auf den Kriminaldirektor ein. „Ich will, dass du deine Truppe besser im Griff hast", sagte er. „Nichts von dem, was wir dort oben gesehen haben, darf nach außen dringen. Ist das klar?"

Gerling wiegte den Kopf: „Terry, du weißt, dass es unmöglich ist, eine solche Ermittlung vollständig geheim zu halten. Ich werde es versuchen, aber …"

„Kein Aber", unterbrach ihn Köhler. „Wir werden eine Verschwiegenheitsvereinbarung formulieren, die jeder unterschreiben muss, der am Tatort war."

„Was soll das?", widersprach Gerling. „Unsere Leute sind sowieso zur Verschwiegenheit verpflichtet. Wenn du sie jetzt zwingst, so etwas zu unterschreiben, demonstrierst du ihnen dein Misstrauen. Damit würden wir die Ermittlungen schon am Anfang unnötig belasten."

Der Staatsanwalt beugte seinen Kopf ein wenig weiter zu Gerlings Ohr. Obwohl er leise sprach, hatte seine Stimme eine deutlich vernehmbare Schärfe angenommen. „Sie werden unterschreiben! Alle! Und du wirst dafür sorgen! Niemand sagt zu irgendwem ein Wort. Keinesfalls dürfen irgendwelche Einzelheiten an die Presse durchsickern. Niemand wird sich in der Öffentlichkeit äußern, mich ausgenommen. Niemand! Hast du das verstanden?"

Resigniert nickte Gerling. Er wandte sich ab, um zu den wartenden Ermittlern hinüberzugehen.

Terry Köhler schritt zügig an Gerling vorbei und auf die Beamten der Mordkommission zu. Dann klatschte er in die Hände. „Meine Herren, ich bitte um Ihre Aufmerksamkeit. Sie alle wissen inzwischen, um wen es sich bei der Toten handelt, Sie wissen auch, welchen Beruf sie ausübte und dass sie ihre Kundschaft nicht gerade im Rinnstein aufgelesen hat. Karin Rosenherz – so hieß das Opfer – hatte vermutlich Kontakt zu den eher gehobenen Kreisen unserer Gesellschaft. Das heißt keinesfalls, dass dort auch der Täter zu suchen ist. Es heißt jedoch, dass wir unsere Ermittlungen mit größter Diskretion durchführen. Wir werden mit vollkommener Verschwiegenheit vorgehen. Das heißt, Sie reden mit *niemandem* über irgendetwas, das Sie im Lauf der Ermittlungen erfahren. Auch gegenüber Kollegen, die mit dem Fall nichts zu tun haben, wird Ihr Mund verschlossen bleiben! Alle Informationen gehen zuerst an mich! Sollte sich bei einem Zeugen auch nur der leiseste Verdacht ergeben, dass er als Täter infrage kommt, werde ich unverzüglich hinzugezogen!" Während er sprach, schaukelte Terry Köhler immer wieder leicht mit dem Oberkörper, eine Geste, die er für ebenso eindrucksvoll wie lässig hielt. „So, und jetzt gehen wir an die Arbeit. Rollen Sie das gesamte Umfeld der Toten auf! Tauchen Sie ein ins Milieu, aber tauchen Sie bitte nicht ungebührlich tief ein!" Er wartete, bis das kurze Gelächter der Umstehenden verebbt war. „Befragen Sie die Kolleginnen von Karin Rosenherz, sprechen Sie mit Kellnern und Taxifahrern. Ich will einen Zeitplan, aus dem ersichtlich ist, wo sie sich in den letzten Wochen aufgehalten hat. Für die achtundvierzig Stunden vor ihrem Tod sollte dieser Zeitplan möglichst lückenlos sein." Terry Köhler drehte sich auf dem Absatz um und ging auf den Hauseingang zu.

Professor Fassbinder empfing ihn in der Küche. Der Mediziner sah müde aus.

„Machen wir es kurz", sagte Köhler. „Wichtigster Punkt: Haben Sie eine Ahnung, wann die Frau umgebracht wurde?"

„Die Leichenstarre hat bereits voll eingesetzt, das heißt, die Frau ist mindestens vierzehn bis achtzehn Stunden tot."

„Verstehe. Können wir das weiter eingrenzen? Wie lange kann sie höchstens tot sein?"

„Bei den momentanen Außentemperaturen würde sich die Leichenstarre aufgrund der Zersetzungsvorgänge im Körper nach vierundzwanzig bis dreißig Stunden wieder lösen. Da dies noch nicht der Fall ist, kann ihr Tod also frühestens gestern am späten Nachmittag eingetreten sein. Wenn Sie es noch genauer wissen wollen, müssen Sie entweder warten, bis wir alle Ergebnisse haben, oder einen Zeugen auftreiben, der sie kurz vor ihrem Tod noch lebend gesehen hat."

„Das werden wir tun", sagte Köhler. „Todesursache?"

„Sie haben die große Wunde in der Nähe des Kehlkopfes gesehen. Ein Einstich, der möglicherweise die Luftröhre verletzt und eine Embolie verursacht hat. Könnte aber auch sein, dass sie verblutet ist. Ich habe insgesamt sechzehn Stichwunden gezählt, viele davon am hinteren Hals und am oberen Rücken."

„Ein Messer?"

Fassbinder wiegte zweifelnd den Kopf. „Es sieht aus, als seien zwei Waffen benutzt worden: eine dünnere, spitze und eine breite, stumpfe. Beide Werkzeuge können nicht sehr lang gewesen sein. Deshalb hat der Täter wohl so oft und mit so großer Kraft zugestochen."

„Sechzehn Stiche?"

Professor Fassbinder nickte. „Was auch immer hier geschehen ist, die Frau ist nicht schnell gestorben. Mehr über den Charakter der Wunden und damit über die mögliche Tatwaffe weiß ich erst, wenn wir die Leiche gewaschen haben und …"

„Okay … Gehen Sie davon aus, dass das Opfer versucht hat, sich zu wehren?"

„Das ist sicher. Ich habe sämtliche Fingernägel geschnitten und werde sie heute Abend noch im Labor untersuchen lassen. Aber so viel kann ich schon jetzt sagen: Unter einigen befanden sich nicht nur Wollfasern, sondern auch Hautpartikel. Ein deutliches Zeichen dafür, dass ein Kampf stattgefunden hat, dass sie den Angreifer gekratzt und verletzt hat. Irgendwo sollte also auch beim Täter eine Wunde zu finden sein. Und ich vermute, eine nicht ganz kleine Wunde."

„Was ja auch heißt: das Ganze kann eigentlich nicht ohne Lärm abgegangen sein."

Der Mediziner nickte. „Der Zustand des Zimmers, die Blutflecken an den Wänden lassen auf einen längeren Kampf schließen, der keineswegs geräuschlos vonstattengegangen sein dürfte."

„Irgendwer im Haus sollte also etwas gehört haben." Köhler zog einen kleinen Taschenkalender aus seinem Jackett und machte sich eine Notiz.

„Ob sie allerdings noch hat schreien können, ist fraglich. Sie hat ausgeprägte Strangulationsmale, ihr Hals ist wahrscheinlich stark angeschwollen gewesen."

„Sie meinen, man hat möglicherweise versucht, sie zu erdrosseln?"

„Nein. Aufgrund der Spuren würde ich eher sagen, dass man sie mit bloßen Händen gewürgt hat."

„Könnte es sich um mehrere Täter gehandelt haben?"

„Vielleicht ja, vielleicht nein. Zwei Waffen heißt nicht unbedingt: zwei Täter. Aber um mehr dazu sagen zu können, will ich mir die Wundränder und die Stichkanäle genauer ansehen. Das kann ich nicht hier machen. Dazu muss ich sie auf dem Tisch haben."

„Ein Triebverbrechen?", fragte der Staatsanwalt.

Professor Fassbinder zögerte. „Fragen Sie mich etwas Leichteres", sagte er schließlich. „Ich habe solch einen Tatort noch nie gesehen. Wahrscheinlich hatte Karin Rosenherz vor ihrem Tod mit einem oder mehreren Männern Geschlechtsverkehr. Aber was heißt das schon bei diesem Beruf."

Terry Köhler war ans Fenster getreten und blickte schweigend nach draußen. „Sonst noch was?", fragte er schließlich.

Der Rechtsmediziner schüttelte den Kopf. „Alles andere morgen. Sobald wir obduziert und das Protokoll getippt haben, bekommen Sie es auf den Schreibtisch." Mit leiser Stimme fügte er hinzu: „Finden Sie den Täter! Wer auch immer das getan hat, er gehört hinter Gitter. Kein Wesen hat verdient, was diese Frau in der letzten halben Stunde ihres Lebens hat durchmachen müssen."

Zweiter Teil

1 Es war Dienstag, der 9. August 2005. Hauptkommissar Robert Marthaler hatte seinen Wagen in der Schwarzburgstraße am Bordstein geparkt. Er saß hinter dem Steuer und starrte unverwandt auf das Fenster der Kellerwohnung im Haus gegenüber, wo der Verdächtige sich aufhielt. Die Augen des Polizisten waren bei der Sache, seine Gedanken mussten es nicht sein.

Marthaler war müde und glücklich. Für den späteren Abend hatte er mit Tereza ein gemeinsames Essen verabredet, auf das er sich umso mehr freute, als seine Freundin am nächsten Morgen in aller Frühe zum Flughafen musste. Sie würde für ein paar Tage nach Budapest fliegen, um an der Eröffnung einer Ausstellung teilzunehmen.

Schon am Wochenende hatte Marthaler eine Geflügelterrine zubereitet, zu der es frischen Wildkräutersalat geben sollte. Er würde eine Flasche

„Roi Fainéant“ öffnen, die er allein trinken musste. Tereza war im vierten Monat schwanger.

Die Zeit, nachdem sie erfahren hatten, dass sie bald ein Kind haben würden, war die bislang schönste ihres gemeinsamen Lebens. Tereza war skeptisch gewesen, ob sich sein Beruf mit einem Kind vertragen würde, und Marthaler hatte begriffen, dass er sie nicht einfach beschwichtigen durfte. Er hatte mit Charlotte von Wangenheim, der Leiterin der beiden Mordkommissionen, gesprochen und darum gebeten, in den Innendienst versetzt zu werden. Sie hatten lange beraten, aber schließlich hatte sich alles gefügt. Das Landeskriminalamt, wo es bereits eine Abteilung für alte, ungeklärte Fälle gab, hatte das Frankfurter Polizeipräsidium aufgefordert, dort ebenfalls eine kleine *Cold Cases Unit* aufzubauen. Seine Chefin hatte ihn gefragt, ob er sich vorstellen könne, diese Aufgabe zu übernehmen. Marthaler hatte sofort zugesagt. Sie hatten beschlossen, die neue Abteilung der Ersten Mordkommission anzugliedern. So war er deren Leiter geblieben, ohne mit den Tagesaufgaben befasst zu sein. Tereza hatte noch am selben Abend bei Charlotte von Wangenheim angerufen, um ihr zu danken.

Marthaler hatte sein Büro im „Weißen Haus“ behalten können. So nannten er und seine Kollegen das schöne alte Bürgerhaus in der Günthersburgallee, in das sie mit der MK1 umgezogen waren. Die neue Abteilung bestand aus Marthaler und seiner Sekretärin. Bei Bedarf, so hatten sie vereinbart, konnte der Hauptkommissar Verstärkung beantragen. Aber noch war er dabei, sich einzuarbeiten und die Akten der alten Fälle zu sichten.

Als sich das Kellerfenster im Haus gegenüber öffnete, wurde Marthaler aus seinen Gedanken gerissen. Um nicht entdeckt zu werden, rutschte er ein wenig tiefer in den Fahrersitz. Aber der Mann schnippte nur eine Zigarettenkippe auf die Straße, dann schloss er das Fenster wieder.

Sie hatten kein Recht, den Mann zu observieren, trotzdem taten sie es. Sie hofften, dass er sie irgendwann zu der Beute führen und damit seine Schuld verraten würde. Einige der Kollegen, die damals in der Sonderkommission gewesen waren, hatten sich bereiterklärt, ihre Freizeit zu opfern und sich an der Aktion zu beteiligen. In den sechs Wochen, seit er wieder draußen war, hatten sie abwechselnd das Haus des Verdächtigen überwacht, waren ihm gefolgt, wenn er einkaufen ging, einen Arztbesuch machte oder einen Termin bei seinem Bewährungshelfer hatte. Bislang war nichts passiert, was sie ihrem Ziel auch nur einen Schritt näher gebracht hätte. Langsam stellten sich in der Truppe die ersten Ermüdungserscheinungen ein.

Am 12. Mai 2001 war die zwölfjährige Yasemin auf dem Nachhauseweg von der Schule entführt worden. Sie war die Tochter eines wohlhabenden türkischen Geschäftsmannes, der mit seiner Familie seit vielen Jahren in Frankfurt lebte. Noch am Mittag des Entführungstages hatte er einen Anruf erhalten, in dem ein Unbekannter eine Million D-Mark Lösegeld forderte. Der Vater hatte zwei Tage gebraucht, um den verlangten Betrag zu besorgen, dann war er nachts zu der vereinbarten Stelle am Mainufer gegangen und hatte das Geld dort deponiert. Erst als Yasemin auch am folgenden Tag nicht wieder auftauchte, ging Ali Ülmaz zur Polizei. Die sofort eingeleitete Suchaktion verlief ergebnislos. Am Montag der darauffolgenden Woche meldete sich ein Mann bei der Polizei und gab an, auf dem Grundstück seines verwilderten Kleingartens in der Nähe des Bornheimer Friedhofs eine Kinderleiche gefunden zu haben. Der Mann hieß Bernd Kirchhoff und war bereits wegen mehrerer kleiner Delikte vorbestraft. Wie sich herausstellte, war das Mädchen wahrscheinlich noch am Tag der Entführung ermordet worden. Die Ermittler waren überzeugt, dass es sich bei Kirchhoff um den Täter handelte. Er wurde in Untersuchungshaft genommen und unzählige Male verhört, stritt aber jede Beteiligung an der Tat ab. Da sein Alibi sich als wacklig erwies, kam es zum Prozess, bei dem Kirchhoffs Anwälte sowohl die Staatsanwaltschaft als auch die als Zeugen geladenen Ermittler nach allen Regeln der Kunst auseinandernahmen. Der Prozess endete mit einem Freispruch für den Angeklagten. Wenige Tage danach war Kirchhoff allerdings erneut festgenommen worden, als er versucht hatte, im Grüneburgpark eine Frau zu vergewaltigen. Diesmal war er schuldig gesprochen worden. Er hatte seine Haftstrafe abgesessen und das Gefängnis vor sechs Wochen wieder verlassen.

Seitdem hatten sie ihn keine Minute aus den Augen gelassen. Der Mann hauste in einer winzigen Wohnung im ausgebauten Keller eines alten Bürgerhauses im Frankfurter Nordend. Er hatte keine Arbeit und keine Aussicht, welche zu bekommen. Finanziell pfiff er aus dem letzten Loch. Irgendwann, so hofften sie, würde er sie zu der Beute führen. Und dann würden sie ihn sich schnappen.

Hauptkommissar Robert Marthaler hatte sich einen Termin beim zuständigen Richter geben lassen und ihn gebeten, einer Überwachung Kirchhoffs zuzustimmen. Der Richter hatte ihn geduldig angehört und dann mit großer Bestimmtheit Nein gesagt. „Was wollen Sie, Marthaler? Der Mann ist freigesprochen worden. Sie haben nichts, keine neue Spur, keine neue Aussage. Sie werden ihn nicht überwachen. In diesem Land sind es immer noch die

Gerichte, die sagen, was Recht und was Unrecht ist. Nicht die Staatsanwaltschaft, nicht die Anwälte und schon gar nicht die Polizei. Und wenn das Gericht sagt, dass er unschuldig ist, dann ist er unschuldig! Ich untersage Ihnen und Ihren Leuten, sich dem Mann auf mehr als fünfzig Meter zu nähern!"

Als in Bernd Kirchhoffs Kellerwohnung auf der gegenüberliegenden Straßenseite wie jeden Abend um diese Zeit die Deckenlampe eingeschaltet wurde und die Silhouette des Mannes hinter den Gardinen erschien, gestand sich Marthaler zum ersten Mal ein, dass das Ganze mit einer erneuten Niederlage enden könnte, dass sie den Fall vielleicht niemals lösen würden. Trotzdem starrte der Hauptkommissar weiter auf das erleuchtete Fenster, als könne er dadurch seine Verzagtheit Lügen strafen.

Dann warf er einen Blick in den Rückspiegel und sah, wie sich seine Kollegin Kerstin Henschel dem Wagen näherte. Sie trug Jeans, schwarze Nikes und eine helle Jacke, unter der sich das Holster ihrer Dienstwaffe verbarg. Nachdem sie zur Begrüßung aufs Autodach getippt hatte, öffnete sie die Tür und setzte sich auf den Beifahrersitz. „Und?"

„Nichts", antwortete Marthaler.

„Wie immer." Sie warf einen Blick auf das Kellerfenster. „Du glaubst nicht, wie mir dieser Typ zuwider ist. So ein schmieriger Schleicher ..."

„Kerstin, ich frage mich, wie lange wir das noch durchhalten. Ich merke jedenfalls, dass ich während der Dienstzeiten immer müder und unkonzentrierter werde. Jede Woche zwei, drei Extraschichten zu machen, das kann auf Dauer nicht gut gehen."

„Täuscht mich mein Gedächtnis, oder warst du es, der diese Aktion vorgeschlagen hat?"

„Schon, aber ..."

„Und wir alle fanden es richtig. Wir haben gesagt, dass wir so lange weitermachen, bis wir ihn haben. Und wir werden ihn kriegen ... Außerdem hast du jetzt sowieso Feierabend. Also sieh zu, dass du Land gewinnst."

Marthaler lachte. „Das werde ich tun. Dann hol jetzt deinen Wagen; ich werde den Parkplatz so lange blockieren und direkt vor dir rausfahren."

Plötzlich fasste ihn seine Kollegin am Unterarm. „Sag mal, Robert, ist das nicht ..."

Marthaler sah es im selben Moment. Zwei Häuser weiter waren ein Mann und eine Frau aus dem Eingang getreten. Die Frau war Tereza. Die beiden unterhielten sich. Tereza lachte. Gerade als Marthaler die Autotür öffnen und Tereza begrüßen wollte, legte der Mann eine Hand auf ihre Schulter. Tereza ließ es geschehen.

Kerstin Henschel sah Marthaler prüfend an. „Was ist mit dir?“

„Nichts, ich meine … Was machen die da?“

Seine Kollegin lachte. „Ich glaub’s nicht. Du bist ja richtig eifersüchtig. Wie süß!“

Der Mann beugte seinen Kopf ein wenig nach vorn und schien Tereza etwas ins Ohr zu flüstern. Wieder sah man sie lachen.

„Findest du das normal?“

„Robert, bitte! Es ist überhaupt nichts passiert. Sie scheinen sich zu mögen. Sieht nicht übel aus, der Knabe. Kennst du ihn?“

„Nie gesehen!“

Tereza schlang ihre Arme um den Hals des Mannes. Die beiden sahen einander scheinbar endlos lange in die Augen. Marthalers Unruhe wich einem zunehmenden Ärger. Am liebsten wäre er ausgestiegen und hätte Tereza zur Rede gestellt.

„Bleib ruhig, Robert“, ermahnte ihn Kerstin Henschel.

„Von wegen: bleib ruhig!“ Er schlug mit der Hand aufs Lenkrad. „Wie soll ich da ruhig bleiben? Wollen die eigentlich nie mehr aufhören? Und du findest das richtig, ja?“

„Na ja“, gab Kerstin Henschel jetzt zu, „es wirkt schon sehr … vertraut.“

„Verdammter Mist, den Typen kauf ich mir!“, stieß Marthaler hervor.

Er war bereits im Begriff, die Wagentür zu öffnen, als ihn Kerstin Henschel mit aller Kraft am Oberarm packte. „Das wirst du nicht tun. Du wirst ganz brav hier sitzen bleiben.“

Tereza hatte sich jetzt von dem jungen Mann abgewandt und den Bürgersteig betreten. Sie lächelte. Sie war schön, und sie wirkte glücklich. Der Mann rief ihr etwas nach. Im Gehen hob sie die Hand und winkte, ohne sich noch einmal umzudrehen.

Marthalers Magen verkrampfte sich. Er war wütend, aber mehr und mehr begann die Enttäuschung die Oberhand zu gewinnen.

Der Mann schloss einen der Briefkästen auf, die neben der Eingangstür angebracht waren, nahm die Post heraus und ging dann zurück ins Innere des Hauses.

„Kannst du mir sagen, was Tereza da treibt?“, fragte Marthaler seine Kollegin. „Ist das normal, ja? Machen Frauen das so?“

„Red keinen Unsinn, Robert!“, sagte Kerstin Henschel. „Frag sie! Sprich mit Tereza!“

„Was ist das für ein Verhalten? Das kann mir doch niemand erzählen, dass der Typ einfach ein guter Bekannter ist, von dem ich zufällig nichts weiß. Ich hab doch Augen im Kopf. Ich meine, wir bekommen in ein paar Monaten ein Kind, und …" Marthaler unterbrach sich selbst. „Sag mal …"

„Was ist? Was hast du?"

„Ich dachte gerade: Und was, wenn das Kind gar nicht von mir ist?"

„Robert, bitte, jetzt mach mal halblang!"

„Ja, du hast Recht", sagte er. „Das kann gar nicht sein."

ZIELLOS fuhr Marthaler durch die Stadt. Plötzlich klingelte sein Mobiltelefon. Er schaute auf die Nummer und sah, dass es Tereza war. Marthaler schaltete das Handy aus und steckte es wieder ein. Er wollte nicht mit ihr reden. Was hätte er ihr auch sagen sollen? Und er hatte Angst, dass sie ihn belügen würde, wenn er Fragen stellte.

Er nahm sich vor, vom Schlimmsten auszugehen, so würde er für die Wahrheit gewappnet sein: Tereza hatte sich neu verliebt; sie wollte sich von ihm trennen. Er fragte sich nur, warum sie es ihm nicht sagte. Vielleicht hatte sie sich nur noch nicht getraut. Vielleicht hätte sie ihm heute Abend, wenn er zwei Gläser Wein getrunken hatte, alles erzählt. Dann wäre sie nach Budapest geflogen und hätte ihn mit seiner Enttäuschung allein gelassen.

Aber vielleicht bildete er sich das alles nur ein. Seine Eifersucht ließ ihn vermutlich Gespenster sehen. Tereza hätte ihn nicht darum gebeten, sich versetzen zu lassen, wenn sie nicht bleiben und das Kind gemeinsam mit ihm aufziehen wollte. Für den Vorfall musste es eine ganz und gar harmlose Erklärung geben.

Wahrscheinlich saß Tereza jetzt schon vor der Geflügelterrine und wartete auf ihn. Aber er wollte ihr heute nicht mehr begegnen, hatte Angst, einen Fehler zu machen. Er würde erst nach Hause kommen, wenn er sicher sein konnte, dass sie schlief.

Er fuhr nach Sachsenhausen, fand einen Parkplatz und lief die Textorstraße entlang, wo sich einige der alten Apfelweinwirtschaften befanden. Ohne zu überlegen, steuerte er auf das „Germania" zu, jenes Restaurant, wo sie an dem Abend, als Tereza bei ihm eingezogen war, gemeinsam gegessen hatten.

Am Rand einer der langen Bänke im Hof fand er einen freien Platz. Als der Kellner kam, bestellte er einen Schoppen und ein gegrilltes Rippchen. Bevor sein Essen gebracht wurde, hatte er bereits zwei Gläser geleert. Dann stieg er um auf Pflaumenschnäpse, zwang sich aber, langsam zu trinken. Er wollte das Lokal mit einem Rausch verlassen, aber es sollte nicht zu schnell gehen.

Um kurz nach eins bat ihn der Kellner zu zahlen. Marthaler wankte auf die Straße. Schnaufend schleppte er sich den Großen Hasenpfad hinauf. So leise wie möglich öffnete er die Wohnungstür. Er lugte ins Schlafzimmer. Tereza lag im Bett und rührte sich nicht. Sie atmete gleichmäßig und tief.

Er zog sein Jackett und die Hose aus, dann holte er eine Wolldecke und legte sich im Wohnzimmer auf die Couch. Wenige Augenblicke später war auch er eingeschlafen.

UM VIERTEL VOR VIER klingelte Terezas Wecker. Sie hatte Mühe, wach zu werden. Bis um elf hatte sie auf Marthaler gewartet, dann hatte sie den Tisch abgeräumt und war ins Bett gegangen, um wenigstens noch ein paar Stunden zu schlafen. Als sie ihn nun im Nebenzimmer schnarchen hörte, lächelte sie.

Sie musste sich beeilen. Ihr Taxi würde in zehn Minuten vor der Tür stehen. Das Flugzeug ging um zwanzig nach sechs. Das Frühstück würde sie aufschieben müssen.

Schon vor Monaten war sie nach Budapest eingeladen worden, um dort an der Vorbereitung einer Ausstellung mitzuwirken. Die ungarischen Museumsleute hatten ihre Kollegen vom Städel um eine besonders wertvolle Leihgabe gebeten: Tereza sollte das berühmte „Paradiesgärtlein" des Oberrheinischen Meisters mitbringen, jenes kleine Gemälde eines unbekannten Malers, das zu den großen Schätzen des Frankfurter Museums gehörte und in das sich Marthaler sofort verliebt hatte, als sie ihn das erste Mal auf das Bild aufmerksam gemacht hatte. „Sollten wir je ein eigenes Haus haben", hatte er gesagt, „werden wir einen solchen Garten anlegen. Mit Gänseblümchen und Erdbeeren, mit Malven, Klee und Veilchen."

Eigentlich hatte Tereza ihm gestern Abend endlich von Ludwig Dormann erzählen wollen, ihrem ehemaligen Mitstudenten, den sie lange aus den Augen verloren, aber vor einigen Wochen in Frankfurt zufällig wieder getroffen hatte. Als sie gemeinsam in Prag studiert hatten, waren sie eine Zeit lang unzertrennlich gewesen, auch wenn Tereza es immer abgelehnt hatte, den Avancen Ludwigs nachzugeben. Seine Liebschaften wechselten häufig, weshalb Tereza ihm den Spitznamen „Schmetterling" gegeben hatte. Sie freute sich, dass Dormann jetzt seinen Posten als stellvertretender Direktor des Museums Giersch angetreten hatte und dass sie ihre Freundschaft wieder aufleben lassen konnten. Es würde ihr helfen, sich in Frankfurt heimischer zu fühlen. Dennoch hatte sie Scheu gehabt, ihren

Lebensgefährten und ihren Studienfreund einander vorzustellen. Sie wusste, dass Marthaler öfter eifersüchtig war, als er zugab.

Zwar schmeichelte es ihr, dass Ludwig, der von vielen Frauen begehrt wurde, sie noch immer umwarb, aber gestern hatte sie ihm unmissverständlich klargemacht, dass sie nur dann Freunde sein konnten, wenn er das unterließ. „Ja", hatte er geantwortet, „für einen Schmetterling wie mich bist du wohl wirklich zu schade."

Heute Morgen würden sie sich bereits wiedertreffen. Der Kollege, der sie eigentlich begleiten sollte, war krank geworden, deshalb hatte sie Ludwig gebeten, mit ihr und den beiden Männern vom Sicherheitsdienst zum Flughafen zu fahren.

Ihre Reisetasche stand gepackt neben der Wohnungstür. Tereza warf einen letzten Blick in den Spiegel, zog die Jacke über und überprüfte, ob sie alles eingesteckt hatte: Reisepapiere, Kreditkarte, Handy, Schlüssel und die Notizen für den Vortrag, den sie bei der Ausstellungseröffnung halten sollte.

Im Wohnzimmer gab sie dem schlafenden Marthaler zum Abschied einen Kuss auf die Stirn. Dann ging sie noch einmal zurück in die Küche, suchte nach einem Bleistift und kritzelte hastig ein paar Worte auf einen Zettel: *Puh, Du schnarchst und stinkst, aber ich liebe Dich. Sehr. Wir beide freuen uns auf Dich. Wir lieben Dich! Tereza und das Baby.* Sie legte den Zettel neben die Espressomaschine.

DER TAXIFAHRER fluchte, als er in der noch leeren Gartenstraße abrupt bremsen musste, weil zwei Motorräder eine rote Ampel missachteten, ihm die Vorfahrt nahmen und gleich darauf in einer Seitenstraße verschwanden.

Wenig später hielt der Wagen am Städel an. Ludwig Dormann und die beiden Security-Leute warteten bereits vor dem Seiteneingang. Tereza bezahlte den Taxifahrer, ließ sich eine Quittung geben und stieg aus. Sie lächelte Dormann zu, grüßte die beiden Wachmänner flüchtig, stellte ihre Tasche neben dem Kleintransporter ab und verschwand im Innern des großen Gebäudes.

Keine zehn Minuten später kam sie mit einem Paket wieder heraus. Sie hatte das „Paradiesgärtlein" bereits gestern verpackt und dann über Nacht im Tresor ihres Büros eingeschlossen.

Einer der Wachleute saß am Steuer des umgebauten Mercedes Vito und hörte Radio. Er hatte die Scheibe heruntergelassen. Neben ihm auf dem Beifahrersitz hatte Ludwig Dormann Platz genommen. Tereza sollte mit dem zweiten Wachmann im Laderaum bis zum Flughafen fahren. Die drei Männer würden sie bis zum Flugsteig begleiten – so hatten sie es verabredet. Für das „Paradiesgärtlein“ war ein eigenes Flugticket gelöst worden, sodass Tereza das Bild auf dem Sitz neben sich abstellen konnte.

„Von mir aus kann's losgehen“, sagte sie und gab dem Fahrer ein Zeichen.

„Moment noch“, sagte er und hob die Hand. Im Radio liefen die Verkehrsnachrichten. Dann schüttelte er den Kopf. „So ein Mist, wir müssen die Route ändern. Auf dem Zubringer hat ein Lkw die Leitplanken durchbrochen und ist auf die Autobahn gestürzt. Das Frankfurter Kreuz ist in alle Richtungen gesperrt.“

„Und jetzt?“, fragte Tereza. „Was heißt Route ändern? Wir sind sowieso schon spät dran.“

„Ist nicht meine Schuld“, sagte der Fahrer. „Gibt's hier irgendwo einen Stadtplan?“

Tereza verdrehte die Augen. „Mist“, sagte sie, „ich hole aus Büro. Passt auf das Bild auf!“

Sie fuhren die Uferstraße entlang, vorbei an den Universitätskliniken, ließen Niederrad links liegen, kamen unter der A5 hindurch und bogen hinter Goldstein links ab in die Rheinlandstraße.

Tereza saß auf ihrem Platz und hatte die Augen geschlossen. Als der Vito langsamer wurde und schließlich anhielt, blickte sie auf. „Was ist jetzt wieder?“

„Der Kollege muss tanken, war schon auf Reserve“, erklärte ihr der Wachmann. „Nicht sehr gepflegt, der Wagen.“

„Wir sind Museum, nicht Werkstatt. Soll er sich beeilen.“

Sie hörte, wie das Zapfventil in den Tankstutzen eingehängt wurde, dann das Brummen der Zapfsäule, als der Treibstoff zu fließen begann.

„Sie sind eine schöne Frau“, sagte der Wachmann.

Tereza sah ihn irritiert an. „Danke“, sagte sie, ohne zu lächeln.

„Sie müssen sich nicht bedanken. Es ist einfach so. Sie können nichts dafür. Was transportieren wir?“ Er wies mit dem Kopf auf das Paket, das neben Terezas Beinen stand.

„Ein Bild. Sie haben Interesse für Kunst?“

„Kann man so nicht sagen. Aber dass es kein Klavier ist, hab ich mir gedacht.“

„Wieso fragen Sie dann?“

„Weil ich neugierig bin. Weil ich meinen Kindern nicht sagen kann, sie sollen die Augen und Ohren offen halten, wenn mir selbst alles egal ist."

Tereza, die gern noch weitergedöst hätte, merkte, dass das Interesse ernst gemeint war. „Wie heißen Sie?"

„Dressler. Thomas Dressler."

„Und wie viele Kinder haben Sie?"

„Bis jetzt zwei. Aber wir wollen noch mehr haben. Haben Sie Kinder?"

Reflexartig legte Tereza eine Hand auf ihren Bauch. „Bald", sagte sie lächelnd, „bald bekommen wir Baby." Dann wechselte sie das Thema. „Was wollen Sie wissen? Ich meine … über das Bild. Wer gemalt hat, wie alt es ist?"

Dressler zuckte die Schultern. „Zum Beispiel. Aber wichtiger ist ja, was darauf zu sehen ist, oder?"

Tereza lachte. „Da haben Sie Recht."

„Erzählen Sie es mir!"

„Na ja, ist ganz schön viel zu sehen. Und einfacher wäre, Sie würden sich Bild anschauen, wenn es wieder in Städel hängt."

„Aber charmanter ist es, wenn Sie es mir erzählen. Sie kommen nicht aus Deutschland, oder?"

„Nein, ich bin geboren in Prag."

Tereza schaute aus dem Fenster. An der benachbarten Zapfsäule stieg ein Motorradfahrer von seiner Maschine. Er hatte eine weiße Lederkombi an und einen weißen Helm auf dem Kopf, dessen Visier heruntergelassen war.

„Also, erzählen Sie!", sagte der Wachmann.

„Wirkt sehr freundlich, friedlich, das Bild. Die Farben leuchten. Man sieht die heilige Maria in eine wunderschöne Garten voll mit Blumen und Vögel. Garten ist von weiße Mauer umgeben und wird von Himmel überwölbt, von samtblaue Himmel."

„Was macht Maria?"

„Oh, ist sie nicht allein. Sie liest in einem Buch, und Jesuskind spielt bei ihre Füße. Man sieht andere Frauen und Männer. Man weiß: sind Heilige, aber vergisst man sofort. Jemand pflückt Kirschen, jemand schöpft Wasser aus Brunnen. Es ist eine Gesellschaft, die genießt den Nachmittag."

In diesem Moment fuhr der Wagen an.

„Was ist das Besondere? Sie sprechen so liebevoll von diesem Bild. Warum mögen Sie ausgerechnet dieses Gemälde so gerne?"

Tereza überlegte eine Weile. „Ich glaube, liegt daran, dass alles wirkt so rein. Wie sagt man: so unschuldig. Aber nicht wie bei die Engeln oder Heiligen, sondern wie bei die wirklichen Menschen."

Der Wachmann runzelte die Stirn. „Klingt fast zu schön, um wahr zu sein."

„Nein, warten Sie", sagte Tereza. „Die Menschen auf dem Bild sind alle mit ernste Gesichter. Niemand lächelt. Vielleicht sie haben erlebt Schlimmes, aber das ist vorbei. Sind sie gekommen zur Ruhe. Verstehen Sie, was ich meine?"

„Natürlich", sagte der Wachmann, „das ist nicht schwer zu verstehen. Und wer hat es gemalt?"

„Man weiß nicht. Man weiß aber, dass es gemalt wurde um 1410."

„Oje, das ist lange her."

„Ja, gab es zu alle Zeiten dumme und kluge Menschen. Dieser Maler muss sehr klug gewesen sein!"

„Und ist es viel wert?"

Tereza lachte. „Es geht nicht zu verkaufen. Aber gibt es Sammler, würden sicher ein paar Millionen bieten dafür. Kommen aus die ganze Welt immer Leute nach Frankfurt, um ‚Paradiesgärtlein' zu sehen."

Der Wachmann nickte. „Wann kommt es zurück?"

„In drei Monate, wenn die Ausstellung in Budapest ist zu Ende. Wollen Sie sich anschauen?"

„Ja. Dann werde ich meine Familie mitbringen. Und ich werde nach einer schönen jungen Frau fragen, die es uns zeigen soll. Würden Sie das machen?"

Tereza nickte.

Sie hatten die letzten Häuser von Schwanheim hinter sich gelassen und fuhren jetzt die lange Straße entlang, die durch das westliche Ende des Stadtwalds bis zum Flughafen führte. „Das gefällt mir nicht", sagte der Wachmann plötzlich.

„Was gefällt nicht?"

„Der Motorradfahrer, der uns folgt. Ich glaube, es ist derselbe, den ich schon an der Tankstelle gesehen habe. Und zweihundert Meter weiter hinten fährt noch so eine schwere Maschine."

„Was soll sein mit ihnen?"

„Ich weiß nicht. Es gefällt mir nicht." Er drehte sich um und klopfte an die Wand, die den Laderaum vom Führerhaus trennte. Es hörte sich an wie ein vereinbartes Zeichen. Augenblicklich steuerte der Fahrer den Wagen an den rechten Straßenrand.

Der Motorradfahrer, der direkt hinter ihnen gewesen war, überholte und verschwand wenige Sekunden später hinter einer Kurve. Kurz darauf folgte ihm auch der zweite.

„Sehen Sie“, sagte Tereza, „nichts war. Fahren wir weiter!“

„Gleich“, sagte Dressler, „ich will mich nur rasch mit meinem Kollegen beraten.“

Tereza wollte protestieren, aber der Wachmann hatte bereits die Tür geöffnet und war ausgestiegen. „Und?“, fragte sie, als er eine Minute später zurückkam.

„Er ist der gleichen Meinung wie Sie. Ihm sind die beiden ebenfalls aufgefallen, aber er meint, es sei nichts.“

Sie fuhren weiter. Kaum hatten sie die nächste Kurve passiert, hörten sie ein Motorengeräusch. Eines der Krafträder hatte hinter einem hohen Holzstapel auf sie gewartet und sie vorbeifahren lassen, es näherte sich jetzt mit großer Geschwindigkeit und folgte dem Transporter mit weniger als fünf Meter Abstand. Das andere Motorrad war nicht zu sehen.

Dressler war aufgesprungen. „Verdammt, was soll das?“

Plötzlich scherte das Motorrad nach links aus und überholte den Vito aufs Neue.

Fast im selben Moment riss der Fahrer des Transporters das Steuer nach rechts und fuhr den Wagen in einen unbefestigten Waldweg. „Was ist los? Was ist passiert?!“, rief Tereza, die durch die Erschütterungen auf ihrem Sitz hin und her geworfen wurde.

„Gehen Sie in Deckung!“, schrie Dressler, der an seinem Holster nestelte und die Gaspistole herauszog. „Der hat uns abgedrängt. Los, runter! Legen Sie sich auf den Boden!“

Mit einem lauten Krachen kam der Wagen zum Stehen. Tereza wurde gegen die Wand zum Führerhaus geschleudert. Noch im Fallen versuchte sie, nach dem Paket zu greifen, bekam es nicht zu fassen und sah, wie das „Paradiesgärtlein“ über den Boden rutschte und an der Rückwand liegen blieb.

Dann ging alles sehr schnell. Die Tür des Laderaums wurde aufgerissen. Der Mann mit der weißen Lederkombi und dem weißen Helm stand direkt vor ihnen. Das Visier war noch immer geschlossen. Er hatte eine Pistole in der Hand.

Er schoss sofort. Dreimal hörte Tereza es knallen.

Der Wachmann Thomas Dressler ging zu Boden. Er hatte kein Gesicht mehr.

Beim vierten Knall hatte Tereza das Gefühl, jemand habe ihr mit einer Eisenstange vor die Brust geschlagen. Es war das Letzte, was sie wahrnahm.

2 Der Streifenwagen ließ ihn an der Kreuzung aussteigen, machte kehrt und fuhr zurück in Richtung Innenstadt. An der Einmündung zum Wald stand eine Reihe uniformierter Polizisten. Sie sprachen mit den Autofahrern und leiteten den Verkehr um. Ein Wagen der Spurensicherung wurde durchgewinkt.

Zwischen den Bäumen tauchte ein Rettungsfahrzeug auf. Es kam mit hoher Geschwindigkeit auf Marthaler zu. Er trat zwei Schritte zur Seite. Blaulicht und Martinshorn wurden eingeschaltet; der Wagen verschwand zwischen den Häusern.

Marthaler gähnte. Hinter der Absperrung sah er Charlotte von Wangenheim auf sich zukommen.

Der Anruf aus dem Präsidium hatte ihn geweckt: ein Einsatz im Stadtwald, keine weiteren Angaben, er solle sich beeilen, er werde abgeholt. Marthaler hatte Kopfschmerzen. Er hatte keine Zeit gehabt, sich zu duschen. Er war in seine Schuhe geschlüpft, dann hatte es bereits an der Tür geläutet.

Er hob das rot-weiße Absperrungsband an, aber Charlotte von Wangenheim winkte ihm zu. „Bleib, wo du bist. Ich komme zu dir!"

Irgendetwas in ihrer Stimme ließ ihn aufhorchen. Hinter ihr stand ein Krankenwagen. Der Mann am Steuer hatte die Fahrertür geöffnet. Ein Arztkoffer stand neben dem Wagen auf der Straße. „Was ist passiert?", fragte Marthaler.

„Der Tatort ist anderthalb Kilometer von hier entfernt im Wald", erklärte seine Chefin. „Wir haben die gesamte Straße zwischen Schwanheim und Flughafen abgesperrt. Es hat einen bewaffneten Raubüberfall gegeben."

„Und? Weiter!"

„Ein Kleintransporter ist überfallen worden."

„Gibt es Verletzte, gibt es Tote? Weiß man schon etwas über den Täter?"

„Zwei Männer wurden außer Gefecht gesetzt, wahrscheinlich mit Pfefferspray, dann betäubt und mit Kabelbindern gefesselt. Ein Wachmann ist tot – erschossen. Und es gibt eine verletzte Frau – ebenfalls Schusswunde. Die Fahndung ist eingeleitet. Wir gehen von zwei Tätern aus, wahrscheinlich auf Motorrädern. Sie sind von mehreren Zeugen gesehen, aber von niemandem erkannt worden. Eine Flughafenangestellte, die auf dem Weg zur Arbeit war, hat sie wegfahren sehen. Sie war als Erste am Tatort, hat den Notruf gewählt. Jetzt wird sie ärztlich betreut. Sie hat einen schweren Schock erlitten."

Marthaler nickte. „Dann zeig mir jetzt bitte, wo es passiert ist."

„Nein, Robert. Das geht nicht. Du kannst nicht an den Tatort."

Marthaler runzelte die Stirn, dann lachte er. „Sag mal, willst du mich veralbern? Du lässt mich wecken, schickst mir einen Wagen und jetzt soll ich nicht …"

„Der Wagen, der überfallen wurde, ist ein Kleintransporter, der dem Städel gehört. Wir nehmen an, dass ein Kunstwerk transportiert wurde. Der Flughafenzubringer ist wegen eines schweren Unfalls gesperrt. Wahrscheinlich haben sie deshalb einen Umweg genommen."

Charlotte von Wangenheim musste nicht weitersprechen. Aus Marthalers Gesicht war jede Farbe gewichen. Sein Mund war trocken, seine Worte waren kaum zu verstehen. „Die Frau, die angeschossen wurde … Es ist … Tereza, nicht wahr?", sagte er.

Charlotte nickte. „Ich wollte es dir persönlich sagen, nicht am Telefon. Deshalb wollte ich, dass du herkommst."

„Ist sie schwer verletzt?"

Charlotte nickte erneut.

„Wie schwer?"

„Sehr schwer!"

Marthaler sah seine Chefin mit regloser Miene an. Sie ging einen Schritt auf ihn zu. Sie streckte beide Arme aus. Als ihre Hände seine Oberarme berührten, wehrte er sie mit einer heftigen Bewegung ab.

Im selben Moment heulte er auf. Ein Laut, so durchdringend, dass er sich anhörte wie der Schrei eines verletzten Tieres. Sofort war er von einigen Schutzpolizisten umringt. Zwei von ihnen hielten ihn fest. Er versuchte sich loszureißen, aber sie waren jünger und stärker als er.

„Lasst mich los!", schrie er. „Ich will zu ihr! Lasst mich gefälligst los, ihr Idioten!"

Charlotte gab dem Mann im Krankenwagen ein Zeichen. Er griff nach seinem Arztkoffer und sprintete los. Als Marthalers Widerstand einen Moment nachließ, gab ihm der Mann eine Spritze in den Oberarm. Sie brachten ihn zu einem der Streifenwagen und ließen ihn auf der Rückbank Platz nehmen.

„Du kannst nicht zu ihr", sagte Charlotte. „Sie ist mit dem Rettungshubschrauber abtransportiert worden. Sie wird jetzt sicher schon operiert. Wie es aussieht, wurde sie nur einmal getroffen. Aber der Schuss hat ihren Brustkorb verletzt."

Marthaler sah seine Chefin flehend an. „Wird sie …?"

„Robert, niemand kann im Moment etwas sagen. Auch die Ärzte nicht … Sie lebt, aber sie ist schwer verletzt."

Marthaler ließ seinen Kopf auf die Brust sinken. Er merkte, wie ihn jede Kraft verließ. „Geh!“, sagte er. „Bitte, geht jetzt! Ich muss allein sein.“

Charlotte von Wangenheim winkte eines der Polizeimotorräder herbei und sprach kurz mit dem Fahrer, der ihr seinen Helm übergab. Sie setzte sich auf die Maschine, warf noch einen Blick auf ihren Kollegen, der mit leeren Augen auf der Rückbank des Streifenwagens saß, und fuhr in den Wald.

EINE HALBE STUNDE SPÄTER stapfte Marthaler am Rand der Schwanheimer Bahnstraße in dieselbe Richtung, in die Charlotte nach seinen letzten Worten verschwunden war. Vom Flughafen her hörte er das Geräusch der startenden und landenden Maschinen.

Der Schmerz hatte ihn überwältigt. Er hatte nicht gedacht, dass ihn etwas noch einmal so tief treffen würde. Es war derselbe Schmerz, der ihn damals erfasst hatte, als Katharina bei einem Banküberfall in der Marburger Oberstadt angeschossen worden war. Kurz darauf war sie in der Klinik gestorben. Die Täter waren nie gefasst worden.

Marthaler hatte ebenfalls sterben wollen. Er war zu seinen Eltern gefahren, hatte sich ins Bett gelegt und sich seiner Trauer ergeben. Es hatte Jahre gedauert, bis er einer Frau gegenüber wieder mehr als Freundschaft empfinden konnte.

Tereza hatte es geschafft. Sie hatte nie versucht, ihn zu drängen. Ihre Fröhlichkeit hatte ihn angesteckt. Gleichzeitig war sie behutsam gewesen. Sie hatte gewusst, dass sie ihm seine Frau nicht würde ersetzen können. Dass er weiter an Katharina denken und um sie trauern musste. Nach und nach war der Schmerz kleiner und seine Liebe größer geworden. Bis er sich ein Leben ohne Tereza nicht mehr vorstellen konnte.

Und jetzt hatte er das Gefühl, die Geschichte würde sich wiederholen. Tereza lag schwer verletzt auf einem Operationstisch.

Seit damals hatte er gelernt, dass es nur eine Möglichkeit gab, mit dem Schmerz umzugehen: Man durfte sich ihm nicht ergeben. Man musste etwas tun. Man musste handeln.

Katharinas Tod hatte in ihm den Entschluss reifen lassen, sein Studium abzubrechen und Polizist zu werden. Er hatte immer geglaubt, dass die Mörder seiner Frau gefasst worden wären, wenn er damals die Ermittlungen geleitet hätte. Marthaler wusste, wie viel Hochmut in diesem Gedanken steckte, dennoch war er überzeugt davon. Er würde nicht zulassen, dass es wieder so endete. Er würde dafür sorgen, dass diesmal die Täter gefunden wurden.

WÄHREND die Spezialisten der Spurensicherung noch immer den Mercedes Vito untersuchten und jeden noch so kleinen Fremdkörper vom Waldboden aufsammelten, standen Marthalers Kollegen der MK1 auf der Straße und beratschlagten.

Als Kerstin Henschel ihn kommen sah, wechselte sie mit den anderen einen raschen Blick. Dann ging sie auf Marthaler zu. „Robert … Es tut mir so leid. Wenn du Hilfe brauchst … du kannst dich an jeden von uns wenden. Wir alle hoffen, dass Tereza möglichst schnell wieder …"

Marthaler nickte. „Danke, Kerstin. Was Tereza angeht, müssen wir uns wohl auf die Ärzte verlassen. Mir helft ihr am besten, wenn ihr jetzt ganz bei der Sache seid. Ich will vor allem, dass dieser Fall schnell gelöst wird. Ich bin gleich bei euch. Ich werde nur rasch einen Blick auf den Tatort werfen, dann werden wir die nächsten Schritte besprechen."

Marthaler wandte sich ab und ging auf den Transporter zu. Kerstin Henschel sah ihm ungläubig nach. „Nein, Robert! Das geht nicht! Bleib bitte hier! Ich glaube nicht, dass das eine gute Idee ist."

Er drehte sich zu ihr um. „Was geht nicht, Kerstin? Was ist keine gute Idee?"

„Robert, du weißt genau, dass du nicht an den Tatort darfst."

„Was willst du mir damit sagen, Kerstin? Dass ich mit diesem Fall nicht befasst sein werde? Dass ich meine alten Fälle bearbeiten oder nach Hause gehen und Däumchen drehen soll? Vergiss es!"

Sie schüttelte den Kopf. Ihr Gesicht glühte. Man sah ihr an, dass es ihr schwerfiel, Marthaler zurechtzuweisen. Er mochte jetzt eine andere Aufgabe haben, war aber immer noch ihr Vorgesetzter. „Doch, genau das ist es, was ich dir sagen will. Du weißt selbst: es ist eine eiserne Regel, dass kein Kollege selbst ermitteln darf, wenn er in irgendeiner Weise mit einem Fall zu tun hat."

„Verdammt, Kerstin! Niemand muss wissen, dass ich ermittle. Wenn ihr es nicht durchsickern lasst, wird es kein Mensch erfahren."

„Es gab in den letzten Jahren ein paar spektakuläre Überfälle auf Sicherheitstransporte. Du erinnerst dich vielleicht an die Fälle in Neuss, in Alsfeld …"

„… in Offenbach, in Kassel, in Starnberg. Und so weiter, und so weiter!", sagte Marthaler. „Kerstin, was willst du?"

„Die Täter tauchten mit Maschinenpistolen und Panzerfäusten auf. Sie erbeuteten Schmuck, große Geldsummen oder wertvolle Kunstwerke. Fast alle diese Verbrechen wurden aufgeklärt. Und fast alle wiesen eine Gemeinsamkeit auf."

„Es bestand eine Verbindung zwischen den Räubern und den Insassen der Transporter. Fast immer hatten die Täter einen Tipp bekommen, sie hatten Komplizen unter den vermeintlichen Opfern.“

„So ist es!“

Marthaler schaute seine Kollegin fragend an. Endlich begriff er, worauf sie hinauswollte. „Kerstin, das ist nicht dein Ernst. Du willst doch nicht andeuten, dass Tereza mit den Leuten unter einer Decke steckt, die sie angeschossen haben. Was du da sagst, ist so ungeheuerlich …“

„Robert, komm zur Vernunft! Ich will gar nichts andeuten. Ich will nur, dass du endlich begreifst.“ Sie schaute sich hilfesuchend nach den anderen um. „Sven“, rief sie, „würdest du bitte kurz rüberkommen!“

Sven Liebmann löste sich aus der Gruppe. Bevor er bei ihnen war und etwas sagen konnte, begehrte Marthaler auf: „Was soll das? Wollt ihr mich in die Zange nehmen? Ob es euch passt oder nicht: Ich werde mich nicht aussperren lassen. Lieber lasse ich mich suspendieren. Niemand hat mehr Interesse als ich, diesen Fall zu lösen. Entweder arbeiten wir miteinander, oder wir arbeiten gegeneinander.“

Liebmann sah seinem Kollegen lange in die Augen. „Robert, hör mir einen Moment zu. Dann werde ich dir einen Vorschlag machen.“

Marthaler hatte Mühe, seinen Ärger zu bändigen. „Also bitte, dann rede!“

„Ich habe gerade einen Anruf unseres Pressesprechers erhalten. Heute Morgen haben alle Agenturen ihre Reporter und Fotografen zum Frankfurter Kreuz geschickt, um über den Unfall zu berichten. Die Unfallstelle ist knapp 3000 Meter Luftlinie von unserem Tatort entfernt. Pech für uns. Denn inzwischen sind die Journalisten alle an unseren Absperrungen angekommen. Sie warten darauf, endlich näher an den Tatort heranzukommen. Wir werden in Kürze die Straße öffnen müssen. Du weißt, was dann hier los sein wird. Und du weißt auch, dass du das Objekt ihrer Begierde bist.“

„Ich?“

„Denk nach, Robert. Es hat sich längst herumgesprochen, dass ein Transporter des Städel Museums überfallen wurde. Die Meute weiß bereits, dass Tereza unter den Opfern ist. Ihr seid ein Paar, das ist kein Geheimnis. Die Reporter werden dich jagen, Robert. Sie werden deine Geschichte rausbringen, ob du willst oder nicht. Sie werden in den Archiven wühlen und über den Tod Katharinas berichten. Und dann haben sie ihre Schlagzeile: ‚Der Polizist, bei dem das Schicksal zweimal zuschlug‘. Sie werden Tränen des Mitleids hervorpressen und dich dann auffressen. Du bist eine öffentliche Person."

Marthaler nickte. „Ja", sagte er, „so wird es wohl kommen. Und ich werde mich zu wehren wissen. Jetzt zu deinem Vorschlag!"

„Sie werden jeden Schritt, den du machst, verfolgen. Es ist also vollkommen ausgeschlossen, dass du dich an den Ermittlungen beteiligst. Ein einziger Meter in diese Richtung, und wir sind den Fall los. Dann wird das LKA übernehmen, und wir sind nicht nur blamiert, sondern haben auch nicht mehr die geringste Möglichkeit, Einfluss zu nehmen. Wenn du das willst, zieh deine Rambo-Nummer durch."

„Und wenn nicht?", fragte Marthaler, nun schon deutlich kleinlauter.

„Wenn du vernünftig bist, tauchst du jetzt ab. Lass ein paar Tage vergehen! Dann werden wir weitersehen. Sollten wir bis dahin die Täter haben, musst du deinen Stolz runterschlucken und akzeptieren, dass es auch ohne dich ging. Sollten wir sie nicht haben, werden wir Möglichkeiten finden, dich über den Stand der Dinge zu informieren. Und dann werden wir froh sein, wenn du mitdenkst. Aber funk uns jetzt nicht dazwischen, gib uns diese eine Chance."

„Gut", sagte Marthaler. „Ich habe verstanden. Vielleicht habt ihr Recht. Aber eine Bitte habe ich: Lasst mich nicht verhungern. Lasst mich nicht zu lange ohne Informationen."

„Versprochen!", sagte Sven Liebmann. „Und jetzt solltest du möglichst schnell und unauffällig von hier verschwinden. Leg dich auf die Rückbank eines Streifenwagens, zieh dir eine Decke über den Kopf und lass dich an einen Ort fahren, wo dich niemand vermutet. Wenn du willst, gebe ich dir meine Wohnungsschlüssel."

„Danke", sagte Marthaler. „Vielleicht komme ich darauf zurück."

Er schaute sich um. Dann ging er auf einen der Streifenwagen zu. Kerstin lief hinter ihm her. „Robert, eins noch. Du würdest es in Kürze sowieso erfahren …"

Marthaler hob den Kopf zum Zeichen, dass er ihr zuhörte.

„Der Knabe, den wir gestern in der Schwarzburgstraße mit Tereza gesehen haben … Er ist einer der beiden Männer, die betäubt und gefesselt wurden. Ich habe zwar nicht mit ihm gesprochen, aber ich habe ihn wiedererkannt."

„Wo ist er jetzt?"

„Man hat ihn zur Untersuchung in die Klinik gebracht. Weder er noch der Wachmann waren vernehmungsfähig."

„Weiß man schon, wer er ist? Arbeitet er ebenfalls im Städel?"

„Jedenfalls nehmen wir an, dass er ein Kollege von Tereza ist. Anders kann ich mir seine Anwesenheit in dem Transporter nicht erklären."

Marthaler zuckte die Schultern. Er wollte, dass es so aussah, als sei ihm die Information gleichgültig. „Jedenfalls gut, dass du es mir gesagt hast."

„UNBEKANNTES UNFALLOPFER, weiblich?" Der Pförtner am Haupteingang der Klinik hatte Marthaler über den oberen Rand seiner Halbbrille angeschaut. „Wann eingeliefert?"

„Wahrscheinlich vor einer Stunde, vielleicht anderthalb."

„Dann ist sie in der Chirurgie. Müssen Sie da fragen."

In der Chirurgie hatte Marthaler sich durchfragen müssen. Sie hatten ihn sorgenvoll angeschaut. Die Stationsschwester hatte sich sofort Zeit für ihn genommen. Nein, niemand konnte sagen, wie es Tereza ging. Ja, sie war noch im OP. Nein, es habe wenig Zweck zu warten. Wie lange die Erstbehandlung noch dauern werde, wisse man nicht. Es sei mit einigen Stunden zu rechnen. Wenn er seine Telefonnummer hinterlasse, werde man ihn benachrichtigen, sobald es etwas Neues gebe. Er müsse Geduld haben. Ja, es habe sich bereits herumgesprochen, dass sie schwanger sei. Es werde alles nur Menschenmögliche für sie und das Baby getan. Die Klinik sei bekannt für ihre hervorragenden Notfallchirurgen. Wenn er so nett wäre, den Patientenbogen auszufüllen und bei seinem nächsten Besuch ihre Versichertenkarte mitzubringen …

Er hatte sich ein Taxi genommen und war nach Hause gefahren. Auf der Straße standen ein paar Reporter. Er war noch nicht ausgestiegen, als die Fotografen bereits zu knipsen begannen. Marthaler ging an den Journalisten vorbei, ohne auf ihre Fragen zu antworten. Er schüttelte den Kopf.

Als er den Schlüssel ins Schloss der Wohnungstür steckte, hörte er das Telefon läuten. Marthaler beeilte sich nicht. Er kippte die Fenster und zog alle Vorhänge zu. Das Telefon läutete noch immer. Er nahm den Hörer ab, ohne sich zu melden. Nichts. Das Freizeichen war zu hören. Es war bereits wieder aufgelegt worden.

Der Anrufbeantworter verzeichnete zwölf neue Nachrichten. Er hörte sie nicht ab.

Marthaler ging ins Wohnzimmer und schaltete das Hessen-Fernsehen ein. Es lief eine Sondersendung mit dem Titel „Brennpunkt Frankfurt". Man sah den Lkw, der auf die Autobahn gestürzt war. Für den Fahrer war jede Hilfe zu spät gekommen. Dann wurde umgeschaltet in den Stadtwald. Ein Reporter berichtete live vom Tatort. Im Hintergrund sah man zwischen den Bäumen den Kleintransporter des Museums stehen. Ein Schwenk auf die Leute der Spurensicherung, Streifenwagen, Blaulichter. „Wahrlich ein schwarzer Tag für die Mainmetropole“, sagte der Reporter. Dann wurde ein Standbild gezeigt, ein Foto, das während eines Festes im Hof des Polizeipräsidiums aufgenommen worden war. Man sah Marthaler und Tereza an einem Tisch sitzen. Die Sonne schien. Beide lachten und hielten ihre Gläser dem Fotografen entgegen. Der Fernsehmann kommentierte: „Ein Bild aus glücklichen Tagen, an die der Hauptkommissar heute wohl nur mit Schmerz und Wehmut denken kann. Seine Lebensgefährtin – hier links im Bild – befindet sich unter den Opfern des brutalen Überfalls, der in den frühen Morgenstunden im Wald zwischen Schwanheim und dem Rhein-Main-Flughafen einen Wachmann das Leben gekostet hat.“

Marthaler schaltete den Fernseher aus. Und das, dachte er, ist erst der Anfang. Sven Liebmann hatte Recht gehabt. Sie würden ihn jagen. Sie waren bereit, ihn aufzufressen.

Wieder läutete das Telefon. Er drückte das Gespräch weg und wählte die Nummer seiner Eltern. Seine Mutter war sofort am Apparat. „Robert, endlich. Ich habe schon so oft versucht, dich zu erreichen. Wie geht es Tereza?“

„Also wisst ihr es schon?“ Seine Stimme war belegt; er räusperte sich.

„Die Nachbarn haben gesagt, wir sollen den Fernseher einschalten. Ich wünschte so, ich könnte jetzt bei dir sein. Wie geht es ihr?“

„Niemand weiß etwas. Ich mag nicht reden, Mama. Ich wollte euch nur Bescheid geben. Ich melde mich, wenn ich etwas weiß. Entschuldige.“ Dann legte er auf.

Er ging zum Wohnzimmerfenster und blickte hinunter auf die Straße. Die Journalisten standen noch immer vor dem Haus. Als es an seiner Wohnungstür läutete, stellte Marthaler die Klingel ab. Er wusste nicht, was er tun sollte. Unruhig lief er von einem Zimmer zum anderen.

Schließlich wählte er Sabatos Nummer im Weißen Haus. Er hörte die tiefe Stimme des Kriminaltechnikers. „Robert, ich hab es auch schon probiert. Wo bist du?“

„Zu Hause. Ich weiß nicht, was ich machen soll. Ich weiß nicht, wohin mit mir. Niemand kann mir sagen, was mit Tereza ist.“

„Du kommst zu uns“, sagte Sabato. „Ich werde gegen Mittag hier Schluss machen, dann hole ich dich ab.“

„Arbeitet ihr schon an der Sache im Stadtwald?“

„Ja, die Müllmänner von der Spurensicherung haben hier gerade ihre Säcke ausgekippt.“

„Ist was dabei? Gibt es schon Hinweise auf die Täter?“

„Es ist zu früh, wir haben Reifenabdrücke, die wir auswerten müssen. Wir haben Fußspuren und Patronenhülsen. Und natürlich den ganzen üblichen Dreck, der sich an jedem Tatort im Freien findet. Aber wir können noch überhaupt keine Schlüsse ziehen. Wir haben gerade erst mit den Untersuchungen begonnen.“

„Das heißt aber, du wirst im Labor gebraucht.“

„Papperlapapp. Ich habe gute Leute. Pack ein paar Sachen und sieh zu, dass du die nächsten zwei Stunden überstehst, ich bin so schnell wie möglich bei dir.“

„Gut. Und ruf mich kurz auf dem Handy an, wenn du vor der Tür stehst. Das Haus wird von Journalisten belagert.“

Marthaler ging in die Küche und füllte Wasser in die Espressomaschine. Als der Kaffee in die Tasse lief, sah er Terezas Zettel. Das erste Mal las er ihn im Stehen. Dann setzte er sich an den Tisch. Er las die wenigen Zeilen wieder und wieder und musste lächeln. Plötzlich schämte er sich für seine Eifersucht und für sein Misstrauen. Wer immer der junge Mann war, von dem Tereza sich gestern verabschiedet hatte und der heute Morgen mit ihr überfallen worden war, sie hätte ihm diesen Zettel nicht geschrieben, wenn sie ihn nicht mehr liebte.

Er ging ins Schlafzimmer und setzte sich auf die Seite des Bettes, auf der Tereza schlief. Er nahm ihr Kissen in beide Hände und schaute es an. Dann vergrub er sein Gesicht darin und begann haltlos zu schluchzen.

Carlos Sabato hatte seine massige Gestalt vor den Journalisten aufgebaut. „Ich weiß, ihr macht nur euren Job“, begann er seine Rede mit dröhnender Stimme. „Mir passt euer Job oft genug nicht in den Kram, was euch egal sein kann. Nicht egal sein sollte euch, dass ich als äußerst cholerisch gelte und dass mir gewisse Vorschriften in gewissen Situationen ziemlich egal sind. Haben das alle verstanden?“

Einer der Reporter, die noch immer auf der Straße vor Marthalers Haus herumlungerten, wollte etwas sagen. Auf seinem Aufnahmegerät klebte das Logo eines privaten Radiosenders. Sabato brachte ihn umgehend zum Schweigen. „Warten Sie gefälligst, bis ich fertig bin. Also: Ich möchte, dass ihr Folgendes kapiert: Ich habe nicht viele Freunde. Aber Robert

Marthaler ist einer meiner Freunde. Und ich werde nicht zulassen, dass man ihn belästigt. Niemand wird eine Frage an ihn richten, wenn er gleich aus dem Haus kommt, niemand wird ihn fotografieren! Und niemand wird auch nur den Versuch unternehmen, uns zu folgen, wenn wir wegfahren."

Die Journalisten murrten. Einige kicherten. Der Radiomann brachte sich in Stellung. „Was soll das? Wollen Sie uns drohen?"

Sabato grinste. „Wie kommen Sie darauf, dass ich Ihnen drohen will? Ich habe Ihnen nur etwas über mich und meine Freunde erzählt." Er ging einen Schritt auf ihn zu; der Mann wich zwei Schritte zurück. „Sehen Sie", brummte Sabato, „Ihr Körper scheint schneller zu kapieren als Ihr Hirn. Sie plappern zwar noch dummes Zeugs, aber Sie haben schon Angst vor mir. Das heißt: Sie sind auf dem richtigen Weg."

MARTHALER kam aus der Tür und betrat den Bürgersteig. In der rechten Hand hielt er eine Reisetasche, in der linken sein Jackett. Seine Augen waren hinter einer Sonnenbrille verborgen. Niemand machte Anstalten, ihn zu fotografieren. Keiner stellte eine Frage. Gemeinsam gingen die beiden Polizisten zu Sabatos Wagen. „Was hast du ihnen gesagt?", fragte Marthaler, als der Kriminaltechniker den Motor startete.

„Dass sie brav sein sollen."

In Sabatos Haus angekommen, stellte Marthaler seine Tasche aufs Bett des kleinen Gästezimmers, in dem er schon öfters übernachtet hatte. Er nahm den Waschbeutel heraus und brachte ihn ins angrenzende Badezimmer. Dann benetzte er sein Gesicht mit kaltem Wasser. Er schaute in den Spiegel und schüttelte den Kopf. „Mensch, Alter", sagte er leise, „was macht die Welt nur mit dir?"

Er ging nach oben und stellte sich in den Türrahmen. Froh, nicht allein sein zu müssen, sah er Sabato zu. Der stand am Herd, goss Öl in eine Pfanne und stellte sie auf die Gasflamme. Er ging an den Kühlschrank und nahm zwei große Steaks heraus.

„Für mich musst du dir keine Mühe machen", sagte Marthaler, „ich habe keinen Appetit."

Sabato reagierte nicht. Er schwenkte das Fett und legte die Fleischstücke hinein. Er nahm einen großen Laib Brot aus dem Schrank und säbelte vier riesige Scheiben ab. Dann stellte er eine Schale mit Tomaten auf den Tisch. „Alles ein bisschen improvisiert", sagte er. „Ich werde Elena anrufen, dass sie uns für heute Abend was Ordentliches mitbringt."

„Carlos, wirklich … beim besten Willen, ich kann im Moment nichts essen.“

Sabato drehte sich zu ihm um. „Es hilft Tereza nicht, wenn du jetzt verhungerst.“

„Von verhungern kann keine Rede sein“, sagte Marthaler. „Und dir würde es auch nicht schaden, mal wieder ein paar Pfund abzunehmen.“

Sabato fuchtelte mit der Fleischgabel vor Marthalers Gesicht herum. „Weißt du, was Paul Bocuse gesagt hat, als man ihn fragte, was er von der Diätküche hält? Seine Antwort: ‚Ich bin Koch, kein Arzt.‘ Und jetzt angle dir bitte den Korkenzieher aus der Schublade und mach uns eine Flasche Wein auf. Ich finde wirklich, du könntest dich ein bisschen nützlich machen, wenn du hier schon bekocht wirst.“

Für den Moment war Marthaler über das harmlose Geplänkel froh. Er wusste, dass Sabato ihn von seinen Sorgen ablenken wollte. Dennoch saß er zehn Minuten später am Tisch und stocherte lustlos in seinem Fleisch herum.

„Robert, ich kann nur ahnen, wie es dir geht“, sagte Sabato. „Im Moment können wir lediglich warten. Alles ist möglich, auch das Schlimmste. Was auch kommt, Elena und ich werden für dich da sein. Es gibt nur einen Rat, den ich dir geben kann …“ Marthaler sah ihn fragend an. „Sitz nicht rum. Stürz dich in die Arbeit. Lenk dich ab!“

Marthaler lachte. Aber es war ein bitteres Lachen. „Nichts würde ich lieber tun. Aber weißt du, was Kerstin Henschel und Sven Liebmann zu mir gesagt haben?“

Sabato wischte seine Frage mit einer Handbewegung beiseite. „Natürlich! Sie wollen dich nicht mitspielen lassen, und das kränkt dich. Du kommst dir abgeschoben vor. Aber sie haben Recht damit. Sie können gar nicht anders. Wenn herauskäme, dass du in diesem Fall ermittelst, wäre die Hölle los …“

„Ich soll nicht rumsitzen, aber ich darf nichts tun. Ich soll mich in die Arbeit stürzen, aber ich habe Berufsverbot. Oder glaubst du im Ernst, dass ich im Moment die Geduld aufbringe, an irgendeinem alten, längst vergessenen Fall zu basteln? Ich will, dass die Täter aus dem Stadtwald möglichst schnell gefunden werden. Ich will, dass die, die Tereza das angetan haben, hinter Gitter kommen.“

Sabato war aufgestanden und lief jetzt unruhig in der Wohnküche auf und ab. „Robert, deine Leute sind gut. Lass sie machen. Trotzdem musst du nicht stillhalten. Du musst dich schlau verhalten. Mach dich unsichtbar!

Agier aus dem Hintergrund! Du weißt doch, wie man recherchiert. Sieh zu, was du über andere Kunstdiebstähle herausbekommst. Es wird Fälle geben, die ähnlich abgelaufen sind. Du kannst den Kollegen Material an die Hand geben, das ihnen bei ihrer Arbeit helfen wird."

„Du meinst, Hauptsache, ich stehe ihnen nicht im Weg herum."

„Scheiße, Robert. Du willst es nicht verstehen."

„Doch! Ich verstehe, dass ich mich verkriechen soll. Aber das bin ich nicht. Ich kann Zeugen vernehmen, Verdächtige verhören, Leute beschatten, Klinken putzen. Ich gehöre auf die Straße, nicht ins Büro."

Sabato lachte. „Okay. Fangen wir anders an. Was weißt du über Kunstdiebstähle?"

Marthaler schüttelte verärgert den Kopf, gab aber keine Antwort.

„Ich weiß wenig darüber", sagte Sabato.

„Dann weißt du immer noch mehr als ich", erwiderte Marthaler.

„Was meinst du, warum jemand ein wertvolles Gemälde stiehlt?"

„Wahrscheinlich weil er es verkaufen will."

„Ja. Aber ein wertvolles Bild ist meist auch ein bekanntes Bild. Jeder, dem der Dieb es anbieten würde, wüsste sofort, dass es gestohlen ist. Inzwischen gibt es mehrere Datenbanken im Internet, die ständig über gestohlene Kunstwerke berichten. Kein Galerist, kein ernsthafter Sammler würde einen gestohlenen Picasso, van Gogh oder Monet kaufen. Es gibt praktisch keinen grauen Markt für bedeutende Diebeskunst."

Marthaler überlegte. „Dann hat der Dieb wahrscheinlich einen Auftrag. Und ist damit nicht angewiesen auf den grauen Markt. Er muss nicht mit seiner Beute hausieren gehen, sondern handelt im Auftrag eines verschwiegenen, reichen Liebhabers, der genau dieses Bild haben will und der es sich dann in sein Schlafzimmer hängt."

„Genau so stellen es sich die Filmleute vor. Aber das ist Kino, Robert! Es gibt ihn nicht, diesen Milliardär. Es gibt in der Geschichte der Kunstdiebstähle höchstens ein, zwei Fälle, bei denen man einen solchen Auftrag hat nachweisen können. Dennoch ist der Raub und Handel mit gestohlener Kunst ein florierendes Geschäft."

„Du scheinst dich besser auszukennen auf diesem Gebiet, als du zugeben willst. Langsam frage ich mich, ob die Bilder hier an den Wänden …"

„Ja, witzig. Aber konzentrier dich bitte! Was sonst könnte Kriminelle veranlassen, Gemälde, Statuen, Teppiche oder sonstige Antiquitäten zu stehlen?"

„Woher soll ich das wissen? Vielleicht sind die Kunstdiebe einfach blöd.

Vielleicht lassen sie sich blenden von den Summen, die oft genannt werden, wenn es um den Wert eines Kunstwerks geht. Sie hören, dass bei einer Auktion in Paris oder London ein Seerosen-Bild von Monet zehn Millionen Euro erzielt, und denken sich: Prima, dann fahre ich bei dem neuen Besitzer vor, hole das Bild raus, werfe es auf den Rücksitz und bin um zehn Millionen reicher."

Sabato lachte. „Vollkommen richtig. Bei einem großen Teil der Kunstdiebe handelt es sich um naive Idioten. Was sie sich da ans Bein gebunden haben, merken sie erst, wenn sie versuchen, die heiße Ware zu verhökern. Am Ende sind sie oft froh, wenn sie von einem Hehler ein Zehntel oder gar nur ein Hundertstel des offiziellen Marktwertes erhalten. Allerdings trifft das längst nicht auf alle zu. In der organisierten Kriminalität werden Kunstwerke immer öfter als Währung akzeptiert. Berühmte Gemälde werden benutzt, um schmutziges Geld zu waschen oder um Drogen zu bezahlen."

„Das heißt aber: Ein gestohlener Picasso findet nicht einfach einen neuen Besitzer, sondern er kursiert, er geht in der Unterwelt von Hand zu Hand?", fragte Marthaler.

„Genau. Und es gibt noch eine weitere Methode, durch einen Kunstraub reich zu werden. Man nennt diese Methode *Artnapping*. Kunstwerke werden gestohlen, um dann von den rechtmäßigen Besitzern oder von der Versicherung ein Lösegeld zu erpressen." Sabato hielt inne. „So weit mein kleiner Crashkurs in Sachen Kunstraub. Ich will dir klarmachen, dass es sich lohnt, wenn man Bescheid weiß. Dass es sich lohnt dranzubleiben."

Marthaler nickte. Er öffnete die Terrassentür, trat ins Freie und wählte die Nummer der Klinik auf seinem Handy. Der Pfleger, mit dem er sprach, hatte gerade seinen Dienst angetreten. Es war niemand zu erreichen, der Marthaler Auskunft geben konnte.

Sabato schaute ihn fragend an. Marthaler schüttelte den Kopf. „Noch nichts Neues! Ich soll es später noch einmal versuchen …"

3 Kurz nach halb sechs wachte Marthaler auf. Er merkte, dass er nicht wieder würde einschlafen können. Sofort waren seine Gedanken bei Tereza. Er hatte gestern noch ein weiteres Mal in der Klinik angerufen, aber wieder hatte man ihn vertröstet. „Kommen Sie morgen früh", hatte die Stationsschwester gesagt, „dann wissen wir sicher schon mehr."

Er hatte mit Elena und Carlos Sabato den Abend im Freien verbracht. Sie hatten im Garten gesessen und Wein getrunken. Die beiden hatten versucht, ihn zu trösten und abzulenken, aber ihre Sorge um Tereza war kaum kleiner als seine eigene.

Marthaler stand auf und ging ins Badezimmer. Er putzte sich die Zähne, dann stellte er sich lange unter die Dusche. Vor dem Spiegel bemerkte er, dass sich auf der Haut seiner Schultern und am Hals ein Ausschlag gebildet hatte. Er beugte sich vor, betrachtete die punktartigen Rötungen und beschloss, sie zu ignorieren.

Als er nach oben kam, stand Elena im Bademantel in der Küche und kochte Kaffee. Sie sah ihn an. „Hast du geschlafen?"

„Ein wenig", sagte er.

Sie saßen zusammen am Küchentisch, ohne zu reden. Als er seinen Kaffee ausgetrunken hatte, bestellte er sich ein Taxi.

„Was hast du vor?", fragte Elena.

„Ich muss kurz nach Hause, um Terezas Versichertenkarte zu holen; dann fahre ich in die Klinik."

„Grüßt du sie von uns, wenn …"

„Wenn das schon geht, meinst du?"

Elena nickte.

„Natürlich."

„Kommst du heute Abend?"

„Dürfte ich denn?"

„Du musst selbst entscheiden, aber wir würden uns freuen." Elena nahm einen Schlüssel aus einer Schublade und gab ihn Marthaler. „Hier", sagte sie. „Jetzt kannst du kommen und gehen, wann immer du magst. Doch wenn du nicht kommst, aber etwas aus der Klinik hörst, sag uns kurz Bescheid."

Marthaler versprach es. Zum Abschied umarmte er Elena. „Grüß Carlos!"

DER BÜRGERSTEIG war leer. Vor seinem Haus war niemand zu sehen.

Marthaler hatte sich in die Textorstraße bringen lassen, wo er seinen Wagen vorgestern Abend in der Nähe des Germania abgestellt hatte. Schon im Taxi hatte er sich immer wieder umgeschaut. Und auch als er mit seinem eigenen Wagen in den Großen Hasenpfad gefahren war, hatte er jedes andere Fahrzeug misstrauisch beobachtet. Niemand war ihm gefolgt. Niemand wartete auf ihn. Entweder hatten die Journalisten aufgegeben oder es war ihnen noch zu früh.

Im Schlafzimmer kramte Marthaler in Terezas Nachttischschublade, nahm ihre Versichertenkarte und steckte sie ein. Als das Telefon läutete, schreckte er auf. Er sah auf die Uhr. Es war kurz vor sieben. Er stürzte an den Apparat und nahm den Hörer von der Station. „Marthaler! – Gibt es etwas Neues?“

Am anderen Ende herrschte Schweigen.

„Spreche ich mit der Klinik?“, fragte er.

„Nein! Hören Sie, Marthaler …“

„Mit wem spreche ich?“

„Ich sage es Ihnen, wenn Sie mir versprechen, nicht sofort aufzulegen.“

„Wer ist da, verdammt noch mal?“

„Grüter. Arne Grüter, *City-Express*.“

Marthaler war so perplex, dass er für ein paar Sekunden nicht wusste, was er sagen sollte. Arne Grüter war Chefreporter des größten Frankfurter Boulevardblattes. Marthaler war bereits mehrfach mit ihm aneinandergeraten. Es gab kaum einen Menschen, den er mehr verachtete. Für eine aufsehenerregende Schlagzeile war Grüter bereit, alle Grundsätze des Anstands über Bord zu werfen.

„Marthaler, hören Sie, ich muss mit Ihnen sprechen. Es ist wichtig.“

Sofort begann Marthaler zu brüllen: „Was fällt Ihnen ein, Sie Idiot! Wagen Sie es nicht, noch einmal hier anzurufen, sonst werde ich Sie vor Gericht zerren. Haben Sie das verstanden?“ Wütend beendete er das Gespräch.

Als er in der Diele stand, läutete das Telefon abermals. Marthaler nahm nicht ab. Er steckte seine Schlüssel ein und zog die Tür hinter sich ins Schloss.

DIE SCHWESTER empfing ihn am Eingang zur Station. Es war dieselbe, mit der er gestern gesprochen hatte. Er sah auf ihr Schild und las ihren Namen. Sie hieß Gerlinde Leutheuser. „Sind Sie immer noch hier oder schon wieder?“, fragte er.

Sie lächelte. „Schon wieder. Ich habe ein paar Stunden geschlafen. Es ist Urlaubszeit, und wir haben zu wenig Personal.“

Marthaler nickte. „Wie geht es ihr?“

„Kommen Sie, ich bringe Sie in unser Angehörigenzimmer. Dr. Schaper wird gleich zu Ihnen kommen. Er ist unser Oberarzt und derjenige, der Ihre Fragen am besten beantworten kann.“

Sie führte ihn in einen kleinen, schmucklosen Raum, in dem ein Tisch und vier Stühle standen. „Soll ich Ihnen etwas zu lesen bringen?“, fragte sie.

„Nein“, antwortete Marthaler und setzte sich auf einen der Stühle. „Ich fürchte, ich kann mich sowieso nicht konzentrieren.“

„Was ist mit Ihnen? Warum kratzen Sie sich dauernd am Schlüsselbein?“

„Nichts, ich habe einen Ausschlag.“

„Darf ich bitte mal sehen?“

Marthaler zögerte. Es war ihm unangenehm, sein Hemd vor der fremden Frau aufzuknöpfen. Schließlich tat er, worum sie ihn gebeten hatte. Die Schwester beugte sich kurz über ihn. Dann sah sie ihm mit strenger Miene in die Augen. „Nein, Herr Marthaler, das ist kein einfacher Ausschlag, das sind die Windpocken.“

„Und … was heißt das?“

„Ich kann Ihnen eine Salbe mitgeben gegen den Juckreiz. Viel mehr kann man nicht dagegen tun. Aber Sie sollten einen Arzt aufsuchen. Es kann sein, dass Sie hohes Fieber bekommen. Vor allem aber heißt es, dass Sie auf keinen Fall Kontakt zu unserer Patientin haben dürfen.“

„Ich darf Tereza nicht sehen?“

„Vollkommen ausgeschlossen! Sie ist schwanger, und die Krankheit ist hochinfektiös.“

„Aber ich …“

„Kein Aber, mein Herr! Ich hole jetzt Dr. Schaper.“

Marthaler sah der Schwester nach, die sich auf den leise quietschenden Sohlen ihrer Gesundheitsschuhe entfernte.

Der Oberarzt trug unter seinem weißen Kittel eine Jeans und Sportschuhe. Marthaler schätzte den Mann auf Mitte dreißig. Er sah sportlich aus und begrüßte Marthaler mit einem festen Händedruck. „Mein Name ist Andreas Schaper. Ich bin einer der Ärzte, die Frau Prohaska betreuen. Sie sind nicht mit ihr verheiratet?“

„Nein, aber wir sind ein Paar. Sie können mir Auskunft geben, wir …“

„Deshalb frage ich nicht. Ich wollte nur wissen, ob ich unsere Patientin als Ihre Frau oder als Ihre Partnerin bezeichnen soll.“

„Nennen Sie sie meine Frau! Wie geht es ihr?“

Der Arzt hob die Brauen. „Sie hat einen Lungendurchschuss, der auf der rechten Seite zu einem Pneumothorax geführt hat. Das heißt, dieser Lungenflügel steht für die Atmung nicht mehr zur Verfügung. Außerdem hat sie sehr viel Blut verloren, das zum Teil in die Lunge gelaufen ist. Wir haben eine Drainage und eine Transfusion durchführen müssen.“

Marthaler sah den Arzt verständnislos an. So wenig er von Medizin verstand, er begriff doch, wie bedrohlich Terezas Zustand war.

„Es geht ihr nicht gut, Herr Marthaler."

„Aber sie wird nicht sterben, oder? Sie wird wieder gesund?"

Dr. Schaper zögerte. „Wir wissen es nicht. Dafür ist es noch zu früh. Trotzdem hat sie Glück gehabt. Sie ist schnell versorgt worden. Aber ihre Schwangerschaft macht es nicht leichter. Um sie zu entlasten, wird sie vorerst unter Narkose bleiben. Aber wir müssen bei der Medikamentierung sehr vorsichtig sein."

„Und das Baby?"

Dr. Schaper presste die Lippen zusammen. „Auch dazu kann ich Ihnen noch nichts sagen. Es kann zu der Situation kommen, dass wir abwägen müssen. Es könnte passieren, dass wir zwar das Leben Ihrer Frau retten können, aber nicht das des Fötus."

Marthaler fühlte sich wie betäubt. „Aber wann wissen Sie etwas? Wann kann ich mehr erfahren?"

„Sie dürfen jederzeit kommen. Wir werden uns immer bemühen, Ihre Fragen zu beantworten. Und Sie können natürlich auch anrufen."

„Danke", sagte Marthaler. „Gehen Sie wieder an Ihre Arbeit. Und nehmen Sie sich Zeit für Tereza."

„Da dürfen Sie sicher sein."

Als Marthaler auf den Flur trat, rief die Stationsschwester seinen Namen. „Darf ich Sie noch einmal an Frau Prohaskas Versichertenkarte erinnern?"

„Entschuldigung, ja", sagte er. „Ich habe sie dabei."

Gerlinde Leutheuser stellte eine Plastiktüte auf den Tresen. „Ihr Schmuck und ihre Kleidung", erklärte sie. „Wir haben ihr die Sachen ausgezogen. Ich dachte, Sie wollen sie vielleicht mitnehmen. Die Salbe gegen den Juckreiz habe ich ebenfalls reingepackt."

Marthaler stand vor der Stationsschwester und sah sie an. „Ich wünschte, ich könnte ihr helfen. Ich wünschte, ich könnte irgendetwas tun", sagte er.

„Denken Sie an sie! Denken Sie einfach oft an Ihre Frau!"

Als Marthaler kurz darauf über den Parkplatz zu seinem Wagen ging, läutete sein Mobiltelefon. Er schaute auf das Display, aber es wurde keine Nummer angezeigt. Trotzdem nahm er das Gespräch an.

„Legen Sie jetzt nicht wieder auf, Marthaler. Es geht um die Sache im Wald; ich habe Informationen für Sie!" Es war Grüter.

„Woher haben Sie meine Handynummer?" Marthaler sprach langsam und leise. Seine Stimme klang bedrohlich.

„Es ist egal, woher ich Ihre Nummer habe. Wir müssen uns treffen. Es ist in Ihrem …"

„Grüter, ich will wissen, wer Ihnen meine Handynummer gegeben hat!"

„Ich bin Journalist, Marthaler. Ihr Polizisten müsst nicht glauben, dass ihr die Einzigen seid, die in der Lage sind, Ermittlungen anzustellen."

Grüter hatte Recht. Es gehörte zum täglichen Handwerkszeug eines Reporters, eine geheime Telefonnummer herauszubekommen. „Ich habe Ihre Nummer schon lange", sagte Grüter. „Da ich bisher noch keinen Gebrauch von ihr gemacht habe, können Sie mir vielleicht diesmal vertrauen. Was ich Ihnen zu sagen habe, ist wichtig."

Marthaler lachte. „Ihnen vertrauen? Sie machen wirklich Witze. Nichts, was Sie mir zu sagen haben, kann wichtig sein, da ich grundsätzlich davon ausgehe, dass Sie lügen, sobald Sie den Mund aufmachen. Und damit ist dieses Gespräch beendet."

„Tereza", stieß Grüter hervor, „es geht um Tereza. Sie wollen, dass die Leute gefunden werden, die ihr das angetan haben, oder?"

„Grüter, Sie sagen mir jetzt augenblicklich, was Sie zu sagen haben, sonst werde ich Sie wegen Unterschlagung von Beweismitteln drankriegen."

„Werden Sie nicht, Herr Hauptkommissar. Diesmal läuft es nach meinen Bedingungen." Marthaler hörte das Klicken eines Feuerzeugs. Grüter inhalierte den Rauch seiner eben angezündeten Zigarette. „Sie sind raus aus dem Fall, stimmt's?"

Marthaler antwortete nicht.

„Man hat Ihnen gesagt, dass Sie mit den Ermittlungen im Stadtwald nichts zu tun haben, damit nichts zu tun haben dürfen. Liege ich richtig?"

Marthaler schwieg noch immer.

„Gut, wenn Sie nicht reden wollen, erzähle ich die Geschichte eben allein weiter", sagte Grüter. „Sie sollen sich fernhalten von dem Fall, und das stinkt Ihnen mächtig. So, wie Sie gestrickt sind, glauben Sie nämlich, dass ohne Sie der Laden nicht läuft, jedenfalls nicht so gut wie mit Ihnen. Also würden Sie am liebsten auf eigene Faust ermitteln. Aber Sie wissen nicht wie. Sie haben keinen Ansatzpunkt."

Treffer, dachte Marthaler. Mit jeder seiner Vermutungen hatte Grüter Recht. „Also", sagte Marthaler, „spucken Sie es aus! Sagen Sie, was Sie mir zu sagen haben."

„Nein, nicht am Telefon. Kennen Sie das Café auf dem Liebfrauenberg? Können Sie um siebzehn Uhr dreißig dort sein?"

„Ja."

„Tun Sie genau, was ich Ihnen sage. Stellen Sie Ihren Wagen ins Parkhaus an der Hauptwache. Gehen Sie zu Fuß auf den Liebfrauenberg. Trinken Sie einen Kaffee oder was immer Sie mögen und warten Sie! Und sprechen Sie mit niemandem darüber! Verstanden?"

„Verstanden!"

„Halten Sie Ihr Handy startklar! Ich werde Sie um Punkt siebzehn Uhr dreißig anrufen und Ihnen weitere Anweisungen geben."

„SIND SIE da?", fragte Grüter.

„Allerdings bin ich da. Ich warte! Es ist schon Viertel vor sechs. Was soll das? Macht es Ihnen Spaß, mich nach Ihrer Pfeife tanzen zu lassen?"

Marthaler hörte ein heiseres Lachen. „Zugegeben", sagte Grüter, „es macht mir Spaß. Aber das ist nicht der Grund für meine Verspätung. Ich musste noch kurz mit meinem Verleger über ein kleines Budget verhandeln. Egal! Zahlen Sie jetzt!"

„Schon passiert", sagte Marthaler.

„Gut, lassen Sie Ihr Handy eingeschaltet. Gehen Sie zum Westeingang der Kleinmarkthalle und achten Sie darauf, dass Ihnen niemand folgt."

„Sie spinnen, Grüter. Wer soll mir folgen? Es weiß niemand, dass ich hier bin."

„Und das soll auch so bleiben. Ich glaube, es wäre im Moment weder für Sie noch für mich gut, wenn wir zusammen gesehen würden. Also tun Sie, was ich Ihnen sage."

Marthaler stand auf. „Okay", sagte er eine Minute später. „Wie weiter?"

„Gehen Sie zügig durch die Kleinmarkthalle."

„Sie sind gut … zügig. Hier ist Feierabendbetrieb." Marthaler drängte sich durch die gut gekleidete Kundschaft, die hier zwischen den Ständen entlangschlenderte. Schließlich hatte er den östlichen Ausgang erreicht. „Weiter, Grüter! Ich bin da. Ich bin wieder draußen."

„Gut. Bleiben Sie einen Moment stehen. Ich will mich vergewissern, dass Sie keinen Anhang mitgebracht haben … Auf der anderen Straßenseite steht ein dunkelroter BMW mit getönten Scheiben. Sehen Sie den? Kommen Sie jetzt zügig rüber!"

Marthaler beendete das Gespräch. Er überquerte die Straße, warf noch einmal einen Blick auf die Passanten, dann öffnete er die Wagentür und stieg ein.

Grüter war einen halben Kopf kleiner als Marthaler. Mit seiner gedrungenen Gestalt wirkte er wie ein Kirmesboxer. Er hatte eine Sonnenbrille auf und schaute Marthaler nicht an. Er startete den Wagen und wendete. „Kennen Sie Mirko?", fragte er, als sie sich auf der Berliner Straße in den Feierabendverkehr einreihten.

„Wo fahren wir hin?", fragte Marthaler.

„Zu Mirko. Kennen Sie ihn?"

„Nein, verdammt, und er interessiert mich auch nicht. Was soll die Nummer? Wenn Sie etwas wissen, sagen Sie es! Wenn nicht, lassen Sie mich aussteigen."

Grüter schaute weiter auf die Fahrbahn. „Marthaler, tun Sie mir einen Gefallen. Hören Sie auf, sich zu zieren wie eine Jungfrau. Geben Sie mir zwei Stunden von Ihrer im Moment sowieso nicht sehr kostbaren Zeit, aber zicken Sie nicht dauernd rum. Wenn Sie nach diesen zwei Stunden das Gefühl haben, dass mein Handel Sie nicht interessiert – okay, dann fahre ich Sie zurück zu Ihrem Wagen. Sie steigen aus, und wir beide vergessen, dass wir miteinander gesprochen haben."

„Wer ist Mirko?", fragte Marthaler.

Arne Grüter grunzte zufrieden. Er steuerte den Wagen auf der Friedberger Landstraße in Richtung Norden. „Sagen wir: Mirko ist ein etwas ungewöhnlicher Gastwirt und ein begnadeter Koch. Sie werden es gleich selbst erleben. Er stammt aus der Slowakei, seine Eltern waren Albaner, aber er behauptet, dass er Österreicher ist. Mirko hat eine reichlich bunte Vergangenheit und würde sicher keine Lizenz bekommen, um eine offizielle Gastwirtschaft zu betreiben. Also hat er einen Klub gegründet, den er ‚Club Gourmet' nennt. Es gibt weder einen Eintrag im Handelsregister noch im Telefonbuch. Es kursiert lediglich eine Visitenkarte mit Mirkos Handynummer. Eigentlich darf er nur Gäste bedienen, die Mitglieder seines Klubs sind, allerdings nimmt er es damit nicht allzu genau. Man ruft ihn an, fragt, was es heute zu essen gibt, dann darf man vorbeikommen."

„Wir sind angemeldet?", fragte Marthaler.

„So ist es!"

Sie erreichten die Siedlung Frankfurter Berg. Hinter drei großen Supermärkten setzte Grüter den Blinker nach rechts, dann parkte er den Wagen inmitten des unwirtlichen Gewerbegebietes am Straßenrand.

Mit dem Kopf zeigte der Reporter auf einen 2,50 Meter hohen Industriezaun, hinter dem die Wipfel einiger Bäume hervorragten. „Hier ist es!"

In der Mitte des Zaunes befand sich ein zweiflügeliges Tor. Auf einem

Schild war die Aufschrift zu lesen: NUR FÜR KLUBMITGLIEDER. BITTE KLINGELN.

Noch bevor Grüter auf den Knopf gedrückt hatte, begann das Tor, sich nach innen zu öffnen. Marthaler legte den Kopf nach hinten. Nun sah er die kleine Videokamera, die auf den rechten Torpfosten montiert war. Für einen Moment wurde ihm unbehaglich zumute. Unwillkürlich tastete er unter seinem Jackett nach der Dienstwaffe.

„Grüter, ich sage Ihnen, wenn Sie mich hier in irgendeine Scheiße gelockt haben …“

Grüter lachte sein Kohlenkastenlachen. „Marthaler, entspannen Sie sich. Gleich gibt's ein frisch gezapftes tschechisches Bier und lecker Essen. Machen Sie sich locker, Herr Kommissar.“

Als sich die beiden Flügel des Tores ganz geöffnet hatten, konnte Marthaler das Grundstück überblicken: eine große, zerrupfte Wiese mit ein paar Birken. Links standen in der Nähe des Zauns die Wracks zweier Personenwagen und eines Motorrads.

Marthaler wandte seinen Blick nach rechts und sah ein rundes Zelt mit einem spitzen Dach, über dem eine rot-weiße Fahne wehte. Dahinter stand ein großer Bauwagen, dessen Fenster mit Scheibengardinen geschmückt waren. Zwei niedrigere, aber ebenfalls geräumige Zelte, deren Seitenplanen aufgerollt waren, bildeten den L-förmig angeordneten Gastraum. Als sie sich näherten, konnte Marthaler sehen, dass auf den langen Tischen kleine Vasen mit künstlichen Blumen standen. Über allem schwebte eine Lichterkette mit bunten Glühbirnen, die von der Mittelstange des Rundzeltes bis zum Dach eines bemalten Toilettenwagens an der Grenze des Grundstücks reichte.

„Mirko, alte Socke, wo bist du?!“, rief Grüter.

Man hörte das Scheppern von Töpfen und das unverständliche Brummen einer Männerstimme. Mirko erschien in der Tür des Bauwagens. Er war etwa eins achtzig groß, Marthaler schätzte ihn auf Anfang sechzig. Er trug eine Kochmütze und eine weiße Schürze, hinter der sich sein Bauch wölbte. Mit dem mächtigen Backenbart sah er aus wie das Ebenbild von Franz Joseph, dem österreichisch-ungarischen Monarchen.

„Kommt ihr ja richtich pünktlich, habt ihr hoffentlich Hunger oder was?“, sagte Mirko. „Kommt ihr rein. Trinkt ihr erst ma schön wasn Bierchen, zapft ihr euch selbst.“

Marthaler sah sich nach Grüter um. Der ging zur Zapfanlage, drehte den Hahn auf und ließ das braune Bier in zwei Gläser laufen. Währenddessen verschwand Mirko in seinem Wagen, wo ihn Marthaler durch die offene Tür am Herd hantieren sah.

Mirko brachte zwei Schälchen mit Salat und forderte Marthaler auf, sich zu setzen. „Habt ihr noch schön ’nen halbes Stündchen Zeit, könnt ihr in Ruh noch was schwätzen un essen.“

„Was meinen Sie damit, dass wir noch eine halbe Stunde Zeit haben?“

„Nee, machen wir nich mit Sie. Duzen wir uns hier alle. Bin ich der Mirko.“ Er streckte Marthaler die Hand hin, was diesen so überraschte, dass er instinktiv einschlug und seinen Vornamen nannte. „Halbes Stündchen, bis der Dings kommt, seid ihr noch unter euch. Hol ich ma rasch euer Gulasch.“

Während Mirko zurück in die Küche ging, stellte Arne Grüter die beiden Biere auf den Tisch und setzte sich Marthaler gegenüber.

„Wer kommt in einer halben Stunde?“, fragte dieser. „Was soll das jetzt wieder?“

„Prost, Herr Hauptkommissar, jetzt spitzen Sie mal die Ohren!“

Marthaler hob sein Glas, stieß aber nicht mit Grüter an.

„Bei Mirko verkehren die unterschiedlichsten Typen. Leute aus dem Milieu genauso wie Leute aus der Justiz. Hier hocken Ihre Kollegen von der Sitte neben Nachtklubbesitzern; gelegentlich war auch schon die ein oder andere Dame dabei, und ich glaube nicht, dass alle immer getrennt nach Hause gegangen sind.“

„Und Sie sitzen unterm Tisch und schnappen nach den Krümeln?“, fragte Marthaler.

Mirko kam, stellte das Essen auf den Tisch und verschwand sofort wieder.

Grüter lachte. „So ähnlich. Mirkos Klub ist eine Nachrichtenbörse. Hier erfährt man Dinge, die einem kein Pressesprecher je erzählen würde. Und manchmal gehen für eine gute Information auch ein paar Scheine über den Tisch.“

„Womit wir endlich zur Sache kommen können“, sagte Marthaler.

Grüter nahm ein Besteck und schob sich eine Gabel mit Gulasch in den Mund. Dann wartete er, bis Marthaler es ihm gleichtat, und schaute ihn erwartungsvoll an. „Und, was sagen Sie?“

Marthaler brummte zustimmend. Mirko war ganz unbestreitbar ein hervorragender Koch. Das Gulasch war aus zartem Kalbfleisch und auf den Punkt gegart. Es lag in einer leichten Weißweinsoße mit Steinpilzen und Pfifferlingen. Im lockeren Teig der Serviettenknödel schmeckte man eine Spur frischer Kräuter.

„Gestern Abend rief Mirko mich an und erzählte, dass hier ein Typ vor seinem Bier sitzt, der als Schließer im Butzbacher Knast arbeitet. Der Typ wollte wissen, ob irgendwer an einem Tipp zu dem Kunstraub interessiert sei. Ich war interessiert, bin in mein Auto gestiegen und saß zwanzig Minuten später mit dem Mann an genau dem Tisch, an dem wir jetzt sitzen. Gundlach, so heißt der Knabe, hat es verstanden, sich mit den Knackis in Butzbach gut zu stellen. Er besorgt ihnen, was sie brauchen, und natürlich tut er das nicht umsonst."

„Also ist er selbst ein Krimineller!", sagte Marthaler.

„Sagen wir: Er weiß, wie der Hase läuft. Und offensichtlich hat er nicht viele Skrupel."

„Und was hatte er Ihnen zu sagen?"

„Moment", sagte Grüter. „Jedenfalls haben wir eine Weile geredet, ohne dass er so recht mit der Sprache rauswollte. Einerseits war er scharf auf das Honorar, das ich ihm angeboten habe, andererseits meinte er, dass die Sache ziemlich heiß sei und er das Ganze besser seinen Vorgesetzten melden sollte, damit man ihn nicht wegen Mitwisserschaft drankriegt."

„Und? Weiter!"

„Ich habe ihm gesagt, dass er zwei Fliegen mit einer Klappe schlagen kann. Ich habe ihm geraten, mit mir und mit der Polizei zu sprechen. Den Rest wird er Ihnen gleich selbst erzählen."

„Das heißt, Gundlach kommt hierher?"

„Genau! Sie sind der Polizist, mit dem er spricht."

„Und was ist Ihre Rolle in diesem Stück?", fragte Marthaler.

„Ich bin der gute Geist, der zusammenbringt, was zusammengehört."

„Und? Ihre Bedingung? Was wollen Sie von mir?"

„Die Geschichte, Marthaler. Was soll ein Reporter anderes wollen? Ich will die Geschichte, die Sie mir liefern werden."

„Nehmen wir mal an, dieser Gundlach hat wirklich eine wichtige Information. Meinen Sie, dann lässt die Polizei einen Reporter als Begleithund bei den Ermittlungen mitlaufen?"

„Nicht die Polizei, Marthaler. Sie! Sie ganz allein. Schon in Ihrem eigenen Interesse werden Sie Gundlachs Informationen mit niemandem teilen – außer mit mir!"

„Und was, wenn ich Ihnen jetzt das Blaue vom Himmel verspreche und mich später nicht daran halte? Wenn ich zwar ermittle, aber Sie nichts davon erfahren?"

„Dann habe ich auch eine Geschichte: die von dem Polizisten, der sich auf finstere Geschäfte mit finsteren Reportern und Gefängnisangestellten einlässt und heimlich in einem Fall ermittelt, in dem er nicht ermitteln darf."

Gundlach war jünger, als Marthaler ihn sich vorgestellt hatte. Er schätzte ihn auf Anfang dreißig. Er war groß und durchtrainiert, sein Händedruck fest. „Sie sind Polizist?", fragte er.

Marthaler nickte.

„Würden Sie mir Ihren Ausweis zeigen?"

Marthaler wunderte sich über diese Bitte, zog aber seine Brieftasche hervor und klappte sie auf. Gundlach notierte sich seinen Namen und die Dienstnummer.

„Ich kann mich also darauf verlassen, dass das, was ich Ihnen jetzt erzähle, aktenkundig wird. Sie gehen der Sache nach. Es wird behandelt wie eine Anzeige."

„Hören Sie, Gundlach. Sie sind ein cleveres Bürschchen. Sie wollen beim *City-Express* kassieren und gleichzeitig vor dem Gesetz gut dastehen. Einigen wir uns fürs Erste darauf, dass unser Gespräch nicht stattgefunden hat. Sollten Sie irgendwann in Schwierigkeiten geraten, dürfen Sie meinen Namen verwenden, aber nur dann. Ich versichere Ihnen, wenn irgendwas dran ist an Ihren Informationen, werde ich der Sache nachgehen. Und jetzt will ich endlich hören, um was es überhaupt geht."

Gundlach saß auf der Bank, die Arme angewinkelt wie die eines Boxers. „Sagt Ihnen der Name Bruno Kürten etwas?"

Marthaler legte die Stirn in Falten. „Kommt mir bekannt vor, aber helfen Sie mir …"

„Er wird ‚der kleine Bruno' genannt, ist nur gut eins sechzig groß, aber ein echter Tausendsassa, jedenfalls war er das. Ein schlauer, gebildeter Typ und ein begnadeter Techniker. Er stand in dem Ruf, der Fachmann für Alarmanlagen zu sein. Schon Ende der Fünfzigerjahre hatte er auf dem Sandweg ein Antiquitätengeschäft. Dort betrieb er im Hinterzimmer einen florierenden Handel mit gestohlenen Bildern, Teppichen und Juwelen. Aber eigentlich war der kleine Bruno zu gutmütig für das Milieu, in dem er sich bewegte. Und er hat sich immer wieder erwischen lassen. Ich weiß nicht, wie oft er in den letzten Jahren bei uns in Butzbach gesessen hat."

„Ja", sagte Marthaler, „jetzt erinnere ich mich. Es gab den ein oder anderen Kollegen, der von ihm erzählt hat. Er galt als sehr umgänglicher Mensch."

„Das ist er auch. Er war immer freundlich, lustig, hatte gute Geschichten drauf. Unter den Gefangenen war er derjenige, mit dem ich am besten auskam. Wir hatten uns sogar ein bisschen angefreundet. Allerdings ist die Haft nicht spurlos an ihm vorübergegangen. Er hustet ständig; sein Haar ist weiß, seine Haut grau geworden. Vor vier Monaten ist er entlassen worden, seitdem hatte ich ihn nicht mehr gesehen. Aber gestern ist er mir zufällig über den Weg gelaufen …"

Mirko hatte sich genähert. Ein paar Meter entfernt blieb er stehen und trocknete seine Hände an der Schürze ab. „Wollt ihr vielleicht noch schön wasn Bierchen? Kleinen Sliwowitz?"

Marthaler entschied für die beiden anderen mit. „Nein, keinen Alkohol mehr. Bring uns eine große Flasche Wasser! Und … Mirko, das Essen war ganz vorzüglich."

Mirkos Augen leuchteten kurz auf.

„Ich hatte Frühdienst", fuhr Gundlach fort. „Bin mittags von Butzbach mit dem Zug nach Frankfurt gefahren und hab mir unten im Hauptbahnhof einen Schoppen gegönnt. Plötzlich sah ich den kleinen Bruno durch die B-Ebene schleichen. Er war wahnsinnig nervös und hat sich dauernd umgeschaut. Als er vorbeikam, hab ich von innen an die Scheibe geklopft. Er ist regelrecht zusammengezuckt vor Schreck. Ich bin raus und hab ihn überredet, mit mir ein Gläschen zu trinken. Ich hab ihn gefragt, was er macht, wovon er lebt; wir haben über diesen und jenen gesprochen, aber Bruno war nicht bei der Sache. Egal was ich gefragt habe, er ist ausgewichen. Als ich auf den Überfall im Stadtwald zu sprechen kam, hat er jede Farbe verloren, hat regelrecht angefangen zu zittern. ‚Was ist, Bruno? Du hast doch nicht etwa was damit zu tun?', habe ich ihn gefragt. Er hat heftig den Kopf geschüttelt. Dann hat er mir etwas ins Ohr geflüstert."

„Was?", platzte Grüter heraus.

Gundlach genoss die Aufmerksamkeit der beiden Männer. „Er hat gesagt: ‚Ich hab nix damit zu tun. Aber ich weiß, wer es war. Und die wissen, dass ich es weiß.'"

„Wer ‚die'?", fragte Marthaler. „Wer war es?"

Gundlach schüttelte den Kopf. „Tut mir leid. Das ist alles, was er gesagt hat. Danach ist er abgehauen. Hat seinen Schoppen stehen lassen und ist verschwunden."

„Sie gehen also davon aus, dass der kleine Bruno die Täter kennt. Und dass die Täter wissen, dass er sie kennt?"

„Anders konnte man seine Worte nicht verstehen."

„Wo kann ich Bruno finden?", fragte Marthaler. „Sie wissen, wo er wohnt?"

Gundlach zeigte seine leeren Handflächen. „Hab nicht den Schimmer einer Ahnung."

„Aber er muss doch bei seiner Entlassung eine Adresse angegeben haben, unter der er künftig erreichbar ist."

„Ja, hat er, ich habe heute in der Verwaltung nachgefragt. Auf dem Weg hierher bin ich dort vorbeigefahren. Es ist die Adresse vom Tierheim. Das ist einer von Brunos Scherzen. Er hat immer gesagt: ‚Jedem Hund geht es in diesem Land besser als einem ehemaligen Knacki.' Also hat er die Adresse vom Tierheim angegeben."

„Vielleicht hat er eine eigene Wohnung, vielleicht ist er sogar irgendwo polizeilich gemeldet. Ich werde das sofort überprüfen", sagte Marthaler. Aber ein Blick in Gundlachs Gesicht nahm ihm jede Hoffnung, dass es so einfach sein würde.

„Vergessen Sie's, Herr Kommissar. Der kleine Bruno stand vor dem Nichts. Der hatte kein Geld, keine Aussicht auf einen Job und keine Menschenseele, die bereit gewesen wäre, ihn zu unterstützen. Der war am Ende. Und so, wie er gestern aussah und wie er gerochen hat, würde ich vermuten, dass er auf der Straße lebt."

„Aber selbst dann muss er zu finden sein. Er muss irgendwo schlafen. Es gibt Schlafplätze im Freien, die von den Wohnsitzlosen bevorzugt aufgesucht werden … Wenn er wirklich etwas weiß, dann muss ich ihn finden. Und dann *werde* ich ihn finden."

Gundlach lächelte fast ein wenig mitleidig. „Dann wünsche ich Ihnen viel Glück, Herr Kommissar. Aber vergessen Sie nicht: Er hatte Angst. So wie er benimmt sich nur jemand, der sich auf der Flucht befindet. Der kleine Bruno hatte große Angst."

Sobald sie bezahlt hatten, stand Marthaler auf. „Ich suche mir ein Taxi", sagte er.

Als er das Tor schon fast erreicht hatte, hörte er noch einmal Grüters kratzige Stimme. „Herr Hauptkommissar! Denken Sie dran: Wir haben eine Abmachung. Ich erwarte Ihren ersten Anruf morgen früh zwischen neun und zehn Uhr."

„Sonst?"

„Sonst erscheint mein erster Artikel ohne Rücksprache mit Ihnen."

MARTHALER hatte seinen Wagen aus dem Parkhaus geholt, dann war er ins Weiße Haus gefahren. Der Eingang war abgeschlossen, alle Büros waren dunkel. Seine Kollegen hatten entweder längst Feierabend gemacht oder waren noch im Einsatz.

Auf dem Schreibtisch in Marthalers Büro lag eine Notiz seiner Sekretärin: *Kann Dich telefonisch nicht erreichen. Mache mir Sorgen. Melde Dich! Elvira.*

Er schaltete den Computer an und wartete, bis er hochgefahren war. Er gab den Namen Bruno Kürten ein, um zu sehen, was sie in POLAS über ihn hatten. Die Angaben deckten sich mit den Informationen, die ihm Gundlach bereits gegeben hatte. Marthaler schaute sich die Chronologie der Straftaten an, die der kleine Bruno begangen hatte. Als er das Jahr 1994 erreichte, stutzte er. „Beteiligung an einem Kunstraub, Frankfurt am Main" stand dort. Er klickte die Information an. Der kleine Bruno war einer der Männer, die am 28. Juli 1994 zwei Ölgemälde von William Turner und eines von Caspar David Friedrich in der Schirn Kunsthalle gestohlen hatten. Er war dafür verurteilt worden und ins Gefängnis gekommen.

Marthaler rief eine Suchmaschine auf und gab die Begriffe „Frankfurt" und „wohnsitzlos" ein. Nach einer halben Stunde hatte er eine Liste mit Hilfsorganisationen und Häusern, die Übernachtungsmöglichkeiten für Menschen ohne eigene Wohnung anboten. Dann begann er zu telefonieren. Er sprach mit überarbeiteten Sozialarbeitern; überall fragte er nach Bruno Kürten, überall teilte man ihm mit, dass keiner der Bewohner so heiße.

Schon ziemlich entmutigt wählte Marthaler die Nummer der Übernachtungsstätte im Ostpark. Er kannte das Containerdorf, das am südlichen Ende des Parks direkt an der Grenze zu den Bahngleisen errichtet worden war.

Es meldete sich die Stimme eines jungen Mannes. Marthaler erklärte ihm, wer er war und was er wollte. „Ich bin nicht befugt, Auskunft über unsere Bewohner zu geben", sagte der Mann.

„Hören Sie, ich habe Ihnen gesagt, dass ich Polizist bin; es geht um eine wichtige Ermittlung."

„Ich sagte bereits, dass ich Ihnen keine Auskunft geben werde."

Marthaler reizte die Renitenz des Mannes. „Wie es aussieht, steckt Bruno Kürten in großen Schwierigkeiten. Wir wollen ihm helfen. Er schwebt in Gefahr, vielleicht sogar in Lebensgefahr."

„Mir ist dieser Name nicht geläufig."

„Sein Aussehen ist auffällig", sagte Marthaler. „Er hat weißes Haar und er ist sehr klein, nur ungefähr eins sechzig groß. Man nennt ihn den kleinen Bruno."

„Dieser Mann … ist nicht hier." Marthaler meinte, ein merkwürdiges Zögern in der Antwort des jungen Mannes zu hören. „Ich möchte dieses Gespräch jetzt lieber beenden. Ich muss mich anderen Dingen zuwenden." Dann wurde aufgelegt.

Am liebsten wäre Marthaler sofort in den Ostpark gefahren, um sich den Mann vorzuknöpfen. Aber er war zu erschöpft. Um weiter arbeiten zu können, musste er sich dringend erholen. Er brauchte Schlaf. Er beschloss, nicht nach Hause und auch nicht zu den Sabatos zu fahren.

Er ging an den Wandschrank und zog aus dem untersten Fach eine Wolldecke und ein Kopfkissen hervor. Dann klappte er die Besuchercouch aus, zog sich bis auf die Unterwäsche aus und legte sich hin. Fast augenblicklich schlief er ein.

ALS MARTHALER aufwachte, hatte er Kopfschmerzen. Er sah auf die Uhr. Es war kurz nach fünf. Er schloss die Augen wieder, merkte aber bald, dass er nicht wieder einschlafen konnte. Er hatte stark geschwitzt, sein Mund war trocken. Er fasste an seine Stirn, aber er hatte kein Fieber.

Am Waschbecken in der Teeküche putzte er sich die Zähne. Dann zog er sich an und wählte die Nummer der Klinik. Er ließ es lange klingeln, aber er erreichte niemanden.

Marthaler verließ sein Büro und schrieb Elvira einen Zettel, den er ihr auf den Schreibtisch legte: *Ich melde mich im Lauf des Tages. Gruß, Robert.*

Kurze Zeit später stieg er in seinen Wagen und startete den Motor. Über die Saalburgallee fuhr er stadtauswärts. Inzwischen hatte der Berufsverkehr eingesetzt. In der Ostparkstraße angekommen, stellte er seinen Wagen auf dem Seitenstreifen ab. Er überquerte die Fahrbahn und betrat den Park.

Marthaler erreichte den Eingang zum Gelände der Unterkunft und blieb stehen, um sich zu orientieren. Als sich plötzlich eine tiefe Stimme hinter ihm meldete, drehte er sich erschrocken um.

„Ich bin der Büffel."

Marthaler trat einen Schritt zurück. Vor ihm stand ein fast zwei Meter großer Mann, der viel zu dick angezogen war. Sein Kopf wurde bedeckt von einer Fellmütze, unter der sein langes, verfilztes Haar hervorschaute. Er trug ein Lederwams, eine fleckige schwarze Hose und an den Füßen schwere Arbeitsschuhe. In jeder Hand hielt er eine prall gefüllte Plastiktüte. Der Gestank, der von ihm ausging, nahm Marthaler den Atem.

„Ich bin der Büffel", sagte der Mann noch einmal. Dann machte er wankend einen Ausfallschritt.

Marthaler klopfte an eine Tür mit der Aufschrift Büro. Als niemand ihn bat einzutreten, drückte er die Klinke herunter. Die Tür war abgeschlossen.

„Was soll das?!", rief eine wütende Stimme aus dem Innern des Büros. „Ruhe da draußen! Verschwindet gefälligst!"

Marthaler erkannte die Stimme des jungen Mannes, mit dem er am späten Abend telefoniert hatte. „Machen Sie auf, Polizei!"

Durch den Wortwechsel angelockt, kamen ein paar der Berber herbeigeschlurft. Marthaler wandte sich an sie. „Wie heißt der Mann da drin?", fragte er.

Die Berber schauten sich an. „Vöckler", sagte einer von ihnen.

„Herr Vöckler, machen Sie bitte auf!"

Die Tür wurde einen Spaltbreit geöffnet. Marthaler hielt dem verschlafenen Mann seinen Ausweis vors Gesicht.

Vöckler kniff die Augen zusammen. „Wer sind Sie? Was soll das?"

„Marthaler, Kriminalpolizei. Wir haben gestern Abend telefoniert."

„Sie sind eine impertinente Person! Haben Sie einen Durchsuchungsbefehl?"

„Nein, das habe ich nicht! Trotzdem möchte ich, dass Sie mir jetzt umgehend meine Frage beantworten: Hat Bruno Kürten hier übernachtet?"

Vöckler versperrte weiter den Eingang. Er wandte sich an die Gruppe der im Hof Stehenden. „Was lungert ihr da rum? Verschwindet gefälligst in eure Zimmer!"

Die Berber wichen ein paar Schritte zurück. Marthaler drehte sich zu ihnen um. „Kennt jemand von Ihnen Bruno Kürten? Er wird der kleine Bruno genannt."

Bevor ihm jemand antworten konnte, begann Vöckler erneut zu schreien: „Habt ihr nicht gehört, was ich gesagt habe, ihr sollt auf eure Zimmer verschwinden!"

Die Berber zogen die Köpfe ein, dann trollten sie sich. Einer nach dem anderen verschwanden sie in den Wohncontainern. Vöckler wandte sich an Marthaler. „Und Sie verlassen jetzt bitte sofort das Gelände, sonst werde ich Ihre Kollegen benachrichtigen. Sie haben kein Recht, uns zu behelligen." Blitzschnell trat er einen Schritt zurück und zog die Tür zu. Im selben Moment wurde zweimal abgeschlossen.

Wütend wandte sich Marthaler dem Ausgang zu. Er konnte den Mann nicht zu einer Aussage zwingen. Er hatte keine Handhabe, hier auf eigene Faust zu ermitteln.

Ein paar Meter weiter setzte er sich auf eine Bank, schloss die Augen und überlegte, was zu tun wäre. Dann merkte er, dass jemand vor ihm stand. Er öffnete die Augen und sah den großen Mann mit der Fellmütze.

„Ich bin der Büffel." Ein paarmal ruckte der Kopf des Mannes vor und zurück.

„Ja, ich weiß", antwortete Marthaler. „Warum nennen Sie sich Büffel?"

Der Mann setzte an, etwas zu sagen, aber statt einer Antwort kam nur ein unverständliches Röcheln. Er ließ den Kopf hängen und schaute zu Boden.

Marthaler stand von seiner Bank auf und ging ein wenig zur Seite, um dem Geruch auszuweichen. Plötzlich spürte er, wie sich die Hand des Mannes um seinen Oberarm klammerte. „Der kleine Bruno …", sagte der Mann.

Augenblicklich bekam Marthaler eine Gänsehaut. „Was ist mit dem kleinen Bruno? Kennen Sie ihn? Wissen Sie, wo er ist?"

Wieder ruckte der Büffelkopf. „Der kleine Bruno … war da … der kleine Bruno."

„Wo war er? Hier? In der Unterkunft?"

Das zottelige Haar des Büffels geriet in Wallung. „War da! Ist jetzt weg, der kleine Bruno … Angst."

„Er hat Angst gehabt? Vor wem hat er Angst gehabt?"

„Polizist", sagte der Büffel. „Polizist war da."

„Und der kleine Bruno hat Angst vor diesem Polizisten gehabt?"

Der Büffel grunzte.

„Haben die beiden sich hier getroffen? Oder hat der Polizist nur nach ihm gefragt?"

„Gefragt!", erwiderte der Büffel mit der Andeutung eines Nickens.

„Und Bruno ist von hier abgehauen, weil er Angst vor dem Polizisten hatte?"

Kopfnicken ohne Grunzen.

„Wissen Sie, wo Bruno hin wollte?"

„F… F… Freundin."

„Bruno hat eine Freundin?" Der Büffel nickte. „Wissen Sie, wie seine Freundin heißt?"

„Hagenstraße!"

„Sie wohnt in der Hagenstraße. Aber wie heißt sie?“

„Hagenstraße!“, wiederholte der Büffel.

Marthaler dachte nach, was das zu bedeuten hatte. Die Hagenstraße lag nicht weit von hier im Ostend am Rand des Hafengebietes. Dann fiel es ihm ein. Der Straßenname stand auf seiner Liste. Es gab dort eine Tagesstätte, wo Obdachlose sich aufhalten konnten. Dort hatte der kleine Bruno eine Freundin.

„Sie meinen die Tagesstätte in der Hagenstraße, nicht wahr?“

Der Büffel schnaubte und nickte.

„Sie haben mir sehr geholfen. Würden Sie ein wenig Geld von mir annehmen?“, fragte Marthaler.

Der Mann nickte. Marthaler zog sein Portemonnaie hervor, nahm einen 20-Euro-Schein heraus und gab ihm das Geld. Es war das erste Mal, dass er einen Büffel lächeln sah. „Ich wünsche dem Büffel noch einen schönen Tag“, sagte er.

ALS MARTHALER die Hagenstraße erreichte, öffnete die Tagesstätte für Wohnsitzlose gerade erst ihre Tore. Auf der Straße vor dem Innenhof wartete bereits eine Gruppe von knapp zwanzig Männern und Frauen. Für fünfzig Cent würden sie alle gleich ein Frühstück bekommen, das hier jeden Morgen ab kurz nach acht ausgegeben wurde.

Am sich öffnenden Tor erschien das breite Gesicht einer vielleicht 35-jährigen Frau. Sie war mit Jeans und einem dünnen Pullover bekleidet. Sie lächelte ihren Kunden zu. Marthaler hörte unter den Obdachlosen ein zufriedenes Raunen: „Die Steffi hat Dienst.“

Er wartete, bis der erste Andrang vorüber war. Die Frau sah ihn neugierig an. „Kann ich Ihnen weiterhelfen?“

Als er sich vorgestellt hatte, streckte sie ihm die Hand entgegen und sagte: „Steffi.“

Marthaler nickte. Er beschloss, ohne Umschweife zur Sache zu kommen. „Ich suche jemanden. Vielleicht kennen Sie ihn. Er wird der kleine Bruno genannt. Ich war eben bereits im Ostpark. Dort habe ich erfahren, dass er hier eine Freundin haben soll.“

Steffis Augen blitzten. Ihre Miene zeigte eine Mischung aus Freude und Belustigung. „Mit wem haben Sie gesprochen?“

„Mit einem Mann, der sich ‚der Büffel‘ nannte. Er sagte, der kleine Bruno habe hier eine Freundin.“

„Kommen Sie“, sagte Steffi, „lassen Sie uns ein paar Schritte durch die

Sonne laufen. Solange hier gefrühstückt wird, werde ich nicht unbedingt gebraucht. Ich sage nur kurz drinnen Bescheid."

Marthaler wartete auf der Straße. Nach seiner Erfahrung mit Vöckler war er froh, auf jemanden zu treffen, der weniger verstockt war.

Nebeneinander spazierten sie langsam in Richtung Osthafen. „Entschuldigen Sie, wenn ich ein wenig dränge", sagte Marthaler. „Aber es kann sein, dass der kleine Bruno in Gefahr schwebt. Ich muss ihn finden. Diese Freundin, die er hier haben soll ..."

„Das bin ich", sagte Steffi.

Marthalers Verwunderung hätte nicht größer sein können.

„Was wollen Sie von Bruno?", fragte Steffi.

„Es geht um die Ermittlungen in einem schweren Verbrechensfall. Bruno scheint etwas über die Täter zu wissen. Und offenbar fühlt er sich deshalb von ihnen bedroht."

Das Gesicht der Sozialarbeiterin verfinsterte sich. „Geht es um den Überfall auf den Kunsttransport?" Marthaler schwieg. „Okay, ich verstehe", meinte sie. „Sie dürfen nichts sagen. Ich weiß über all das nichts. Dass ich seine Freundin bin ... nun, das ist ein Scherz zwischen uns. Bruno ist ein aufgeschlossener Typ; es ist leicht, ihn zu mögen. Er ist in den letzten Monaten, seit er aus dem Knast gekommen ist, öfter hier aufgetaucht, hat hier gegessen und sich geduscht. Ich war freundlich zu ihm, und er hat gesagt: ‚Steffi, du bist ein Schatz, du bist jetzt meine Freundin.' Mehr steckt nicht dahinter. Es war ein Scherz, den alle gerne mitgemacht haben."

„Das heißt, Sie kennen ihn eigentlich gar nicht besonders gut?"

Unmerklich hatte Steffi die Richtung ihres Spazierganges bestimmt. Nun befanden sie sich bereits wieder auf dem Rückweg zur Hagenstraße.

„Nein. Nicht besser jedenfalls als die meisten anderen. Immerhin ist er redseliger, auch gewandter als der Durchschnitt." Steffi war stehen geblieben. Sie sah Marthaler an. „Meinen Sie, dass ihm etwas zugestoßen ist?"

„Nein, bislang gibt es keinen Anlass, das zu glauben. Aber wie gesagt: Er scheint Angst zu haben. Wenn Sie eine Idee haben, wo er sich aufhält, sagen Sie es mir."

Sie seufzte. „Nein, ich weiß nicht, wo er ist."

„Wann haben Sie Bruno zuletzt gesehen?"

„Vorgestern am Morgen. Er war hier und hat bei uns gefrühstückt."

Marthaler dachte nach. Der Justizangestellte Gundlach hatte den kleinen Bruno ein paar Stunden später in der B-Ebene des Hauptbahnhofs getroffen. Zu diesem Zeitpunkt schien Bruno Kürten bereits panische Angst gehabt zu haben.

„Ist Ihnen da etwas aufgefallen an ihm? War er anders als sonst?“ Marthaler schaute die Sozialarbeiterin prüfend an. Sie wich seinem Blick aus.

„Er kam und hat mich begrüßt wie immer. Er war gut gelaunt. Er hat seinen Kaffee getrunken und gegessen.“

Marthaler wartete. „Und?“

„Nichts!“

„Doch. Ich bin Polizist. Ich habe Tausende Zeugen vernommen und viele Verdächtige verhört. Ich merke, wenn sich der Ton einer Aussage ändert. Sie haben gezögert wie jemand, der nicht lügen, der aber auch die Wahrheit nicht sagen will.“

Steffi gab ihm durch ihre Miene zu verstehen, dass seine Vermutung stimmte. „Ich weiß nicht“, sagte sie. „Bruno vertraut mir. Bruno ist …“

Marthaler wurde laut. „Bruno ist vor allem eins: nämlich in Gefahr.“

„Wir saßen zusammen und haben gefrühstückt. Bis dahin war alles in Ordnung. Bruno hat Scherze gemacht. Ein Kollege hat das Radio eingeschaltet. Niemand hörte richtig hin. Dann kamen die Nachrichten mit der Meldung von dem Überfall. Bruno war sofort wie elektrisiert. Er ist aufgesprungen; dann stand er bewegungslos vor dem Apparat und hat zugehört. Danach war er regelrecht verstört; so habe ich ihn noch nie gesehen. ‚Ich muss sofort weg‘, hat er gesagt. Er ist nach draußen gelaufen, hatte aber seine Sachen vergessen. Ich bin ihm nachgerannt und hab ihn nach hundert Metern eingeholt. Er wollte nicht reden. Schließlich ist er aber noch mal mit zurückgekommen und hat sein Bündel abgeholt. Er wollte, dass wir zusammen ins Büro gehen.“

„Warum?“

„Er bat mich um ein Blatt Papier und einen Briefumschlag. Dann hat er etwas aufgeschrieben.“

„Was?“

„Ich weiß es nicht. Er tat sehr geheimnisvoll. Er wollte nicht, dass die anderen es mitkriegen. Obwohl er es sehr eilig hatte, hat er extra die Tür geschlossen.“ Inzwischen waren sie wieder vor der Tagesstätte angelangt. Steffi hatte ihre Stimme gesenkt.

„Das ist alles?“, fragte Marthaler.

Die Sozialarbeiterin schüttelte heftig den Kopf. „Nein. Er hat den Zettel in den Umschlag gesteckt. Dann hat er den Umschlag zugeklebt. Er bat mich, den Umschlag in meine Schreibtischschublade zu legen. Er hat darauf bestanden, dass ich die Schublade abschließe und den Schlüssel einstecke."

„Und da ist der Umschlag noch? Das heißt, Sie haben ihn hier?"

Steffi seufzte. Dann nickte sie.

„Aber Sie wissen nicht, was er enthält? Was Bruno aufgeschrieben hat?"

„Nein. Er hat gesagt, wenn ich höre, dass ihm etwas zugestoßen ist, soll ich den Umschlag öffnen und damit zur Polizei gehen."

„Holen Sie ihn! Worauf warten Sie noch? Öffnen Sie den Umschlag!"

„Sie haben selbst gesagt, dass nichts darauf hinweist, dass ihm etwas zugestoßen ist."

„Ich weiß es nicht. Aber wir wollen verhindern, dass noch mehr passiert, nicht wahr? Also geben Sie mir diesen Umschlag."

Aus dem Innenhof war die Stimme eines Mannes zu hören, der Steffis Namen rief.

„Sie hören ja selbst, das ist mein Chef. Ich kann nicht länger reden, ich werde gebraucht. Ich glaube, es ist besser, wenn Sie jetzt gehen."

Marthaler legte seine rechte Hand auf ihren Unterarm. „Steffi, bitte, machen Sie sich nicht unglücklich! Wenn dem kleinen Bruno etwas zustößt und wir hätten es verhindern können, dann werden wir uns ewig Vorwürfe machen."

Sie schüttelte den Kopf. „Tut mir leid", sagte sie und entzog sich seinem Griff.

„Ich mache Ihnen einen Vorschlag: Öffnen Sie den Umschlag und zeigen Sie mir, was der kleine Bruno geschrieben hat. Dann verschließen Sie ihn wieder und legen ihn zurück in Ihre Schublade."

„Sie lassen nicht so leicht locker, oder? Gut. Machen wir es so, wie Sie vorgeschlagen haben. Warten Sie hier. Ich bin sofort wieder da."

Sie verschwand im Innenhof. Als sie zurückkam, hatte sie den Umschlag in der Hand. Ohne weitere Umstände riss sie ihn auf. Sie zog den Zettel heraus und las ihn.

„Vielleicht können Sie etwas damit anfangen", sagte sie. „Ich weiß nicht, was das zu bedeuten hat. Ich möchte, dass Sie mir ein Versprechen geben. Tun Sie alles dafür, dass dem kleinen Bruno nichts passiert. Kann ich mich darauf verlassen?"

Marthaler versprach es ihr. Sie gab ihm den Zettel.

Es stand nur ein Wort darauf. Er las es.

Es war das Wort *Rosenherz*.

4 Auf dem Flur im Weißen Haus begegnete ihm Kerstin Henschel. „Robert! Wo hast du gesteckt? Keiner weiß, wo du dich rumtreibst. Wie geht's dir?"

Marthaler hob die Hand und ging an ihr vorbei. „Nicht jetzt", sagte er. „Später! Oder warte … Sagt dir das Wort ‚Rosenherz' etwas?"

Kerstin Henschel sah ihn an. „Was soll das sein? Ein Duschgel?"

„Ich weiß es nicht. Mir ist, als hätte ich das Wort schon einmal gehört … im Zusammenhang mit unserer Arbeit. Ich zermartere mir den Kopf, aber ich komme nicht drauf."

„Tut mir leid, Robert, wenn mir etwas einfällt, sage ich es dir."

Er betrat das Vorzimmer seines Büros. Auch seine Sekretärin bekam nur eine kurze Antwort auf ihre besorgte Nachfrage. „Elvira, entschuldige, wenn ich dich im Telegrammstil abspeise. Es gibt nichts Neues von Tereza. Gegen Mittag werde ich noch einmal versuchen, in der Klinik jemanden zu erreichen."

Er stürmte in sein Büro und schaltete den Computer ein. Er tippte das Wort „Rosenherz" in die Maske der Suchmaschine. Es wurden 48 000 Treffer gemeldet. Er überflog die Seiten mit den Suchergebnissen. Bevor die Meldung kam, dass es sich bei allen weiteren Treffern um Wiederholungen handelte, hatte er die Nummer 736 erreicht.

736-mal kam das Wort „Rosenherz" im Internet in wechselnden Zusammenhängen vor. Es war unmöglich zu sagen, welche dieser Nennungen etwas mit dem Zettel des kleinen Bruno zu tun hatte. Marthaler nahm einen Kugelschreiber und legte einen Stapel Schreibpapier neben die Tastatur. Dann begann er die ersten Seiten aufzurufen.

Kerstin Henschels spontaner Gedanke war so falsch nicht gewesen. Im Westerwald gab es einen Laden, der Naturkosmetika vertrieb und der den Namen „Rosenherz" trug. Er notierte sich den Namen der Inhaberin und die Adresse. Eine Volksmusikgruppe aus Österreich hatte sich ebenfalls so genannt. Er klickte die Homepage der Band an und schrieb die Kontaktdaten auf. In Dresden gab es ein so genanntes Wellnessstudio, das im Handelsregister eingetragen war: „Rosenherz – Massagen und mehr". Offensichtlich handelte es sich um eine Art Bordell für die gehobene Kundschaft.

Er arbeitete drei Stunden lang, dann brannten ihm die Augen. Seine Notizen waren auf mehrere Seiten angewachsen, dabei hatte er nicht einmal ein Zehntel der Treffer abgearbeitet. Wenn er all diesen Spuren wirklich nachgehen wollte, würde er Wochen, wenn nicht Monate brauchen.

Resigniert legte er den Kugelschreiber beiseite. Wieder überlegte er, warum ihm das Wort „Rosenherz“ vertraut vorkam; es fiel ihm nicht ein.

Als es an seiner Tür klopfte, schaute er auf.

„Entschuldige, Robert!“, rief Elvira. „Da ist ein Anrufer, der es bereits zum dritten Mal probiert. Er will sich nicht abweisen lassen. Sein Name ist Grüter.“

„O Gott, ja. Stell ihn durch!“

Grüter meldete sich mit einem heiseren Kichern. „Haben Sie vergessen? Wir haben eine Abmachung. Sie sollten sich bis spätestens zehn Uhr bei mir gemeldet haben.“

„Ja. Und ich habe es doch tatsächlich vergessen.“

„Das sollte Ihnen nicht zu oft passieren, Herr Hauptkommissar. Haben Sie herausgefunden, wo der kleine Bruno sich aufhält?“

„Nein, das nicht …“ Marthaler zögerte. Er überlegte, wie viel er Grüter sagen durfte. „Aber vielleicht können Sie mir helfen. Sie könnten ein Stichwort im Zeitungsarchiv nachschlagen. Bevor Bruno Kürten verschwunden ist, hat er etwas aufgeschrieben. Er hat in einer Obdachloseneinrichtung einen Zettel hinterlassen.“

„Was hat er aufgeschrieben, Marthaler?“

„Ein Wort, das offensichtlich mit seinem Verschwinden in Verbindung steht. Schauen Sie in Ihrem Archiv nach, ob Sie das Wort dort finden. Es heißt ‚Rosenherz‘.“

Grüter schwieg einen Moment. Dann hörte Marthaler, wie der Reporter leise durch die Zähne pfiff.

„Was ist? Sagt Ihnen das Wort etwas?“

„Allerdings! Und dafür muss ich nicht in unser Archiv schauen.“

„Also?“

„Nicht am Telefon! Kennen Sie das kleine Selbstbedienungscafé im Günthersburgpark? Bei Ihnen um die Ecke. Dort treffen wir uns in zehn Minuten.“

Der Schmerz traf ihn unerwartet und mit voller Wucht. Als er den Park betrat, wurden die Erinnerungen an Tereza wach. Eine Zeit lang war Marthaler hier regelmäßig seine Runden gelaufen.

Vor einigen Jahren, an einem kalten Wintermorgen, hatte Tereza plötzlich vor ihm gestanden. Sie war gerade erst aus Madrid zurückgekommen, und er hatte vergessen, sie vom Flughafen abzuholen. Er erinnerte sich, wie verwirrt und beschämt er gewesen war, als sie ihn mit traurigen

Augen angesehen hatte. Dann hatten sie sich zum ersten Mal ihre Liebe gestanden.

Marthaler sog den Geruch des frisch gemähten Rasens ein. Überall auf den Wiesen lagen Leute in der Sonne. Es wurde Federball gespielt, Kinder flitzten mit ihren Fahrrädern über die Wege. Alles schien erfüllt von Glück und Leichtigkeit. Umso dunkler wurden seine Gedanken. Die Sorge um Tereza wog so schwer, dass er kurz das Gefühl hatte, keinen Schritt mehr weitergehen zu können.

Arne Grüter saß auf einem der Stühle vor dem Café und sah Marthaler an. Vor sich auf dem Tisch hatte er ein Glas Weizenbier stehen, das bereits zur Hälfte geleert war. Er drückte seine Zigarette aus und schüttelte eine neue aus der Packung.

„Mein Gott, Marthaler, was ist denn mit Ihnen los? Sie sehen aus, als wären Sie gerade dem Totengräber von der Schippe gehüpft."

Marthaler bedachte Grüter mit einem vernichtenden Blick. Der Reporter schien zu merken, wie unpassend seine Bemerkung gewesen war. „Oh, sorry. Das ist mir so rausgerutscht. Haben Sie Nachrichten aus der Klinik?"

Marthaler schüttelte den Kopf. Er hatte Mühe, seine Tränen zurückzuhalten.

Grüter war aufgestanden. „Nehmen Sie Platz!," sagte er. „Ich hole Ihnen was zu trinken."

Marthaler nickte. „Bringen Sie mir eine große Apfelsaftschorle."

Grüter hatte seine Zigaretten auf dem Tisch liegen lassen. Marthaler nahm sich eine aus der Packung und steckte sie an.

„Sie rauchen?", fragte der Reporter, als er zurückkam. Er stellte das Glas vor Marthaler ab.

„Nein, ich paffe! Sagen Sie mir, was Sie über Rosenherz wissen."

Grüters Gesicht wurde ernst. „An den Fall Nitribitt erinnern Sie sich?"

„Grüter, bitte!"

„Das ist das Seltsame: Alle erinnern sich an die Nitribitt, aber kaum jemand weiß noch etwas über den Fall Rosenherz. Dabei hat die Sache damals kaum weniger Furore gemacht. Es war neun Jahre später, im August 66, in der Kirchnerstraße 2. Dort wurde Karin Rosenherz in ihrer Wohnung ermordet. Bekannt war sie allerdings vorher unter dem Namen Niebergall – jedenfalls in bestimmten Kreisen. Vielleicht sollte man statt bekannt lieber berüchtigt sagen. Die Dame war nämlich eine Prostituierte."

Marthaler schlug mit der flachen Hand auf den Tisch. „Verdammt, was bin ich für ein Idiot! Ich wusste es. Seit heute Morgen kreist dieses Wort in meinem Hirn wie eine gefangene Hummel. Ich wusste, dass es was mit meiner Arbeit zu tun hat."

„Ich hätte den Fall wahrscheinlich selbst längst vergessen, wenn ich mich nicht als junger Mann mal damit beschäftigt hätte", erklärte Grüter. „Es war Mitte der Siebziger. Ich war noch auf der Oberschule und habe in den Ferien meine ersten Sachen für den *City-Express* geschrieben. Wir hatten damals eine Serie: ‚Frankfurt kriminell'. Dort wurde über berühmte Kriminalfälle aus der Geschichte der Stadt berichtet. Da hat man dann die freien Mitarbeiter rangelassen. Keine große Sache; ich bin ins Archiv gegangen, habe mir die alten Artikel rausgesucht, ein paar Telefonate mit Staatsanwälten und Polizisten geführt und einen Text zusammengeschustert."

„Mit wem haben Sie gesprochen?", fragte Marthaler.

„Ich hatte Glück. Etwa zur selben Zeit haben sich Ihre Kollegen den Fall noch mal vorgeknöpft. Hans-Jürgen Herrmann war der Erste, den man zehn Jahre nach dem Mord einen frischen Blick auf die Sache hat werfen lassen."

„Ausgerechnet …", sagte Marthaler und verdrehte die Augen. „Aber Herrmann kann doch damals selbst kaum älter als Anfang oder Mitte zwanzig gewesen sein."

Grüter lachte. „Wenn überhaupt. Aber er war ein ehrgeiziger Knabe. Und wer weiß, was noch aus ihm geworden wäre, wenn Sie ihn nicht zu Fall gebracht hätten."

Marthaler winkte ab. „Das hatte er sich ja wohl selbst zu verdanken."

Ende der Neunzigerjahre war Hans-Jürgen Herrmann zum Leiter beider Mordkommissionen befördert worden und damit auch zu Marthalers Chef. Dass die beiden sich nicht mochten, war hinlänglich bekannt. Als Herrmann wenige Jahre später aus persönlichen Gründen die Ermittlungen in einem Mordfall behindert und Beweismaterial hatte verschwinden lassen, war es Marthaler gewesen, der dafür gesorgt hatte, dass sein Chef aus dem Polizeidienst entlassen wurde.

„Durch den Fall Rosenherz hat Herrmann seine Karriere aber noch nicht befördern können?", fragte Marthaler.

„Nein", antwortete Grüter. „Er hat die Akten sehr rasch wieder abgegeben. Wahrscheinlich hatte er den Eindruck, dass eine Wiederaufnahme der Ermittlungen aussichtslos war. Genaueres weiß ich allerdings auch nicht."

„Jedenfalls wissen Sie mehr als ich", sagte Marthaler. „Der Mörder ist nie gefasst worden, nicht wahr?"

„Nein. Man war sich nicht einmal sicher, ob es sich um einen oder um mehrere Täter gehandelt hat. Die Frau ist erstochen worden."

„Hat man die Tatwaffe gefunden?"

„Nein. Die Leiche wies sechzehn Einstiche auf. Über der Rosenherz wohnten im selben Haus ein paar junge Italiener, die die Leiche entdeckt haben. So kam zunächst das Gerücht auf, dass sie mit einem Stilett umgebracht wurde. Bei der Obduktion stellte man aber fest, dass ihr die Wunden wohl mit zwei verschiedenen Waffen beigebracht wurden. Entweder waren es zwei unterschiedliche, nicht allzu lange Messer oder, halten Sie sich fest: ein großes Pfeifenbesteck."

Marthaler verzog das Gesicht.

„Ihr Verlobter, ein junger Typ, war Pfeifenraucher. Natürlich hat man ihn in die Mangel genommen; aber seine Eltern haben ihm ein Alibi gegeben."

„Gab es Verdächtige im Fall Rosenherz? Hatte man eine heiße Spur?"

Der Reporter zuckte die Schultern. „Soviel ich weiß, nicht. In die Akten hat man mich nicht schauen lassen, schließlich handelte es sich um einen ungeklärten Mord. Immerhin gab es das Phantombild eines unbekannten Mannes, von dem man annahm, dass er ihr letzter Freier und wohl auch ihr Mörder gewesen ist."

„Das heißt aber doch, dass man Zeugen hatte, die diesen Mann gesehen haben."

„Ja, es gab einen Kellner und einen Taxifahrer, die eine Aussage gemacht haben. Der eine will gesehen haben, wie dieser Mann in der Tatnacht an der Konstablerwache in ihr Auto gestiegen ist. Der andere hat ihn dann in der Nähe des Bahnhofs auf dem Beifahrersitz des Wagens bemerkt."

„Aber ausfindig gemacht worden ist dieser Mann nicht?"

„Einer der Polizisten, die damals dabei waren, hat mir gegenüber ein wenig aus dem Nähkästchen geplaudert. Er sagte, einen Tag nachdem das Phantombild veröffentlicht wurde, sei die Hölle über die Ermittler hereingebrochen. Plötzlich habe es Hunderte von Hinweisen aus ganz Deutschland gegeben."

Marthaler nickte. „So ist es heute noch", sagte er. „Genau deshalb versucht man, so lange es geht, ohne ein Phantombild auszukommen. Man grast das Umfeld der Opfer ab, weil dort in den allermeisten Fällen der Täter zu finden ist. Aber wenn man nicht weiterkommt, muss man sich auf das schlechte Gedächtnis möglicher Zeugen verlassen. Dann wird ein subjektives Porträt erstellt, von dem niemand weiß, was es taugt. Plötzlich ist alles auf dieses Bild fokussiert. Und wenn es dann veröffentlicht wird, explodieren die Ermittlungen. Man ertrinkt in einem Meer falscher Hinweise. Man schlägt sich mit gelangweilten Rentnern und eitlen Wichtigtuern herum."

„Im Fall Rosenherz hat man den Mann jedenfalls nie gefunden", sagte Grüter. „Irgendwann wurde die Akte geschlossen."

„Ich frage mich nur", sagte Marthaler, „warum der kleine Bruno den Namen Rosenherz auf diesen Zettel geschrieben hat. Was hat dieser vierzig Jahre alte Mord mit dem Überfall im Stadtwald zu tun?"

Grüter breitete die Arme aus. „Das ist die große Frage. Ich kann sie nicht beantworten. Sie sind der Polizist. Sie müssen es herausfinden. Und ich werde der Erste sein, der es erfährt. Was haben Sie jetzt vor?"

„Ich werde ins Präsidium fahren und mir die Akte Rosenherz ziehen. Damit werde ich in Klausur gehen. Ich fürchte, das kann dauern. Denn so, wie Sie die Ermittlungen schildern, wird die Akte mehr als hundert Seiten haben. Als Erstes werde ich schauen, ob der Name Bruno Kürten darin vorkommt. Wenn es wirklich einen Zusammenhang zwischen den beiden Fällen gibt, werde ich ihn finden."

„Und ich werde eine Serie schreiben, in deren Mittelpunkt Hauptkommissar Robert Marthaler und der Fall Rosenherz stehen", erklärte Grüter. „Der erste Teil wird morgen erscheinen."

Marthaler blickte den Reporter fassungslos an. „Das können Sie nicht machen, Grüter, damit liefern Sie mich ans Messer."

Grüter lächelte. „Keine Angst, Mann. Das Gegenteil wird geschehen. Mein Artikel wird Ihnen den Rücken freihalten."

„Sie müssen verrückt sein. Wie stellen Sie sich das vor?"

Grüters Lächeln ging in ein Grinsen über. „Lassen Sie mich nur machen", sagte er. „Vertrauen Sie Ihrem neuen Freund."

5

Anna Buchwald hob den Kopf, als ein leises Pling ihres MacBook die Ankunft einer neuen Mail verkündete. Fast im selben Moment ertönte das gleiche Geräusch ein zweites Mal. Sie stand in der Kochnische ihres Einzimmerapartments in Hamburg-Barmbek und bereitete sich ein belegtes Brötchen zu.

Anna Buchwald war 24 Jahre alt. Sie und ihre beiden Brüder waren am 5. März 1981 in der Frauenklinik Bamberg durch einen Kaiserschnitt zur

Welt gekommen. Drei Monate später fand der Vater der Drillinge einen Zettel seiner Frau: *Es tut mir leid, aber ich schaff das nicht. Such nicht nach mir! Birgit.* Der Realschullehrer beschloss, mit den drei Kindern zurück in sein Heimatdorf zu ziehen, das nur zehn Kilometer entfernt lag, wo seine Verwandten wohnten, die ihm bei der Betreuung der Kleinen helfen konnten. Anders als ihre Brüder fragte Anna immer wieder nach ihrer Mutter. Ihr Vater hatte nichts mehr von seiner Frau gehört und hielt sich an deren Wunsch, nicht nachzuforschen. Seinen Kindern gegenüber verlor Holger Buchwald nie ein böses Wort über Birgit. Während Anna aus ihrer Enttäuschung und später aus ihrer Wut keinen Hehl machte, sagte ihr Vater immer denselben Satz: „Eure Mutter hat es auch nicht leicht gehabt." Wenn Anna mehr wissen wollte, versteckte er sich dahinter, Birgit „ja so gut nun auch nicht gekannt" zu haben, schließlich seien sie einander erst ein knappes Jahr vor der Niederkunft zum ersten Mal begegnet. Sehr verschieden seien sie gewesen – er, der strebsame junge Lehrer, und sie, diese wilde Streunerin, die ihren Lebensunterhalt bestritt, indem sie in den Kneipen der Bamberger Altstadt arbeitete. Schon nachdem sie das erste Mal miteinander geschlafen hatten, sei sie schwanger geworden. „Volltreffer", habe sie gesagt, nachdem ihr der Arzt mitgeteilt hatte, dass er nicht nur zwei, sondern drei unterschiedliche Herztöne gehört habe.

Anna galt als intelligent, gewitzt und ziemlich eigensinnig. Seit der fünften Klasse besuchte sie das Bamberger E.T.A.-Hoffmann-Gymnasium, aber ihre schulischen Leistungen schwankten erheblich. Wenn sie nicht einsah, eine mathematische Formel oder eine Reihe von Geschichtsdaten auswendig lernen zu müssen, dann weigerte sie sich mit geradezu renitenter Faulheit. „Ich kann nachschauen", sagte sie, „wir haben ein Lexikon zu Hause." Erst wenn ihr Vater sie wieder mal ins Gebet nahm und ihr klarmachte, dass ihre Versetzung gefährdet war, eignete sie sich den verlangten Stoff binnen kürzester Zeit doch noch an und schrieb in den folgenden Klassenarbeiten bessere Noten als jene Mitschüler, die während des gesamten Schuljahres fleißig gelernt hatten.

Wenn sie hingegen Feuer fing, war sie kaum zu bremsen. Es gab Themen, in die sie sich geradezu verbiss. Dann traktierte sie ihre Lehrer mit immer neuen Nachfragen, bis diese entnervt zugeben mussten, selbst an ihre Grenzen zu stoßen.

Ähnlich wankelmütig wie in ihren schulischen Leistungen zeigte sie sich auch in ihrem Sozialverhalten. Mal war sie aufmerksam, freundlich und zuvorkommend, dann wieder zog sie sich aus unerfindlichen Gründen zurück und gab allen, die sich ihr nähern wollten, zu verstehen, dass sie die unsichtbare Grenze nicht übertreten durften.

Sie war von einer geradezu katzenhaften Unabhängigkeit. Das bekamen auch jene Jungen zu spüren, die sich für sie interessierten. Selbst wenn sie sich scheinbar auf ihr Werben einließ, zeigte sie sich beim nächsten Treffen meist schon wieder einsilbig und abweisend.

Nach dem Abitur schrieb Anna sich in Hamburg für das Studium der Rechtswissenschaften ein, machte nach vier Jahren ihr erstes juristisches Staatsexamen und hatte anschließend keine Lust mehr auf Paragrafen. Da sie schon als Kind gern gelesen und geschrieben hatte, bewarb sie sich an der Henri-Nannen-Schule und bekam unter zweitausend Bewerbern einen der dreißig Ausbildungsplätze. Die Leiterin der Schule, Ingeborg Kalz, schloss Anna in ihr großes Herz und ermutigte sie und die anderen Schüler, ihren eigenen Stil zu entwickeln und sich einem Journalismus zu verschreiben, der sich auf die Seite der Schwachen stellte und jenen Gehör verschaffte, die keine Stimme hatten. „Gewissenlose Schönschreiber", hatte Ingeborg Kalz bereits in ihrer ersten Rede gesagt, „gibt es in unserem Beruf genug."

Anna hatte eine üppige Figur. Sie wäre gern schlank gewesen, stattdessen war sie ein bisschen mollig. Sie hatte alles Mögliche probiert, war Atkins, *Brigitte* und den Weight Watchers gefolgt. Sie nahm wunderbar ab. Und sofort wieder zu. Sie trieb gern Sport. Sie lief, sie schwamm und ging ins Studio. Aber wenn sie sich nach einem ihrer Ertüchtigungsexzesse auf die Waage stellte, war sie schwerer geworden statt leichter. Sie hatte Fett abbauen wollen und hatte Muskeln aufgebaut. Auch wenn sie nicht so aussah: Sie war schnell, stark und ausdauernd.

Anna schluckte den letzten Bissen ihres Gurkenbrötchens hinunter, ging rüber zu ihrem MacBook und öffnete die eingegangenen Mails. Ihren Resthunger vergaß sie sofort. Google Alerts teilte ihr mit, dass es im Netz zwei neue Einträge zu ihren Suchbegriffen gab. Die Begriffe lauteten: „Karin Niebergall" und „Karin Rosenherz".

Beide Mails verwiesen auf dieselbe Quelle. Es war ein Artikel in der Online-Ausgabe des Frankfurter *City-Express*. Der Artikel trug den Titel: EIN HELD UNSERER STADT – ROBERT MARTHALER, KRIMINALIST MIT SCHWEREM SCHICKSAL. VON ARNE GRÜTER, CHEFREPORTER.

Anna Buchwald schloss die Augen, atmete mehrmals tief durch, dann las sie den Text im Stehen:

Aller Augen schauen auf diesen Mann: Robert Marthaler ist Hauptkommissar bei der Frankfurter MK1 und für unsere Leser längst kein Namenloser mehr. Er ist einer der erfolgreichsten Ermittler der Stadt.

Zwar gilt er als ebenso scharfsinnig wie zupackend, aber wenn ich ihn jetzt mir gegenübersitzen und an seiner Apfelschorle nippen sehe, hat er so gar nichts von jenen draufgängerischen Bullen, wie wir sie aus den Fernsehserien kennen. Robert Marthaler wirkt eher ernst, fast bedrückt. Der Grund dafür ist einfach: Seine Lebensgefährtin Tereza P. gehört zu den Opfern des Überfalls auf den Kunsttransport im Frankfurter Stadtwald, bei dem ein Wachmann erschossen wurde. Tereza P. wurde verletzt und schwebt noch immer in Lebensgefahr.

Allerdings lehnt Robert Marthaler es strikt ab, über sein Privatleben und seine Gefühle zu sprechen. Eine Bitte, die wir selbstverständlich respektieren.

Ob es ihn nicht in den Fingern jucke, sich selbst an den Ermittlungen im Fall des Kunstraubs zu beteiligen, will ich von ihm wissen. Verständnislos schüttelt er den Kopf. „Als Befangener ist man von den Ermittlungen ausgeschlossen!“ Und: „Das verbietet sich aus guten Gründen von selbst.“ Damit ist dieses Thema für ihn erledigt. Stattdessen erzählt er von seiner jetzigen Tätigkeit. Seit Kurzem ist Marthaler Ermittler in Frankfurts neu gegründeter Einheit für alte, unaufgeklärte Fälle, die der MK1 zugeordnet ist. Natürlich wollen wir von ihm erfahren, an welchem Verbrechen er gerade arbeitet. Ein wenig widerstrebend verrät er es schließlich: Er versucht, den Mörder von Karin Rosenherz zu finden, die gewissen Männern auch unter dem Namen Karin Niebergall ein Begriff war. Dabei handelt es sich um jene Prostituierte, die vor fast vierzig Jahren in der Kirchnerstraße auf brutale Weise erstochen wurde und deren Schicksal man oft mit dem ihrer berühmten Kollegin Rosemarie Nitribitt verglichen hat.

Ob er sich wirklich Hoffnungen mache, nach so langer Zeit den Täter zu finden? Marthaler reagiert schroff: „Jedes Mordopfer hat es verdient, dass der Täter gefasst wird. Egal wie lange das Verbrechen zurückliegt.“ Und dann, schon fast bedrohlich: „Kein Täter sollte sich sicher fühlen. Sie alle haben Spuren hinterlassen. Und unsere Methoden, diese Spuren auszuwerten, sind deutlich besser geworden. Ich stehe erst ganz am Anfang, aber ich bin zuversichtlich.“

Wollen wir die Zuversicht des Kriminalisten teilen! Jedenfalls werden wir unsere Leser über den Gang der Ermittlungen im Fall Rosenherz auf dem Laufenden halten.

Als Anna Buchwald die Lektüre des Artikels beendet hatte, merkte sie, dass ihr Herz schneller schlug. Die Information, dass dieser Frankfurter Kommissar den alten Fall Rosenherz wieder aufrollen wollte, versetzte sie in einen Zustand heftiger Erregung.

Unruhig lief sie durch ihr kleines Apartment. Dann ging sie zurück zum Schreibtisch, schaltete den Drucker ein und drückte auf „Print“. Anna wartete, bis der Drucker den Artikel ausgeworfen hatte. Sie las ihn zwei weitere Male, dann wusste sie, dass ihr Leben sich ändern würde.

ANNA BUCHWALD rief eine Liste der Campingplätze in Frankfurt und Umgebung auf und hatte sich nach fünf Minuten entschieden: Das Sandelmühlen Camp warb damit, „im Herzen der Stadt“ zu liegen und seinen Gästen einen leistungsstarken WLAN-Anschluss zu bieten. Sie wählte die angegebene Nummer und reservierte für drei Nächte.

Sie warf Unterwäsche, T-Shirts, zwei Jeans, einen Pullover, den Waschbeutel, ihre Laufklamotten, die Nikes, ein Paar Chucks, Ausweis, Führerschein und Kreditkarte in ihre Reisetasche und stellte sie neben die Wohnungstür.

Die Akte Rosenherz war in neun graue Kartons verpackt. Jeder Karton enthielt zwischen drei und sechs verschieden dicke Schnellhefter, die von einer Kordel zusammengehalten wurden. Insgesamt waren es über zehntausend Seiten. Sie nahm die ersten drei Kartons, trug sie hinunter zum Parkplatz und schloss den Kofferraum ihres Wagens auf. Es war ein sechs Jahre alter Mazda MX-5 mit 140 PS und moosgrüner Lackierung.

Auf den Fall Rosenherz war Anna gestoßen, als sie nach einem Thema für die Reportage gesucht hatte, mit der sie sich bei der Henri-Nannen-Schule bewerben wollte. Jedenfalls war das die Version, die sie dem freundlichen Archivar des Hessischen Hauptstaatsarchivs und später auch ihrer Schulleiterin erzählt hatte.

Sie war nach Wiesbaden gefahren, hatte sich in den Lesesaal gesetzt und darauf gewartet, dass man ihr die Akte brachte. Sie rechnete damit, einen dicken Ordner vorgelegt zu bekommen, den sie durchsehen wollte, um am Abend mit genügend Material für ihren Bewerbungstext nach Hamburg zurückzufahren. Stattdessen wurde ein Aktenwagen neben ihren Arbeitsplatz gerollt, auf dem die neun grauen Kartons standen. Sie öffnete den ersten, löste die Kordel und begann, in dem Schnellhefter zu blättern, der die handschriftliche Bezeichnung *Band I/1* trug. Den Umschlag mit den Tatortfotos legte sie zur Seite. Stattdessen las sie den Obduktionsbericht, die ersten Protokolle der Zeugenvernehmungen und die Anmerkungen der Ermittler.

Nach einer Stunde hatte Anna Buchwald alles vergessen, was um sie herum vorging. Karin Rosenherz war tot. Aber in den Aussagen ihrer

Freunde und Verwandten, ihrer Kolleginnen und Freier schien sie wieder lebendig zu werden. Mit jeder neuen Information wurde Annas Interesse an dieser Frau größer.

Als sie merkte, dass jemand neben ihr stand, schaute Anna auf. Alle anderen Arbeitsplätze waren verlassen. Es war bereits halb sechs. Sie, die es sonst kaum länger als eine Stunde in einem geschlossenen Raum aushielt, hatte acht Stunden im Lesesaal gesessen, ohne einmal auf die Uhr zu sehen. Die Aufseherin machte sie darauf aufmerksam, dass das Archiv jetzt schloss.

Anna ging zum Bahnhof und fuhr zurück nach Hamburg. Am übernächsten Tag rief sie in Wiesbaden an und sagte, dass sie leider verhindert wäre. Sie hätte sich bei einem Fahrradunfall beide Beine gebrochen, ob man ihr die Akten nicht nach Hause schicken könne. Nein, sagte der freundliche Archivar, so leid es ihm tue, die Bestände dürften prinzipiell nur im Lesesaal eingesehen werden. Sie versuchte ihm klarzumachen, dass ihre Bewerbungsarbeit, ihre gesamte berufliche Zukunft davon abhinge. Sie bettelte. Sie spielte die Verzweifelte. Als sie anfing zu weinen, kapitulierte er. „Was soll's", sagte er schließlich. „Jetzt hat sich so lange niemand für die Akte interessiert … Aber Sie stehen mir dafür gerade, das Material vollständig wieder zurückzuschicken. Sie zahlen die Versicherung und die Transportkosten. Und zwar im Voraus!"

Sie sagte zu allem Ja, bedankte sich und überwies den Betrag noch am selben Tag.

Seitdem hatte sie die Akten. Es hatte nie wieder jemand danach gefragt. Das Hessische Hauptstaatsarchiv hatte Anna Buchwald und die Akte Rosenherz vergessen.

Sie brauchte eine Woche, um die zehntausend Seiten einmal querzulesen. Sie brauchte eine weitere Woche, um ein Dossier mit den wichtigsten Fakten anzufertigen. Dann hatte sie noch 14 Tage Zeit, um ihre Arbeit zu schreiben. An dem Tag, als die Bewerbungsfrist ablief, betrat sie um 17.55 Uhr das Postamt. Die Quittung des Einschreibens legte sie zu Hause unter ihre Schreibtischunterlage.

Anna war unzufrieden. Sie war der toten Frau nicht gerecht geworden. Das Gefühl, erst ganz am Anfang zu stehen, ließ sich nicht abschütteln. Sie hätte viel mehr Zeit gebraucht, um sich der Wahrheit zu nähern.

Nach 14 Tagen erhielt sie einen Anruf der Henri-Nannen-Schule. Eine Stunde später saß sie im Büro von Ingeborg Kalz.

„Was ist das? Was haben Sie da geschrieben?", fragte die Schulleiterin.

Anna Buchwald zuckte verzagt die Schultern. Sie wusste keine Antwort.

„Eine Reportage ist es jedenfalls nicht. Ist es ein Ermittlungsbericht, ein Krimi, die Liebeserklärung an eine tote Frau? Oder eine Abrechnung mit ihr?“

„Ich … ich weiß nicht …“, sagte Anna.

„Wenn Sie es nicht wissen, wer dann? Ich habe nicht den Schimmer einer Ahnung, was Sie da geschrieben haben. Ich weiß nur eins: Es ist gekonnt. Ach was, es ist einer der besten Texte, die hier je eingereicht wurden. Ich habe eine Bitte. Könnten Sie sich vorstellen, Ihren Text zur Veröffentlichung freizugeben? Ich möchte ihn gerne einem Freund beim *stern* zeigen. Würden Sie mir das erlauben?“

„Ja, ich meine, warum nicht.“

Am übernächsten Tag kam der Anruf des *stern*-Redakteurs. Der Mann erging sich in Lobeshymnen. Sie sei ein Naturtalent. Man vergesse beim Lesen, dass der Mord bereits vierzig Jahre zurückliege. Ein seltener Glücksfall. „Kurz und gut, wir würden Ihre Geschichte gerne bringen. Ich denke, wir machen einen Zweiteiler draus.“

Als ihr Text auch nach sechs Wochen nicht erschienen war, rief sie den Redakteur an. Sie fragte, ob man ihren Beitrag jetzt doch nicht mehr so gut finde.

„Nein, nein, ein tolles Stück. Und was das Beste ist: Man kann es gut schieben.“

Ihr Artikel wurde in der nächsten Woche nicht gedruckt und auch nicht in der übernächsten. Der Text wurde nie gedruckt. Immer war ein aktuelles Ereignis dazwischengekommen.

Noch zweimal ging Anna zum Parkplatz, dann hatte sie alle neun Kartons verstaut. Das kleine Iglu-Zelt und die Isomatte holte sie aus dem Keller und packte beides zusammen mit der Reisetasche und dem Schlafsack auf den Beifahrersitz. Sie ging noch einmal zurück, klemmte sich ihr MacBook unter den Arm, schloss die Wohnungstür ab und fuhr in die Stadt.

Ingeborg Kalz saß hinter ihrem Schreibtisch und sah ihre Lieblingsschülerin verwundert an. „Anna, was kann ich für Sie tun?“

„Ich muss weg.“

„Sie müssen weg? Sie können nicht weg! Morgen fängt Ihr Praktikum an.“

„Es geht nicht. Ich kann die Stelle nicht antreten. Es ist etwas passiert.“

Die Schulleiterin legte ihre Stirn in Falten. Es dauerte eine Weile, bis sie begriff. „Der Fall Rosenherz?“, fragte sie schließlich.

Anna nickte. „Die Ermittlungen sind wiederaufgenommen worden. Ich muss nach Frankfurt."

„Anna, entschuldigen Sie, Sie müssen verrückt sein. Sie sollen gute Geschichten schreiben, aber keine Mörder jagen. Das ist nicht unser Job."

Anna schwieg. Sie hatte die Arme verschränkt und schaute aus dem Fenster. Ingeborg Kalz merkte, dass sie gegen die Hartnäckigkeit ihrer Schülerin nicht ankam.

„Und wie stellen Sie sich das vor?", fragte sie. „Sie fahren nach Frankfurt, marschieren zur Polizei und sagen: Hoppla, da bin ich; ich will jetzt bei euch mitspielen. Man wird Sie auslachen."

„Ich brauche einen Auftrag. Sie müssen mir etwas schreiben. Irgendwas Offizielles mit Briefkopf und Stempel. Ich möchte die Ermittlungen begleiten."

„Das wird die Polizei nicht zulassen."

„Wir können es wenigstens versuchen!"

Die Schulleiterin schüttelte resigniert den Kopf. Dann wandte sie sich zu ihrem Computer und begann zu tippen. Sie druckte den Brief aus und gab ihn Anna zu lesen.

Anna Buchwald lächelte. „Gut", sagte sie.

„Schreiben Sie mir Ihre Handynummer auf. Und die Adresse, unter der ich Sie in Frankfurt erreichen kann. Ich will, dass Sie mich anrufen und auf dem Laufenden halten."

Am nächsten Morgen begegnete ihm Sabato auf dem Gang des Weißen Hauses. Sofort bekam Marthaler ein schlechtes Gewissen. Er hob die Hände. „Entschuldige, Carlos! Ich weiß, ich hätte euch längst Bescheid geben müssen."

Sabato runzelte die Stirn, ohne etwas zu sagen. Er sah seinen Kollegen an und wartete. *Also*, fragte sein Blick, *was hast du zu deiner Entschuldigung vorzubringen?*

Marthaler war am Nachmittag zuvor in der Klinik gewesen. Durch eine Scheibe hatte man ihn in den Raum blicken lassen, in dem Tereza lag. Sie war an unzählige Schläuche und Geräte angeschlossen. Er hatte die Hand an die Scheibe gelegt und lange so dagestanden. Später war Dr. Schaper zu ihm gekommen und hatte ihn in sein Büro gebeten. Er hatte Marthaler einige Papierbogen gezeigt und ihm die Diagramme und Kurven erläutert. Es bestehe der Verdacht, dass Terezas Körper mit einem Schock auf den Blutverlust reagiere, hatte Dr. Schaper gesagt, und dass es dadurch zum Versagen lebenswichtiger Organe kommen könne. Eines hatte Marthaler begriffen: Man musste mit allem, auch mit dem Schlimmsten, rechnen.

„Wie geht es Ihren Windpocken?“, hatte Schwester Gerlinde gefragt, als er ihr auf dem Gang begegnet war.

„Ich weiß nicht, es ist nicht schlimmer geworden. Ich habe kein Fieber.“

Sie hatte ihn noch einmal gebeten, das Hemd aufzuknöpfen. „Sieht so aus, als hätte ich mich geirrt. Es sind wohl doch nur ein paar Hitzepickel.“

Niedergeschlagen hatte er die Klinik verlassen.

„Ich kann dir noch immer nicht sagen, wie es Tereza geht. Es kann besser werden, aber auch noch schlimmer“, sagte Marthaler jetzt zu Sabato.

„Immerhin“, sagte der Kriminaltechniker, „für uns ist auch das eine Neuigkeit. Wenigstens das hättest du uns erzählen können. Um ehrlich zu sein, Elena hat dich verflucht.“

„Auch wenn das keine Rechtfertigung ist: Ich war zu deprimiert, um zu telefonieren.“

„Willst du heute Abend auf ein Glas zu uns kommen?“, fragte Sabato.

„Danke. Im Moment ist es für mich besser, allein zu sein. Zu arbeiten oder allein zu sein. Kannst du Elena für mich um Entschuldigung bitten?“

OBWOHL noch immer Urlaubszeit war, reihte sich auf dem Alleenring Wagen an Wagen. Als Marthaler am Präsidium ankam, hatte er fast eine halbe Stunde gebraucht. Er nahm sich vor, noch am selben Abend sein Fahrrad aus dem Keller zu holen und die Schläuche zu flicken.

Er ging zum Fahrstuhl und fuhr ins Archiv. Eine Frau, etwas älter als er selbst, saß hinter ihrem Schreibtisch und ließ eine Zeitschrift in die Schublade gleiten, als sie ihn kommen hörte.

„Hallo Gisela!“, sagte Marthaler. „Tut mir leid, wenn ich störe. Ich suche eine Akte.“

Gisela Förster zeigte hinter sich, wo sich auf Hunderten Regalmetern Ordner an Ordner reihte. „Damit kann ich dienen“, sagte sie. „Welcher Jahrgang?“

„1966“, sagte Marthaler.

Gisela Försters Mund stand offen. „Vergiss es“, sagte sie. „Hier stehen die letzten fünfundzwanzig Jahre. Hier kommen normalerweise Polizisten rein, keine Archäologen. Steinzeit haben wir nicht. Kriegen wir auch nicht wieder rein.“

„Und wer hat Steinzeit?“

„Wart's ab, ich grüble schon."

„Und?", fragte Marthaler, als er ihr eine halbe Minute Zeit gelassen hatte.

„Ich hab's! Kennst du den Germania-Bunker? Dort hat man beim Umzug ins neue Präsidium ein paar Kellerräume angemietet. Soviel ich weiß, stehen da die Altlasten."

DER ARCHIVAR im Germania-Bunker schlurfte zu einer Reihe von Karteischränken und blieb vor dem Buchstaben R stehen. Er nahm einen der Kästen heraus und trug ihn zum Tresen. „Da haben wir's", sagte er und zog ein kleines Kärtchen hervor. „Sie können hier warten."

Mit schweren Schritten schleppte er sich in einen der hinteren Gänge. Marthaler hörte ihn aus der Ferne vor sich hinbrabbeln.

Erst zehn Minuten später kam der Archivar zurück. In der Hand hatte er nur die Karteikarte. „Nee", sagte er, „nee! Die Akte ist weg, verschwunden!"

„Hören Sie, die Akte kann nicht verschwunden sein. Es handelt sich um einen ungeklärten Mordfall."

„Is aber so! Kommt immer mal vor."

„Das ist nicht Ihr Ernst, oder? Es verschwinden doch keine Akten aus dem Archiv?"

„Beim Umzug aus dem alten Präsidium sind noch ganz andere Sachen verschwunden: Computer, Fotoausrüstungen, Labormaterial, sogar Dienstwaffen." Der Archivar dachte angestrengt nach. Dann lächelte er. „Keine Panik! Warum gehen Sie nicht zur Staatsanwaltschaft? Die haben bestimmt eine Kopie."

„DA KOMMT ER gerade", sagte Elvira in den Hörer, als Marthaler sein Vorzimmer im Weißen Haus betrat. Sie hielt die Sprechmuschel zu und wandte sich an ihren Chef: „Robert, die Staatsanwaltschaft ist am Apparat. Sendler will dich unbedingt sprechen."

„Danke, gleichfalls", sagte Marthaler. Er nahm seiner Sekretärin den Hörer aus der Hand und meldete sich. „Perfekt, Sendler, Sie kommen mir wie gerufen. Sie müssen mir einen Gefallen tun."

„Stopp, Marthaler, nicht so schnell!" Die Stimme des alten Staatsanwalts klang ungewohnt bedrohlich. „Können Sie mir erklären, was Sie da treiben? Wieso erfährt die Staatsanwaltschaft aus der Presse, woran Sie gerade arbeiten?"

„Aus der Presse?"

„Mann, Marthaler! Jetzt spielen Sie nicht den Ahnungslosen. Der *City-Express* mag ein Drecksblatt sein, dennoch erfahre ich immer, was dort über uns geschrieben wird. Hier steht, dass Sie die Ermittlungen im Fall Rosenherz wiederaufgenommen haben. So etwas saugt sich nicht einmal Arne Grüter einfach aus den Fingern. Und ich möchte erfahren, wieso ich davon nichts weiß. Was sind das für Eigenmächtigkeiten? Ausgerechnet in einem Fall, der mich ein Jahr meines Lebens gekostet hat."

Marthaler begriff, dass er jetzt schnell reagieren musste. Er brauchte eine gute Antwort, um das Misstrauen des Staatsanwalts zu beseitigen. „Sie wissen, dass ich vor Jahren mit Grüter aneinandergeraten bin. Damals hat man mich für meinen Umgang mit der Presse gerügt. Auch Sie waren unter denen, die mich ermahnt haben. Jetzt wollte Grüter ein Porträt mit Einblicken ins Privatleben über mich schreiben; das habe ich abgelehnt. Ich habe ihm von der neu gegründeten Ermittlungsabteilung für alte Fälle erzählt. Er meinte, ich solle mir den Fall Rosenherz noch mal vornehmen. Er hat mir davon erzählt; ich fand die Sache interessant und habe ihm gesagt, dass ich mir die Akte anschauen werde. Dass Grüter dann in seinem Artikel mehr daraus gemacht hat, dafür kann ich nichts."

„Verstehe", sagte der Staatsanwalt. Er klang deutlich besänftigt. „Und warum wollten Sie mich sprechen?"

„Weil ich Sie genau darum bitten wollte: mir die Akte Rosenherz herauszusuchen, damit ich sie mir anschauen kann. Unsere Kopie ist nämlich verschwunden."

„Dann haben wir keine mehr", sagte Sendler.

„Sagen Sie das noch mal!"

„Mitte der Siebzigerjahre haben wir uns den Fall wieder vorgeknöpft. Wir waren entschlossen, den Täter doch noch zu finden. Zwölf Monate lang haben wir geackert. Nichts. Ohne Ergebnis. Wir sind immer in dieselben Sackgassen geraten. Schließlich haben wir die Ermittlungen endgültig eingestellt."

„Okay", sagte Marthaler, „aber dennoch muss ja die Akte bei Ihnen im Keller liegen."

„Nein, ich habe heute Morgen, als ich den Artikel im *City-Express* las, in unserem Archiv nachgefragt. Wenn ein Fall ausermittelt ist, werden die Akten irgendwann vernichtet."

„Die Unterlagen zu einem ungeklärten Mordfall werden vernichtet?", fragte Marthaler entsetzt.

„Sie müssen das verstehen, Marthaler. Vor zwanzig Jahren hat niemand geahnt, dass wir durch die neue Technik irgendwann die Möglichkeit haben würden, auch uralte Fälle zu lösen. Wir wussten nicht, dass es mal eine DNA-Analyse geben würde. Niemand wusste das. Nichts war digitalisiert. Die Archive platzten aus allen Nähten.“

„Also hat man die Arbeit einer ganzen Armee von Ermittlern in den Schredder geworfen?“

„Ganz so ist es nicht“, sagte Sendler. „Es gibt noch eine Chance. Damals hat das Hessische Hauptstaatsarchiv Interesse an der Akte Rosenherz bekundet. Wir haben sie ihnen geliefert. Sie wollten prüfen, ob das Konvolut einen kulturhistorischen Wert hat und deshalb zu Forschungszwecken archiviert wird, oder …“

„Oder ob sie es endgültig in den Müll befördern“, setzte Marthaler den Satz fort.

„So ist es. Wie auch immer: Ein wenig peinlich ist das Ganze schon. Und Zugriff auf die Sachen hätten wir auf keinen Fall mehr. Aber ich denke, es würde sich lohnen, in Wiesbaden nachzufragen.“

6

Es war noch dunkel, als Anna Buchwald auf ihrer Isomatte aufwachte. Am vorigen Abend hatte sie sich in der Rezeption des Sandelmühlen Camps angemeldet und für drei Tage im Voraus bezahlt. Man hatte ihr eine kleine Parzelle am nördlichen Ende des Platzes zugewiesen. Nachdem sie ihr Zelt aufgebaut hatte, war sie eine Stunde lang durch die Gegend gelaufen.

Der Campingplatz lag am Rande des Stadtteils Heddernheim, direkt zwischen dem Flüsschen Nidda und einem modernen Gewerbegebiet. In der Nähe gab es einen Supermarkt, ein Schwimmbad und eine U-Bahn-Station.

Jetzt kramte Anna ihren iPod aus der Tasche und startete das Programm mit den autogenen Übungen. Über dem sphärischen Geplätscher elektronischer Musik redete ihr die sonore Stimme eines Mannes ein, dass ihre Beine und Arme schwer würden und dass ihr Körper von Wärme durchflutet sei. „Schon gut, alter Säusler, ich glaub dir sowieso nichts“, flüsterte sie. Dann fielen ihr die Augen zu.

Die Mittagssonne schien bereits auf das Zeltdach, als sie wieder auf die Uhr schaute. Es war kurz vor zwölf. Anna nahm ihren Waschbeutel und ging zu den Duschen.

Als sie zurückkam, saßen ihre Nachbarn, ein Paar Mitte dreißig, am gedeckten Tisch vor ihrem Zelt. Anna nickte den beiden zu. Sie ging an den Wagen und holte ihr Portemonnaie, das sie unter die Fußmatte gelegt hatte. Auf der Terrasse des Campingplatz-Restaurants trank sie einen Cappuccino und aß ein Käsebrötchen.

Als sie zurückkam, sah sie von Weitem einen Mann, der sich in der Nähe ihres Iglus aufhielt. Sofort erwachte ihr Misstrauen. Sie überlegte, ihn zur Rede zu stellen. Stattdessen verbarg sie sich hinter einer Hecke, um abzuwarten, was passierte. Sie hatte den Mann nie zuvor gesehen. Aber er schien sie zu suchen.

Der Mann umrundete mehrmals ihr Zelt, dann sprach er mit ihren Nachbarn, die noch immer am Campingtisch saßen. Die beiden lächelten und schüttelten den Kopf.

Anna merkte, wie ihre Nervosität wuchs. Niemand wusste, dass sie hier war. Außer Ingeborg Kalz hatte sie keinem Menschen gesagt, dass sie nach Frankfurt fahren würde. Sie hatte das deutliche Gefühl, dass dieser Mann eine Grenze übertrat, von der sie nicht wollte, dass sie übertreten wurde.

Jetzt ging der Fremde zu ihrem Wagen und notierte sich die Autonummer. Schließlich schien er aufzugeben. Er ging noch einmal auf das Nachbarzelt zu. Dort zog er seine Brieftasche aus seinem Jackett und nahm etwas heraus. Es sah aus wie eine Visitenkarte. Er legte sie auf den Tisch. Wieder sprach er ein paar Worte mit dem Pärchen. Die beiden lächelten und nickten. Zum Abschied nickte der Fremde ebenfalls.

Als er an der Hecke vorbeikam, war er keine zwei Meter von Anna entfernt. Sie hielt den Atem an und blieb reglos stehen. Nach einer halben Minute wagte sie sich aus ihrem Versteck. Sie ging auf den Ausgang zu und sah, wie der Mann das Schloss eines Fahrrads öffnete. Er stieg in die Pedale und fuhr davon.

Als sie sich ihrem Iglu näherte, wurde sie mit verhohlener Neugier von ihren Nachbarn beäugt. „Es war jemand für Sie da!“, sagte der Camper. „Ein Mann hat nach Ihnen gefragt.“

„Es muss sich um einen Irrtum handeln.“

„Aber er hat Ihren Namen gewusst. Heißen Sie Buchwald? Anna Buchwald?“

Anna trat einen Schritt auf die beiden zu. „Okay“, sagte sie. „Wer war der Mann?“

Das Paar schaute sich an. „Das … das wissen wir nicht. Er hat sich nicht vorgestellt.“

„Doch“, sagte Anna. „Das hat er. Er hat Ihnen seine Visitenkarte gegeben. Wahrscheinlich hat er gesagt, Sie sollen ihn benachrichtigen, wenn ich wieder auftauche. Ich möchte Sie bitten, mir zu sagen, wer er war.“

„Marthaler“, sagte eine Stimme hinter ihr.

Erschrocken fuhr Anna herum. Vor ihr stand der fremde Mann. Sie trat einen Schritt zurück und hatte kurz den Impuls davonzulaufen.

Der Mann hatte ein freundliches Gesicht. Ein wenig erschöpft sah er aus, aber freundlich. Er streckte ihr die rechte Hand entgegen. „Robert Marthaler, Kriminalpolizei Frankfurt.“ Als sie keine Anstalten machte, ihn zu begrüßen, ließ er seine Hand wieder sinken. „Ich hoffe, Sie hatten eine gute Fahrt, Frau Buchwald.“

Sie hattc das Gefühl, als wanke der Boden unter ihren Füßen. Innerhalb weniger Minuten war sie von diesem Typen das zweite Mal überrumpelt worden und hatte noch immer keinen Schimmer, worauf das Ganze hinauslaufen würde. „Was wollen Sie von mir?“, fragte sie.

„Ich muss dringend mit Ihnen reden!“

„Ich habe mir nichts zuschulden kommen lassen“, sagte sie trotzig. „Ich wüsste nicht, was wir zu besprechen hätten.“

„Es scheint, als würden wir uns für denselben alten Kriminalfall interessieren …“ Er warf einen raschen Seitenblick zu den beiden Nachbarn. „Aber ich würde es für besser halten, das vielleicht an einem anderen Ort zu bereden.“

Anna starrte den Polizisten an. Sie überlegte fieberhaft, wie sie sich Robert Marthaler gegenüber verhalten sollte. Irgendwas lief hier falsch. Sie war es, die vorhatte, sich in die Ermittlungen der Frankfurter Polizei im Fall Rosenherz einzuklinken. Sie war es, die etwas von ihm wollte. Warum lief es jetzt umgekehrt? Warum kam dieser Bulle zu ihr?

Und woher zum Teufel wusste er, dass sie sich mit dem Fall beschäftigte? Wie hatte er sie hier auf diesem Campingplatz ausfindig machen können?

Es gab nur eine Antwort. Und als ihr diese klar wurde, bekam Anna eine rasende Wut auf ihre Schulleiterin Ingeborg Kalz.

„Kommen Sie“, sagte Marthaler, „lassen Sie uns einfach ein paar Schritte an der Nidda entlanggehen. Dann haben Ihre Nerven Zeit, sich ein wenig zu beruhigen.“

Auch das noch, dachte sie. Nicht genug, dass er sie hier aufgespürt hatte, er hatte sie auch noch durchschaut. Sie musste sich in den Griff bekommen. „Ja, wir haben einiges zu bereden“, bestätigte sie. „Lassen Sie uns ans Wasser gehen.“

Sie bewegten sich auf den Ausgang zu. „Es war Ingeborg Kalz, die Ihnen gesagt hat, wo ich zu finden bin“, sagte Anna.

„Ja. Sie hat sich lange geweigert. Schließlich konnte ich sie überzeugen. Mir scheint, Ihre Schulleiterin kann Sie wirklich gut leiden. Sie hat Ihre Leistungen sehr gelobt.“

„Sie hat mich verraten.“

„Nein, indem sie mir gesagt hat, wo Sie sich aufhalten, hat sie Ihnen geholfen. Hören Sie, Frau Buchwald, was Sie hier machen, ist kein Witz. Es ist gefährlich. Sie können nicht einfach in einem ungeklärten Mordfall ermitteln.“

„Ich bin Journalistin. Und solange ich keine Gesetze übertrete, kann ich machen, was ich will … Wie sind Sie auf meinen Namen gestoßen? Wie haben Sie erfahren, dass ich mich mit dem Fall Rosenherz beschäftige?“

Marthaler lachte. „Ich weiß, dass Sie die Ermittlungsakten aus dem Hessischen Hauptstaatsarchiv in Wiesbaden ausgeliehen haben.“

„Und diese Information hat man Ihnen einfach so gegeben.“

„Nein. Ich musste erst einem freundlichen Angestellten und schließlich dem Archivleiter mit einer richterlichen Anordnung drohen. Und ich schwöre Ihnen, die hätte ich mir in kürzester Zeit auch besorgt …“

„Gut, weiter!“

„Sie sind immer noch unter derselben Adresse gemeldet, die Sie im Hauptstaatsarchiv angegeben haben.“

„Trotzdem konnten Sie nicht wissen, dass ich jetzt die Journalistenschule besuche.“

„Ich habe Ihren Namen in eine Suchmaschine eingegeben. Wissen Sie, wie viele Anna Buchwalds es in Deutschland gibt?“ Sie zuckte die Achseln. „Ganze sechs. Auf dem Jahrgangsbild der Henri-Nannen-Schule habe ich Sie gefunden. Eine Verwechslung war nicht möglich. Und da die Hamburger Kollegen Sie zu Hause nicht angetroffen haben, habe ich Ihre Schulleiterin angerufen. Den Rest kennen Sie …“

Anna dachte nach. „Nicht schlecht“, sagte sie.

„Es ist mein Beruf. Immerhin, ich weiß noch mehr über Sie. Ich weiß, dass Sie als Dreizehnjährige einmal ein ganzes Wochenende verschwunden waren.“

Anna ging in Lauerstellung.

„Zunächst dachte man, Sie seien von zu Hause weggelaufen.“

Na los, Bulle. Bringen wir's hinter uns! Erzähl schon weiter!

„In Wirklichkeit waren Sie mit zwei älteren Schulkameraden in den

Wald gegangen. Die beiden haben Sie in einen winzigen Bretterverschlag gesperrt. Es hat fast achtundvierzig Stunden gedauert, bis man Sie gefunden hat. Die beiden waren von Zeugen gesehen worden. Die Jungen wurden gefasst und haben ein Geständnis abgelegt, aber nichts zu ihren Motiven gesagt. Sie selbst haben sich geweigert, über den Vorfall zu sprechen."

Anna hatte die Augen geschlossen. „Und was wollen Sie von mir?", fragte sie.

„Die Akte", sagte Marthaler.

Nein, dachte Anna, kommt nicht infrage. Nie und nimmer bekommst du diese Akte. Ich werde einen Weg finden, sie dir nicht geben zu müssen. „Wie bitte? Was wollen Sie mit einer Akte aus den Beständen eines öffentlich zugänglichen Archivs?"

„Das kann ich Ihnen nicht erklären. Aber ich brauche sie, und zwar umgehend. Sie wissen, dass man Ihnen dieses Material gar nicht nach Hause hätte schicken dürfen."

„Dann verklagen Sie das Archiv", sagte Anna.

„Ich will niemanden verklagen; ich will lediglich die Akte."

„Und wenn ich sie Ihnen nicht gebe?"

„Dann werden wir Sie zwingen! Es handelt sich um wichtige Unterlagen in einem laufenden Ermittlungsverfahren."

Anna schaute ihn mit betrübter Miene an. „Es ist mir unendlich peinlich. Selbst wenn ich wollte: Ich kann Ihnen die Akte nicht geben. Weil ich sie nicht mehr habe."

„Was soll das heißen? Sie haben sie ausgeliehen und den Empfang quittiert."

„Ich habe sie nicht mehr, weil es sie nicht mehr gibt. Ich hatte sie im Keller gelagert. Vor ein paar Wochen gab es dort einen Wasserschaden, ein Rohr ist gebrochen. Das Ganze war eine Riesensauerei. Ich habe alles in den Müll werfen müssen."

Marthalers Kopf rötete sich, dann begann er zu schreien: „Sind Sie völlig wahnsinnig? Ich werde Sie haftbar machen. Ich schwöre Ihnen …"

Sie hatten eine kleine Fußgängerbrücke überquert und standen auf der anderen Seite der Nidda. Marthaler wandte sich ab. Mit gesenktem Kopf ging er den Uferweg entlang. Er beschleunigte seine Schritte. Es sah aus, als habe er Anna Buchwald bereits vergessen. Schließlich blieb er stehen. Er setzte sich auf eine Bank, stützte beide Ellbogen auf die Oberschenkel und vergrub sein Gesicht in den Händen.

Anna näherte sich ihm vorsichtig. Sie sah, dass er zitterte. Er tat ihr leid. Sie überlegte, ob sie einen Fehler gemacht hatte. „Darf ich Sie etwas fragen?"

Marthaler hob den Kopf. Er schaute sie an, als habe er sie nie zuvor gesehen.

„Warum ist Ihnen diese Akte so wichtig?"

Sein Blick war leer. „Weil es … das einzige … noch existierende Exemplar war", sagte er stockend und mit fast tonloser Stimme.

Anna brauchte einen Moment, bis sie die ganze Tragweite dieser Information begriffen hatte. Dann machte es klick in ihrem Kopf. „Dann stimmt also gar nicht, was in der Zeitung stand? Sie haben die Ermittlungen im Fall Rosenherz noch gar nicht wiederaufgenommen? Sie hatten gar keine Möglichkeit dazu?" Marthaler nickte. „Sie wissen also eigentlich nichts über den Fall?"

Anna setzte sich auf das andere Ende der Bank und dachte nach. Es musste mehr dahinterstecken, dass der Polizist so erschüttert war. „Der Mörder von Karin Rosenherz ist nie gefasst worden", sagte sie. „Aber es gibt viele alte Fälle, die nicht gelöst wurden. Sie können sich genauso gut eine andere Akte vornehmen." Marthaler reagierte nicht. „Oder hat Ihr Interesse etwas mit diesem Kunstraub zu tun?"

Marthaler hob abrupt den Kopf und schaute sie mit flackernden Augen an. *Treffer, versenkt!*, dachte sie. Sie schwieg eine Weile. „Der Mord ist vierzig Jahre her. Wahrscheinlich ist der Täter längst gestorben. Wahrscheinlich ist er vergammelt in irgendeinem Knast, wo er wegen einer anderen Sache gesessen hat."

Marthaler sah sie aufmerksam an. „Wie kommen Sie darauf?"

„Na ja, so unwahrscheinlich wäre das nicht."

„Nein", sagte Marthaler. „Ich will wissen, wie Sie darauf kommen!"

Anna tat eine Weile, als würde sie sich zieren, dann erzählte sie: „Es gab damals eine ganze Reihe von Spuren, die darauf hinwiesen, dass ein Berufskrimineller die Tat begangen hatte. Aber immer war es ein anderer, der von irgendwem beschuldigt wurde."

„Sie scheinen die Akte ziemlich gut zu kennen."

Anna zuckte die Schultern. Dann lachte sie. „Ich kann sie fast auswendig. Ich habe sie wahrscheinlich zehn Mal gelesen. Außerdem habe ich mir Notizen gemacht. Ich weiß, an welchen Stellen die Ermittler nachgehakt haben und wo sie müde geworden sind und geschludert haben."

„Wie umfangreich waren die Unterlagen?"

„Sehr umfangreich. Aber … sagen Sie, Sie scheinen ja wirklich gar nichts zu wissen."

„Das kann man so sagen. Ich weiß nicht einmal, welche Kollegen damals an den Ermittlungen beteiligt waren. Ich hatte gehofft, das alles aus den Unterlagen zu erfahren, die in Ihrem Keller ersoffen sind."

„Ich habe eine Datei mit allen Namen", sagte Anna. „Polizisten, Staatsanwälte, Zeugen, Verdächtige. Ich habe jeden in der Akte genannten Namen erfasst."

„Dann gibt es wohl niemanden, der mehr über den Fall Rosenherz weiß als Sie."

„Ja", sagte Anna. „Das wird mir auch gerade klar."

„Sie müssen mir helfen", sagte Marthaler.

Anna lächelte. „Auch das beginne ich zu begreifen."

MARTHALER fuhr über die Maybachbrücke in Richtung Innenstadt. Statt des Fahrradweges benutzte er die Straße. Mehrmals wurde er von Autofahrern angehupt.

Er kam am Präsidium vorbei, ohne einen Blick darauf zu werfen. Sein schlechtes Gewissen plagte ihn. Alles, was er gerade tat, durfte er nicht tun. Er hinterging seine Kollegen, er enthielt ihnen Erkenntnisse vor, er war dabei, eine fremde junge Frau in die Ermittlungen einzubeziehen. Und dennoch hatte er keine andere Möglichkeit, wenn er sich nicht selbst zur Untätigkeit verdammen wollte.

Nach einer halben Stunde hatte er fast das gesamte Stadtgebiet durchquert. Mit dem Wagen hätte er um diese Uhrzeit fast doppelt so lange gebraucht.

Er betrat seine Wohnung und ging durch alle Zimmer, um die Fenster zu kippen. Dann begann er aufzuräumen. Als er fertig war, ging er ins Wohnzimmer, holte zwei Teller aus dem Schrank und stellte sie auf den Tisch. Er legte Besteck und Servietten dazu und stellte Gläser daneben. Dann hörte er, dass es an der Wohnungstür klopfte.

Anna Buchwald stand im Treppenhaus und lächelte ihn an. In der Hand hielt sie ihren tragbaren Computer und eine kleine Aktenmappe.

„Warum haben Sie nicht geläutet?"

Sie drückte zweimal auf den Klingelknopf, ohne dass etwas zu hören war. „Zum Glück war die Haustür nur angelehnt …"

„Verdammt, ja, ich habe die Türglocke abgestellt. In den letzten Tagen standen immer wieder Reporter vor der Tür … Kommen Sie rein!"

Zögernd betrat die junge Frau die Wohnung. Sie sah sich neugierig um. „Gibt es einen Balkon?“, fragte sie. „Können wir die Tür öffnen?“

Er nickte. „Ich habe riesigen Hunger. Ich gehe rasch in den Keller und schaue nach, ob sich noch irgendwas in der Kühltruhe findet.“

„Prima Idee!“, sagte sie.

Als er wieder hinaufkam, stand sie auf dem Balkon und rauchte. Marthaler hielt eine bunte, verschweißte Plastikpackung in die Höhe. „Tiefgefrorene Paella!“, rief er.

Er stellte eine Pfanne auf die Gasflamme, ließ ein wenig Olivenöl heiß werden und schüttete den Inhalt der Packung hinein.

Als sie sich kurze Zeit später am Tisch gegenübersaßen, sagte Marthaler: „Für das, was wir hier machen werden, müssen wir uns gegenseitig vertrauen können.“

Anna, die sich gerade ihre erste Gabel Paella in den Mund schieben wollte, hielt inne. Sie schaute Marthaler ungläubig an. „Schöne Eröffnung, welcher Film?“, fragte sie.

Er lächelte. „Nein, bitte, ich meine es ernst.“ Er legte sein Besteck zur Seite und sah Anna in die Augen. „Um herauszufinden, nach was wir eigentlich suchen, werde ich Ihnen Informationen geben müssen, die ich Ihnen eigentlich nicht geben dürfte. Wir werden zusammenarbeiten wie zwei Polizisten, obwohl Sie keine Polizistin sind. Das dürfen wir nie vergessen. Ich muss mich voll und ganz auf Sie verlassen können. Das heißt, es gibt ein paar Bedingungen, zu denen Sie Ja sagen müssen.“

„Moment, Moment!“ Anna setzte sich aufrecht hin. „War es nicht so, dass Sie *meine* Hilfe brauchen? Wer, bitte, stellt dann wem Bedingungen?“

Marthaler schob seinen Teller zur Seite. Er erhob sich und baute sich vor Anna auf. „Gut“, sagte er, „dann war’s das. Sie können noch aufessen, dann dürfen Sie gehen.“

Annas Augen wurden schmal. Sie legte beide Hände auf die Tischplatte und klammerte sich daran fest. Es sah aus, als wolle sie zum Sprung ansetzen.

Um die Situation zu entspannen, wich Marthaler ihrem Blick aus und wandte sich ab. Schließlich schien sich Anna beruhigt zu haben. „Nennen Sie mir Ihre Bedingungen. Danach werde ich entscheiden“, sagte sie.

„Niemand darf erfahren, dass wir zusammen an diesem Fall arbeiten. Sie sind eine Cousine, die in Hamburg studiert und die mich hier besucht.“

„Okay.“

„Ich weiß, dass Sie irgendwann über den Fall schreiben wollen. Aber solange er nicht gelöst ist, werden Sie keine Zeile veröffentlichen und zu niemandem ein Wort sagen, auch nicht zu Ihrer Schulleiterin. Alles, was hier passiert, ist absolut vertraulich!“

„Einverstanden“, sagte Anna.

„Und Sie werden zu keinem Zeitpunkt Ihre Befugnisse überschreiten. Alles, was Sie tun, findet im Rahmen der Gesetze statt.“

Anna machte eine Kopfbewegung, die er als ein Nicken interpretierte. „Fertig?“, fragte sie. „Dann bin ich jetzt dran. Erstens: Ich werde kommen und gehen, wann ich will. Ich werde tun und lassen, was ich will. Sie sind nicht mein Vorgesetzter, wir sind ein gleichberechtigtes Team.“

„Im Rahmen der genannten Bedingungen“, sagte Marthaler.

„Zweitens: Ich werde mich so selten wie möglich in geschlossenen Räumen aufhalten.“ Marthaler hob die Brauen, aber er sagte nichts. „Drittens: Wir werden uns duzen.“

„Das tun Cousins und Cousinen normalerweise“, sagte Marthaler.

Anna sah ihn ernst an. „Ihre Frau heißt Tereza, nicht wahr? Sie ist verletzt worden bei diesem Überfall …“

„Ja“, sagte Marthaler. „Wir werden gleich darüber reden müssen. Übrigens wollten wir uns duzen.“ Er hielt kurz inne. „Ich will, dass du mir erzählst, was du weißt“, fuhr er fort. „Ich will deine Einschätzungen hören. Wir müssen so tun, als sei der Mord erst gestern geschehen. Trotzdem müssen wir damit rechnen, dass unsere Arbeit vergeblich sein wird. Wahrscheinlich haben die Kollegen damals genauso sorgfältig gearbeitet, wie es eine Mordkommission heute auch tun würde …“

„Haben sie nicht“, sagte Anna. „Sie haben nicht alle gleich behandelt. Manche Alibis haben sie überprüft, andere nicht. Wenn ein Beschuldigter einen Doktortitel hatte, waren sie wesentlich nachsichtiger. Wenn ein Geschäftsmann nicht wollte, dass seine Frau davon erfuhr, dass er Kunde bei der Rosenherz war, hat man sich damit begnügt, seinen Kalender zu kontrollieren. Und das Problem war auch, dass am Ende niemand da war, der den Überblick behielt.“

„So ist es oft“, sagte Marthaler. „Vor allem wenn eine Ermittlung zu lange dauert und wenn zu viele Leute an ihr beteiligt sind.“

„Zum Beispiel die Italiener, die sie gefunden haben …“, sagte Anna. „Sie wurden in die Mangel genommen wie Verdächtige. Man hat sie schon bei den ersten Vernehmungen so eingeschüchtert, dass sie hinterher als Zeugen nicht mehr zu gebrauchen waren.“

„Wie meinst du das?“, fragte Marthaler.

„Weil sie Italiener waren, kam sofort das Gerücht auf, die Rosenherz sei mit einem Stilett erstochen worden. Und die Kripoleute haben sich, statt die Obduktion abzuwarten, diese These zu eigen gemacht. Man hat Kollegen und Vorgesetzte nach ihnen befragt, man hat ihre Wohnung auf den Kopf gestellt und ihre Spinde im Frankfurter Hof durchsucht. Von Rücksichtnahme und Diskretion keine Spur."

Marthaler hob die Schultern. „Manchmal geht es eben nicht anders. Das sind vielleicht keine freundlichen Methoden, aber wo liegt der kriminalistische Fehler?"

„Ich bin überzeugt, dass sie wichtige Zeugen gewesen wären. Sie kannten die Rosenherz und sie befanden sich in der Mordnacht direkt in der Wohnung über ihr. Aber angeblich haben sie nichts gesehen und nichts gehört. Wahrscheinlich wollten sie nichts mehr sagen, nachdem man so mit ihnen umgesprungen war."

„Wie alt waren die drei damals?", fragte Marthaler.

„Um die zwanzig", antwortete Anna.

„Dann sind sie heute knapp sechzig Jahre alt. Wir können sie ausfindig machen. Wenn sie noch in Deutschland leben, ist das kein Problem."

„Einer ist vor Jahren bei einem Skiunfall gestorben. Der Zweite ist in den Sechzigerjahren in die USA gegangen und hat irgendwo in Colorado ein kleines Lokal aufgemacht. Der Dritte heißt Fausto Albanelli. Er lebt immer noch hier."

Marthaler schaute Anna erstaunt an. „Das hast du ohne polizeiliche Hilfe herausgefunden?"

„He, ich bin nicht blöd, Mann. Ich hab einfach ein bisschen telefoniert." Ihre Augen glänzten vor Stolz. „Fausto Albanelli ist übrigens kein Kellner mehr; er betreibt eine Fahrradwerkstatt in der Töngesgasse."

„Nicht schlecht", sagte Marthaler. „Du hast schon mit ihm gesprochen?"

„Ja, ich habe ihn angerufen, als ich meine Geschichte über den Fall geschrieben habe. Aber er wollte nicht mit mir reden."

„Wir werden es noch mal versuchen."

Schweigend räumten sie den Tisch ab. Anna ließ Marthaler allein in der Küche und ging wieder auf den Balkon. Als er die Spülmaschine eingeräumt hatte, ging er ebenfalls nach draußen und setzte sich zu ihr. Er hatte eine Flasche Wein und zwei Gläser mitgebracht. „Deine Vermutung ist übrigens richtig: Es gibt einen Hinweis, dass der Überfall im Stadtwald und der Mord an Karin Rosenherz zusammenhängen. Kannst du nachsehen, ob der Name Bruno Kürten in deiner Liste vorkommt?"

Anna stand auf, um ihr MacBook zu holen. Sie schaltete es an und wartete. Dann tippte sie den Namen ein. Sie schüttelte den Kopf. „Nein, in der Akte gibt es keinen Mann, der so heißt. Wer ist das?“

„Ein Krimineller, der kürzlich aus dem Gefängnis entlassen wurde. Er wird ‚der kleine Bruno‘ genannt. Wahrscheinlich ist er obdachlos. Er behauptet zu wissen, wer die Täter aus dem Stadtwald sind. Aus Angst ist er untergetaucht. Er hat einen Zettel hinterlassen, auf dem das Wort ‚Rosenherz‘ steht.“

„Das heißt, wir müssen ihn finden, um zu erfahren, was das eine mit dem anderen zu tun hat.“

„Ja“, sagte Marthaler. „Und um zu verhindern, dass ihm etwas zustößt. Aber jetzt fang an mit deinem Bericht. Erzähl einfach, was dir aufgefallen ist. Was war die Rosenherz für ein Mensch? In welchen Kreisen hat sie verkehrt?“

Anna nagte an ihrer Unterlippe. Sie überlegte lange, dann brach es aus ihr heraus: „Sie war eine Schlampe. Sie muss auch andere Seiten gehabt haben, aber sie war eine Schlampe. Sie war selbstsüchtig, geizig und verlogen.“

Annas Wangen waren gerötet. Als Marthaler sie erstaunt anschaute, schlug sie die Augen nieder. „Sie hatte ein Kind, um das sie sich nicht gekümmert hat.“

Anna öffnete ihre Aktentasche und zog den Ordner mit ihrem Dossier hervor. Sie klappte ihn auf und entnahm ihm die Kopie eines Vernehmungsprotokolls. „Direkt nach dem Mord haben die Ermittler ihren Exmann befragt. Das hier ist seine Aussage.“

Sie hielt Marthaler das Papier hin. Es waren zusammengeheftete DIN-A4-Seiten, die mit einer mechanischen Schreibmaschine getippt worden waren. Er nahm sie und begann zu lesen.

Frankfurt/M., den 5. 8. 1966
Zur Befragung auf dem Präsidium erschienen ist Heinrich Niebergall, geb. 17. 5. 1931 in Duisburg, wohnhaft Dortmund, Magnolienweg 64.

Herr N. gab an, Karin Rosenherz im Februar 1957 auf einer Tanzveranstaltung in Bad Orb kennengelernt zu haben, wo er beruflich zu tun hatte. Er sei zu jener Zeit als Reisender für Spielautomaten unterwegs gewesen und habe häufig in Hotels übernachtet. Er habe die Rosenherz in den kommenden Monaten mehrmals getroffen, wenn er in Bad Orb oder der weiteren Umgebung zu tun hatte. Sie sei bei diesen Gelegenheiten mit in sein Hotel gekommen, wobei es des öfteren zum Geschlechtsverkehr gekommen sei. Herr N. erklärt, daß ihn die Rosenherz im Frühjahr oder Sommer 1957 angerufen und ihm mitgeteilt habe, daß sie schwanger sei. Sie habe ihm gesagt, daß es sich bei dem Erzeuger nur um ihn handeln könne. Herr N. sei daraufhin nach Bad Orb gefahren, um sich mit der Rosenherz zu beraten. Man habe beschlossen zu heiraten und dies den Eltern der Karin mitgeteilt. Die Hochzeit habe im Spätsommer 1957 in Dortmund stattgefunden, wo man sich dann auch eine gemeinsame Wohnung genommen habe. Allerdings habe man schnell gemerkt, daß man nicht zueinander passe. Herr N. gab an, daß die Rosenherz (nunmehr Niebergall) zu jener Zeit als Modell für einen Photographen gearbeitet habe, eine Verbindung, die er selbst hergestellt hatte. Bei dieser Arbeit seien nur ihre Füße und Hände photographiert worden. Für die Hausarbeit sei die Karin nicht zu gebrauchen gewesen. Auch habe er des öfteren den Eindruck gehabt, daß sie, wenn er auf Reisen gewesen sei, Herrenbesuch empfangen habe. Noch bevor das Kind geboren worden sei, habe man sich geeinigt, getrennte Wege zu gehen.

Frage: Wann wurde das Kind geboren?
Antwort: An das genaue Datum kann ich mich nicht mehr erinnern. Es war um die Weihnachtszeit 1957. Es handelte sich um ein Mädchen, dem wir den Namen Birgit gegeben haben.
Frage: Sie können sich nicht an das Geburtsdatum Ihrer Tochter erinnern?
Antwort: Nein. Als sich herausstellte, daß die Karin mit dem Kind überfordert ist, haben wir beschlossen, die Kleine in ein Heim zu geben. Das war bereits im Sommer 1958. Weil wir sowieso kein Eheleben mehr führten und die Karin für meinen Geschmack auch viel zuviel Geld ausgab, habe ich darauf bestanden, daß sie auszieht. Da ich keine Zeit hatte, habe ich sie gebeten, das Kind zu besuchen. Soviel ich weiß, hat sie das nur einmal getan.
Frage: Hatten Sie weiter Kontakt zu Ihrer Frau?
Antwort: Die Karin ist dann nach Frankfurt gezogen. Wir haben uns nicht gesehen. Manchmal haben wir telephoniert. Wenn es um das Kind ging, haben wir fast immer gestritten. Im Frühjahr 1959 hat die Karin mir erzählt, daß das Kind an einer Lungenentzündung gestorben ist. An das genaue Todesdatum kann ich mich nicht erinnern. Als es passierte, war ich in Amerika. Auch der Beerdigung konnte ich nicht beiwohnen. Man kann sagen, daß seit dem Tod des Kindes unser Streit aufgehört hat. Trotzdem habe ich darauf bestanden, daß wir uns scheiden lassen.

N. erklärt, daß er die Rosenherz immer mal wieder angerufen habe, wenn er in Frankfurt gewesen sei. Treffen in ihrer Wohnung habe sie abgelehnt. Man habe sich in Hotels verabredet und gemeinsam gegessen. Im Anschluß daran sei es im Hotelzimmer manchmal zu intimen Handlungen

> gekommen. Bezahlt habe immer er. Von ihrem Beruf habe er bis zu ihrem Tod nichts gewußt. Ihm gegenüber habe sie behauptet, daß sie weiter als Photomodell arbeite. Ihre Kleidung und ihr Schmuck seien immer sehr kostbar gewesen. Auch habe sie schöne Teppiche und Bilder gemocht. Herr N. gibt an, die Rosenherz zuletzt im März oder April 1964 gesehen zu haben. Auf die Frage, wo er sich zur Tatzeit aufgehalten hat, gibt Herr N. an, daß er seine Eltern in Duisburg (Adresse liegt vor) besucht habe.

Als Marthaler die Papiere beiseitelegte, merkte er, dass Anna ihn aufmerksam beobachtete. Sie wartete auf eine Reaktion. „Na ja“, sagte er, „ein Ausbund an Sympathie scheint Karin Rosenherz nicht gerade gewesen zu sein. Das Alibi ihres Mannes ist überprüft worden, nehme ich an?“

„Ja, seine Angaben stimmten. Was für ein Arsch, oder?! Wahrscheinlich hat er nur nicht gemerkt, wie perfekt er zu der Schlampe gepasst hat.“

Marthaler lächelte. Ihm gefiel Annas Art, sich sofort ein Urteil zu bilden und es unverblümt zu äußern. Als Polizist hatte er aber gelernt, seine Zu- und Abneigungen zu verbergen. „Es darf uns nicht interessieren, ob sie ein Engel oder eine Schlampe war. Sie ist ermordet worden, und jedes Opfer muss gleich behandelt werden.“

„Amen!“, sagte Anna. „Deswegen bin ich ja hier. Weil ich … weil ich die Fotos vom Tatort angeschaut habe. Sie waren das Schrecklichste, was ich je gesehen habe. Sie sah so hilflos aus …“

„Okay“, sagte Marthaler. „Mach weiter! Ich weiß, dass sie einen Verlobten hatte …“

„Vergiss es. Der Typ hatte ein Alibi. Ein harmloses Bürschchen. Er war zehn Jahre jünger als sie, hat für sie eingekauft, hat gekocht, hat das Geld, das sie nachts verdiente, auf ihr Konto eingezahlt. Sie hat ihn als Laufburschen benutzt.“ Anna trank ihren Wein aus und hob das leere Glas. „Schmeckt lecker!“, sagte sie. „Wenn ich hier schlafen kann, nehme ich noch einen.“

Marthaler sah sie an. „Ja, du kannst dich im Wohnzimmer auf die Couch legen.“

„Nein, ich meine hier, auf dem Balkon. Hast du eine Matratze oder eine Isomatte?“

Marthaler nickte. Er nahm die Weinflasche und schenkte ihr nach. Inzwischen war es dunkel geworden. Marthaler ging ins Wohnzimmer und schaltete das Licht an. „Lass uns weiterarbeiten! Welche Spuren gab es, denen man nachgehen konnte?“

Anna grinste. „Entschuldige", sagte sie, „ich hatte einen Moment lang vergessen, dass du ja gar nichts weißt. Es gab in der Wohnung den blutigen Sohlenabdruck eines rechten Herrenschuhs der Größe vierundvierzig. Also schaute man sich die Schuhschränke der Verdächtigen an. Und man suchte nach der Mordwaffe und nach blutigen Kleidungsstücken."

„Hat aber nichts davon gefunden?"

Anna gähnte. „Nein. So blöd wird der Mörder wohl auch nicht gewesen sein …"

„Weiter!", sagte Marthaler. „Du hast gesagt, es gab Verdächtige, die man hat laufen lassen. Die sollten wir uns näher ansehen."

„Können wir das nicht auf morgen verschieben?", fragte Anna. „Ich bin müde, ich kann nicht mehr."

Marthaler sah auf die Uhr. Inzwischen saßen sie seit vielen Stunden zusammen und sprachen über den Fall. Auch er war erschöpft. Gleichzeitig war er unzufrieden. Bei all dem, was er bis jetzt erfahren hatte, gab es noch immer keinen Punkt, an dem sie ansetzen konnten. „Was meinst du, noch eine halbe Stunde?"

Anna schüttelte den Kopf. Wieder gähnte sie. „Nein", sagte sie. „Ich kann nicht mehr. Außerdem muss ich dir etwas sagen."

„Bitte sehr, raus damit!"

„Die Akte ist unten in meinem Wagen."

„Was?"

„Die Akte ist nicht in meinem Keller ersoffen."

Mit einem Schlag war Marthaler hellwach. „Du meinst, du hast …"

„Es gab keinen Wasserschaden. Ich habe das erfunden, damit du mir die Unterlagen nicht wegnimmst. Sie liegen im Kofferraum des Mazda."

Marthaler starrte Anna entgeistert an. Er schwankte zwischen Wut und Freude. „Anna, das ist wirklich …"

„Entschuldige, Robert. Ich verspreche dir, dass so etwas nicht wieder vorkommt. Es war eine Lüge, aber du musst verstehen …"

Marthaler winkte ab. „Los, lass uns runtergehen. Ich will das Material sofort haben."

7 Als Anna die Augen aufschlug, sah sie über sich auf dem Balkongeländer eine Taube sitzen, die zu ihr herunteräugte. Verschlafen drehte sie sich um und tastete nach ihrem Handy. Es war kurz nach sechs. Sie hatte Kopfschmerzen. Erst hatte sie Marthaler geholfen, die Kartons mit der

Akte aus dem Auto zu holen, dann hatten sie gemeinsam eine Matratze auf den Balkon gebracht. Anna hatte sich hingelegt und zehn Minuten später bereits fest geschlafen.

Sie stand auf, ging ins Wohnzimmer und schaute sich um. Überall standen die geöffneten grauen Kartons. Auf dem Tisch ein großer Stapel Schnellhefter. Wie es aussah, hatte Marthaler noch lange gearbeitet. Und Wein getrunken.

An der Wohnzimmerwand war ein großes, umgedrehtes Ausstellungsplakat befestigt, auf dem untereinander fünf Männernamen standen. Anna kannte die Namen. Sie lächelte und schüttelte den Kopf.

Die Tür zum Schlafzimmer war angelehnt. Sie drückte sie mit dem Ellbogen ein Stück weiter auf und sah Marthaler auf seinem Bett liegen. Er schnarchte.

Anna ging ins Bad und spülte sich den Mund aus. Sie setzte sich auf den Rand der Badewanne und wusch sich. Dann zog sie sich an.

In der Küche fand sie eine Flasche Orangensaft, die sie zur Hälfte austrank. Anna wollte gerade Wasser in die Kaffeemaschine füllen, als das Telefon läutete. Sie hielt inne und lauschte. Nach dem fünften Läuten schaltete sich der Anrufbeantworter ein. Es wurde aufgelegt. Kurz darauf läutete es erneut. Anna ging in den Flur und stellte sich neben das Telefon. Sie nahm den Hörer ab, ohne sich zu melden.

„Marthaler? Spreche ich mit Hauptkommissar Marthaler?“, fragte eine Männerstimme. Die Stimme klang gepresst.

Statt einer Antwort gab Anna nur ein leises Brummen von sich.

„Hier ist Kürten, Bruno Kürten. Sie wissen, wer ich bin, nicht wahr? Ich muss mit Ihnen reden. Ich … die sind hinter mir her. Kommen Sie zum Hauptfriedhof, Eingang Friedberger Landstraße! In einer Dreiviertelstunde, hören Sie: um Viertel nach sieben! Haben Sie mich verstanden?“

Anna wiederholte ihr Brummen und legte den Hörer auf die Station.

Sie ging zum Schlafzimmer. Marthaler hatte seine Stellung nicht verändert. Er atmete tief und gleichmäßig. Sie rief leise seinen Namen, aber er reagierte nicht. Als sie zu ihm ging und ihn an der Schulter berührte, gab er nur ein unwilliges Grunzen von sich, drehte sich um und schlief weiter. „Also gut“, sagte Anna leise, „dann halt ohne dich.“

Sie zog die Chucks an, nahm ihren Rucksack, zog die Wohnungstür hinter sich ins Schloss und lief die Treppe hinab. Ihr Wagen war nur ein paar Meter entfernt am Straßenrand geparkt.

Sie fuhr zur Flößerbrücke und überquerte den Main. Unterwegs schaute sie immer wieder auf den Stadtplan, der auf dem Beifahrersitz lag. Über den Alleenring gelangte sie zur Friedberger Landstraße. Sie hatte ihr Ziel fast erreicht. Auf der linken Seite sah sie die Schilder einer großen Mazda-Werkstatt. Sie fuhr noch ein Stück weiter in Richtung Norden, umkreiste die Warte und musste ein paar Hundert Meter zurückfahren, dann hatte sie den Seiteneingang des Friedhofs erreicht. Dort stellte sie den Wagen auf den Parkstreifen und blieb sitzen.

Es war 7.12 Uhr. Sie wartete. Außer ein paar Fußgängern, die neben ihr über den Bürgersteig eilten, war niemand zu sehen. Sie behielt den Eingang im Blick.

Um 7.15 Uhr kam eine Frau, die eine kleine Handkarre mit Blumen hinter sich herzog. Sie öffnete die Gittertür und bog kurz darauf nach rechts in einen der Wege zwischen den Gräbern ab.

Um 7.21 Uhr verließ Anna den Wagen und ging zum Eingang. Sie lief ein paar Meter auf das Gelände, hielt in alle Richtungen Ausschau, aber weit und breit war niemand zu sehen, der aussah, als könne er Bruno Kürten sein.

Sie ging wieder nach draußen und steckte sich eine Zigarette an. Dann sah sie den Zettel an der Mauer. Ein kleines weißes Stück Papier, auf das jemand mit krakeliger Handschrift ein paar Worte notiert hatte. Sie ging näher und las: *Marthaler, gehen Sie bis zum Ehrenmal. BK.*

„Verdammt!“, murmelte sie und schaute sich ratlos um. Sie pflückte den Zettel vom Gitter und steckte ihn in die Hosentasche. Fünfzig Meter weiter sah sie einen Friedhofsarbeiter, der Kränze von einem Grab entfernte. „Wo ist das Ehrenmal?“, rief sie ihm zu.

Der Mann blickte auf. Er zeigte in das Dickicht der hochgewachsenen Bäume. „Dahinten!“, sagte er und sah ihr verwundert nach, als sie losspurtete.

Anna erreichte einen großen, hässlichen Rundbau aus dunkelgrauem Stein, der durch einen breiten Durchbruch frei zugänglich war. Sie ging hinein, aber es war nichts zu sehen außer der riesigen schwarzen Figur eines gefallenen Soldaten.

„Herr Kürten“, rief sie. „Herr Kürten, sind Sie hier irgendwo?“ Niemand antwortete.

Sie näherte sich der Statue. Auf der Brust des Soldaten lag, von einem Stein beschwert, ein weiterer Zettel. *Gehen Sie geradeaus in Richtung Haupteingang. Hinter dem weißen Engel rechts zum Mausoleum Gans. Gehen Sie rein. Ich warte. BK.*

Was soll das, dachte sie, willst du mit mir Schnitzeljagd spielen? Ein Schild zeigte ihr den Weg zum Haupteingang. Sie folgte der langen, geraden Straße.

Als sie das Grab mit dem großen weißen Engel passiert hatte, sah sie hundert Meter weiter rechts auf einem freien Platz, von einer Rasenfläche umgeben, den kleinen runden Tempel stehen. Langsam näherte sie sich dem Gebäude. Am unteren Rand der Kuppel stand in großen Lettern FRANKFURTER VEREIN FÜR FEUERBESTATTUNG. Sie stieg die wenigen Stufen hinauf und stand nun in dem von hohen Säulen umgebenen Außengang. Sie umrundete das Gebäude und schaute dabei immer wieder auf die umliegenden Gräber und auf die Wege, die von hier aus sternförmig in alle Richtungen des Friedhofs führten. Außer einem älteren, bärtigen Mann mit kurz rasierten grauen Haaren und einer goldumrandeten Brille war niemand zu sehen. Der Alte stand zwischen den Gräbern, hatte eine grüne Gießkanne in der Hand und äugte gelegentlich zu Anna hinüber. Als sie seinen Blick erwiderte, wandte er sich ab.

Gehen Sie rein. Ich warte, hatte auf dem zweiten Zettel gestanden, der jetzt ebenfalls zusammengefaltet in der Tasche von Annas Jeans steckte.

Die große kupferbeschlagene Tür war geschlossen. Sie legte ihre Hand auf die Klinke. Bevor sie die Tür öffnete, schaute sie sich noch einmal um. Mit angehaltenem Atem betrat sie das Mausoleum. Die Tür ließ sie offen stehen.

Das Innere wurde durch ein diffuses Licht schwach beleuchtet. Die weiße Büste des Stifters Friedrich Ludwig von Gans, die auf einem Sockel an der Wand stand, wurde von einer kleinen Lampe angestrahlt. Darüber im Halbdunkel vier große schwarze Urnen, welche die Asche seiner engsten Familienangehörigen enthielten.

Es roch nach Feuchtigkeit und verwelkten Blumen. Hinter einer Säule sah Anna die schmale, geschwungene Steintreppe, die in einen tiefer gelegenen Raum führte. Sie legte einen Arm um die Säule und lugte vorsichtig nach unten. „Herr Kürten?“, fragte sie mit gesenkter Stimme. „Sind Sie da unten, Herr Kürten?“

Sie glaubte, ein leises Geräusch zu hören, eine Art Kratzen oder Schaben. Langsam setzte sie einen Fuß vor den anderen. Ihre Hände berührten die Gitterstäbe des Treppengeländers. Schließlich hatte sie die letzte Stufe erreicht.

Der düstere Raum war niedrig, kaum höher als zwei Meter. Rundum, vom Boden bis zur Decke, waren in die Wände kleine Nischen für die Urnen eingelassen. Auf dem Boden standen Blumen.

„Herr Kürten?“ Anna wagte nur noch zu flüstern.

Sie ging drei Schritte weiter, wo es einen kleinen Bereich gab, der von der Treppe verdeckt wurde. Sie zuckte zurück. Auf dem Boden lag ein Mann. Er war klein und hatte weißes Haar, das mit Blut verklebt war. Seine Lider flackerten.

Anna ging einen Schritt auf ihn zu. Sein rechter Fuß zuckte kurz. Der Absatz seines Schuhs schabte über den Boden. Es war das Geräusch, das Anna von oben gehört hatte. Sie beugte sich zu ihm hinab. Er atmete nur noch schwach; aus seinem rechten Ohr lief ein schmales Rinnsal Blut. Sie sah die große Wunde an seinem Hinterkopf.

Jemand hatte dem kleinen Bruno den Schädel eingeschlagen.

„Herr Kürten, verstehen Sie mich?“

Wie zur Bestätigung schloss er für einen Moment die Augen, um sie dann wieder halb zu öffnen.

„Sie wollten uns etwas mitteilen“, sagte Anna. „Sie wollten sich mit Hauptkommissar Marthaler treffen. Sie können mir alles sagen.“

Bruno Kürten bewegte seine Lippen, ohne einen Laut von sich zu geben. Anna kniete sich neben den Mann. Es sah aus, als wolle er Kraft sammeln. „Sterben …“, sagte er leise.

„Ja, Herr Kürten“, erwiderte Anna. „Ja, es kann sein, dass Sie sterben müssen. Aber, bitte, sagen Sie uns, was Sie wissen.“

Von dem kleinen Bruno kam ein kaum vernehmbares Röcheln. „Rosenherz.“

„Was ist mit Karin Rosenherz? Was hat der Kunstraub mit ihr zu tun?“

Für einen Moment atmete der Mann wieder schneller. Sie beugte ihren Kopf tief zu ihm hinab und legte ihr linkes Ohr dicht vor seinen Mund. „Bilder …“, sagte er.

„Von welchen Bildern sprechen Sie? Bitte, Herr Kürten …“

„Karin Rosenherz … Es … ging um die …“ Bruno Kürten gab ein tiefes Stöhnen von sich. „… um die Bilder.“ Seine Stimme erstarb. Ein Zittern durchlief seinen Körper. Sein rechter Fuß schabte ein letztes Mal über den Boden. Dann war der kleine Bruno tot.

Anna blieb für einen Moment neben ihm hocken. Sie wusste nicht, was sie tun sollte. Sie war noch nie dabei gewesen, wenn ein Mensch gestorben war. Das einzige Gebet, das sie kannte, war das Vaterunser. Flüsternd sprach sie die paar Zeilen, an die sie sich erinnerte. Dann tat sie etwas, was sie immer wieder in Filmen gesehen hatte. Sie strich dem Toten mit der Hand über das Gesicht, um seine Augenlider zu schließen.

Als sie aufstand, wurde ihr schwindlig. Sie ging zum Treppenabsatz, hielt sich am Geländer fest und schloss die Augen.

Plötzlich hatte Anna das Gefühl, beobachtet zu werden. Sie legte den Kopf in den Nacken. Am oberen Ende der Treppe war ein Gesicht zu sehen. Es war das Gesicht des bärtigen Mannes mit der Gießkanne. Als der Mann seinen Kopf bewegte, blitzte seine goldumrandete Brille kurz in der Dunkelheit.

Anna begann zu schreien. Sie schrie vor Angst, vor Anspannung und vor Entschlossenheit. Sie stieß ihre Füße vom Boden ab, nahm zwei Stufen auf einmal und rannte die Treppe hinauf. Sekunden später hatte sie das obere Stockwerk erreicht.

Als die schwere Tür des Mausoleums vor ihr ins Schloss fiel, blieb sie wie versteinert stehen. Sie merkte, wie ihr Herz raste und alle Kraft aus ihrem Körper wich. Das Schlimmste war ihr widerfahren. Das, was nie wieder hatte geschehen dürfen: Sie war gefangen. Man hatte sie gemeinsam mit einem Toten in diese dunkle Gruft gesperrt.

Anna ließ sich auf den Boden gleiten und legte sich auf den Rücken. Sie versuchte, ihren Atem unter Kontrolle zu bringen. Als sie sich ein wenig beruhigt hatte, fiel ihr auf, dass die Tür zwar ins Schloss gefallen war, sie aber nicht gehört hatte, wie ein Schlüssel herumgedreht wurde. Sie stand auf und drückte auf die Klinke. Die Tür war unverschlossen. Sie stieß sie auf und ging ins Freie.

Der Mann mit der goldenen Brille war verschwunden.

„SCHEISSE, Scheiße, Scheiße!“ Anna stand neben ihrem Wagen und trat vor Wut gegen den Kotflügel. Zum zweiten Mal lief sie um das Auto herum, als könne sie es noch immer nicht glauben. Der Mazda stand auf den Felgen. Jemand hatte alle vier Reifen zerstochen.

Sie erinnerte sich an die Werkstatt, die sie ganz in der Nähe gesehen hatte, und lief los.

„Ich brauche vier neue Reifen. Möglichst schnell“, erklärte sie dem Mechaniker.

Der Mann rümpfte die Nase. „Sollen wir sie als Geschenk einpacken, oder wollen Sie sie in den Rucksack packen?“

„Mein Wagen steht zweihundert Meter weiter oben an der Friedhofsmauer. Ein moosgrüner MX-5. Wann kann ich ihn abholen?“

Er schaute in sein Auftragsbuch. „Morgen Mittag!“, sagte er.

Sie nickte. „ Und jetzt rufen Sie mir bitte ein Taxi.“

Während Anna auf dem Hof wartete, versuchte sie, Marthaler zu erreichen. Er musste wissen, was auf dem Friedhof geschehen war und was der kleine Bruno vor seinem Tod gesagt hatte. Was auch immer es mit den Bildern auf sich hatte, von denen er gesprochen hatte, es musste etwas zu bedeuten haben.

Weder in der Wohnung noch auf seinem Mobiltelefon meldete Marthaler sich. Anna überlegte, dann fasste sie einen Entschluss.

Sie ließ sich zur Töngesgasse bringen. Weil sie auf keinem der Klingelschilder Fausto Albanellis Namen fand, ging sie in das kleine Café und fragte eine der Kellnerinnen.

„Fausto? Klar kenn ich den. Der trinkt hier jeden Abend seinen Chianti. Kommen Sie, ich zeig es Ihnen. Hoffentlich hat er gut geschlafen.“

Die Frau ging Anna voraus durch die Küche des Cafés und zeigte auf die offene Tür, die in einen kleinen Innenhof führte. *Velo rapido – Dreimal klingeln!* stand auf dem handgeschriebenen Schild, das neben dem Eingang des Hinterhauses hing.

Auch nach dem neunten Klingeln blieb die Tür verschlossen. Schließlich hörte sie, wie über ihr ein Fenster geöffnet wurde. Ein Mann mit grauen Locken und einem schmalen Gesicht schaute zu ihr herunter. „Wer sind Sie? Was wollen Sie?“

„Fausto Albanelli?“, fragte Anna.

„Was willst du? Ich kenne dich nicht. Ich habe keine Termine frei.“

„Ich will ein Fahrrad kaufen.“

Ohne ein weiteres Wort schloss Albanelli das Fenster. Kurz darauf wurde der Türöffner betätigt. Anna stand am Fuß einer langen, steilen Treppe, an deren oberem Ende nun die hagere Gestalt des ehemaligen Kellners erschien.

Albanelli machte einen Schritt zur Seite und ließ Anna eintreten. Als er die junge Frau musterte, blitzten seine Augen kurz auf.

Anna schaute sich um. Jeder Quadratzentimeter des verwinkelten Raumes wurde ausgenutzt. Überall standen gebrauchte Fahrräder, von der Decke hingen Rahmen und Laufräder. Die Wände waren bedeckt mit Kästen für Ersatzteile und Werkzeug. Am anderen Ende vor dem Fenster befand sich eine Werkbank.

Fausto Albanelli stand bereits wieder an einem Montageständer und schraubte an einem verrosteten Damenrad.

„Haben Sie ein Fahrrad für mich?“, fragte Anna.

„Kommt drauf an, was du brauchst und wie viel Geld du ausgeben willst.“

„Warum duzen Sie mich?“, fragte sie.

Albanelli ging nicht auf ihre Frage ein. „Schau dich um“, sagte er. „Ob dir was gefällt.“

Anna streifte zwischen den Rädern umher. Sie ließ ihre Finger über den Lack der alten Stahlrahmen und über das Leder der Sättel gleiten. Sie merkte, dass Fausto Albanellis Blicke ihr folgten. „Wohnen Sie hier auch?“, fragte sie.

Er deutete mit dem Kopf auf eine Tür, die sie bislang nicht bemerkt hatte. „Dahinten ist meine Kammer“, sagte er. „Ich brauch nicht mehr viel.“

Sie nickte, als wüsste sie genau, was er meinte. Neben einem roten Rennrad blieb sie stehen. „Das ist hübsch“, sagte sie.

Er nahm einen Lappen und wischte seine ölverschmierten Hände daran ab. Dann kam er zu ihr. Als er sich an ihr vorbeidrückte, berührten sich ihre Oberarme. „Ja, nicht wahr. Das ist ein Olmo. Es kommt aus meiner Heimat. Ich habe es gerade erst aufgebaut. Der Rahmen ist zwanzig Jahre alt. Du hast einen guten Geschmack.“ Seine Stimme klang weich, und seine Augen schwärmten.

„Wo ist Ihre Heimat?“, fragte Anna.

„Da, wo ich schon lange nicht mehr war“, sagte er. „In Ligurien.“

Er nahm das Rad und hob es in den schmalen Gang. Er legte eine Hand auf den Lenker, die andere auf den Sattel. „Magst du dich draufsetzen? Wollen wir sehen, ob es dir passt?“, fragte er.

Anna lächelte. Sie schaute in sein Gesicht. Er hatte Falten, wirkte aber nicht wie ein sechzigjähriger Mann. Seine Locken gefielen ihr. Auch wenn er mürrisch tat, sahen seine Augen freundlich aus. Freundlich und ein wenig müde.

„Also los“, sagte er. „Ich halte dich fest.“

Sie hob ihr rechtes Bein und saß mit einem Schwung im Sattel. Das Rad schwankte einen Moment, dann hatte Albanelli es im Griff. Annas Schulter lehnte an seinem Brustkorb. Sie atmete tief ein.

Als er jetzt sprach, spürte sie seinen Atem an ihrem Ohr. „Soll ich das Rad runtertragen? Willst du eine Probefahrt machen?“

„Nein“, sagte sie. „Später vielleicht.“

„Was willst du?“

Sie ließ einen Moment vergehen. „Ich will, dass du mir deine Kammer zeigst“, sagte sie leise. Sie starrte geradeaus, ohne etwas zu sehen. Sie wartete auf seine Antwort.

„Ich bin ein alter Mann“, sagte er.

„Ich will dich ja auch nicht heiraten.“

Er ließ den Sattel los und legte einen Arm um ihre Taille. Das Rad kippte gegen seinen Oberschenkel. Er half ihr herunter, schaute ihr kurz in die Augen und stellte das Olmo auf seinen Platz. „Bist du sicher?“, fragte er.

Anna nickte.

Er ging voraus und öffnete die Kammertür. Der Raum war nicht größer als fünfzehn Quadratmeter. Tatsächlich schien Fausto Albanelli nicht viel zu brauchen. Auf dem Boden lag eine breite Matratze. Es gab einen kleinen Tisch mit zwei Stühlen. An der Wand war ein Regal aufgestellt, das locker mit Büchern bestückt war.

„Und wo kochst du?“ fragte Anna.

Er räusperte sich. „Auf der anderen Seite der Werkstatt gibt es eine Teeküche mit einem Herd und einem Kühlschrank.“

„Und deine Wäsche?“

Er lachte. „Ich dachte, du wolltest mich nicht heiraten … Meistens gehe ich in den Waschsalon. Ab und zu lässt mich auch eine der Kellnerinnen aus dem Café bei sich waschen.“

„Ist sie deine Geliebte?“

„Manchmal“, sagte er.

Anna ging zum Bücherregal und legte den Kopf schief. Aber es interessierte sie nicht wirklich, was Fausto Albanelli las.

Er trat zu ihr. „Du bist schön. Wie heißt du?“

„Anna.“

„Anna“, wiederholte er. Er nahm sie in die Arme und küsste sie.

Sie hatten sich heftig geliebt, hatten eine wortlose Pause eingelegt und dann noch einmal miteinander geschlafen.

Erschöpft lagen sie nebeneinander. Beide auf dem Rücken, beide rauchend. Sie schauten an die Decke. Durch das gekippte Fenster hörten sie das Klappern des Geschirrs aus der Küche des kleinen Cafés. „Woran denkst du?“, fragte Anna.

„An dich“, antwortete er.

„Lügner! Warum hast du keine Frau?“

Fausto stieß den Rauch mit einem hörbaren Seufzer aus. „Ich war verlobt … vor vielen Jahren. Paola war Italienerin. Es hat lange gedauert, bis ich sie überzeugt hatte, nach Frankfurt zu kommen. Aber sie fühlte sich nicht wohl in Deutschland. Sie hatte keine Arbeit, sie konnte die Sprache nicht und sie hatte Sehnsucht nach ihrer Familie. Sie wurde traurig und krank. Hat mich angefleht, mit ihr zurück nach Italien zu gehen. Ich habe sie vertröstet. Noch ein Jahr, habe ich gesagt. Lass mich noch ein bisschen Geld verdienen. Immer wieder habe ich sie hingehalten. Bis sie eines Tages ihre Sachen gepackt hat und verschwunden ist. Einmal hat sie sich noch bei mir gemeldet. Eines Tages brachte der Postbote einen Umschlag, in dem ihr Verlobungsring steckte. Sonst nichts. Kein Brief, keine Zeile, kein Wort. Sie hat jeden Kontakt zu mir abgelehnt. Drei Jahre später ist sie gestorben. Und ich habe mir die Schuld an ihrem Tod gegeben. Aber nicht nur ich."

Anna ließ Albanellis Hand los, drehte sich auf die Seite und drückte ihre Zigarette aus. „Du hast sie nie mehr wiedergesehen?"

„Nein. Und ich war auch nie wieder in meinem Dorf in Italien."

Anna stand auf, wickelte sich das Laken um den Körper, stellte sich ans Fenster und schaute in den Innenhof.

„Was willst du, Anna?"

„Was meinst du?", fragte sie, ohne sich zu ihm umzudrehen.

„Meine Frage ist nicht misszuverstehen. Was willst du von mir?"

„Ich will ein Fahrrad kaufen."

„Ja. Und was noch?"

Jetzt wandte sie sich um und sah ihm in die Augen. „Ich möchte mit dir über Karin Rosenherz sprechen."

Er sah Anna an, ohne etwas zu sagen.

„Aber du musst mir glauben", sagte sie rasch, „das ist nicht der Grund, warum ich mit dir geschlafen habe."

„Ich weiß", sagte er. Nun stand auch er auf. Er öffnete den Schrank, nahm einen Bademantel heraus und zog ihn sich über. Er ging zum Fenster und legte seine rechte Hand auf Annas Hüfte. „Du bist Journalistin, nicht wahr? Du hast mich schon einmal angerufen und nach Karin Niebergall gefragt. Für meine Freunde und mich war sie immer *Signora* Niebergall."

„Ja", sagte Anna, „ich habe dich angerufen. Aber du wolltest nicht mit mir reden."

„Magst du einen Kaffee trinken? Wollen wir in die Küche gehen?"

Anna nickte und folgte Fausto Albanelli auf dem Weg durch die enge Werkstatt.

„Ich kannte sie nicht besonders gut“, sagte er, während er den Kaffeetrester aus dem Sieb klopfte. „Sie war ein launischer Mensch. Manchmal begrüßte sie mich überschwänglich, als seien wir die besten Freunde, dann wieder tat sie, als hätten wir uns noch nie gesehen.“

„Du bist verdächtigt worden damals, nicht wahr?“, fragte Anna, die am Tisch Platz genommen hatte.

„Ja. Ich und meine beiden Freunde. Wir waren Italiener und schon deshalb nicht sehr beliebt. Inzwischen hat sich vieles geändert, für uns ist es besser geworden. Jetzt sind es andere, die man hier nicht leiden kann: Russen, Polen, Rumänen, was weiß ich. Die Leute finden immer irgendwen, dem sie die Schuld für alles Schlechte geben können. Damals waren wir Spaghettifresser und Messerstecher, auch für die Polizei. Man war nicht gerade nett zu uns.“

„Stimmt“, sagte Anna, „ich weiß, ich habe die Akten gelesen. Ist euch damals irgendetwas aufgefallen, was ihr der Polizei nicht erzählt habt?“

Albanelli stellte zwei Tassen Espresso auf den Tisch. Er beugte sich zu Anna hinüber und gab ihr einen Kuss auf die Stirn. „Was sollte das gewesen sein? Was hätten wir wissen sollen?“, fragte er. „Die Polizei hat uns regelrecht ausgequetscht.“

„Trotzdem. Ihr habt lange mit ihr zusammengewohnt. Ihr wart in der Nacht im Haus, als der Mord geschehen ist. Vielleicht habt ihr irgendetwas gesehen oder gehört.“

„Mir ist etwas aufgefallen damals“, antwortete er. „Allerdings nicht sofort. Als die Polizei uns verhört hat, war ich viel zu sehr in Panik. Wir waren Verdächtige, keine Zeugen. Wir hatten genug damit zu tun, unsere Unschuld zu beweisen. Aber später, als sich niemand mehr für uns interessierte, ist es mir wieder eingefallen.“

Anna saß kerzengerade auf ihrem Stuhl und schaute ihn aufmerksam an.

„Es gab einen Mann, den ich kurz hintereinander zweimal gesehen habe. Das erste Mal stand er unten vor dem Haus. Das war am Tag vor dem Mord. Dann ist er mir noch einmal begegnet: in der Nacht, als das Fräulein umgebracht wurde.“

Anna runzelte die Stirn. „Aber in der Mordnacht habt ihr angeblich alle drei in eurer Wohnung über dem Tatort gelegen und geschlafen. In eurer Aussage steht, dass ihr nichts gesehen und nichts gehört habt.“

„Ja, aber das stimmt nicht ganz. Es gab einen Gast im Frankfurter Hof, um den ich mich besonders kümmern musste: Mariele, ein elfjähriges Mädchen, das im Rollstuhl saß. Wir hatten uns ein wenig angefreundet, und sie wollte nur von mir bedient werden. In der Nacht vom 3. auf den 4. August hat die Kleine plötzlich Magenkrämpfe bekommen. Sie ließ sich nicht beruhigen, bis man ihr versprach, nach mir zu schicken."

„Und du bist hingegangen?"

Albanelli nickte. Er stellte zwei Gläser und eine Flasche Mineralwasser auf den Tisch.

„Das heißt, du hast gar nicht die ganze Nacht in deinem Bett gelegen", sagte Anna. „Du hast die Polizei belogen!"

„Nein, hör mir einfach zu. Es war keine bewusste Lüge. Bei der ersten Vernehmung war ich so aufgeregt, dass ich es vergessen hatte. Jedenfalls bin ich ins Hotel gegangen, hab Mariele einen Tee gekocht und eine Wärmflasche gemacht. Dann bin ich wieder in die Kirchnerstraße gegangen. Ich hatte gerade den Schlüssel in die Haustür gesteckt, als die Tür von innen geöffnet wurde und derselbe Mann vor mir stand, den ich noch am Vortag auf der Straße gesehen hatte. Wir haben uns beide erschreckt."

„Um wie viel Uhr war das?"

„Ich habe das später überprüft. Im Dienstbuch steht, dass ich um zwei Uhr fünfunddreißig das Hotel wieder verlassen habe. Bis zum Haus braucht man zwei, drei Minuten."

„Man nimmt an, dass ihr Tod zwischen zwei Uhr und drei Uhr in der Nacht eingetreten ist. Das heißt, du bist mit einiger Wahrscheinlichkeit ihrem Mörder begegnet."

Albanelli nickte.

„Was ist dann passiert?"

„Nichts. Ich bin raufgegangen, hab weitergeschlafen und das Ganze erst mal vergessen. Als es mir wieder eingefallen ist, bin ich ins Präsidium gefahren und habe meine erste Aussage korrigiert. Ich hatte Angst, dass sie mich wieder in die Mangel nehmen und mir vorwerfen würden, ich hätte mich in Widersprüche verwickelt, aber nichts dergleichen passierte. Sie waren nicht mehr an mir interessiert. Einer der Kommissare nahm meine Aussage auf. Ich habe ihm den Mann genau beschrieben. Ich habe das Protokoll unterzeichnet. Dann erschien in allen Zeitungen dieses Phantombild."

„Sah der Mann, dem du begegnet bist, diesem Bild ähnlich?"

„Überhaupt nicht! Der Mann auf dem Polizeibild war dunkelhaarig, eher gesetzt, um die fünfzig. Der Typ, den ich gesehen habe, war blond, schlank, groß, jung."

Anna spürte einen Luftzug auf ihrer Haut. Sie fröstelte. „Ich glaube", sagte sie, „jetzt muss ich mir doch etwas überziehen." Mit Jeans und T-Shirt bekleidet, aber immer noch barfuß, kam sie zurück. „Aber du kanntest den jungen Mann nicht?"

Albanelli schüttelte den Kopf. „Nein, das nicht … aber ich habe ein Foto von ihm."

Anna starrte Albanelli ungläubig an. „Kannst du das bitte noch einmal sagen?"

Wortlos ging er nach nebenan in die Werkstatt. Durch die offene Tür der Teeküche sah Anna, wie er eine Trittleiter vor das Magazinregal bugsierte. Er stieg hinauf und öffnete eine der Schubladen in der obersten Reihe.

Als er wieder vor ihr stand, hielt er einen dicken Umschlag in der Hand.

„Was ist das?"

„So drei Wochen nach dem Mord klingelt es an unserer Tür. Vor mir steht der Verlobte von Fräulein Niebergall. Er drückt mir diesen Umschlag in die Hand und bittet mich, ihn aufzubewahren. Es seien Unterlagen, die ihr gehört hätten und die ihr Vater bei mir abholen werde. Er selbst wollte mit der Sache nichts mehr zu tun haben."

„Aber du hast ihn ihrem Vater nicht gegeben?"

„Er hat ihn nicht abgeholt. Einen Monat später war der Mann in Frankfurt, um die Wohnung auszuräumen. Ich bin ihm vor dem Haus begegnet und habe ihm gesagt, dass ich ein Päckchen für ihn hätte und dass ich es auf die Treppe legen würde. Das habe ich getan. Dann war er wieder verschwunden, die Wohnung war leer, aber der Umschlag lag immer noch dort. Irgendwann habe ich ihn wieder genommen. Es ist nie jemand gekommen, der das Päckchen haben wollte."

„Also hast du es geöffnet?"

„Nein. Ich habe es all die Jahre mit mir herumgeschleppt. Immer wenn ich umgezogen bin, fiel es mir wieder in die Hände. Ich habe den Inhalt nie angerührt. Bis Ende vorigen Jahres …"

„Bis ich dich angerufen und nach Karin Rosenherz gefragt habe."

„Ja."

„Du hast den Umschlag geöffnet und ein Foto entdeckt, auf dem der junge Mann zu sehen ist, dem du in der Mordnacht an der Haustür begegnet bist."

„Ja."

„Aber du bist nicht zur Polizei gegangen, um ihnen das Foto zu zeigen. Um ihnen zu sagen: Das ist der Mann, der Karin Rosenherz umgebracht hat."

Albanelli schaute sie an, als komme ihm allein die Vorstellung absurd vor. „Warum hätte ich das tun sollen? Sie haben sich damals nicht für meine Aussage interessiert, warum hätten sie mir jetzt, nach fast vierzig Jahren, mehr Glauben schenken sollen?“

„Dann zeig endlich her!“, sagte Anna und nahm ihm den Umschlag aus der Hand.

8 „Unser Kind ist tot“, sagte Marthaler, als Anna mit ihrem roten Rennrad vor seiner Wohnungstür stand. Sie schob das Olmo in die Diele und lehnte es an die Wand. Dann folgte sie Marthaler ins Wohnzimmer. Er stand mitten im Raum und blickte sie aus leeren Augen an.

Anna nahm ihren Rucksack ab und stellte ihn neben die Akten, die sich noch immer auf der Couch stapelten. Sie ging zu Marthaler und nahm ihn in den Arm. Augenblicklich begann er zu schluchzen.

Es dauerte lange, bis er sich beruhigte. Schließlich wand er sich aus ihrer Umarmung. „Entschuldige. Ich komme gerade aus der Klinik, ich habe es eben erst erfahren.“

Anna nahm ihn bei der Hand und führte ihn auf den Balkon. „Setz dich“, sagte sie, „ich mache uns einen Tee.“

Als sie mit der Kanne und zwei Tassen zurückkam, sah er sie mit einem schmerzlichen Lächeln an. „Aber Tereza geht es besser. Zum ersten Mal haben sie gesagt, dass es bergauf mit ihr geht. Es besteht keine Lebensgefahr mehr.“

„Das ist schön“, sagte Anna. „Willst du mir erzählen, was passiert ist?“

Marthaler schwieg lange. Schließlich senkte er den Blick und begann stockend zu sprechen. „Sie haben es von Anfang an gesagt … Es bestand immer die Gefahr, dass sie das Kind nicht würden retten können … Die Sauerstoffversorgung hat nicht ausgereicht. Tereza ist die ganze Zeit künstlich beatmet worden. Aber für das … für das Gehirn des Kindes hat es nicht gereicht. Heute Nacht sind seine Herztöne schwächer geworden. Dann waren sie gar nicht mehr da …“

Marthaler sah an Anna vorbei in den Himmel. Seine Augen waren mit Tränen gefüllt. Er schüttelte heftig den Kopf. „Dabei haben wir schon nach Namen gesucht. Wir waren manchmal so albern glücklich bei der Vorstellung …“ Seine Stimme klang erstickt. „Aber Tereza wird leben! Was auch immer jetzt noch geschieht: Sie sagen, dass sie leben wird. Seit sie das

Kind … geholt haben, geht es ihr von Stunde zu Stunde besser. Es war zu viel …“

In den nächsten neunzig Minuten änderte sich Marthalers Stimmung mehrfach. Auf die Freude folgte umgehend tiefe Trauer. Anna wusste, dass sie ihn lassen musste. Es gab keinen Trost. Ihre einzige Aufgabe war es, da zu sein.

„Meinst du, dass du Tereza bald besuchen kannst?“

Er nickte heftig. In seinen Augen blitzte ein Fünkchen Glück auf. „Ja“, sagte er. „Sie sagen, in ein oder zwei Tagen könnte sie so weit sein … Aber ich habe Angst, was sein wird, wenn sie erfährt …“

Anna legte ihm eine Hand auf den Unterarm. „Kann ich etwas für dich tun? Soll ich irgendwen benachrichtigen?“

Er überlegte. „Ja, sei so gut. Ruf Carlos Sabato an. Seine Nummer ist gespeichert. Sag ihm, was geschehen ist. Er soll die anderen benachrichtigen. Er weiß dann schon, was zu tun ist.“

„Soll ich ihm sagen, dass ich deine Cousine bin?“

„Ja“, sagte Marthaler. „Mach das.“ Dann stand er entschlossen auf. „Ich nehme ein Bad. Anschließend erzählst du mir, was du unternommen hast.“

„Mach jetzt nicht schlapp, Alter“, sagte Marthaler zu seinem Spiegelbild, als er vor dem Waschbecken stand und sich abtrocknete. „Du musst auf die Beine kommen.“ Er holte Unterwäsche und Socken aus dem Schrank. Während er eine frische Jeans und ein sauberes Hemd anzog, hörte er Anna in der Wohnung hantieren.

In der Diele schaute er noch einmal in den Spiegel. Er nickte sich zu und versuchte ein Lächeln. „Schon besser!“, murmelte er. Als neben ihm das Telefon läutete, schrak er zusammen. Er nahm ab und sagte seinen Namen.

„Marthaler, was geht da vor?“, meldete sich Arne Grüter. „Wieso muss ich aus dem Polizeibericht erfahren, was heute Morgen auf dem Hauptfriedhof passiert ist? Haben Sie etwas mit der Sache zu tun?“

„Grüter, ich weiß nicht, wovon Sie reden, und ich bin nicht in der Verfassung …“

„Erzählen Sie mir keine Märchen!“, unterbrach ihn der Reporter. „Halten Sie sich gefälligst an unsere Abmachung! Dass man die Leiche des kleinen Bruno gefunden hat, ist eine Information, die Sie mir umgehend hätten weitergeben müssen.“

Marthaler war zu überrascht, um sofort zu antworten. Er hörte Grüter husten. Dann meldete sich der Reporter wieder zu Wort. „Was ist, sind Sie noch dran, Marthaler?“

„Ja … ich … ich hatte keine Ahnung … Ich bin noch nicht lange aus der Klinik zurück. Und da Sie es ja sowieso erfahren werden, kann ich es Ihnen auch mitteilen: Unser Kind ist letzte Nacht gestorben.“

Marthaler hörte das Klicken eines elektronischen Feuerzeugs, Grüter inhalierte. „Scheiße, Marthaler, das tut mir leid. Sie wissen also wirklich nicht …“

„Erzählen Sie mir, was passiert ist!“

„Kennen Sie das Mausoleum Gans?“

„Sie meinen diesen Urnentempel?“

„Genau den!“, sagte Grüter. „Ein Mitarbeiter des Friedhofs hat dort heute Morgen die Leiche eines Mannes gefunden. Es ist Bruno Kürten. Ihm wurde der Schädel zertrümmert, wahrscheinlich mit einer Flasche. Soviel ich gehört habe, geht die Polizei im Moment von einem Streit unter Obdachlosen aus.“

Marthaler ging ins Wohnzimmer und ließ sich auf einen Stuhl sinken. Er wusste nicht, was er sagen sollte. Sofort bekam er Schuldgefühle. Statt weiter nach dem kleinen Bruno zu suchen, hatte er sich mit der Information zufriedengegeben, die dieser auf seinem Zettel in der Tagesstätte hinterlassen hatte. „Was für ein Mist!“, stieß er hervor. „Was für ein gigantischer Mist!“

„Gut“, sagte Grüter. „Ich glaube Ihnen, dass Sie keine Ahnung hatten, und ich werde Sie dann erst mal nicht weiter behelligen.“

Marthaler hielt den Hörer noch in der Hand, als der Chefreporter des *City-Express* längst aufgelegt hatte.

Anna stand in der Balkontür. „Dann weißt du es also schon?“, sagte sie. Marthaler sah sie fragend an. „Wenn es um diesen Urnentempel ging, kann das nur heißen: Du weißt jetzt, dass der kleine Bruno tot ist.“

Sie erzählte ihm, was am Morgen geschehen war.

„Bist du auf dem Friedhof gesehen worden?“, fragte Marthaler.

Anna hob die Schultern. „Ein Mann ist dort herumgeschlichen. Ich hatte das Gefühl, dass er mich beobachtete. Als ich das Mausoleum verlassen wollte, stand er plötzlich über mir und hat mich angeschaut. Ob er etwas mit dem Tod von Bruno Kürten zu tun hat, weiß ich nicht.“

Marthaler wollte ihr Vorhaltungen machen, aber sie ließ ihn nicht zu Wort kommen. „Ja, ja, ja!“, sagte sie. „Ja, ich habe eigenmächtig gehandelt. Aber wenn ich es nicht getan hätte, wären wir noch immer keinen Schritt weiter. Du hast nämlich noch deinen Rausch ausgeschlafen, als ich schon zwischen den Urnen herumgekrochen bin und mein Ohr an den Mund eines Sterbenden gedrückt habe. Der kleine Bruno hat vor seinem Tod noch etwas gesagt. Ich verstehe nicht, was er damit meinte, aber es muss etwas zu bedeuten haben." Sie schaute Marthaler an und wartete auf eine Reaktion.

„Anna, bitte! Spann mich nicht auf die Folter!"

„Der kleine Bruno hat von Bildern gesprochen. Er sagte: ‚Karin Rosenherz – es ging um die Bilder.' Es war das Letzte, was er gesagt hat, dann ist er gestorben. Vielleicht kannst du etwas damit anfangen?"

Marthaler überlegte lange. „Das ‚Paradiesgärtlein', das bei dem Überfall im Stadtwald geraubt wurde, ist ein Bild. Bruno Kürten behauptet, dass die beiden Fälle miteinander zu tun haben. Wieso es bei Karin Rosenherz um Bilder gegangen sein soll, weiß ich nicht. Wir müssen es bei unseren weiteren Ermittlungen im Kopf behalten."

Anna drückte auf den Startknopf ihres MacBook, nahm den dicken Filzstift vom Tisch, ging zur Wohnzimmerwand und zeigte auf die Namen, die Marthaler auf das Ausstellungsplakat geschrieben hatte. „Robert, entschuldige, aber die Namen, die du hier notiert hast, sind einfach Quatsch. Diese Männer sind entlastet. Sie hatten nichts mit dem Mord an Karin Rosenherz zu tun. Frag jetzt nicht, sondern glaub mir einfach, dass ich die Akte besser kenne als du!" Sie strich alle fünf Namen durch. Stattdessen schrieb sie: *Es ging um die Bilder (Bruno Kürten).*

Sie ging an ihr MacBook und tippte etwas ein. „Robert, sei so gut: In Band I der Akte im ersten Karton findest du ein Exemplar des Phantombildes, das die Polizei veröffentlicht hat. Such es bitte raus und bring es mir. Und wenn du in deinem Chaos ein paar Reißzwecken ausfindig machen könntest, wäre das fein."

Marthaler schaute Anna spöttisch an, aber als sie seinem Blick standhielt, wagte er nicht zu protestieren, sondern tat, worum sie ihn gebeten hatte.

Sie heftete das Phantombild auf das Plakat. „Würdest du mir diesen Mann bitte beschreiben!"

Marthaler lehnte sich zurück. „Er wirkt gedrungen, leicht korpulent, breites Gesicht, krauses, dunkles Haar, Mitte vierzig. Ich würde sagen: südländischer Typ."

„Exakt", sagte Anna. „Dieses Bild war in allen Zeitungen. Es wurde angefertigt nach den Aussagen eines Kellners und eines Taxifahrers, die den Südländer zwischen ein Uhr dreißig und ein Uhr fünfundvierzig zusammen mit Karin Rosenherz gesehen haben wollen. Nach diesem Mann wurde in ganz Deutschland damals gesucht." Dann schrieb sie: *Aussage Albanelli – unbekannter Mann in der Mordnacht (ca. 2.40 Uhr): blond, schlank, jung, groß.*

„Ich frage mich allerdings", sagte Anna und tippte auf das eben Geschriebene, „warum nach diesem Mann nicht gefahndet wurde, wenn er doch genau zum vermuteten Todeszeitpunkt von einem Zeugen im Hausflur der Kirchnerstraße 2 gesehen wurde."

Sie schaute Marthaler erwartungsvoll an. Der zuckte die Schultern. „Hilf mir, Anna! Ich kenne diese Aussage Albanellis nicht."

Anna grinste triumphierend. „Du kannst sie nicht kennen, weil sie in der Akte nicht auftaucht."

„Wenn sie in der Akte nicht auftaucht, kannst du sie auch nicht kennen."

„Doch, denn ich habe heute mit Albanelli gesprochen. Ich war bei ihm in seiner Werkstatt in der Töngesgasse. Er ist ein passabel aussehender Sechzigjähriger, der für sein Alter erstaunlich prächtig in Form ist. Du könntest dir durchaus eine Scheibe von ihm abschneiden."

„Danke", sagte Marthaler. „Hört sich an, als wärt ihr euch nähergekommen."

„So kann man es nennen."

„Zur Sache …", sagte Marthaler, der sich den Hinweis verkniff, dass ein Ermittler keine intimen Beziehungen zu seinen Zeugen unterhalten sollte.

„Fausto Albanelli sagt, dass er dieses Zusammentreffen zunächst vergessen habe. Als es ihm wieder einfiel, hat er es samt seiner Personenbeschreibung umgehend zu Protokoll gegeben. Jetzt frage ich dich: Warum hat man diese zweite Aussage nicht zu den Unterlagen im Fall Rosenherz genommen?"

„Und wenn Albanelli dich belogen hat?"

„Dazu hat er keinen Grund."

Marthaler war aufgestanden. Er war hoch konzentriert. Sie waren dem Geschehen in der Mordnacht ein ganzes Stück näher gekommen. „Und wenn doch?", fragte er. „Wenn er doch einen Grund hat zu lügen? Wenn es diesen unbekannten blonden Jüngling gar nicht gibt? Dann ist Fausto Albanelli derjenige, der übrig bleibt. Dann hat er, wenn ich recht verstehe, kein Alibi für die Zeit nach zwei Uhr vierzig."

Anna grübelte. Dann schüttelte sie entschlossen den Kopf. „Alles

Quatsch“, sagte sie. „Dann wäre er damals nicht freiwillig ein zweites Mal zur Polizei gegangen. Dann hätte er mir nicht davon erzählen müssen. Er stand nicht mehr unter Verdacht. Er war raus! Keiner interessierte sich mehr für ihn.“ Anna ging zu ihrem Rucksack. Sie zog den Umschlag hervor, nahm seinen Inhalt heraus und legte alles auf den Tisch.

„Was ist das?“, fragte Marthaler.

„Papiere und Fotos. Briefe, die Karin Rosenherz von ihren Eltern und Freunden erhalten hat. Postkarten von der Riviera, ihre Scheidungsurkunde, alles unwichtiger Krempel. Sie hatte diesen Umschlag bei ihrem Verlobten deponiert; der wollte nach ihrem Tod nichts mehr damit zu tun haben und hat ihn Fausto Albanelli übergeben. Eigentlich hätte ihr Vater ihn dort abholen sollen. Das ist jedoch nie geschehen.“

Marthaler fühlte den Impuls, sich die Unterlagen sofort anzusehen, stattdessen wartete er ab.

„Das Interessante sind die Fotos“, sagte Anna. „Besonders ein Bild ist wichtig. Fausto Albanelli sagt, dass darauf jener Mann zu sehen ist, der ihm in der Mordnacht im Hauseingang begegnet ist.“

Marthaler nahm das kleine Farbfoto, das Anna ihm reichte. Im Vordergrund sah man Karin Rosenherz. Sie lachte in die Kamera. Sie trug ein weißes Sommerkleid und eine dünne Halskette. In der rechten Hand hielt sie ein gefülltes Sektglas, das sie in die Höhe hob. Sie wirkte ganz und gar unbeschwert.

„Eine schöne Frau, nicht wahr?“, sagte Anna und sah Marthaler prüfend an.

„Allerdings! Auf diesem Bild sieht sie aus wie Julia Roberts, findest du nicht?“

„Doch. Wie die junge Roberts in ‚Pretty Woman‘. Derselbe riesige Mund, dieselben großen Augen. Und genauso dünn. Aber jetzt konzentrier dich auf den Typen.“

Das Foto war offensichtlich in einem Garten aufgenommen worden. Ein blonder junger Mann stand vor einem blühenden Rhododendron. Er trug einen legeren blauen Strickpullunder, weißes Hemd, Freizeithose. Das Gesicht war dem Betrachter halb zugewandt, als habe ihn der Fotograf gerade aufgefordert, in das Objektiv zu schauen. Seine Augen zeigten Überraschung.

„Auch nicht schlecht, der Knabe, oder?“, sagte Anna.

„Sieht aus, als habe er nicht damit gerechnet, fotografiert zu werden. Wie alt schätzt du ihn?“

„Höchstens zwanzig, eher jünger."

„Und Fausto Albanelli ist sich sicher, dass es dieser Mann war, den er in der Nacht gesehen hat?"

„Hundertpro!", sagte Anna. „Er sagt, es gibt keinen Zweifel."

„Nur leider: Die Information ist wertlos, wenn wir nicht wissen, wer der junge Mann auf dem Foto ist."

Anna sah Marthaler entgeistert an. Ihre Wangen hatten sich gerötet. Sie atmete ein paarmal tief durch, dann brach es aus ihr heraus: „Robert, du bist ein Esel! An einem einzigen Tag bin ich zu mehr neuen Erkenntnissen gekommen als du in der ganzen letzten Woche. Du könntest einmal ein Wort der Anerkennung von dir geben. Aber nein, du meckerst rum, du machst mich klein! Du schaust mich an wie ein magenkranker Cockerspaniel. Ich weiß, dass du Probleme hast, dass es dir im Moment nicht besonders gut geht. Aber tu mir einen Gefallen: Reiß dich ein wenig zusammen! Wenn deine Tereza wieder wach ist, wird sie nicht einen solchen Tränensack an ihrer Seite brauchen können. Sie wird jemanden brauchen, der ihr beisteht, der ihr Halt gibt. Andernfalls würde es mich nicht wundern, wenn sie dich irgendwann in die Wüste schickt. Denn, ehrlich gesagt, ich hab schon jetzt die Nase voll von dir."

Bei ihren letzten Worten war Anna aufgestanden, hatte ihren Rucksack genommen und war in die Diele gegangen. Sie öffnete die Wohnungstür und schob ihr Rennrad in den Treppenflur. Marthaler war zu perplex, um sofort zu reagieren. Als er schließlich aufsprang, um ihr zu folgen, hatte sie bereits die Tür hinter sich ins Schloss geworfen.

Ein paarmal versuchte er vergeblich, Anna auf ihrem Mobiltelefon zu erreichen, dann gab er auf. Er räumte das Wohnzimmer auf, brachte die Akten wieder in die richtige Reihenfolge und legte sie zurück in die grauen Kartons.

Marthaler war froh, allein zu sein. Er hatte das Gefühl, nicht nur Ordnung in seine Wohnung bringen zu müssen, sondern auch in die Ermittlungen. Und in seine Gefühle.

Er setzte sich auf den Balkon, schloss die Augen und ließ sich die Sonne ins Gesicht scheinen. Sofort musste er an das tote Kind und an Tereza denken. Seine Gedanken fuhren Achterbahn. Immer wieder hatte er das Gefühl, von einem schwarzen Strudel in die Tiefe gerissen zu werden. Dann wieder gab die Sonne seinem Herzen ein wenig Ruhe, und er freute sich darauf, Tereza bald in die Arme schließen zu können.

Anna hatte Recht: er hatte sich benommen wie ein Idiot. Ihm fehlte Tereza, und ihm fehlten seine Kollegen.

Er ging zum Schreibtisch, nahm einen Bleistift, holte einen Stapel weißes Papier und setzte sich an den Wohnzimmertisch. Annas Dossier lag aufgeschlagen vor ihm. Sie hatte drei Listen mit Namen angefertigt und jeweils einen Titel darübergeschrieben:

Die Ermittler. Die Verdächtigen. Die Zeugen.

Er nahm sich die erste Liste vor und ging die Namen durch. Keiner der Ermittler, die 1966 an dem Fall gearbeitet hatten, war noch im Dienst.

Er wählte die Nummer der Staatsanwaltschaft. „Marthaler, was gibt's?", meldete sich Sendler. „Ich habe es eilig, können wir morgen telefonieren?"

„Nein, bitte, ich brauche nur eine kleine Information. Sagt Ihnen der Name Traugott Köhler etwas?"

„Machen Sie Witze, Marthaler? Köhler war der leitende Staatsanwalt im Fall Rosenherz. Natürlich kenne ich ihn. Ein fähiger Jurist! Allerdings … er war ein ziemlich scharfer Hund. Er wurde Terry genannt, was ihm durchaus gefiel."

„Wissen Sie, was aus ihm geworden ist?"

„Zwei Dinge sind ihm zum Verhängnis geworden. Seine Eitelkeit und sein Ehrgeiz. Mit dem Fall Rosenherz hatte er seinen ersten großen Auftritt, aber auch seine erste große Niederlage. Dass er die Sache nicht geknackt hat, hat ihm einen ziemlichen Stich versetzt. Danach war er angeschlagen. Aber statt nun einen Schritt zurückzutreten, ist er immer bissiger geworden. Er hat jedes Maß verloren und immer wieder seine Kompetenzen überschritten."

„Und wo ist das Verhängnis?", fragte Marthaler.

„Irgendwann war er nicht mehr zu halten. Man hat ihn weggelobt – nach Wiesbaden ins Justizministerium. Dort hat er sich auch wieder mit den falschen Leuten angelegt, was dazu führte, dass man ihn ziemlich rasch kaltgestellt hat. Er ist in irgendeinem Büro versauert. Soviel ich weiß, hat er sich sehr bald frühpensionieren lassen."

„Haben Sie eine Ahnung, wo ich ihn finden kann?"

„Soviel ich gehört habe, hockt er öfter in der ‚Eintracht' rum, einem Restaurant im Oeder Weg. Aber … was wollen Sie um Gottes willen von Terry Köhler?"

„Ich will ihm eine Frage stellen, die ich Ihnen jetzt ebenfalls stelle …"

„Aber hurtig, Marthaler!", drängelte Sendler. „Meine Schwiegermutter feiert ihren neunzigsten Geburtstag."

„Sie wissen, wer Fausto Albanelli war …"

„Sicher. Er war einer der drei jungen Kellner, die die Rosenherz …"

„Genau", sagte Marthaler. „Erinnern Sie sich daran, dass dieser Albanelli seine ursprüngliche Aussage dahingehend korrigiert hat, dass er in der Mordnacht einen blonden jungen Mann gesehen haben will, den er sehr exakt beschrieben hat?"

„Das ist Quatsch!", erwiderte Sendler. „Die drei Italiener haben ausgesagt, dass sie während der Tatzeit geschlafen haben."

„Das heißt, Sie erinnern sich nicht an eine solche Aussage?"

„Ich erinnere mich nicht daran, weil es sie in der Akte nicht gab."

„Da sind Sie sicher?"

„Todsicher."

„Danke, das war schon alles. Ich wünsche Ihnen viel Spaß mit der Schwiegermama", sagte Marthaler. Dann legte er auf.

DIE EINTRACHT war ein altes Lokal, das nach dem größten Frankfurter Sportverein benannt war, weil dessen Turnabteilung in dem Hinterhaus ihre Geschäftsstelle unterhielt. Der große Gastraum war noch leer. Aus der Küche hörte Marthaler das Klappern von Geschirr und das laute Summen der Dunstabzugshaube.

Hinter dem Tresen erschien ein kleiner, runder Inder mit kupferfarbener Haut. Er machte eine ausholende Armbewegung. „Bitte schön!", sagte der Mann ohne den geringsten Akzent, „freie Platzwahl. Habe gerade erst aufgemacht."

„Ich suche einen Mann, Traugott Köhler. Er soll öfter hier sein." Marthaler klappte seinen Dienstausweis auf und hielt ihn dem Mann vor die Nase. „Sagen Sie mir einfach, ob Sie wissen, wo ich Köhler finden kann."

Der Inder blinzelte. „Er ist ein guter Gast, ein sehr, sehr guter Gast. Er isst gut, er trinkt gut und er zahlt gut."

„Hören Sie, ich will Köhler weder zu einer Diät überreden noch will ich ihn vom Trinken abhalten. Ich will ihm lediglich ein paar Fragen stellen."

Der Wirt ließ ein kurzes, stoßartiges Kichern hören. Er schaute auf die Uhr, die an der gegenüberliegenden Wand hing. „Viertelstunde", sagte er. „Köhler kommt fast immer um fünf. Er ist gerne der erste Gast."

„Gut", sagte Marthaler, „dann komme ich in einer Viertelstunde wieder. Und sagen Sie ihm bitte nicht, dass jemand nach ihm gefragt hat. Es soll eine Überraschung sein."

Er ging zurück auf den Oeder Weg und überquerte die Fahrbahn. Am

Adlerflychtplatz gab es einen neuen Imbiss. Marthaler bestellte eine Portion *shawarma* mit Krautsalat und *hummus*. Dazu trank er eine Limonade mit Holundergeschmack.

Er setzte sich an einen der wackligen Bistrotische vor dem Häuschen und sah dem Treiben auf der Straße zu. Es war ein warmer Spätnachmittag. Auf dem Bürgersteig näherte sich eine junge Mutter, die einen Kinderwagen schob. Sie hielt an, beugte sich über den Wagen und lächelte dem Baby zu. Der Anblick versetzte Marthaler einen Stich. Rasch wandte er sich ab. Wie nah doch alles beisammenliegt, dachte er: dieser schöne Tag und unser totes Kind. Die Sonne und meine finsteren Gedanken.

Er aß auf und kehrte zur Eintracht zurück. Sofort als er die Tür zum Gastraum öffnete, sah er den Mann, der allein in der Ecke an einem Tisch vor einem Glas Apfelwein saß. Er war Anfang siebzig, trug kurz geschnittenes graues Haar, hatte ein kantiges Gesicht und schaute Marthaler herausfordernd an.

„Herr Hauptkommissar", rief er, „was verschafft mir die Ehre? Haben Sie das Bedürfnis, einen Versager zu besichtigen?"

Marthaler bedachte den Wirt mit einem zornigen Blick, den dieser mit einem unschuldigen Lächeln beantwortete.

Er ging zu Terry Köhlers Tisch und zeigte auf einen der freien Stühle. „Darf ich?"

„Bitte sehr! Es passiert nicht oft, dass mir jemand freiwillig Gesellschaft leistet. Eher bin ich gewohnt, dass alte Bekannte die Straßenseite wechseln, wenn sie mir unverhofft begegnen."

Marthaler setzte sich. „Aber wir sind keine alten Bekannten."

Köhler lachte. „Nein, aber Sie werden von mir gehört haben. Denn ich mag zwar nicht sonderlich beliebt sein, aber so viel ist sicher: ein Unbekannter bin ich noch immer nicht in Ihren Kreisen."

„Von welchen Kreisen sprechen Sie?"

„Von welchen wohl? Von Justiz und Polizei spreche ich. Von dem Apparat, für den Sie arbeiten und ich leider gearbeitet habe. Von all diesen rückgratlosen Duckmäusern, die nach oben buckeln, um besser nach unten treten zu können."

„Soviel ich gehört habe, waren auch Sie nicht besonders rücksichtsvoll in Ihrem Berufsleben."

„Mit wem haben Sie gesprochen, Marthaler? Nein … warten Sie, ich komme selber drauf. Sie haben mit Sendler gesprochen. Mit Arthur Sendler, nicht wahr?"

Statt zu antworten, hob Marthaler nur die Schultern.

„Was hat Sendler Ihnen über mich erzählt?“

„Dass Sie zum Opfer Ihrer Eitelkeit und Ihres Ehrgeizes geworden sind.“

„Perfekt!“, sagte Köhler. „Schöner hätte ich es selbst nicht formulieren können. Nur dass es mir nie um Geld oder Titel ging. Es stimmt, ich wollte aufsteigen im Apparat, ich wollte Macht. Aber nur um effektiv arbeiten zu können, ohne mir reinquatschen lassen zu müssen.“ Köhler hob sein leeres Glas und zeigte dem Wirt zwei Finger.

„Für mich nicht“, sagte Marthaler. „Ich nehme ein Wasser.“

„Ein Wasser, auch gut … Schauen Sie sich doch um in der Stadt“, fuhr Köhler fort. „Wo man hinguckt, herrscht Korruption. Und was machen die Staatsanwälte? Rennen Ladendieben hinterher und klagen, dass sie überarbeitet sind. Nullen, sage ich Ihnen, weit überschätzte Nullen.“

Marthaler fragte sich, wie lange er diese Suada noch über sich ergehen lassen musste. Aber dann war es Köhler selbst, der seinen Redefluss unterbrach. „Sie wollen mit mir über Karin Rosenherz sprechen, nicht wahr“, sagte er. Und als Marthaler ihn erstaunt anschaute: „Ich lese Zeitung, junger Mann … Also: Was wollen Sie wissen? Fragen Sie! Glauben Sie wirklich, den Fall noch zu lösen?“

„Ich weiß, dass die Chancen nicht gut sind“, sagte Marthaler. Er beschloss, dem Alten zu schmeicheln. „Deshalb brauche ich Ihre Unterstützung. Sie sind der Erste, mit dem ich spreche, der damals dabei war. Sie waren am Tatort. Es gibt wahrscheinlich niemanden, der so dicht dran war wie Sie. Es wäre schön, wenn ich Sie überreden könnte, mir zu helfen.“

Köhlers Augen leuchteten. Vor Aufregung rutschte er auf seinem Stuhl hin und her. Wahrscheinlich war ihm lange von niemandem mehr so viel Wertschätzung entgegengebracht worden.

„Allerdings muss ich Sie um größte Vertraulichkeit bitten“, fuhr Marthaler fort.

Köhler grinste. „Wahrscheinlich haben Sie eine falsche Vorstellung von meinem Sozialleben. Es existiert nicht! Es gibt niemanden, mit dem ich über irgendetwas rede.“

„In Ordnung“, sagte Marthaler. „Ich werde Ihnen vertrauen. Wie gut ist Ihr Gedächtnis?“

Köhler ließ sich mit der Antwort Zeit. „Nahezu fotografisch“, antwortete er schließlich.

„Es gibt einen ernst zu nehmenden Hinweis, dass es bei dem Mord an der Rosenherz um irgendwelche Bilder gegangen ist. Wir wissen nicht, ob es sich dabei um Fotos oder um Gemälde handelt. Können Sie mit dieser Information etwas anfangen?"

Köhler starrte an Marthaler vorbei an die gegenüberliegende Wand. Schließlich nickte er. „Zwei Sachen: Es gab die Aussage ihres geschiedenen Mannes. Dort hat er erzählt, dass die Rosenherz einen Hang zum Luxus hatte. Sie mochte Schmuck und teure Kleider. Außerdem habe sie eine Schwäche für Teppiche und Bilder gehabt."

Marthaler hatte sein Notizbuch und einen Stift hervorgezogen und schrieb ein paar Stichworte auf. „Ja, ich erinnere mich, diese Aussage gelesen zu haben. Gab es Gemälde in ihrer Wohnung?"

Köhler runzelte die Stirn. „Verdammt noch mal, nein! Das ist ein Widerspruch. Es gab Teppiche, es gab massenweise teuren Schmuck und es gab viele teure Kleider, Schuhe und Pelze. Aber es gab keine Bilder. Das ist mir nicht aufgefallen."

„Aber Sie haben von zwei Sachen gesprochen, die Ihnen zum Stichwort ‚Bilder' eingefallen sind …"

„Ja. Es gab einen jungen Kunststudenten, der im Nachbarhaus gewohnt hat. Sein Name fällt mir nicht ein. Wir haben damals seine Telefonnummer bei den Unterlagen des Opfers gefunden. Wir haben den Mann aufs Präsidium bestellt und befragt. Er hat sich ein paarmal mit ihr getroffen, kannte sie aber nicht besonders gut. Sie hatte ihn gebeten, sie zu fotografieren, was er auch getan hat. Wir haben uns die Fotos angesehen, aber sie waren unerheblich für unsere Ermittlungen. Mehr ist bei seiner Vernehmung nicht herausgekommen. In der Mordnacht war er nachweislich nicht in Frankfurt."

„Um Gemälde ging es nicht bei der Befragung des Mannes?"

„Nein", sagte Köhler. „Nur um diese Fotos. Ich dachte, ich erwähne es, weil der Mann ja mit Kunst zu tun hatte und Ihnen vielleicht weiterhelfen kann."

Marthaler atmete aus. Er hatte Mühe, seine Enttäuschung zu verbergen.

„Glauben Sie mir", fuhr Köhler fort, „die Narbe, die dieser Fall bei mir hinterlassen hat, schmerzt bis heute. Trotzdem bin ich auf eine Sache stolz: Ich hatte meine Leute im Griff. Wir haben es geschafft, während der gesamten Ermittlungen den Modus Operandi geheim zu halten. Zehn Jahre lang hat die Öffentlichkeit nicht erfahren, wie Karin Rosenherz umgebracht wurde."

„Eine letzte Frage habe ich noch. Fausto Albanelli – er war einer …"

„Ich weiß, ich weiß. Was ist mit ihm?"

„Wir haben heute mit ihm gesprochen. Er behauptet, er habe damals zwei unterschiedliche Aussagen gemacht …"

„Das ist richtig. Zuerst hat er behauptet, die ganze Nacht geschlafen zu haben. Später hat er sich erinnert, in den Frankfurter Hof gerufen worden zu sein. Als er wieder nach Hause kam, habe er einen Mann im Treppenhaus gesehen."

„Also hat es diese Aussage wirklich gegeben …"

„Natürlich", erwiderte Köhler. „Warum sollte es sie nicht gegeben haben?"

„Weil sie nicht in der Akte ist."

Der Alte schaute Marthaler irritiert an. „Sie muss aber in der Akte sein. Ich war bei Albanellis zweiter Vernehmung dabei und habe das Protokoll unterschrieben."

„Trotzdem ist es kein Bestandteil der Unterlagen."

„Aber das ist unmöglich … Ich habe penibel darauf geachtet, dass die Akten sorgfältig geführt wurden …"

„Wie auch immer", sagte Marthaler. „Ich frage mich allerdings, warum Sie und Ihre Leute Albanellis Hinweis nicht nachgegangen sind."

Plötzlich wurden Köhlers Augen schmal. „Das sind wir!", sagte er mit fast tonloser Stimme. „Selbstverständlich sind wir dem Hinweis nachgegangen."

„Aber?", fragte Marthaler.

„Es gab einen Mann aus dem Bekanntenkreis von Karin Rosenherz, den wir bereits vernommen hatten. Der Mann hieß Philipp Lichtenberg. Karin Rosenherz war am Nachmittag vor ihrem Tod auf einer Gartenparty im Elternhaus dieses Mannes. Auf ihn traf die Beschreibung Albanellis in allen Punkten zu."

Marthaler zog das Foto hervor, auf dem Karin Rosenherz mit jenem jungen Mann zu sehen war, den Fausto Albanelli am Hauseingang getroffen haben wollte. „Ist er das?"

„Und ob er das ist. Wo haben Sie das her?"

„Egal! Erzählen Sie weiter!"

„Wir haben ihn uns noch mal vorgeknöpft, aber an seinem Alibi war nicht zu rütteln. Er sagte aus, er habe Karin Rosenherz überreden wollen, die Nacht in der Villa Lichtenberg zu verbringen. Als die Rosenherz abgelehnt hat, habe man sich zwei andere Mädchen bestellt."

„Mit Mädchen hat er Prostituierte gemeint?"

Köhler hob die Brauen, ohne auf die Frage einzugehen. „Wir haben die beiden aufgesucht und befragt. Beide haben die Aussage des Mannes bestätigt. Damit hatten wir die Freunde von Philipp Lichtenberg und die beiden Mädchen, die bestätigt haben, dass er die Villa seiner Eltern nicht verlassen hat. Vier Zeugen gegen Albanelli."

„Erinnern Sie sich noch daran, wie diese Zeugen hießen?"

„Natürlich", sagte Köhler. Marthaler ließ sich die Namen nennen und schrieb sie in sein Notizbuch.

„Und Sie haben den Aussagen der vier geglaubt? Sie haben nicht auf einer Gegenüberstellung mit Albanelli bestanden?"

„Genau das wollte ich! Aber ich bin zurückgepfiffen worden. Ich bekam einen Anruf aus dem Justizministerium. Die Lichtenbergs waren eine angesehene Familie, mit der es sich niemand verderben wollte. Ich wurde ausgebremst … So lief das damals, Herr Hauptkommissar. So lief es im Fall Nitribitt, und so lief es bei der Rosenherz. Und wenn Sie ehrlich sind, müssen Sie zugeben: es läuft noch heute so."

Marthaler hob die Hände, sagte aber nichts. Er wusste, dass Köhler Recht hatte, wollte ihn aber nicht zu einer neuen Tirade verführen.

„Außerdem war die interne Fahndung mit dem Phantombild bereits angelaufen. Kurz darauf erschien es in allen Zeitungen, und die Anzahl der Spuren wuchs ins Unermessliche."

Marthaler schwieg. Er trank den letzten Schluck seines Mineralwassers. Dann stand er auf. „Derjenige, der die Protokolle dieser Ermittlungen aus den Akten genommen hat, hat einen großen Fehler gemacht. Er hat meinen Verdacht geweckt. Durch dieses Loch in der Akte weht dem Täter ein ziemlich kalter Wind ins Gesicht."

9 Konrad Morell, Leiter der Kripo Offenbach und ein alter Bekannter Marthalers aus gemeinsamen Fortbildungsseminaren, stand am Eingang seines Büros und versuchte, ein strenges Gesicht zu machen. „Hör mal, Alter, ich war schon fast auf dem Heimweg. Ich habe zwölf Stunden Arbeit hinter mir. Und da kommt so ein Untoter aus meiner Vergangenheit und bittet mich um Hilfe."

„He, du glaubst nicht, wie ich mich freue, dich zu sehen", sagte Marthaler.

Morell grinste. „Komm", sagte er, legte eine Hand auf Marthalers Rücken, schob ihn ins Büro und schloss die Tür. „Wie geht es dir?", fragte er.

„Du scheinst weder die Frankfurter Klatschpresse noch unsere Polizeimeldungen zu lesen …“, sagte Marthaler.

Morell ruderte mit seinen kurzen Armen. „Alter, du hast keine Ahnung, was hier los ist. Ich arbeite jeden Tag zwölf bis vierzehn Stunden. Aber du bist meiner Frage ausgewichen …“

„Ja. Weil sie nicht so schnell zu beantworten ist. Wenn du mir versprichst, mich in 14 Tagen zu besuchen und mit mir eine Lammkeule zu verputzen, viel Rotwein zu trinken und auf meiner Besuchercouch zu übernachten, werde ich dir erzählen, wie es mir geht. Das heißt: Wenn ich es dann bereits weiß. Jetzt brauche ich deine Hilfe.“

Morell nickte seinem Gegenüber aufmunternd zu.

„Ich bin auf der Suche nach zwei Zeuginnen, die vor knapp vierzig Jahren in einem Mordfall ausgesagt haben. Beide stammten aus Offenbach, und beide waren offensichtlich Prostituierte. Sie haben einem Mann ein Alibi gegeben, der eventuell der Täter ist. Ich würde gerne mit diesen beiden Frauen sprechen. Allerdings weiß ich nicht, ob sie noch hier wohnen. Ich weiß nicht einmal, ob sie noch leben. Ich wäre dir dankbar, wenn du mal nachschauen könntest, ob ihr was über die beiden habt.“

„Namen, Geburtstage?“, fragte Morell.

Marthaler zog einen Zettel hervor und legte ihn vor Morell auf den Schreibtisch:

Margarete Hielscher, geb. 17. 1. 1948 in Offenbach.
Hannelore Wilke, geb. 24. 12. 1947 in Aschaffenburg.

Morell tippte die Angaben in seinen Computer und wartete einen Moment. Dann schaute er Marthaler über den Rand seiner Brille an. „Nichts. Jedenfalls nicht im System. Also müssen wir in den Keller.“

Sie brauchten zehn Minuten, bis sie sich zwischen all den Aktenschränken und Regalen im Archiv zurechtgefunden hatten. Sie teilten die Karteikästen nach Jahrgängen auf, setzten sich nebeneinander an einen Tisch und begannen die Karten durchzusehen. Nach einer Dreiviertelstunde wurde Marthaler fündig. „Hier“, sagte er. „Margarete Hielscher. Das muss sie sein. Ein Verweis auf einen Vorgang im Jahr 1982. Anzeige wegen illegaler Wohnungsprostitution.“

Er schrieb das Aktenzeichen auf einen Zettel und schob ihn auf Morells Seite des Tisches. „Hast du eine Ahnung, wo sich diese Unterlagen befinden?“

Morell nahm den Zettel, stand auf und verschwand zwischen den Regalen. Kurz darauf kam er mit einer dünnen Mappe wieder. Er blätterte darin.

„Ihr Vermieter hat sie angezeigt, ihr gleichzeitig die Wohnung gekündigt und das Türschloss ausgewechselt. Von einem Verfahren hat man unter der Bedingung abgesehen, dass sie der Kündigung nicht widerspricht. Sie erklärte sich einverstanden, da sie bereits eine neue Unterkunft hatte. Als künftige Adresse gab sie Marktplatz 10 an."

„Gut", sagte Marthaler. „Das ist immerhin ein Ansatz. Suchen wir weiter!"

Morell gähnte. „Und wie lange noch?"

„Ich weiß nicht. Mach einfach weiter! Bitte! Noch eine halbe Stunde."

Morell stöhnte. Er setzte sich wieder vor seinen Karteikasten, stützte den Kopf in die rechte Hand und blätterte mit der linken. Plötzlich hielt er inne. „Treffer! Hier haben wir die andere Dame. Hannelore Wilke. Eine Vermisstenmeldung aus dem Jahr 1989."

„Eine Vermisstenmeldung?"

Morell war bereits wieder im hinteren Teil des Archivs verschwunden. Die Akte, die er diesmal zutage förderte, war umfangreicher als jene über Margarete Hielscher. Er legte sie auf den Tisch, setzte sich und begann zu lesen. Schließlich lehnte er sich zurück. „Also: Am 30. April 1989 ist die Tochter von Hannelore Wilke, damals wohnhaft in der Gerhart-Hauptmann-Straße 43a, aufs Revier gekommen, um ihre Mutter als vermisst zu melden. Sie gab an, Hannelore Wilke sei zwei Abende zuvor, also am 28. April, mit dem Wagen in die Stadt gefahren, wo sie sich mit einem Mann verabredet hatte. Seitdem sei sie nicht mehr aufgetaucht. Auf mehrmaliges Nachfragen gab die Tochter zu, dass ihre Mutter weiterhin als Prostituierte gearbeitet habe."

„Was wahrscheinlich heißt, dass man erst mal gar nichts unternommen hat?", fragte Marthaler.

„So ist es!", sagte Morell. „Nach einer verschwundenen Hure sucht die Polizei im Normalfall genauso eifrig wie nach einem gestohlenen Fahrrad. Drei Wochen später beklagte sich ein Bauer aus Rumpenheim über einen Wagen, der seit einiger Zeit auf einem seiner Feldwege in der Nähe des Schultheisweihers stand. Es stellte sich heraus, dass es sich um das Auto von Hannelore Wilke handelte. Die Kollegen haben den Wagen abschleppen lassen, haben ihn sich angeschaut, aber nichts gefunden, was auf ein Verbrechen hindeutete."

„Also hat man weiter stillgehalten?"

„Ja. Schließlich hat die Tochter der Vermissten die Initiative ergriffen. Sie hat ein DIN-A4-Blatt mit dem Foto ihrer Mutter kopiert; sie hat es an

Bäumen und Bushaltestellen befestigt, ist wochenlang durch Bürgel und Rumpenheim gestreift und hat nach Zeugen gesucht."

„Alles vergeblich", vermutete Marthaler, der eifrig in sein Notizbuch kritzelte.

„Nicht ganz", erwiderte Morell. „Tatsächlich hat sie zwei Leute aufgetrieben, die übereinstimmend aussagten, Hannelore Wilke am Abend des 28. April am südlichen Ufer des Schultheisweihers gesehen zu haben. Beide gaben an, die Vermisste sei allein gewesen, habe aber offensichtlich auf jemanden gewartet."

„Und was ist der Schultheisweiher?", fragte Marthaler.

„Ein Kleinod, mein Lieber", sagte Morell. „Ein Baggersee im Mainbogen. Abseits der Stadt und wunderschön gelegen. Seit den Achtzigerjahren ist dort ein Naherholungs- und Naturschutzgebiet. Es gibt einen Sandstrand und Liegewiesen …"

„Lass gut sein, Konny. Erzähl mir lieber, was aus Hannelore Wilke wurde."

„Nichts wurde aus ihr. Man hat eine Streife an den Schultheisweiher geschickt. Die Kollegen haben sich die Stelle angesehen, wo die Frau von den beiden Zeugen angeblich das letzte Mal gesehen wurde. Man hat nichts Verdächtiges entdeckt … na ja … und irgendwann wurde die Suche eingestellt."

Marthaler schüttelte ungläubig den Kopf. „Die Wahrheit ist: Nach der Frau ist niemals wirklich gesucht worden. Hannelore Wilke ist möglicherweise einem Verbrechen zum Opfer gefallen. Können wir rausfahren zu diesem See?"

„Gerne! Hab ich dich neugierig gemacht? Wie wäre es mit nächstem Sonntag?"

„Nein", sagte Marthaler, „nicht am Sonntag! Ich meine: jetzt!"

Morell schaute Marthaler an, als habe er es mit einem Außerirdischen zu tun. „Sag mal, spinnst du? Weißt du, wie viel Uhr es ist?"

„Nein", sagte Marthaler, „das weiß ich nicht, aber …"

„Es ist nach dreiundzwanzig Uhr. Ich bin todmüde. Es ist stockdunkel. Wir würden unsere Hand nicht vor Augen sehen."

„Konrad, Konny! Bitte!"

„Verdammt noch mal, nein!", sagte Morell. „Du benimmst dich wie ein ungezogenes Kind. Ich habe Nein gesagt, und dabei bleibt es! Kommt überhaupt nicht infrage."

ALS MARTHALER fünf Minuten später auf dem Parkplatz in seinem Wagen saß, merkte er, wie erschöpft auch er war. Seine Augen brannten; er hatte Kopfschmerzen. Morell hatte Recht: Das Beste, was sie jetzt tun konnten, war, sich auszuruhen.

Marthaler startete den Motor. Aber er hatte Angst, nach Hause zu fahren und sich in der leeren Wohnung ins Bett zu legen. Er fürchtete, trotz seiner Müdigkeit nicht einschlafen zu können.

Er lenkte seinen Wagen auf die Berliner Straße, um zurück nach Frankfurt zu fahren. Dann überlegte er es sich anders. Er wendete, fuhr zurück und bog nach rechts auf den Offenbacher Marktplatz. Der Platz war dunkel und leer.

Er umrundete den Platz, dann hatte er das Haus mit der Nummer 10 gefunden. Es stand direkt an der Ecke. Im Erdgeschoss befand sich eine Buchhandlung.

Marthaler parkte den Wagen und stieg aus. Er schaute auf die Klingelschilder, aber der Name Hielscher war nicht dabei. Er ging zu dem Schaufenster des Buchladens, legte die Stirn an die Scheibe und spähte hinein. In einem der hinteren Räume brannte Licht. Marthaler meinte, eine Bewegung wahrzunehmen. Zaghaft klopfte er an die Schaufensterscheibe. Als sich im Innern des Ladens nichts rührte, klopfte er noch einmal. Diesmal etwas lauter.

Eine Tür wurde geöffnet, ein Lichtschein fiel in den Verkaufsraum, dann kam ein Mann zum Schaufenster, hielt zwei Finger an seine Ohrmuschel und hob fragend die Augenbrauen. Marthaler zeigte auf den Eingang. Der Mann drehte den Schlüssel und öffnete die Glastür einen Spalt. Er wirkte erstaunt, dennoch furchtlos und freundlich.

„Sie arbeiten aber lange“, sagte Marthaler.

„Buchhaltung“, sagte der andere. „Dafür nehm ich mir nächste Woche einen Tag frei.“

„Ich bin Polizist. Vielleicht können Sie mir helfen. Ich suche nach einer Frau. Sie heißt Margarete Hielscher. Sie hat wahrscheinlich mal hier im Haus gewohnt.“

Die Miene des Buchhändlers hellte sich auf. „Ja, klar! Im ersten Stock. Wir konnten später die kleine Wohnung billig übernehmen. Wir nutzen sie jetzt als Lager und Packraum.“

„Das heißt, Frau Hielscher wohnt nicht mehr hier?“

„Nein, sie ist gestorben. Sie hatte Leukämie.“

Marthaler presste die Lippen zusammen und schnaufte. „Wann war das?“

„Warten Sie … 1984 haben wir den Laden eröffnet, ein, nein, zwei Jahre später ist das Lager dazugekommen. Also muss es 1986 gewesen sein. Frau Hielscher ist im Sommer 1986 gestorben."

„Wissen Sie, was aus ihrer Hinterlassenschaft geworden ist?"

„Hinterlassenschaft?" Der Buchhändler verzog den Mund. „Die Wohnung war völlig verwahrlost. Die Frau hatte offensichtlich keine Angehörigen, jedenfalls haben wir niemanden ausfindig machen können. Also haben wir einen großen Container bestellt und das ganze Gerümpel abtransportieren lassen."

Marthaler nickte. „Und Hannelore Wilke? Sagt Ihnen dieser Name etwas? Sie scheint eine Freundin von Frau Hielscher gewesen zu sein."

Der Buchhändler schüttelte den Kopf. Er sah in Marthalers enttäuschtes Gesicht. „Tut mir leid", sagte er. „Das war wohl alles nicht das, was Sie hören wollten?"

„Nein", sagte Marthaler, „aber der Tag hat schon so angefangen. Warum sollte er anders enden?"

AM NÄCHSTEN MORGEN klingelte um sechs Uhr der Wecker, und Marthaler war sofort wach. Er stand auf, ging in die Küche, bereitete ein Müsli zu, brühte sich seinen doppelten Espresso und setzte sich an den Tisch.

Als er in der Nacht nach Hause gekommen war, hatte er das Band des Anrufbeantworters abgehört. Dr. Schaper teilte ihm mit, dass er heute am späteren Vormittag in der Klinik erwartet werde. Vorher wollte er eine Runde laufen und ein paar Einkäufe erledigen. Vor allem aber wollte er noch mit Anna sprechen. Er hoffte, dass sie sich inzwischen beruhigt hatte und bereit war, weiter mit ihm zusammenzuarbeiten.

Er zog das Trikot und seine kurze Laufhose an, schlüpfte in die Sportschuhe und zog die Tür hinter sich ins Schloss. Als er den Goetheturm erreichte, war er außer Puste und hatte Seitenstechen. Langsam trottete er weiter in den Wald hinein. Am Oberräder Waldfriedhof machte er eine Pause. Als er sich ein wenig erholt hatte, kehrte er um und lief denselben Weg zurück. Vor seiner Haustür schaute er auf die Uhr. Alles in allem war er eine gute Stunde unterwegs gewesen. Er war auf angenehme Weise erhitzt. Trotz seiner Erschöpfung fühlte er sich frisch.

Nachdem er zehn Minuten geduscht hatte, stellte er das Wasser ab. Er nahm ein frisches Handtuch aus dem Schrank und begann, seine Haare zu frottieren.

Plötzlich hielt er inne. Er hatte ein Geräusch gehört, das er nicht einzuordnen wusste. Es hörte sich an, als gehe jemand leise in der Wohnung auf und ab. Reglos stand Marthaler im Badezimmer und lauschte. Für einen Moment war alles ruhig. Dann nahm er das Geräusch von Neuem wahr. Schritte, dann wieder Stille.

Langsam bewegte er sich in Richtung Badezimmertür. Vorsichtig drückte er die Klinke nach unten. Lautlos öffnete er die Tür nur einen winzigen Spalt.

Die Schritte kamen aus seiner Küche. Jemand füllte Flüssigkeit in ein Glas, dann hörte man den Stuhl knarren. Nackt, wie er war, kniete Marthaler sich auf den Boden. Seine Dienstwaffe befand sich im Holster, das er gestern Abend unter sein Jackett an die Flurgarderobe gehängt hatte. Er öffnete die Tür ein Stück weiter und krabbelte wie ein Kleinkind langsam auf allen vieren in die Diele. Er wagte kaum zu atmen. Schließlich hatte er den Fuß der Garderobe erreicht. Er richtete seinen Oberkörper auf.

„Robert, was ist los mit dir?"

Marthaler fuhr herum. Anna stand im Türrahmen und schaute grinsend auf ihn herunter. Sie hatte ein Glas Milch in der Hand.

Marthaler sprang auf. „Verdammt, Anna. Willst du mich umbringen?" Er drückte sich an ihr vorbei und verschwand im Schlafzimmer. Um sich zu beruhigen, setzte er sich für einen Moment auf die Bettkante, dann zog er sich langsam an.

Als er ins Wohnzimmer kam, sah Anna ihn schuldbewusst an. „Ich wollte dich nicht erschrecken. Ich dachte, du hättest mich gehört."

„Scheiße, Anna, mach das nie wieder! Ich habe jemanden gehört. Ich dachte, es sei ein Einbrecher. Ich wollte gerade meine Pistole holen. Wie bist du überhaupt reingekommen?"

„Ich habe geklingelt. Als niemand aufgemacht hat, bin ich außen am Regenrohr hochgeklettert."

„Du bist über die Hauswand in meine Wohnung eingedrungen?"

„Jetzt hab dich nicht so, die Balkontür stand offen."

„Jedenfalls gut, dass du gekommen bist", sagte er. „Wir müssen dringend reden."

Annas Augen blitzten spöttisch. „Ah ja? Heißt das, ich bin doch nicht so nutzlos, wie du mir zu verstehen gegeben hast?"

„Ich wollte diesen Eindruck nicht erwecken, aber ich weiß, dass ich mich tatsächlich wie ein Esel benommen habe. Und dafür möchte ich mich bei dir …"

„Vergiss es!“, unterbrach ihn Anna. „Um was geht’s?“

Marthaler ging in den Flur und holte sein Notizbuch. „Schreib!“, sagte er, als er wieder neben ihr stand. „Es gibt neue Namen.“

Anna nahm den dicken Filzstift und stellte sich vor die Wandzeitung.

„Jetzt wissen wir, wer der junge Mann auf dem Foto ist. Er heißt Philipp Lichtenberg.“

Anna schrieb den Namen auf. „Und wie hast du das herausbekommen?“

„Ich habe dein Dossier benutzt und mir die Namen angeschaut. Ich habe mich mit dem Staatsanwalt getroffen, der damals die Ermittlungen geleitet hat.“

„Traugott Köhler.“

„Ja“, sagte Marthaler, „genannt Terry. Er hat sich an Albanellis zweite Aussage erinnert. Er sagt, er habe selbst das Protokoll unterschrieben. Zehn Jahre später, als sich ein neues Team den Fall noch mal vorgenommen hat, war der gesamte Vorgang aus der Akte verschwunden. Sendler, der Mitte der Siebziger das neue Team geleitet hat, hatte keinen blassen Schimmer, von was ich rede, als ich ihn darauf angesprochen habe. Irgendwann in diesen zehn Jahren ist die Akte also manipuliert worden.“

„Hammer!“, sagte Anna.

Marthaler lachte. „Das kannst du wohl sagen. Aber warte, es kommt noch besser. Irgendwer aus dem Justizministerium hat Köhler zurückgepfiffen, als er eine Gegenüberstellung von Albanelli und Philipp Lichtenberg durchführen wollte.“

„Dann müssen wir uns den Typ vorknöpfen.“

„Das wird nicht so einfach sein. Er hatte vier Zeugen, die bestätigt haben, dass er in der fraglichen Nacht mit ihnen zusammen war. Zwei Prostituierte und zwei Freunde. Auch deren Namen habe ich von Terry Köhler erfahren. Die Freunde heißen Hubert Ortmann und Klaus-Rainer Stickler. Die Namen der beiden Prostituierten lauten Margarete Hielscher und Hannelore Wilke.“

Anna schrieb die Namen untereinander an die Wand. Dann ging sie zu ihrem MacBook und tippte sie in ihre Datei.

„Bevor wir uns diesen Philipp Lichtenberg näher anschauen, müssen wir sein Alibi knacken“, sagte Marthaler. „Wenn er und seine vier Zeugen damals gelogen haben, werden wir das herausfinden. Was mit Ortmann und Stickler ist, weiß ich noch nicht. Aber möglicherweise wurden die beiden Frauen für ihre Aussage bezahlt. Margarete Hielscher ist tot. Sie hatte Leukämie und ist 1986 gestorben.“

Anna malte ein Kreuz hinter den Namen der Frau. „Nützt uns also nichts mehr“, sagte sie.

„Nein. Auch Hannelore Wilke werden wir wohl nicht befragen können. Sie ist am 28. April 1989 verschwunden und seitdem nicht mehr aufgetaucht.“

„Was heißt verschwunden?“

„Sie ist mit ihrem Wagen von zu Hause losgefahren, um sich mit einem Freier zu treffen. Als sie zwei Tage später immer noch nicht zurückgekehrt war, hat ihre Tochter sie als vermisst gemeldet. Einige Zeit danach ist ihr Wagen auf einem Feldweg in der Nähe eines Badesees entdeckt worden. Die Tochter ist immer noch in Offenbach unter ihrer alten Adresse gemeldet. Sie heißt Katja Wilke und wohnt in der Gerhart-Hauptmann-Straße 43a. Ich möchte, dass du dich mit ihr triffst.“

„Um was von ihr zu erfahren?“, fragte Anna.

„Ich weiß es nicht. Frag sie nach Philipp Lichtenberg und den beiden anderen Männern. Frag sie, ob ihre Mutter über den Mordfall Rosenherz gesprochen hat. Vielleicht gibt es noch irgendwelche Unterlagen von Hannelore Wilke: Tagebücher, Briefe, was weiß ich.“

Anna rieb sich mit den Spitzen beider Daumen ihre Schläfen. „Wir wissen noch immer nicht, was das alles mit dem kleinen Bruno und den Bildern zu tun hat, von denen er gesprochen hat.“

„Ja“, sagte Marthaler. „Und es kommt ein weiterer Name hinzu. Erinnerst du dich, in der Akte etwas über einen Sebastian Haberstock gelesen zu haben? Ein junger Kunststudent, der im Nachbarhaus von Karin Rosenherz gewohnt hat.“

„Ja“, sagte Anna, „aber er kannte sie wohl nur flüchtig. Ich glaube, er war zur Tatzeit nicht einmal in Frankfurt.“

„Das ist richtig“, sagte Marthaler. „Aber wir sollten trotzdem versuchen, ihn ausfindig zu machen. Immerhin hat er ausgesagt, dass er Karin Rosenherz fotografiert hat. Vielleicht hat dieser Haberstock eine Idee, was es mit den Bildern auf sich haben könnte. Und wir sollten ihm die Fotos zeigen, die Albanelli dir gegeben hat.“

Anna warf den Filzstift auf den Wohnzimmertisch. Dann nahm sie ihre Zigaretten, wandte sich ab und ging auf den Balkon. „Was ist los?“, fragte Marthaler.

Sie steckte sich eine Zigarette an und nahm einen tiefen Zug. „Scheiße, Robert! Du glaubst immer noch, dass Fausto Albanelli etwas mit dem Mord zu tun hat, nicht wahr?“

„Anna, bitte! Es ist egal, was ich glaube. Aber ich werde die Möglichkeit nicht ausschließen. Die meisten Verdächtigen erweisen sich am Ende als unschuldig. Aber sicher können wir erst sein, wenn wir den Täter haben. Hast du das verstanden?“

Sie reagierte nicht.

„Anna, wir arbeiten gut zusammen. Ich bin froh, dass du bei diesen Ermittlungen hilfst.“

„Aber?“

Er griff in seine Hosentasche, zog ein kleines Schlüsselbund hervor und hielt es ihr hin. „Aber ich möchte nicht, dass du noch einmal über meinen Balkon kletterst, um in die Wohnung zu kommen.“

Dr. Schaper kam ihm auf dem Gang entgegen. „Schön, dass Sie da sind“, sagte er und schüttelte Marthaler die Hand. „Das wird unserer Patientin guttun! Kommen Sie, lassen Sie uns für einen Moment in mein Büro gehen.“

„Heißt das, Tereza ist wach?“, fragte Marthaler.

Mit einer Handbewegung forderte Schaper ihn auf, Platz zu nehmen. „Nicht, was Sie sich darunter vielleicht vorstellen. Wir lassen sie langsam aufwachen. Sie ist noch sehr benommen. Eine angeregte Unterhaltung werden Sie noch nicht führen können. Aber es geht mit großen Schritten aufwärts.“

Marthaler war nervös. Er fühlte sich so befangen, wie er sich immer vor der ersten Begegnung gefühlt hatte, wenn Tereza von einem ihrer langen Auslandsaufenthalte nach Frankfurt zurückgekehrt war. „Weiß sie schon, dass unser Kind …?“

Dr. Schaper sah ihn an. „Nein! Im Moment ist sie nur minutenweise wach. Sie muss sich erst einmal orientieren. Das Letzte, was sie bewusst erlebt hat, ist der Überfall. Sie muss jetzt zunächst begreifen, dass sie in Sicherheit ist.“

„Und wann wollen wir es ihr sagen?“

„Lassen Sie mich das bitte machen! Ich werde entscheiden, wann der richtige Zeitpunkt dafür gekommen ist. Sind Sie damit einverstanden?“

Marthaler nickte. Dr. Schaper sah ihn prüfend an. „Und wie geht es Ihnen?“

Marthaler atmete mehrmals tief durch, dann antwortete er stockend: „Es ist eine Achterbahnfahrt. Ich versuche mich abzulenken und nicht daran zu denken. Ich habe viel gearbeitet in den letzten Tagen und zu viel getrunken.

Am meisten Sorgen mache ich mir darüber, wie Tereza es aufnehmen wird."

Der Arzt rieb seine Nasenwurzel. „Es wird schlimm für sie sein. Trotzdem wird sie es verkraften, auch wenn es lange dauern kann. Für Sie beide wird das sicher keine ganz einfache Zeit werden. Es kann sein, dass Ihre Beziehung auf die Probe gestellt wird. Es kann aber auch sein, dass der Schmerz Sie beide zusammenschweißt." Dr. Schaper stand hinter seinem Schreibtisch auf. „Kommen Sie, ich bringe Sie zu ihr."

MARTHALER wartete, bis der Arzt den Raum verlassen hatte, dann setzte er sich auf den Stuhl neben Terezas Bett. Er versuchte, die Schläuche und Leitungen, an die sie noch immer angeschlossen war, zu ignorieren.

Sie lag auf dem Rücken und hatte die Augen geschlossen. Sie atmete gleichmäßig. Ihr Gesicht wirkte entspannt. Marthaler legte seine Hand auf ihre und streichelte mit den Fingerspitzen ihre Haut. „Tereza? Hörst du mich?", fragte er.

Sie schlief weiter. Er blieb neben ihr sitzen und wartete.

Nach einer Weile beugte er sich zu ihr hinab und küsste sie auf die Stirn. Dann merkte er, dass ihre Lider zu flattern begannen. Sie schlug die Augen auf und sah ihn direkt an. Für ein paar Sekunden schien sie verwirrt zu sein, dann erkannte sie ihn. Sie lächelte. Lautlos formten ihre Lippen seinen Namen: „Robert!"

„Ja", sagte er leise, „ich bin's. Du musst nicht sprechen, Tereza. Ich bin bei dir. Du bist müde und schwach. Aber du bist gut versorgt."

Sie hatte die Augen bereits wieder geschlossen. Ihr Atem ging jetzt ein wenig schwerer. Schon dieser kurze Moment hatte sie angestrengt.

Als er ihre Hand nahm, merkte er, dass sie seinen leichten Druck erwiderte.

Wieder begann er zu flüstern. Er redete einfach drauflos, leise und mit beruhigender Stimme. Er rief sich einen gemeinsamen Urlaub ins Gedächtnis, den sie an der spanischen Atlantikküste verbracht hatten. Er erzählte ihr von der Sonne und dem Sand und den Wellen. Als er schon nicht mehr damit rechnete, sah sie ihn wieder an. Diesmal lächelte sie nicht. Ihr Blick war verschattet. Sie bewegte die Lippen und wartete. Dann, unter größter Anstrengung, wiederholte sie die Worte, die er erst jetzt verstand. „Wo bin ich?", hatte sie gefragt, ohne einen Laut von sich zu geben.

„Du bist im Krankenhaus, Tereza. Du bist verletzt. Aber es geht dir schon fast wieder gut. Der Arzt sagt, dass du bald wieder gesund bist. In ein paar Tagen kannst du vielleicht schon nach Hause kommen."

Sie hatte die Augen wieder geschlossen. Von ihrer Stirn löste sich ein Schweißtropfen. Marthaler hörte, wie hinter ihm die Tür geöffnet wurde. Eine Schwester streckte den Kopf herein. „Ich denke, das reicht für heute", sagte sie. „Wir wollen ihr nicht zu viel zumuten."

Marthaler stand auf. Noch einmal beugte er sich zu Tereza hinab. Er küsste sie auf den Mund. Bevor er den Raum verließ, drehte er sich um und winkte ihr mit einer hilflosen Geste zu.

Als Anna das Haus im Großen Hasenpfad verließ und auf die Straße trat, schien ihr die Sonne ins Gesicht. Sie trug ein enges Tank-Shirt mit einem Aufdruck der Rolling-Stones-Zunge. Sie hatte eine Jeans und ihre Chucks an.

Das rote Olmo hatte sie am Gitter neben den Mülltonnen angeschlossen. Ein paar Meter weiter stand ein Taxi am Straßenrand. Es war ein Mercedes der C-Klasse. Der Fahrer saß hinter dem Steuer, er hatte das Fenster heruntergelassen und las Zeitung. Auf der Rückbank meinte Anna eine zweite Person zu erkennen.

Sie öffnete das Fahrradschloss und stopfte es in ihren Rucksack. Dann stieg sie in die Pedale und rollte die steile Straße hinunter. Hinter ihr startete ein Automotor.

Vor der nächsten Seitenstraße bremste sie ab, um ein von rechts kommendes Fahrzeug vorbeizulassen. Das Taxi war drei Meter hinter ihr.

Am unteren Ende des Großen Hasenpfades bog sie nach rechts in die Mörfelder Landstraße. Obwohl genügend Platz war, machte der Mercedes keine Anstalten zu überholen. An der nächsten Ampel mussten sie halten. Sie drehte sich um und versuchte, einen Blick auf die Rückbank zu werfen. Aber der Winkel war ungünstig, und sie konnte nur erkennen, dass dort jemand saß, der seinen Kopf abwandte. Sie war sicher, dass es sich um einen Mann handelte.

Sie bog in die Siemensstraße ein und fuhr dann auf das Main Plaza zu. Um ihr Handy aus der Hosentasche zu ziehen, stellte sie sich kurz auf die Pedale. Der Mercedes blieb hinter ihr. Sie lenkte das Olmo an den Straßenrand und blieb abrupt stehen. Der Taxifahrer bremste und hielt direkt neben ihr. Sie hob das Handy, fixierte die hintere Seitenscheibe und drückte auf den Auslöser der Kamera. Dann riss sie das Vorderrad hoch, hievte das Olmo auf den Gehweg und fuhr über die Pflastersteine den holprigen Gehweg zum Main hinunter. Der Mercedes konnte ihr nicht folgen.

Vom Flussufer aus schaute Anna nach oben und konnte sehen, wie sich der Wagen über die Flößerbrücke entfernte. „Arschloch“, sagte Anna und wunderte sich, dass der Vorfall sie nicht stärker beunruhigte.

Schließlich erreichte sie die Siedlung, in der die Gerhart-Hauptmann-Straße lag. Vor der Nummer 43 blieb sie stehen. Ein Mann in Unterhemd und kurzen Hosen hatte die Motorhaube seines Wagens geöffnet. Er hielt den Ölstab und einen Lappen in der Hand. Neugierig äugte er zu Anna herüber. „Kann man helfen?“, fragte er.

„Ich suche die Nummer 43a“, sagte sie. „Ich möchte zu Katja Wilke.“

„Hinten, an den Garagen vorbei“, sagte der Mann.

Anna bedankte sich und durchquerte den Garagenhof. Vor ihr lag ein großer, völlig verwilderter Garten, an dessen Ende ein kleiner, heruntergekommener Bungalow stand. Anna lehnte das Olmo gegen eine Regentonne. Sie stapfte durch das tiefe Gras auf das Haus zu, blieb aber augenblicklich stehen, als die Stimme eines jungen Mannes zu hören war. „Aber hoppla, wen haben wir denn da?“, fragte die Stimme.

Anna stellte sich auf die Zehenspitzen und sah den Jungen hinter ein paar Büschen auf einem Handtuch in der Sonne sitzen. Er hatte eine Zeitschrift in der Hand, über deren Rand er Anna entgegensah. Anna schätzte ihn auf 15, vielleicht 16 Jahre. Er trug nichts außer einer Badehose und einem altmodischen Pepitahut.

„Mein Name ist Anna Buchwald. Ich möchte zu Katja Wilke.“

Der Junge stand auf und legte sich das Handtuch um die Schultern. Dann ging er auf Anna zu und streckte ihr die Hand entgegen. „Stefan“, sagte er. „Mal gucken, ob sie schon wach ist.“ Er schlüpfte in ein Paar Flip-Flops und schlurfte vor Anna her.

Durch die Terrassentür betraten sie einen etwa zwanzig Quadratmeter großen Raum, den Anna aufgrund der Couchgarnitur und des riesigen Fernsehers als Wohnzimmer identifizierte. Die Teppiche waren verschmutzt und ausgefranst. Überall auf dem Boden standen Kartons, in denen sich Bücher und Zeitschriften stapelten. Die wenigen Möbel, die in dem Raum standen, sahen aus, als habe sie jemand vom Sperrmüll geholt.

„Mama!“, rief der Junge ins Haus. „Mama, bist du schon wach?“ Er schaute sich unsicher lächelnd zu Anna um. „Schläft wahrscheinlich noch“, sagte er. „Ich schau mal nach ihr.“ Er verschwand in dem unbeleuchteten Flur.

Anna hörte, wie an eine Tür geklopft wurde. Sie ging nach draußen auf die Terrasse und setzte sich auf einen der weißen Plastikstühle.

Ein paar Minuten später tauchte eine schlanke, etwa 35-jährige Frau in der Terrassentür auf. Sie war mit einer schwarzen Jeans und einer weißen Bluse bekleidet. Sie hatte kurz geschnittenes blondes Haar. Aus müden Augen schaute sie Anna forschend an. „Machst du uns einen Kaffee, Schatz?", sagte sie zu ihrem Sohn. Stefan lächelte, dann nickte er eifrig.

„Ich würde gerne mit Ihnen über Ihre Mutter reden", sagte Anna.

Katja Wilke nahm sich ebenfalls einen Stuhl und setzte sich Anna gegenüber. Sie sah die junge Frau lange an. „Das habe ich mir gedacht", sagte sie. „Ich habe mir gedacht, dass irgendwann jemand kommen und diesen Satz sagen wird."

„Die Frankfurter Polizei ermittelt in einem alten Mordfall. Sagt Ihnen der Name Karin Rosenherz etwas? Oder Karin Niebergall?"

Katja Wilke schüttelte den Kopf.

„Die Frau ist 1966 ermordet worden."

„Da war ich noch nicht einmal auf der Welt. Ich bin erst drei Jahre später geboren."

„Das heißt, Sie waren zwanzig, als Ihre Mutter … als sie verschwunden ist."

„Ja", sagte Katja Wilke. „Es war mein zwanzigster Geburtstag. Ich hatte mit Freunden reingefeiert. Den Tag selbst wollte ich mit meiner Mutter verbringen. Dann bekam sie diesen Anruf. Ich habe sie gebeten, nicht noch einmal wegzufahren. Sie hat gesagt: ‚Ich beeile mich. Wir brauchen das Geld.' Das sind die letzten Worte, die sie zu mir gesagt hat. Danach habe ich sie nie wieder gesehen."

„Ihre Mutter hat 1966 einem Mann im Mordfall Rosenherz ein Alibi gegeben. Der Mann heißt Philipp Lichtenberg."

Auch diesen Namen hatte Katja Wilke nie gehört.

„Klaus-Rainer Stickler?" Kopfschütteln. „Hubert Ortmann?"

„Nein. Wer sind diese Männer?"

„Angeblich war Ihre Mutter in der Mordnacht mit ihnen zusammen. Jedenfalls hat sie das der Polizei gegenüber behauptet. Es könnte sein, dass sie nicht die Wahrheit gesagt hat."

Katja Wilke schwieg lange. Dann schüttelte sie den Kopf. „Es ist zu spät", sagte sie. „Ich habe lange gehofft, dass die Polizei etwas tut, dass sie anfängt, nach meiner Mutter zu suchen. Es ist nie geschehen. Meine Mutter war eine Prostituierte, und entsprechend ist man mit dem Fall umgegangen. Ich habe gehofft, dass sie wiederkommt. Aber diese Hoffnung habe ich schon vor langer Zeit aufgegeben. Meine Mutter ist tot. Wahrscheinlich war mein zwanzigster Geburtstag ihr Todestag."

„Sie wissen nicht, mit wem sie sich am Tag ihres Verschwindens treffen wollte?"

„Nein, natürlich nicht. Sie hat nie mit mir über ihre ... Arbeit gesprochen. Und ich habe nie gefragt. Sie hat Geld verdient und mir ermöglicht, ein Studium anzufangen."

Stefan brachte zwei Becher mit Kaffee und gab sie den Frauen. Er wechselte mit seiner Mutter einen liebevollen Blick, dann ging er wieder ins Haus.

„Sie sind berufstätig?", fragte Anna.

Katja Wilke lachte. „Was man so nennt ... Ich mache hin und wieder ein paar Übersetzungen. Viel ist dabei nicht zu verdienen. Aber Stefan ist Epileptiker. Er braucht mich. Und wir kommen klar."

„Eine Frage habe ich noch", sagte Anna. „Gibt es noch irgendwelche persönlichen Unterlagen von Ihrer Mutter, die ich mir ansehen dürfte?"

Katja Wilke stellte ihre Tasse auf den Boden und stand auf. „Viel ist es nicht", sagte sie. „Aber es gibt noch ein paar Sachen. Warten Sie."

Sie ging ins Innere des Hauses. Als sie zurückkam, hielt sie einen zerdrückten Karton in der Hand, der mit einer Kordel verschnürt war. „Hier", sagte sie, „da ist alles drin. Sie können es mitnehmen, wenn Sie wollen."

Anna stopfte den Karton in ihren Rucksack. Dann bedankte sie sich. „Ich bringe Ihnen die Sachen zurück, sobald ich sie durchgesehen habe."

„Nicht nötig", sagte Katja Wilke und tippte sich unter die linke Brust. „Meine Mutter lebt hier; nicht in diesem alten Plunder."

ANNA schloss das Olmo am Zaun hinter ihrem Zelt an. Sie holte ein Handtuch und den Badeanzug aus ihrer Reisetasche und verstaute beides über dem Karton in ihrem Rucksack. Sie verließ den Campingplatz, lief an der Nidda entlang, nahm den kleinen Steg, der das Flüsschen überquerte, und stellte sich dann in die Schlange der Badegäste vor der Kasse des Schwimmbads.

Als sie ihre Eintrittskarte bezahlt hatte, ging sie zu den Umkleidekabinen und zog ihren Badeanzug an. Sie umrundete das langgestreckte Schwimmbecken und suchte sich auf dem hinteren Teil der Liegewiese einen Platz im Schatten eines Baumes.

Sie bat zwei Jungen, die ihre Decke in der Nähe ausgebreitet hatten, einen Blick auf ihre Sachen zu werfen. Die beiden sahen sich an, grinsten, nickten dann aber gleichzeitig.

Anna schwamm ein paar Bahnen und kehrte dann zu ihrem Platz zurück. Sie lief an den Jungen vorbei, bedankte sich und legte sich auf ihr Handtuch.

Sie öffnete den Rucksack, zog den Karton mit der Hinterlassenschaft von Hannelore Wilke hervor, knotete die Kordel auf und nahm den Deckel ab. Ganz oben lag eine Plastikhülle mit Fotos: Aufnahmen von Familienfesten und von Urlaubsreisen. Auf einigen Fotos war ein Mädchen zu sehen, in dem Anna die jüngere Katja Wilke zu erkennen glaubte. Es gab Fotos von ihrer Einschulung und von ihrer Konfirmation und eines, das sie auf einem Kostümfest als Pippi Langstrumpf verkleidet zeigte.

Anna steckte die Fotos zurück in die Hülle. Sie nahm sich vor, die Bilder an Katja Wilke zurückzuschicken, auch wenn diese keinen Wert darauf legte.

Dann zog Anna ein schwarzes Notizbuch hervor. Auf den ersten Seiten waren Adressen und Telefonnummern aufgelistet. Anna ging die Namen durch, aber außer Margarete Hielscher gab es niemanden, der ihr etwas sagte.

Ganz unten in dem Karton stieß sie auf mehrere kleine Stapel mit Kontoauszügen. Die querformatigen Blätter wurden von bunten Heftstreifen zusammengehalten und waren nach Jahren geordnet. Alle Auszüge gehörten zu demselben Konto, das Hannelore Wilke bei der Sparkasse Offenbach unterhalten hatte.

Der erste Stapel stammte von 1980, der letzte aus dem Jahr 1989, dem Jahr ihres Verschwindens. Anna blätterte Jahrgang für Jahrgang durch. Die monatlichen Zahlungen an den Vermieter, die Stadtwerke und die Versicherungen hatten sich über die Jahre nur unwesentlich verändert. Überweisungen auf das Konto gab es in den ersten Jahren fast gar nicht. Die Beträge, die als Haben verzeichnet waren, stammten aus mehr oder weniger regelmäßigen persönlichen Einzahlungen. Anna vermutete, dass es sich dabei um das Geld handelte, das Hannelore Wilke von ihren Freiern erhalten und das sie dann selbst zur Bank gebracht hatte. Diese Beträge hatten von Monat zu Monat abgenommen.

Anna legte sich auf den Rücken. Sie dachte nach. Hannelore Wilke war im Dezember 1947 geboren. Als sie verschwand, war sie nicht ganz 42 Jahre alt gewesen. Das hieß, dass sie bei den Freiern wahrscheinlich längst nicht mehr so gefragt gewesen war wie noch zehn Jahre zuvor. Doch dann war offensichtlich ein Wunder geschehen. Denn ab August 1987 waren am Anfang jedes Monats zweitausend Mark auf das Konto überwiesen worden. Wer der Absender des Geldes war, ließ sich nicht erkennen. In der betreffenden Zeile waren lediglich ein Nummerncode und eine Bankleitzahl aufgeführt.

Lange dachte Anna über diese merkwürdige Entwicklung nach. Sie kam zu keinem Schluss. Wieder und wieder blätterte sie die Auszüge der letzten beiden Jahre durch.

Plötzlich merkte sie, wie sie ein Schauer überlief. Unwillkürlich pfiff sie durch die Zähne. „Das gibt's doch nicht", sagte sie leise. Sie griff in die Seitentasche ihres Rucksacks, zog ihr Handy hervor und wählte Marthalers Nummer.

10 Von der Klinik aus war Marthaler direkt zum Weißen Haus gefahren. Er öffnete die Tür und betrat den Gang. Er wunderte sich über die Ruhe, die im Kommissariat herrschte. Obwohl die Türen zu den Büros seiner Kollegen offen standen, war niemand zu sehen.

„Robert, du?", fragte seine Sekretärin, die auf dem Flur stand und ihn erstaunt ansah.

„Ja, ich. Hier ist mein Arbeitsplatz, falls du das vergessen haben solltest."

Elvira hob den Kopf. Zwischen ihren Augen hatte sich eine Falte gebildet. „Ehrlich gesagt dachte ich, dass *du* das vergessen hättest … Wie geht es Tereza?"

„Ich komme gerade von ihr. Es geht ihr besser. Sie ist vorhin zum ersten Mal kurz aufgewacht. Der Arzt ist sehr zuversichtlich."

„Schön, das freut mich."

„Wo sind die anderen?", fragte Marthaler.

„Im Präsidium. Es ist eine dringende Einsatzbesprechung einberufen worden. Es sind Leute vom LKA da. Soviel ich gehört habe, ist man den beiden Motorradfahrern auf die Spur gekommen, die den Überfall im Stadtwald begangen haben."

„Erzähl!", forderte Marthaler sie auf.

„Was soll ich erzählen? Ich erfahre ja nichts. Ich schnappe nach den Brocken wie der Hund unterm Tisch. Angeblich sind die beiden irgendwo an einer Raststätte gesehen worden. Jetzt wird beraten, wie die Fahndung nach ihnen aussehen soll."

„Gut“, sagte Marthaler und betrat sein Büro. „Ich will nicht gestört werden!“

Er schloss die Tür hinter sich, schaltete seinen Computer an und loggte sich in das Intranet der Kriminalpolizei ein. Im System der Einwohnermeldeämter suchte er nach den vier Namen: Sebastian Haberstock, Philipp Lichtenberg, Klaus-Rainer Stickler, Hubert Ortmann. Die letzten drei Namen ließ er auch durch das POLAS-Programm laufen. Die Ausbeute war mager. Er schrieb die Ergebnisse in sein Notizbuch.

Als Marthaler sein Büro verließ, hielt ihn seine Sekretärin auf. „Deine Cousine hat angerufen“, sagte sie.

„Wer?“

Elvira sah ihn misstrauisch an. „Robert, was ist das mit dieser Cousine? Ich wusste nicht mal, dass du eine hast.“

„Alles in Ordnung. Wenn sie noch mal anruft, sag ihr, wir treffen uns in zwei Stunden bei mir. Nein, sag ihr: in einer Stunde.“

„Du machst keinen Unfug, oder?“

Marthaler sah Elvira verständnislos an. Dann lachte er. „Nein, ganz bestimmt nicht! Keine Sorge!“

MARTHALER steuerte den Wagen über die Homburger Landstraße stadtauswärts. In Nieder-Erlenbach, dem nördlichsten Frankfurter Stadtteil, hielt er an einer Bäckerei, kaufte sich ein Streuselstück und fragte nach dem Weg. Als er den Ort schon fast wieder verlassen hatte, sah er in einer Senke die beiden dicht beieinanderstehenden Fachwerkhäuser, die man ihm beschrieben hatte.

Marthaler steuerte den Wagen auf den geschotterten Hof des Grundstücks, stellte den Motor ab und stieg aus. Er ging zum Eingang des größeren Gebäudes und schaute auf das Messingschild. HABERSTOCK DESIGN stand dort. Er drückte zweimal auf die Klingel, aber es meldete sich niemand. Er sah sich um. So möchte man leben, dachte er. In einem alten, gepflegten Haus, das von Wiesen mit Obstbäumen umgeben ist.

Als er hinter sich das Geräusch eines Motors hörte, wurde er aus seinen Gedanken gerissen. Unter den großen Reifen eines schwarzen GMC Canyon knirschte der Schotter. Der Pick-up zog einen Anhänger, auf dem eine Harley-Davidson stand. Die Scheibe des Wagens wurde heruntergelassen. Der neugierige Blick des Fahrers schweifte von Marthalers Gesicht zu der Aktentasche, die er in der Hand hielt. „Versicherung, Immobilienmakler oder Anlageberater?“, fragte der Mann.

Marthaler lachte. „Weder noch. Ich möchte zu Sebastian Haberstock."

„Und wen darf ich melden?"

„Marthaler, Kripo Frankfurt!"

Der Motor erstarb. Der Mann stieg aus und reichte Marthaler die Hand. Er trug einen weiten Leinenanzug und Espadrilles. „Dann will der Herr Inspektor zu mir!"

Marthaler stutzte kurz, schließlich erwiderte er mit gespielter Empörung und im wienerischen Dialekt: „Inspektor gibt's kaan!"

Sebastian Haberstock kicherte. „Ich merke schon, wir haben dieselben Fernsehserien geschaut."

„Na ja", sagte Marthaler, „‚Kottan ermittelt' war sozusagen Pflichtprogramm für jeden halbwegs gewitzten Polizisten. Aber … Sie sind wirklich Sebastian Haberstock?"

Der schlanke Mann lachte ihn schelmisch an. „Seit neunundfünfzig Jahren. Was spricht dagegen?"

„Nun, dass Sie jünger aussehen, als ich Sie mir vorgestellt habe. Sie sehen so … erholt aus, als würden Sie gerade aus dem Urlaub kommen."

Haberstock lächelte. „Dort komme ich her; und dort fahre ich am liebsten hin … Also, was ist? Gehen wir ins Atelier und trinken einen Schluck. Dann sagen Sie mir vielleicht endlich, was mir die Ehre verschafft." Ohne auf eine Antwort zu warten, ging der Mann auf das kleinere der beiden Fachwerkgebäude zu und schloss die Tür auf.

Marthaler betrat das Haus und sah, dass es aus einem einzigen riesigen Raum bestand, dessen Wände weiß getüncht und mit Bildern behängt waren. In der Mitte befand sich ein Schreib- und Zeichentisch aus einer langen, aufgebockten Holzplatte. Am gegenüberliegenden Ende des Raums gab es zwei Sessel und eine Couch mit einem kleinen Rauchtisch davor.

Haberstock bat Marthaler, Platz zu nehmen, bevor er den Raum verließ und kurz darauf mit einer Flasche Rotwein und zwei Gläsern zurückkam. „Also", sagte er, „ich fahre manchmal zu schnell und die Musik ist nicht immer auf Zimmerlautstärke. Ist es das, was Sie mir vorwerfen?"

Marthaler verneinte. „Ich komme, um mit Ihnen über Karin Rosenherz zu sprechen."

Haberstock hob sein Glas und schaute lange hinein. „Das ist kein schönes Thema. Und ich hätte nicht gedacht, dass noch mal jemand an diese Sache rühren würde."

„Erzählen Sie mir etwas über die Frau!"

„Da gibt es nicht viel zu berichten. Ich bin ein paarmal mit ihr essen gegangen. Was sie von mir wollte, weiß ich eigentlich nicht. Ich durfte ihren Mercedes fahren, sie hat bezahlt, wir haben geplaudert. Das ist alles."

„Das haben Sie damals bereits der Polizei erzählt. Haben Sie mit ihr geschlafen?"

„Nein. Ich dachte zunächst, dass sie das will. Aber sie hat mir nie ein Signal in diese Richtung gegeben. Sie hat mir gefallen, ich fand sie interessant. Und ein wenig hat sie mich auch eingeschüchtert. Sie war eine extravagante, kapriziöse Frau. Ich war zwanzig und fühlte mich noch wie ein Junge. Sie war eine erwachsene, weltgewandte Dame. Jedenfalls auf den ersten Blick. Ich mochte sie wirklich gerne."

„Das kann man nicht von allen sagen, die mit ihr zu tun hatten", erwiderte Marthaler.

Haberstock machte eine wegwerfende Handbewegung. „Ich habe gelesen, was die Zeitungen über sie geschrieben haben. Aber Karin war hinter ihrer mondänen Fassade ein ziemlich unsicherer Mensch. Sie hatte Angst. Sie wirkte auf mich wie jemand, den man schützen muss. Aber dafür hatte ich damals wirklich nicht das Format."

„Ich weiß, dass Sie Fotos von ihr gemacht haben", sagte Marthaler.

Haberstock lächelte. „Ja. Ein paar Wochen vor ihrem Tod hat sie mich gebeten, sie zu fotografieren. Wollen Sie die Bilder sehen?"

„Darum wollte ich Sie bitten!"

Haberstock eilte mit federndem Gang aus dem Raum und kam mit einem großen Fotoalbum zurück. Er ging zu dem langen Schreibtisch, schaltete die Leselampe an und öffnete das Album. „Sie wollte, dass ich zu ihr in die Wohnung komme. Sie wollte, dass wir die Aufnahmen in ihrer vertrauten Umgebung machen. Und sie bestand darauf, dass es Schwarz-Weiß-Fotos werden."

Die Abzüge waren so groß, dass auf jede Seite des Albums nur ein Bild passte. Auf dem ersten Bild hatte Karin Rosenstock ein schwarzes Kleid an. Ihr Haar war hochgesteckt. Um den Hals trug sie eine mehrreihige Kette aus großen Perlen. Sie hatte die Augen weit geöffnet und hielt eine lange Zigarettenspitze an ihre Lippen.

„Erinnert Sie das Foto an etwas?", fragte Haberstock.

„Ja", sagte Marthaler. „Sie sieht aus wie Audrey Hepburn in ‚Frühstück bei Tiffany'."

„So war sie", sagte Haberstock. „Sie wollte posieren. Sie wollte die berühmten Porträts ihrer Vorbilder nachahmen."

Er blätterte weiter. Mal hatte Karin Rosenherz sich eine Filmszene mit Marilyn Monroe als Vorlage ausgesucht, dann wieder sah sie aus wie Jean Seberg auf dem Plakat von „Bonjour tristesse". Mal hatte sie kurzes, mal wallendes Haar, mal trug sie eine dunkle, mal eine blonde Perücke.

„Und das?", fragte Haberstock. „Erkennen Sie das auch?"

Karin Rosenherz war nackt. Sie saß auf einem Holzstuhl, der verkehrt herum stand. Ihre Ellbogen hatte sie auf die Lehne gestützt, die geschlossenen Arme verdeckten den Busen. Ihr Kinn lag in den locker geballten Fäusten.

„Ja", sagte Marthaler. „Es kommt mir bekannt vor."

„Das will ich meinen", sagte Haberstock. „Die Vorlage für diese Aufnahme gehört zu den Ikonen der Popfotografie. Auf dem Original sieht man ein Callgirl namens Christine Keeler. Die Dame hatte ein Verhältnis mit dem britischen Minister John Profumo …"

„Natürlich, der Profumo-Skandal. Und Karin Rosenherz wollte so fotografiert werden?"

„Sie bestand darauf. Und da sie nun schon einmal nackt war, habe ich sie gebeten, ein paar Fotos von ihr machen zu dürfen, auf denen sie nicht irgendeine Berühmtheit nachäfft. Sie hat sich gesträubt, schließlich aber eingewilligt unter der Bedingung, dass ich alle Abzüge vernichte, die ihr nicht gefallen."

„Aber Sie haben sich nicht daran gehalten?"

„Es ist nicht mehr dazu gekommen. Sie hat all diese Fotos nie gesehen. Bevor ich sie entwickelt hatte und ihr zeigen konnte, war Karin bereits tot."

Marthaler setzte sich auf den Schreibtischstuhl und zog das Album näher zu sich heran. Tatsächlich schienen die Aktfotos eine völlig andere Person zu zeigen als jene Aufnahmen, die er gerade gesehen hatte. Karin Rosenherz schien kleiner, dünner und blasser. Es kam Marthaler vor, als sei sie auf diesen Fotos im doppelten Sinne nackt: unbekleidet und ohne den Schutz einer geliehenen Pose. Auf einem dieser Fotos stand sie vor einer Wand. Rechts und links ihres Kopfes waren zwei gerahmte Bilder zu sehen. Ihr weißer Körper wirkte wie ausgemergelt. Sie sah unendlich traurig aus.

Haberstock hatte Recht. Seine Fotos zeigten es – Karin Rosenherz war beides zugleich gewesen: kokett und schutzlos, eitel und ängstlich.

Marthaler schob das aufgeschlagene Album beiseite. Er legte seine Aktentasche auf den Schreibtisch. „Und jetzt möchte ich Ihnen etwas zeigen. Aber ich muss Sie vorwarnen. Was Sie gleich sehen werden, sind die Fotos, die der Polizeifotograf damals am Tatort gemacht hat. Sie zeigen die verwüstete Wohnung und die Leiche von Karin Rosenherz. Ich möchte Sie bitten, sich diese Bilder anzuschauen. Wenn Sie allerdings Nein sagen, werde ich das akzeptieren."

Haberstock zögerte. Schließlich nickte er. Marthaler legte ihm den Stapel kleinformatiger Fotos in die ausgestreckte Hand.

Sebastian Haberstock ging zurück zu der Sitzgruppe. Er ließ sich in einen der Sessel sinken, dann begann er, die Fotos anzusehen. Immer wieder kniff er die Augen zusammen und schüttelte den Kopf. Sein Gesicht war fahl, seine Hände zitterten. Als er versuchte zu sprechen, klang seine Stimme brüchig. „Ich hätte nicht gedacht … dass mich das so mitnehmen würde. Nicht nach all der Zeit, die seitdem vergangen ist."

Haberstock starrte weiter auf eines der Fotos. Er runzelte die Stirn. „Haben Sie das gesehen?", fragte er leise. Er stand auf und hielt Marthaler das Foto hin. Es war im Schlafzimmer von Karin Rosenherz aufgenommen worden. Auf der rechten Seite sah man ein Stück des Himmelbetts, links eine Ecke des Kleiderschranks. Die Mitte des Fotos zeigte die Wand mit einem großen verschmierten Blutfleck.

„Ich weiß nicht, was Sie meinen", sagte Marthaler.

„Schauen Sie doch hin, Mann! Die Bilder … Die beiden Zeichnungen sind weg!"

Er nahm das Album mit seinen eigenen Aufnahmen und zeigte auf das Foto mit der nackten Karin Rosenherz. „Rechts und links neben ihrem Kopf sieht man zwei Bleistiftzeichnungen von Paul Klee. Ich habe Karin gefragt, ob die Skizzen echt sind, aber sie hatte keinen Schimmer, wovon ich rede. Sie hatte den Namen Paul Klee noch nie gehört. Ich habe sie überredet, die Echtheit von einem Experten überprüfen zu lassen. Einen Tag nach unserer Fotosession haben wir die beiden Bilder in ihren Wagen gepackt und sind nach Mainz zu einem Kunsthistoriker gefahren."

„Und?"

„Der Typ wollte es selbst nicht glauben. Er war ganz aufgeregt. Zwei Stunden lang hat er die Zeichnungen untersucht. Er war sich hundertprozentig sicher, dass es sich um echte Klees handelt. Es gibt ein berühmtes Aquarell von Paul Klee. Es heißt ‚Engel im Garten' und hängt heute im Guggenheim-Museum in New York. Karins Zeichnungen waren kleine, bis dahin vollkommen unbekannte Vorstudien zu diesem Aquarell."

„Und wo hatte sie die Bilder her?"

„Angeblich hatte ein Freier sie ihr geschenkt. Der Typ hatte offensichtlich ebenso wenig Ahnung wie sie selbst."

„Das heißt, in der Wohnung von Karin Rosenherz hingen noch eine Woche vor ihrem Tod zwei Handzeichnungen von Paul Klee. Zeichnungen, die wahrscheinlich einiges wert sind."

„So ist es", sagte Sebastian Haberstock.

„Am Abend, als die Polizeifotografen den Tatort dokumentiert haben, waren diese Bilder verschwunden."

„Ich wollte Karin überreden, die Zeichnungen nicht so ungeschützt an der Wand hängen zu lassen, aber sie hat mich ausgelacht. ‚Wer in mein Schlafzimmer kommt, hat Augen für mich, aber nicht für meine Wände', hat sie gesagt."

„Was offensichtlich ein Irrtum war", sagte Marthaler. „Also hatte der kleine Bruno Recht ..."

Haberstock sah ihn verständnislos an. „Welcher kleine Bruno?"

„Es gibt die Aussage eines Mannes, der behauptet hat, bei dem Mord an Karin Rosenherz sei es um Bilder gegangen."

„Das wusste die Polizei und hat sich nicht darum gekümmert?"

„Nein, nein, nein. Diesen Hinweis haben wir erst vor ein paar Tagen erhalten", erklärte Marthaler. „Kennen Sie einen Mann namens Philipp Lichtenberg?"

„Ja, ich kannte ihn, wir sind uns gelegentlich über den Weg gelaufen. Wir haben zur selben Zeit in Offenbach an der Hochschule für Gestaltung studiert. Allerdings waren wir nicht gerade Freunde. Wir gehörten unterschiedlichen Fraktionen an."

„Das heißt?"

„Er war ein Schnösel, der einen guten Geschmack, aber auch zu viel Geld hatte. Nein, eigentlich war er nur ein verwöhntes Würstchen. Er wusste, dass er kein Künstler war, obwohl er unbedingt einer sein wollte. Wenn er merkte, dass einem von uns etwas gelungen war, ist er ins Atelier gekommen, hat ein paar Scheine auf den Tisch gelegt und das Stück gekauft. Nur um es sofort verschwinden zu lassen. Seine Eltern hatten eine Galerie und ein Auktionshaus in der Innenstadt. Beides gibt es schon lange nicht mehr. Er soll einen ziemlich guten Preis dafür erzielt haben."

„Wissen Sie, was er heute macht?"

„Gesehen habe ich ihn seit damals nicht mehr. Schon in den Sechzigerjahren war die Familie wohlhabend, aber inzwischen soll er sehr, sehr reich sein. Ich habe gehört, dass er eine ganze Reihe von Firmen und unzählige Immobilien besitzt. Angeblich lebt er völlig zurückgezogen, gibt keine Interviews, lässt sich nicht fotografieren."

Marthaler zog das Foto aus seiner Aktentasche hervor, das Karin Rosenherz und den jungen Philipp Lichtenberg vor dem blühenden Rhododendron zeigte.

„Ja, das ist er“, sagte Haberstock. „Ich hatte keine Ahnung, dass er und Karin sich kannten.“

„Hubert Ortmann? Klaus-Rainer Stickler? Kennen Sie die ebenfalls? Die beiden waren Freunde von Philipp Lichtenberg.“

„Ja, natürlich, jetzt erinnere ich mich. Sie sind immer mit ihm rumgezogen. Aber Freunde waren das nicht, das waren seine Lakaien. Er hat sie ausgehalten und rumkommandiert. Trotzdem hatte man bei Ortmann immer das Gefühl, er liege auf der Lauer. Als ob er darauf wartete, die Führung in dem kleinen Rudel zu übernehmen.“

„Nicht schlecht“, sagte Marthaler, „ein lauernder Lakai.“

Haberstock lachte. „Ortmann war so ein bulliger, verschlagener Typ, der sich die meiste Zeit an irgendwelchen Flipperautomaten rumgedrückt hat. Aber er war gerissen. Und brutal. Einmal kam es bei einem unserer Hochschulfeste zu einer Schlägerei. Ortmann hat einem Mitstudenten, der bereits auf dem Boden lag, so fest gegen den Kopf getreten, dass der einen gebrochenen Kiefer hatte. Stickler dagegen war ein farbloser Stotterer, der sich immer weggeduckt hat, wenn er angesprochen wurde. Gott, was für eine Bande! Mich schüttelt es noch heute, wenn ich an diese Burschen denke.“

„Sie wussten also nicht, dass Philipp Lichtenberg und die anderen beiden Männer vor neununddreißig Jahren genau wie Sie als Zeugen im Fall Rosenherz vernommen wurden?“

„Ist nicht wahr, oder?“

„Doch“, sagte Marthaler, nahm seine kleine Aktentasche, packte die Fotos hinein und lief zur Tür.

„He, Herr Inspektor!“, rief Sebastian Haberstock ihm nach. „Wollten Sie nicht noch etwas sagen?“

Marthaler drehte sich um und tat ihm den Gefallen. „Inspektor gibt's kaan!“, sagte er. „Aber danke! Haben Sie vielen Dank. Sie ahnen nicht, wie sehr Sie mir geholfen haben!“

„Anna, wo bist du? Wir müssen reden! Es gibt Neuigkeiten!“ Marthaler schrie in sein Handy. Für den Rückweg in die Stadt war er auf die Bundesstraße gefahren und hatte es sofort bereut. Er war von drei Sattelschleppern eines Bundeswehrkonvois umgeben, deren Fahrgeräusche so laut waren, dass er Mühe hatte, Annas Antwort zu verstehen.

„Robert, was ist mit dir? Ich versuche seit Stunden, dich zu erreichen. Ich habe etwas entdeckt!“

„Wo bist du?“

„Auf dem Campingplatz. Ich wollte gerade in die Werkstatt, um meinen Wagen abzuholen.“

„Dafür ist jetzt keine Zeit! Bleib, wo du bist! Ich bin gleich bei dir!“

In Preungesheim bog Marthaler auf die A 661. Als er seinen Wagen auf dem Parkplatz des Sandelmühlen Camps abstellte, hatte er kaum mehr als 15 Minuten gebraucht.

„Was machst du?“, fragte Marthaler, als er an Annas Zelt ankam.

Sie kniete vor ihrem Rennrad, tränkte einen Lappen mit Öl und fuhr damit mehrmals über die Fahrradkette. „Ich vertreibe mir die Zeit. Das Olmo will gestreichelt werden.“ Sie stand auf und wischte sich die Hände an dem Lappen ab. „Ich habe deine Sekretärin angerufen. Sie hat mir ausgerichtet, dass wir uns im Großen Hasenpfad treffen wollen. Dort warst du aber nicht. Also bin ich wieder hierher zurückgefahren.“

Erschrocken sah Marthaler auf die Uhr. „Mist! Du hast Recht! Das habe ich total vergessen.“

Anna grinste, als sie sein zerknirschtes Gesicht sah. „Wenn du mich zum Essen einlädst, könnte ich mir vorstellen, dir ein letztes Mal zu verzeihen.“

„Gute Idee, ich habe einen Riesenhunger! Komm, ich weiß, wo wir hinfahren.“

Marthaler drückte auf die Klingel des Club Gourmet, hob die Hand und winkte in Richtung der Videokamera. Kurz darauf öffnete sich das Tor. Er ließ Anna vorgehen und beobachtete ihr Gesicht. Sie betrat das Gelände und sah sich staunend nach allen Seiten um. „Scharf“, sagte sie. „Und hier kann man essen?“

„Und wie! Warte ab!“

Mirko stand vor dem Bauwagen und sah ihnen misstrauisch entgegen. Als er Marthaler erkannte, hellte sich seine Miene auf. „Hat's dir geschmeckt, Alter? Bringst du neue Kundschaft.“ Er hielt Marthaler seine Rechte hin, zog sie aber gleich wieder zurück, um sie Anna zu reichen. „Erst mal das Dämchen. Bin ich der Mirko“, sagte er.

Anna machte keine Anstalten, ihm ebenfalls die Hand zu reichen. „Bin ich kein Dämchen. Bin ich die Anna“, sagte sie und sah Marthaler an.

Mirko spitzte den Mund und zwinkerte mit dem rechten Auge. „Nix für ungut! Spatz muss sein! Kommt ihr erst mal rein.“

Sie nahmen denselben Tisch, an dem Marthaler eine Woche zuvor mit Arne Grüter und dem Justizangestellten aus dem Butzbacher Gefängnis gesessen hatte.

„Was gibt es zu essen?", fragte Marthaler, als der Wirt zu ihnen an den Tisch kam.

„Machen wir schön mal bisschen was Lachs vorweg, dann Pfännchen Colorado mit Steak und Kartöffelchen. Und hinterher was Palatschinken mit Heidelbeeren. Wird schon was lecker werden." Ohne Anna anzusehen, wartete er auf Marthalers Reaktion.

„Mirko!", sagte Anna. Er drehte sich zu ihr. Sie streckte ihm die Hand entgegen. „Ist okay, ja?! Wir nehmen das Essen."

Mirko schlug ein. Dann lächelte er und zog ab.

Außer ihnen waren lediglich vier andere Gäste da: ein Mann und drei Frauen, die Bier tranken und auf den Fernseher schauten, wo eine Sendung mit Volksmusik lief.

„Wer zuerst?", fragte Anna.

„Du!", sagte Marthaler.

Sofort rötete sich ihr Gesicht vor Eifer. „Hannelore Wilke ist ermordet worden", platzte sie heraus.

Marthaler legte den Kopf schief. „Wovon redest du?"

„Die Zeugin, die diesem Philipp ein Alibi gegeben hat … Sie ist nicht einfach verschwunden. Man hat sie umgebracht. Ich war in Offenbach bei ihrer Tochter. Die hat mir eine Schachtel mit Sachen ihrer Mutter gegeben: Fotos, ein Notizbuch, Ansichtskarten, alles unwichtiger Kram. Aber ich habe Kontoauszüge gefunden. Hannelore Wilke hat fast zwei Jahre lang jeden Monat zweitausend Mark überwiesen bekommen. Dann ist sie verschwunden, und die Zahlungen hörten plötzlich auf."

„Würdest du jemandem, der verschwunden ist, weiter Geld überweisen?"

„Aber Robert, verstehst du denn nicht? Die Zahlungen wurden umgehend eingestellt. Die Polizei hatte noch nichts unternommen. Offiziell galt die Frau noch nicht einmal als vermisst." Anna zog die schmalen Bündel mit den Kontoauszügen aus ihrem Rucksack, legte sie auf den Tisch und begann darin zu blättern. „Schau hier und hier und hier: Seit August 1987 hat sie am Ersten jedes Monats diesen Betrag bekommen. Am 28. April 1989 ist sie abends verschwunden. Zwei Tage später ist ihre Tochter zur Polizei gegangen. Schon im Mai ist keine Überweisung mehr verbucht."

Langsam begann Marthaler zu begreifen. „Und du meinst, derjenige, der ihr das Geld überwiesen hat, wusste bereits vorher, dass sie verschwinden würde.“

„Anders kann es nicht sein“, sagte Anna. „Der Dauerauftrag ist storniert worden, als Hannelore Wilke noch zu Hause war. Und es gab nur einen Menschen, der wusste, dass sie am 28. April verschwinden würde.“

„Derjenige, der für ihr Verschwinden gesorgt hat. Ihr Mörder“, sagte Marthaler. „Aber warum sollte ihr Mörder ihr knapp zwei Jahre lang Geld überweisen?“

„Denk doch nach, Robert!“

„Du meinst, sie hat jemanden erpresst?“

„Was denn sonst?“

„Vielleicht, vielleicht auch nicht. Jedenfalls wissen wir nicht, von wem das Geld stammt?“

„Nein, hier stehen nur Zahlen. Es ist ein Dauerauftrag, der von einer österreichischen Bank ausgeführt wurde, so viel habe ich in Erfahrung bringen können. In Österreich gibt es genau wie in der Schweiz keine Gesetze über die Kontobezeichnung. Aber die Polizei muss doch herausbekommen können, wer der Inhaber dieses Depots ist. Im Fall eines Verbrechens muss man die Bank doch zwingen können, diese Informationen herauszugeben.“

„Das sagst du so einfach“, erwiderte Marthaler. „Aber ich werde Sendler anrufen und ihm Druck machen. Es ist die Aufgabe der Staatsanwaltschaft, das in die Wege zu leiten.“

„Aber du bist überzeugt?“, fragte Anna. „Du stimmst meinen Schlussfolgerungen zu?“

Marthaler dachte nach. Dann legte er beide Handflächen auf den Tisch. „Verdammt noch mal, ja! Du hast Recht! Hannelore Wilke ist ermordet worden. Es gibt keine andere Erklärung. Und wir werden dafür sorgen, dass ihre Leiche gefunden wird.“ Er stand auf, zog sein Handy aus der Tasche und ging auf die gegenüberliegende Seite des Grundstücks. Er telefonierte zehn Minuten lang, dann kam er zurück. „Morgen früh um sieben!“, sagte er.

„Was ist morgen früh?“

„Ab morgen früh um sieben wird am Schultheisweiher nach Hannelore Wilke gesucht. Oder nach dem, was von ihr übrig ist.“

Ohne weiter über den Fall zu reden, aßen sie das Hauptgericht. Beide waren sich einig, selten so gute Steaks und niemals so gelungene Rosmarinkartoffeln gegessen zu haben. Als Mirko kam, um die Teller abzuräumen, formte Anna Daumen und Zeigefinger ihrer rechten Hand zu einem Kreis und küsste die Fingerspitzen. „Es hat wunderbar geschmeckt", sagte sie.

Strahlend sah er Anna an. „Was ein süßer Käfer aber auch, die kleine Anna."

Anna verdrehte die Augen, protestierte aber nicht. „Also", sagte sie zu Marthaler, als Mirko wieder gegangen war, „jetzt du! Wo warst du? Was hast du gemacht?"

„Ich habe Sebastian Haberstock aufgesucht, den Mann, der damals an der Offenbacher Hochschule für Gestaltung studiert hat, der ein Nachbar von Karin Rosenherz war und ein paarmal mit ihr ausgegangen ist. Wir haben lange über sie gesprochen. Was er zu berichten hatte, hörte sich anders an als das, was wir bislang über sie erfahren haben. Aber egal, jedenfalls habe ich ihm …"

„Nein", unterbrach Anna ihn wieder. „Es ist nicht egal. Ich will wissen, was er über sie denkt." Sie saß aufrecht und schaute Marthaler mit gespannter Erwartung an.

„Er sagt, sie sei ängstlich gewesen. Er hat sie als sensibel und schutzlos beschrieben. Er hat Fotos von ihr gemacht, auf denen sie nackt zu sehen ist. Sie wirkte auf diesen Fotos wie ein ganz hilfloses Wesen."

Marthaler sah, wie es in Annas Kopf arbeitete. Was sie gerade erfahren hatte, schien ihr überaus wichtig zu sein. „Du meinst also, dass sie doch keine Schlampe war?"

Marthaler lachte. „Offenbar hatte sie auch eine andere Seite. Haberstock meinte, sie sei ein widersprüchlicher Mensch gewesen. Jedenfalls hat er beim Betrachten der Tatortfotos eine Entdeckung gemacht. Sagt dir der Name Paul Klee etwas?"

„Robert! Ich habe mir vorgenommen, Journalistin zu werden. Eine gewisse Allgemeinbildung darfst du also ruhig voraussetzen."

„Dann weißt du mehr, als Karin Rosenherz wusste. In ihrem Schlafzimmer hingen bis zu ihrem Tod zwei Bleistiftzeichnungen von Paul Klee an der Wand. Sie hatte lange keine Ahnung, was sie da besaß. Als der Polizeifotograf seine Aufnahmen vom Tatort gemacht hat, waren diese Zeichnungen verschwunden."

„‚Es ging um die Bilder', hat der kleine Bruno gesagt. Dann war es also nicht der letzte Freier, der sie getötet hat, sondern jemand, der scharf auf die Bilder war. Dann wäre dieses Rätsel also gelöst", sagte Anna.

„Jedenfalls zum Teil. Bleibt die Frage, woher der kleine Bruno davon wusste."

„Und wer ihn umgebracht hat."

„Ich habe noch etwas von Sebastian Haberstock erfahren. Er kannte sowohl Philipp Lichtenberg als auch Stickler und Ortmann. Alle drei waren Mitstudenten von ihm. Er beschreibt sie als ziemlich unangenehme Gesellen. Philipp Lichtenberg sei der Wortführer gewesen. Seine Eltern waren Inhaber einer Galerie und eines Auktionshauses. Er hatte das Geld, die anderen beiden waren seine Lakaien."

„Ist dir klar, was du da sagst?", fragte sie.

Marthaler nickte, wollte aber, dass Anna ihre Gedanken selbst ausführte.

„Karin Rosenherz ist am Nachmittag vor ihrem Tod auf einer Party bei Philipp Lichtenberg, also bei einem Mann, der mit Kunst, mit Bildern zu tun hat. Am nächsten Abend wird ihre Leiche entdeckt. Die beiden Zeichnungen von Klee sind verschwunden. Albanelli erinnert sich, Philipp Lichtenberg im Hausflur gesehen zu haben. Dieser bestreitet aber, in der Kirchnerstraße gewesen zu sein, und benennt dafür vier Zeugen, von denen wir annehmen können, dass ihre Aussagen nicht viel taugen. Seine beiden Freunde waren in irgendeiner Weise abhängig von ihm, anders ist das Wort ‚Lakaien' nicht zu verstehen. Die beiden anderen Zeuginnen waren Prostituierte, das heißt, sie sind bezahlt worden. Die eine ist an Leukämie gestorben, die andere wahrscheinlich umgebracht worden. Damit ist das Alibi von Philipp Lichtenberg weniger wert als das Papier, auf dem es protokolliert wurde."

Marthaler sah Anna an. „Willst du es dir nicht noch einmal überlegen?", fragte er.

„Was soll ich mir überlegen?"

„Ob deine Entscheidung, Journalistin zu werden, wirklich so klug ist. Alles, was du gesagt hast, ist vollkommen richtig. Du hast argumentiert wie eine erfahrene Kriminalistin. Wenn du wirklich Journalistin wirst, geht uns eine vielversprechende Kollegin verloren."

Marthaler merkte, dass Annas Aufmerksamkeit abgelenkt wurde. Sie schaute an ihm vorbei. Dann hörte er schon Arne Grüters rasselnde Stimme hinter seinem Rücken. „Was für eine Überraschung, der Herr Hauptkommissar! Noch dazu in so netter Begleitung. Darf ich mich zu euch setzen?"

„Zu Ihnen!", sagte Anna.

Grüter zeigte seine gelben Zähne und blickte sie fragend an.

„Wir kennen uns nicht, also bleiben wir erst mal beim Sie!" Anna schien auf Anhieb eine Abneigung gegen den Chefreporter des *City-Express* gefasst zu haben.

„Wie auch immer“, sagte Grüter an Marthaler gewandt. „Da Sie ja offensichtlich wieder in besserer Verfassung sind und Ihre Zeit auf angenehme Weise verbringen“ – er warf einen Seitenblick auf Anna –, „darf ich wohl damit rechnen, mal wieder ein wenig Futter zu bekommen.“

„Deswegen bin ich hier“, sagte Marthaler. „Ich hatte gehofft, Sie hier zu treffen. Darf ich vorstellen: Anna Buchwald, eine Cousine aus Hamburg! Sie ist Juristin und berät mich im Fall Rosenherz. Arne Grüter, Reporter beim *City-Express*. Ich habe ihm versprochen, ihn auf den neuesten Stand der Ermittlungen zu bringen.“

„Heißt das, wir können offen reden?“, fragte Grüter, der sich auf die Bank neben Anna schob, die sofort ein Stück zur Seite wich.

„Das können wir“, sagte Marthaler.

Grüter steckte sich eine Zigarette an. „Also, ich höre“, sagte er.

„Philipp Lichtenberg – was wissen Sie über ihn?“, fragte Marthaler.

Die Augen des Reporters verengten sich zu Schlitzen. „Ich sage Ihnen, was ich weiß. Aber viel ist das nicht … Und ich muss Sie warnen: Wenn Sie sich mit ihm anlegen, dann haben Sie sich einen Gegner gesucht, dem Sie nicht gewachsen sind …“

„Schon gut“, sagte Marthaler, „Sie glauben nicht, wie oft ich diesen Spruch schon gehört habe. Schießen Sie einfach los!“

„Philipp Lichtenberg hat seit Ende der Sechziger ein weit verzweigtes Netz von Firmen aufgebaut. Inzwischen gilt er als einer der reichsten Männer Hessens. Er hält Anteile an einem Sicherheitsunternehmen, an mehreren lokalen Radiosendern und an einer sehr erfolgreichen Supermarktkette, die mit Lebensmitteln aus biologischem Anbau handelt. Ihm gehören Mietwohnungen und Bürohäuser, und er selbst hat so viele private Wohnsitze, dass niemand weiß, wo er sich gerade aufhält. Sein Elternhaus im Mummschen Park soll er angeblich einem Penner vermacht haben.“

„Können Sie mir eine Liste dieser Wohnsitze erstellen? Und ein Dossier mit allem, was über ihn und seine Firmen in den letzten Jahren veröffentlicht wurde?“

Grüter wiegte den Kopf. „Wissen Sie, was Sie da von mir verlangen?“

„Ja oder nein?“

„Ich könnte in der Wirtschaftsredaktion nachfragen. Kann sein, dass die Kollegen mehr über ihn wissen … Sie haben vielleicht von seinem Haus in Danzwiesen gehört?“

„Nein, was ist damit?“

„Danzwiesen ist ein kleines Kaff in der Rhön, direkt am Fuß der Milseburg. Dort hat er sich vor zwanzig Jahren ein riesiges Haus bauen lassen. Ein ziemlich spektakulärer Bau. Sieht aus wie drei Bungalows, die man versetzt übereinandergestapelt hat. Die Fotos waren damals in allen Zeitschriften zu sehen.“

„Nie davon gehört“, sagte Marthaler. „Aber wenn er so reich ist, warum weiß man dann so wenig über Philipp Lichtenberg?“

„Weil er scheu wie ein Reh ist. Irgendwann in den Achtzigern ist er aus der Öffentlichkeit verschwunden. Es gibt keine aktuellen Fotos von ihm, er verweigert jeden Kontakt zu den Medien. Und wer versucht, ihm zu nahe zu kommen, dem schickt er ein Heer von Anwälten auf den Leib. Übrigens ist er einer Familientradition treu geblieben: Er kauft Kunst. Er soll eine der größten privaten Sammlungen mit Gemälden vom frühen Mittelalter bis zur Moderne besitzen. Und jetzt will ich wissen, was Philipp Lichtenberg mit diesen Verbrechen zu tun hat!“

„Philipp Lichtenberg ist 1966 im Fall Rosenherz vernommen worden“, erklärte Marthaler. „Er hatte ein Alibi, aber es gibt Hinweise darauf, dass dieses Alibi gekauft gewesen sein könnte.“

Arne Grüter ließ ein heiseres Lachen hören. „Sie haben Hinweise, aber keine Beweise? Verstehe ich das richtig?“

„So ist es.“

„Aber Sie wollen, dass ich das veröffentliche? Sie haben nichts Verwertbares gegen ihn in der Hand. Deshalb wollen Sie Philipp Lichtenberg aus der Reserve locken. Er soll einen Fehler machen, nicht wahr?“

Marthaler lächelte, ohne die Frage zu beantworten. „Es gibt einen Zeugen, der ihn zur Tatzeit gesehen hat“, sagte er.

„Dann sollten Sie dafür sorgen, dass die beiden gegenübergestellt werden.“

„Das hätte damals geschehen müssen. Aber die Staatsanwaltschaft ist zurückgepfiffen worden. Die Aussage dieses Zeugen ist aus den Akten verschwunden. Verschwunden ist auch eine Frau, die damals behauptet hat, in der Tatnacht mit ihm zusammen gewesen zu sein. Es spricht einiges dafür, dass sie ermordet wurde, vielleicht weil sie gedroht hat, die Wahrheit zu sagen.“

„Das alles soll morgen in der Zeitung stehen?“, fragte Grüter.

„Nicht erst morgen. Ich möchte, dass Sie die Meldung sofort schreiben und dass sie als Vorabveröffentlichung umgehend an alle Agenturen geht.

Die Nachricht sollte noch heute Abend im Radio und im Fernsehen gesendet werden."

„Sie wissen, dass wir damit eine Bombe zum Explodieren bringen."

Marthaler nickte.

„Und Sie wissen auch, was dann passiert? Wir werden uns umgehend eine Gegendarstellung einfangen. Es wird eine Unterlassungsklage geben und eine einstweilige Verfügung, die uns untersagt, diese Behauptungen weiterzuverbreiten."

„Das ist Ihr Problem. Entweder Sie sagen Ja oder Sie sagen Nein."

Grüter schüttelte den Kopf. Ihm war anzusehen, wie sehr er sich mit der Entscheidung quälte. „Ich werde es machen", sagte er schließlich. „Aber ich kann mich bei einer solchen Sache nicht auf eine anonyme Quelle berufen. Ich muss Ihren Namen nennen. Sie sind derjenige, der das alles behauptet. Und genau das werde ich schreiben. Aber Sie wissen hoffentlich auch, dass Sie das den Kopf kosten wird."

„Sie meinen, es *könnte* mich den Kopf kosten?"

„Nein, Marthaler, nicht *könnte*. Es *wird* Sie den Kopf kosten. Sie sind schon so gut wie tot."

Marthaler grinste. „Wenn das so ist, dann ist es so."

11 Während sich Anna auf der A 66 auf Fulda zubewegte, drehte sie den Ton des CD-Spielers noch lauter und klopfte den Rhythmus des Fiona-Apple-Songs „I'm Gonna Make A Mistake" auf das Lenkrad.

Sie hatte sich von Marthaler an der Mazda-Werkstatt absetzen lassen, hatte die Rechnung um hundert Euro heruntergehandelt und war eine Viertelstunde später auf der Autobahn gewesen. Jetzt wechselte sie noch einmal für wenige Kilometer auf die A 5, bevor sie bei Fulda-Mitte auf die Bundesstraße in Richtung Osten bog.

Hinter dem Ort Dipperz hatte sie das Gefühl, die bewohnte Welt zu verlassen. Der Wald wurde dichter, die Straßen wurden schmaler, lediglich vereinzelt waren in den hügeligen Feldern ein paar Häuser und Höfe zu sehen.

Noch einmal erreichte sie eine Siedlung, Kleinsassen hieß das Dorf, folgte dem Hinweis zu einem Café und hielt vor dem Haus, durch dessen beleuchtete Fensterfront man einige wenige Gäste an den Tischen sitzen sah.

Eine junge Frau kam aus der Tür. „Entschuldigen Sie!", rief Anna. Die

Frau drehte sich um. „Entschuldigen Sie, können Sie mir sagen, wie ich nach Danzwiesen komme?“

Die Frau hob die Brauen und wartete, bis Anna sich ihr auf wenige Schritte genähert hatte. „Sie wollen zu dem Fest? Dann sind Sie aber falsch gekleidet.“

„Von welchem Fest sprechen Sie?“, fragte Anna. „Ich will nach Danzwiesen.“

„Sag ich ja“, erwiderte die Frau. „Im Haus Lichtenberg ist mal wieder Party. Wo sollten Sie sonst hinwollen?“

„Kennen Sie Philipp Lichtenberg?“

Die Frau schnaufte. „Niemand hier im Dorf hat ihn je gesehen. Und inzwischen will ihn auch niemand mehr sehen.“

„Kann es sein, dass Sie nicht gut auf ihn zu sprechen sind?“, fragte Anna.

„Seine Leute kaufen Grundstücke und Häuser auf, sie üben Druck auf die Bauern und die Bürgermeister der Gemeinden aus. Sie wollen ein riesiges Kongresszentrum an den Hang bauen, das keiner hier braucht. Sie sind wie unersättliche Hyänen.“

„Ist das ein großes Fest?“, fragte Anna.

„Sie haben wirklich keine Ahnung, oder? Im Hause Lichtenberg findet zweimal im Jahr eine riesige Party statt. Es kommen immer zwei- bis dreihundert Gäste. Aber machen Sie sich keine falsche Hoffnung; wenn Sie keine Einladung haben, kommen Sie da nicht rein.“

„Ich ermittle in einem Mordfall“, sagte Anna.

Sie ließ den Satz wirken. Die Frau starrte sie an. „Sie sind also … von der Polizei?“

Anna machte eine Kopfbewegung, die man als Nicken deuten konnte, und legte den Zeigefinger auf die verschlossenen Lippen.

„Verstehe“, sagte die junge Frau.

„Ich habe eine Idee“, sagte Anna. „Haben Sie einen Moment Zeit?“

„Ja, warum … Ich habe gerade Feierabend gemacht. Ich arbeite als Kellnerin im Café … Ich bin schon fast auf dem Heimweg.“ Mit einer Kopfbewegung zeigte sie auf ein altes, mit Holzschindeln verkleidetes Haus, das nur dreißig Meter entfernt stand.

„Wollen Sie sich ein paar Euro verdienen? Ich würde mir gerne ein Kleid von Ihnen leihen. Ich heiße übrigens Anna.“

„Ich bin die Sylvia. Aber was wollen Sie mit einem Kleid von mir?“

Anna lächelte sie verschmitzt an. Dann schien die Kellnerin zu verstehen. Sie kicherte. „Nee, oder? Das haben Sie nicht wirklich vor …?“

„Und ein Paar andere Schuhe sollte ich auch haben."

Sylvias Wangen röteten sich. Sie taxierte Anna. „Klar … ich meine, wir sind ungefähr gleich groß. Meine Schwester hat vor zwei Jahren geheiratet. Das Kleid von damals passt mir sowieso nicht mehr … Also los, kommen Sie!"

„WOW, SEX BOMB, SEX BOMB!", rief Sylvia aus, als Anna sich zehn Minuten später vor dem Spiegel drehte. Sie trug ein dunkelblaues, tief ausgeschnittenes Kleid, dessen Saum knapp über den Knien endete. Sie schlüpfte in ein Paar ebenfalls dunkelblaue Pumps und legte sich eine weiße Stola um die Schultern, die Sylvia aus dem obersten Fach ihres Kleiderschranks genommen hatte. „Perfekt! Jetzt noch ein bisschen Wimperntusche und Lippenstift und dann: Sesam, öffne dich!"

„Okay", sagte Anna und wechselte unversehens zum Du: „Was willst du dafür haben?"

„Vergiss es! Das Kleid hab ich selbst geschneidert, das schenk ich dir. Die Schuhe und die Stola legst du mir einfach vor die Tür, wenn du sie nicht mehr brauchst. Einverstanden?"

„Ja", sagte Anna. „Danke!"

„Sei vorsichtig!", sagte Sylvia, als sie neben dem Mazda stand, um sich zu verabschieden.

„Worauf du dich verlassen kannst", sagte Anna, startete den Motor, hob noch einmal die Hand und war wenig später hinter der nächsten Kurve verschwunden.

Auf der Hochrhönstraße umrundete sie den hohen Felsen der Milseburg, an deren östlichem Hang der Weiler Danzwiesen lag, ein winziger Ort, dessen Hauptstraße als Sackgasse im Feld endete. Schon ein wenig außerhalb des Dorfes und hoch über den anderen Gebäuden sah sie das riesige Haus, das Arne Grüter beschrieben hatte: ein moderner Bau aus Beton und Glas, dessen Stockwerke aussahen wie drei flache Quader, die man versetzt übereinandergestapelt hatte. Das Haus war sowohl von innen als auch von außen beleuchtet und wirkte wie ein strahlender Fremdkörper in der verlassenen Ländlichkeit seiner Umgebung. Zu erreichen war es nur über einen asphaltierten Privatweg, der von terrassierten Wiesen umgeben war, die man mit Schotter bestreut hatte und die nun als Parkplätze dienten.

Anna warf einen Blick auf die dort abgestellten Wagen, bei denen es sich fast ausschließlich um teure Limousinen handelte: S-Klasse und 7er-BMW waren am häufigsten vertreten.

Sie stellte den Mazda auf einen der am weitesten vom Haus entfernten Plätze und blieb hinter dem Steuer sitzen. Als zwei Taxen auf das Eingangstor zufuhren, stieg sie aus und ging den steilen Weg hinauf. Sie hatte nichts dabei außer ihrem Mobiltelefon. Vom Grundstück hörte man Musik, gedämpfte Stimmen und ab und zu ein Lachen.

Am Tor war ein Tisch aufgebaut, an dem zwei junge Empfangsdamen die Einladungen der Gäste kontrollierten. Rechts und links hatten sich im Halbschatten der hohen Hainbuchenhecke zwei Security-Männer postiert.

Anna schob sich in die Gruppe der Neuankömmlinge und wartete, bis sie an die Reihe kam. Hinter ihr stand ein graumelierter Mittfünfziger im dunklen Anzug. Sie drehte sich um und lächelte ihn an.

Die kleinere der beiden Empfangsdamen begrüßte Anna. „Einen schönen guten Abend und herzlich willkommen. Wären Sie so nett, mir Ihre Einladung zu zeigen?“

Anna machte einen Schritt nach vorn. Ihr rechter Fuß knickte um. Sie ruderte mit den Armen, wollte ihr Gleichgewicht halten, indem sie versuchte, sich an dem kleinen Tisch festzuhalten, bekam aber nur die Tischdecke zu fassen, die sie im Fallen herunterriss. Vor Schmerz stöhnte sie auf. Sie saß auf dem Boden und schnappte nach Luft. Ihre Augen waren mit Tränen gefüllt.

Sofort war der Graumelierte bei ihr. Er ging in die Hocke und legte ihr eine Hand auf die Schulter. „Sehr schlimm?“, fragte er.

Anna presste die Lippen zusammen und schüttelte den Kopf. Sie rieb sich den Knöchel.

„Kommen Sie, ich helfe Ihnen auf! Wir gehen ins Haus. Das Gelenk muss gekühlt werden.“ Anna nickte stumm und dankbar. Der Mann legte seinen Arm um ihre Hüfte und zog sie auf die Beine. Sie durfte sich an seinem Arm festhalten.

Einer der Sicherheitsleute näherte sich ihnen. Er war jung, hatte ein vernarbtes Gesicht und ein kleines, tropfenförmiges Tattoo im Augenwinkel. „Mein Fräulein, ich muss Sie trotzdem um Ihre Einladung bitten!“

Der Graumelierte explodierte auf der Stelle. „Was fällt Ihnen ein, Sie ungehobelter Flegel? Entschuldigen Sie sich augenblicklich bei der Dame.“

Das Narbengesicht senkte den Kopf, stotterte ein paar unverständliche Worte und verzog sich.

Als sie am Haus angekommen waren, ging es Anna schon wieder besser. Man bot ihr an, in einer Ecke der Bibliothek auf der Récamiere Platz zu nehmen und ihr Bein hochzulegen. Dann brachte man ihr ein Kühlkissen und ein Glas Sekt. Nein, sonst brauchte sie nichts. Nur ein wenig Ruhe vielleicht. Sie schenkte dem Graumelierten ein letztes dankbares Lächeln.

„Dann werde ich Sie jetzt allein lassen“, sagte er. „Aber ich hoffe sehr, dass wir uns heute Abend noch einmal sehen. Darf ich nach Ihrem Namen fragen?“

„Karin“, sagte Anna mit immer noch schwacher Stimme. „Karin Rosenherz.“

„Caetano“, sagte er und verneigte sich knapp. „Caetano vom Berg.“

Sie wartete, bis der Graumelierte die Tür hinter sich geschlossen hatte. Dann nahm sie ihr Handy und wählte Marthalers Nummer. „Hat Grüter sich schon gerührt?“, fragte sie.

„Ja. Der Hessische Rundfunk wird es als Topmeldung in den Nachrichten um zweiundzwanzig Uhr bringen.“

„Also in einer halben Stunde.“

„Ja. Warum fragst du, Anna? Wo bist du?“

Sie antwortete nicht. Sie schaltete ihr Handy aus. Dann stand sie auf und öffnete die Tür der Bibliothek. Sie schaute sich um. Niemand schien Notiz von ihr zu nehmen. Sie durchquerte einen großen Salon und trat durch die offene Flügeltür ins Freie. Überall in dem parkähnlichen Garten standen Gruppen von Leuten, plauderten und tranken Sekt.

Auf der rechten Seite des Gartens stand ein langes weißes Zelt, in dem ein Büfett aufgebaut war. Die Angestellten einer Cateringfirma füllten die Teller der wartenden Gäste. In der Mitte des Zeltes gab es etwa dreißig runde Tische mit jeweils sechs Stühlen. Fast alle Plätze waren besetzt.

Auf einer kleinen Bühne am hinteren Ende des Zeltes saß eine Frau am Flügel und spielte irgendwas von Satie. Als sie fertig war, trat ein Mann ans Mikrofon und bedankte sich bei ihr. Ein paar Leute applaudierten.

Anna ging zur Bühne. Sie hasste Satie, aber sie klatschte ebenfalls in die Hände. Sie drückte sich am Bühnenrand vorbei und kam in einen kleinen, durch einen Vorhang abgetrennten Bereich des Zeltes, wo ein Mann vor einem Mischpult saß. Der Techniker hob den Kopf. Er grinste. „Oh, Überraschung!“, sagte er. „Kann ich etwas für Sie tun?“

„Ja, das wär toll!“, sagte Anna. „Ich weiß aber nicht, ob das geht.“

„Geht nicht gibt’s nicht! Also?“

„Können Sie ein Radio an die Lautsprecheranlage anschließen?“

„Kein Problem“, sagte er und tippte auf ein kleines Notebook, das aufgeklappt neben ihm stand. „Damit krieg ich fast jeden Sender. Haben Sie an was Bestimmtes gedacht?“

„Ja. Ich habe für den Gastgeber einen Radiogruß bestellt, der um zweiundzwanzig Uhr ausgestrahlt wird. Es würde ihn sicherlich freuen, wenn alle Gäste diesen Gruß hören könnten."

„Welcher Sender?"

„Auf HR 4."

„Hör ich zwar nie", sagte der Techniker. „Aber kein Problem." Er hob das Notebook auf seinen Schoß, hämmerte auf die Tasten des Keyboards und schaute auf den Monitor. „Sehen Sie, da haben wir ihn schon."

Anna stand jetzt schräg hinter ihm. Sie beugte sich ein wenig nach vorn, um besser sehen zu können. Ihr Busen berührte seinen Oberarm.

„Muss ich nur noch den Stecker reinschieben, und ab geht die Post", sagte er.

„Danke!", sagte Anna. „Sie sind ein Schatz. Und denken Sie daran: erst um Punkt zweiundzwanzig Uhr!"

„In sieben Minuten! Schon programmiert!", sagte der Techniker. Dann zog er aus der Brusttasche seines Hemdes eine Visitenkarte hervor. „Und wenn Sie mal einen *Stage Manager* brauchen … immer zu Diensten."

Anna nahm die Visitenkarte und drückte sie an ihr Herz. Zwei Sekunden später hatte sie den Verschlag verlassen. Sie nahm sich ein neues Sektglas und ging nach draußen. Inzwischen war es fast dunkel geworden. Umso heller leuchteten die Gesichter der Gäste, die sich in Gruppen unter den Gartenlaternen versammelt hatten.

Sie versuchte, sich so unauffällig wie möglich zu bewegen. Trotzdem vergaß sie nicht, den rechten Fuß ein wenig nachzuziehen, sodass niemand, der ihren kleinen Unfall mitbekommen hatte, Verdacht schöpfen konnte.

„Wieder besser?", fragte eine Stimme hinter ihr.

Sie drehte sich um und lächelte. „Heißen Sie wirklich so? Caetano vom Berg?"

„Ja. Ein schweres Schicksal, nicht wahr?"

„Gibt Schlimmeres. Sagen Sie, haben Sie den Gastgeber schon gesehen?"

„Philipp Lichtenberg zeigt sich nie auf seinen Festen. Übrigens hat mich einer seiner Teilhaber bereits nach Ihnen gefragt. Er wollte wissen, ob ich die junge Frau kenne, die sich am Eingang den Fuß verletzt hat."

Anna merkte, wie ihr Hals eng wurde. „Und … was … was haben Sie gesagt?"

„Ich habe ihm gesagt, dass Sie Karin Rosenherz heißen. Er hat mich gefragt, ob ich weiß, wo sie sich gerade aufhalten. Ich glaube, er würde Sie gerne kennen lernen. Ah, dahinten steht Dr. Ortmann ja."

Caetano vom Berg schaute zum anderen Ende des Gartens, wo sich ein kräftiger, etwa sechzigjähriger Mann mit einem jüngeren unterhielt. Der jüngere war der Security-Angestellte vom Eingang: Narbengesicht. Beide wirkten aufgeregt.

„Dr. Ortmann?“, fragte Anna.

„Ja, Hubert Ortmann ist sozusagen die sichtbare Seite von Philipp Lichtenberg, sein Stellvertreter auf Erden. Soll ich Sie mit ihm bekannt machen?“

Im selben Moment hob Narbengesicht den Arm. Er hatte seinen Zeigefinger ausgestreckt und zeigte direkt auf Anna.

„Nein“, stotterte Anna, „entschuldigen Sie bitte … Ich muss schnell mal …“

Die Lautsprecher knisterten. Dann hörte man den Jingle, der die Nachrichten des Hessischen Rundfunks ankündigte. Anna huschte an der äußeren Wand des Zeltes entlang und drückte sich zwischen ein paar große Rhododendronsträucher. Sie stand einen Meter von der Kabine des Tontechnikers entfernt – von dieser nur durch die Zeltwand getrennt.

„HR 4 – Nachrichten. Wie soeben aus einer Vorabmeldung des City-Express *bekannt wird, ist der hessische Großunternehmer Philipp Lichtenberg offensichtlich in einen Mordfall verwickelt.“*

Anna hörte Gelächter. Einige der Gäste schienen die Lautsprecherdurchsage für einen gelungenen Partyscherz zu halten.

„Unter Berufung auf Polizeikreise berichtet die Zeitung, dass Lichtenberg im Verdacht stehe, mit dem Kunstraub im Frankfurter Stadtwald zu tun zu haben, bei dem es vorige Woche einen Toten und eine Schwerverletzte gegeben hat.“

Das Gelächter wurde lauter. Gleichzeitig hörte man vereinzelte Rufe: „Geschmacklos! … Abschalten!“

„Darüber hinaus wurde bekannt, dass der Unternehmer bereits bei einem neununddreißig Jahre zurückliegenden Tötungsdelikt ins Visier der Ermittler geraten war. Damals war die Prostituierte Karin Rosenherz in ihrem Apartment in der Frankfurter Innenstadt erstochen worden. Weitere Einzelheiten sollen im Laufe des morgigen Tages bekannt gegeben werden.“

Ganz in der Nähe hörte Anna das Trampeln schwerer Schritte. Hinter der Zeltwand brüllte eine Männerstimme: „Was soll das, Sie Idiot? Schalten Sie das sofort ab!“

Ein krachendes Geräusch war zu vernehmen. Die Lautsprecherdurchsage erstarb.

Anna kämpfte sich weiter durch das Dickicht der Rhododendren, bis sie vor einem hohen Zaun stand. Sie zog ihre Pumps aus, warf sie hinüber und begann, an dem Drahtgeflecht hochzuklettern. Sofort ertönte die Sirene einer Alarmanlage. Anna wuchtete sich über den Zaun, hielt sich mit beiden Händen fest und ließ sich auf der anderen Seite zu Boden fallen. Sie schnappte ihre Schuhe, schlug einen großen Bogen um das Haus und hatte drei Minuten später den Parkplatz erreicht.

Geduckt lief sie zwischen den Fahrzeugen hindurch. Als sie hinter dem Steuer ihres Mazda saß, schaute sie sich zum ersten Mal um. Vor dem Haus sah man einige Männer hektisch hin und her laufen. Immer noch war das Heulen der Alarmsirene zu hören. Anna ließ den Motor an. Kurz darauf flammte fünfzig Meter entfernt ein großer Suchscheinwerfer auf. Die Gestalt eines Mannes sprang in den Lichtkegel.

Anna erkannte Narbengesicht. „Bingo!“, rief sie und trat das Gaspedal durch.

AN DIESEM MORGEN spürte man zum ersten Mal, dass sich der Sommer bereits auf dem Rückzug befand. Über Nacht war es um drei Grad kälter geworden.

Es war kurz vor sieben. Die Männer des Technischen Hilfswerkes, die sich am Schultheisweiher einfanden, trugen Jacken und hatten Thermoskannen dabei. Ein Diensthundeführer saß hinter dem Steuer seines Wagens.

Marthaler parkte vor der Polizeiabsperrung am Rand eines Feldwegs und stapfte auf Morell und Carlos Sabato zu, die ihm mit unbewegtem Gesicht entgegensahen.

Sabato hob die Hand. „Warte, Robert. Bevor ich hier eine Hand rühre, muss ich mit dir reden! Unter vier Augen und außer Hörweite.“

Marthaler nickte Morell zu. Der erwiderte seinen Gruß. „Sollen wir schon anfangen?“

„Ja“, sagte Marthaler. „Macht das! Wir sind gleich bei euch.“

Morell drehte sich um und ging davon.

Sabato hatte Marthaler am Ärmel gepackt und zog ihn mit sich fort. Nach fünfzig Metern blieb der Kriminaltechniker stehen. Seine tiefe Stimme klang bedrohlich. „So geht es nicht!“, sagte er. „Du lässt mich von einer jungen Frau anrufen, von der ich noch nie gehört habe. Sie teilt mir mit, dass euer Kind nicht überlebt hat. Nicht nur Elena und ich sind in heller Aufregung. Alle Kollegen machen sich Sorgen. Niemand weiß, wo du bist. Jeder Versuch, dich zu erreichen, endet im Nichts …“

Marthaler setzte an, etwas zu sagen, aber Sabato ließ ihn nicht zu Wort kommen.

„Warte, ich bin noch nicht fertig … Gestern kommt kurz vor Feierabend Elvira zu mir ins Labor, schließt die Tür hinter sich und richtet mir aus, dass ich mich heute Morgen hier einfinden soll, ohne dass die Frankfurter Kollegen etwas davon erfahren dürfen. Mehr kann sie mir nicht sagen, weil sie mehr nicht weiß.“

„Carlos, dann lass mich erklären …“

Sabato hatte seinen Zeigefinger ausgestreckt und stieß ihn auf Marthalers Brust. „Stopp, Robert, nein! Inzwischen hat Morell mir in groben Zügen erklärt, um was es geht. Aber damit das klar ist: Das hier ist der letzte Liebesdienst, den ich dir erweise. Sollte sich dein Verhalten nicht unverzüglich ändern, ist unsere Freundschaft beendet.“

Marthaler nickte. Er wusste nicht, was er sagen sollte.

„Dann diese Sache mit Philipp Lichtenberg. Elena und ich waren gestern Abend im Theater. Auf dem Heimweg hören wir im Autoradio die Nachrichten. Weißt du eigentlich, was seitdem los ist?“

Marthaler atmete durch. „Ich weiß es nicht, aber ich ahne es.“

„Die gesamte MK1 ist unverzüglich ins Präsidium beordert worden. Noch in der Nacht hat eine Videokonferenz mit dem Innenministerium stattgefunden. Niemand von uns wusste, was das alles zu bedeuten hat. Wir standen da wie … wie …“

„… mit abgeschnittenen Hosen?“

„Allerdings! Es hat eine Weile gedauert, bis wir endlich kapiert haben, dass nur du es sein kannst, der uns diese Suppe eingebrockt hat. Näheres wird man wahrscheinlich heute aus dem *City-Express* erfahren. Du scheinst dort Freunde gefunden zu haben, denen du mehr vertraust als deinen Kollegen. Dir ist hoffentlich klar, dass die Meldung, die du lanciert hast, sofort von oberster Stelle dementiert wurde. Noch gestern Nacht hat der Polizeipräsident eine Pressemeldung rausgehen lassen, in der es heißt, dass es keinerlei Ermittlungen gegen Philipp Lichtenberg gibt.“

„Das habe ich gehofft“, sagte Marthaler.

Sabato sah ihn ungläubig an. „Du veranstaltest einen solchen Zirkus, und dann hoffst du, dass alles sofort wieder rückgängig gemacht wird?“

„Es ging darum, Philipp Lichtenberg aufzuscheuchen. Dass er in diese Verbrechen verwickelt ist, steht vollkommen außer Frage. Jetzt weiß er, dass wir ein Auge auf ihn geworfen haben. Er kann sich nicht mehr sicher fühlen und wird reagieren.“

Sabato nickte. „Ob dich das allerdings vor einer Suspendierung schützen wird, wage ich zu bezweifeln. Bedank dich bei Charlotte von Wangenheim! Sie war heute Nacht die Einzige, die dich noch in Schutz genommen hat. Sie hat verlangt, mit dir sprechen zu dürfen, bevor du von deinen Aufgaben entbunden wirst. Aber sie wartet auf eine Erklärung. Und ich rate dir: Lass sie nicht zu lange warten!"

„Das geht nicht", sagte Marthaler. „Wenn ich jetzt in die Mühlen einer internen Untersuchung gerate, war alles umsonst. Ich brauche ein, zwei Tage. Und ich wollte dich bitten, so lange noch bei euch unterschlüpfen zu dürfen. Ich fürchte, dass die Meute bereits wieder vor meiner Haustür lauert."

Sabato sah in die Ferne. „Mach, was du willst", sagte er schließlich kopfschüttelnd. „Du hast den Schlüssel zu unserem Haus. Aber sei dir sicher: meine Geduld ist ziemlich am Ende … Das Einzige, was mich noch interessiert: Wie geht es Tereza?"

„Ich komme gerade von ihr. Ich war die ganze Nacht im Krankenhaus."

„Und sie weiß schon, dass das Kind …?"

„Ja, der Arzt hat es ihr gestern Abend gesagt. Körperlich geht es ihr sehr viel besser. Die Wunden verheilen gut, und ihre Lunge wird wieder gesund. Aber sie hat viel geweint."

„Das ist ihr gutes Recht. Kann sie sich auf dich verlassen?"

„Ja. Und sie weiß, dass sie es kann. Sie hat gesagt, sie habe das Gefühl, dass man ihr ein Leben genommen hat und ein anderes geschenkt."

Konrad Morell kam schnaufend auf sie zu. An den Sohlen seiner Gummistiefel klebten dicke Erdklumpen. „Verdammter Mist, Marthaler. Wozu hab ich ein sauberes Büro, wenn ich hier für dich knöcheltief im Schlamm waten muss?"

„Wo bleiben überhaupt die Taucher?", fragte Marthaler.

„Die brauchen wir nicht. Der Schultheisweiher ist im Frühjahr 1990 einer Grundreinigung unterzogen worden. Man hat ihn damals komplett ausgebaggert und tonnenweise Müll zutage gefördert. Zu diesem Zeitpunkt war Hannelore Wilke bereits seit fast einem Jahr verschwunden. Wenn ihre Leiche im Wasser gelegen hätte, wäre sie damals gefunden worden."

Plötzlich legte Morell eine Hand auf Marthalers Unterarm. Beide Polizisten hoben gleichzeitig den Kopf. „Hast du das gehört? Da hat jemand gepfiffen."

Etwa dreihundert Meter entfernt sahen sie einen der Männer des THW aus dem Dickicht treten. Er stand auf der Spitze einer kleinen Landzunge, die nach Westen zeigte. Der Mann winkte ihnen zu. „Los, komm!“, sagte Morell. „Die haben was!“

Sie hielten sich so dicht wie möglich an dem unbefestigten Ufer und steuerten auf den Mann zu. Schon nach wenigen Metern hatte Marthaler nasse Füße. Leise fluchend stapfte er weiter.

Sabato hatte einen Umweg genommen und sich der Landzunge von der anderen Seite des Wäldchens genähert. Trotzdem war er schneller gewesen. Er ging auf die Stelle zu, wo sich drei Männer des Suchtrupps versammelt hatten und immer wieder auf den Boden zeigten. Er hob die Arme, um sich Gehör zu verschaffen. Während er sprach, streifte er sich bereits seine Gummihandschuhe über. „Okay, Leute, gute Arbeit! Könnte sein, dass da was ist. Jetzt heißt es: keine Spuren zerstören! Geht ein paar Meter zur Seite und wartet bitte, bis ihr neue Anweisungen bekommt.“

Er stellte den eckigen schwarzen Koffer auf den Boden, klappte ihn auf und entnahm ihm eine Plastikplane, die er neben sich ausbreitete. Er legte ein paar Werkzeuge auf der Plane bereit, dann begann er mit einem Spatel in dem feuchten Boden zu graben.

„Mist“, sagte Marthaler zu Morell, „wir hätten die Vermisstenanzeige mitnehmen müssen. Erinnerst du dich: Katja Wilke hat damals zu Protokoll gegeben, welche Kleidung ihre Mutter an dem Abend getragen hat, als sie verschwunden ist.“

Morell knöpfte seine Öljacke auf, griff in die Innentasche seines Jacketts und zog ein Stück Papier heraus. „Frag Papi!“, sagte er. „Ich hab eine Kopie gemacht.“

Marthaler nahm das Protokoll und überflog es, dann las er es laut vor, sodass Sabato ihn hören konnte. „Nach Aussage der Zeugin hat Hannelore Wilke am Abend des 28. April 1989 folgende Kleidungsstücke getragen: einen kurzen dunkelbraunen Lederrock, eine dünne dunkelbraune Lederjacke, eine weiße Baumwollbluse mit dunkelroter Folklorestickerei und dunkelbraune, geschnürte Stiefeletten der Größe 37 oder 38.“

Marthaler faltete das Blatt zusammen und gab es Morell zurück. Dann ging er zwei Schritte auf Sabato zu, traute sich aber nicht, ihm über die Schulter zu schauen.

Der Kriminaltechniker drehte den Kopf zu ihm um. „Was ist? Willst du nicht fragen, was ich hier gerade aus dem Dreck ziehe?“

„Um mich von dir anschnauzen zu lassen? Um mir sagen zu lassen, dass ich mich gefälligst gedulden soll?“

Sabato grinste und schwieg. Schließlich nickte er Marthaler zu. Aus der kleinen Grube, die er gerade mit seinem Spatel gegraben hatte, hob er einen mit feuchter Erde bedeckten Gegenstand und legte ihn auf die Plastikplane. Er nahm ein Rollmaßband und hielt es einmal quer und einmal längs an das verschmutzte Objekt. „Keine dreißig Zentimeter lang, keine zehn Zentimeter breit." Er stand auf und hielt das Ding in die Höhe. „Sieht gut aus!", sagte er. „Die Größe kommt hin. Könnte sich um einen Damenschuh handeln. Ein kleiner Stiefel. Das Leder ist ziemlich verrottet, die Gummisohle naturgemäß gut erhalten, die Ösen verrostet."

Marthaler trat näher heran und sah zu, wie Sabato mit einer breiten Pinzette an einer Stelle das Leder des Schuhs sauber kratzte.

„Dunkelbraun dürfte stimmen", sagte Sabato. „Wenn ihr mich fragt: ein Treffer."

„Gut", sagte Marthaler zu Morell, „dann soll der Hundeführer kommen."

Zwei Stunden später waren sie sicher, die sterblichen Überreste von Hannelore Wilke gefunden zu haben. Wie es aussah, hatte man ihr den Schädel eingeschlagen.

Keine zwanzig Meter von der Stelle entfernt, an der Sabato den Schuh aus dem Boden gezogen hatte, hatte der Leichenspürhund Laut gegeben.

Erneut hatte sich der Kriminaltechniker an die Arbeit gemacht. Das Skelett lag an einer fast unzugänglichen Stelle im Unterholz. Es war mit verfaulten Blättern und abgebrochenen Ästen bedeckt, aber das Opfer war nicht vergraben worden. Die Form der Beckenknochen ließ Sabato darauf schließen, dass es sich um eine Frau handelte. Die Körpergröße stimmte mit der von Hannelore Wilke überein. Eine Analyse der DNA und ein Abgleich des Zahnschemas würde ihnen letzte Sicherheit geben. Wahrscheinlich war sie irgendwo am Ufer des Schultheisweihers ermordet worden. Dann hatte der Täter ihre Leiche in das Wäldchen geschleift, wobei vermutlich einer der Schuhe abgestreift worden war.

Marthaler hatte das Weiße Haus fast erreicht, als er die Lichthupe eines Personenwagens wahrnahm. Das Auto stand siebzig Meter weiter oben am Straßenrand, halb verdeckt von einer Litfaßsäule. Als er sich dem Wagen näherte, erkannte er Grüters dunkelroten BMW.

Der Reporter öffnete von innen die Beifahrertür, lehnte sich heraus und forderte Marthaler auf einzusteigen. „Los, es gibt Neuigkeiten", verkündete er.

Marthaler setzte sich in den Wagen. „Also? Sagen Sie, was Sie zu sagen haben! Ich habe es eilig."

„Als ich heute Morgen ins Büro kam, hat das Telefon geklingelt. Es war einer der Anwälte von Philipp Lichtenberg. Es ist genau das passiert, was ich vorausgesagt habe. Sie wollen eine Gegendarstellung durchsetzen und den *City-Express* auf Schadensersatz verklagen."

„Vergessen Sie es, Grüter. Unsere Zusammenarbeit ist beendet. Soviel ich weiß, hat das Präsidium bereits ein Dementi rausgeschickt. Es gibt keine Ermittlungen mehr gegen Philipp Lichtenberg." Marthaler legte eine Hand auf den Türgriff.

„Bleiben Sie sitzen, verdammt noch mal! Philipp Lichtenberg will mit uns reden."

Marthaler lehnte sich zurück. Für ein paar Sekunden war er so verdutzt, dass er nicht wusste, wie er reagieren sollte.

„Ich habe dem Advokaten gesagt, dass er mehr haben kann als nur eine Gegendarstellung. Ich habe ihm vorgeschlagen, Philipp Lichtenberg seine Sicht der Dinge in einem ausführlichen Gespräch darlegen zu lassen. Ein Gespräch, das wir anschließend veröffentlichen werden. Der Anwalt hat mich um eine Stunde Bedenkzeit gebeten, weil er Rücksprache halten musste. Nach zehn Minuten hat er wieder angerufen. Philipp Lichtenberg war einverstanden."

„Das heißt, Sie wissen, wo er sich aufhält?"

Grüter verzog sein graues Gesicht zu einem triumphierenden Grinsen. „Ich habe Ihnen doch von diesem Haus in der Rhön erzählt, in Danzwiesen. Dort scheint er im Moment zu wohnen. Er will uns heute Nachmittag um siebzehn Uhr in Gegenwart seiner Anwälte empfangen. Das Gespräch wird aufgezeichnet, dann abgeschrieben und hinterher von allen Beteiligten autorisiert."

Marthaler schüttelte heftig den Kopf. „Nein. Er wird uns keine Bedingungen stellen. Ich werde ihn ins Präsidium vorladen lassen."

Grüter schlug mit beiden Händen aufs Lenkrad. „Scheiße, Marthaler! Reden Sie nicht solch einen Stuss! Wenn Sie genügend gegen ihn in der Hand hätten, hätten Sie längst einen Haftbefehl. Da Sie den nicht haben, müssen Sie nehmen, was Sie kriegen können. Also spielen Sie hier nicht den Idioten. Er stellt die Bedingungen, und wir werden sie annehmen. Er will, dass wir zu dritt kommen: Sie, ich und Ihre kleine Freundin."

„Welche kleine Freundin?"

„Kommen Sie, bitte! Anna Buchwald, das Fräulein, das Sie mir gestern bei Mirko vorgestellt haben und das ein paar Stunden später in Danzwiesen den ganz großen Zauber veranstaltet hat."

„Tut mir leid, Grüter, ich habe keinen Schimmer, von was Sie reden."

Der Reporter sah Marthaler prüfend an. „Das ist nicht wahr, oder? Heißt das, die Kleine hat die Nummer abgezogen, ohne dass Sie davon wussten?"

Marthaler hob die Schultern. „Weiter, Grüter! Wir veranstalten kein Ratespiel."

„Okay. Ich berichte Ihnen, was der Anwalt mir erzählt hat. Gestern Abend hat im Haus in Danzwiesen ein großes Fest stattgefunden. Eine junge Frau, die keine Einladung hatte, ist mithilfe eines fingierten Unfalls auf die Party gelangt. Der Beschreibung nach kann es sich nur um Anna Buchwald gehandelt haben. Einem der Gäste gegenüber hat sie sich allerdings als Karin Rosenherz ausgegeben. Sie hat sich an einen Techniker gewandt und ihm erzählt, dass sie im Radio einen Gruß an Philipp Lichtenberg bestellt habe. Um Punkt zweiundzwanzig Uhr hat der Techniker die Lautsprecheranlage auf Radioempfang umgestellt. Knapp dreihundert Leute haben zugehört, wie der Gastgeber beschuldigt wurde, in zwei Mordfälle verwickelt zu sein."

Marthaler brauchte einen Moment, um die Information zu verarbeiten. Er malte sich die Situation aus. Er holte Luft. Dann begann er schallend zu lachen.

„Von wegen Cousine, Marthaler! Der Anwalt geht davon aus, dass es sich bei Anna Buchwald entweder um eine Polizistin oder um eine Reporterin handelt. Jedenfalls soll sie mitkommen. Das ist Teil der Bedingung. Sie, ich und Anna Buchwald. Die Anwesenheit eines Fotografen hat Philipp Lichtenberg kategorisch abgelehnt. Leider!"

Marthaler überlegte. Grüter hatte Recht. Solange sie nicht genügend Material für einen Haftbefehl hatten, musste er sich mit dem zufriedengeben, was er bekam. Ein Treffen mit Lichtenberg war mehr, als er noch vor einer Stunde hatte erhoffen dürfen.

Grüter sah ihn an. Als Marthaler nickte, zeigte sich auf dem Gesicht des Reporters ein zufriedenes Lächeln. „Wollen wir gemeinsam hinfahren?"

„Ganz gewiss nicht", sagte Marthaler. „Wir treffen uns um sechzehn Uhr fünfzig in Danzwiesen. Wenn ich Sie richtig verstanden habe, ist das Haus ja nicht zu verfehlen."

Er hob beide Hände, als er Charlotte von Wangenheim und Arthur Sendler an der Tür des Besprechungsraums stehen sah. Er versuchte, den Vorwürfen der beiden zuvorzukommen. „Ich weiß“, rief er, „ihr seid sauer auf mich! Ich bin euch Erklärungen schuldig. Ich habe euch in Verlegenheit gebracht, und letzte Nacht war ich schuld daran, dass ihr nicht zum Schlafen gekommen seid …“

„Kommen Sie“, sagte Sendler, „ich habe Ihnen etwas mitzuteilen.“

„Ja“, sagte Marthaler. „Ich ahne, um was es geht. Sabato hat mir erzählt, dass ich suspendiert werden soll. Über all das können wir in fünf Minuten reden. Ich muss nur rasch ein Telefonat führen, dann bin ich wieder bei euch.“

Die beiden sahen sich an und schüttelten gleichzeitig den Kopf. Ohne eine weitere Erklärung verschwand Marthaler in seinem Büro. Er wählte die Nummer von Annas Mobiltelefon. Er wollte bereits wieder auflegen, als sie sich endlich meldete. Ihre Stimme klang, als sei sie außer Atem. „Anna, hör mir jetzt bitte genau zu. Sag nichts, frag nichts! Tu einfach, was ich dir sage! Wir müssen uns in einer Stunde treffen. Komm mit deinem Wagen zum Café Schneider. Es liegt gegenüber vom Frankfurter Hof.“

„In Ordnung, Robert.“

„Gut! Du musst das Foto mitbringen, auf dem Karin Rosenherz mit Philipp Lichtenberg zu sehen ist. Und wir brauchen die Kontoauszüge mit den Überweisungen an Hannelore Wilke. Und jetzt kommt das Wichtigste: Du musst unbedingt versuchen, Fausto Albanelli zu erreichen. Er soll seinen Laden dichtmachen und mit dir ins Café kommen.“ Anna schwieg. „Was ist los, Anna? Meinst du, das kriegst du hin?“

„Ich … ich bin gerade bei ihm“, sagte sie.

Marthaler stutzte. „Also … habe ich euch gestört?“

Anna lachte verlegen. „Kann man so sagen. Wir waren gerade dabei …“

„Bitte, Anna! Verschon mich mit Einzelheiten! Frag ihn einfach, ob er bereit ist.“

„Okay“, sagte Anna, „eine Minute!“

Marthaler wartete. Ohne ihre Worte zu verstehen, hörte er, wie Anna und Albanelli sich unterhielten. „Ja“, sagte sie, als sie wieder am Telefon war. „Er fragt sich zwar genau wie ich, was du eigentlich vorhast. Aber wir sind bereit.“

„Perfekt, also bis dann! In einer Stunde!“

Sendler und Charlotte standen noch immer auf dem Gang. Schweigend und mit ernsten Mienen schauten sie ihm entgegen.

„Entschuldigt bitte“, sagte Marthaler. „Wo waren wir stehen geblieben ... Ich kann euch um Entschuldigung bitten, aber ich kann nicht ... “

Charlotte von Wangenheim lächelte. „Schüttel dir die Asche vom Haupt, Robert“, sagte sie. „Es gibt neue Entwicklungen. Komm, lass uns reden!“

Sie hielt die Tür zum Besprechungszimmer auf und wartete, bis die beiden Männer an ihr vorbeigegangen waren und sich gesetzt hatten. Sie selbst stellte sich ans Fenster. Sie schaute hinaus und schien nach den richtigen Worten zu suchen, um das Gespräch zu beginnen. „Zunächst möchte ich dir sagen, wie froh wir alle sind, dass es Tereza besser geht. Sabato hat vor einer halben Stunde hier angerufen und berichtet, was er von dir erfahren hat. Er hat uns auch erzählt, dass ihr heute Morgen in Offenbach das Skelett einer Frau gefunden habt. Ich kapiere zwar noch immer nicht, wie das alles zusammenhängt, aber ich weiß jetzt, dass es Verbindungen gibt zwischen dem alten Fall, den du gerade bearbeitest, und dem Überfall auf den Kunsttransport. Das hätte ich zwar gerne von dir erfahren ...“

„... nun gut!“, sagte Arthur Sendler. „Eure Eitelkeiten könnt ihr später ausfechten.“ Der Staatsanwalt rückte seine Krawatte zurecht und wandte sich an Marthaler. „Sie haben mich gebeten herauszufinden, wer der Inhaber des Nummernkontos war, von dem Hannelore Wilke jene Überweisungen erhalten hat, die dann bei ihrem Verschwinden im Jahr 1989 plötzlich eingestellt wurden.“

Marthaler sah Sendler an. Er hatte Mühe, seine Ungeduld zu zügeln.

„Fragen Sie mich bitte nie, wie ich das herausgefunden habe.“

„Darauf kommt es nicht an“, sagte Marthaler. „Hauptsache, die Information stimmt.“

„Davon können Sie hundertprozentig ausgehen. Leider stellte sich heraus, dass es sich um ein Firmenkonto gehandelt hat. Und die Firma ist längst liquidiert. Sie trug den Namen ‚Trans Mag‘, aber was sie eigentlich gemacht hat, wissen wir nicht.“

„Also eine Sackgasse“, sagte Marthaler. „Trotzdem vielen Dank für Ihre Bemühungen.“

„Gern geschehen“, erwiderte Arthur Sendler. „Aber ich dachte, es würde Sie vielleicht interessieren, wer der Inhaber dieser Firma war?“

Marthaler sah den Staatsanwalt mit offenem Mund an. Sendler lachte. Er hob den Zeigefinger. „Auch ein Nummernkonto kann nicht von einer Firma eröffnet werden, Herr Hauptkommissar. Es stehen immer Menschen dahinter.“ Er warf einen kurzen, Beifall heischenden Blick auf Charlotte von Wangenheim, die ihm aufmunternd zunickte. „Der Anruf kam vor einer halben Stunde", sagte Sendler. „Sie werden es sich fast gedacht haben: Der Inhaber dieser Firma hieß Philipp Lichtenberg."

„Dann haben wir ihn. Dann ist er fällig, oder?", sagte Marthaler.

Sendler wiegte den Kopf. „Noch nicht ganz. Er ist der Inhaber einer Firma gewesen, die Geld an Hannelore Wilke überwiesen hat. Das heißt noch nicht, dass er sie auch ermordet hat. Für einen Haftbefehl würde das nicht reichen."

„Aber verdammt, was brauchen wir denn noch? Es passt doch alles zusammen."

Jetzt war es Charlotte von Wangenheim, die Marthaler beisprang. „Warte, Robert. Bevor du anfängst zu schreien: Wir haben noch mehr. Diesmal geht es um den Überfall im Stadtwald … Wir haben uns von Anfang an gefragt, woher die beiden Täter die Strecke kannten, die der Wagen des Städel schließlich genommen hat. Wegen des Lkw-Unfalls am Frankfurter Kreuz musste der Fahrer des Städel-Wagens umdisponieren. Tereza ist noch mal in ihr Büro gegangen, hat einen Stadtplan geholt, dann sind sie, wie du weißt, am Mainufer entlang nach Schwanheim gefahren. Aber wie konnten die Täter von dieser Streckenänderung wissen?"

„Habt ihr euch mal gefragt, ob es eine Verbindung von einem der Insassen des Transporters zu den Tätern gegeben haben könnte? Ob sie während der Fahrt zum Flughafen Kontakt miteinander aufgenommen haben könnten?"

Charlotte von Wangenheim sah Marthaler mit einem spöttischen Lächeln an. „Mensch, Robert! Hältst du uns eigentlich allesamt für Anfänger? Das war das Erste, was wir getan haben. In dem Wagen saßen vier Leute. Alle vier hatten Handys dabei. Tereza und der ermordete Wachmann Thomas Dressler befanden sich im Laderaum. Der Fahrer und Ludwig Dormann saßen vorn. Fangen wir bei diesen beiden an …"

„Ja", sagte Marthaler. „Was wissen wir eigentlich über Dormann?"

„Er ist stellvertretender Direktor des Museums Giersch. Wenn wir davon ausgehen, dass er die Wahrheit sagt, dann hat ihn Tereza am Abend vor dem Überfall gebeten, sie zum Flughafen zu begleiten. Soviel ich verstanden habe, kennen sich die beiden aus dem Studium. Terezas Kollege aus dem Städel, der eigentlich hätte mitfahren sollen, war krank geworden. Sowohl Dormann als auch der Fahrer sagen aus, während der Fahrt nicht telefoniert zu haben."

„Bleiben Tereza und Dressler."

„Dressler ist tot, mit Tereza konnten wir noch nicht sprechen. Aber wir haben alle vier Handys dem LKA zur Untersuchung übergeben. Das Ergebnis ist eindeutig: Mit keinem der Geräte wurde in der fraglichen Zeit telefoniert."

„Also nichts?"

„Warte! Einer der Kollegen dort hat die Dinger übers Wochenende mit nach Hause genommen und hat sie einfach mal aufgeschraubt. Was meinst du, was er gefunden hat?"

„Bitte, Charlotte!"

„In einem der Mobiltelefone war ein kleiner Peilsender eingebaut. So lässt sich jedes Objekt bis auf zehn, zwanzig Meter genau orten. Alles, was du dazu brauchst, ist ein GPS-fähiges Handy."

„Das heißt, die beiden Motorradfahrer waren jederzeit in der Lage, den Wagen zu orten, egal wo er sich gerade befand oder wie er die Strecke wechselte."

„So ist es!", sagte Charlotte von Wangenheim.

Marthaler zögerte einen Augenblick, bevor er die nächste Frage stellte. „Und … in wessen Handy befand sich dieser Peilsender?"

„Das ist das Seltsame. Das Telefon gehörte dem ermordeten Wachmann. Es war Thomas Dresslers Handy."

„Du meinst, Dressler hat mit den Tätern zusammengearbeitet und ist dann von ihnen erschossen worden?"

„Ja, es sieht so aus, als hätten sie ihren eigenen Komplizen umgebracht. Allerdings wäre es nicht das erste Mal, dass so etwas passiert."

„Damit hätten sie sich zumindest einen Mitwisser vom Hals geschafft. Aber einem Haftbefehl gegen Lichtenberg sind wir immer noch keinen Schritt näher."

„Geduld, Robert. Jetzt kommt die Fahndung nach den beiden Motorradfahrern ins Spiel. Gestern hat ein Holländer, der sich mit seiner Familie auf der Rückreise aus dem Urlaub befand, an der Raststätte Rheinböllen eine Pause eingelegt. Er hat seine Frau und die beiden Kinder vor dem neuen Caravan Aufstellung nehmen lassen, um ein paar Fotos von ihnen zu machen. Dabei hat er – vollkommen unbeabsichtigt – auch zwei Motorräder, die in der Nähe geparkt waren, vor die Linse bekommen. Das allerdings gefiel den Motorradfahrern überhaupt nicht. Sie forderten den Mann auf, die Bilder zu löschen. Der Holländer weigerte sich, und es kam zu einem heftigen Streit. Ein paar Lkw-Fahrer kamen den Urlaubern zu Hilfe, und die Motorradfahrer suchten das Weite. Zwei Kollegen der

Autobahnpolizei erfuhren von dem Tumult und ließen sich die Kennzeichen der Motorräder geben. Gegen die Motorradfahrer lag zwar nichts vor, aber wegen einer möglichen Verbindung zu dem Überfall im Stadtwald haben sie die Kennzeichen an uns weitergegeben. Robert, kannst du mir noch folgen?"

„Weiter, Charlotte, weiter!"

„Gut. Wir wollten die Halter überprüfen, aber beide waren nicht zu erreichen. Sie arbeiten als Fitnesstrainer für dasselbe Unternehmen. Der Laden heißt ‚Fit & Healthy' und gehört zu einer Kette gleichen Namens."

„Aber die beiden waren nicht da?"

„Nein, sie haben angeblich Urlaub. Aber pass auf, was jetzt kommt. Heute Morgen schauen wir uns die Unterlagen des Unternehmens an und stellen fest: es gehört zum Firmenimperium von Philipp Lichtenberg."

Marthaler schlug so fest mit der flachen Hand auf den Tisch, dass Arthur Sendler vor Schreck zusammenzuckte. „Na bitte! Was wollt ihr mehr?"

„Wir haben nicht mehr gewollt; wir haben aber mehr bekommen", sagte Charlotte. „Das Erste, was wir letzte Woche gemacht haben: Wir haben uns die beiden Security-Leute angeschaut, ihre Familien, ihr Umfeld, ihre Gewohnheiten. Wir haben erfahren, dass Thomas Dressler Rückenprobleme hatte und regelmäßig zum Training ging."

„Zu Fit & Healthy!", sagte Marthaler.

„Treffer! Und seit zwei Stunden wissen wir, dass es dieselbe Filiale ist, in der unsere beiden Motorradfahrer arbeiten."

Marthaler sah Sendler an. Der Staatsanwalt grinste wie ein Kind unterm Weihnachtsbaum. „Herr Hauptkommissar, ich habe bereits mit dem Ermittlungsrichter telefoniert. Wir haben einen Termin für heute Nachmittag. Wenn es noch nicht für einen Haftbefehl reicht, dann reicht es allemal für einen Durchsuchungsbeschluss. Alles wird gut."

Marthaler sprang auf. „Meine Handynummer haben Sie!", rief er Sendler zu. „Rufen Sie mich sofort an, wenn der Richter seine Entscheidung getroffen hat!"

Die beiden anderen sahen sich erstaunt an. „Was ist los, Robert? Was hast du schon wieder vor?", fragte Charlotte von Wangenheim.

„Entschuldigt, Leute! Ich muss los!", rief Marthaler, während er auf den Gang lief. Er stürmte in sein Büro, nahm das kleine Aufnahmegerät aus der Schublade seines Schreibtischs und hatte im nächsten Moment das Weiße Haus bereits verlassen.

12 Schon als er den langgestreckten Raum des Cafés betrat, sah Marthaler die beiden an einem der vorderen Tische sitzen. Anna hielt ihre Tasse mit den Händen umschlossen. Sie hatte das Haar hochgesteckt und sah Albanelli an. Albanelli sagte etwas, worauf Anna ein kurzes Lachen ausstieß.

„Ich nehme ein belegtes Brötchen mit Schinken“, sagte Marthaler zu der Bedienung hinter dem Büfett. „Und einen doppelten Espresso macchiato.“

Als er an ihren Tisch trat, stand Anna auf und küsste ihn auf beide Wangen. „Robert, schön, dich zu sehen!“

„Danke gleichfalls. Vor allem: schön, dich lebend zu sehen. Nach deinem gestrigen Ausflug.“

Anna wurde blass. „Woher … weißt du?“

Marthaler antwortete nicht. Er reichte Albanelli die Hand. „Freut mich, Sie kennen zu lernen.“

„Was haben Sie mit uns vor?“, fragte Fausto Albanelli.

Marthaler setzte sich. „Wie oft haben Sie Philipp Lichtenberg gesehen?“

„Nur einmal. In jener Nacht, als Fräulein Niebergall getötet wurde.“

„Würden Sie ihn heute noch wiedererkennen?“

Albanelli schüttelte energisch den Kopf. „Nein“, sagte er. „Wir sind beide neununddreißig Jahre älter. Das halte ich für vollkommen ausgeschlossen.“

„Umgekehrt würden also auch Sie von ihm nicht erkannt werden?“

„Natürlich nicht. Wir sind uns nie wieder begegnet.“

„Heute werden Sie ihm begegnen! Und ich möchte, dass Sie einen Journalisten spielen. Ihr Name ist Arne Grüter. Sie müssen nicht viel tun. Lassen Sie mich einfach reden. Sie müssen nur in der Lage sein, ein Aufnahmegerät zu bedienen.“

Albanelli runzelte die Stirn. „Wenn es nicht zu kompliziert ist …“

„Wenn es kompliziert wäre, würde ich das Ding nicht besitzen“, sagte Marthaler.

Anna schaute ihn misstrauisch an. „Robert, was soll das werden?“

„Philipp Lichtenberg erwartet uns heute Nachmittag um siebzehn Uhr in seinem Haus in der Rhön: dich, mich und Arne Grüter.“

„Und was bezweckt er damit? Wieso fühlt er sich so sicher?“

„Er will uns in Gegenwart seiner Anwälte auf den Zahn fühlen. Er will herausbekommen, was wir wissen. Wahrscheinlich geht es ihm darum, seine nächsten Schritte zu planen. Und er will sich und seine Firmen in der Öffentlichkeit rehabilitieren.“

„Um siebzehn Uhr?"

„Ja, aber wir werden sofort losfahren und ihn in die Mangel nehmen. Und statt Arne Grüter wird uns Herr Albanelli begleiten. Deine Recherchen zu Hannelore Wilkes Verschwinden waren ein Volltreffer! Wir haben ihr Skelett heute Morgen am Schultheisweiher gefunden. Die Zahlungen an sie kamen vom Konto einer Firma, deren Inhaber Philipp Lichtenberg war. Wahrscheinlich werden wir noch im Lauf des Nachmittags einen Haftbefehl gegen ihn haben. Zumindest aber einen richterlichen Durchsuchungsbefehl."

„Warum warten wir dann nicht so lange?", fragte Anna.

„Weil es nichts Besseres gibt als einen Verdächtigen, der reden will, bevor er offiziell zum Beschuldigten wird. Wenn wir ihm den Haftbefehl vor die Nase halten, wird er gar nichts mehr sagen, dann beruft er sich auf seine Rechte und lässt seine Anwälte handeln. Wer redet, kann sich in Widersprüche verwickeln. Solange er glaubt, unseren Verdacht durch seine Aussagen ausräumen zu können, haben wir noch eine Chance."

ALS SIE die Auffahrt zur A 66 erreicht hatten, schaute Marthaler auf die Uhr. Er saß allein in seinem Dienstwagen, während Anna und Albanelli in dem moosgrünen Mazda vor ihm herfuhren. Es war kurz nach eins. Die Wolken, die noch am Vormittag den Himmel bedeckt hatten, hatten sich wieder verzogen.

In Kleinsassen bog Anna von der Hauptstraße ab, fuhr einen Hügel hinauf und hielt vor einem mit Holzschindeln verkleideten Haus. Als sie ausstieg, ließ Marthaler die Scheibe herunter. „Was ist los?", fragte er.

„Nichts", erwiderte sie und hielt eine Plastiktüte in die Höhe. „Ich muss nur rasch etwas zurückbringen, was ich mir ausgeliehen hatte."

Keine zehn Minuten später parkten sie in Danzwiesen vor dem Haus von Philipp Lichtenberg. Sie stellten die Wagen nebeneinander. Gleichzeitig stiegen sie aus. Schweigend gingen sie auf das Gebäude zu.

Anna pfiff leise durch die Zähne und zeigte mit dem Kopf auf einen Wagen, der an der Hecke geparkt hatte und dessen schwarzer Metalliclack in der Sonne glitzerte. „Scharfer Wagen", sagte sie. „Ein Porsche Cayenne Turbo. Nagelneu. 450 PS, Lederausstattung, Bordcomputer. Nicht schlecht. Wenn nur der Preis nicht wäre."

Das große Eingangstor stand offen. Niemand versuchte sie aufzuhalten. Direkt vor der Haustür standen zwei Transporter einer Cateringfirma. Die Männer der Firma schleppten Kartons aus dem Haus.

Marthaler gab Anna ein Zeichen, dass sie vorgehen solle. In der großen Eingangshalle blieben sie unschlüssig stehen. Fast im selben Moment hörten sie das Klappern von Absätzen. Marthaler drehte sich um. Eine etwa 45-jährige Frau mit blondem Haar kam auf ihn zu. „Was soll das? Was haben Sie hier zu suchen?“, fragte sie mit schneidender Stimme.

Marthaler klappte seinen Ausweis auf. „Kripo Frankfurt. Mit wem spreche ich?“

„Corinna Draisbach. Ich leite dieses Haus. Ich darf Sie bitten, unser Grundstück unverzüglich zu verlassen.“

„Wir haben einen Termin bei Ihrem Chef. Melden Sie uns bitte an!“

Die Augen der Frau wurden schmal. „Tut mir leid, das ist ausgeschlossen. Soviel ich weiß, sind Sie erst um siebzehn Uhr verabredet.“

Marthaler begann zu brüllen: „Tun Sie, was ich Ihnen gesagt habe! Ihr Chef will uns sprechen. Er hat uns bestellt. Entweder ist er bereit, uns zu empfangen, oder hier wird es in einer halben Stunde von Polizisten wimmeln. Sagen Sie ihm das!“

Im selben Moment klingelte das Mobiltelefon, das Corinna Draisbach in der Hand hielt. Sie ging ein paar Meter beiseite. Sie sprach leise und eindringlich. Sie nickte mehrfach. Dann kam sie zurück. „Folgen Sie mir! Der Chef hat Ihren Auftritt mitbekommen. Er ist bereit, Sie auch jetzt schon zu empfangen“, sagte sie leise. Sie ging an ihnen vorbei, eilte durch den Salon, betrat den Garten und lief über den Rasen auf eine große, von wildem Wein überwachsene Pergola zu.

Auf der offenen Seite der Pergola sahen sie einen Mann, der ihnen mit finsterem Blick entgegenstarrte. Er stand vor einem weißen Holztisch, um den vier Stühle gruppiert waren. Auf dem Tisch ausgebreitet lagen Papiere, die der Mann jetzt rasch zusammenraffte. „Das ist Ortmann“, flüsterte Anna.

„Dann können wir uns den auch gleich vorknöpfen“, raunte Marthaler.

Ein zweiter Mann lag auf einer breiten, dick gepolsterten Liege. Weil ihnen das angewinkelte Kopfteil der Liege zugewandt war, konnten sie nur die linke Hand des Mannes sehen, die schlaff über den grauen Granitfliesen hing.

„Kommen Sie, kommen Sie“, sagte der Mann. „Ich kann Sie leider nicht im Stehen empfangen.“

Marthaler ging um die Liege herum. Als er das Gesicht des Mannes sah, erschrak er.

Philipp Lichtenberg hatte weder Augenbrauen noch Wimpern. Die gesamte obere Gesichtshälfte war mit wulstigen Narben übersät. An einigen Stellen sah die Haut aus wie versengtes Pergamentpapier. Obwohl er den Mund geschlossen hatte, sah man die obere Reihe seiner Zähne. An der Stelle, wo seine Oberlippe hätte sein müssen, gab es nur eine schmale, längliche Narbe.

Lichtenberg verzog den Mund zu einem schiefen Lächeln. „Sie sind früher gekommen, um mich zu überraschen. Nun habe ich Sie überrascht, nicht wahr. Sie glauben gar nicht, wie gut ich diesen Gesichtsausdruck kenne. So werde ich von allen angestarrt, die mich zum ersten Mal sehen. Sie können sich denken, dass man nicht allzu viel Vergnügen daran findet, sich dieser Reaktion immer und immer wieder auszusetzen."

Marthaler versuchte, seine Verunsicherung durch Routine zu überspielen. „Dann darf ich vorschlagen, dass wir gleich anfangen. Wie vereinbart wird unser Gespräch aufgezeichnet. Die Gesprächsführung werde ich übernehmen. Ich möchte, dass jeder der Anwesenden zunächst seinen Namen nennt, wenn das Wort an ihn gerichtet wird, sodass wir am Ende alle Stimmen zuordnen können."

Lichtenberg machte eine müde Handbewegung in die Runde. „Aber bitte, nehmen Sie doch erst mal Platz. Darf ich Ihnen etwas zu trinken kommen lassen?"

Marthaler lehnte stellvertretend für die anderen ab. Dann setzte er sich auf einen der Stühle und zog sein Notizbuch hervor. Anna nahm neben ihm Platz.

Albanelli stellte das Aufnahmegerät auf den Tisch, schloss das Mikrofon an und schaltete den Rekorder ein. Er wirkte nervös. Er klopfte zweimal mit der Spitze des Zeigefingers gegen das Mikrofon. Dann gab er Marthaler ein Zeichen.

„Mein Name ist Robert Marthaler. Es ist Mittwoch, der 17. August 2005. Wir befinden uns in Danzwiesen auf dem Grundstück von Philipp Lichtenberg, auf dessen Wunsch dieses Gespräch stattfindet. Herr Lichtenberg, ich möchte Sie bitten, sich an einen Tag vor neununddreißig Jahren zu erinnern …"

„Nein, nein, nein", unterbrach Lichtenberg. „Ich möchte, dass zuerst das junge Fräulein, das gestern Abend schon mein ungebetener Gast war, seinen Namen sagt."

Anna schaute rasch zwischen Marthaler und Lichtenberg hin und her. Schließlich nickte Marthaler ihr zu. „Ich heiße Anna Buchwald."

„Gestern Abend haben Sie sich Karin Rosenherz genannt."

Anna nickte.

„Aber das war nicht Ihr richtiger Name?“

„Nein“, sagte Anna.

„Würden Sie mir den Namen Ihrer Mutter verraten?“

„Ich habe zwar keine Ahnung, warum Sie das wissen wollen. Aber meine Mutter heißt Birgit, Birgit Buchwald.“

„So hieß sie nach der Hochzeit. Aber wie war der Geburtsname?“

„Tut mir leid“, sagte Anna, „ich habe meine Mutter kaum kennen gelernt. Ich habe keinen Kontakt zu ihr. Ich weiß auch nicht …“

„Doch, Sie wissen!“, sagte Lichtenberg. „Der Geburtsname Ihrer Mutter lautet Birgit Niebergall. Sie ist die Tochter von Karin Niebergall, die wiederum eine geborene Rosenherz war. Sie sind die Enkelin der Frau, deren Tod Sie mir anlasten wollen.“

Marthaler hatte das Gefühl, ihm werde der Boden unter den Füßen weggezogen. Ein Blick auf Anna genügte, um zu wissen, dass der Mann die Wahrheit sagte. Marthaler merkte, wie ihm die Situation zu entgleiten drohte.

Lichtenberg klatschte in die Hände. „Ich wusste es“, stieß er hervor. „Einen solchen Scherz mit dem Namen Karin Rosenherz hätte sich weder eine Polizistin noch eine Reporterin erlaubt. Als ich Sie vorhin sah, war ich mir sicher. Wissen Sie, dass Sie Ähnlichkeit mit Karin haben? Es ist nicht so sehr das Aussehen. Es sind die Bewegungen, die Gesten, die Mimik.“

Marthaler warf Anna einen wütenden Blick zu. Sofort senkte sie die Lider.

Er musste versuchen, Boden gutzumachen. „Sie scheinen Karin Rosenherz besser gekannt zu haben, als Ihre damalige Aussage vermuten lässt“, sagte er zu Lichtenberg.

„Papperlapapp! Ich habe nie bestritten, sie gekannt zu haben. Sie hat mir erzählt, dass sie eine Tochter hat, die in einem Kinderheim lebt. Ich habe ihr sogar mal hundert Mark gegeben, damit sie der kleinen Birgit etwas zu Weihnachten kaufen konnte.“

„Dann erzählen Sie jetzt bitte, was an jenem 3. August 1966 geschehen ist.“

„Es ist das geschehen, was ich schon damals gesagt habe. Karin Niebergall war nachmittags auf meiner Party. Ich wollte sie überreden, über Nacht zu bleiben. Sie hat abgelehnt. Gegen zwanzig Uhr hat sie mein Fest verlassen. Das war’s. Danach habe ich sie nicht mehr wiedergesehen.“

„Sie waren die ganze Nacht zu Hause?“

„So ist es. Und dafür habe ich vier Zeugen benannt, die alle von der Polizei befragt wurden und die mein Alibi bestätigt haben.“

„Wer waren diese Zeugen?“

„Zwei Mädchen, die wir sozusagen als Ersatz für Karin hatten kommen lassen. Und zwei Freunde, die zu Besuch waren. Einer davon steht neben mir.“

Er zeigte auf Hubert Ortmann, der sich neben der Liege postiert hatte. Ortmann trug einen dunklen Anzug. Er wirkte gut trainiert. Auf der Wange hatte er eine lange Narbe. Er hatte die Arme verschränkt und das Kinn auf die Brust gelegt. Es war ihm anzumerken, wie unbehaglich er sich fühlte.

Marthaler sprach ihn an: „Würden Sie bitte ebenfalls deutlich Ihren Namen sagen!“

„Hubert Ortmann.“

„Welchen Beruf üben Sie aus?“

„Ich bin Generalbevollmächtigter der Philipp Lichtenberg Unternehmensgruppe.“

„Was sagen Sie, wenn ich Ihnen vorwerfe, gelogen zu haben, als Sie Ihrem jetzigen Chef ein Alibi gegeben haben? Und dass Sie bis heute gut von dieser Lüge leben?“

Ortmann schnaufte. Seine Antwort kam leise und bestimmt. Man spürte seine unterdrückte Wut. „Dann würde ich sagen, dass Sie sich das aus den Fingern saugen!“

„Herr Lichtenberg, wie hieß der andere Mann, der in jener Nacht in Ihrem Elternhaus war?“

„Das war Klaus-Rainer Stickler, ebenfalls ein Freund. Er ist in den Siebzigern nach Australien ausgewandert und dort vor einigen Jahren gestorben.“

„Er ist also tot. Genau wie Margarete Hielscher, die 1986 an Leukämie gestorben ist. Diese beiden können wir nicht mehr befragen. Und was ist aus Hannelore Wilke geworden? Sie erinnern sich doch an sie?“

„An den Namen, ja!“, sagte Lichtenberg. „Sie war das andere Mädchen. Keine Ahnung, was aus ihr wurde.“

„Das heißt, Sie hatten danach keinerlei Kontakt zu ihr?“

„Natürlich nicht. Ich habe sie weder vorher noch nachher getroffen.“

„Sie wissen, dass es jemanden gibt, der Sie in der Nacht am Tatort gesehen hat?“, sagte Marthaler.

„Unsinn! Es gab angeblich jemanden, der einen großen blonden Mann gesehen hat. Wer dieser Zeuge war, weiß ich nicht. Es ist nicht einmal zu einer Gegenüberstellung gekommen."

„Anna, würdest du bitte Herrn Lichtenberg die Aufnahme zeigen."

Anna zog den Umschlag aus ihrem Rucksack und reichte dem Liegenden das Foto, auf dem er als junger Mann gemeinsam mit Karin Rosenherz zu sehen war.

„Ja. Hübsches Bild. Das sind Karin und ich. Aber was soll das? Wollen Sie, dass ich meiner verlorenen Schönheit nachtrauere?"

Er gab das Bild an Anna zurück, die es nun vor Fausto Albanelli auf den Tisch legte.

„Würden Sie uns ebenfalls sagen, wie Sie heißen."

„Mein Name ist Fausto Albanelli."

Ortmann runzelte die Stirn. „Was soll das? Der Reporter, der Kontakt mit uns hatte, heißt anders. Der Typ heißt Grüter. Nicht Albanelli."

Marthaler hob die Hand, um Ortmann zum Schweigen zu bringen. „Herr Albanelli, Sie haben damals als Kellner im Frankfurter Hof gearbeitet und im selben Haus wie die Ermordete gewohnt. Würden Sie uns bitte sagen, wen Sie auf diesem Foto sehen?"

„Hier im Vordergrund ist Fräulein Niebergall. Und der Mann ist derselbe, dem ich in der Nacht im Hausflur begegnet bin."

„Das heißt, Sie behaupten, Philipp Lichtenberg in der Nacht vom 3. auf den 4. August 1966 in der Kirchnerstraße 2 gesehen zu haben."

„Wenn der Mann auf dem Foto Philipp Lichtenberg ist, dann habe ich ihn dort gesehen, ja!"

Lichtenbergs Augen waren geschlossen. Er atmete so gleichmäßig, als schliefe er.

„Wollen Sie etwas dazu sagen, Herr Lichtenberg?", fragte Marthaler. Lichtenberg reagierte nicht. „Gut, dann mache ich weiter: Dass Sie zu Hannelore Wilke später keinen Kontakt mehr hatten, entspricht nicht der Wahrheit. Sie haben ihr von August 1987 bis zum April 1989 jeden Monat zweitausend Mark von einem Ihrer Firmenkonten überwiesen. Wir haben die Bankunterlagen mitgebracht."

Anna war aufgestanden und wollte Lichtenberg die Kontoauszüge reichen. Aber dieser ignorierte sie.

„Hannelore Wilke brauchte Geld für das Studium ihrer Tochter", sagte Marthaler. „Und sie hat sich an eine Quelle erinnert, die wahrscheinlich einige Jahre zuvor schon einmal kräftig gesprudelt hat."

Lichtenbergs Mundwinkel zuckten. Er öffnete kurz die Augen, wechselte einen Blick mit Ortmann, um kurz darauf wieder bewegungslos auf seiner Liege zu verharren.

„Hören Sie, das lässt sich sicher aufklären …“, sagte Ortmann.

„Es ging nicht nur um diese Überweisungen, Herr Ortmann. Ich bin sicher, dass sich dafür irgendeine windige Erklärung finden lässt. Was sich aber nicht erklären lässt: Die Überweisungen hören genau zu dem Zeitpunkt auf, als Hannelore Wilke verschwindet. Aber sie verschwindet nicht nur, sie wird ermordet. Ihre sterblichen Überreste haben wir heute Morgen am Ufer des Schultheisweihers in Offenbach gefunden.“

Marthaler merkte, dass sein Handy in der Jackentasche vibrierte. Er zog es hervor und schaute auf das Display. Es war die Nummer der Staatsanwaltschaft. „Sendler? Ja, Moment!“ Marthaler trat unter der Pergola hervor und entfernte sich einige Meter. Keine Minute später kam er zurück; er hatte das Telefonat noch nicht beendet. Er wandte sich an Ortmann: „Gibt es im Haus ein Faxgerät?“

Ortmann zog eine Visitenkarte hervor und zeigte auf die Nummer. Marthaler gab die Nummer an Sendler weiter. Dann steckte er sein Telefon wieder ein.

Er trat an das Fußende der Liege. Lichtenberg lag mit geschlossenen Augen auf dem Rücken. „Schauen Sie mich bitte an!“, sagte Marthaler. „Ich habe gerade einen Anruf der Staatsanwaltschaft erhalten. Seit einer halben Stunde liegt gegen Sie ein Haftbefehl vor. Außerdem haben wir einen richterlichen Beschluss zur Durchsuchung all Ihrer Privat- und Geschäftsräume. Beides wird Ihnen in diesem Moment zugefaxt. Sie werden beschuldigt, in den frühen Morgenstunden des 4. August 1966 die Prostituierte Karin Rosenherz ermordet zu haben, um sich in den Besitz zweier Handzeichnungen von Paul Klee zu bringen. Sie werden beschuldigt, am 28. April 1989 die Prostituierte Hannelore Wilke in Offenbach erschlagen zu haben. Und Ihnen wird außerdem zur Last gelegt, Anstifter des Überfalls auf den Kunsttransport im Frankfurter Stadtwald zu sein, bei dem vor gut einer Woche ein Mann getötet und eine Frau schwer verletzt wurden.“

Erst jetzt öffnete Philipp Lichtenberg die Augen. Er drehte den Kopf und schaute Ortmann lange prüfend an. Mit dem Kinn gab er ihm ein Zeichen. Ortmann trat an die Liege und beugte sich hinab. Sein Chef flüsterte ihm etwas ins Ohr.

Ortmann nickte mehrmals. Dann richtete er sich vor Marthaler auf.

„Herr Lichtenberg möchte gerne den Haftbefehl sehen. Ich werde ins Büro gehen, um ihn zu holen. Außerdem meint er, dass es klug wäre, nun doch einen Anwalt hinzuzubitten.“

„Ja“, sagte Marthaler, „das halte ich für eine gute Idee!“

„Herr Ortmann!“, rief Anna. „Ich komme mit Ihnen. Würden Sie mir vielleicht zeigen, wo die Toilette ist?“

Hubert Ortmann nickte. Und Anna folgte ihm.

Marthaler warf einen Blick auf Albanelli. „Läuft das Band noch?“

Fausto Albanelli nickte.

Marthaler nahm seinen Stuhl und stellte ihn direkt neben Lichtenbergs Liege. „Sollen wir warten, bis Ihr Anwalt hier ist?“

Der Mann öffnete die Augen. „Die Kleine ist eine pfiffige Person.“

„Haben Sie verstanden, was ich Sie gefragt habe? Sie haben das Recht, die Aussage zu verweigern. Sie müssen nichts sagen, was Sie belasten könnte.“

Lichtenberg wedelte mit der Hand. „Wann wurde die Frau getötet?“

„Sie meinen Hannelore Wilke? Sie ist am Abend des 28. April 1989 zum letzten Mal lebend gesehen worden. Wir vermuten, dass sie noch am selben Tag ermordet wurde.“

Lichtenberg zeigte auf sein vernarbtes Gesicht. „Einen Monat vorher ist das hier passiert. Ich lag fast ein halbes Jahr in der Klinik. Seitdem kann ich mich nur noch unter Mühen und für kurze Zeit auf den Beinen halten. Was sagen Sie jetzt, Herr Hauptkommissar? Sind Sie immer noch der Meinung, dass ich die Frau umgebracht habe? Ich habe ihr weder Geld überwiesen noch habe ich sie getötet.“

„Dann hat es jemand in Ihrem Auftrag getan. Das Geld kam von Ihrem Konto.“

Lichtenberg drehte seinen Kopf zur Seite. „Ich wusste nicht einmal etwas davon. Vielleicht habe ich zu viel Wert darauf gelegt, unangenehme Dinge nicht zur Kenntnis zu nehmen … Aber wie ich schon sagte: Die Kleine ist eine pfiffige Person. Sie ist schon recht lange auf dem Klo, finden Sie nicht?“

Marthaler starrte Lichtenberg an. Und endlich begriff er. Mit einem Satz sprang er auf.

„Albanelli, Sie bleiben hier! Achten Sie auf Lichtenberg!“ Er rannte auf das Haus zu. „Wo ist das Klo?“, schrie er Corinna Draisbach an, die in der Eingangshalle stand. Sie antwortete mit einer Handbewegung.

Marthaler öffnete die Tür zur Toilette, sah, dass sie leer war, und machte wieder kehrt. „Haben Sie Ortmann gesehen? Wissen Sie, wo Anna Buchwald ist?“

Die blonde Frau schüttelte den Kopf. Marthaler stürmte aus dem Haus, lief die wenigen Treppenstufen hinunter und stand Augenblicke später auf der Straße.

Er sah, dass Annas Wagen verschwunden war. Ebenso fehlte der große Porsche, den sie eine Stunde zuvor noch bewundert hatte. Er zog sein Handy aus der Tasche und tippte Charlottes Nummer. Sie meldete sich sofort. „Charlotte, stell keine Fragen! Du musst eine Fahndung rausgeben! Gesucht wird nach einem dunkelgrünen Mazda MX-5, Hamburger Nummer, die Halterin heißt Anna Buchwald. Außerdem soll nach Dr. Hubert Ortmann gefahndet werden. Er ist mit einem metallicschwarzen Porsche Cayenne unterwegs. Kennzeichen weiß ich nicht. Beide Autos sind wahrscheinlich noch im Landkreis Fulda unterwegs. Mobilisier alle verfügbaren Kräfte! Es ist äußerste Vorsicht geboten. Es kann sein, dass Ortmann bewaffnet ist. Er hat nichts zu verlieren!“

„Robert, wo bist du?“, wollte Charlotte von Wangenheim wissen.

„In Danzwiesen bei Lichtenberg. Ich denke, ihr solltet herkommen.“ Marthaler beendete das Gespräch, bevor Charlotte noch weitere Fragen stellen konnte.

Er ging zurück durch das Haus und den Garten und setzte sich auf den Stuhl neben der Liege.

„Ortmann ist weg?“

„Ja. Und Sie haben es dazu kommen lassen!“, sagte Marthaler.

„Das war ich ihm schuldig. Ich habe ihm viel zu verdanken. Wenn er schlau ist, werden wir ihn nicht wiedersehen.“

Marthaler merkte, dass mit Lichtenberg eine Veränderung vorgegangen war. Es war, als ob ihn Ortmanns Abwesenheit erleichterte.

„Ortmann konnte über Ihre Konten verfügen?“

Lichtenberg schlug die Augen auf. Er setzte sich auf und sah Marthaler aufmerksam an. „Ja. Ich hatte das Kapital, aber ich war nie ein Geschäftsmann. Es war Ortmann, der die Unternehmensgruppe aufgebaut hat. Er hatte ein geradezu triebhaftes Verhältnis zum Geld. Ich brauchte mich um die Firmen nie zu kümmern. Alles lief wie von selbst. Ich weiß nicht einmal, womit wir das ganze Geld verdienen. Ortmann hatte seit den Siebzigerjahren die volle Prokura. Er hat den Laden geschmissen.“

„Also hat er auch das Schweigegeld an Hannelore Wilke gezahlt. Und er hat die Überweisungen im April 1989 plötzlich eingestellt!“

„Ein folgenschwerer Patzer, würde ich sagen."

„Dann hat er die Frau getötet, um Sie zu decken."

Lichtenberg sah Marthaler an. „Sie haben es noch immer nicht begriffen, Herr Hauptkommissar. Wenn er es denn war, dann hat er es getan, um sich zu schützen."

„Was soll das heißen: um sich zu schützen? Verdammt, Lichtenberg, so reden Sie endlich!"

Der Kranke atmete aus. Durch seinen Körper ging ein leichtes Zittern. „Ja", sagte er endlich. „Ja, das werde ich jetzt wohl machen." Wieder schloss er die Augen. Er schwieg lange. Dann begann er zu sprechen.

„Der 3. August war mein zweiundzwanzigster Geburtstag. Meine Eltern waren im Urlaub, und ich wollte am Nachmittag eine größere Gartenparty feiern. Gegen Mittag bin ich in die Kirchnerstraße gefahren, um auch Karin noch eine Einladung vorbeizubringen. Als ich vor dem Haus stand, kam ein Bote vom Kranzler, um ihr Frühstück zu bringen. Ich hatte es ein wenig eilig und hab dem Jungen die Einladung in die Hand gedrückt und ihn gebeten, sie ihr zu übergeben. Dass sie den Jungen dann gleich mitbringt zur Party, war zwar nicht vereinbart, aber so war sie."

Marthaler erinnerte sich, in den Akten eine Aussage des Caféboten gelesen zu haben. Für die Tatzeit konnte er ein Alibi nachweisen.

„Es waren dreißig, vierzig Leute da. Eine Beatband hat gespielt. Alle haben getanzt und getrunken. Wir hatten damit gerechnet, dass Karin im Minirock aufkreuzen würde, aber sie hat das Gegenteil getan. Sie kam in einem knielangen, hochgeschlossenen Kleid, vollkommen züchtig. Aber genau das hat die Männer angeheizt. Sie hat es wirklich verstanden, die Fantasie zu beflügeln."

Marthaler schien es, als seien Lichtenbergs Züge weicher geworden. „Man hat den Eindruck, dass Sie heute noch ins Schwärmen geraten, wenn Sie an Karin Rosenherz denken", sagte er.

Lichtenberg sah Marthaler fast versonnen an. „Ja", sagte er. „Ich habe sie sehr gemocht. Ich habe sie bewundert."

„Bitte! Erzählen Sie weiter!"

„Gegen zwanzig Uhr kam sie zu mir, um sich zu verabschieden. Ich wollte sie überreden, über Nacht zu bleiben, aber sie hat abgelehnt. Sie habe schließlich einen Beruf und dürfe ihre Kunden nicht enttäuschen, hat sie gesagt. Zum Abschied hat sie mich ins Ohrläppchen gebissen. Karin ist also gegangen; wir haben weitergefeiert. Als um kurz vor Mitternacht zum zweiten Mal die Polizei auftauchte, weil sich irgendwelche Nachbarn wegen der Musik beschwert hatten, habe ich die Gäste gebeten zu gehen. Danach waren wir nur noch zu dritt: Ortmann, Stickler und ich. Ortmann hat gedrängelt. Er war scharf auf sie. Er meinte, wir könnten in die Kirchnerstraße fahren und als ganz normale Freier bei Karin auftauchen. Wir haben ein paarmal versucht, sie telefonisch zu erreichen, aber sie hat nicht abgenommen. Ortmann sagte, dass er weiß, wo sie sich normalerweise rumtreibt. Er hat sich ein Taxi gerufen und ist in die Stadt gefahren. Gegen halb zwei hatte er sie gefunden."

„Erinnern Sie sich, wo er ihr begegnet ist?"

„Ich glaube, am Hauptbahnhof."

„Das würde sich decken mit der Aussage eines Kellners, der damals gesehen haben wollte, dass am Hauptbahnhof ein südländisch aussehender Mann in ihr Auto gestiegen ist. Die Beschreibung dieses Kellners ist dann in das Phantombild eingegangen."

„Ja", sagte Lichtenberg, „und über dieses Bild hat Ortmann immer sehr gelacht. Er fand, der gesuchte Mann habe mehr Ähnlichkeit mit dem Schlagersänger Abi Ofarim als mit ihm. Egal … Ortmann rief uns dann von ihrer Wohnung aus an. Er hatte ihr dreihundert Mark versprochen. Sie war bereit, uns zu dritt zu empfangen. Stickler und ich sind ebenfalls in die Kirchnerstraße gefahren … Tja, so war das."

Lichtenbergs Mund bebte. Marthaler hatte den Eindruck, als wollte er seine Erzählung hier beenden. „Herr Lichtenberg! Machen Sie weiter!"

„Wir sind zu ihr hinaufgegangen. Sie bestand darauf, das Geld im Voraus zu bekommen. Sie sah wunderschön aus. Ich habe ihr die drei Scheine gegeben, und sie hat sie sofort in einer kleinen Holzkassette im Küchenschrank verstaut. Dann hat Ortmann ihr gesagt, was wir wollten."

„Und was wollten Sie?"

„Wir wollten, dass sie bestimmt. Wir wollten von ihr lernen. Und ich glaube, ihr gefiel die Idee. Sie hat uns aufgefordert, uns auszuziehen. Na ja, und dann …" Lichtenberg hielt inne. Er schüttelte den Kopf, als wollte er die Erinnerung loswerden.

„Was war dann?"

„Sie hat etwas von uns verlangt, wovon ich bis dahin noch nie gehört hatte."

„Nämlich?"

Lichtenberg sah Marthaler an, hielt aber dessen Blick nicht stand. „Sie wollte, dass wir sie … würgen", sagte er leise.

Marthaler dachte nach. Auch das stimmte mit den Informationen überein, die er aus der Akte kannte. Im Bericht des Gerichtsmediziners war davon die Rede, dass am Hals des Leichnams deutliche Würgemale zu erkennen gewesen waren.

„Ehrlich gesagt war ich ziemlich schockiert“, fuhr Lichtenberg fort. „Ich wusste damals noch nicht, dass es sich um eine Vorliebe handelt, die gar nicht so selten vorkommt.“

„Ja“, sagte Marthaler. „Die Verringerung der Sauerstoffzufuhr löst bei manchen Menschen Erregungszustände aus.“

„Schließlich haben wir gemacht, was sie wollte. Sie hatte sich auf ihrem Himmelbett ausgestreckt.“ Lichtenberg schluckte. „Ich … ich stand neben dem Bett … über ihrem Kopf. Ich habe gezappelt vor Aufregung. Sie nahm meine Hände und legte sie um ihren Hals. Ich fand das alles nur schrecklich, aber ich wollte mir auch keine Blöße geben. Also habe ich mitgemacht. Sie hat uns ermuntert und immer wieder angefeuert. Stickler hielt sich abseits, aber Ortmann und ich haben sie abwechselnd gewürgt. Dabei ist es passiert … Auf einmal hat Karin sich nicht mehr bewegt. Sie hat keinen Ton mehr von sich gegeben. Wir dachten, sie ist … tot.“

Marthaler sah Lichtenberg an und wartete.

„Ich bin vollkommen panisch geworden. Stickler ging es nicht anders. Wir haben unsere Kleider geschnappt und sind aus der Wohnung gestürzt. Erst im Treppenhaus haben wir uns angezogen. An der Haustür hat Ortmann uns zurückgehalten. Er sagte, wir hätten einen Fehler gemacht. Wir müssten es aussehen lassen wie einen Raubmord, er wolle noch mal raufgehen. Stickler hat das nicht ausgehalten, er hat sofort das Weite gesucht. Aber ich habe unten im Treppenhaus auf Ortmann gewartet. Ich hörte Geräusche aus der Wohnung. Ich wurde immer nervöser. Es war bestimmt eine Viertelstunde vergangen, als plötzlich die Haustür von außen geöffnet wurde.“

„Und dort stand dieser Mann“, sagte Marthaler und wies mit dem Kopf auf Fausto Albanelli.

„Ja. Wir waren beide erschrocken. Er hat mir zugenickt, dann ist er an mir vorbei nach oben gegangen. Ich habe gebetet, dass er und Ortmann sich nicht auf der Treppe begegnen. Aber es ist gut gegangen. Fünf Minuten später kam Ortmann. In der einen Hand hatte er einen Beutel mit Schmuck und Geld. In der anderen hatte er zwei Bilder.“

„Die beiden Zeichnungen von Paul Klee?“

Lichtenberg schaute Marthaler erstaunt an. „Davon wissen Sie? Wir haben uns damals gewundert, warum von den Bildern nie die Rede war.

Ortmann hatte ja darauf spekuliert, dass ihr Fehlen sofort bemerkt würde. Und dass deshalb sein Versuch, das Ganze wie einen Raubmord aussehen zu lassen, gelingen könnte. Aber die Bilder schien überhaupt niemand zu vermissen. Offenbar wusste niemand, dass es sie gab."

„Bis jetzt", sagte Marthaler. „Und jetzt sind die Zeichnungen Ihnen zum Verhängnis geworden."

„Wir sind zu Fuß zu mir nach Hause gelaufen. Erst dort habe ich gesehen, dass Ortmann im Gesicht eine lange, tiefe Wunde hatte. Ich habe ihn gefragt, was er gemacht hätte. Er wirkte vollkommen ruhig. Er erzählte, er habe Karins Schlafzimmer verwüstet. Er habe den Kleiderschrank ausgeräumt und den Inhalt der Schubladen auf dem Boden verstreut. Er habe sich an einer der Schranktüren verletzt … Den Rest kennen Sie. Ich bin vernommen worden. Stickler und Ortmann haben ausgesagt, dass wir die ganze Nacht bei mir zu Hause waren. Und um die Sache wasserdicht zu machen, haben wir uns zwei Mädchen gekauft, die dasselbe behauptet haben."

„Darf ich fragen, wie es zu Ihren Verletzungen gekommen ist?", sagte Marthaler.

„Sagt Ihnen der Name Henri Matisse etwas?"

„Wenn Sie den Maler meinen, sicher!"

„In den letzten Lebensjahren des Künstlers hatte sich mein Vater mit ihm angefreundet. Matisse hatte ein kleines Atelierhaus in den Bergen oberhalb von Nizza. Als er dort auszog, hat es ihm mein Vater mitsamt einigen Bildern abgekauft. Ich habe das Häuschen von meinen Eltern geerbt. Jedes Jahr im Frühjahr habe ich dort ein paar Wochen verbracht. Manchmal kam Ortmann für ein, zwei Tage, um mit mir ein paar geschäftliche Dinge durchzusprechen. Auch am 26. März 1989 waren wir dort. Es war der Ostersonntag, und ich bin früh ins Bett gegangen. Ortmann saß noch im Sessel, trank Wein und rauchte seine Pfeife. Er ist eingeschlafen. Die brennende Pfeife fiel zu Boden, der Teppich fing Feuer, und binnen Kurzem breiteten sich die Flammen aus. Wir haben es beide geschafft, unverletzt ins Freie zu kommen, aber ich wollte die Bilder retten. Ich habe das brennende Gebäude noch einmal betreten. Fast im selben Augenblick ist ein Deckenbalken auf mich herabgestürzt und hat mir die Beine zerschmettert. Ortmann hat es im letzten Moment geschafft, mich an den Armen nach draußen zu ziehen. Ich hatte am ganzen Körper schwere Verbrennungen."

Marthaler nickte. „Karin Rosenherz ist nicht erwürgt, sondern erstochen worden, das wissen Sie. Wenn Ihre Geschichte stimmt, dann war die Frau nicht tot, als Sie zu dritt die Wohnung verlassen haben."

„Ja. Aber damals wusste ich das nicht. Ich habe zehn Jahre lang geglaubt, Mitschuld an Karins Tod zu haben. In den Zeitungen war nie etwas über die Todesursache zu lesen. Erst als in den Siebzigerjahren wieder in dem Fall ermittelt wurde, ist öffentlich bekannt geworden, dass man sechzehn Stichwunden an Karins Leiche nachgewiesen hat. Ich habe Ortmann zur Rede gestellt, und schließlich hat er mir die Wahrheit gesagt."

„Dass sie noch gelebt hat, als er das zweite Mal in die Wohnung kam?"

„Ja."

„Darüber musste er doch froh sein", sagte Marthaler. „Damit wäre das Ganze ja noch glimpflich ausgegangen."

„So würden *Sie* denken", sagte Lichtenberg. „Aber Ortmann ist ein Mensch ohne jegliches Mitgefühl. ‚Einer musste es zu Ende bringen', hat er gesagt."

Marthaler runzelte die Stirn. „So hat er es genannt? Zu Ende bringen?"

Lichtenberg schluckte. Marthaler meinte, in seinem Augenwinkel eine Träne zu sehen. „Er sagt, als er zurück in die Wohnung kam, sei er an den Küchenschrank gegangen, um sich die dreihundert Mark aus der Kassette zu holen. Plötzlich habe er hinter sich ein Geräusch gehört. Karin sei auf ihn losgegangen wie eine Furie. Sie hat ihm mit den Fingernägeln quer durchs Gesicht gekratzt. Er hat sie zurück ins Schlafzimmer gedrängt, sein Pfeifenbesteck aus der Tasche gezogen und immer wieder auf sie eingestochen. Er sagt, sie hätte sich lange gewehrt. Aber irgendwann war sie dann wirklich tot. Ortmann hat das Zimmer verwüstet, ein paar Schmuckstücke zusammengerafft und die beiden Klees von der Wand genommen."

„Aber das alles hat er Ihnen erst zehn Jahre später erzählt?"

„Ja. 1976 ging der Fall wieder durch die Presse, weil ein neuer Staatsanwalt die Ermittlungen noch mal in Schwung bringen wollte. Erst dann wurden Einzelheiten über die Todesursache bekannt."

„Und Sie hatten beide Angst, dass Sie nun doch noch zur Rechenschaft gezogen werden würden. Dass man diesmal der Aussage Albanellis mehr Beachtung schenken würde."

Lichtenberg nickte müde. Er wirkte erschöpft.

„Und wie haben Sie es geschafft, dass diese Aussage dann aus den Akten verschwand?"

Der Mann blickte Marthaler verwundert an. „Davon weiß ich nichts. Ich habe Ortmann gesagt, er solle die Sache ein für alle Mal aus der Welt schaffen. Um die Einzelheiten habe ich mich nie gekümmert."

„Und der Kunstraub im Stadtwald? Der tote Wachmann? Das gestohlene ‚Paradiesgärtlein'?"

Lichtenbergs Augen leuchteten kurz auf. „Ein wunderschönes Bild. Ich habe es viel zu lange nicht mehr gesehen. Ich habe es immer sehr gemocht."

„Wollen Sie mir erzählen, dass Sie auch damit nichts zu tun haben?"

Ärgerlich schüttelte Lichtenberg den Kopf. „Wissen Sie, mir ist egal, was Sie glauben. Ich sage die Wahrheit, also werden Sie mir nichts anderes nachweisen können."

Er hat Angst, hatte Anna gedacht, als sie Ortmann aus dem Garten ins Haus gefolgt war. Er hat so viel Angst, dass er stinkt.

„Bitte!", hatte er gesagt und auf eine Tür direkt neben dem Hauseingang gezeigt.

Bevor sie in der Toilette verschwand, drehte Anna sich noch einmal um. Ortmann stand in der Mitte der Eingangshalle und sah ihr nach. Anna schloss die Tür und legte ihr Ohr von innen an das Futter. Zehn Sekunden lang geschah gar nichts. Dann hörte sie Ortmanns Schritte. Sie näherten sich. Er ging nicht ins Haus. Er war nicht auf dem Weg ins Büro. Anna wartete einen Moment. Dann verließ sie die Toilette.

Als sie vor dem Haus stand, wurde hinter der Hecke ein Motor angelassen. Kurz darauf verließ der Cayenne das Grundstück. Ortmann saß am Steuer. Er drehte den Kopf und schaute zum Haus. Sie sahen sich direkt in die Augen.

Der Cayenne beschleunigte und fuhr mit hoher Geschwindigkeit die asphaltierte Zufahrt hinunter. Im selben Moment spurtete Anna los. Sie rannte über die Parkplätze, zog den Autoschlüssel aus der Tasche ihrer Jeans und sprang in den Mazda. Der Cayenne war bereits aus ihrem Blickfeld verschwunden.

Anna raste über die Dorfstraße. Sechshundert Meter hinter dem Ort würde Ortmann auf die Hochrhönstraße stoßen. Dort würde er nur nach rechts oder nach links fahren können. Bis dahin musste sie den Cayenne wieder in Sichtweite haben.

Hundert Meter vor der Kreuzung sah sie Ortmanns Bremslichter. Ohne zu blinken, bog er nach rechts. Der Hochrhönring führte steil bergab. Anna beschleunigte. Als sie sich dem Cayenne bis auf zwanzig Meter genähert hatte, machte Ortmann plötzlich einen neuerlichen Rechtsschwenk.

Anna stieg in die Bremse, hatte die Abzweigung aber bereits verpasst, als der Mazda endlich zum Stehen kam. Sie legte den Rückwärtsgang ein und schaute auf das Ortsschild: Oberbernhards. Sie passierte ein paar Häuser und hatte den Ausgang des kleinen Dorfes schon wieder erreicht. Dann sah sie ihn. Der schwarze Porsche Cayenne hatte etwa vierhundert Meter Vorsprung. Er raste die schmale Straße zwischen den Feldern und Streuobstwiesen hinab. Dann bog er erneut nach rechts ab und verschwand zwischen den Bäumen.

Als Anna die Stelle erreicht hatte, hielt sie kurz an. Sie konnte geradeaus weiterfahren, aber ein Schild zeigte an, dass es sich um eine Sackgasse handelte. Rechts ging es zum Parkplatz eines zwischen den Bäumen gelegenen Ausflugshotels.

Sie entschied sich für das Hotel. Sie fuhr die Auffahrt hinauf und schaute sich um. Das Hotel hieß „Milseburg", ein weiß verputzter Bau, auf dessen Parkplatz zehn, zwölf Wagen standen. Der Cayenne war nicht dabei.

Anna fluchte. Sie fuhr ein Stück weiter, dann setzte sie zurück, um auf dem schmalen Weg zwischen den Wirtschaftsgebäuden zu wenden. Im Rückspiegel sah sie Ortmanns Wagen. Er stand etwa zehn Meter hinter ihr. Es saß niemand am Steuer.

Langsam rollte sie zurück auf den Parkplatz. Sie stellte den Mazda hinter einem weißen Wohnmobil ab. Sie wartete. Als fünf Minuten später immer noch nichts geschehen war, stieg sie aus. Vorsichtig näherte sie sich dem Cayenne. Sie legte ihre Stirn an die Scheibe des Seitenfensters und schaute hinein. Der Wagen war leer.

Vielleicht hatte Ortmann seinen Weg zu Fuß fortgesetzt und war längst in einem der umliegenden Wälder verschwunden. Vielleicht hatte er sich auch nur irgendwo verschanzt und wartete darauf, dass Anna die Aussichtslosigkeit ihres Unternehmens einsah und umkehrte. Wofür auch immer er sich entschieden hatte, er war im Vorteil. Er lebte hier, er kannte die Gegend, er wusste, was er zu tun hatte.

Und jetzt, kleine Anna, dachte sie. Was machst du jetzt? Rufst du den großen Marthaler an und sagst ihm, dass er seine Truppen in Bewegung setzen soll. Dann fiel ihr ein, dass sie Marthaler gar nicht anrufen konnte, dass ihr Handy in ihrem Rucksack steckte, der noch immer unter dem Tisch in Lichtenbergs Pergola stand.

In Ordnung, sagte sie sich schließlich, du reißt dich zusammen und machst dich auf die Suche. Sie überquerte den Parkplatz und folgte der schmalen, abschüssigen Straße, die angeblich in einer Sackgasse endete.

Ein Mann und ein etwa zehnjähriges Mädchen kamen ihr entgegen. Sie schoben ihre Fahrräder den Hügel hinauf. „Entschuldigung", sagte Anna, „können Sie mir sagen, wo die Straße hinführt?"

Die beiden blieben stehen. „Da runter geht's auf den Radweg", sagte der Mann.

„Und in den Tunnel!", ergänzte das Mädchen.

„In den Tunnel?", fragte Anna.

„Ja", sagte der Mann. „Früher gab es hier eine kleine Bahnstrecke, die schon vor Jahrzehnten stillgelegt wurde. Die Schienen hat man abgebaut, jetzt ist der alte Milseburgtunnel ein Teil des Radwegs. Sie müssen ihn sich wirklich anschauen. Er ist über einen Kilometer lang."

„Und dunkel und gruslig", sagte das Mädchen und riss vor Begeisterung die Augen auf. „Wir hätten fast auch noch einen Unfall gebaut."

„Nun übertreib mal nicht", sagte der Vater. Und als Anna ihn fragend ansah: „Am anderen Ende des Tunnels hat es einen Felssturz gegeben. Es liegen ein paar große Brocken auf der Strecke."

Anna nickte und bedankte sich für die Auskunft. Langsam ging sie die kleine Anhöhe zum Parkplatz hinauf. Hinter einem Baum blieb sie stehen. Sie spähte hinüber zu dem Weg zwischen den beiden Wirtschaftsgebäuden. Der schwarze Cayenne stand immer noch dort. Plötzlich merkte Anna, wie sich ihr Nacken versteifte. Sie meinte, im Innenraum hinter den getönten Scheiben eine Bewegung und ein kurzes Leuchten bemerkt zu haben. Es war, als habe sich jemand eine Zigarette angesteckt. Dann war sie sicher: Ortmann saß in seinem Porsche und rauchte.

Anna duckte sich und lief zu ihrem Wagen. Sie startete den Motor und fuhr los. Sie verließ den Parkplatz, bog nach links, wendete aber sofort und blieb mit laufendem Motor quer auf der Fahrbahn stehen.

Keine halbe Minute später sah sie den Cayenne hinter den Bäumen hervorschießen und auf sich zukommen. Ortmann bremste und riss das Steuer nach rechts. Er fuhr die kleine Straße hinab, auf der Anna eben noch von dem Tunnel und dem Felssturz erfahren hatte. Sie setzte dem Cayenne nach, der keine hundert Meter weiter eine scharfe Linkskurve nahm und plötzlich abbremste. Anna kam ebenfalls zum Stehen. Vor ihnen lag der dunkle Eingang des Tunnels. Es sah aus, als habe der Berg sein schwarzes Maul geöffnet. Ortmann schien einen Moment zu zögern, dann schaltete er die Scheinwerfer ein, ließ den Motor aufheulen und fuhr mit quietschenden Reifen los.

Das war es, was Anna gehofft hatte. Dass sie ihn vor sich hertreiben konnte. Dass er mitsamt seinem schönen Cayenne an den dicken Felsbrocken zerschellen würde.

Als sie den Eingang des Tunnels erreicht hatte, zeigte Annas Tacho fast hundert Stundenkilometer. Ortmann beschleunigte weiter. Und Anna tat es ihm gleich. Sie versuchte, so dicht wie möglich hinter ihm zu bleiben. Die von schwachen Lampen beleuchteten Wände flogen an ihr vorbei.

Keine Minute später sah sie den hellen, rasch größer werdenden Lichtkreis. Sie hatten den Ausgang des Tunnels fast erreicht. Sie drosselte die Geschwindigkeit. Sie hoffte, dass Ortmann ihr Manöver nicht bemerkte.

Aber der Cayenne kam mit einer Vollbremsung zum Stehen. Im letzten Moment hatte Ortmann das Hindernis erkannt. Die Motorhaube seines Wagens trennte nur ein Meter von den riesigen Felsbrocken, die den Radweg am Tunnelende versperrten.

Anna schlug auf das Lenkrad. Sie fluchte. Ihr Plan war misslungen. Sie hatte Ortmann in eine Falle locken wollen; jetzt saß sie selbst in der Falle. Als sie den Rückwärtsgang einlegte, sah sie, wie sich das Panoramadach des Cayenne öffnete. Zuerst erschien Ortmanns Kopf, dann sein Oberkörper. Er hob den rechten Arm. Er hatte eine Pistole in der Hand und zielte direkt auf ihren Kopf.

Anna duckte sich. Gleichzeitig trat sie aufs Gas. Sie konnte nicht gut rückwärtsfahren. Aber der Tunnel war zu eng, um den Mazda zu wenden. Sie hatte keine andere Chance.

Der erste Schuss pfiff über das Dach hinweg. Anna schaute in den Seitenspiegel und versuchte, den Wagen in der Spur zu halten. Das Blut klopfte in ihren Schläfen, und ihre Hände zitterten so stark, dass sie Mühe hatte, das Steuer zu halten.

Der zweite Schuss war ein Treffer. Sie hörte, wie er in die Motorhaube einschlug.

Endlich fiel ihr ein, dass sie die Scheinwerfer ausschalten musste. Jetzt sah sie Ortmann als Silhouette vor der hellen Tunnelöffnung in seinem Wagen stehen. Wieder hob er den Arm und zielte. Sein Schuss verfehlte den Mazda. Anna sah aus dem Augenwinkel, wie das Projektil an der Wand des Tunnels Funken schlug.

Endlich hatte sie es geschafft. Sie hatte die Reichweite von Ortmanns Waffe verlassen. Sie fuhr weiter. Sie rechnete damit, dass er ihr umgehend folgen würde, aber der Cayenne wurde kleiner. Bald konnte Anna ihn nicht mehr sehen.

Drei Minuten später hatte sie den Eingang des Tunnels wieder erreicht. Sie fuhr ins Freie. Kurz hinter dem Tunneleingang stellte sie den Mazda quer auf den schmalen Asphaltstreifen, der rechts und links von einer steilen Böschung begrenzt wurde. Wenn Ortmann zurückkam, würde er den Cayenne hier stehen lassen müssen.

Anna stellte den Motor ab und stieg aus. Sie ging um das Auto herum, öffnete den Kofferraum und nahm den Wagenheber heraus.

Sie lauschte in das Innere des Tunnels. Es war nichts zu hören.

Sie schaute sich um, bis sie eine Stelle gefunden hatte, an der die Böschung weniger steil war. Den Wagenheber in beiden Händen, machte sie sich an den Aufstieg. Einmal rutschte sie aus, aber schließlich hatte sie es geschafft. Sie hatte die Plattform über dem Eingang des Tunnels erreicht.

Sie wartete. Der Wagenheber lag neben ihren Füßen.

Sie hörte den Cayenne kommen. Es war das Geräusch eines hochtourig laufenden Motors. Auch Ortmann hatte den Tunnel im Rückwärtsgang durchqueren müssen.

Er kuppelte aus. Es war nur noch ein leises Brummen zu vernehmen. Zuerst erschien das Heck, dann schob sich der Rest des Wagens ins Freie. Ortmann stoppte einen halben Meter vor Annas Mazda. Sie nahm den Wagenheber und hob ihn auf das Geländer der Plattform.

Das Panoramadach des Cayenne war noch immer offen. Anna konnte direkt auf Ortmanns Kopf sehen. Er befand sich acht Meter unter ihr. Sie schob den Wagenheber zwei Zentimeter nach vorn. Dann ließ sie ihn in die Tiefe fallen.

13

Zwei Stunden später glich Philipp Lichtenbergs Anwesen einem Ameisenhaufen. Vor dem Haus parkten zahlreiche Streifenwagen. Die Beamten der Spurensicherung durchsuchten alle Räume. Es wurden Computer und große Mengen von Akten nach draußen getragen. Lichtenberg selbst war in Handschellen aus dem Haus geführt worden. Man hatte ihn in einen bewachten Krankentransporter verfrachtet. Er befand sich bereits auf dem Weg ins Untersuchungsgefängnis nach Weiterstadt.

Fausto Albanelli hatte sich in einem Zivilfahrzeug der Kripo mit nach Frankfurt nehmen lassen.

Der große Salon im Erdgeschoss war zur Einsatzzentrale umfunktioniert worden. Die Kolleginnen und Kollegen der MK1 waren fast alle vor Ort.

Sowohl Marthaler als auch Anna Buchwald waren eingehend, aber getrennt voneinander über die Geschehnisse der letzten Stunden befragt worden. Annas Wagen hatte man beschlagnahmt. Sie würde ihn nach der kriminaltechnischen Untersuchung zurückbekommen.

Hubert Ortmann hatte man mit einem Hubschrauber in die Notaufnahme des Klinikums Fulda geflogen. Er war schwer verletzt, aber über seinen Zustand gab es noch keine Informationen.

Als Marthaler Lichtenbergs Haus verließ, kam ihm Carlos Sabato entgegen. „Du siehst schlecht aus, Robert", sagte er zur Begrüßung.

„Ja", sagte Marthaler. „Es reicht für heute. Und trotzdem sind wir noch nicht fertig."

„Du wolltest heute noch mal bei uns übernachten. Bleibt es dabei? Dann können wir Wein trinken. Ich kann Elena anrufen ..."

Marthaler schüttelte den Kopf. „Vielleicht. Ich weiß es noch nicht ... Siehst du, ich muss dir schon wieder eine vage Antwort geben. Aber bald trinken wir Wein, versprochen! Und dann ist auch Tereza wieder dabei."

„Gut", sagte Sabato. Dann ging er ins Haus.

Marthaler sah Anna hundert Meter weiter an jener Stelle stehen, wo die Straße endete und der Feldweg begann. Sie war allein. Sie rauchte. Sie wirkte müde und verlassen. Er wollte bereits auf sie zugehen, als er einen Mann sah, der außerhalb des abgesperrten Grundstücks stand und ihm zuwinkte. Als Marthaler näher kam, erkannte er Arne Grüter. Er hatte den Chefreporter des *City-Express* völlig vergessen.

„Verdammte Scheiße, Marthaler, was geht hier vor? Ich komme hier an, um auf Sie zu warten, aber hier wird bereits das ganz große Feuerwerk abgebrannt. Und ich habe nicht mal einen Fotografen dabei."

„Tja", sagte Marthaler und grinste. „Wir sind alle von den Ereignissen überrollt worden. Vielleicht können Sie ja wenigstens mit Ihrem Handy ein paar Aufnahmen machen."

„Ich versichere Ihnen: Wenn Sie mich gelinkt haben, werde ich Ihnen das heimzahlen! Und jetzt rücken Sie mit der Sprache raus."

„Tut mir leid", sagte Marthaler. „Am Tatort herrscht Nachrichtensperre. Fahren Sie nach Frankfurt zurück und besuchen Sie die Pressekonferenz! Aber beeilen Sie sich. Soviel ich gehört habe, soll sie um neunzehn Uhr stattfinden."

Er hatte sich bereits wieder von Grüter abgewandt, als ihm noch etwas einfiel. „Sagen Sie, Sie haben doch erzählt, dass in Philipp Lichtenbergs Elternhaus im Mummschen Park ein Obdachloser wohnen soll ..."

„Ja, die Information stammt von einem Kollegen. Aber inzwischen habe ich herausgefunden, dass das Haus Lichtenberg gar nicht mehr gehört. Er hat es schon vor vielen Jahren einem gewissen Dr. Ortmann überschrieben. Dieser Ortmann scheint so etwas wie Lichtenbergs …"

„Danke", sagte Marthaler. „Ich weiß, wer Hubert Ortmann ist." Dann ließ er Grüter stehen.

Als Anna ihn kommen hörte, drehte sie sich zu ihm um. Sie sah ihn kurz an, dann schlug sie die Augen nieder. „Robert, du musst mich hassen."

„Nein", sagte Marthaler. „Ich hasse dich nicht. Als Lichtenberg sagte, dass du die Enkelin von Karin Rosenherz bist, hatte ich das Gefühl, einen Faustschlag in den Magen zu bekommen. Ich habe mich maßlos über dich geärgert. Aber wenigstens dieser Ärger ist fast schon wieder verflogen."

„Es hat mir auf der Seele gebrannt", sagte Anna. „Ich wollte es dir längst gesagt haben. Aber irgendwie habe ich den richtigen Zeitpunkt versäumt."

„Verstehe", sagte er und fragte dann: „Anna, was ist passiert an diesem Tunnel? Als du auf der Plattform über dem Tunneleingang gestanden hast, hat Ortmann dich nicht gesehen, stimmt's?"

„Er hat im Tunnel auf mich geschossen, und er hatte immer noch die Pistole", blaffte sie.

„Ja", sagte Marthaler. „Aber du warst in Sicherheit."

Sie sah ihn mit einem wütenden Blick an. Er merkte, dass sie sich eingeigelt hatte. Sie würde ihm keine Antwort mehr geben. Wenn er das Gespräch mit ihr nicht beenden wollte, durfte er sie nicht weiter bedrängen. Er schwieg eine Weile, dann wechselte er das Thema. „Du hast gesagt, dass du deine Mutter kaum kennen gelernt hast …"

„Sie ist weggegangen, als meine Brüder und ich noch klein waren."

„Ist das der Grund, warum du etwas über deine Großmutter herausfinden wolltest?"

Sie zögerte. „Wahrscheinlich … ja. Ich habe nicht verstanden, wie man so etwas tun kann, wie man so werden kann. Und dann musste ich in der Akte lesen, dass es meiner Mutter nicht anders ergangen ist. Dass Karin Rosenherz sogar behauptet hat, ihre Tochter sei gestorben. Aber, Robert, ich möchte nicht darüber reden. Irgendwann vielleicht, aber nicht jetzt."

„Gibt es noch viele Dinge, über die du nicht reden möchtest?"

Sie lächelte. „Nein, ich glaube nicht."

Marthaler seufzte. „Dann würde ich gerne jetzt nach Frankfurt zurückfahren. Es wartet noch Arbeit auf mich. Soll ich dich mitnehmen?"

„Sag mal, wie bist du denn drauf? Was für eine blöde Frage. Schließlich sind wir ein Team. Und wir wissen immer noch nicht, wer den kleinen Bruno erschlagen hat."

„Ich denke, wenn wir die Lösung haben, werden wir auch wissen, wer Fausto Albanellis Aussage aus den Akten hat verschwinden lassen."

„Also dann", sagte Anna. „Wie heißt der Andi mit Nachnamen?"

Marthaler stutzte. Dann lachte er. „Arbeit heißt er. An die Arbeit!"

„Oh, Mann", sagte Anna enttäuscht. „Du kanntest den Witz."

„Ja, ich hatte einen Kollegen, der den Spruch bei jeder Gelegenheit von sich gegeben hat. Allerdings war es ein Kollege, mit dem ich mich nicht sonderlich gut verstanden habe."

AUF DER RÜCKFAHRT sprachen sie wenig. Beide waren erschöpft, und beide hingen ihren Gedanken nach.

Marthaler warf Anna einen kurzen Seitenblick zu. „Was ist mit dir?"

„Ich weiß nicht", sagte sie. „Geht es euch öfter so, dass ihr einen Fall aufklärt und hinterher trotzdem nicht richtig froh seid?"

„Ja", antwortete Marthaler. „So geht es uns fast immer. Man ist erleichtert, dass man die Täter geschnappt hat. Aber froh ist man fast nie. Man ist erschöpft. Man fühlt sich plötzlich leer. Und manchmal ist man auch traurig. Die Wahrheit, die man entdeckt hat, ist selten angenehm. Oft ist es so, als habe man dem Teufel in die Karten geschaut."

Sie hatten die Stadtgrenze von Frankfurt bereits passiert, als sich Anna mit der flachen Hand an die Stirn schlug. „Gütiger Mist", rief sie aus, „das habe ich ja völlig vergessen!" Sie kramte in ihrem Rucksack und zog ihr Handy hervor. „Ich habe vergessen, dass ich ein Foto gemacht habe."

„Ein Foto?"

„Ja. Als ich von deiner Wohnung aus mit dem Rad nach Offenbach gefahren bin, um mit Katja Wilke zu sprechen, ist etwas Merkwürdiges passiert. Vor deinem Haus stand ein Taxi. Es hat mich verfolgt. Ich weiß, es klingt verrückt. Auf der Rückbank saß ein Typ, der alles darangesetzt hat, dass ich ihn nicht sehe. Erst als wir am Mainufer waren, konnte ich das Taxi abhängen. Aber vorher habe ich mit dem Handy noch ein Foto von dem Fahrgast gemacht. Ich hatte es völlig vergessen."

„Okay", sagte Marthaler, lenkte den Wagen an eine Bushaltestelle und stellte den Motor ab. „Zeig her!"

Anna starrte auf das Display ihres Handys. „Das gibt's nicht", sagte sie. „Das ist er."

„Das ist wer? Jetzt lass mich schon sehen!“

Anna reichte ihm das Handy. Viel war nicht auf dem Foto zu erkennen. Man sah den verpixelten Kopf eines Mannes, der auf der dunklen Rückbank des Taxis saß. Offensichtlich hatte er zu spät versucht, sein Gesicht vor der Kamera zu verbergen. Er hatte kurz geschnittenes graues Haar und einen Dreitagebart. Am deutlichsten sah man das dünne Metallgestell seiner Brille.

„Das ist derselbe Typ, der mir auf dem Friedhof aufgelauert hat. Als ich den kleinen Bruno im Mausoleum gefunden habe.“

Marthaler konzentrierte sich auf das Foto. Auch ihm kamen die Züge des Mannes bekannt vor. Er merkte, wie es in seinem Kopf zu ticken begann. „Anna, ich glaube, ich weiß, wer der Mann ist!“, rief er. Er startete den Wagen und fuhr los.

„Magst du es mir vielleicht mitteilen?“, fragte Anna.

„Nein, später … Ich bin mir noch nicht ganz sicher. Wir fahren in den Ostpark.“

Marthaler parkte an derselben Stelle wie an dem Morgen vor einigen Tagen, als er schon einmal hier gewesen war. Sie überquerten die Fahrbahn und gingen in den Park.

Vor der Übernachtungsstätte für Wohnsitzlose stand wieder der große Mann mit der Fellmütze. Und wieder hatte er zwei Plastiktüten in der Hand. Als sie sich ihm näherten, drehte er sich zu ihnen um. „Ich bin der Büffel“, sagte er.

„Ich weiß“, erwiderte Marthaler. „Erinnern Sie sich an mich? Wir haben schon einmal miteinander gesprochen. Ich habe Sie nach dem kleinen Bruno gefragt.“

Der Oberkörper des Büffels begann zu schaukeln. „Bruno“, sagte er.

„Sie haben mir erzählt, dass der kleine Bruno eine Freundin hat.“

„Hagenstraße.“

„Ja, ich habe sie gefunden. Ich möchte, dass Sie mir noch einmal helfen. Ich möchte, dass Sie sich ein Foto anschauen.“

Der Büffel stellte seine Taschen ab und rieb sich übers Gesicht. Anna stellte sich neben den Büffel und zeigte ihm das Display ihres Mobiltelefons.

Der Berber hatte den Kopf gesenkt. Dann begann er zu stöhnen. Es war ein tiefer, langer Laut. Plötzlich taumelte er zwei Schritte zurück. „Polizist!“, brüllte er.

„Ist das der Mann, vor dem der kleine Bruno Angst hatte?“

„Polizist, Polizist!“, rief der Büffel noch einmal aus.

Marthaler zog sein Portemonnaie hervor. Er reichte dem Berber zwei 10-Euro-Scheine. Der Büffel nahm die Banknoten und ließ sie in seinem Lederwams verschwinden. Dann grunzte er zufrieden.

Als sie wieder im Wagen saßen, wählte Marthaler die Nummer der Zentrale. „Festnahme im Mummschen Park. Ich brauche vier unserer Leute. Außerdem zur Absicherung ein paar Streifenwagen. Der Täter könnte bewaffnet sein. Wir treffen uns an der Niederräder Landstraße, Ecke Humperdinckstraße. So schnell wie möglich. Es besteht Fluchtgefahr. Alles Weitere vor Ort."

„Willst du mich jetzt endlich aufklären?", fragte Anna, als er sein Gespräch beendet hatte.

„Es passt alles", sagte Marthaler. „Es war die ganze Zeit da, aber ich habe es nicht gesehen. Als du gefragt hast, wie der Andi mit Nachnamen heißt, bin ich bereits stutzig geworden. Es war Hans-Jürgen Herrmann, der uns ständig mit diesem Spruch genervt hat. Er war der Leiter beider Mordkommissionen, bis er vor ein paar Jahren entlassen wurde, weil er Beweismittel unterschlagen hatte. Seinen Rausschmiss hat Herrmann offensichtlich nicht verkraftet. Angeblich lebte er danach auf der Straße und hat die Armenspeisungen besucht. Aber Sabato hat mir erzählt, dass Herrmann reich sei, dass behauptet wurde, er habe eine Erbschaft gemacht."

„Schön für ihn, aber …"

„Aber daran glaube ich nicht. Ich glaube, dass er auf der Gehaltsliste von Lichtenberg und Ortmann stand. Und das schon ziemlich lange. Herrmann ist derselbe, der dir im Mausoleum aufgelauert hat und den du fotografiert hast."

„Aber der sieht nicht aus wie ein Obdachloser."

„Nein, weil er sich die Haare und den Bart hat stutzen lassen", erwiderte Marthaler. „Grüter hatte mir erzählt, dass Herrmann derjenige gewesen ist, der sich Mitte der Siebzigerjahre als junger Polizist die Akte Rosenherz noch mal vorgenommen hat. Verstehst du, Anna? Er hat Zugriff auf alle Unterlagen gehabt."

„Und du meinst, er hat Fausto Albanellis zweite Aussage verschwinden lassen?"

„Natürlich. Und du kannst dir sicher sein, dass er das nicht ohne Gegenleistung getan hat."

„Trotzdem sehe ich noch keine Verbindung zum kleinen Bruno."

„Sie kannten sich. 1994 sind aus der Kunsthalle Schirn drei wertvolle

Gemälde geraubt worden. Bruno Kürten war Antiquitätenhändler, galt aber auch als guter Techniker. Er war an dem Raub beteiligt. Er war dafür verantwortlich, die Alarmanlage lahmzulegen. Er ist erwischt worden und ins Gefängnis gekommen. Aber er hat nicht geplaudert. Es hieß, die Auftraggeber dieses Kunstraubs stammten aus dem Milieu der Jugo-Mafia. Aber geschnappt hat man sie nie. Und jetzt rate, wer die Ermittlungen geleitet hat?"

„Hans-Jürgen Herrmann!"

„Exakt!"

„Heiliger Bimbam", sagte Anna.

„Schöner hätte ich es nicht sagen können ... Bruno Kürten wusste, dass es bei dem Mord an Karin Rosenherz auch um die Zeichnungen ging. Und er wusste, dass der Raub des ‚Paradiesgärtleins' etwas mit der alten Sache zu tun hatte."

Anna schwieg eine Weile. „Und weil er das wusste, musste er sterben."

Marthaler nickte. „Aber jetzt werden wir uns den Typen holen!"

„Aber woher willst du wissen, wo er sich aufhält? Wenn er auf der Straße lebt ..."

„Vergiss es, Anna! Philipp Lichtenberg hat sein Elternhaus im Mummschen Park vor vielen Jahren an Hubert Ortmann überschrieben. Es heißt, dort sei vor einiger Zeit ein Berber eingezogen."

Anna überlegte. „Das heißt, wir fahren jetzt in das Haus, in dem meine Großmutter vor neununddreißig Jahren am letzten Tag ihres Lebens gefeiert hat."

„Ja", sagte Marthaler. „Und in dem sie ihrem Mörder begegnet ist."

Das ruhige Wohnviertel zwischen Mörfelder Landstraße und Kennedyallee war benannt nach dem riesigen historistischen Palais, das sich der so genannte Champagnerbaron Hermann Mumm von Schwarzenstein im Jahr 1902 hier auf einem großen Parkgelände hatte bauen lassen. Auf der Rückseite des Anwesens war in den folgenden Jahren jene weltabgewandte Siedlung entstanden, in der mit Vorliebe reiche Frankfurter Kaufleute und die Vorstandsmitglieder der Banken ihre Häuser bauten. Marthaler nahm an, dass sich der Wohlstand von Philipp Lichtenbergs Eltern in dieser Umgebung eher bescheiden ausgenommen hatte.

Die Humperdinckstraße war eine etwa fünfhundert Meter lange, schmale Einbahnstraße. Marthaler durchfuhr sie im Schritttempo. Als sie das Haus passierten, machte er eine Kopfbewegung. „Da ist es", sagte er.

Es war ein zweistöckiges, weiß verputztes Gebäude mit einem schmalen

Vorgarten, der zur Straße hin von einem dunklen Metallzaun begrenzt wurde. Die unteren Fenster waren durch geschwungene schmiedeeiserne Gitter gesichert.

„Nobel, aber ein bisschen heruntergekommen, findest du nicht?", meinte Anna.

„Er ist zu Hause", sagte Marthaler. „Hast du gesehen, im ersten Stock brennt Licht."

Er bog nach rechts in die Richard-Strauss-Allee, die direkt am Damm der S-Bahn entlangführte. Über die Mörfelder Landstraße schlug er einen Bogen zurück zur Humperdinckstraße.

Drei Streifenwagen hielten am Straßenrand, dicht gefolgt von zwei Zivilfahrzeugen der SoKo Süd. „Du bleibst im Wagen", sagte Marthaler zu Anna. Dann stieg er aus und wartete, bis die Kollegen sich um ihn versammelt hatten.

Er erklärte ihnen die Lage. Er gab Anweisung, die Straße zu sperren und die Rückseite des Hauses zu sichern. Als alle Vorbereitungen getroffen waren, näherten sie sich zu fünft dem Hauseingang. Je zwei der SoKo-Leute postierten sich an der rechten und linken Grenze des Grundstücks.

Die Lampe im ersten Stockwerk des Hauses brannte noch immer. Marthaler zog seine Waffe. Dann klingelte er am Gartentor. Als das Licht im Haus ausgeschaltet wurde, duckte er sich hinter den gemauerten Pfeiler des Gartenzauns. Dann hörte er, wie ein Fenster geöffnet wurde.

„Ist da jemand?" Es war die Stimme Hans-Jürgen Herrmanns.

„Kommen Sie raus, Herrmann!", rief Marthaler. „Das Haus ist umstellt. Kommen Sie mit erhobenen Händen raus!"

Der Mann am Fenster fluchte. Drei Minuten lang herrschte Ruhe. „Marthaler, hören Sie zu!", brüllte Herrmann. Er hatte sich seitlich hinter dem Fenster verschanzt. „Kommen Sie ins Haus! Ich werde mit Ihnen reden. Aber nur mit Ihnen!"

„Es gibt nichts zu reden, Herrmann. Kommen Sie raus, und ergeben Sie sich!"

„Wenn ihr eine Aussage wollt, wenn ihr mich lebend haben wollt, dann macht ihr, was ich sage!", schrie Herrmann.

Geduckt lief Marthaler zu den beiden SoKo-Leuten, die auf der linken Seite des Grundstücks standen. Beide wirkten nervös.

„Verdammt noch mal, wir hätten das SEK kommen lassen sollen", sagte der Jüngere der beiden. Die Dienstwaffe in seiner Hand zitterte.

Marthaler sah ihn an. „Ich will hier keine Schießerei. Wir wissen nicht, ob er bewaffnet ist. Ich will diesen Mann haben! Ich werde tun, was Herrmann verlangt. Es gibt nichts mit ihm zu verhandeln, aber ich will, dass er sich ergibt."

Der SoKo-Mann verzog trotzig den Mund. „Sie wissen, dass das gegen die Vorschriften ist. Sie wissen, dass Sie uns damit alle gefährden."

„Okay", sagte Marthaler. „Sie geben mir jetzt Ihre Waffe und gehen zurück zum Dienstwagen. Dort setzen Sie sich rein und warten, bis das hier vorbei ist. Das ist ein Befehl!", herrschte er ihn an. „Haben Sie das verstanden?"

Der junge Polizist nickte. Marthaler nahm die SIG-Sauer, die er ihm nun hinhielt, und steckte sie unter sein Hemd in den hinteren Hosenbund.

„Was ist da los, Marthaler?", rief Herrmann von seinem Fenster.

„Ich komme zu Ihnen!"

„Gehen Sie bis ans Tor! Machen Sie keine unbedachten Bewegungen!"

Marthaler ging zurück zum Gartentor.

„Legen Sie Ihre Waffe auf den Boden!", rief Herrmann.

Marthaler öffnete sein Holster. Vorsichtig zog er die Pistole heraus. Er ging in die Hocke und legte sie auf den Bürgersteig.

Das Fenster im oberen Stockwerk wurde geschlossen. Kurz darauf war das Summen des Türöffners zu hören. Marthaler durchquerte den Vorgarten und ging zum Eingang. Er legte seine Hand auf den Griff der Haustür und wartete. Er hörte Herrmann die Treppe herunterkommen. Noch einmal ertönte der Summer.

Als Marthaler die Tür geöffnet hatte, sah er Herrmann am anderen Ende der dunklen Diele stehen. „Machen Sie Licht, sonst komme ich nicht rein. Ich werde nicht im Dunklen mit Ihnen reden."

Herrmann schaltete das Flurlicht ein. Jetzt sah Marthaler, dass er in der rechten Hand eine Pistole hielt. Der Lauf war auf Marthalers Brust gerichtet.

„Folgen Sie mir langsam ins Wohnzimmer!", sagte Herrmann. Er ging rückwärts durch eine offene Tür und knipste die Deckenlampe an.

Marthaler sah sich um. Der Raum wirkte verwahrlost. Es roch muffig. Vor dem Fenster standen eine alte, wuchtige Couchgarnitur und ein niedriger Glastisch, der mit Akten bedeckt war. An der Wand lag eine Matratze mit zerwühltem Bettzeug. Auf der anderen Seite gab es einen Esstisch. Auf dem Tisch standen benutztes Geschirr und eine halb volle Flasche Schnaps. Die schweren Vorhänge waren zugezogen.

„Drehen Sie sich um, und stellen Sie sich an die Wand!", sagte Herrmann.

Er ging in die Hocke. Mit der linken Hand tastete er Marthalers Fußgelenke ab, dann die Beine. Marthaler hielt die Luft an. Er spürte, wie Herrmann unter sein Jackett fuhr und über seinen Rücken strich.

„Drehen Sie sich um!“ Herrmann ließ seine Hand über Marthalers Brust und Bauch gleiten. Der Atem des ehemaligen Leiters beider Mordkommissionen roch nach Alkohol.

Irgendwas stimmt nicht, dachte Marthaler, irgendwas ist hier seltsam. „Was wollen Sie?“, fragte er. „Wenn Sie glauben, dass ich Ihnen irgendwelche Angebote machen kann, täuschen Sie sich.“

„Halten Sie Ihr Maul! Setzen Sie sich!“ Herrmann zeigte mit dem Lauf seiner Pistole auf einen der Sessel.

Marthaler folgte der Aufforderung. „Geben Sie auf, Herrmann!“, sagte er. „Wir beide haben nichts zu besprechen. Ich brauche nicht mal ein Geständnis von Ihnen!“

Herrmann blieb vor ihm stehen. Er hatte den rechten Arm sinken lassen. Er grinste. „Sie glauben nicht, wie lange ich auf diesen Moment gewartet habe. Sie sind das größte Arschloch, das ich kenne, Marthaler. Sie haben mein Leben zerstört.“

Marthaler schüttelte den Kopf. „Dafür haben Sie mich nicht gebraucht, Herrmann. Das haben Sie ganz allein geschafft. Sie sind ein korrupter Bulle gewesen! Und jetzt haben Sie auch noch einen Menschen getötet.“

Herrmann ging rückwärts zum Tisch, ohne Marthaler aus den Augen zu lassen. Er angelte sich mit dem Fuß einen Stuhl und setzte sich. Dann legte er die Pistole vor sich auf den Tisch. Jetzt erkannte Marthaler, dass es eine Glock 19 war.

„Bruno Kürten? Er war ein Idiot. Er sollte für uns das ‚Paradiesgärtlein‘ aus dem Städel holen. Er war derjenige, der das geschafft hätte. Er war der Beste. Wir haben ihm ein gutes Angebot gemacht. Aber er wollte nicht. Er hatte Angst, noch mal in den Knast zu müssen. Wir mussten umdisponieren.“

„Also habt ihr diese beiden Motorradfahrer engagiert …“

„Grauenhafte Amateure, ja!“

Marthaler hob langsam die rechte Schulter. Er tat, als müsse er sich auf dem Rücken kratzen. Mit einer vorsichtigen Bewegung zog er die SIG-Sauer aus dem Hosenbund und ließ sie hinter sich auf die Sitzfläche des Sessels gleiten.

„Woher wusste Bruno Kürten, dass bei dem Mord an Karin Rosenherz die beiden Klee-Zeichnungen gestohlen worden waren?“

Herrmann nahm seine Brille ab und rieb sich die Nasenwurzel. „Er kannte die Rosenherz. Er wusste, dass sie die beiden Zeichnungen hatte.

Und als Ortmann kurz nach dem Mord zu ihm kam und fragte, ob er einen Abnehmer für die Bilder wüsste, musste der kleine Bruno bloß eins und eins zusammenzählen."

„Und hat er einen Abnehmer gewusst?", fragte Marthaler.

„Klar. Bruno Kürten war damals schon gut im Geschäft. Für Ortmann war es erst der Anfang. Aber durch den Verkauf der beiden Klees ist er auf den Geschmack gekommen."

„Und Sie?", fragte Marthaler. „Wann sind Sie ins Spiel gekommen?"

„Viel später. Mitte der Siebziger. Sendler kam höchstpersönlich zu mir, parkte einen Aktenwagen neben meinem Schreibtisch und wies mich an, mir den Fall Rosenherz noch mal vorzunehmen."

„Und Sie haben gemerkt, welches Potenzial da für Sie drinsteckt."

Herrmann lächelte. Offensichtlich fühlte er sich geschmeichelt. „So könnte man es ausdrücken. Ich war nicht dumm. Ich habe gesehen, wie dünn Lichtenbergs Alibi war. Und wie viel Glück er hatte, dass man Albanellis Aussage nicht weiterverfolgt hat."

„Sie haben Lichtenberg aufgesucht und ihm gesagt, was Ihnen aufgefallen war."

„Das war nicht nötig", sagte Herrmann. „Wir hatten die Presse gebeten, das Phantombild noch einmal zu veröffentlichen. Also brachten alle Blätter die Meldung, dass im Fall Rosenherz neu ermittelt wird. Kurz darauf hat sich Ortmann bei mir gemeldet. Und wir sind ins Geschäft gekommen."

„Sie haben die Albanelli-Aussage verschwinden lassen und stehen seitdem auf Ortmanns dreckiger Gehaltsliste", sagte Marthaler.

Herrmann runzelte die Stirn, dann verzog er das Gesicht zu einer Grimasse. „Nein, Herr Hauptkommissar. Es sollte ein einmaliges Geschäft bleiben. Alles andere wäre selbst mir damals zu riskant gewesen. Ich wollte ja meinen Job nicht verlieren. Es war nicht geplant, dass Ortmann und ich eine dauerhafte Beziehung eingehen. Dass es dazu viele Jahre später schließlich doch gekommen ist, daran sind Sie schuld. Als Sie meinen Rausschmiss durchgesetzt hatten, stand ich im Regen. Kein Gehalt, keine Pensionsansprüche. Ich hatte nichts. Irgendwann ist mir sogar mein Reihenhaus unterm Hintern weggepfändet worden. Also blieb mir gar nichts anderes übrig, als meine alten Kontakte zu Ortmann zu mobilisieren. Zuerst war es nur eine lockere Liaison …"

„… aus der mit der Zeit aber eine feste Bindung wurde, denn einen Ex-Bullen kann jemand wie Ortmann immer brauchen. Und irgendwann hat er Sie sogar hier einziehen lassen."

„Ja. Er hat mich buchstäblich aus der Scheiße gezogen."

„Und jetzt komme ich und mache zum zweiten Mal alles zunichte. So sehen Sie es doch?", sagte Marthaler.

Herrmann antwortete nicht. Stattdessen bedachte er seinen ehemaligen Untergebenen mit einem langen, toten Blick.

„Aber was wollen Sie von mir?", fragte Marthaler. „Selbst wenn Sie vor Gericht alles widerrufen, was Sie mir gerade erzählt haben, werden wir genügend Material haben, um Sie lebenslang hinter Gitter zu bringen. Es wird keinen Deal geben, Herrmann. Was also wollen Sie?"

Hans-Jürgen Herrmann stand auf. Sein Oberkörper schwankte ein wenig. Er hielt sich mit der linken Hand an der Tischkante fest. „Haben Sie das immer noch nicht kapiert?", fragte er.

Marthaler warf die Stirn in Falten. Er schüttelte den Kopf. Er merkte, wie seine Schultern sich versteiften. „Nein, ich …" Weiter kam er nicht.

Herrmann schnappte mit seiner Rechten nach der Pistole, die neben ihm auf dem Tisch gelegen hatte.

Blitzschnell zog Marthaler die SIG-Sauer hinter seinem Rücken hervor.

Herrmann riss den Arm hoch und zielte auf Marthalers Kopf. Sie drückten gleichzeitig auf den Abzug. Aber es war nur ein Schuss zu hören.

Hans-Jürgen Herrmann ging vor Marthaler auf die Knie. Seine Halsschlagader war aufgerissen. Er kippte vornüber auf den Boden. Unter seinem Kopf bildete sich eine Blutlache, die sich rasch auf dem Parkett ausbreitete.

Für einen Moment stand Marthaler wie versteinert. Er hatte auf Herrmanns Schulter gezielt. Aber Herrmann hatte sich im letzten Augenblick ein wenig nach rechts geduckt. Dadurch hatte er seinen Hals direkt in die Flugbahn von Marthalers Projektil bewegt.

Als Marthaler endlich begriff, was geschehen war, wurde ihm schlecht.

Herrmann hatte aufgehört zu atmen. Sein Blick war gebrochen.

Marthaler ging zur Haustür. Er öffnete sie vorsichtig und rief nach draußen. „Ich bin's. Aktion beendet! Hans-Jürgen Herrmann ist tot."

Zurück im Wohnzimmer, wartete er, bis der erste SoKo-Mann neben ihm stand. Marthaler zeigte auf die Pistole, die noch immer in der Hand des Toten lag. „Ziehen Sie Schutzhandschuhe an, und öffnen Sie das Magazin!"

Der SoKo-Mann schaute ihn skeptisch an.

„Tun Sie, was ich Ihnen sage!", drängte Marthaler.

Der Mann riss ein Päckchen auf, zog die Latexhandschuhe heraus und streifte sie sich über. Er hockte sich neben den Toten und hantierte an der Pistole. Dann hielt er das Magazin in die Höhe. „Es ist leer!“, sagte er.

Marthaler nickte. „Stecken Sie’s zurück!“

Er ging nach draußen und stellte sich vor die Eingangstür. Er schaute in den dunklen Himmel, ohne etwas zu sehen.

ALS ER am nächsten Tag aufwachte, schien die Sonne in sein Gesicht. Marthaler hatte verschlafen. Er hatte den Wecker nicht gehört.

Er hatte das Haus im Mummschen Park verlassen und war zurück zu seinem Wagen gegangen. Anna hatte gefragt, ob sie noch einmal bei ihm übernachten dürfe. „Ja“, hatte er gesagt. „Und wenn wir ausgeschlafen haben, lade ich dich ins Lesecafé zum Frühstück ein. Dann erzähle ich dir alles. Fahr schon mal vor. Ich muss noch ins Präsidium.“

Zwei Stunden lang hatten ihn die Kollegen in der Nacht vernommen. Als er endlich nach Hause gekommen war, hatte Anna auf dem Balkon gelegen und fest geschlafen. Er war ins Bad gegangen, um eine Dusche zu nehmen. Dann hatte er drei Baldriandragees geschluckt und sich ins Bett gelegt.

Anna war nicht mehr in der Wohnung. Auf dem Küchentisch lag ein Zettel. *Bin schon vorgegangen. Treffen uns im Lesecafé.*

Als er eine halbe Stunde später dort ankam, sah er Carola hinter dem Tresen stehen. Sie wischte sich die Hände an einem Geschirrtuch ab und kam, um ihn zu umarmen. „Wie geht es dir, Robert?“

Marthaler zog die Stirn in Falten, ohne zu antworten.

„Ich war heute Morgen bei Tereza“, sagte Carola. „Schaffst du es, sie heute noch zu besuchen? Ich glaube, sie hat Sehnsucht nach dir.“

„Ich will gleich zu ihr. Ich muss nur rasch etwas essen. Mir ist schlecht vor Hunger. Aber erzähl: Wie geht es ihr?“

Carola war seit einigen Jahren Terezas beste Freundin. Als Tereza nach Frankfurt gekommen war, hatte sie selbst eine Zeit lang als Bedienung im Lesecafé gearbeitet. Hier hatten sich die beiden Frauen kennen gelernt, und hier trafen sie sich oft, um anschließend gemeinsam durch die Stadt zu schlendern oder ins Kino zu gehen.

Carola sah Marthaler prüfend an. „Sie macht sich Sorgen um dich. Sie sagt, dass sie Angst um dich hat. Außerdem hat sie im Radio gehört, was gestern passiert ist.“

„Es geht nicht um mich“, sagte Marthaler. „Ich habe dich nach ihr gefragt.“

„Doch“, erwiderte Carola. „Es geht um dich. Wenn du in Ordnung bist, wird es ihr bald wieder besser gehen, Robert. Sie wird das verkraften.“

Marthaler nickte. „Jedenfalls bin ich froh, wenn Tereza endlich wieder zu Hause ist."

„Übrigens hat eine junge Frau nach dir gefragt."

„Anna? Ja. Wir waren verabredet. Hat sie eine Nachricht für mich hinterlassen?"

„Sie will noch mal wiederkommen. Sie sagt, sie sei deine Cousine."

Marthaler spürte das Misstrauen in Carolas Stimme. Er lachte. „Sie ist nicht meine Cousine, aber ich kann dir das jetzt nicht erklären. Und jetzt bring mir bitte ein großes Frühstück mit allem."

MARTHALER wollte sich gerade den letzten Bissen seines dritten Brötchens in den Mund schieben, als Anna zurückkam.

Sie ließ sich auf den freien Stuhl an seinem Tisch fallen. „Entschuldige, dass ich dich vorhin nicht geweckt habe. Aber du hast geschlafen wie ein Baby."

„Gut so", sagte Marthaler. „Ich bin froh, verschlafen zu haben."

„Los jetzt, erzähl! Was ist passiert gestern Abend?"

Von einem auf den anderen Augenblick wurde Marthaler ernst. „Ich war allein mit Herrmann in dem Haus. Ich habe ihn erschossen, obwohl er unbewaffnet war."

Anna zog die Stirn kraus. Marthaler hatte den Eindruck, dass sie auf seltsame Weise unberührt blieb von dieser Information. „Okay", sagte sie. „Wie ist das passiert?"

„Ich habe Herrmann gesagt, dass es keinen Verhandlungsspielraum gibt. Ihn schien das nicht zu interessieren. Er hat geredet. Er hat mir all das erzählt, was wir ohnehin wussten oder uns gedacht haben."

„Was wollte er dann von dir?"

„Das habe ich mich die ganze Zeit gefragt. Aber ich bin nicht draufgekommen. Irgendwann hat er seine Pistole genommen, den Arm hochgerissen, auf mich gezielt und den Abzug gedrückt. Ich habe dasselbe getan."

„Aber du warst schneller?"

„Das weiß ich nicht."

„*Du* lebst, und *er* ist tot. Also *warst* du schneller", sagte Anna.

„Das Magazin seiner Pistole war leer, Anna."

Anna dachte einen Moment nach. „Aber das konntest du nicht wissen."

„Nein. Und genau darauf hat er spekuliert."

„Er wollte, dass du ihn tötest?"

„Ja. Offensichtlich hat er mich gehasst wie keinen anderen Menschen, weil ich vor Jahren für seine Suspendierung und schließlich für seine Entlassung gesorgt habe."

„Und er hat nicht versucht, den Mord an dem kleinen Bruno abzustreiten?"

„Nein. Er wusste, dass wir ihn hatten. Er wollte lieber sterben, als bis an sein Lebensende ins Gefängnis zu gehen. Er hatte nur noch eine Chance, sich an mir zu rächen. Er wollte, dass ich einen wehrlosen Menschen erschieße. Er wollte mich ins Unrecht setzen. Und ich habe seine Absicht nicht durchschaut. Er hat mich manipuliert, und ich war zu dumm, es zu merken."

„Aber Robert, dir ist klar, dass er sich andernfalls selbst das Leben genommen hätte."

„Das hätte er wohl. Aber du kannst dir denken, dass es mir lieber gewesen wäre, dabei nicht sein Werkzeug zu sein."

„Okay", sagte Anna und versuchte ein Lächeln, „ich verstehe, dass du daran zu knabbern haben wirst. Aber heb dir das noch ein bisschen auf. Zeig es Tereza nicht. Sie braucht dich jetzt. Jetzt ist sie an der Reihe."

„Ja. Ich will gleich zu ihr. Ich wollte dich fragen, ob du Lust hast mitzukommen. Ich denke, es wäre gut, wenn ihr euch kennen lernt."

„Du meinst, bevor sie aus der Zeitung erfährt, dass eine fremde Frau in deiner Wohnung geschlafen hat, als sie selbst im Krankenhaus war."

Marthaler lachte vor Verlegenheit. „Ja, so ähnlich."

„Ich würde sie gerne bald einmal kennen lernen. Aber nicht jetzt, nicht heute. Erzähl ihr erst einmal von mir. Wenn sie dann mag, können wir uns immer noch treffen."

„Heißt das, wir sehen uns wieder?", fragte Marthaler.

Anna nickte. „Ja, ich würde gerne", sagte sie. „Und du?"

„Ich auch", sagte Marthaler. „Was hast du jetzt vor?"

„Ich bin mit Fausto verabredet. Ich werde bei ihm bleiben, bis die Kriminaltechniker meinen Wagen freigegeben haben. Dann werde ich meine Sachen packen und nach Hamburg fahren. Ich muss mein Praktikum antreten."

„Und mit Fausto?", fragte Marthaler. „Meinst du, es geht weiter mit euch?"

Anna lächelte. Dann schlug sie die Augen nieder und zuckte die Schultern.

„Weißt du, was Tereza sagen würde? Sie würde euch empfehlen: Lasst das Leben entscheiden!"

„Ja", sagte Anna. „Gute Idee!"

TEREZA saß vor dem Klinikum auf einer Bank. Als sie Marthaler kommen sah, stand sie auf und ging ihm vorsichtig ein paar Schritte entgegen.

„Tereza, bist du verrückt, was machst du?"

Sie schlang die Arme um seinen Hals und küsste ihn auf den Mund. „Nein, bin ich nicht verrückt“, sagte sie lachend. „War ich so voll mit Sehnsucht, dass ich nicht abwarten konnte.“

Er führte sie zurück zu der Bank. Sie setzten sich nebeneinander. Er rückte ein Stück von ihr ab, um sie besser anschauen zu können. „Und? Wie fühlst du dich heute?“

„Kann man sagen frohtraurig?“

„Das kann man sagen, weil es schön ist“, antwortete Marthaler.

Ihre Hände lagen locker auf ihren Oberschenkeln. Sie hatte den Kopf in den Nacken gelegt und die Augen geschlossen. Marthaler machte es ihr nach.

„Der Arzt sagt: Brauche ich nur noch Pflaster, sonst ist schon fast alles okay.“

„Ja, fast alles!“, sagte er.

Sie wandte sich zu ihm um. Sie nahm seinen Kopf in beide Hände und zog ihn zu sich. „Robert, hör zu! Fast alles heißt: fast alles. Meine Hormone sind ein bisschen dumm. Ich heule manchmal rum. Und wird auch noch so bleiben eine Weile.“

„Das ist in Ordnung.“

„Und das mit dem Kind … Jede Frau weiß, dass es gibt so etwas. Es tut weh, aber es gibt.“

„Gut, ich werde versuchen, nicht zu viel zu jammern.“

Tereza hatte ihre Hand auf seinen Oberschenkel gelegt. Sie saßen lange nebeneinander, ohne zu reden. Marthaler konnte sich nicht erinnern, in der letzten Woche einen Moment erlebt zu haben, in dem er so entspannt gewesen war.

Als Marthaler am Abend langsam durch die Schwarzburgstraße fuhr, sah er seine Kollegin Kerstin Henschel am Straßenrand in ihrem Wagen sitzen. Sie beobachtete wieder die Kellerwohnung von Bernd Kirchhoff. Marthaler parkte in einer Seitenstraße. An einem Kiosk kaufte er sich die *Rundschau.* Er blätterte sie kurz durch und sah, dass sie voll war mit Berichten über die Ereignisse in Danzwiesen und in der Humperdinckstraße. Er rollte die Zeitung zusammen und steckte sie in seine Jackentasche.

„Robert, du bist mehr als eine halbe Stunde zu früh“, sagte Kerstin Henschel, als Marthaler sich neben sie in den Wagen setzte.

„Ich dachte, es ist dir recht, wenn du ein bisschen früher nach Hause kannst.“ Kerstin nickte. Marthaler zeigte mit dem Kopf in Richtung von Bernd Kirchhoffs Wohnung. „Und was ist mit ihm? Gibt es was Neues?“

„Letzte Woche dachten wir kurz, wir hätten ihn. Es sah so aus, als habe er etwas vor. Er ist ein paarmal auf seinem Fahrrad nach Seckbach gefahren. Er hat das Rad an einem Zaun angeschlossen und ist immer wieder um das Seckbacher Ried gestreift."

„Hört sich doch gut an."

„Ja, aber wir haben nicht herausbekommen, was er dort wollte."

„Ihr habt vermutet, dass dort irgendwo das Versteck sein könnte?"

„Ja, vielleicht", sagte Kerstin Henschel. „Aber irgendwann ist er dort nicht mehr hingefahren. Und wir standen wieder mit leeren Händen da."

„Was ist mit dir?", fragte Marthaler. „Du klingst so mutlos."

„Na, ist doch wahr. Man macht sich Hoffnung, nach all der Schinderei endlich Erfolg zu haben, und dann kommt wieder nichts dabei heraus."

„Kerstin, kann es sein, dass du erschöpft bist? Dass du Urlaub brauchst?"

„Das auch. Manchmal habe ich das Gefühl, ich brauche Urlaub vom Leben."

Schweigend saßen sie eine Weile nebeneinander. Von dem Mann in seiner Kellerwohnung war nichts zu sehen. Kerstin Henschel ergriff noch einmal das Wort. „Robert, die Kollegen fangen an zu meutern. Diese Observation bedeutet immer eine zweite Schicht. Langsam wird es allen zu viel."

„Das kann ich mir vorstellen."

„Und? Was schlägst du vor? Ich weiß nicht mehr, was wir tun sollen."

Marthaler rieb sich mit den Handflächen über die Augen. „Weitermachen! Was sonst?", sagte er.

Epilog

Am Montag, dem 29. August 2005, wurden die beiden Motorradfahrer Gerhard F. und Rüdiger L. beim Versuch, die Grenze zwischen Deutschland und Polen zu passieren, auf der Europastraße 30 festgenommen. Sie wurden noch am selben Tag den Behörden in Frankfurt am Main überstellt. Beide gestanden, den Überfall auf den Kunsttransport im Frankfurter Stadtwald begangen zu haben. Als ihren Auftraggeber nannten sie Dr. Hubert Ortmann.

In ihrer Aussage entlasteten sie den bei dem Überfall getöteten Wachmann Thomas Dressler. Sie gaben an, ihm das teure Mobiltelefon unter dem Vorwand überlassen zu haben, es handele sich dabei um ein Testgerät in der Erprobungsphase. Einzige Bedingung für die Schenkung: Er müsse es rund um die Uhr bei sich tragen. Von dem Peilsender, der in dem Handy eingebaut war, habe Dressler nichts gewusst.

Das „Paradiesgärtlein“ wurde unversehrt in der beheizten und klimatisierten Scheune eines ehemaligen Bauernhofes in Schwarzerden/Rhön gefunden. Dort wurden zahlreiche weitere Gemälde entdeckt, die im Art-Loss-Register, der weltweit größten Datenbank für gestohlene Kunstwerke, geführt wurden. Es handelte sich um Bilder, die aus Museen in Winterthur, Kassel, Stockholm und Graz entwendet worden waren.

Wie sich herausstellte, betrieb Dr. Hubert Ortmann im Rahmen des „Invisible Net“ seit einigen Jahren ein verborgenes Internetportal, auf dem die geraubten Bilder weltweit angeboten und verkauft wurden. Zu den Abnehmern gehörten sowohl Konzernzentralen und reiche Privatleute als auch Personen aus dem Bereich der internationalen organisierten Kriminalität. Es wurde geschätzt, dass Ortmann auf diese Weise Umsätze in zweistelliger Millionenhöhe gemacht hatte.

Im Prozess, der im Frühjahr und Sommer 2006 in Frankfurt am Main stattfand, versuchten Dr. Ortmann und seine Anwälte immer wieder, Ortmanns ehemaligen Chef als Mittäter oder Anstifter zu belasten. Obwohl fast alle illegalen Transaktionen unter dem Deckmantel der Philipp Lichtenberg Unternehmensgruppe abgewickelt wurden, folgte das Gericht dieser Einschätzung nicht. Die Richter gingen vielmehr davon aus, dass Ortmann seine umfänglichen kriminellen Geschäfte zwar mit stillschweigender Billigung Philipp Lichtenbergs, aber ohne dessen aktives Zutun betrieben habe.

Während des Prozesses hatten sich Hauptkommissar Marthaler und Anna Buchwald nur einige Male kurz auf den Gängen des Gerichts gesprochen. An einem Samstag Anfang September 2006 rief Anna in Frankfurt an und berichtete, dass sie sich auf dem Weg von Hamburg nach Ligurien befinde, wohin sie von Fausto Albanelli eingeladen worden sei. Zwei Stunden später stand sie bei Tereza und Marthaler vor der Tür.

JAN SEGHERS alias MATTHIAS ALTENBURG

„Als ich die Akte sah, wusste ich, dass ich einen Schatz geborgen hatte."

Eine entscheidende Anregung für *Die Akte Rosenherz* verdankt Jan Seghers – so das „Krimi-Pseudonym" des Schriftstellers Matthias Altenburg – der Lektüre des 1980 erschienenen Buchs *Hamlet oder Die Liebe zu Amerika*. Autor Peter Kuper, eine schillernde Frankfurter Szenefigur, berichtet darin unter anderem über sein Verhältnis zu der Lebedame Helga Matura, die am 27. Januar 1966 in Wiesbaden ermordet wurde. Die Akte zu diesem spektakulären, bis heute ungeklärten Fall stöberte Seghers im Hauptstaatsarchiv Wiesbaden auf, studierte sie eingehend und holte sich dabei wertvolle Anregungen für seinen Roman und die Figur der Karin Niebergall.

Mit seinen vier bislang veröffentlichten Kriminalromanen hat der 1958 geborene Seghers sich mittlerweile den Ruf eines deutschen Henning Mankell erschrieben, neben der spannenden Handlung vor allem wegen der psychologischen Stimmigkeit seiner Figuren und der authentischen Schilderung seiner Schauplätze. Für die Vorbereitung eines Romans braucht Seghers etwa ein Jahr: „Ich muss mit Polizisten sprechen, mit Juristen, Gerichtsmedizinern, Waffenexperten, muss die Schauplätze finden und oft mehrmals aufsuchen. Ich brauche Charaktere, die glaubwürdig sind, Orte, die man riecht und beim Lesen zu sehen meint. Das Schreiben selbst dauert dann noch mal zwölf Monate."

Kunst, ein zentrales Thema des Romans, interessiert den Autor auch privat. Das Frankfurter Städel-Museum ist für ihn ein Ort der Inspiration: „Wenn mich die vielen Worte ermüdet haben, sind es die Bilder, die mich wieder wecken und meine Wahrnehmung schärfen." Und er geht noch weiter: „Es gibt Menschen, die ohne Kunst nicht leben können. Ich gehöre dazu. Für ein gutes Bild einen Mord zu begehen – ich kann es mir vorstellen …"

NICHOLAS
SPARKS
Für immer
der
Deine

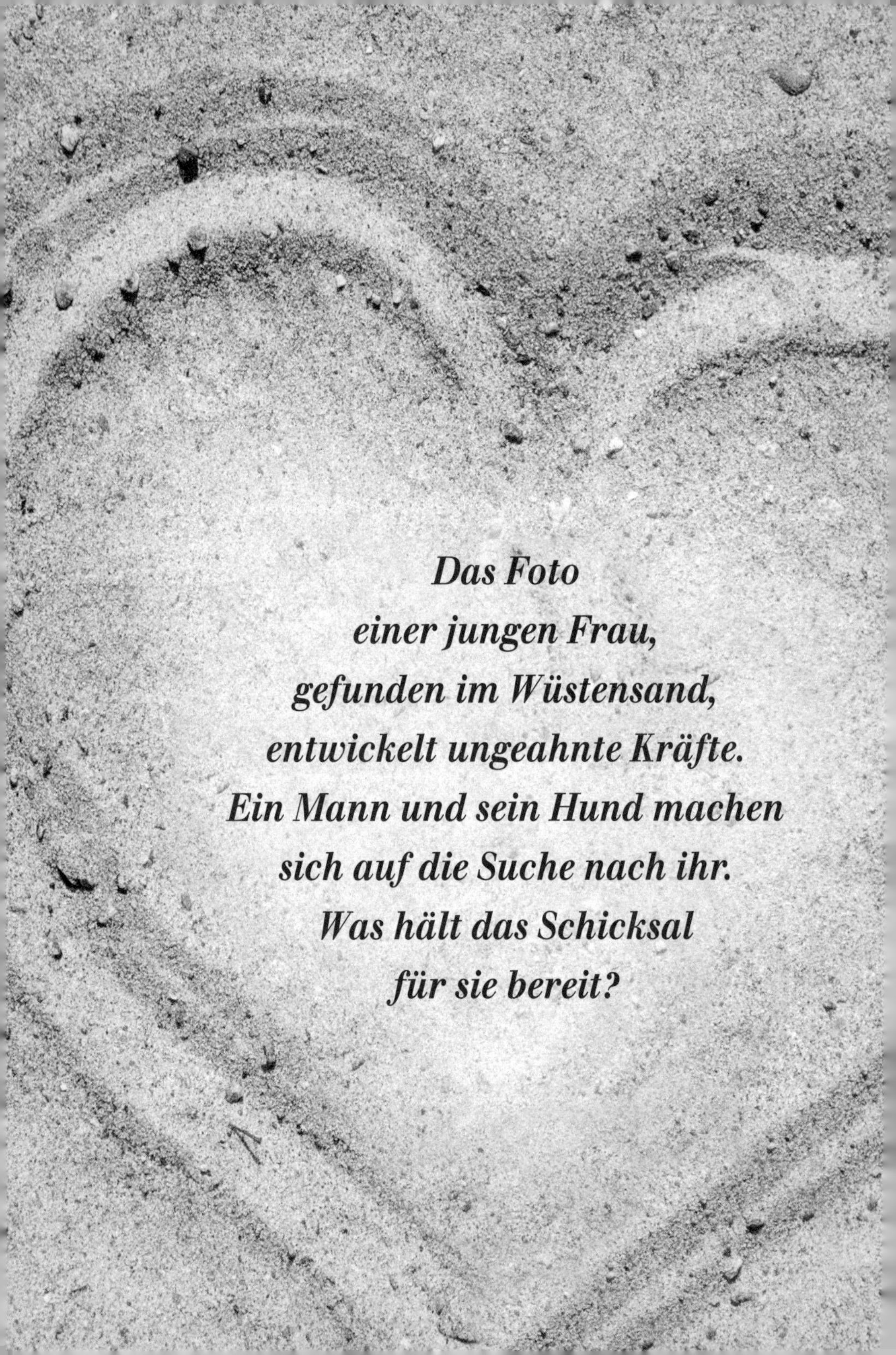

Das Foto
einer jungen Frau,
gefunden im Wüstensand,
entwickelt ungeahnte Kräfte.
Ein Mann und sein Hund machen
sich auf die Suche nach ihr.
Was hält das Schicksal
für sie bereit?

Kapitel 1

Clayton und Thibault

Er hatte sie nicht kommen hören, und aus der Nähe gefielen ihm die beiden auch nicht besser als von Weitem. Vor allem der Hund war ihm unsympathisch. Deputy Keith Clayton mochte keine Schäferhunde, auch wenn sie noch so friedlich aussahen, und dieser hier erinnerte ihn an den Begleiter von Deputy Kenny Moore, Panther, der jeden Verdächtigen bei der geringsten Aufforderung in den Schritt biss. Eigentlich fand Clayton seinen Kollegen Moore völlig verrückt, aber Moore war derjenige in der Abteilung, den er noch am ehesten als Freund betrachtete. Und die Geschichten, wie Panther die Leute attackierte, erzählte Moore wirklich witzig, sodass Clayton sich immer vor Lachen bog. Garantiert hätte Moore die kleine Nacktbadeparty, die Clayton soeben hatte platzen lassen, auch sehr gut gefallen.

Zuerst hatte er unten am Fluss in der Ferne zwei Studentinnen gesichtet, die sich unverhüllt von der Morgensonne bräunen ließen. Er machte natürlich gleich ein paar Schnappschüsse von ihnen – aber da tauchte plötzlich hinter einem Hortensienstrauch ein drittes Mädchen auf. Schnell warf er die Kamera ins Gebüsch und kam hinter seinem Baum hervor. Eine Sekunde später stand er vor der Studentin.

„Na, was haben wir denn hier?“, fragte er mit seinem breiten Südstaatenakzent, um sie möglichst gleich in die Defensive zu drängen. Es ärgerte ihn, dass er beim Fotografieren überrascht worden war, und mit seinem lahmen Begrüßungssatz war er auch nicht zufrieden. Normalerweise trat er in solchen Situationen souveräner auf. Zum Glück war das Mädchen viel zu verlegen, um seine Unsicherheit zu registrieren. Sie hüpfte ein paar Schritte rückwärts und wäre dabei fast gestolpert. Hilflos stammelnd versuchte sie, sich mit den Händen zu bedecken.

Clayton machte keinerlei Anstalten, seinen Blick abzuwenden. Stattdessen lächelte er und tat so, als merke er gar nicht, dass sie splitternackt war.

Oder als würde er jeden Tag im Wald unbekleideten jungen Damen begegnen.

„Nur keine Panik. Aber können Sie mir vielleicht erklären, was hier los ist?“, fragte er. Dabei wusste er ganz genau, was los war. Es passierte jeden Sommer ein paarmal, vor allem im August: Studentinnen von der Chapel Hill University oder der North Carolina State University in Raleigh fuhren im August fürs Wochenende nach Emerald Isle ans Meer, ehe das Herbstsemester begann. Unterwegs machten sie einen kleinen Abstecher zu dem alten Waldweg, der früher zur Holzabfuhr gedient hatte. Dieser Weg schlängelte sich durch den National Forest bis zu der Stelle, wo der Swan Creek eine scharfe Biegung in Richtung South River machte. Dort gab es einen hübschen kleinen Kiesstrand, und jeder wusste, dass man da ungestört nackt baden konnte.

Clayton hatte sich angewöhnt, dort öfter mal vorbeizufahren, immer in der Hoffnung, einen Glückstreffer zu landen – so wie heute. Vor zwei Wochen hatte er sechs nackte Mädels aufgespürt, jetzt waren es immerhin drei. Die beiden, die bisher auf ihren Handtüchern vor sich hin gedöst hatten, tasteten hastig nach ihren T-Shirts. Die eine war etwas zu mollig für seinen Geschmack, aber die beiden anderen – auch die Brünette, die vor ihm stand – hatten eine Figur, die jeden männlichen Kommilitonen um den Verstand bringen konnte. Und jeden Polizeibeamten.

„Sorry, wir wussten nicht, dass Leute hierherkommen. Wir haben gedacht, das darf man hier.“

„Kommen Sie mit. Ich würde gern auch mit Ihren Freundinnen sprechen.“

Clayton folgte ihr hinunter zum Kiesstrand und beobachtete dabei belustigt, wie das Mädchen vergeblich versuchte, seine Rückseite zu bedecken. Als sie die Lichtung beim Fluss erreichten, hatten die beiden anderen Mädchen bereits ihre T-Shirts angezogen. Die Brünette hopste schnell zu ihnen, schnappte sich ein Handtuch und warf dabei ein paar Bierdosen um. Clayton deutete auf einen Baum in der Nähe.

„Habt ihr das Schild hier nicht gesehen?“

Wie auf Kommando schauten drei Augenpaare in die angegebene Richtung. Das Schild war klein und teilweise durch die niedrigen Zweige einer alten Virginia-Eiche verdeckt. Auf Anordnung von Richter Kendrick Clayton war es dort aufgehängt worden. Dieser Richter war, nebenbei bemerkt, Keiths Onkel. Und der Vorschlag, hier so einen Hinweis anzubringen, stammte von Keith Clayton selbst – er wusste nämlich, dass ein offizielles Verbot die Anziehungskraft des Ortes nur noch steigern würde.

„Nein, das haben wir gar nicht bemerkt!“, rief die Brünette, während sie sich zu ihm umdrehte. „Wir sind heute zum allerersten Mal hier!“

„Wusstet ihr, dass Nacktheit in der Öffentlichkeit hierzulande ein kriminelles Vergehen ist?“

Er sah, wie die drei Grazien erblassten.

„Wie heißt ihr?“

„Ich heiße Amy“, erwiderte das Mädchen mit den braunen Haaren und schluckte. „Amy White.“

„Und woher kommt ihr?“

„Ich komme aus Chapel Hill. Das heißt, eigentlich aus Charlotte.“

„Wie ich sehe, stehen hier alkoholische Getränke herum. Dürft ihr überhaupt schon Alkohol trinken? Seid ihr schon einundzwanzig?“

Endlich zeigten auch die anderen beiden eine Reaktion. „Jawohl, Sir“, antworteten alle drei im Chor.

„Okay, Amy. Ich sage euch jetzt, was ich tun werde. Dass ihr das Schild nicht gesehen habt, glaube ich euch. Und auch, dass ihr Alkohol trinken dürft. Deshalb bin ich bereit, ein Auge zuzudrücken und keine Staatsaktion daraus zu machen. Ich werde so tun, als wäre ich nie hier gewesen. Im Gegenzug müsst ihr mir allerdings versprechen, dass ihr nicht zu meinem Vorgesetzten rennt und ihm erzählt, ich hätte euch ohne Strafe laufen lassen.“

Die Mädchen wussten nicht recht, ob sie ihm trauen sollten.

„Ehrlich?“, flüsterte Amy.

„Ehrlich“, wiederholte er. „Ich war schließlich auch mal auf dem College.“ Das stimmte zwar nicht, aber es klang gut, fand er. Er grinste vielsagend. „Und, bitte, entsorgt sämtliche Bierdosen, verstanden?“

„Jawohl, Sir.“

„Sehr gut.“ Damit wandte er sich zum Gehen.

„War’s das?“, rief Amy verdutzt.

Clayton drehte sich um und grinste. „Ja. Und passt gut auf euch auf!“

Durchs Unterholz machte er sich auf den Weg zurück zu seinem Streifenwagen. Immer wieder musste er sich wegen der niedrigen Zweige ducken. Er hatte seine Sache gut gemacht, fand er. Sehr gut sogar. Hoffentlich hatte er ein paar knackige Aufnahmen hinbekommen, als hübsche Ergänzung zu seiner bisherigen Sammlung. Alles in allem war es ein spitzenmäßiger Tag gewesen.

Gerade als er die Kamera aus dem Gebüsch holen wollte, hörte er ein Pfeifen. Er folgte dem Geräusch bis zu dem ehemaligen Holzweg. Dort entdeckte er einen unbekannten Mann, der den Weg entlangging. Mit Hund. Der Typ erinnerte ihn an die Hippies aus den Sechzigerjahren.

Auf jeden Fall gehörte er nicht zu den Mädchen. Da war sich Clayton ganz sicher. Erstens war er zu alt fürs College – mindestens Ende zwanzig. Und mit seinen langen Haaren würde er auch nicht zu den höheren Töchtern passen. Auf dem Rücken trug er einen schweren Rucksack, an den unten ein Schlafsack geschnallt war. Dieser Mann war kein Tagesausflügler, nein, er wirkte wie jemand, der eine richtige längere Wanderung machte. Vermutlich mit Camping. Wie lange war er schon hier? Hatte er etwas gesehen? Hatte er – zum Beispiel – mitbekommen, wie Clayton fotografiert hatte?

Nein, das war völlig unmöglich. Vom Weg aus konnte man ihn nicht sehen, weil das Unterholz viel zu dicht war, und wenn jemand durch den Wald gegangen wäre, hätte Clayton das gehört. Trotzdem erschien es ihm eigenartig, dass er in dieser Gegend einem Wanderer begegnete, hier gab es keine Touristenattraktionen, man befand sich mitten im Nichts. Und das Letzte, was Clayton gebrauchen konnte, war, dass irgendwelche versifften Hippies womöglich die Studentinnen von diesem Ort vertrieben.

Inzwischen war der Fremde an ihm vorbeigegangen und näherte sich dem Streifenwagen und dem Jeep, in dem die Mädchen gekommen waren. Clayton trat auf den Waldweg und räusperte sich. Der Fremde und sein Hund drehten sich um.

Aus der Entfernung versuchte der Deputy, sie einzuschätzen. Der Mann schien nicht besonders beeindruckt von seinem plötzlichen Erscheinen. Der Hund auch nicht. Im Blick des Fremden lag etwas, was Clayton verwirrte. Es war fast so, als hätten er und sein Begleiter ihn bereits erwartet. Der Hund wirkte unnahbar und gleichzeitig extrem wachsam – intelligent, geradezu –, genau wie Panther aussah, bevor Kenny Moore ihn losließ. Claytons Magen krampfte sich zusammen.

Eine ganze Weile starrten Clayton und der Fremde einander an. Der Deputy wusste, dass seine Uniform die Leute in der Regel einschüchterte – auch wenn sie gar nichts verbrochen hatten. Jeder wurde nervös in Gegenwart eines Gesetzeshüters, und Clayton ging davon aus, dass dieser Typ da keine Ausnahme bildete. Diese besondere Wirkung seiner Berufskleidung war schließlich einer der Gründe, warum er schon als Kind gern Polizist werden wollte.

„Haben Sie eine Leine für Ihren Hund?“, rief er. Es sollte mehr wie ein Befehl klingen als wie eine Frage.

„In meinem Rucksack."

Clayton konnte in der Aussprache des Mannes keinen regionalen Akzent ausmachen. „Nehmen Sie ihn an die Leine."

„Keine Sorge. Er rührt sich nicht, wenn ich es nicht sage."

„Trotzdem."

Der Fremde nahm seinen Rucksack ab und wühlte darin herum. Clayton reckte den Hals in der Hoffnung, vielleicht etwas zu erspähen, womit er ihn im Zweifelsfall wegen Drogen- oder Waffenbesitzes drankriegen konnte. Gleich darauf war der Hund angeleint, und der Mann musterte den Deputy mit einem Gesichtsausdruck, der zu fragen schien: *Und was jetzt?*

„Was machen Sie hier?", fragte Clayton.

„Wandern."

„Ihr Rucksack ist ganz schön groß für eine einfache Wanderung."

Der Fremde schwieg.

„Oder sind Sie vielleicht nur herumgeschlichen, weil Sie dachten, es gibt hier was zu sehen?"

„Tun das Leute hier?"

Weder der Tonfall noch die versteckte Andeutung in diesem Satz gefiel Clayton. „Ihren Ausweis bitte."

Wieder öffnete der Mann den Rucksack, holte gehorsam seinen Pass heraus und ging auf Clayton zu, um ihm das Dokument zu zeigen.

„Sie haben Ihren Führerschein nicht dabei?" Normalerweise trug niemand seinen Pass mit sich herum, weil der Führerschein als Ausweis genügte.

„Ich besitze keinen."

Clayton studierte den Namen, wobei er ihn mit den Lippen formte. „Logan Thibault?"

Der Fremde nickte.

„Woher kommen Sie?"

„Aus Colorado."

„Ganz schön weit weg von hier."

Schweigen.

„Haben Sie ein bestimmtes Ziel?"

„Ich bin unterwegs nach Arden."

„Was ist in Arden?"

„Kann ich Ihnen leider nicht sagen. Ich war noch nie dort."

Clayton runzelte die Stirn. Die Antwort fand er frech. Fast schon unverschämt. Jedenfalls passte sie ihm nicht. „Warten Sie einen Moment. Sie haben doch sicher nichts dagegen, wenn ich die Daten überprüfe."

„Bitte – gern."

Als Clayton zu seinem Wagen ging, schaute er kurz über die Schulter und sah, dass Thibault eine kleine Schüssel aus seinem Rucksack holte und sie mit Wasser aus einer Flasche füllte. Dabei wirkte er völlig unbekümmert.

Wir werden schon was finden, Freundchen! In seinem Streifenwagen nahm Clayton Funkkontakt mit der Zentrale auf, gab den Namen durch und buchstabierte ihn.

Die Frau in der Zentrale unterbrach ihn. „Das spricht man *Ti-bo* aus, nicht *Thai-bolt*. Ist französisch."

„Die Aussprache interessiert mich nicht, Marge. Du sollst nur die Daten überprüfen."

Durchs Wagenfenster sah er, dass der Fremde jetzt neben seinem Hund kauerte und ihm etwas zuflüsterte, während dieser das Wasser schlabberte. Clayton schüttelte den Kopf. Wie konnte man nur mit Tieren reden? *Spinner!* Seine Exfrau quasselte auch immer auf Hunde ein und behandelte sie wie Menschen. Eigentlich hätte er daran gleich anfangs merken müssen, dass es keinen Sinn mit ihr hatte.

„Soweit ich das sehe, gibt es keine ausstehenden Haftbefehle", hörte er Marge sagen.

„Bist du dir da ganz sicher?"

„Natürlich! Ich verstehe was von meinem Job."

Es war, als hätte der Fremde das Gespräch mitgehört. Jedenfalls richtete er sich auf, packte die Schüssel wieder ein und schulterte den Rucksack.

„Sind auch keine Anrufe eingegangen? Über Leute, die herumstreunen oder so?"

„Nein, heute Morgen ist das Telefon ruhig. Wo steckst du überhaupt? Dein Dad hat dich schon gesucht."

Claytons Dad war der Bezirkssheriff.

„Sag ihm, ich bin gleich da."

„Er ist ziemlich sauer."

„Dann richte ihm aus, dass ich auf Patrouille bin, okay?"

„Wird gemacht."

Clayton stieg aus und knallte die Tür hinter sich zu. Der Hund legte den Kopf schief, als der Deputy näher kam und Thibault den Pass zurückgab. „Entschuldigen Sie die Unannehmlichkeiten, Mr Thai-bolt." Diesmal sprach er den Namen absichtlich falsch aus. „Ich habe nur meine Pflicht getan. Oder haben Sie etwa Drogen und Waffen in Ihrem Rucksack?"

„Habe ich nicht."

„Könnte ich mal selbst nachsehen?“

„Lieber nicht. Sie wissen doch – der vierte Zusatzartikel zur Verfassung und so.“

Nicht zu fassen! Jetzt belehrte dieser Vollidiot ihn auch noch indirekt, dass es im amerikanischen Rechtssystem so etwas wie einen Schutz der Privatsphäre gab! „Ich sehe, Sie haben einen Schlafsack dabei. Zelten Sie irgendwo?“

Der Mann antwortete nicht.

„Sie sollten den Hund besser an der Leine lassen.“

„Soviel ich weiß, gibt es in diesem Bezirk keinen Leinenzwang.“

„Stimmt. Ich meine ja nur – damit Ihr Hund nicht in Gefahr gerät. Auf der Hauptstraße ist viel Verkehr.“

„Keine Sorge. Ich werde aufpassen.“

„Gut.“ Clayton wandte sich zum Gehen, überlegte es sich aber anders. „Nur noch eine Frage – wie lange sind Sie schon hier unterwegs?“

„Ich bin gerade den Waldweg hochgekommen. Warum fragen Sie?“

Der Ton, in dem er antwortete, irritierte Clayton. Er zögerte einen Moment. Aber nein – der Typ konnte ihn nicht beim Fotografieren beobachtet haben. „Nur so.“

„Kann ich jetzt los?“

„Ja. Klar.“

Clayton schaute ihm nach. Herr und Hund gingen weiter den ehemaligen Holzweg entlang, dann bogen sie in einen schmalen Pfad ein, der in den Wald führte. Sobald sie außer Sichtweite waren, ging Clayton zurück, um die Kamera zu holen. Zielstrebig fasste er in das Gebüsch. Nichts. Dann ging er ein paar Schritte zurück, um sicher zu sein, dass er an der richtigen Stelle war. Schließlich kniete er nieder und suchte den Boden ab. Allmählich geriet er in Panik. Die Kamera gehörte der Abteilung. Er borgte sie sich nur für diese „speziellen Ausflüge“. Sein Dad löcherte ihn bestimmt mit tausend Fragen, wenn sich herausstellte, dass sie nicht mehr da war. Noch schlimmer wäre es allerdings, wenn sie wiederauftauchte – mit einer Speicherkarte voller Nacktfotos.

Inzwischen waren mindestens fünf Minuten vergangen. Clayton hörte das Aufheulen eines Motors. Wahrscheinlich fuhren die Studentinnen weg. Einen kurzen Augenblick überlegte er, was sie wohl gedacht haben mochten, als sie seinen Streifenwagen noch dastehen sahen. Egal. Im Moment hatte er andere Probleme.

Die Kamera war weg.

Verloren hatte er sie nicht. Sie war *weg*. Und das verdammte Ding konnte sich ja nicht ohne fremde Hilfe aus dem Staub gemacht haben. Steckten vielleicht die Mädchen dahinter? Nein, das war unmöglich. Das bedeutete, dass dieser Thai-bolt ihn reingelegt hatte. Ihn. Reingelegt. *Nicht zu fassen!* Ihm war ja gleich aufgefallen, dass sich dieser Typ merkwürdig benahm. Aber damit kam er nicht durch! Ein versiffter Hippie, der sich mit seinem Hund unterhielt, würde Keith Clayton nicht bloßstellen. Nicht in diesem Leben!

Er kämpfte sich durch das Unterholz zurück zur Straße. Vielleicht konnte er Logan Thai-bolt noch einholen und sich ihn gleich vorknöpfen. Jemand wagte es, sich mit ihm anzulegen? Das wagte niemand! Zumindest nicht in dieser Stadt. Tja, Pech gehabt. Und der Hund? Kein Problem. Ach, das arme Tier verliert die Nerven? Na, dann tschüss, Hundilein. So einfach war das. Reine Notwehr – Schäferhunde waren Waffen. Mit dieser Begründung kam man vor jedem Gericht im Staat durch. Garantiert.

Oberste Priorität: Thibault finden. Dann: Kamera an sich nehmen. Die weiteren Maßnahmen musste er sich danach überlegen.

Erst als er vor seinem Streifenwagen stand, stellte er fest, dass beide Hinterreifen platt waren.

„Wie heissen Sie noch mal?"

Thibault beugte sich hinüber zum Fahrersitz. Er musste fast schreien, um gegen den Fahrtwind im Jeep anzukommen. „Logan Thibault." Dann deutete er mit dem Daumen nach hinten. „Und das da ist Zeus."

Zeus hockte im offenen Kofferraum, mit hechelnder Zunge, die Nase im Wind, während sich der Wagen schnell dem Highway näherte.

„Schöner Hund. Ich heiße Amy. Und das sind Jennifer und Lori."

Thibault drehte sich zu den beiden um. „Hi."

„Hallo."

Alle drei wirkten etwas konfus. Kein Wunder, dachte Thibault, nach allem, was sie gerade durchgemacht hatten. „Ich finde es sehr nett, dass ihr mich mitnehmt."

„Das machen wir doch gern. Habe ich Sie richtig verstanden – Sie wollen nach Hampton?"

„Wenn es nicht zu weit ist."

„Es liegt direkt an der Strecke."

Thibault hatte gerade den Waldweg verlassen und war wieder auf der Straße angekommen, als die Mädchen losfuhren. Als sich ihm der Jeep von hinten näherte, hatte er spontan den Daumen rausgestreckt. Nur gut, dass Zeus bei ihm war. Jedenfalls hielten die Studentinnen sofort an.

Manchmal klappte einfach alles!

OBWOHL er es verschwieg, hatte Thibault die drei gesehen, wie sie am Morgen ans Meer gekommen waren – er hatte hinter dem kleinen Hügel gleich beim Strand übernachtet. Aber als sie begannen, sich auszuziehen, hatte er sich zurückgezogen. Außer ihm war niemand da, und er selbst hatte nicht die geringsten voyeuristischen Neigungen. Wen interessierte es schon, ob die Mädchen nackt herumrannten? Es ging ihn nichts an, und eigentlich hatte er auch nicht vorgehabt, sich einzumischen – bis er sah, dass der Deputy angefahren kam.

Durch die Windschutzscheibe des Streifenwagens konnte er den Polizeibeamten gut sehen und ahnte instinktiv, dass hier etwas faul war. Das merkte man auf den ersten Blick. Was es genau war, konnte Thibault nicht sagen, aber er überlegte nicht lange und schlug sich in die Büsche. Da sah er, wie der Deputy die Speicherkarte seiner Kamera überprüfte, ganz leise die Tür seines Streifenwagens hinter sich schloss und dann zu dem kleinen Hügel am Strand schlich.

Thibault befahl Zeus zu warten und passte auf, dass er genügend Abstand hielt, damit der Deputy ihn nicht hörte. Der Rest ergab sich von ganz allein. Zum Glück – oder bedauerlicherweise, je nach Blickwinkel – tauchte dann das dritte Mädchen auf, der Deputy verlor die Nerven, und Thibault sah, wo er die Kamera hinwarf. Nachdem der Bulle und das Mädchen zu den anderen beiden gegangen waren, holte sich Thibault die Kamera. Danach hätte er spurlos verschwinden können, aber er fand, dass man diesem Mistkerl eine Lektion erteilen sollte. Keine Riesenlektion, nur eine kleine, die aber genügte, um zu verhindern, dass er Mädchen weiter belästigte. Dann konnte Thibault beruhigt weiterziehen, aber dem Polizisten war der Tag gründlich vermasselt. Also lief Thibault rasch zurück und durchstach die Reifen des Polizeiautos.

„Ach, da fällt mir ein –“, begann er jetzt. „Ich habe im Wald eure Kamera gefunden.“

„Mir gehört sie nicht. Lori, Jen – hat eine von euch eine Kamera verloren?“

Beide schüttelten den Kopf.

„Ich lasse sie euch trotzdem hier.“ Thibault legte den Fotoapparat neben sich auf den Sitz. „Ich habe selbst eine.“

„Die sieht aber ziemlich teuer aus. Wollen Sie sie nicht behalten?"

„Ich brauche sie nicht."

„Hey … haben Sie fürs Wochenende schon was geplant?", fragte Amy. „Wir fahren ans Meer."

„Danke für die Einladung, aber ich kann leider nicht."

„Sie wollen sich garantiert mit Ihrer Freundin treffen, stimmt's?"

„Wie kommen Sie auf die Idee?"

„Man merkt es Ihnen an."

Er wandte den Blick ab. „Ja, in der Tat, so etwas Ähnliches habe ich vor."

Kapitel 2

Logan Thibault

Es war schon verblüffend, wenn man darüber nachdachte, was für erstaunliche Wendungen es im Leben eines Menschen geben konnte. Bis vor einem Jahr hätte sich Thibault so eine Gelegenheit nicht entgehen lassen und das Wochenende mit Amy und ihren Freundinnen verbracht. Aber als die Mädchen ihn am Stadtrand von Hampton absetzten und er ihnen in der glühenden Augusthitze zum Abschied nachwinkte, war er richtig erleichtert. Es strengte ihn maßlos an, die Fassade der Normalität aufrechtzuerhalten.

Seit er vor fünf Monaten aufgebrochen war, hatte er höchstens ein paar Stunden freiwillig mit anderen Menschen verbracht. Bis auf die kurze Fahrt mit den Mädchen war er die ganze Strecke von Colorado bis hierher zu Fuß gegangen. Mitte März hatte er die Schlüssel zu seiner Wohnung bei der Hausverwaltung abgegeben. Seither hatte er acht Paar Schuhe durchgelaufen und sich auf den langen, einsamen Strecken zwischen den Ortschaften mehr oder weniger von Fitnessriegeln und Wasser ernährt. Gemeinsam mit Zeus hatte er jeder Witterung getrotzt: Schneestürmen, Hagelschauern, Regen und sengender Sonne. Er hatte einen Tornado gesehen, und zweimal wäre er fast vom Blitz getroffen worden. Weil er die Hauptstraßen meiden wollte, machte er zahlreiche Umwege, was seine Reise natürlich enorm verlängerte. Meistens ging er so lange, bis er müde war, und suchte sich dann gegen Ende des Tages einen Platz, wo er campen konnte.

Thibault schätzte, dass er pro Tag im Schnitt mehr als dreißig Kilometer zurücklegte. Vermutlich dachten manche Leute, er mache diese Wanderung, um den Erinnerungen an sein bisheriges Leben zu entkommen. Andere nahmen an, dass er einfach nur unterwegs sei, um unterwegs zu sein. Aber beides stimmte nicht. Thibault ging gern zu Fuß, und er hatte ein Ziel. Eine andere Erklärung gab es nicht. Er wollte selbst bestimmen, wann er aufbrach, er wählte das Tempo und den Ort, der ihm gefiel. Nachdem er vier Jahre lang beim Militär nichts anderes getan hatte, als Befehlen zu gehorchen, fand er diese Form der Freiheit wunderbar.

Seine Mutter machte sich Sorgen um ihn, aber für eine Mutter gehörte sich das so. Er rief sie alle paar Tage an, um ihr mitzuteilen, dass es ihm gut ging, aber nachdem er aufgelegt hatte, dachte er jedes Mal, dass er sich ihr gegenüber nicht fair verhielt. Er war im Irak stationiert gewesen und die letzten fünf Jahre nicht nach Hause gekommen.

„Und jetzt auch das noch!“, jammerte sie am Telefon, bevor er losging. „So eine verrückte Idee.“

Vielleicht hatte sie Recht. Vielleicht aber auch nicht.

Auf dem Parkplatz eines etwas schäbig aussehenden Motels am Stadtrand blieb Thibault stehen und holte die Schüssel samt dem letzten Rest Hundefutter aus dem Rucksack. Während Zeus fraß, blickte Thibault die Straße hinunter.

Hampton lag am Ufer des South River, etwa 55 Kilometer nordwestlich von Wilmington und der Küste, und auf den ersten Blick schien sich der Ort kaum von den Tausenden Arbeitersiedlungen zu unterscheiden, die es überall hier im Süden gab. Ein paar Ampeln hingen an schlaffen Kabeln über der Straße und regelten den Autoverkehr zur Brücke, die den South River überspannte. An der Hauptstraße reihten sich über eine Strecke von etwa einem Kilometer niedrige Backsteingebäude aneinander. Die Schilder über den Schaufenstern verkündeten, dass man hier essen und trinken oder Eisenwaren kaufen konnte. Hier und dort wuchsen alte Magnolien, und die Gehwege wölbten sich, wo deren Wurzeln den Asphalt nach oben drückten. In der Ferne entdeckte Thibault einen dieser gestreiften Pfosten, wie man sie früher vor jedem Friseursalon aufgestellt hatte, und daneben hockten ein paar alte Männer auf einer Bank. Thibault lächelte. Alles wirkte so hübsch altmodisch wie auf einem Foto aus den Fünfzigerjahren. Er wusste selbst nicht, wie er sich Hampton vorgestellt hatte, aber so bestimmt nicht.

Zeus hatte sein Futter aufgefressen. Wie lange würde es dauern, *sie* ausfindig zu machen? *Sie*, die Frau auf dem Foto. Die Frau, derentwegen er hierhergekommen war. Aber er würde sie finden. Davon war er fest überzeugt. Lächelnd schulterte er wieder seinen Rucksack. „Kann’s losgehen?“

Zeus legte den Kopf schief.

„Komm, wir nehmen uns ein Zimmer. Ich möchte etwas essen und duschen. Und du musst gebadet werden.“ Damit begab er sich zur Anmeldung.

Bevor er das Foto gefunden hatte, war Thibaults Leben ganz nach Plan verlaufen. Seine Ziele wählte er immer selbst. Natürlich wollte er gut sein in der Schule – und er hatte es geschafft. Er hatte vor, verschiedene Sportarten auszuüben – und hatte in allen Höchstleistungen erbracht. Überdies hatte er sich vorgenommen, Klavier und Geige zu spielen – und auch auf diesem Gebiet war er so weit gekommen, dass er sogar eigene Stücke komponieren konnte. Nach dem Studium an der University of Colorado beschloss er, zu den *Marines* zu gehen. Der Werbeoffizier freute sich, dass er sich als ganz normaler Soldat meldete und nicht gleich die Offizierslaufbahn einschlagen wollte. Die meisten Leute mit akademischem Abschluss hatten keine Lust, als Gefreite zu dienen, aber genau das war Thibaults Wunsch.

Ihm erschien es richtig, zur Armee zu gehen, weil schon sein Vater 25 Jahre lang bei der Marineinfanterie gewesen war. Auch er hatte als Gefreiter begonnen, und als er das Marine Corps verließ, war er einer jener grauhaarigen Sergeants mit kantigem Kinn, die jeden, dem sie begegneten, unglaublich einschüchterten – nur nicht ihre Ehefrauen und die Truppen, die sie befehligten. Sein Vater behandelte die jungen Männer, als wären sie seine Söhne. Sein höchstes Ziel war es, sie alle heil zu ihren Müttern zurückzubringen. Er hatte in Vietnam den *Bronze Star* für herausragende Leistungen im Kampfeinsatz und zwei *Purple Hearts* bekommen, die an Soldaten verliehen wurden, die durch gegnerische Kräfte verwundet wurden, und war später in Grenada, Panama, Bosnien und im Ersten Golfkrieg dabei gewesen.

Es machte seinem Vater nichts aus, dass er als Mitglied des Marine Corps ständig versetzt wurde. Logan Thibault war in seiner Kindheit immer wieder umgezogen und hatte auf Militärstützpunkten überall auf der Welt gelebt. Wie sein Vater hatte er von Anfang an vor, sich eines Tages vom Militär zu verabschieden, aber er beabsichtigte, anders als sein Vater, anschließend noch eine Weile sein Leben zu genießen. Sein Dad war, nur zwei Jahre nachdem er die blaue Uniform für immer in den Schrank gehängt hatte, an einem Herzinfarkt gestorben. Gerade hatte er noch Schnee aus der Einfahrt geschaufelt – und Sekunden später war er tot. Das lag nun schon 13 Jahre zurück. Logan Thibault war damals 15 Jahre alt.

Der Tod des Vaters und das anschließende Begräbnis gehörten für Thibault zu den deutlichsten Erinnerungen an sein Leben vor dem Militär. Wenn man in einer Soldatenfamilie aufwächst, verschwimmt in der Erinnerung vieles, weil man so oft den Wohnort wechselt. Fast kam es Thibault vor, als habe sein Leben erst mit der Grundausbildung für Rekruten auf Parris Island richtig angefangen. Kaum war er dort aus dem Bus gestiegen, brüllte ihn auch schon der Ausbildungsoffizier an. So jemand brachte einem sehr schnell bei, dass das bisherige Leben unwichtig war. Jetzt gehörte man ihm, und alles andere zählte nicht mehr. *Guter Sportler? Fünfzig Liegestütze, und zwar sofort, Sportsfreund! College-Ausbildung? Bau das Gewehr zusammen, Einstein! Vater war bei den Marines? Dann putz mal die Latrine, genau wie dein alter Herr früher!* Die gleichen alten Klischees. Laufen, marschieren, strammstehen, durch den Matsch robben, Wände hochklettern: In der Grundausbildung gab es nichts, womit Thibault nicht gerechnet hatte.

Schließlich kam er zu der Einheit *First Battalion, Fifth Marines*. Sein Standort war die Militärbasis Camp Pendleton, nicht weit von San Diego, Kalifornien. San Diego war eine Stadt ganz nach seinem Geschmack, fantastisches Wetter, wunderschöne Strände und noch schönere Frauen.

Im Januar 2003, gleich nach seinem 23. Geburtstag, wurde Thibault im Rahmen der Operation *Iraqi Freedom* nach Kuwait geschickt. Camp Doha, in einem der Industrieviertel von Kuwait City gelegen, existierte schon seit dem Ersten Golfkrieg und war sozusagen eine selbstständige Stadt. Es gab dort ein Fitnessstudio und ein Computercenter, einen Supermarkt, Restaurants – und endlose Zeltreihen, die sich bis zum Horizont erstreckten. Hier war immer viel los, aber wegen der bevorstehenden Invasion herrschte noch mehr Betrieb als sonst, was zu ziemlich chaotischen Zuständen führte.

Die Tage waren gefüllt mit stundenlangen Besprechungen, dazu kamen die strapaziösen Übungen für die permanent wechselnden Angriffspläne. In der Gerüchteküche brodelte es. Am schlimmsten war natürlich, dass man nie wusste, welches Gerücht stimmte. An einem Tag hieß es, der Einmarsch stehe unmittelbar bevor, am nächsten wurde verkündet, die Invasion werde noch eine ganze Weile hinausgezögert. Der Gegner verfüge über chemische Waffen, wusste die Gerüchteküche, und er beabsichtige auch, sie einzusetzen. Am folgenden Tag erfuhren sie, dass die Waffen mit Sicherheit *nicht* zur Anwendung kommen würden, weil der Feind fürchte, die Vereinigten Staaten könnten Atomwaffen einsetzen. Kurz – niemand wusste

Genaueres, was natürlich die Fantasie der 150 000 in Kuwait City stationierten Soldaten erst recht zum Blühen brachte.

Thibault war natürlich nicht immun gegen die wachsende Anspannung, und wie alle anderen brauchte auch er ein Ventil. Also fing er an, Poker zu spielen. In den ersten drei Wochen verlor er ungefähr jedes Zehncentstück, das er gespart hatte, seit er Soldat war – weil er bluffte, wenn es ratsam gewesen wäre auszusteigen, und weil er ausstieg, wenn er hätte weitermachen sollen. Danach war er immer tagelang schlechter Laune – er hasste es, wenn er verlor.

Die einzig sinnvolle Gegenmaßnahme war, morgens vor Sonnenaufgang eine lange Strecke zu joggen. Um diese Tageszeit war die Luft sehr kühl. Obwohl er schon einen Monat hier im Nahen Osten war, verblüffte es ihn immer wieder, wie kalt es in der Wüste sein konnte. Er lief dann sehr schnell unter dem noch funkelnden Sternenhimmel, und sein Atem bildete kleine Wölkchen.

Eines Morgens auf dem Rückweg, als er sein Zelt schon in der Ferne sah und das Tempo verlangsamte, erschien die Sonne gerade am Horizont und breitete ihren Goldschimmer über die karge Landschaft. Thibault stemmte die Hände in die Hüften, um den Atemrhythmus wieder zu normalisieren. In dem Moment sah er aus dem Augenwinkel etwas glänzen – ein Foto, das halb von Sand bedeckt war. Als er es aufhob, stellte er fest, dass es durch eine Folie geschützt war.

Vorsichtig wischte er den Sand ab.

Es war das erste Mal, dass er sie sah: die blonde Frau mit dem zauberhaften Lächeln und den blitzenden jadegrünen Augen. Sie trug Jeans und ein T-Shirt mit der Aufschrift LUCKY LADY, „Glücksbringerin". Hinter ihr befand sich ein Schild, auf dem JAHRMARKT HAMPTON stand, und neben ihr hockte ein Schäferhund, der schon etwas grau um die Schnauze war. Im Hintergrund waren Leute zu sehen, darunter zwei junge Männer, die an einer Bude Karten kauften. Auch sie trugen T-Shirts mit irgendwelchen Aufdrucken. In der Ferne sah man drei immergrüne Bäume, wie man sie eigentlich überall finden konnte. Auf der Rückseite des Fotos stand handgeschrieben: *Pass gut auf dich auf! E.*

Sein erster Impuls war, das Bild wieder wegzuwerfen. Fast hätte er das auch getan, aber dann fiel ihm ein, dass derjenige, der es verloren hatte, es bestimmt zurückhaben wollte. Sicher war diese Aufnahme für jemanden wertvoll.

Zurück im Lager, hängte er das Foto an das schwarze Brett beim Eingang zum Computercenter, weil er sich ausrechnete, dass so gut wie jeder im Camp früher oder später dort vorbeikam – also zweifellos auch der Besitzer dieses Bildes.

Eine Woche verging. Zehn Tage. Das Foto hing immer noch da. Inzwischen machte Thibaults Einheit jeden Tag Drill, und auch die Pokerspiele wurden allmählich todernst. Manche Männer hatten Tausende von Dollar verspielt. Thibault jedoch hatte seit seinen demütigenden Anfangserfahrungen nicht mehr gezockt.

Als er drei Tage vor Beginn der Invasion beim Computercenter vorbeiging, sah er, dass das Foto noch immer an dem Anschlagbrett hing. Ohne lange zu überlegen, nahm er es ab und steckte es in die Tasche – warum, wusste er selbst nicht.

Victor, sein bester Freund bei den Marines, überredete ihn an diesem Abend, wieder beim Poker mitzumachen. Weil in Thibaults Kasse Ebbe herrschte, begann er vorsichtig und ging davon aus, dass er höchstens eine halbe Stunde mitspielen würde. In den ersten drei Spielen stieg er aus, im vierten bekam er eine Straße und im sechsten ein Full House. Auch weiterhin bekam er tolle Karten, und als der Abend zur Hälfte vorüber war, hatte er seine früheren Verluste wieder wettgemacht. Seine Glückssträhne riss nicht ab, und als der Morgen dämmerte, hatte er mehr Geld gewonnen, als er während des ersten halben Jahres bei den Marines verdient hatte.

Erst als er gemeinsam mit Victor den Spieltisch verließ, wurde ihm bewusst, dass er die ganze Zeit das Foto in der Tasche gehabt hatte. Im Zelt zeigte Thibault Victor das Bild und deutete auf die Aufschrift auf dem T-Shirt. Victor Ramirez war nicht nur fromm, sondern glaubte auch an alle möglichen Vorzeichen. Gewitter, Weggabelungen und schwarze Katzen waren seine Favoriten.

Victor starrte lange auf das Foto, bevor er es Thibault zurückgab. „Du hast es in der Morgendämmerung gefunden, sagst du?“

„Ja.“

„Die Morgendämmerung ist eine bedeutsame Tageszeit“, erklärte er. „Es ist ein Zeichen. Siehst du ihr T-Shirt? Sie ist dein Glücksbringer.“

„Heute Abend hat sie mir jedenfalls Glück gebracht.“

„Nicht nur heute Abend. Du hast das Foto aus einem ganz bestimmten Grund gefunden. Dass niemand anders es nahm, hat ebenfalls seine Gründe. Du hast es heute mitgenommen – auch nicht ohne Grund. Das Foto ist für dich bestimmt.“

Thibault wollte etwas über den jungen Mann sagen, der das Bild verloren hatte und es sicher vermisste, doch er schwieg, legte sich auf seine Pritsche und verschränkte die Hände hinter dem Kopf.

Victor tat das Gleiche. „Ich freue mich für dich. Von jetzt an hast du Glück."

„Hoffen wir's."

„Aber du darfst das Bild nie verlieren, sonst kehrt sich der Zauber um."

„Was heißt das?"

„Dann hast du Pech. Und Pech ist das Letzte, was du im Krieg brauchst."

Das Motel war von innen genauso hässlich wie von außen. Holztäfelung, ein uralter Teppich, der Fernseher am Tischchen festgeschraubt. Thibault hatte für eine ganze Woche bar bezahlt. Keine Fragen. Keine Zusatzgebühr für den Hund. Ausgezeichnet. Thibault besaß keine Kreditkarten, keine offizielle Postadresse, kein Handy. Er trug so gut wie alles, was er besaß, bei sich. Allerdings hatte er ein Konto, von dem er telegrafisch Geld abrufen konnte, wenn er welches brauchte.

Energisch packte Thibault Zeus in die Badewanne und wusch ihn mit Shampoo. Danach duschte er und zog seine letzten sauberen Sachen an. Er nahm sich vor, am nächsten Tag seine Wäsche waschen zu lassen. Dann beschloss er, in dem kleinen Restaurant, das er am Ende der Straße gesehen hatte, eine Kleinigkeit zu essen.

Dort teilte man ihm mit, Hunde müssten draußen bleiben. Also legte sich Zeus neben die Eingangstür und döste vor sich hin. Thibault aß einen Cheeseburger mit Pommes, spülte alles mit einem Schoko-Milchshake hinunter und bestellte einen zweiten Cheeseburger für Zeus. Dann ging er hinaus zu Zeus, der den Burger in weniger als zwanzig Sekunden verschlang und danach sein Herrchen erwartungsvoll anschaute.

„Freut mich, dass es dir geschmeckt hat. Komm mit."

In einem Tankstellenshop kaufte Thibault einen Stadtplan und setzte sich auf eine Bank in der Nähe des Marktplatzes, mitten in einem dieser altmodischen Parks, die rundherum von Geschäftsstraßen umgeben sind. Schattenspendende Bäume, ein Spielplatz für die Kleinen und wunderschöne Blumenrabatten.

Thibault versuchte, sich mithilfe des Stadtplans zu orientieren und seine nächsten Schritte zu planen. Die Suche würde nicht einfach sein, da machte er sich nichts vor. Schließlich wusste er ja so gut wie nichts über diese Frau. Er besaß nur das Foto – keinen Namen, keine Adresse, keine Telefonnummer.

Aber ein paar Hinweise gab es doch. Schließlich hatte Thibault jede Einzelheit auf dem Foto genauestens analysiert. Das Bild war in Hampton aufgenommen worden. Die Frau sah aus, als sei sie Anfang zwanzig. Sie war attraktiv. Außerdem besaß sie einen Schäferhund – oder sie kannte wenigstens jemanden, der einen besaß. Ihr Vorname begann mit dem Buchstaben „E". Und sie war mit jemandem auf dem Rummelplatz gewesen, der später in den Irak musste. Diesem Jemand hatte sie das Foto gegeben, und Thibault hatte es im Februar 2003 gefunden – was bedeutete, dass es auf jeden Fall vorher aufgenommen worden war. Also war die Frau jetzt höchstwahrscheinlich Ende zwanzig. In der Nähe des Rummelplatzes standen drei immergrüne Bäume.

Das waren die Dinge, die er wusste, die Fakten.

Dann gab es noch alle möglichen Vermutungen. Angefangen mit Hampton. Hampton war ein häufiger Name. Im Internet hatte er jede Menge Hamptons gefunden, Bezirke und Städte: in South Carolina, Virginia, New Hampshire, Iowa, Nebraska, Georgia. Das waren noch längst nicht alle. Und dann natürlich Hampton in Hampton County, North Carolina.

Obwohl es keine eindeutigen landschaftlichen Hinweise gab, hatte er doch noch zusätzliche Informationen bekommen. Nicht durch die Frau selbst – aber die jungen Männer im Hintergrund, die an der Bude wegen Karten anstanden, gaben etwas preis. Zwei von ihnen trugen T-Shirts mit Aufdrucken. Auf dem einen war Homer Simpson zu sehen – das half nicht weiter. Aber auf dem anderen stand DAVIDSON, was ihm anfangs nichts sagte. Seine erste Vermutung war, dass es eine Anspielung auf die berühmte Motorradmarke Harley-Davidson sein könnte.

Eine neuerliche Suche bei Google brachte ihn weiter: Davidson war auch der Name eines renommierten Colleges in der Nähe von Charlotte, North Carolina. Im Verkaufskatalog der Unibuchhandlung war genau so ein T-Shirt wie das des jungen Mannes abgebildet. Das war selbstverständlich keine Garantie dafür, dass das Foto in North Carolina aufgenommen worden war. Aber weil das seine einzigen Anhaltspunkte waren, hatte Thibault bei der Handelskammer von Hampton angerufen und sich bestätigen lassen, dass es dort jeden Sommer einen Jahrmarkt gab. Ebenfalls ein gutes Zeichen, aber noch war nicht bewiesen, dass Hampton wirklich die Stadt war, die er suchte. Dies konnte er nur vermuten, doch aus Gründen, die er sich selbst nicht erklären konnte, fühlte sich dieser Ort richtig an.

Kapitel 3

Beth

Beth stellte ihre Dose Cola light beiseite. Sie war ja so froh, dass sich Ben auf der Geburtstagsparty seines Freundes Zach wohlfühlte! Wenn der Junge nur nicht anschließend zu seinem Vater müsste … Während sie diesem Gedanken nachhing, kam ihre Freundin Melody in den Garten und setzte sich neben sie.

„Gute Idee, was? Diese Wasserpistolen sind der absolute Hit."

„Hoffentlich spritzen sie uns nicht nass damit!"

Melody lehnte sich zurück und machte es sich bequem. „Was hast du den Sommer über angestellt? Ich habe dich überhaupt nicht zu Gesicht bekommen und du hast auch nie zurückgerufen, wenn ich eine Nachricht auf deinem Anrufbeantworter hinterlassen habe."

„Ja, ich weiß. Und ich habe auch ein ganz schlechtes Gewissen deswegen. Aber ich war den ganzen Sommer komplett von der Außenwelt abgeschottet. Es fällt mir unheimlich schwer, alles unter einen Hut zu bringen – Nana, den Hundezwinger, das Training … Ich habe keine Ahnung, wie Nana das so lange allein geschafft hat."

„Geht's ihr denn besser?"

Nana war Beths Großmutter. Beth war bei ihr aufgewachsen, weil ihre Eltern bei einem Autounfall ums Leben gekommen waren, als Beth erst drei war.

„Sie hat sich gut erholt, aber seit dem Schlaganfall ist ihre linke Seite immer noch ganz schwach. Ein bisschen Training kann sie übernehmen, aber die Verantwortung für den Zwinger übersteigt ihre Kräfte."

„Mir ist aufgefallen, dass sie diese Woche wieder im Chor war."

Nana sang seit dreißig Jahren im Chor der Baptistenkirche. Das war eine ihrer großen Leidenschaften. „Ja, letzte Woche ist sie das erste Mal wieder hingegangen, aber ob sie viel davon hatte, kann ich dir nicht sagen. Anschließend musste sie sich jedenfalls erst mal zwei Stunden hinlegen."

Melody nickte. „Und was passiert, wenn die Schule wieder anfängt? Du wirst doch unterrichten, oder?"

„Hoffentlich."

„Was heißt hier hoffentlich? Ist nicht nächste Woche schon die erste Lehrerkonferenz?"

„Ja, aber das heißt nicht unbedingt, dass ich hingehe. Ich weiß, für die

Schule wäre es ein Problem, aber ich kann Nana nicht den ganzen Tag allein lassen. Jetzt noch nicht. Wer würde ihr dann mit dem Zwinger helfen?"

„Kannst du nicht jemanden einstellen?", schlug Melody vor.

„Das habe ich schon versucht. Anfang des Sommers habe ich einem Mann die Stelle angeboten, er ist zweimal gekommen, dann hat er den Job hingeschmissen. Beim nächsten Kandidaten lief es genauso. Danach hat sich niemand mehr gemeldet. Das Schild ‚Aushilfe gesucht' hängt jetzt permanent bei uns im Fenster. Zwar bezweifle ich, dass sich bis nächste Woche etwas grundlegend ändert, aber – es gibt Schlimmeres. Ich trainiere die Hunde sehr gern. Oft sind sie weniger kompliziert als Schüler."

Melody zeigte auf Ben. „Er ist gewachsen."

„Ja, gut zwei Zentimeter", antwortete Beth. Ben war zehn Jahre alt und seit jeher klein für sein Alter. Zach, Melodys Sohn, war genau das andere Extrem: Er war immer der Längste in der Klasse.

„Ich habe gehört, dass Ben im Herbst nicht mehr Fußball spielen will", bemerkte Melody.

„Stimmt, er möchte etwas Neues ausprobieren. Er will Geige spielen lernen."

„Freut mich für ihn", entgegnete Melody. „Ich wette, er macht das gut. Aber Zach wird enttäuscht sein."

„Sie wären doch sowieso nicht mehr in derselben Mannschaft. Zach spielt in der Auswahl, oder?"

„Wenn er reinkommt."

„Er wird's schon schaffen."

Ganz bestimmt. Zach war eins dieser wettkampfstarken Kinder, die auf dem Platz andere, weniger talentierte mühelos an die Wand spielten – und zu denen gehörte auch Ben. Selbst jetzt, während sie mit ihren Wasserpistolen im Garten herumrannten, konnte Ben nicht mit ihm mithalten. Ben war gutherzig und lieb, aber ein Athlet war er beim besten Willen nicht, eine Tatsache, die ihren Exmann unendlich wütend machte. Letztes Jahr hatte er bei den Fußballspielen immer mit grimmiger Miene an der Seitenlinie gestanden – was übrigens einer der Gründe war, weshalb Ben nicht mehr spielen wollte.

„Und wie sieht's bei dir aus? Warst du mit jemandem aus?"

Beth verzog das Gesicht. „Nein. Seit Adam bin ich mit keinem Mann mehr ausgegangen."

„Was ist eigentlich aus ihm geworden?"

„Keine Ahnung."

Melody schüttelte den Kopf. „Ehrlich gesagt – ich beneide dich nicht. Diese Kennenlernphase fand ich immer schrecklich."

„Aber zumindest hast du das ziemlich gut hingekriegt. Ich dagegen bin da eine absolute Niete."

„Jetzt übertreibst du aber."

„Nein, tue ich nicht. Diese Phase ist strapaziös. Zumal in meinem Alter."

„Ich bitte dich! Du bist noch nicht mal dreißig, und du siehst toll aus."

Seit sie denken konnte, hörte Beth dieses Kompliment, und es entging ihr natürlich nicht, dass Männer sich nach ihr umdrehten. In ihren ersten drei Jahren als Lehrerin waren zum Elternabend immer nur Mütter gekommen; nur ein einziges Mal erschien ein Vater allein. Als sie sich mit Nana darüber unterhielt, hatte Nana gesagt: „Sie wollen dich nicht mit ihren Ehemännern allein lassen, weil du so hübsch bist wie ein köstlicher Kürbis." Nana hatte schon immer eine sehr eigenwillige Art, sich auszudrücken.

„Du vergisst, wo wir leben", erwiderte Beth jetzt. „Hier in der Gegend gibt es nicht viele alleinstehende Männer in meinem Alter. Und wenn sie allein sind, hat das meist einen Grund."

„Stimmt doch gar nicht."

„In der Großstadt ist das vielleicht anders. Aber in diesem Kaff? Glaub mir. Ich wohne schon mein ganzes Leben lang hier. Wenn sich mal ein junger Mann mit mir verabreden wollte, was selten genug vorkam, hat er spätestens nach dem dritten Mal nicht mehr angerufen. Frag mich nicht warum." Sie machte eine gelassene Handbewegung. „Aber mir macht das nichts aus. Ich habe Ben und Nana. Es ist ja nicht so, dass ich allein lebe, nur mit zwei Dutzend Katzen."

„Nein. Du hast Hunde."

„Aber es sind nicht *meine* Hunde, sondern die Hunde anderer Leute. Das ist ein Unterschied."

„Ja, klar." Melody lachte belustigt auf. „Ein *Riesen*unterschied." Sie stand auf. „Ich glaube, ich gehe jetzt mal rein und hole den Kuchen."

„Brauchst du Hilfe?"

„Nein, danke. Bleib ruhig sitzen. Ich bin gleich wieder da."

Beth schaute ihr nach. Sie hatte Melody und ihren Mann David schon immer für ein glückliches Paar gehalten. Beths Ehe hingegen war vom ersten Tag an ein Desaster gewesen. Genau wie Nana es vorausgesagt hatte. Nana hatte die Gabe, Menschen mit einem Blick zu durchschauen, und wenn sie jemanden nicht leiden konnte, reagierte sie immer mit einem ganz bestimmten Schulterzucken. Als Beth ihr eröffnete, sie sei schwanger und werde doch nicht gleich aufs College gehen, sondern lieber heiraten, zuckte Nana so heftig die Schultern, dass man den Eindruck hatte, es sei ein krankhafter Anfall. Beth hatte diese Reaktion damals natürlich ignoriert, aber das Zucken hörte nicht auf, bis Beth vor zehn Jahren wieder nach Hause gezogen war. Keine neun Monate hatte die Ehe gehalten. Nana hatte die ganze Zeit Recht gehabt.

Melody verschwand im Haus, und als sie nach ein paar Minuten wieder herauskam, hatte sie David mit Papiertellern und Plastikgabeln im Schlepptau.

Gelegentlich fragte sich Beth, wie sich ihr Leben anfühlen würde, wenn sie verheiratet wäre. Natürlich nicht mit ihrem Ex. Nein, mit einem anderen Mann. Mit einem … besseren. Die Vorstellung gefiel ihr, jedenfalls in der Theorie. Aber nach zehn Jahren war sie an ihr jetziges Leben gewöhnt. Klar, es wäre sicher schön, jemanden zu haben, mit dem sie nach der Arbeit die Abende verbringen konnte oder der ihr hin und wieder den Rücken massierte. Aber Alleinsein hatte durchaus auch seine angenehmen Seiten, zum Beispiel dass sie den ganzen Samstag im Schlafanzug vertrödeln konnte, wenn sie Lust dazu hatte. Außerdem – Beziehungen waren schon kompliziert genug, aber eine Ehe war noch viel schwieriger.

Beth schaute auf die Uhr. Sobald der Kindergeburtstag vorbei war, musste sie los und nach Nana sehen. Garantiert war sie im Gebäude, wo auch der Zwinger untergebracht war, entweder hinter ihrem Schreibtisch oder bei den Hunden. Nana konnte wahnsinnig stur sein. Spielte es eine Rolle, dass sie das linke Bein kaum noch belasten konnte? „Vielleicht war es schon mal besser, aber es ist schließlich nicht aus Wachs.“ Oder dass ihr linker Arm praktisch nutzlos war? „Solange ich meine Suppe mit dem anderen essen kann, brauche ich ihn sowieso nicht.“ Sie war wirklich etwas ganz Besonderes. Schon immer.

„Hey, Mom.“ Weil Beth so in Gedanken versunken war, hatte sie Ben gar nicht kommen hören. Sein sommersprossiges Gesicht glänzte verschwitzt.

„Ja, mein Schatz?“

„Kann ich bei Zach übernachten?“

„Heute geht es leider nicht. Dein Dad holt dich um fünf ab.“

„Kannst du ihn nicht anrufen?“

„Ich kann’s versuchen. Aber du weißt ja …“

„Ja, ich weiß.“ Ben nickte verständig, und wenn er das tat, gab es ihr immer einen kleinen Stich ins Herz.

DIE SONNE brannte auf die Windschutzscheibe, und im Auto war es brütend heiß. Hätte sie doch nur die Klimaanlage reparieren lassen! Jetzt hatte Beth das Seitenfenster geöffnet, und die Haare wehten ihr ins Gesicht.

„War's schön?"

„Ja", erwiderte Ben kurz angebunden.

„Mehr nicht?"

„Ich bin k.o., Mom."

Sie deutete auf ein Fast-Food-Restaurant, an dem sie gerade vorbeifuhren. „Möchtest du kurz rein und dir ein Eis holen?"

„Danke, ich hab keinen Hunger. Ich hab gerade Kuchen gegessen."

„Okay, wie du meinst. Aber wenn du nachher doch eins möchtest, gib mir nicht die Schuld, dass du die Chance verpasst hast."

„Bestimmt nicht." Er drehte sich zum Fenster.

„Hey, was ist los? Hast du was?"

Wegen des Windes konnte Beth seine Antwort kaum hören. „Warum muss ich zu Dad? Das macht echt keinen Spaß. Er schickt mich um neun ins Bett, als wäre ich noch in der zweiten Klasse. Und morgen muss ich bestimmt wieder alles Mögliche für ihn erledigen."

„Aber er geht mit dir nach der Kirche zu deinem Urgroßvater zum Essen, oder?"

„Ja, aber ich will trotzdem nicht hin."

Ich möchte auch nicht, dass du hingehst, dachte sie. Aber was konnte sie tun? „Nimm ein Buch mit", schlug sie vor. „Dann kannst du heute Abend lesen und morgen auch, wenn dir langweilig wird."

„Das sagst du immer."

Weil ich nicht weiß, was ich dir sonst raten soll, dachte sie. „Es tut mir leid, dass das alles so schwer für dich ist."

„Ja, ich weiß."

BETH litt darunter, dass Ben seinen Dad nicht gern besuchte. Sie sah ihm nach, als er ins Haus ging, und stellte sich vor, wie er in seinem Zimmer seine Sachen zusammenpackte. Aber sie folgte ihm nicht, sondern setzte sich auf die Verandastufen und dachte zum tausendsten Mal, wie schön es wäre, wenn sie eine große Schaukel hätten. Es war noch heiß, und aus dem Gejaule, das aus dem Zwinger am anderen Ende des Grundstücks zu ihr drang, konnte sie schließen, dass auch die Hunde unter der Hitze litten. Angestrengt horchte sie nach einem Laut von Nana. Wenn Nana in der Küche gewesen wäre, als Ben dort durchlief, hätte man sie ganz bestimmt gehört.

Nana war eine wandelnde Geräuschquelle. Das lag nicht an ihrem Schlaganfall, sondern war ein wesentlicher Bestandteil ihrer Persönlichkeit. Mit ihren 76 Jahren führte sie sich manchmal auf, als würde sie demnächst siebzehn: Sie lachte schallend, knallte beim Kochen mit dem Löffel gegen den Topf und stellte das Radio ohrenbetäubend laut, wenn eine Big Band spielte. „Solche Musik wächst nicht einfach auf den Bäumen, weißt du."

Früher hatte Nana zusammen mit ihrem Mann Jagdhunde, Blindenhunde, Drogensuchhunde für die Polizei und Wachhunde für Privatpersonen gezüchtet und trainiert. Seit seinem Tod leitete sie jetzt nur noch eine ganz normale Hundeschule. Die Besitzer überließen ihr die Hunde für zwei Wochen, und in dieser Zeit lernten sie das Wesentliche, nämlich die Grundkommandos: „Sitz", „Platz", „Komm", „Bleib" und „Bei Fuß". Meistens hatte Nana 15 bis 25 Hunde da, die alle zwei Wochen wechselten, und jeder einzelne brauchte etwa zwanzig Minuten Training pro Tag. Bei 15 Hunden ging das noch, aber wenn man 25 versorgen musste, wurde der Arbeitstag sehr lang, vor allem weil man ja auch mit jedem Tier rausmusste.

Beth schaute wieder auf die Uhr. Keith, ihr Ex, würde gleich hier sein. Obwohl sie Probleme mit diesem Mann hatte, teilten sie das Sorgerecht, und sie versuchte, das Beste daraus zu machen. Sie sagte sich immer, dass es für Ben wichtig war, mit seinem Vater zusammen zu sein. Und sie musste zugeben, dass Keith meistens gar nicht so übel war. Unreif, ja, aber nicht gemein. Jeden Sonntag ging er brav in die Kirche, er hatte einen festen Job und zahlte pünktlich den Unterhalt. Vielmehr, seine Familie zahlte. Das Geld kam aus einem der zahlreichen Fonds, die seine Familie im Lauf der Jahre angelegt hatte. Und meistens schaffte Keith es sogar, sich für die Wochenenden, die er mit seinem Sohn verbrachte, von seiner endlosen Reihe von Freundinnen freizunehmen.

Aber das war es nicht, was Ben am meisten belastete. Die Freundinnen fand er ganz in Ordnung – sie behandelten ihn wie einen kleinen Bruder. Dass er so viel mithelfen musste, machte ihm eigentlich auch nichts aus. Nein, das Problem lag darin, dass Keith von Ben enttäuscht war, auf eine dumme, kindische Art. Keith wünschte sich einen Sportler als Sohn, aber stattdessen hatte er einen Jungen, der Geige spielen wollte. Keith wünschte sich jemanden, mit dem er auf die Jagd gehen konnte, und er hatte ein Kind, das sich lieber mit einem Buch verkroch. Ihr Ex wünschte sich einen Sohn, der Baseball spielte, doch stattdessen war er mit einem Sohn geschlagen, der ein Tölpel war und eine Brille brauchte.

Natürlich sagte Keith das nie zu Ben oder zu ihr, aber das war auch nicht nötig. Man sah es an seiner verächtlichen Miene, wenn er Ben beim Fußballspielen zuschaute. Auch konnte er es nicht über sich bringen, Ben dafür zu loben, dass er das letzte Schachturnier gewonnen hatte. Ständig versuchte Keith aus seinem Sohn einen anderen Menschen zu machen.

Ben wurde völlig konfus, und Beth brach es das Herz. Seit Jahren versuchte der arme Junge, es seinem Vater irgendwie recht zu machen, aber allmählich entmutigten ihn diese vergeblichen Anstrengungen. Zum Beispiel beim Baseball. Da musste man bestimmte Wurf- und Fangtechniken lernen. Am Anfang war Ben auch Feuer und Flamme, aber nach einer Weile fing er an, Baseball zu hassen. Wenn er drei Bälle nacheinander fing, verlangte sein Vater, dass er vier Bälle schaffte. Dann mussten es fünf sein. Danach sollte er lernen, im Laufen zu fangen. Er sollte die Bälle erwischen, die sein Vater mit aller Kraft warf. Und wenn ihm einer aus der Hand rutschte? Dann hätte man denken können, die Welt ginge unter.

Ben begann, auf seine eigene Art Widerstand zu leisten. Er ließ alle Bälle fallen, die Keith warf, auch die leichten, und ignorierte die wachsende Frustration seines Vaters. Der schleuderte schließlich wütend seinen Baseballhandschuh auf den Boden und stürmte ins Haus, um den Rest des Nachmittags zu schmollen. Ben tat dann so, als würde er es gar nicht merken, setzte sich unter eine Weihrauchkiefer und las, bis Beth ihn ein paar Stunden später abholte.

Beth stritt sich mit ihrem Ex nicht nur wegen Ben. Auch sonst waren sie wie Feuer und Eis. Keith fand, dass zwischen ihnen immer noch was laufen könnte – was sie unglaublich ärgerte. Wieso wollte er nicht kapieren, dass sie nichts mehr für ihn empfand? Sie konnte sich nicht einmal mehr genau daran erinnern, was ihr damals, vor vielen Jahren, eigentlich an ihm gefallen hatte. Jetzt stellten sich ihr die Haare auf, wenn sie merkte, dass er sie von oben bis unten musterte. Er war nicht ihr Typ. Und wenn sie ehrlich war, musste sie zugeben, dass er es nie gewesen war.

Wenn doch ihr jüngerer Bruder Drake hier wäre! Wie immer, wenn sie an ihn dachte, durchfuhr sie ein tiefer Schmerz. Wenn Drake früher vorbeikam, ließ Ben alles stehen und liegen und folgte ihm, so wie die Hunde Nana folgten. Gemeinsam zogen die beiden los, um Schmetterlinge zu fangen, oder sie kletterten in das Baumhaus, das Grandpa gebaut hatte und das man nur erreichte, wenn man eine wacklige Brücke überquerte, die einen der beiden Bäche auf dem Grundstück überspannte. Im Gegensatz zu Keith akzeptierte Drake ihren Sohn so, wie er war. In vieler Hinsicht erfüllte er für Ben viel eher die Vaterrolle als ihr Ex.

Aber jetzt musste sie nach Nana schauen! Als Beth sich erhob, bemerkte sie, dass im Büro Licht brannte, aber sie konnte sich nicht vorstellen, dass Nana Verwaltungskram erledigte. Es war viel wahrscheinlicher, dass sie im Trainingsgehege hinter dem Zwinger war, deshalb ging Beth in diese Richtung. Hoffentlich hatte Nana es sich nicht in den Kopf gesetzt, mit mehreren Hunden rauszugehen. Sie konnte doch das Gleichgewicht nicht mehr halten, wenn die Tiere an den Leinen zerrten! Aber Nana hatte diese Spaziergänge immer sehr geliebt. Ihrer Überzeugung nach bekamen die meisten Hunde nicht genug Auslauf, und das Grundstück bot viele Möglichkeiten, diesen Mangel auszugleichen. Es hatte eine Fläche von fast dreißig Hektar mit vielen Wiesen, die an Laubwälder grenzten. Ein halbes Dutzend Wege durchzog das Gelände, außerdem die zwei Bäche, die in den South River mündeten.

Beth hörte Nanas Stimme vom Trainingsgelände hinter dem Zwinger her: „Bleib … Komm. Precious, braver Hund. Gut gemacht.“

Beim Näherkommen sah Beth, dass Nana einen tibetischen Shih-Tzu lobte, der auf sie zutrottete. Diese Hunderasse erinnerte sie immer an die Aufziehspielzeuge, die man bei Wal-Mart kaufen konnte.

„Was machst du da, Nana? Du weißt doch, dass du nicht allein hier hinten sein sollst.“

„Oh – hallo Beth.“ Nana redete nicht mehr so schleppend wie noch vor zwei Monaten.

Beth stemmte die Hände in die Hüften. „Du sollst nicht allein hierherkommen!“

„Ich hab das Handy dabei. Wenn was ist, kann ich jederzeit telefonieren.“

„Du hast doch gar kein Handy.“

„Doch – deines. Heute früh habe ich es aus deiner Handtasche stibitzt.“

„Und wen hättest du dann angerufen?“

Darüber hatte sich Nana offensichtlich keine Gedanken gemacht. Mit gerunzelter Stirn musterte sie den Shih-Tzu. „Da siehst du, wie schwer ich es habe, mein Lieber. Ich habe dir doch gesagt, dieses Mädel ist schlauer als eine Seidenraupe.“

Beth ahnte, dass Nana gleich das Thema wechseln würde.

„Wo ist Ben?“, fragte Nana prompt.

„Im Haus. Er packt seine Sachen, weil er gleich zu seinem Vater fährt.“

„Ich wette, er freut sich wie ein Schneekönig. Bist du dir sicher, dass er sich nicht im Baumhaus verkrochen hat?“

„Lass gut sein, Nana“, erwiderte Beth. „Keith ist immer noch sein Dad. Wie lange bist du eigentlich schon hier hinten?“

„Wie viel Uhr ist es jetzt?“

„Gleich vier.“

„Na, dann sind es drei Stunden.“

„In dieser Hitze?“

„Man muss mich nicht in Watte packen, Beth. Ich hatte nur eine kleine Unpässlichkeit.“

„Du hattest einen Schlaganfall!“

„Aber keinen schweren. So, und jetzt will ich meinen Urenkel sehen. Ich möchte mich von ihm verabschieden, bevor er losfährt.“

Sie gingen in Richtung Zwinger. Precious folgte ihnen hechelnd.

„Ich glaube, ich würde heute Abend gern chinesisch essen“, verkündete Nana. „Was meinst du?“

„Gut, von mir aus. Aber nichts, was schwer im Magen liegt. Und nichts Gebratenes. Dafür ist es heute zu heiß.“

„Du bist eine Spielverderberin!“

„Aber gesund.“

„Das ist das Gleiche. Ach ja – und weil du so gesund bist, macht es dir doch sicher nichts aus, Precious wegzubringen? Sie ist in Nummer zwölf.“

Als sie den Zwinger erreicht hatten, humpelte Nana weiter in Richtung Haus. Das Humpeln war stärker geworden im Lauf des Tages. Insgesamt ging es ihr schon besser, das stimmte, aber völlig wiederhergestellt war sie noch lange nicht.

Kapitel 4

Logan Thibault

Das Marine Corps basierte auf der Dreierregel. Das lernte man gleich zu Anfang in der Grundausbildung, damit man den Aufbau dieser Eliteeinheiten besser verstand. Drei Marines bildeten ein *Fire Team*, also das Grundelement. Drei Fire Teams bildeten ein *Squad*, drei Squads ergaben ein *Platoon*, aus drei Platoons wurde eine Kompanie, aus drei Kompanien ein Bataillon und schließlich aus drei Bataillonen ein Regiment. Jedenfalls in der Theorie. Als die Invasion in den Irak begann, war Thibaults Regiment mit Teilen aus drei anderen Einheiten kombiniert worden, unter anderem mit einem Aufklärungsbataillon, einem amphibischen Angriffsbataillon – Kampftruppen zu Wasser und zu Land – und Kompanie B vom Ersten Kampfbataillon. Eine riesige Maschinerie, auf alles vorbereitet, insgesamt fast sechstausend Mann.

Während Thibault auf der Suche nach dem Platz weiterging, an dem das Foto aufgenommen worden war, beobachtete er, wie sich mit Einbruch der Dämmerung die Farben veränderten. Er musste an jenen Abend denken, an dem er sich als Soldat das erste Mal auf feindlichem Gebiet befand. Sein Regiment war das erste, das in den Irak einmarschierte, um die Ölfelder von Rumaila zu besetzen. Saddam Hussein hatte im Ersten Golfkrieg bei seinem Rückzug die Ölquellen in Kuwait in Brand gesteckt, und man wollte unter allen Umständen verhindern, dass dies wieder passierte. Und tatsächlich schaffte es Thibaults Regiment, rechtzeitig dort zu sein. Nur sieben Ölquellen brannten, als das Gebiet eingenommen wurde. Von dort wurde Thibaults Regiment weitergeschickt nach Bagdad, um bei der Einnahme der Hauptstadt Unterstützung zu leisten. Sein Regiment war das höchstdekorierte des gesamten Marine Corps und wurde daher ausgewählt, tiefer ins Land vorzudringen als je ein Regiment in der Geschichte der Marineinfanterie. Thibaults erster Irak-Aufenthalt dauerte gut vier Monate.

Das war jetzt fünf Jahre her, und die Erinnerung an die Details dieses ersten Einsatzes war inzwischen verblasst. Thibault hatte seine Pflicht getan und wurde schließlich nach Camp Pendleton zurückbeordert. Er vermied es, über seine Erfahrungen zu sprechen, und versuchte möglichst gar nicht daran zu denken. Nur einen Vorfall konnte er nicht ganz verdrängen, und dieser hatte etwas mit Ricky Martinez und Bill Kincaid zu tun, den beiden anderen Männern seines Fire Teams.

Nachdem sie die Ölfelder gesichert hatten, rückten sie bis zu den Außenbezirken von Bagdad vor. Ihr Fire Team gehörte zu einem riesigen Konvoi – sie waren drei Männer unter Hunderten, die den Ring um die Stadt immer enger zogen. Bis auf das Heulen der Motoren ihrer Fahrzeuge war alles sehr still, als sie in die Vorstädte eindrangen. Aber dann konnte man aus einer kleinen Seitenstraße, die von der Hauptstraße abging, Schüsse hören. Thibaults Squad erhielt den Befehl, der Sache nachzugehen. Zuerst sondierten die Soldaten die Lage: dicht beieinanderstehende Häuser mit zwei bis drei Stockwerken zu beiden Seiten einer schmalen Straße mit unzähligen Schlaglöchern. Ein streunender Hund, der im Müll nach etwas zu fressen suchte. Die qualmenden Überreste eines Autos, etwa hundert Meter entfernt. Die Marines warteten ab. Sahen nichts. Warteten noch eine Weile. Hörten nichts. Schließlich erhielten Thibault, Ricky und Bill den Befehl, die Straße zu überqueren. Die drei erreichten die andere Straßenseite ohne Zwischenfall. Daraufhin bewegte sich die ganze Gruppe die Straße hinunter.

Plötzlich ging es los. Keine vereinzelten Schüsse mehr, sondern ein nicht enden wollendes tödliches Knattern aus mehreren automatischen Waffen. Und nirgends die Möglichkeit, in Deckung zu gehen, höchstens in einem Hauseingang, aber auch da war man nur sehr unzulänglich geschützt.

Ohne zu zögern, erwiderten Thibault und die anderen das Feuer. Auf der gegenüberliegenden Straßenseite wurden zwei Männer verwundet, doch da rückte bereits Verstärkung an. Ein Panzer rollte in die Straße, schnelle Infanterie folgte. Die Luft vibrierte vom Mündungsfeuer, überall Staub und Glassplitter. Thibault hörte Schreie, er sah Menschen aus den Häusern auf die Straße rennen. Thibault, Ricky und Bill war es wegen des ständigen Kugelhagels noch immer nicht möglich, sich zu bewegen. Ein lautes Donnern erfüllte die Luft, da sackte das oberste Stockwerk eines Hauses zusammen. Der Panzer kam immer näher. Plötzlich wurden sie aus *zwei* Richtungen attackiert. Bill schaute Thibault an, Thibault blickte zu Ricky. Alle drei wussten, was zu tun war. Sie mussten weg – wenn sie stehen blieben, würden sie sterben. Thibault rannte als Erster los.

Eine Sekunde später war alles um ihn herum nur noch gleißendes Licht. Dann folgte pechschwarze Nacht.

MEHR ALS fünf Jahre später in Hampton konnte sich Thibault nicht mehr an Einzelheiten erinnern, nur noch daran, dass er das Gefühl hatte, er befände sich in einer Wäscheschleuder. Er wurde von einer Explosion auf die Straße katapultiert. In seinen Ohren dröhnte es. Erst später erfuhr er, dass es die Explosion einer Panzerfaust gewesen war. Ein Offizier erklärte Thibault, sie sei vermutlich für den Panzer bestimmt gewesen. Die Panzerfaust verfehlte den Geschützturm nur um Zentimeter und raste stattdessen auf Thibault, Ricky und Bill zu.

Thibault war bewusstlos und wurde auf einen *Humvee*, ein Geländefahrzeug, geladen und abtransportiert. Wie durch ein Wunder waren seine Verletzungen vergleichsweise harmlos, und nach drei Tagen konnte er wieder zurück zu seiner Gruppe. Aber Ricky und Bill kamen nicht wieder. Sie wurden mit militärischen Ehren beigesetzt. Ricky wäre eine Woche später 22 Jahre alt geworden. Bill hatte gerade seinen zwanzigsten Geburtstag gefeiert. Die beiden waren weder die ersten Opfer noch die letzten. Der Krieg ging weiter.

Thibault zwang sich, nicht an die beiden toten Kameraden zu denken. Das klang herzlos, aber im Krieg muss man solche Erlebnisse wegschieben. Statt zu grübeln, erfüllte er seine Pflicht und konzentrierte sich darauf, selbst am Leben zu bleiben und anderen beizustehen, damit auch sie am Leben blieben.

Jetzt spürte er, wie die Erinnerung an den Verlust in sein Bewusstsein drang, während er durch die stillen Straßen von Hampton wanderte, bis er in die Außenbezirke am anderen Ende der Stadt gelangte. Er ging die Schnellstraße entlang, auf dem erhöhten Grasstreifen am Rand, möglichst weit weg von den Autos. Zeus trottete hinter ihm her.

Schließlich gelangte Thibault zum Rummelplatz. Er war von einem Maschendrahtzaun umgeben und menschenleer. Nichts Besonderes, dachte Thibault, während er über das Gelände blickte, nur die Grundausstattung: ein kiesbedeckter Parkplatz auf der linken Seite, ganz rechts ein paar uralte Scheunen, dazwischen eine große Wiese für die Fahrgeschäfte.

Thibault stutzte. Ja, genau – da vor dem Zaun war der Kartenschalter. Dahinter befand sich eine Art bogenförmige Öffnung, in der ein Banner aufgehängt werden konnte. Als er das Kartenhäuschen erreicht hatte, wandte er den Blick nach Norden, sodass sich für ihn der Bogen genau im Zentrum befand, wie auf dem Bild. Die Perspektive stimmte. Von dieser Stelle aus war das Foto aufgenommen worden.

Das Marine Corps basierte auf der Dreierregel. *Drei* Mann in einem Fire Team. *Drei* Fire Teams in einem Squad, *drei* Squads in einem Platoon. Er war *drei*mal im Irak gewesen. Als er auf die Uhr schaute, merkte er, dass er sich seit genau *drei* Stunden in Hampton aufhielt. Und direkt vor ihm in der Ferne, genau da, wo sie sein sollten, standen *drei* immergrüne Bäume dicht beieinander.

THIBAULT ging zur Schnellstraße zurück. Er war auf dem Weg zu *ihr* ein ganzes Stück vorangekommen. Zwar hatte er sein Ziel noch nicht erreicht, aber es konnte nicht mehr lange dauern.

Sie war hier gewesen. Das wusste er nun mit Sicherheit.

Als Nächstes brauchte er einen Namen. Auf seinem Marsch quer durch das Land hatte er viel Zeit zum Nachdenken gehabt, und er war zu dem Schluss gekommen, dass es drei strategische Möglichkeiten gab: Erstens könnte er einen örtlichen Veteranenverein ausfindig machen und dort fragen, ob ein Mitbürger aus Hampton im Irak gedient hatte. Die zweite Variante war die Highschool: Dort könnte er sich dic Jahrbücher der letzten 15 Jahre geben lassen und sich alle Fotos anschauen. Oder drittens: Er könnte das Foto herumzeigen und die Leute direkt fragen.

Alle drei Methoden hatten ihre Nachteile, und bei keiner war der Erfolg garantiert. Was den Veteranenverein anging – er hatte schon herausgefunden, dass im Telefonbuch keiner aufgeführt war. Erster Fehlschlag. Weil die Kinder noch Sommerferien hatten, vermutete er, dass alle Schulen geschlossen waren. Zweiter Fehlschlag. Das hieß, er musste es mit der dritten Variante versuchen. Aber an wen sollte er sich wenden?

Am besten beschränkte er seine Befragung erst einmal auf einen Personenkreis, der am ehesten infrage kam. Dafür musste er sich auf die Informationen stützen, die er hatte. Die junge Frau sah aus wie Anfang zwanzig, als das Foto aufgenommen wurde. Das heißt, inzwischen war sie Ende zwanzig – ganz offensichtlich eine gut aussehende Frau. Seiner Erfahrung nach hatten alle Männer einen Blick für attraktive Frauen in ihrem Alter, vor allem wenn sie nicht verheiratet waren. Garantiert kannte ein großer Teil der unverheirateten Männer in ihrer Altersgruppe sie heute – oder hatte sie vor fünf Jahren gekannt. Vielleicht waren sie mit ihr auf die Highschool gegangen. Oder auch nicht – aber sie würden sie kennen, wenn sie Single war. Natürlich war es möglich, dass sie verheiratet war, aber er würde zunächst einmal von der Annahme ausgehen, dass sie Single war. Der Text hinten auf dem Foto – *Pass gut auf dich auf! E.* – erschien ihm nicht romantisch genug für einen festen Freund oder einen Verlobten. Nichts von „In Liebe" oder „Du wirst mir fehlen". Nur der Anfangsbuchstabe eines Namens. Ein Freund.

Wo trafen sich die unverheirateten Männer? Vor allem die Typen, die man in ein Gespräch verwickeln konnte? *„Ich bin ihr vor ein paar Jahren begegnet, und sie hat gesagt, ich soll mich melden, wenn ich mal wieder hier vorbeikomme, aber dummerweise habe ich ihren Namen vergessen …"*

In Bars. In Billardhallen.

In einer so kleinen Stadt wie Hampton gab es sicher nur drei oder vier Lokalitäten, wo man sich abends versammelte, und gerade jetzt war Samstagabend. In spätestens zwölf Stunden würde er die Antwort wissen.

Keith Clayton

ES WAR Samstagabend, neun Uhr, und Clayton saß zu Hause fest, weil er mal wieder den Babysitter für Ben spielen musste. Toll. Wirklich supertoll!

Aber das war nur das passende Ende eines ohnehin bescheidenen Tages. Zuerst erwischte ihn fast eins der Mädchen beim Fotografieren, dann wurde die Kamera gestohlen, die dem Sheriff's Department gehörte, und schließlich schlitzte ihm dieser Logan Thibault auch noch die Autoreifen auf. Das Unangenehmste dabei war, dass er das Verschwinden der Kamera und die

Sache mit den Reifen seinem Dad, dem Sheriff, erklären musste. Wie zu erwarten, war sein Vater stocksauer und wollte ihm die erfundenen Erklärungen nicht abnehmen, sondern hakte dauernd mit nervenden Fragen nach. Clayton hielt an seiner Geschichte fest – er habe geglaubt, einen Verdächtigen zu sehen, also sei er in den Wald eingebogen und dabei wohl über ein paar Nägel gefahren. Und die Kamera? Tja, er habe leider nicht die geringste Ahnung, ob sie überhaupt im Streifenwagen gewesen sei. Nicht besonders überzeugend, diese Ausreden, das wusste er, aber sie mussten reichen.

„Sieht eher so aus, als hätte jemand die Reifen mit einem Messer aufgeschlitzt", widersprach sein Vater, als er sich hinunterbeugte, um den Schaden näher zu begutachten.

„Ich hab dir schon gesagt, es waren Nägel."

Sein alter Herr war nicht überzeugt, aber Clayton war klar, dass er auf seiner Geschichte beharren musste. Wenn er davon abwich, kam er ins Schleudern. Das lernte man schon auf der Polizeischule, im Kurs „Befragungstechniken".

Endlich trollte sich sein Vater. Clayton wechselte die Räder und fuhr zur Werkstatt, um die kaputten Reifen reparieren zu lassen. Inzwischen waren zwei Stunden vergangen, und jetzt war es zu spät für eine nette kleine Verabredung mit Mr Logan Thai-bolt. Der Deputy verbrachte den Rest des Nachmittags damit, in Arden durch die Straßen zu fahren und die Leute zu befragen. Die Suche brachte nichts. Das machte ihn noch wütender, weil er daraus schließen musste, dass Thai-bolt ihm ins Gesicht gelogen hatte, ohne dass er, Clayton, hellhörig geworden war.

Aber er würde diesen Typen schon finden. Er *musste* ihn finden. Schon wegen der Kamera. Genauer gesagt, wegen der Aufnahmen. Es galt, mit allen Mitteln zu verhindern, dass dieser Mann ins Sheriff's Department wanderte und das Fundstück dort abgab – oder dass er, was noch viel schlimmer wäre, sich direkt an die Zeitung wandte. Da wäre das Department noch das vergleichsweise kleinere Übel, weil sein Vater zwar durchdrehen, aber die Angelegenheit vertuschen würde. Schon wegen der Familienehre.

Aber die Zeitung … Das wäre wirklich verflucht unangenehm. Klar, sein Großvater, den alle nur Gramps nannten, würde seine Beziehungen spielen lassen und alles tun, um die Sache unter den Teppich zu kehren, aber von einem bestimmten Punkt an war es schlicht nicht mehr möglich, solche Informationen zu unterdrücken. Sie waren zu brisant, und Gerüchte würden sich wie ein Lauffeuer verbreiten. Clayton galt sowieso schon als das schwarze Schaf der Familie, und auf keinen Fall wollte er Gramps wieder mal einen Anlass liefern, ihn zu tadeln. Sein Großvater neigte ohnehin dazu, immer nur das Negative zu sehen. Selbst nach so vielen Jahren konnte er sich nicht damit abfinden, dass Keith und Beth geschieden waren. Und bei sämtlichen Familienfeiern erwähnte er garantiert irgendwann, Keith sei ja nicht mal aufs College gegangen. Von den Noten her wäre das kein Problem für ihn gewesen, aber die Vorstellung, noch einmal vier Jahre die Schulbank zu drücken, hatte er unerträglich gefunden, also war er lieber zu seinem Vater ins Sheriff's Department gegangen. Das hatte Gramps einigermaßen beschwichtigt. Aber bis heute verbrachte Clayton mindestens die Hälfte seiner Zeit damit, Gramps bei Laune zu halten.

Er wusste genau, was Gramps von ihm erwartete, und Schnappschüsse von nackten Studentinnen standen definitiv nicht auf seiner Liste. So etwas würde nur wieder dazu führen, dass Gramps *tief enttäuscht* war, und mit solchen Leuten hatte Gramps wenig Geduld, *vor allem* wenn sie zur Familie gehörten.

Die Claytons waren seit 1753 in Hampton County ansässig. Man konnte schon fast sagen, das sie in vielerlei Hinsicht Hampton County verkörperten. In der Familie gab es Richter, Anwälte, Ärzte und Großgrundbesitzer, und jeder wusste, dass Gramps derjenige war, der das Zepter in der Hand hielt. Gramps beherrschte diesen Ort wie ein Mafiaboss. Die meisten Leute in der Stadt sangen ein Loblied, was für ein wunderbarer Mann er doch sei. Gramps glaubte, das liege daran, dass er viele Projekte großzügig unterstützte, von der Bibliothek bis zum Theater, aber Clayton wusste, der eigentliche Grund war, dass so ziemlich jedes Geschäftshaus in der Innenstadt Gramps gehörte, ebenso ein riesiges Sägewerk, beide Jachthäfen, drei Autohäuser, der einzige Apartmentkomplex in der Stadt und gewaltige Flächen Ackerland. Die Familie war wohlhabend und einflussreich, und da Clayton den größten Teil seines Einkommens von einem Familienfonds bezog, war das Letzte, was er gebrauchen konnte, dass ihn hier in der Stadt ein Fremder in Verruf brachte.

Zum Glück hatte er in der kurzen Zeit mit Beth einen Sohn gezeugt. Gramps machte einen Kult aus dem Familienstammbaum, und da Ben nach ihm benannt worden war – ziemlich clevere Idee, dafür musste er sich selbst loben –, liebte sein Urgroßvater Ben über alles. Meistens hatte Clayton das Gefühl, dass Gramps den kleinen Ben viel lieber mochte als ihn, seinen Enkel. Clayton fand natürlich auch, dass Ben ein netter Junge war. Nicht nur Gramps sagte das – alle waren dieser Meinung. Und Clayton hatte Ben wirklich gern, obwohl der Junge manchmal eine schreckliche Nervensäge war.

Von seinem Platz auf der vorderen Veranda spähte Clayton jetzt durchs Fenster hinein und sah, dass Ben die Küche aufgeräumt hatte und nun auf dem Sofa saß. Eigentlich hätte er zu ihm hineingehen müssen, aber er war noch nicht bereit dazu. Er wollte nicht wieder ausrasten und etwas sagen, was ihm später leidtat. In letzter Zeit nervte Ben ständig. Das war aber nicht Claytons Schuld – er gab sich alle Mühe, mit dem Jungen gut auszukommen. Und zuerst war der Nachmittag auch ganz anständig gelaufen. Sie unterhielten sich über die Schule, aßen Hamburger, schauten sich im Fernsehen eine Sportsendung an. Alles bestens. Aber dann – anscheinend eine wirkliche Zumutung! – hatte er zu Ben gesagt, er solle die Küche aufräumen. Und das war ja wohl nicht zu viel verlangt, oder? Clayton hatte in den vergangenen Tagen keine Zeit gehabt, Ordnung zu machen, und er wusste, dass sein Sohn so etwas gut konnte. Ben versprach, es zu tun, aber stattdessen saß er noch immer da und rührte sich nicht. Nach einiger Zeit wiederholte Clayton seine Aufforderung. Ben verdrehte die Augen, ehe er endlich in die Küche trottete. Mehr war nicht nötig. Clayton hasste es, wenn Ben die Augen verdrehte, und Ben wusste das genau. Wahrscheinlich überlegte er die ganze Zeit, was er als Nächstes tun könnte, um seinen Vater zu ärgern. Deshalb saß Clayton jetzt auf der Veranda.

Dass sich Ben so benahm, lag nur an seiner Mutter, daran hatte Clayton keinen Zweifel. Beth sah fantastisch aus – aber sie hatte nicht den blassesten Schimmer davon, wie man einen Jungen zu einem richtigen Mann erzog. Clayton hatte ja nichts dagegen, dass sein Sohn in der Schule gute Noten bekam, aber offenbar konnte er dieses Jahr nicht mehr Fußball spielen, weil er Geigenunterricht nahm! Was sollte der Quatsch? Geige! Da konnte er ja gleich ein rosarotes Röckchen anziehen und im Damensitz reiten! Clayton tat, was er konnte, um diesem Weicheigetue gegenzusteuern, aber er hatte den Jungen ja nur jedes zweite Wochenende für anderthalb Tage bei sich. Kein Wunder, dass Ben mit dem Baseballschläger ausholte wie ein Mädchen. Er spielte ja die ganze Zeit nur *Schach*!

Claytons Gedanken wanderten wieder zu diesem Thai-bolt, und obwohl er sich am liebsten eingeredet hätte, der Typ sei längst über alle Berge, ahnte er doch, dass es nicht stimmte. Der Mann war zu Fuß unterwegs, also schaffte er es vor Einbruch der Dunkelheit nicht bis an die Bezirksgrenze. Und noch etwas beschäftigte ihn schon den ganzen Tag, das ihm erst jetzt richtig bewusst wurde. Wenn Thibault die Wahrheit gesagt hatte und er wirklich aus Colorado kam, bedeutete das, dass er sich von Westen nach Osten bewegte, und die nächste Stadt in Richtung Osten war nicht Arden. Nein, wenn er weiter ostwärts ging, kam er nach Hampton. Genau hierher. In Claytons Heimatstadt. Und das bedeutete wiederum, dass der Typ möglicherweise keine Viertelstunde von der Stelle entfernt war, an der Clayton jetzt saß.

Und was machte er? War er vielleicht auf der Suche nach diesem Thaibolt? Nein, er musste babysitten. Frustriert schaute er wieder durchs Fenster. Ben saß auf dem Sofa und las. Clayton schüttelte den Kopf. Hatte der Junge auch nur ein einziges Gen von ihm geerbt? Sah nicht danach aus. Ben war ein absolutes Mamakind. Beths Sohn.

Beth … Nun ja, die Ehe hatte nicht funktioniert. Aber es war trotzdem noch etwas zwischen ihnen. Und das würde immer so bleiben. Seine Exfrau war zwar manchmal sehr belehrend und eigensinnig, aber er würde immer ein Auge auf sie haben, nicht nur wegen Ben, sondern auch weil sie die hübscheste Frau war, mit der er je geschlafen hatte. Beth hatte schon früher klasse ausgesehen, aber jetzt war sie fast noch schöner. Er malte sich aus, wie toll es wäre, mit ihr eine schnelle Nummer zu schieben. Um der alten Zeiten willen – und damit er sich … entspannen konnte.

Er war so in Gedanken versunken, dass er nicht hörte, wie die Haustür aufging und Ben herauskam.

„Hey, Dad?“

„Ja, was ist?“

„Telefon für dich.“

„Wer?“

„Tony.“

„O Mann.“ Er stand auf. Was wollte Tony schon wieder von ihm? Dieser jämmerliche Versager. Dürr und verpickelt, wie er war, hängte er sich gern an die Deputys, um so zu tun, als wäre er selbst einer.

Clayton nahm den Hörer. „Ja, hallo?“ Im Hintergrund hörte er die Melodie eines Country-Western-Songs aus der Musikbox, dazu die Stimmen von Menschen, die sich laut unterhielten.

„Hey, ich bin in Deckers Billardcenter, und hier treibt sich so ein komischer Typ rum. Ich glaube, den solltest du dir mal anschauen.“

Sofort war Keith hellwach. „Hat er einen Hund dabei? Einen Rucksack?“

„Nein.“

„Wirklich nicht?“

„Wirklich nicht. Er spielt dahinten Pool. Aber was ganz komisch ist – er hat ein Foto von deiner Exfrau.“

Keith war so perplex, dass er sich bemühte, lässig zu klingen. „Na und?“

„Ich dachte, das interessiert dich vielleicht.“

„Warum soll mich das auch nur einen feuchten Kehrricht interessieren?“ Damit legte er auf. Diese Null hatte doch Kartoffelsalat an der Stelle, wo sich bei anderen das Gehirn befand!

Logan Thibault

Auf dem Weg vom Billardcenter zurück zum Motel musste Thibault an seinen zweiten Aufenthalt im Irak denken. Falludscha, Frühjahr 2004. Gemeinsam mit anderen wurde seine Einheit losgeschickt, um die wachsende Gewalt einzudämmen, die sich in dieser Stadt seit der Einnahme von Bagdad im Vorjahr ausbreitete. Die Zivilisten wussten, was ihnen bevorstand, und flohen aus der Stadt. Etwa ein Drittel des Ortes leerte sich innerhalb eines Tages. Nach vorangegangenen Luftangriffen marschierten zuerst die Marines ein. Sie durchkämmten einen Straßenzug nach dem anderen, kämpften sich von Haus zu Haus vor. Es waren die schlimmsten Gefechte seit der Anfangsphase der Invasion.

Am zweiten Tag der Kämpfe erhielten Thibault und sein Platoon den Befehl, in einem Industriegebiet im Süden der Stadt ein Gebäude zu durchsuchen, in dem sich angeblich ein geheimes Waffenlager befand. Welches Gebäude es genau war, wusste allerdings niemand – es kamen mehrere zerstörte Häuser in Betracht, die sich um eine verlassene Tankstelle gruppierten. Thibault und sein Zug rückten vor, die einen von links, die anderen von rechts. Es herrschte eine unheimliche Stille – bis plötzlich die Tankstelle explodierte. Flammen schossen in die Höhe, und die Wucht der Explosion schleuderte die Männer zu Boden. Dazu ein ohrenbetäubender Krach. Thibault war wie benommen. Auf einmal wurden sie von allen Seiten beschossen – aus den Fenstern und von den Dächern über ihnen. Selbst hinter den ausgebrannten Autowracks, die auf der Straße herumstanden, hatten sich Schützen versteckt.

Thibault hatte sich bei seinem Freund Victor zu Boden geworfen, daneben lagen zwei Männer aus ihrem Zug, Matt und Kevin – Mad Dog und K-Man genannt. Dann, nach dem ersten Schock, taten sie ganz automatisch das, was sie im Marine-Corps-Training geübt hatten. Obwohl sie massiv beschossen wurden, griff Victor nach seiner Waffe, kniete sich hin und zielte. Mit ruhigen, konzentrierten Bewegungen gab er einen Schuss nach dem anderen ab. Mad Dog folgte seinem Beispiel. Auch die anderen Soldaten erhoben sich halb, überall bildeten sich Fire Teams. *Feuer. Deckung. Los.* Nur dass sie in der Falle saßen. Wohin hätten sie entkommen können? Der erste Soldat fiel. Dann der zweite. Ein dritter, ein vierter.

Ehe Verstärkung kam, war Mad Dog in die Oberschenkelarterie getroffen worden, und trotz eines Druckverbands verblutete er innerhalb von wenigen Minuten. Kevin wurde am Kopf getroffen und war auf der Stelle tot. Zehn andere Männer wurden verwundet. Nur wenige überstanden die Attacke unversehrt. Zu ihnen gehörten Thibault und Victor.

Einer der jungen Männer, mit denen Thibault sich im Billardcenter unterhalten hatte, erinnerte ihn an Mad Dog – genauso groß und eine ähnliche Figur, die gleichen Haare, die gleiche Art zu sprechen. Waren die beiden vielleicht Brüder? Nein, sagte er sich, das ist unmöglich.

Natürlich wusste Thiabault, dass er mit dieser Strategie, das Mädchen auf dem Foto ausfindig zu machen, ein Risiko einging. In Kleinstädten sind Fremde immer verdächtig, und gegen Ende des Abends beobachtete er, wie ein dünner, pickliger Typ zum Münzfernsprecher ging, um jemanden anzurufen. Dabei schaute er immer wieder nervös zu ihm herüber. Thibault vermutete, dass er entweder die Frau auf dem Foto anrief oder jemanden, der sie kannte. Als er sich später verabschiedete, sah er sich in dieser Vermutung bestätigt: Der Typ folgte ihm bis zur Tür, um zu sehen, in welche Richtung er ging. Weil Thibaut das bemerkte, schlug er zuerst einen Weg ein, der nicht zu seinem Motel führte, und drehte erst nach einer Weile um.

Als Thibault am frühen Abend in das heruntergekommene Billardcenter gegangen war, marschierte er zielstrebig an der Bar vorbei und direkt zu den Tischen. Schnell checkte er die Männer in der entsprechenden Altersgruppe. Er fragte, ob er mitspielen könne, und um sich gut einzuführen, bezahlte er ein paar Runden Bier und verlor die ersten Spiele. Gleich wurden die Männer lockerer. Nebenbei erkundigte er sich nach dem Alltagsleben in der Stadt.

Nach einer Weile begannen sie ihn auszufragen. Wo er herkomme, was er hier mache? Er druckste herum, murmelte etwas von einem Mädchen und wechselte dann das Thema, aber nun waren sie neugierig geworden. Also bestellte er noch ein paar Bier, und als die Fragerei wieder begann, erzählte er seine Geschichte: Er sei vor ein paar Jahren mit einem Freund hier auf dem Rummel gewesen und habe dort ein Mädchen kennen gelernt. Sie hätten sich auf Anhieb gut verstanden. Ausführlich beschrieb er, wie nett sie gewesen sei und dass sie gesagt habe, er solle sie doch besuchen, wenn er mal wieder in der Gegend sei. Das würde er nun gern tun – nur falle ihm leider ihr Name nicht mehr ein.

„Du weißt nicht mehr, wie sie heißt?“, fragten die anderen.

„Nein“, antwortete er, „ich hatte schon immer ein schlechtes Namensgedächtnis. Aber ich habe ein Foto.“

„Hast du's dabei?“

„Ja, ich glaube schon.“

Thibault wühlte in seinen Taschen und holte das Bild heraus. Die Männer kamen näher, um es sich anzuschauen. Einer von ihnen schüttelte den Kopf. „Da hast du leider Pech“, erklärte er. „Die ist nicht zu haben.“

„Ist sie verheiratet?“

„Nein, aber sie geht nicht mit Männern aus. Ihr Ex hat was dagegen. Und glaub mir – mit ihrem Exmann will sich keiner anlegen.“

Thibault schluckte. „Wie heißt sie denn?“

Sie heiße Beth Green, erfuhr er, sei Lehrerin an der Grundschule von Hampton und wohne mit ihrer Großmutter in dem Haus bei der Hundeschule Sunshine Kennels.

Beth Green. Oder, korrekterweise, Elizabeth Green.

E.

Thibault hörte kaum, was sie sagten. Für ihn gab es nur noch einen Gedanken: Er kannte den Namen, der zu dem Gesicht gehörte, und als Nächstes würde er sie kennen lernen.

Kapitel 5

Beth

Sonntag. Es sollte eigentlich ein Ruhetag sein. Beth hatte keine Lust, die Zwinger zu reinigen oder in dem heißen Büro zu sitzen, um auf die Leute zu warten, die ihre in klimatisierten Zwingern untergebrachten Haustiere abholen sollten. Doch genau mit dieser undankbaren Aufgabe war sie beschäftigt, seit sie am Vormittag aus der Kirche zurückgekommen war.

Zwei Hunde waren bereits abgeholt worden, vier weitere standen noch auf der Liste. Nana war so nett gewesen, die Unterlagen bereitzulegen, ehe sie sich zurückgezogen hatte, um im Fernsehen ein Baseballspiel zu sehen. Die Atlanta Braves spielten gegen die New York Mets, und Nana liebte die Braves leidenschaftlich.

Obwohl die Tür offen stand, war die Hitze in dem kleinen Büro erdrückend. Es war einer dieser schwülheißen Sommertage, an denen man wunderbar im Fluss baden konnte – zu viel mehr aber beim besten Willen nicht fähig war. Beths T-Shirt war schweißnass, und weil sie Shorts trug, klebten ihre Beine immer wieder an dem Plastikstuhl fest.

Nana fand es unbedingt nötig, dass sich die Hunde in kühlen Räumen aufhielten, aber sie hatte sich nie die Mühe gemacht, auch das Büro mit einer Klimaanlage auszustatten. „Wenn es dir zu heiß ist, musst du die Tür zu den Zwingern aufmachen“, riet sie Beth und übersah dabei völlig, dass sie sich selbst zwar durch das ständige Gebell nicht gestört fühlte, wohl aber die meisten anderen Leute.

Beth spielte mit dem Gedanken, ins Haus zurückzugehen und sich ein Glas Eiswasser zu gönnen, aber sie befürchtete, dass die Besitzer des Cockerspaniels, der zum Gehorsamstraining hier gewesen war, genau in dem Moment aufkreuzen könnten. Die Leute hatten vor einer halben Stunde angerufen und gesagt, sie seien unterwegs – „In zehn Minuten sind wir bei Ihnen.“ Aber wo steckten sie bloß?

Sie entschied sich nun doch für das Eiswasser. Hastig schrieb sie auf einen Zettel, sie sei in zehn Minuten wieder da, und hängte ihn an die Bürotür, dann verließ sie das Haus. Draußen brannte die Sonne erbarmungslos auf sie nieder. Beth verweilte kurz im Schatten der alten Magnolie, dann eilte sie den Kiesweg hinunter, der zu dem Haus führte, in dem sie aufgewachsen war. Es war um 1920 gebaut worden und sah aus wie viele der großen Farmhäuser hier in der Gegend, mit einer riesigen Veranda rundum. Der Garten dahinter, von Zwinger und Büro durch hohe Hecken getrennt, war von gigantischen Eichen überschattet, und auf mehreren Terrassen konnte man herrlich im Freien essen.

Auch das Innere des Hauses besaß einen ganz besonderen Charme. Jahrelang hatte Nana in Antiquitätengeschäften gestöbert; ihre besondere Vorliebe galt französischen Möbeln aus dem 19. Jahrhundert. Außerdem ging sie am Wochenende oft auf private Flohmärkte und hielt dort Ausschau nach alten Gemälden, die nun fast alle Wände des Hauses schmückten.

Beth erreichte die Veranda und öffnete die Haustür. Herrlich kühle Luft wehte ihr entgegen, so erfrischend, dass sie eine Weile im Türrahmen stehen blieb, um dieses Gefühl zu genießen.

„Mach die Tür zu!“, rief Nana über die Schulter. „Sonst geht die ganze Kühle nach draußen.“ Dann drehte sie sich in ihrem Sessel um und musterte Beth von oben bis unten. „Du siehst aus, als wär’s dir zu heiß.“

„Mir *ist* es zu heiß.“

„Bestimmt ist das Büro heute der reinste Backofen.“

„Wie kommst du denn auf die Idee?“

„Na, nun komm schon rein und kühl dich ein bisschen ab.“

Beth deutete auf den Fernseher. „Und – wie spielen die Braves?“

„Wie ein Bund Karotten."

„Heißt das gut oder schlecht?"

„Können Karotten Baseball spielen?"

Mit einem Grinsen ging Beth in die Küche. Sie holte die Eiswürfelform aus dem Gefrierfach und brach ein paar Stückchen heraus, gab sie in ein Glas, füllte es mit Wasser und trank einen großen Schluck. Das tat gut! Danach ging sie zurück ins Wohnzimmer und setzte sich auf die Armlehne des Sofas. Wie angenehm sich der kühle Luftzug auf ihrer verschwitzten Haut anfühlte! Versonnen beobachtete sie Nana und verfolgte gleichzeitig mit einem Auge das Spiel. Dann warf sie einen Blick auf die Uhr und seufzte. Sie musste zurück ins Büro.

Langsam ging Beth den Weg entlang. Enttäuscht stellte sie fest, dass auf dem Parkplatz kein Auto stand. Also waren die Besitzer des Cockerspaniels immer noch nicht eingetroffen. Doch dann sah sie einen Mann in Begleitung eines Schäferhundes die Zufahrt heraufkommen. Der Hund trottete mit gesenktem Kopf und hängender Zunge neben ihm her. Beth wunderte sich, warum sie wohl an einem solchen Tag draußen waren. Außerdem hatte sie noch nie erlebt, dass jemand mit seinem Hund zu Fuß zum Zwinger kam.

Sie würde etwa gleichzeitig mit ihm das Büro erreichen, überlegte sie und winkte dem Mann von Weitem zu. Überrascht bemerkte sie, dass er stehen blieb und sie anstarrte. Der Hund machte ebenfalls halt und spitzte die Ohren. Er sah aus wie Oliver, fand Beth, der Schäferhund, den Nana ins Haus gebracht hatte, als Beth 13 Jahre alt war. Bei der Bürotür angekommen, nahm sie den Zettel ab und ließ die Tür offen stehen.

Bestimmt wollte er seinen Hund hier abgeben. Deshalb holte sie schon mal das entsprechende Formular aus dem Aktenschrank und befestigte es im Klemmbrett, suchte nach einem Stift und legte beides bereit. In dem Moment betraten Herrchen und Hund das Büro. Der Mann lächelte. Als sich ihre Blicke trafen, war Beth auf einmal sprachlos, was ihr nur selten im Leben passierte. Und sie hatte keine Ahnung, warum sie so reagierte.

Eigentlich wunderte sie sich nicht darüber, *dass* er sie anstarrte, sondern *wie* er sie anstarrte. Er schaute sie an, als würde er sie wiedererkennen. Dabei war sie ihm garantiert noch nie begegnet, da war sie sich ganz sicher. Er wäre ihr nämlich im Gedächtnis geblieben, schon allein deswegen, weil seine Art, den Raum auszufüllen, sie stark an Drake erinnerte. Genau wie Drake war er über eins achtzig groß und schlank, mit muskulösen Armen und breiten Schultern. Seine ganze Erscheinung hatte etwas Natürliches und gleichzeitig sehr Männliches, was durch die verwaschenen Jeans und das T-Shirt noch betont wurde.

Da hörte die Ähnlichkeit mit ihrem Bruder allerdings schon auf. Drakes Augen waren haselnussbraun, während dieser Fremde auffallend blaue Augen hatte. Drake hatte die Haare immer sehr kurz geschnitten, wohingegen sie bei diesem Mann länger und ungebändigt waren.

Plötzlich fühlte sie sich geradezu befangen, und als der Mann auf den Schreibtisch zutrat, wandte sie sich ab. Aus den Augenwinkeln sah sie, wie er dem Hund mit der flachen Hand ein Zeichen gab. Der Hund setzte sich sofort. Er schien sehr gut erzogen zu sein. Das bedeutete, dass ihr Gegenüber wahrscheinlich eine Unterkunft für ihn suchte.

„Was für ein schönes Tier", sagte sie anerkennend und schob dem Mann das Klemmbrett hin. „Ich hatte früher auch mal einen Schäferhund. Wie heißt er denn?"

„Zeus. Und danke für das Kompliment."

„Hallo Zeus."

Zeus legte den Kopf schräg.

„Sie müssen sich hier eintragen", erklärte sie. „Und falls Sie eine Kopie der Tierarztbescheinigungen dabeihaben, wäre das sehr hilfreich."

„Wie bitte?"

„Die Tierarztbescheinigungen. Sie wollen Zeus doch vorübergehend hier unterbringen, oder?"

„Nein", erwiderte er und deutete über seine Schulter nach hinten. „Ich habe das Schild im Fenster gesehen und wollte fragen, ob Sie immer noch Hilfe brauchen."

„Ach so." Damit hatte sie nun wirklich nicht gerechnet.

Er zuckte die Achseln. „Ich weiß, ich hätte vorher anrufen sollen, aber ich war sowieso in der Gegend, und da habe ich gedacht, ich schaue persönlich vorbei. Wenn es Ihnen lieber ist, kann ich aber auch morgen wieder kommen."

„Nein, nein, kein Problem, ich bin nur etwas überrascht. Normalerweise kommen die Leute nicht gerade sonntags wegen eines Jobs." In Wirklichkeit kamen sie auch an Wochentagen nicht, aber das musste sie ihm ja nicht auf die Nase binden. „Es gibt irgendwo ein Bewerbungsformular. Warten Sie einen Moment – ich hab's gleich", murmelte sie und begann in der untersten Schublade des Aktenschranks danach zu suchen. „Wie heißen Sie?"

„Logan Thibault."

„Ist der Nachname französisch?"

„Ja. Die Vorfahren väterlicherseits waren Franzosen."

„Ich habe Sie noch nie gesehen."

„Ich bin neu hier."

„Ah, da ist es." Beth zog ein Formular heraus und reichte es ihm. „Bitte." Sie gab ihm auch einen Stift, und während der Mann seinen Namen eintrug, beäugte sie ihn verstohlen. Er war gebräunt, offensichtlich verbrachte er viel Zeit im Freien. Bei der zweiten Zeile des Formulars hielt er inne und schaute auf. Wieder begegneten sich ihre Blicke. Beth merkte, wie ihr die Röte ins Gesicht stieg.

„Ich weiß nicht, was ich als Adresse angeben soll. Wie gesagt – ich bin neu hier und wohne erst mal im ‚Holiday Motor Court'. Aber natürlich kann ich auch die Adresse meiner Mutter in Colorado angeben."

„Colorado?"

„Ja, ich weiß. Ziemlich weit weg."

„Was führt Sie denn nach Hampton?"

Du hast mich nach Hampton geführt, ich bin gekommen, um dich zu finden. „Scheint eine nette Stadt zu sein, und da habe ich mir gedacht, ich versuch's mal hier", entgegnete er.

„Haben Sie Verwandtschaft hier?"

„Nein."

„Oh." Gleichgültig wie gut der Typ aussah – an dieser Geschichte stimmte irgendetwas nicht. Bei Beth schrillten die Alarmglocken. Und da war noch etwas, was seltsam war. Es dauerte allerdings ein paar Sekunden, bis sie begriff, was es war. „Wenn Sie neu hier sind – woher wussten Sie dann, dass wir eine Arbeitskraft suchen? Diese Woche habe ich gar keine Zeitungsannonce geschaltet."

„Ich habe das Schild gesehen."

„Wann?" Sie musterte ihn mit zusammengekniffenen Augen. „Ich habe Sie doch gesehen, wie Sie den Weg heraufgekommen sind, und Sie können das Schild erst bemerkt haben, als Sie direkt vor dem Büro standen."

„Nun ja, ich war heute schon mal hier. Wir sind die Straße entlanggegangen, und Zeus hat die Hunde gehört. Er rannte sofort in diese Richtung, und als ich ihm gefolgt bin, habe ich das Schild gesehen. Weil niemand da war, habe ich mir gesagt, am besten schaust du später noch mal vorbei."

Die Erklärung klang plausibel, aber Beth spürte trotzdem, dass er entweder log oder etwas ausließ. Und was bedeutete das, wenn er vorher schon mal hier gewesen war? Hatte er das Gelände ausspioniert? Kein Mensch kam auf der Durchreise nach Hampton und beschloss spontan, hierzubleiben.

Bei einer Stadt wie Charlotte wäre das anders. Bei Raleigh sowieso. Und natürlich bei Greensboro. Aber Hampton? Unvorstellbar.

„Verstehe." Plötzlich wollte sie das Gespräch beenden. „Tragen Sie doch die Adresse Ihrer Mutter ein. Und Ihre bisherigen Jobs. Ich brauche vor allem eine Telefonnummer, unter der ich Sie erreichen kann."

Nachdem er sie lange mit ruhigem Blick angesehen hatte, bemerkte er: „Aber Sie werden mich nicht anrufen."

Er ist klug, dachte sie. *Und direkt.* Also wollte auch sie keine Spielchen spielen. „Stimmt."

Mit einem verständnisvollen Nicken erwiderte er: „Okay. Ich würde mich selbst wahrscheinlich auch nicht anrufen, nach dem, was Sie bisher gehört haben. Aber ehe Sie ein endgültiges Urteil über mich fällen, möchte ich gern noch etwas hinzufügen."

„Schießen Sie los."

„Zwar wohne ich momentan in dem Motel, aber ich habe vor, mir hier in der Gegend eine Wohnung zu suchen. Und einen Job." Sein Blick ließ sie nicht los. „Nun zu meiner Person. Ich habe 2002 an der University of Colorado einen Abschluss in Anthropologie gemacht. Danach bin ich zu den Marines gegangen und wurde vor zwei Jahren in Ehren entlassen. Ich bin noch nie verhaftet oder eines Verbrechens angeklagt worden, und ich habe bis jetzt kein einziges Mal wegen mangelnder Kompetenz einen Job verloren. Selbstverständlich bin ich bereit, mich einem Drogentest zu unterziehen, und wenn Sie es für notwendig halten, können Sie meine Daten gern überprüfen lassen. Und obwohl ich gesetzlich nicht verpflichtet bin, solche Fragen zu beantworten, kann ich Ihnen versichern, dass ich keinerlei Medikamente nehme. Ich bin weder schizophren noch manisch-depressiv. Nur ein Mann, der Arbeit sucht."

Beth wusste nicht, was sie erwartet hatte, aber jetzt hatte er sie eindeutig überrumpelt. „Verstehe", murmelte sie.

„Ist es für mich immer noch reine Zeitverschwendung, wenn ich das Formular ausfülle?"

„Das habe ich noch nicht entschieden."

Er stand vor ihr, aufrecht, gelassen, und seine Körperhaltung drückte ein ungetrübtes Selbstbewusstsein aus. Typischer Soldat, dachte sie mit einem Stirnrunzeln. „Warum möchten Sie hier arbeiten? Mit einem Universitätsabschluss müssten Sie doch etwas Besseres finden."

Er deutete auf Zeus. „Ich mag Hunde."

„Die Bezahlung ist nicht üppig."

„Ich brauche nicht viel."

„Haben Sie schon mal in einem Hundezwinger gearbeitet?"

„Nein."

„Sie sind nach Hampton gekommen und haben einfach so beschlossen hierzubleiben?"

„Ja."

„Wo ist Ihr Auto?"

„Ich habe keins."

„Wie sind Sie dann hierhergekommen?"

„Zu Fuß."

Sie blinzelte verdutzt. „Wollen Sie damit etwa sagen, Sie sind die ganze Strecke von Colorado bis Hampton *gelaufen*?"

„Ja."

„Finden Sie das nicht eigenartig?"

„Es kommt darauf an, *warum* man es tut, würde ich sagen."

„Warum haben Sie es getan?"

„Ich gehe gern zu Fuß."

„Verstehe", murmelte sie, weil ihr nichts Besseres einfiel. Sie griff nach dem Stift, um Zeit zu gewinnen. „Ich nehme an, Sie sind unverheiratet?"

„Stimmt."

„Kinder?"

„Keine. Nur Zeus und ich."

Beth strich sich die verschwitzten Haare aus der Stirn. Sie öffnete den Mund, um noch eine Frage zu stellen, überlegte es sich dann aber anders. „Entschuldigen Sie mich bitte einen Moment. Ich muss das kurz mit jemandem besprechen."

BETH wurde mit den meisten Situationen im Leben gut fertig, aber hier fühlte sie sich überfordert. Wenn dieser Kerl die Wahrheit sagte, war er ein seltsamer Typ. Log er, waren seine Lügen sonderbar. Gleichgültig wie sie seine Geschichte drehte und wendete – sie klang verrückt. Deshalb wollte sie unbedingt mit Nana sprechen. Wenn jemand bei solch merkwürdigen Situationen durchblickte, dann sie.

Als Beth ins Haus trat, stellte sie zu ihrer Überraschung fest, dass Nana nicht in ihrem Sessel saß. „Nana?"

„Hier bin ich!", rief Nana aus der Küche herüber. „Ich wollte mir gerade ein Glas Limonade eingießen. Möchtest du auch eins? Ich schaff's sogar mit einer Hand."

Beth ging zu ihr. „Nana – ich muss unbedingt mit dir reden. Ich weiß, das Spiel ist noch nicht vorbei …“

Mit einer wegwerfenden Handbewegung erwiderte ihre Großmutter: „Ach, das interessiert mich nicht mehr. Du kannst den Fernseher ruhig ausmachen. Die Braves können einfach nicht gewinnen, und ich habe keine Lust, mir ihre blöden Ausreden anzuhören. Also, was gibt’s?“

Beth lehnte sich an den Tisch, während Nana die Limonade aus dem Krug in die Gläser goss. „Hör zu – im Büro wartet ein Mann, der sich für den Job bewerben möchte.“

„Du meinst den hübschen Kerl mit dem Schäferhund? Ich hab mir schon gedacht, dass er hier arbeiten will. Wie ist er denn so? War es schon immer sein Traum, Hundezwinger zu säubern?“

„Du hast ihn gesehen?“

„Ja, klar.“

„Wie konntest du wissen, dass er wegen des Jobs kommt?“

„Warum sonst solltest du mit mir reden wollen?“

Beth schüttelte den Kopf. Nana war ihr immer einen Schritt voraus. „Vielleicht wäre es gut, wenn du mal mit ihm sprichst. Ich weiß nicht, was ich von ihm halten soll.“

„Liegt das an seiner Frisur?“

„Wie bitte?“

„Mit den langen Haaren sieht er aus wie Tarzan, findest du nicht?“

„Die Haare sind mir gar nicht aufgefallen.“

„Das glaube ich dir nicht. Mir kannst du nichts vormachen. Also – was ist das Problem?“

Beth fasste das Gespräch kurz zusammen.

Nana schwieg für einen Augenblick, ehe sie fragte: „Er ist den ganzen Weg von Colorado zu Fuß gegangen? Schon merkwürdig, oder?“

„Ja“, erwiderte Beth. „Und dann diese andere Sache.“

„Welche?“

„Dass er bei den Marines war.“

Nana seufzte. „Warte am besten hier. Ich gehe und rede mit ihm.“

Beth beobachtete die beiden durch die Gardinen im Wohnzimmer. Nana war mit dem Mann nicht im Büro geblieben, sondern hatte ihn samt seinem Hund für das Gespräch zu der schattigen Bank unter dem Magnolienbaum geführt. Zeus döste zu ihren Füßen. Auf die Entfernung konnte Beth nicht verstehen, was geredet wurde. Schließlich wanderten Logan Thibault und

Zeus den Kiesweg zurück zur Hauptstraße, während Nana ihnen mit besorgter Miene nachschaute.

Beth erwartete, dass ihre Großmutter gleich wieder zu ihr zurückkommen würde, aber Nana ging stattdessen ins Büro. Erst da bemerkte Beth, dass ein blauer Volvo Kombi den Weg entlangfuhr.

Der Cockerspaniel! Sie hatte völlig vergessen, dass er abgeholt werden sollte. Aber Nana würde das schon regeln. Beth nutzte die Zeit, um noch ein Glas Limonade zu trinken.

Kurz darauf hörte sie, wie sich die Haustür quietschend öffnete. Nana war wieder da.

„Wie ist es gelaufen?“, wollte Beth wissen.

„Gut“, erwiderte Nana.

„Und – was denkst du?“

„Ich fand alles sehr … interessant. Der junge Mann ist intelligent und höflich, aber du hast Recht, irgendetwas verschweigt er.“

„Und was heißt das jetzt für uns? Soll ich noch eine Anzeige schalten?“

„Wir können ja erst mal abwarten, wie er sich macht.“

Beth war sich nicht sicher, ob sie Nana richtig verstanden hatte. „Willst du damit sagen, dass du ihm den Job anbieten wirst?“

„Nein, ich möchte damit sagen, dass ich ihm den Job bereits gegeben habe. Am Mittwoch um acht fängt er an.“

„Und wieso, wenn ich fragen darf?“

„Ich vertraue ihm.“ Sie lächelte traurig, als wüsste sie genau, was Beth jetzt dachte. „Obwohl er bei den Marines war.“

Kapitel 6

Logan Thibault

Thibault wollte nicht in den Irak zurück, aber im Februar 2005 wurde sein Regiment erneut im Kriegsgebiet eingesetzt. Dieses Mal schickte man es nach Ramadi, der Hauptstadt der Provinz al-Anbar und dem südwestlichen Eckpunkt des so genannten Todesdreiecks. Thibault verbrachte sieben Monate dort.

Autobomben und improvisierte Sprengfallen waren an der Tagesordnung. Diese Sprengfallen waren keine besonders komplizierten Vorrichtungen, aber sie waren hochgefährlich: Meistens wurde eine Mörsergranate mit einer geringen Menge Sprengstoff per Handy zur Detonation gebracht.

Als Thibault das erste Mal in einem Humvee über so eine Falle fuhr, entging er nur mit knapper Not dem Schlimmsten.

„Wie gut, dass ich die Bombe gehört habe", bemerkte Victor später. Er und Thibault gingen inzwischen meistens gemeinsam auf Patrouille. „Daran habe ich nämlich gemerkt, dass ich noch lebe."

„Ich auch", entgegnete Thibault.

„Aber es wäre mir lieber, wenn es nicht noch mal passieren würde."

„Mir auch."

Doch man konnte diesen Sprengfallen nicht so leicht ausweichen. Die Humvees wurden bei fast jedem Einsatz angegriffen. Die meisten Marines hatten zwei oder drei dieser Bomben überlebt, bis sie zurück nach Pendleton kamen, ein paar sogar vier oder fünf. Und jeder kannte die Geschichte von Tony Stevens, einem Mitglied der Bodenkampftruppen, der neun Bomben unversehrt überstanden hatte. Niemand hatte den Ehrgeiz, seinen Rekord zu brechen.

Thibault brach ihn. Als er aus Ramadi wegging, kam er auf insgesamt elf solcher Zwischenfälle. Allerdings gab es eine Explosion, die er nie vergessen sollte.

Es war Explosion Nummer acht. Wie immer befand er sich in Victors Begleitung. Sie fuhren in einem Konvoi von vier Humvees eine der großen Durchgangsstraßen von Ramadi entlang. Eine Panzerfaust traf den ersten Humvee vorn, zum Glück ohne größeren Schaden anzurichten. Trotzdem mussten alle anhalten. Auf beiden Straßenseiten standen verrostete Autowracks. Plötzlich kam der Konvoi unter Beschuss. Thibault sprang aus dem zweiten Humvee, um sich einen besseren Überblick zu verschaffen. Victor folgte ihm. Sie suchten Deckung und machten sich schussbereit. Zwanzig Sekunden später ging eine Autobombe hoch und zerstörte das Fahrzeug, in dem sie gerade noch gesessen hatten. Drei Marines wurden getötet, Victor war bewusstlos. Thibault schleppte ihn zurück zum Konvoi, und nachdem sie die Toten geborgen hatten, zogen sie sich in die Sicherheitszone zurück.

Wenig später bemerkte Thibault, dass sich die Soldaten in seinem Platoon ihm gegenüber irgendwie anders verhielten als sonst. Sie schienen zu denken, dass er gegen die Gesetze des Krieges immun war. Oder noch schlimmer: Seine Kameraden glaubten offenbar, dass er besonders viel Glück hatte, wohingegen die Männer, die mit ihm Patrouille fuhren, vom Pech verfolgt wurden. Die Marines gingen ihm jetzt regelrecht aus dem Weg. Nur Victor benahm sich wie immer.

Gegen Ende ihres Aufenthalts in Ramadi mussten sie in einer Nacht gemeinsam eine Tankstelle bewachen. Thibault sah, wie Victors Hand zitterte, als er sich eine Zigarette anzündete.

„Alles okay?“, fragte er seinen Freund.

„Allmählich möchte ich nach Hause“, entgegnete Victor. „Ich finde, ich habe meine Pflicht getan.“

„Du meldest dich nächstes Jahr nicht wieder?“

Viktor nahm einen tiefen Zug. „Meine Mutter will, dass ich daheimbleibe, und mein Bruder hat mir einen Job angeboten. Als Dachdecker. Meinst du, ich kann Dächer decken?“

„Klar kannst du das. Du wirst bestimmt ein erstklassiger Dachdecker.“

„Maria, meine Freundin, wartet auch auf mich. Ich will sie heiraten.“

„Ich weiß. Du hast mir schon öfter von ihr erzählt.“

„Und ich möchte, dass du zur Hochzeit kommst.“ Im Widerschein der Zigarette sah Thibault den Hauch eines Lächelns über Victors Gesicht huschen.

„Deine Hochzeit möchte ich auf keinen Fall verpassen.“

„Und was ist mit dir?“, wollte Victor wissen, während er den Rauch ausatmete. „Meldest du dich wieder?“

Thibault schüttelte den Kopf. „Nein. Mir reicht's auch.“

„Was machst du, wenn du hier raus bist?“

„Keine Ahnung. Erst mal eine Weile gar nichts. Vielleicht gehe ich angeln. Irgendwohin, wo es kühl und grün ist und wo man einfach in einem Boot sitzen und sich entspannen kann.“

Victor seufzte. „Klingt gut.“

„Kommst du mit?“

„Natürlich.“

„Gut – ich rufe dich an, bevor ich losfahre“, versprach Thibault.

Victor räusperte sich. „Erinnerst du dich an das Gefecht, bei dem Jackson und die anderen umgekommen sind, als der Humvee in die Luft flog?“

„Ja, klar.“

„Du hast mir das Leben gerettet.“

„Nein, hab ich nicht. Ich habe dich nur weggeschleppt.“

„Logan – ich bin dir gefolgt, als du aus dem Humvee gesprungen bist. Eigentlich wollte ich drin sitzen bleiben, aber als ich gesehen habe, dass du rausspringst, wusste ich, dass ich keine Wahl habe.“

„Wovon redest du?“

Victor unterbrach ihn. „Von dem Foto. Ich weiß, du hast es immer bei dir. Also bin ich deinem Glücksbringer gefolgt, und er hat mich gerettet.“

Es dauerte einen Augenblick, bis Thibault begriff, was sein Freund meinte. Fassungslos schüttelte er den Kopf. „Es ist doch nur ein Foto, Victor."

„Es ist ein Glücksbringer", beharrte Victor und beugte sich nah zu Thibault. „Und du bist der Mann, der Glück hat. Wenn dein Einsatz hier vorbei ist, musst du die Frau auf dem Foto suchen. Die Geschichte mit ihr ist für dich noch nicht zu Ende."

Es war Freitag, sein dritter Arbeitstag im Zwinger. Thibault beherrschte bereits die einfacheren Routineabläufe, die zu seinem Job gehörten: Hunde füttern und ausführen, Zwinger putzen, Termine vereinbaren. Nicht besonders anstrengend. Er war sich ziemlich sicher, dass Nana überlegte, ob sie ihn nicht auch beim Training mitmachen lassen sollte.

Beim Vorstellungsgespräch hatte Thibault Nana um zwei Dinge gebeten: Erstens wollte er die Erlaubnis, Zeus zur Arbeit mitzubringen. Er sei schon so lange ständig mit ihm zusammen, erklärte er, dass er fürchte, Zeus werde längere Trennungsphasen nicht gut verkraften. Zum Glück hatte Nana das sofort eingesehen. „Solange Zeus keinen Ärger macht, bin ich einverstanden."

Seine zweite Bitte war gewesen, erst am Mittwoch mit der Arbeit anfangen zu dürfen, damit er Zeit habe, sich eine Wohnung zu suchen. Auch dagegen hatte Nana nichts einzuwenden. Gleich am Sonntag nahm Thibault auf dem Rückweg zum Motel eine Zeitung mit und studierte die Anzeigen. Die Liste war sehr überschaubar. Es gab nur vier Angebote, von denen er zwei sofort ausschloss, weil er nicht so viel Platz brauchte.

Die beiden anderen Häuser befanden sich in entgegengesetzten Ecken der Stadt. Das erste Haus lag nicht allzu weit vom Zentrum entfernt, war aber nichts für ihn. Viel zu dicht von anderen Häusern umgeben. Das zweite Haus hingegen gefiel ihm auf Anhieb. Es lag am Ende einer nicht asphaltierten Straße, etwa drei Kilometer von seinem Arbeitsplatz entfernt, in einer eher ländlichen Wohngegend, die an den Wald grenzte, durch den man zum Zwinger kam. Das Haus hatte nur ein Stockwerk, war eher rustikal, im Südstaatenstil, und mindestens hundert Jahre alt. Die Küche wirkte sehr altmodisch, und in der Ecke stand ein Holzofen. Die breiten Bodendielen waren abgenutzt, und die Einbauschränke schienen so alt zu sein wie das Haus selbst, aber all das verlieh ihm auch einen gewissen Charme. Außerdem gab es noch einen großen Pluspunkt: Die wichtigsten Möbelstücke waren vorhanden, ein Sofa mit Couchtisch, Stehlampen, sogar ein Bett.

Thibault bezahlte zwei Monatsmieten im Voraus. Er schlief schon in der

Nacht von Montag auf Dienstag in seiner neuen Bleibe und legte sich einfach in seinem Schlafsack aufs Bett. Am Dienstag bestellte er in der Stadt eine neue Matratze, die noch am Abend geliefert werden sollte, und ging einkaufen. Als er heimkam, war sein Rucksack vollgepackt mit Laken, Handtüchern und Putzzeug. Danach musste er noch zweimal los, um den Kühlschrank aufzufüllen und sich Geschirr zu besorgen. Und schließlich noch einen Zwanzigkilobeutel Hundefutter. Am Abend war alles eingerichtet, und am nächsten Tag konnte er zur Arbeit gehen.

Seit Mittwoch verbrachte er den größten Teil seiner Zeit mit Nana, die ihm die Besonderheiten der Hundeschule genau erklärte. Beth – oder Elizabeth, wie er sie in Gedanken nannte – hatte er bisher kaum gesehen. Morgens fuhr sie immer früh los, für die Arbeit zurechtgemacht, und kam erst am späten Nachmittag zurück. Nana erwähnte etwas von Lehrerkonferenzen, was einleuchtete, da die Schule in der nächsten Woche wieder begann. Beth grüßte ihn immer höflich, aber sie hatte nur am ersten Tag länger mit ihm gesprochen. Da hatte sie ihn beiseitegenommen und ihn gebeten, auf Nana aufzupassen. Er wusste, was sie meinte. Dass Nana einen Schlaganfall erlitten hatte, war ihm sofort klar gewesen.

Offiziell arbeitete er von acht bis fünf. Inoffiziell kam er morgens immer schon um sieben und blieb meistens bis sieben Uhr abends. Er ging auch dann nur ungern, weil er wusste, dass noch so viel liegen blieb. Außerdem gab es so die Möglichkeit, dass Elizabeth ihn sah, wenn sie von der Schule nach Hause kam. Nähe schuf Vertrauen, und Vertrauen führte zu Sympathie. Und jedes Mal wenn er sie sah, wurde er daran erinnert, dass er ihretwegen hier war.

Abgesehen davon waren die Gründe, weshalb er jetzt in Hampton wohnte, schwer greifbar – auch für ihn selbst. Was wollte er eigentlich von ihr? Wenn er während seiner Wanderung über diese Fragen nachgedacht hatte, hatte er immer angenommen, er werde die Antworten wissen, sobald er die Frau auf dem Foto gefunden hatte. Doch jetzt sah er sie vor sich, und er war immer noch nicht viel klüger als am Morgen seines Aufbruchs.

Ein paar Dinge wusste er inzwischen über sie. Beispielsweise dass sie einen Sohn hatte. Das war eine kleine Überraschung – an diese Möglichkeit hatte er vorher nicht gedacht. Ben hieß er und schien ein netter Junge zu sein. Nana hatte erwähnt, dass Ben Schach spielte und viel las. Thibault merkte, dass Ben ihn öfter von Weitem beobachtete, sich aber demonstrativ von ihm fernhielt. War das seine Entscheidung oder die seiner Mutter? Vermutlich die seiner Mutter.

In Gedanken versunken holte er sich aus dem Büro das belegte Brot, das er sich am Morgen gemacht hatte, und begab sich hinunter zum Bach. Wie gern er dort seine Pause verbrachte! Das langsam fließende Wasser und die Eiche mit ihren niedrigen, von Spanischem Moos bewachsenen Zweigen verliehen dem Ort ein fast vorzeitliches Flair, das ihm und auch Zeus gut gefiel. Etwas weiter entfernt hatte er ein Baumhaus und eine improvisierte Hängebrücke aus schiefen Brettern entdeckt. Die Brücke sah aus, als hätte sie ein eher unbegabter Bastler aus Holzresten auf die Schnelle zusammengestückelt.

Zeus stand wie immer bis zum Bauch im Wasser, um sich abzukühlen, tauchte kurz mit dem Kopf unter und bellte danach laut. *Verrückter Hund.*

„Was macht er da?", fragte plötzlich eine Stimme.

Thibault drehte sich um und erkannte Ben. „Keine Ahnung. Wahrscheinlich bellt er die Fische an."

Ben schob seine Brille hoch. „Tut er das öfter?"

„Jedes Mal wenn er hierherkommt."

Weil er Bens Anwesenheit bemerkt hatte, versicherte sich Zeus, dass der Junge keine Gefahr bedeutete, dann steckte er den Kopf wieder ins Wasser und kläffte daraufhin fröhlich. Ben rührte sich nicht vom Fleck. Weil Thibault nicht wusste, was er sagen sollte, biss er in sein Brot.

„Ich hab gesehen, wie Sie gestern hierhergekommen sind", erklärte Ben.

„Ach ja?"

„Ich bin hinter Ihnen hergegangen."

„Das habe ich mir fast gedacht."

„Dort drüben ist mein Baumhaus." Ben deutete in die Richtung. „Mein Geheimversteck."

„So was braucht man manchmal", bestätigte Thibault. Dann zeigte er auf den Platz neben sich. „Willst du dich zu mir setzen?"

„Geht nicht. Ich darf Ihnen nicht zu nahe kommen. Meine Mutter sagt, Sie sind ein Fremder."

„Es ist immer gut, wenn man auf seine Mutter hört."

Mit dieser Antwort gab sich Ben zufrieden, aber er schien unsicher, was er als Nächstes tun sollte. Er schaute von Thibault zu Zeus und war offenbar hin und her gerissen. Schließlich nahm er auf einem umgestürzten Baumstamm Platz, gleich dort, wo er gestanden hatte.

„Wollen Sie wirklich hier arbeiten?", fragte Ben.

„Aber ich arbeite doch schon hier."

„Ich meine – kündigen Sie bald wieder?"

„Das habe ich nicht vor.“ Thibault hob verdutzt die Augenbrauen. „Weshalb fragst du das?“

„Weil die letzten beiden Aushilfen ganz schnell abgehauen sind. Die hatten keine Lust, den Hundedreck wegzuräumen.“

„Ja, manche Leute mögen das nicht.“

„Wie sind Sie eigentlich auf den Namen Zeus gekommen?“

„Er hieß schon so, als ich ihn bekommen habe.“ Thibault aß sein Brot auf und steckte die Plastiktüte in die Tasche. „Wie alt bist du?“

„Zehn. Wie alt sind Sie?“

„Achtundzwanzig.“

„Sie sehen älter aus.“

„Du auch.“

Ben musste grinsen. „Ich heiße Ben.“

„Freut mich. Logan Thibault.“

„Sind Sie wirklich von Colorado bis hierher gelaufen – zu Fuß?“

Thibault musterte ihn mit zusammengekniffenen Augen. „Wer hat dir das erzählt?“

„Ich habe gehört, wie sich meine Mom mit Nana darüber unterhalten hat. Sie haben beide gesagt, normale Leute würden mit dem Auto fahren.“

„Stimmt.“

„Sind Ihre Beine nicht ganz müde geworden?“

„Am Anfang schon. Aber dann habe ich mich daran gewöhnt. Für Zeus war es ähnlich. Ich glaube, insgesamt hat ihm die lange Wanderung gefallen. Unterwegs hat er immer was Neues entdeckt, und er konnte Unmengen von Eichhörnchen jagen.“

Ben scharrte mit den Füßen in der Erde. „Kann Zeus apportieren?“

„Wie ein Weltmeister. Willst du mal ein Stöckchen für ihn werfen?“

„Darf ich?“

Thibault legte die Hände an den Mund und rief Zeus zu sich. Der Hund kam augenblicklich aus dem Wasser, blieb kurz stehen und schüttelte sich, dass die Tropfen nur so flogen. Dann musterte er Thibault mit fragendem Blick.

„Hol ein Stöckchen.“

Zeus senkte die Schnauze und begann, zwischen den vielen Zweigen auf dem Boden zu wühlen. Schließlich wählte er einen großen Ast aus und kam damit zu Thibault. Sein Herrchen knickte ein paar der kleinen Zweige ab und gab ihn dann Zeus zurück.

„Bring ihn Ben!“

Zeus verstand das Kommando nicht und legte den Kopf schräg, die Ohren waren gespitzt. Thibault deutete auf den Jungen. „Ben. Stöckchen."

Gehorsam trabte der Hund los, den Stock zwischen den Zähnen. Nachdem er ihn Ben vor die Füße gelegt hatte, beschnupperte er den Jungen und ließ sich von ihm streicheln.

„Er weiß, wie ich heiße?"

„Jetzt weiß er es."

„Für immer?"

„Vermutlich, ja. Er kennt deinen Geruch."

Zeus leckte Ben übers Gesicht, entfernte sich dann ein Stück und schaute von Ben zu dem Ast und wieder zurück.

Thibault deutete auf den Stock. „Er möchte wieder, dass du ihn wirfst."

Ben griff nach dem Stock. „Kann ich ihn auch ins Wasser werfen?"

„Das fände er ganz besonders toll."

Ben schleuderte den Stock in den gemächlich fließenden Bach. Sofort sprang Zeus hinterher und paddelte los. Er schnappte sich den Stock, kam wieder aus dem Wasser und blieb ein paar Schritte vor Ben stehen, um sich zu schütteln. Dann ging er zu ihm und legte den Stock ab.

Thibault lächelte, als Ben den Stock zum zweiten Mal warf.

„Und was kann er sonst noch?", fragte Ben über die Schulter.

„Einiges. Zum Beispiel kann er hervorragend Verstecken spielen. Egal wo du dich versteckst – er findet dich."

„Können wir das irgendwann mal ausprobieren?"

„Ja, klar. Wann immer du willst."

„Super. Wird er auch mal böse?"

„Ja. Aber meistens ist er freundlich."

Thibault schaute zu, während Ben noch ein paarmal den Stock warf. Beim sechsten Wurf holte Zeus ihn zwar, lief aber nicht mehr damit zu Ben. Stattdessen legte er sich ein paar Meter entfernt auf den Boden, hielt den Stock mit einer Pfote fest und fing an, daran herumzunagen.

„Das bedeutet, dass er genug hat", erklärte Thibault. „Du hast übrigens eine gute Wurftechnik. Spielst du Baseball?"

„Letztes Jahr habe ich gespielt. Aber ich weiß noch nicht, ob ich weitermache. Ich möchte gern Geige spielen lernen."

„Wie schön! Ich habe als Junge auch Geige gespielt", sagte Thibault.

„Echt?" Ben schien überrascht.

„Und Klavier. Acht Jahre lang."

In dem Moment hob Zeus den Kopf. Wenig später hörte auch Thibault, dass jemand den Pfad entlangkam. Elizabeths Stimme tönte durch die Bäume.

„Ben?“

„Ich bin hier, Mom!“, rief der Junge.

Thibault gab seinem Hund mit der flachen Hand ein Zeichen. „Alles okay“, murmelte er leise.

„Ach, da bist du ja!“ Elizabeth betrat die Lichtung. „Was tust du hier?“

Sie lächelte, aber ihre Miene erstarrte, als sie Thibault bemerkte. In ihren Augen konnte er deutlich die Frage sehen: *Warum ist mein Sohn hier draußen mit einem Mann, den ich kaum kenne?*

Thibault wollte sich nicht verteidigen – schließlich hatte er nichts getan, was sie ihm vorwerfen konnte. Also nickte er ihr zur Begrüßung freundlich zu. „Hallo.“

„Hallo“, antwortete sie zurückhaltend.

Mittlerweile war Ben zu ihr gerannt. „Du musst dir mal ansehen, was dieser Hund alles kann! Er ist superschlau!“

„Das ist ja schön.“ Sie legte ihm den Arm um die Schultern. „Kommst du mit ins Haus? Das Mittagessen steht auf dem Tisch.“

„Er kennt mich schon und –“

„Wer?“

„Der Hund, Zeus. Er weiß, wie ich heiße.“

Elizabeth schaute Thibault fragend an. „Stimmt das?“

Thibault nickte. „Ja, das stimmt.“

„Ja, dann … wunderbar.“

„Und soll ich dir was sagen, Mom? Er hat früher Geige gespielt.“

„Zeus?“

„Nein, natürlich nicht. Mr Thibault. Als Junge hat er Geige gespielt!“

„Tatsächlich?“, fragte sie verwundert.

Thibault nickte. „Meine Mutter ist eine große Musikliebhaberin. Sie wollte unbedingt, dass ich Schostakowitsch spiele, aber dafür war ich leider nicht begabt genug. Aber Mendelssohn konnte ich immerhin.“

Elizabeth lächelte verkrampft. „Verstehe.“

„Was hast du, Mom?“

„Gar nichts“, erwiderte sie. „Ich finde nur, du hättest mir sagen sollen, wohin du gehst.“

„Aber ich bin doch oft hier draußen.“

„Ja, ich weiß“, räumte sie ein. „Aber nächstes Mal sagst du es mir trotzdem, okay?“

„Ich glaube, ich muss zurück ins Büro“, bemerkte Thibault und stand auf. „Bis später. Zeus! Komm mit.“

Sofort war Zeus bei ihm, und gemeinsam marschierten Herr und Hund den Pfad entlang.

„Wiedersehen, Mr Thibault!“, rief Ben.

Thibault wandte sich um. „Hat Spaß gemacht, mit dir zu reden, Ben. Und übrigens – nicht *Mr* Thibault. Thibault reicht.“ Damit drehte er sich wieder um. Dabei spürte er, dass Elizabeths Blick ihm folgte, bis er außer Sichtweite war.

Keith Clayton

AN DIESEM ABEND lag Keith Clayton im Bett und rauchte eine Zigarette. Gut, dass Nikki duschte – danach sah sie immer so toll aus, mit den nassen, wilden Haaren. Zum Glück. Sonst wäre es ihm nämlich lieber gewesen, sie würde ihre Sachen nehmen und sich davonmachen.

Nikki arbeitete als Kassiererin im Quick Stop. Ihre Zähne waren nicht besonders schön und ihre Haut war pockennarbig, aber sie hatte eine sagenhafte Figur, und das genügte ihm eigentlich, weil er ja mit ihrer Hilfe nur den allgemeinen Stress ein bisschen runterfahren wollte.

Am Sonntagabend, als er Ben ablieferte, hatte er Beth gesehen. Das hatte ihm den Rest gegeben. In Shorts und Tanktop kam sie auf die Veranda, winkte Ben zu und lächelte dieses hinreißende Farrah-Fawcett-Lächeln. Obwohl es nur Ben galt, war ihm, Keith Clayton, wieder einmal aufgefallen, dass sie mit jedem Jahr besser aussah. Und während er darüber nachdachte, wie hübsch seine Exfrau war, hatte er den Entschluss gefasst, noch am selben Abend mit Nikki ins Bett zu gehen.

Die Sache war die: Eigentlich hatte er keine Lust, wieder mit Beth zusammenzukommen. Erstens kommandierte sie ihn zu viel herum, und außerdem fing sie immer an, Einwände zu machen, wenn er eine Entscheidung traf, die ihr nicht passte. Aber neulich abends … Hatte sie sich so sexy angezogen, weil sie gewusst hatte, dass er kam? War das möglich? Vor zwei Monaten hatte sie ihn sogar hereingebeten, während Ben seine Sachen zusammengesucht hatte. Es hatte an dem Abend wie aus Kübeln gegossen, das stimmte, und Nana hatte ihn die ganze Zeit mit grimmiger Miene gemustert, aber Beth war richtig nett zu ihm gewesen. Konnte es sein, dass er sie bisher falsch eingeschätzt hatte? Sie hatte Bedürfnisse wie jeder Mensch. Und was würde es schaden, wenn er ihr ab und zu half, diese Bedürfnisse zu befriedigen? Wie nannte man das heutzutage? Eine Freundschaft mit „Bonus"? Er drückte seine Zigarette aus. Ob er ihr das mal vorschlagen sollte?

Im Gegensatz zu ihm war Beth schon sehr lange allein. Gelegentlich tauchte ein Verehrer auf, aber Keith wusste genau, was dann zu tun war. Er dachte an das kurze Gespräch, das er vor einigen Monaten mit Adam geführt hatte, diesem Kerl, der ein Jackett über dem T-Shirt trug, wie diese Schnösel in Hollywood. Wie auch immer – Adam wurde blass, als Clayton ihn nach seiner dritten Verabredung mit Beth auf dem Heimweg anhielt. Die beiden hatten zum Abendessen eine Flasche Wein getrunken – das hatte Clayton von der anderen Straßenseite aus beobachtet –, und als er Adam in das Röhrchen pusten ließ, das er speziell für diesen Zweck präpariert hatte, wurde Adams Gesicht kreidebleich.

„Na, einen über den Durst getrunken?", fragte Clayton mit besorgtem Gesichtsausdruck. Adam beteuerte, er habe sich nur ein einziges Gläschen gegönnt, und als Clayton ihm dann die Handschellen anlegte, dachte er schon, der Typ würde gleich ohnmächtig.

Clayton füllte die entsprechenden Formulare betont langsam aus und hielt Adam anschließend einen Vortrag – einen, den jeder zu hören bekam, für den sich Beth interessierte. Dass er und Beth verheiratet gewesen seien und ein Kind hätten und dass es seine Pflicht sei aufzupassen, dass den beiden nichts zustoße. Beth könne in ihrem Leben niemanden brauchen, der sie von Bens Erziehung ablenke und sie womöglich nur ausnutze. Dass sie geschieden seien, heiße noch lange nicht, dass ihr Wohlbefinden ihm, Clayton, nicht mehr am Herzen liege.

Der Typ verstand natürlich, was das bedeutete. Alle verstanden das. Clayton erklärte sich bereit, das Röhrchen und die Unterlagen verschwinden zu lassen, sobald der Typ versprach, Beth nicht mehr zu belästigen und das Gespräch für sich zu behalten. Denn sollte Beth je davon erfahren, wäre das gar nicht gut. Das könnte Probleme mit dem Jungen verursachen. Und er, Clayton, konnte sich gar nicht für jemanden erwärmen, der Probleme mit seinem Jungen verursachte.

Beth würde ausrasten, wenn sie von seinen Machenschaften erführe, aber zum Glück brauchte er ja nicht allzu oft zu solchen Maßnahmen zu greifen. Nur hin und wieder, und es funktionierte jedes Mal.

Alles lief bestens. Selbst das Fiasko mit den Fotos von den Studentinnen hatte ein gutes Ende genommen. Weder der Fotoapparat noch die Speicherkarte waren aufgetaucht – nicht im Sheriff's Department und zum Glück auch nicht bei der Zeitung. Er hatte am Montagmorgen keine Zeit gehabt, nach diesem Landstreicher zu suchen, aber er hatte herausgefunden, dass der Kerl im Holiday Motor Court übernachtet hatte. Dort hatte er leider schon wieder ausgecheckt, und seither war er spurlos verschwunden. Was nur bedeuten konnte, dass er längst über alle Berge war.

Eigentlich gefiel ihm sein Leben richtig gut. Clayton verschränkte die Hände hinter dem Kopf und sank auf das Kissen zurück. In dem Moment kam Nikki, in ein Handtuch und eine Dampfwolke gehüllt, aus dem Bad. Er grinste.

Kapitel 7

Beth

Vielleicht hatte sie ihn falsch eingeschätzt. Jedenfalls was die Arbeit betraf. In den letzten drei Wochen hatte sich Logan Thibault als der ideale Angestellte bewiesen. Er kam jeden Tag, sogar noch vor dem offiziellen Arbeitsbeginn, damit er die Hunde füttern konnte, und blieb abends länger, um noch das Büro aufzuwischen. Der Zwinger war so sauber wie zu seinen besten Zeiten, die Dressurwiese wurde jeden zweiten Nachmittag gemäht, und Thibault hatte zudem angefangen, die Kundenkartei neu zu ordnen. Es ging so weit, dass Beth direkt ein schlechtes Gewissen bekam, als sie ihm seinen ersten Lohn auszahlte. Sie wusste, dass das Geld kaum zum Leben reichte. Aber er nahm den Umschlag lächelnd entgegen und sagte: „Das ist schön – danke."

Beth brachte nur ein leises „Bitte" über die Lippen.

Abgesehen davon begegneten sie sich nicht häufig. Inzwischen war schon die dritte Woche Schule, aber Beth musste sich erst wieder an die Routine gewöhnen. Sie verbrachte viele Stunden in ihrem kleinen Arbeitszimmer vorn im Haus, entwarf Unterrichtseinheiten und korrigierte Hausaufgaben.

Ben hingegen rannte immer sofort los, wenn er heimkam, um mit Zeus zu spielen. Was Beth von ihrem Fenster aus mitbekam, gefiel ihr: Ihr Sohn schien Zeus als seinen besten Freund zu betrachten. Thibault beobachtete die beiden ebenfalls, und wenn er sich wieder der Arbeit zuwandte, spielte ein Lächeln um seine Lippen.

Gegen ihren Willen mochte Beth dieses Lächeln. Es gefiel ihr auch, wie ungezwungen er mit Ben und Nana umging. Beth wusste, dass sich der Krieg manchmal in der Seele eines Soldaten einnistete und es ihm schwer machte, wieder in den Alltag zurückzufinden, aber Logan zeigte keine

Symptome eines posttraumatischen Stresssyndroms. Bis auf die Tatsache, dass er eine so weite Strecke zu Fuß gegangen war, wirkte er ziemlich normal. Bedeutete das vielleicht, dass er nie bei einem Auslandseinsatz gewesen war? Nana versicherte ihr, sie habe ihn noch nicht danach gefragt. Diese Art von Zurückhaltung schien verwunderlich, wenn man Nana näher kannte – aber das war eine andere Geschichte.

Insgesamt fügte sich Logan viel besser in ihr kleines Familienunternehmen ein, als Beth es je für möglich gehalten hätte. Vor ein paar Tagen, als Thibault gerade mit seiner Arbeit fertig war, hatte sie gehört, wie Ben in sein Zimmer hinaufrannte. Gleich darauf wieder Schritte auf der Treppe, dann fiel die Haustür ins Schloss. Neugierig spähte sie aus dem Fenster und sah, dass Ben seinen Baseball geholt hatte, um mit Thibault verschiedene Fangtechniken zu üben. Sie schaute eine Weile zu, wie die beiden den Ball hin- und herwarfen, während Zeus versuchte, die Bälle, die sie nicht erwischten, zu schnappen, bevor Ben sie aufhob. Wenn doch nur ihr Ex da gewesen wäre, um zu sehen, wie fröhlich Ben spielte, wenn er sich nicht unter Druck gesetzt fühlte und wenn nicht dauernd jemand an ihm herummeckerte!

Dass Logan Thibault und Nana gut miteinander auskamen, wunderte sie nicht, aber ein bisschen irritierte es sie doch, dass Nana so viel über ihn redete und immer begeisterte Kommentare von sich gab, wenn er sich nach der Arbeit verabschiedet hatte. Dann sagte sie etwa Dinge wie: „Du wirst ihn auch mögen“, oder: „Ich wüsste gern, ob er Drake gekannt hat“. Mit solchen Andeutungen gab sie zu verstehen, dass Beth versuchen sollte, Logan näher kennen zu lernen.

Das Beste war allerdings, dass langsam, aber sicher die Probleme mit dem Zwinger ins Lot kamen. Nach dem langen, hektischen Sommer spielte sich allmählich wieder ein Rhythmus ein. Deshalb musterte Beth ihre Großmutter ziemlich besorgt, als sie beim Abendessen mit einer überraschenden Neuigkeit herausrückte.

„Was soll das heißen – du möchtest deine Schwester besuchen?“

Nana aß genüsslich von der typischen Südstaatenspezialität namens *Shrimps and Grits*, einem cremigen Maisbrei mit gebratenen Garnelen. „Ich habe seit meinem kleinen Zwischenfall keine Möglichkeit mehr gehabt, meine Schwester zu besuchen, und ich wüsste gern, wie's ihr geht. Du unterrichtest, Ben ist in der Schule – also gibt es keinen günstigeren Zeitpunkt.“

„Aber wer kümmert sich um den Zwinger?“

„Thibault. Er hat das im Griff und ist gern bereit, noch ein paar Überstunden zu machen. Außerdem hat er angeboten, mich nach Greensboro zu fahren, also brauchst du dir deswegen keine Gedanken zu machen. Wir haben alles geregelt."

„Kann er denn Auto fahren?"

„Er sagt, ja."

„Aber er hat keinen gültigen Führerschein."

„Stimmt. Er muss sich beim Verkehrsamt einen ausstellen lassen. Deshalb ist er heute früher gegangen. Ich habe Frank angerufen, und er kann gleich heute noch den Fahrtest mit ihm machen."

„Nana, er hat aber doch gar kein Auto."

„Er nimmt meinen Pick-up."

„Und wie kommt er zum Verkehrsamt?"

„Er fährt hin."

„Ohne Führerschein?"

„Aber das habe ich dir doch schon erklärt." Nana schaute Beth an, als wäre sie plötzlich schwer von Begriff.

Beth schüttelte den Kopf. „Seit wann planst du diesen Besuch schon?"

„Seit meine Schwester angerufen und mich gefragt hat natürlich."

„Wann hat sie dich angerufen?"

„Heute Morgen."

„Heute Morgen?" Aus den Augenwinkeln sah sie, dass Ben diesen Wortwechsel zwischen Mutter und Urgroßmutter mit den Augen verfolgte, als wäre er Zuschauer bei einem Tennismatch. „Und du findest wirklich, dass das eine gute Idee ist?"

„Wie Bonbons auf einem Schlachtschiff", versicherte Nana mit Nachdruck.

„Was soll das heißen?"

„Es heißt", erwiderte Nana, „dass ich meine Schwester besuchen werde. So einfach ist das."

„Wie lange willst du denn fortbleiben?" Beth versuchte, ihre zunehmende Panik zu unterdrücken.

„Ungefähr eine Woche."

„Eine Woche?"

Nana schaute Ben an. „Ich glaube, deine Mom hat Raupen in den Ohren. Sie wiederholt alles, was ich sage, als würde sie nicht richtig hören."

Ben kicherte und steckte sich eine Garnele in den Mund.

„Und was ist mit deinen Medikamenten?", fragte Beth.

„Meine Tabletten kann ich genauso gut dort schlucken.“ Nana fasste über den Tisch und tätschelte Beths Hand. „Ich weiß, du bist traurig, weil du ein paar Tage auf meine unterhaltsame Gegenwart verzichten musst, aber auf diese Weise hast du Gelegenheit, Thibault etwas näher kennen zu lernen. Er kommt am Wochenende hierher, um dir zu helfen.“

„Dieses Wochenende? Wann fährst du denn?“

„Morgen.“

„Morgen?“ Vor lauter Aufregung klang Beths Stimme schrill.

Nana zwinkerte Ben zu. „Merkst du was? Raupen in den Ohren.“

NACHDEM Beth den Tisch abgedeckt hatte, ging sie auf die vordere Veranda, um ein bisschen für sich zu sein. Sie wusste, dass Nana fest entschlossen war und sie selbst etwas überzogen reagiert hatte. Schlaganfall oder nicht – Nana konnte hervorragend für sich selbst sorgen, und Tante Mimi freute sich bestimmt riesig auf den Besuch.

Beth wurde aus ihren Gedanken gerissen, als sie sah, wie Nanas Pick-up bedächtig die Einfahrt entlangfuhr und vor dem hinteren Eingang zum Zwinger stehen blieb. Thibault stieg aus und ging nach hinten zur Ladefläche, packte sich einen Zwanzigkilosack Hundefutter auf die Schulter und verschwand im Zwinger. Als er wieder herauskam, war Zeus an seiner Seite und schnupperte an seiner Hand. Offenbar hatte er den Hund im Büro untergebracht, solange er in der Stadt Besorgungen machte.

Thibault brauchte eine Weile, um das restliche Hundefutter abzuladen, und als er fertig war, ging er zum Haus. Es begann schon zu dämmern. Die Grillen stimmten ihr abendliches Zirpkonzert an, und in der Ferne hörte man leises Donnergrollen. Beth befürchtete jedoch, dass das Gewitter ausbleiben würde. Bis auf ein paar vereinzelte Regenschauer war der Sommer leider sehr trocken gewesen. Doch die Luft, die jetzt vom Meer herwehte, roch nach Kiefernnadeln und Salz, und Beth musste an längst vergangene Tage am Strand denken. Sie konnte sich noch gut daran erinnern, wie die Seespinnen im Schein der Taschenlampen, die sie und Drake und Grandpa auf die Tiere richteten, über den Sand flitzten. Das Gesicht ihrer Mom leuchtete im Abglanz des kleinen Feuers, das ihr Vater entfacht hatte. Und Nanas Marshmallow, das sie in den Flammen hatte rösten wollen, fing plötzlich an zu brennen. Das war eine der wenigen Szenen mit ihren Eltern, die ihr noch lebhaft vor Augen standen. Wenige Tage später waren Beths Eltern bei einem Autounfall ums Leben gekommen.

„Ist alles in Ordnung?“

Weil sie so in ihre Erinnerungen versunken war, hatte sie gar nicht bemerkt, dass Logan Thibault schon auf der Veranda stand. Im schwindenden Licht erschienen ihr seine Gesichtszüge weicher, als sie sie in Erinnerung hatte.

„Ja, klar." Sie richtete sich auf und glättete ihre Bluse. „Ich war nur in Gedanken."

„Hier sind die Schlüssel für den Pick-up", sagte er leise. „Ich wollte sie noch zurückgeben, bevor ich nach Hause gehe."

Er reichte sie ihr, und Beth wusste, dass sie sich jetzt einfach bei ihm bedanken und ihm eine gute Nacht wünschen konnte. Aber als sie die Schlüssel entgegennahm, schaute sie ihm dabei direkt in die Augen und erwiderte: „Vielen Dank. Heute war ein langer Tag für Sie, was?"

„Ach, so schlimm war es nicht. Und ich habe einiges erledigen können", entgegnete er.

„Zum Beispiel, dass Sie jetzt wieder Auto fahren dürfen?"

Er lächelte. „Unter anderem."

„Hatten Sie Probleme mit den Bremsen?"

„Nachdem ich mich an das Knirschen gewöhnt hatte, war alles okay."

Beth musste lächeln. „Ich wette, der Prüfer war begeistert."

„Allerdings. Ich habe es daran gemerkt, wie er immer wieder zusammengezuckt ist."

Jetzt lachte sie auf. Danach schwiegen sie beide für eine Weile. Beth sah, dass Zeus sich zu den Bäumen getrollt hatte. Dort stand er in Habtachtstellung und fixierte Thibault, als wollte er ihn fragen: *Möchtest du nicht ein Stück mit mir spazieren gehen?* Um seine Aufforderung zu unterstreichen, bellte er.

Thibault schüttelte den Kopf und rief: „Warte noch ein bisschen!" An Beth gewandt fügte er hinzu: „Er war ziemlich lange drinnen eingesperrt und will jetzt unbedingt laufen."

„Aber er läuft doch schon rum, oder?"

„Nein – das heißt, ja, aber er will, dass ich mitkomme. Er lässt mich nicht aus den Augen."

„Nie?"

„Zeus kann nicht anders. Er ist ein Hütehund und denkt, ich bin seine Herde."

Beth hob belustigt die Augenbrauen. „Ziemlich kleine Herde, würde ich sagen."

„Stimmt, aber sie vergrößert sich gerade. Er fühlt sich jetzt auch für Ben und Nana zuständig."

„Für mich nicht?" Sie tat so, als wäre sie gekränkt.

Thibault zuckte die Schultern. „Sie haben noch nie ein Stöckchen für ihn geworfen."

„Mehr muss man nicht tun?"

„Er erwartet nicht, dass man sich gleich bei der ersten Verabredung finanziell ruiniert, nur um Eindruck zu machen."

Wieder lachte Beth. Es überraschte sie, dass Thibault so viel Humor hatte.

„Haben Sie vielleicht Lust, ein Stück mit uns zu gehen? Für Zeus ist ein Spaziergang fast so gut, wie wenn man ein Stöckchen für ihn wirft."

„Ach, tatsächlich?", erwiderte sie, um Zeit zu gewinnen.

„Ich habe die Regeln nicht aufgestellt, ich weiß nur, wie sie lauten. Und ich möchte auf keinen Fall, dass Sie sich ausgeschlossen fühlen."

Beth zögerte immer noch.

„Es wird nicht lange dauern. Zeus möchte nur zu dem Bach und dort ein bisschen herumplanschen, bevor wir nach Hause gehen." Er wippte auf den Fersen, die Hände in den Taschen. „Gehen wir?"

„Okay."

Sie gingen in Richtung Kiesweg. Zeus trottete vor ihnen her.

„Nana hat mir erzählt, dass Sie als Lehrerin arbeiten", begann Thibault.

Beth nickte. „Ja, ich unterrichte die zweite Klasse."

„Und wie ist Ihre Klasse dieses Jahr?"

„Scheinen sehr nette Kinder zu sein."

Ihr Weg führte sie am Zwinger vorbei, dann kamen sie zu dem Pfad, der zu dem Bach führte. Die Sonne war hinter den Bäumen verschwunden, sodass der Weg im Schatten lag. Und wieder hörte man fernes Donnergrollen.

„Wie lange unterrichten Sie schon?"

„Drei Jahre."

„Macht es Ihnen Spaß?"

„Meistens, ja. Ich arbeite mit vielen tollen Leuten zusammen, das erleichtert die Arbeit enorm."

„Aber?"

Sie verstand die Frage nicht.

„Es gibt immer ein ‚Aber', wenn es um Jobs geht."

„Ich unterrichte für mein Leben gern. Nur ab und zu gibt es Schüler aus schwierigen Familien – und man kann so wenig für sie tun. Das bricht einem manchmal fast das Herz." Sie schwieg kurz. „Und wie ist es mit Ihnen? Arbeiten Sie gern hier?"

„Ja, sehr gern." Das klang ehrlich.

„Aber?“

Er schüttelte den Kopf. „Kein Aber.“

„Das ist nicht fair. Ich habe auf die Frage geantwortet.“

„Ja, aber Sie haben nicht mit der Enkelin Ihrer Chefin geredet. Apropos Chefin – haben Sie eine Ahnung, wann wir morgen losfahren?“

„Das hat sie Ihnen nicht gesagt?“

„Nein. Ich wollte es mit ihr besprechen, wenn ich ihr die Schlüssel zurückgebe.“

„Sie hat nichts gesagt, aber ich würde vermuten, so um die Mittagszeit. Ich bin sicher, dass es ihr am liebsten wäre, wenn Sie noch mit den Hunden rausgehen, bevor Sie aufbrechen.“

Inzwischen war der Bach in Sichtweite, und Zeus spurtete los, sprang ins Wasser, spritzte und bellte. Thibault und Beth schauten ihm lächelnd zu. Dann deutete Thibault auf die Stelle, an der er in seiner Mittagspause meistens saß. Beth setzte sich, er nahm neben ihr Platz, sorgfältig darauf bedacht, dass nur ja genug Abstand zwischen ihnen blieb.

„Wie weit ist es von hier nach Greensboro?“, fragte er.

„Fünf Stunden, hin und zurück. Man fährt hauptsächlich Schnellstraße.“

„Wissen Sie, wann Ihre Großmutter wieder zurückkommen möchte?“

Beth zuckte die Achseln. „Zu mir hat sie gesagt, sie würde gern eine Woche bleiben.“

„Ah …“

Logan Thibault schien die Information erst einmal verdauen zu müssen. Dabei hatte Nana doch behauptet, sie habe alles mit ihm geregelt! „Ich habe den Eindruck, dass Nana Sie nicht wirklich umfassend informiert hat.“

„Nur dass sie zu ihrer Schwester fahren will, dass ich sie hinbringen soll und mir deshalb sofort einen Führerschein beschaffen muss. Ah ja, und dass ich am Wochenende arbeite.“

„Typisch Nana. Also … wenn Sie etwas anderes vorhaben, kann ich das Wochenende übernehmen, das schaffe ich schon –“

„Nein, nein, das ist wirklich kein Problem“, versicherte Thibault. „Ich habe keine anderen Pläne. Und es gibt noch genug Dinge zu erledigen, zu denen ich bisher nicht gekommen bin.“

„Zum Beispiel eine Klimaanlage im Büro zu installieren?“

„Eigentlich habe ich eher daran gedacht, den Türrahmen zu streichen und zu sehen, ob ich es endlich schaffe, das Bürofenster wieder zu öffnen.“

„Sie meinen das Fenster, das mit Farbe zugekleistert ist? Viel Glück. Mein Großvater hat das jahrelang immer wieder versucht. Eines Tages hat er es mit einer Rasierklinge bearbeitet – mit dem Ergebnis, dass er eine ganze Woche mit Pflastern rumlaufen musste. Und das Fenster ging noch immer nicht auf."

„Sie machen mir nicht gerade Mut."

„Ich will Sie nur warnen. Der Witz dabei ist, dass mein Großvater auch derjenige war, der es falsch gestrichen hat. Er hat zu den Menschen gehört, die denken, sie könnten alles selbst machen. Aber leider hat es nie ganz so geklappt, wie er es geplant hatte. Haben Sie Bens Baumhaus und die Hängebrücke schon gesehen?"

„Von Weitem."

„Das Baumhaus ist ein gutes Beispiel für Grandpas Kunst. Fast einen ganzen Sommer hat er daran herumgebastelt, aber jedes Mal wenn Ben hochklettert, komme ich vor Angst um. Keine Ahnung, wieso das alles nicht längst eingestürzt ist. Ben liebt dieses Baumhaus. Vor allem wenn ihn etwas bedrückt oder beunruhigt, zieht er sich dorthin zurück. Er sagt, es sei sein Geheimversteck – er ist ziemlich oft dort." Sie verstummte, und er sah ihr an, dass der Gedanke daran sie belastete. Nach einer kurzen Pause redete sie weiter. „Grandpa war jedenfalls ein Original. Mit einem riesengroßen Herzen. Er hat uns die schönste Kindheit beschert, die man sich nur wünschen kann."

„Uns?"

„Meinem Bruder und mir. Hat Nana Ihnen von meinen Eltern erzählt?"

Er nickte. „Ja, kurz. Es tut mir sehr leid."

Beth wartete, weil sie nicht wusste, ob er noch etwas hinzufügen wollte, aber er schwieg.

„Wie war das eigentlich, diese lange Wanderung quer durchs Land?", fragte sie dann ganz unvermittelt.

Logan überlegte einen Moment, dann antwortete er: „Es war sehr … friedlich. Ich konnte gehen, wohin ich wollte, wann ich wollte, ohne mich beeilen zu müssen."

„Das klingt fast therapeutisch."

„War es auch, glaube ich." Ein Lächeln erschien auf seinem Gesicht, verschwand aber gleich wieder. „Wenigstens in gewisser Weise."

„Haben Sie gefunden, was Sie suchten?", fragte sie mit ernstem Gesicht.

Thibault zögerte und erwiderte dann: „Ja, ich hab's gefunden."

„Und?"

„Mehr kann ich noch nicht sagen."

Sie war sich nicht ganz sicher, wie sie diese Antwort deuten sollte.

„Bitte, verstehen Sie mich nicht falsch, aber ich kann mir bei Ihnen nicht vorstellen, dass Sie je für längere Zeit an einem Ort bleiben."

„Weil ich den ganzen Weg von Colorado hierher zu Fuß gegangen bin?"

„Ja, damit könnte es wohl ganz entfernt zusammenhängen."

Er lachte, und jetzt erst fiel Beth auf, wie lange es her war, dass sie das letzte Mal mit jemandem solch ein Gespräch geführt hatte. So mühelos, so unverkrampft. Zwar hatte sie immer noch keine Ahnung, was sie von Thibault halten sollte, aber von ihrem Gefühl her erschien es ihr richtig, dass sie sich endlich ein wenig anfreundeten. Sie räusperte sich. „Also – noch mal wegen morgen. Es ist, glaube ich, besser, wenn Sie und Nana mein Auto nehmen, und ich fahre mit dem Pick-up in die Schule. Ich mache mir nämlich wirklich Sorgen wegen der Bremsen."

„Ich muss zugeben, dass ich auch etwas beunruhigt war deswegen. Aber ich bin überzeugt, dass ich das Problem beheben kann. Nicht bis morgen, aber irgendwann am Wochenende."

„Sie können auch Autos reparieren?", fragte Beth mit nur halb gespieltem Staunen.

„Ja. Aber die Bremsen sind unproblematisch. Sie brauchen lediglich neue Beläge."

„Gibt es auch etwas, das Sie nicht können?"

„Ja."

Sie lachte. „Ausgezeichnet. Aber gut, ich werde mit Nana reden. Sie ist bestimmt auch damit einverstanden, dass Sie meinen Wagen nehmen."

Logan nickte. In dem Moment kam Zeus aus dem Wasser, schüttelte sich und näherte sich dann Beth, um sie zu beschnuppern und ihre Hand zu lecken.

„Er mag mich."

„Vermutlich durchlaufen Sie soeben den Geruchstest."

Genau so etwas hätte Drake auch sagen können. Sie stand auf. „Aber ich gehe jetzt lieber zurück."

Thibault schaute zum Himmel. Die Wolken wurden immer dichter. „Ja, und ich will auch zu Hause sein, wenn es zu regnen anfängt."

„Soll ich Sie schnell fahren?"

„Vielen Dank, aber das ist nicht nötig. Ich gehe gern zu Fuß."

„Auf die Idee wäre ich nie gekommen!", erwiderte sie lächelnd.

Sie gingen zurück zum Haus, und als sie zu dem Kiesweg gelangten, zog Beth ihre Hand aus der Jeanstasche und winkte kurz.

„Danke für den Spaziergang, Logan."

Er streckte das Kinn vor und grinste: „Ich danke *Ihnen,* Elizabeth."

Sie wusste, das Gewitter würde bald vorbei sein, obwohl sie dringend Regen brauchten. Während sie horchte, wie die letzten Tropfen auf das Blechdach klopften, dachte sie an ihren Bruder. Bevor Drake gegangen war, hatte er zu ihr gesagt, am allermeisten werde er das Geräusch vermissen, wenn die Regentropfen aufs Dach prasselten.

Nana war in ihrem Zimmer und packte den Koffer. Sie freute sich wie schon lange nicht mehr. Ben hingegen wurde immer bedrückter, woraus man schließen konnte, dass er einen großen Teil des Wochenendes mit seinem Vater verbringen musste. Was wiederum hieß, dass sie, Beth, das erste Wochenende seit Langem allein zu Hause sein würde.

Nur sie und Logan.

Beth konnte verstehen, warum sich Nana und Ben zu ihm hingezogen fühlten. Er besaß eine ruhige Gelassenheit, der man ziemlich selten begegnete. Erst als sie zum Haus zurückkam, fiel ihr auf, dass sie eigentlich nichts über ihn erfahren hatte, was sie nicht bereits von dem Vorstellungsgespräch gewusst hatte. War er schon immer so zurückhaltend gewesen, oder hing das mit seinen Erfahrungen im Irak zusammen?

Dass er dort gewesen war, davon war sie überzeugt. Zwar hatte er es nicht ausdrücklich gesagt, aber sie hatte etwas in seinem Gesicht wahrgenommen, als sie den Tod ihrer Eltern erwähnte – seine schlichte Antwort erschien ihr ebenfalls ein Zeichen dafür, dass er schon viel Leid gesehen hatte und den Schmerz als einen unvermeidlichen Teil des Lebens akzeptierte.

Wie Drake hatte er dem Marine Corps angehört. Aber Logan war hier, und Drake war nicht mehr hier. Aus diesem Grund wusste sie nicht, ob sie je in der Lage sein würde, Logan fair zu behandeln.

Als sie zu den Sternen emporblickte, die zwischen den Gewitterwolken hervorblitzten, spürte sie den Verlust von Drake wie eine tiefe Wunde, die sich jetzt wieder geöffnet hatte. Nach dem Tod ihrer Eltern waren sie und Drake unzertrennlich gewesen. Er war nur ein Jahr jünger als sie. Während der Highschool ging sie zu jedem Football-, Basketball- oder Baseballspiel, bei dem er mitspielte, und sie half ihm bei den Hausaufgaben. Nur in einem einzigen Punkt waren sie jemals geteilter Meinung gewesen, und zwar in Bezug auf Keith, doch im Gegensatz zu Nana behielt Drake seine Gefühle weitgehend für sich. Sie wusste allerdings genau, was er dachte, und nachdem sie und Keith sich getrennt hatten, wandte sie sich hilfesuchend an Drake, während sie versuchte, als alleinerziehende Mutter wieder Boden unter die Füße zu bekommen. Und Drake war es gewesen, der Keith daran gehindert hatte, in den Monaten nach der Trennung immer wieder an ihre

Tür zu hämmern. Denn Drake war weit und breit der einzige Mensch gewesen, vor dem Keith Angst hatte.

Damals war ihr Bruder schon ein erwachsener junger Mann. Er war ein erstklassiger Athlet, hervorragend in fast allen Sportarten. Mit zwölf fing er an zu boxen. Mit 18 hatte er in North Carolina schon dreimal den Goldenen Boxhandschuh gewonnen, und er übte regelmäßig mit Soldaten, die in Fort Bragg stationiert waren. Die Stunden, die er mit diesen Männern verbrachte, weckten in ihm den Wunsch, zum Militär zu gehen.

Beth war stolz auf seine Entscheidung, seinem Land dienen zu wollen. Natürlich wurde ihr angst, als er nach Kuwait und später in den Irak geschickt wurde, aber sie glaubte fest daran, dass er unversehrt zurückkommen würde. Aber Drake Green kam nie mehr nach Hause. Sein Tod hatte eine abgrundtiefe Leere in ihr hinterlassen, und sie wusste, dass diese nie wieder ganz gefüllt werden konnte. Doch die Zeit hatte den Schmerz gelindert. Inzwischen war ihre Wut fast stärker als die Trauer.

Heute jedoch war der Schmerz zurückgekehrt, nachdem ihr bewusst wurde, dass sie sich – genau wie Nana und Ben –, zu Logan hingezogen fühlte, und sei es auch nur, weil sie mit ihm so entspannt reden konnte wie mit sonst niemandem, seit Drake nicht mehr lebte.

Und da war noch etwas: Drake war der Einzige, der sie bei ihrem richtigen Vornamen genannt hatte. Seit sie denken konnte, nannten sie sonst alle nur Beth – allein Drake hatte Elizabeth zu ihr gesagt. Allerdings auch nur, wenn sie allein waren. Das war ihr Geheimnis gewesen, eines zwischen Geschwistern, und sie hatte sich nie vorstellen können, wie ihr Vorname klingen würde, wenn jemand anders ihn aussprach.

Bei Logan klang er genau richtig.

Kapitel 8

Logan Thibault

Als Logan im Herbst 2007 das Marine Corps verließ, verabredete er sich mit Victor zum Angeln in Minnesota. Victor hatte vor einem halben Jahr geheiratet, und Logan war Trauzeuge gewesen. Als Logan ihn jetzt anrief, um den gemeinsamen Ausflug vorzuschlagen, vermutete er, dass Victor nichts dagegen hatte, zur Abwechslung ein paar Tage ohne seine Frau zu verbringen.

Am ersten Tag hockten sie in einem kleinen Ruderboot auf dem See und unterhielten sich über alles Mögliche.

Doch dann fragte ihn Victor: „Hast du eigentlich Albträume?“

Logan schüttelte den Kopf. „Nein. Du?“

„Ja“, antwortete Victor.

Die Luft war herbstlich frisch, und ein feiner Nebelschleier schwebte über dem Wasser.

„So wie früher?“, hakte Logan nach.

„Schlimmer.“ Victor rollte seine Angelleine auf und warf sie wieder aus. „Ich sehe tote Menschen.“ Er grinste hilflos, und die Erschöpfung stand ihm ins Gesicht geschrieben. „Wie in dem Film mit Bruce Willis. Du weißt schon – ‚The Sixth Sense‘.“

Logan nickte.

„Ungefähr so.“ Dann machte er eine Pause. Er wirkte jetzt traurig. „In meinen Träumen erlebe ich alles, was wir durchgemacht haben, noch einmal. In verschiedenen Variationen. Meistens werde ich getroffen, ich rufe um Hilfe, aber niemand kommt, und dann wird mir klar, dass es alle anderen bereits erwischt hat. Und ich spüre richtig, wie ich langsam sterbe.“ Er rieb sich die Augen, bevor er weitersprach. „Das ist schon ganz schön schrecklich, aber noch viel schlimmer ist es, wenn ich die Toten tagsüber sehe. Zum Beispiel bin ich im Supermarkt, und plötzlich sehe ich sie vor mir, sie stehen herum und blockieren den Gang. Oder sie liegen blutend auf dem Boden und werden von Sanitätern verarztet. Aber sie geben nie einen Mucks von sich. Sie schauen mich nur an, als wäre ich schuld daran, dass sie sterben. Ich muss dann blinzeln und tief durchatmen, damit sie verschwinden. Manchmal habe ich Angst, ich werde verrückt.“

„Hast du mal mit jemandem darüber geredet?“, erkundigte sich Logan.

„Nein, mit keinem. Außer mit meiner Frau natürlich, aber wenn ich ihr so was erzähle, fängt sie an zu weinen. Also sage ich lieber nichts mehr.“

Logan schwieg, und Victor ließ seinen Blick über das Wasser schweifen.

„Maria ist nämlich schwanger“, fügte Victor ergänzend hinzu.

Logan lächelte. Das war doch ein Hoffnungsschimmer. „Herzlichen Glückwunsch.“

„Danke. Es wird ein Junge. Wir wollen ihn Logan nennen.“

Logan richtete sich auf und nickte Victor zu. „Ich fühle mich geehrt.“

„Zwischendurch bekomme ich immer wieder Angst, wenn ich mir vorstelle, dass ich bald einen Sohn habe. Ich weiß nicht, ob ich ein guter Vater sein kann.“

„Du wirst bestimmt ein wunderbarer Vater“, beruhigte Logan ihn.

„Wer weiß. Ich habe überhaupt keine Geduld mehr. Es gibt so viele

Sachen, die mich wütend machen! Lauter Kleinigkeiten, die eigentlich völlig banal sind, aber aus irgendeinem Grund bringen sie mich in Rage." Er zupfte an seiner Angelschnur. „Geht dir das auch so?"

„Manchmal."

„Aber nicht besonders oft?"

„Nein."

„Das hab ich mir schon gedacht. Bei dir ist alles anders. Wegen des Fotos, glaube ich."

Logan schüttelte den Kopf. „Stimmt doch gar nicht. Für mich ist es auch nicht leicht. Ich kann keine Straße hinuntergehen, ohne über die Schulter zu schauen. Oder ich suche Fenster danach ab, ob man auf mich zielt."

„Dass du hinter dich schaust, ist völlig normal. Das mache ich auch."

„Ehrlich?"

„Aber bisher habe ich nirgends eine Waffe entdeckt."

Logan lachte leise. „Zum Glück!" Dann beschloss er, das Thema zu wechseln, und fragte: „Wie fühlst du dich als Dachdecker?"

„Ich bin befördert worden. Inzwischen bin ich schon Vorarbeiter."

„Gut gemacht. Wie geht's Maria?"

„Sie wird immer runder, aber sie fühlt sich sehr wohl. Maria gibt meinem Leben einen Sinn. Mit ihr habe ich wirklich einen Glücksgriff getan." Er schüttelte beinahe verwundert den Kopf. „Es gibt nichts Schöneres als die Liebe. Du solltest das auch mal ausprobieren."

Logan zuckte die Achseln. „Irgendwann vielleicht."

Am Freitagmorgen sorgte Logan dafür, dass alles erledigt war, ehe er Nana mit Elizabeths Wagen nach Greensboro brachte. Zeus saß auf dem Rücksitz und streckte die meiste Zeit den Kopf zum Fenster hinaus, sodass der Fahrtwind seine Ohren nach hinten wehte. Die ständig wechselnden Gerüche und die unbekannte Szenerie schienen ihn zu faszinieren.

Die Rückfahrt nach Hampton kam Logan viel kürzer vor. Und als er in die Einfahrt bog, freute er sich richtig. Wie schön, dass Ben in der Nähe des Hauses Ball spielte! Zeus rannte erwartungsvoll zu ihm, und prompt warf Ben seinen Ball in Richtung Wiese für ihn. Als Logan näher kam, trat Elizabeth auf die Veranda, und Thibault durchfuhr ein einziger Gedanke: *Sie ist die schönste Frau, die ich je gesehen habe*. Elizabeth trug eine Sommerbluse und Shorts, die ihre wohlgeformten Beine gut zur Geltung brachten. Sie winkte ihm freundlich zu, und er musste sich zusammenreißen, um sie nicht allzu verzückt anzustarren.

„Hey Logan!“, rief Ben und sauste hinter Zeus her, der mit dem Ball in der Schnauze umherlief.

„Hey Ben! Wie war's in der Schule?“

„Langweilig. Wie war die Arbeit?“

„Spannend!“

Ben rannte weiter. „Ja, klar!“

Seit Ben in der Schule war, wechselten sie jeden Tag dieselben Sätze. Logan schüttelte amüsiert den Kopf.

Nun kam Elizabeth die Verandastufen herunter. „Hallo Logan.“

„Hallo Elizabeth.“

Sie lehnte sich ans Geländer, ein Lächeln auf dem Gesicht. „Wie war die Fahrt?“

„Gar nicht übel.“

„Haben Sie Durst?“, erkundigte sie sich. „Es ist noch Limonade im Krug. Nana hat sie zubereitet, bevor Sie beide aufgebrochen sind.“

„Ja, ich hätte gern einen Schluck.“

Beth hielt die Haustür auf. „Kommen Sie rein. Ich bin gleich wieder da.“

Logan ging die Stufen hinauf und betrat das Haus. Interessiert schaute er sich um. Antike Möbel, an den Wänden Gemälde. „Es ist sehr schön hier!“

„Danke!“ Sie streckte den Kopf aus der Küchentür. „Waren Sie noch nie hier im Haus?“

„Nein.“

„Ach, ich bin davon ausgegangen, dass Sie schon öfter hier waren. Sie können sich gern ein bisschen umschauen.“

Damit verschwand sie wieder. Logan wanderte langsam umher. Auf dem Kaminsims entdeckte er mehrere gerahmte Fotografien. Er trat näher, um sie zu studieren: Drei Aufnahmen von Ben. Daneben eine von Elizabeth bei der College-Abschlussfeier. Ein Porträt von Nana und ihrem Ehemann. In der Ecke entdeckte er das Foto eines jungen Marinesoldaten in blauer Uniform. War das vielleicht der junge Soldat, der in Kuwait das Foto verloren hatte?

„Das ist Drake“, hörte er Elizabeths Stimme. „Mein Bruder.“

Logan drehte sich um. „Jünger oder älter?“

„Ein Jahr jünger.“ Sie reichte ihm ein Glas Limonade, ohne noch mehr hinzuzufügen, und Logan spürte, dass das Thema damit für sie abgeschlossen war. Sie wandte sich um. „Kommen Sie, wir machen es uns auf der Veranda gemütlich. Ich war den ganzen Tag in der Schule eingesperrt, und außerdem möchte ich Ben im Auge behalten. Er verschwindet schon mal.“

Draußen setzten sie sich auf die Stufen.

„Tut mir leid, dass ich keine bessere Sitzgelegenheit anzubieten habe. Ich versuche seit einer Ewigkeit, Nana zu einer Verandaschaukel zu überreden, aber sie findet, das sei zu rustikal", entschuldigte sich Beth.

In der Ferne sah man Ben und Zeus über die Wiese rennen. Elizabeth strahlte. „Ich freue mich immer, wenn ich sehe, wie er sich austobt. Heute hatte er gleich nach der Schule die erste Geigenstunde, deshalb war bisher keine Zeit dafür."

„Hat es ihm Spaß gemacht?"

„Ich glaube schon. Jedenfalls hat er es gesagt." Sie schaute ihn an. „Haben Sie als Kind gern Geige gespielt?"

„Ja, meistens. Als ich älter wurde, hat der Spaß etwas nachgelassen."

„Lassen Sie mich raten – dann haben Sie sich mehr für Mädchen und Sport interessiert?"

„Und für Autos, nicht zu vergessen."

„Typisch", stöhnte sie. „Aber normal. Ich bin froh, dass sich Ben selbst für das Instrument entschieden hat. Er interessiert sich schon lange für Musik, und die Geigenlehrerin ist ein echter Schatz. Sie ist unglaublich geduldig."

„Das ist ein großer Vorteil. Und für ihn ist es garantiert gut."

Sie fuhr mit dem Finger über den Rand ihres Glases. „So wie's aussieht, sind wir beide am Wochenende allein hier."

„Was ist mit Ben?"

„Er fährt morgen zu seinem Vater. Jedes zweite Wochenende."

„Ach ja?"

Beth seufzte. „Er mag das nicht besonders. Eigentlich hat er nie richtig Lust dazu."

Schweigend beobachtete Logan Ben.

„Kein Kommentar?", fragte sie herausfordernd.

„Ich weiß nicht, was ich dazu sagen soll."

„Und wenn Sie etwas gesagt hätten …?"

„Dann vielleicht, dass er vermutlich seine Gründe hat."

„Und ich hätte geantwortet: Da haben Sie Recht."

„Sie verstehen sich nicht mit Bens Vater?", erkundigte sich Logan.

„Eigentlich kommen wir ganz gut miteinander aus. Aber Ben und sein Vater verstehen sich nicht. Mein Exmann hat Schwierigkeiten mit ihm. Ich glaube, er hätte gern einen anderen Sohn."

„Warum lassen Sie Ben dann zu ihm gehen?"

„Weil ich keine Alternative habe." Sie neigte sich zur Seite und pflückte eine Ringelblume, die neben der Treppe blühte. „Mein Ex und ich, wir teilen uns das Sorgerecht. Wenn ich versuchen würde, das anzufechten, würde das Gericht aller Wahrscheinlichkeit nach in seinem Sinne entscheiden, und Ben müsste womöglich noch viel öfter zu ihm als bisher."

„Das wäre nicht fair."

„Es ist sowieso nicht fair. Aber im Moment kann ich nicht viel mehr tun, als Ben zu raten, das Beste daraus zu machen."

„Ich habe das Gefühl, die Situation ist ziemlich komplex."

Sie lachte. „Ach, Sie haben ja keine Ahnung, *wie* komplex!"

Ben näherte sich der Veranda. Er war nass geschwitzt, seine Wangen waren gerötet. Die Brille saß schief im Gesicht. Zeus trabte hechelnd hinter ihm her. „Hey Mom!"

„Hallo Schatz. Na, hat's Spaß gemacht?"

Der Hund leckte Logan die Hand und legte sich dann erschöpft zu seinen Füßen nieder.

„Zeus ist einfach genial! Hast du gesehen, wie wir gespielt haben?"

„Ja, klar." Sie zog ihren Sohn an sich und fuhr ihm durch die Haare. „Du bist ja ganz erhitzt! Geh am besten rein und trink einen Schluck Wasser."

„Mach ich. Bleiben Logan und Zeus zum Abendessen?"

„Wir haben noch nicht darüber gesprochen."

Ben schob seine Brille nach oben. „Es gibt Tacos", erklärte er Logan. „Sie schmecken wahnsinnig gut. Mom macht ihre eigene *Salsa* und alles, was dazugehört."

„Ich kann mir vorstellen, dass die Tacos sehr lecker sind", erwiderte Logan in möglichst unbeteiligtem Ton.

„Wir reden gleich darüber, okay?" Sie zupfte einen Grashalm von Bens T-Shirt. „Aber jetzt trink erst mal was und mach dich ein bisschen frisch."

„Ich würde so gerne mit Zeus Verstecken spielen!", jammerte Ben. „Logan hat behauptet, Zeus kann das."

„Wie gesagt – wir reden gleich drüber", wiederholte Elizabeth.

„Okay", brummte Ben, ging rasch die Stufen hinauf, öffnete die Fliegengittertür und ließ sie mit einem lauten Knall wieder zufallen.

Elizabeth wandte sich an Logan. „Und wie war das mit Zeus und dem Versteckspiel?"

„Ach, wir haben uns mal darüber unterhalten, als wir unten am Fluss waren. Ben wollte wissen, was Zeus alles kann, und ich habe erwähnt, dass er auch Verstecken spielt. Aber das muss ja nicht heute Abend sein."

„Kein Problem.“ Sie nahm ihr Limonadenglas, ließ die restlichen Eiswürfel klimpern und dachte nach. Schließlich fragte sie: „Möchten Sie denn zum Abendessen bleiben?“

Er begegnete ihrem Blick. „Ja, gern. Sehr gern sogar.“

„Es gibt aber nur Tacos.“

„Hab ich schon gehört. Und vielen Dank. Hört sich großartig an. Ich mag Tacos.“ Er erhob sich lächelnd. „Aber vorher muss ich Zeus etwas Wasser geben. Und Hunger hat er vermutlich auch. Haben Sie etwas dagegen, wenn ich ihm ein bisschen Hundefutter aus dem Zwinger hole?“

„Natürlich nicht. Wir haben ja reichlich Vorräte. Gestern hat jemand eine ganze Ladung angeschleppt.“

„Wer könnte das wohl gewesen sein?“

„Keine Ahnung. Irgendein Wanderer mit langen Haaren, glaube ich.“

„Ich dachte, es war ein Veteran mit College-Abschluss.“

„Das ist dasselbe.“ Beth stand ebenfalls auf. „Bis gleich.“

Im Zwinger füllte Logan Zeus’ Schüsseln mit Wasser und Hundefutter, dann schaute er nach den anderen Hunden, um sicherzugehen, dass alle genügend zu saufen hatten. Alles war in bester Ordnung. Sehr gut. Logan machte im Büro das Licht aus und schloss die Tür ab, bevor er zurück zum Haus ging. Zeus folgte ihm, die Nase dicht über dem Boden.

An der Verandatür gab Logan Zeus durch ein Handzeichen zu verstehen, er solle sich hinlegen. Dann öffnete er die Fliegengittertür. „Hallo?“

„Kommen Sie rein. Ich bin in der Küche.“

Logan trat ein. Elizabeth hatte eine Schürze umgebunden und stand am Herd, um das Hackfleisch anzubraten. Auf der Arbeitsplatte neben ihr war eine offene Flasche Leichtbier.

„Wo ist Ben?“, erkundigte sich Logan.

„Unter der Dusche. Er kommt gleich.“ Sie griff nach dem Bier. „Möchten Sie auch eins? Zu Tacos trinke ich immer ein Bier.“

„Danke, ich nehme sehr gern eins.“

Sie holte eine Flasche aus dem Kühlschrank und gab sie ihm. „Es dauert noch eine Weile. Kommen Sie doch solange mit nach hinten. Ich möchte Ihnen etwas zeigen.“

Logan folgte ihr – und blieb wie angewurzelt stehen, als er die Aussicht von der überdachten hinteren Veranda sah. Was für ein Anblick! Umschlossen von einer Hecke, führten gepflasterte Wege an Pflanzkübeln entlang, in denen prächtige Hartriegelsträucher wuchsen. Das Zentrum des Gartens bildete ein Brunnen mit drei Etagen, und das Wasser speiste einen riesigen Koi-Teich.

„Wow“, murmelte er. „Das ist ja unglaublich.“

„Sie hatten keine Ahnung, dass sich hier ein Garten befindet, nicht wahr? Er ist auch in dieser heißen Jahreszeit wunderschön, aber Sie sollten ihn erst mal im Frühling sehen! Jedes Jahr setzen Nana und ich Hunderte von Tulpen, Osterglocken und Lilien, und die blühen gleich nach den Azaleen und den Hartriegelsträuchern. Von März bis Juli ist dieser Garten der schönste Ort auf der ganzen Welt. Und da drüben, hinter der Hecke“ – sie deutete nach rechts – „ist unser unerschöpflicher Gemüse- und Kräutergarten.“

„Wirklich sagenhaft.“

„Ja, finde ich auch.“ Sie trank einen Schluck Bier. „Aber ich glaube, jetzt sollten wir nach dem Essen schauen.“

Beth

LANGSAM wurde es dunkel. Beth stand auf der hinteren Veranda und beobachtete Logan, der konzentriert das Schachbrett vor sich studierte. Ich mag ihn, dachte sie. Der Gedanke überraschte sie, aber gleichzeitig erschien er ihr plötzlich ganz selbstverständlich.

Ben und Logan machten ihr zweites Spiel, und Logan brütete über seinem nächsten Zug. Die erste Partie hatte Ben ohne Probleme gewonnen, und man hatte Logan angemerkt, dass er von seinem Partner ziemlich überrumpelt worden war. Aber er war ein guter Verlierer und wollte sogar von Ben wissen, was er falsch gemacht hatte. Sie stellten die Figuren noch einmal so auf wie während des Spiels, und Ben erklärte Logan, bei welchen Zügen er falsch reagiert hatte.

„Alle Achtung“, murmelte Logan und grinste Ben an. „Gut gemacht.“

Beth wollte sich lieber nicht vorstellen, wie Keith reagiert hätte, wenn er verloren hätte. Das heißt – sie brauchte es sich nicht auszumalen, sie wusste es, denn vor zwei Jahren hatte er einmal mit seinem Sohn gespielt und Ben hatte gewonnen. In seiner Frustration hatte Keith tatsächlich das Brett umgeworfen und war aus dem Zimmer gestürmt. Bei Logan war alles völlig anders. Es war offensichtlich, dass Ben Logan mochte, und man spürte, dass auch umgekehrt Logan Ben mochte und sich in seiner Gegenwart wohlfühlte.

Ben gewann auch das zweite Spiel und war sichtlich stolz. Dann deutete er hinaus zum Garten. „Ist es jetzt dunkel genug?“

„Ich glaube schon. Zeus, willst du spielen?“

Zeus stellte sofort die Ohren auf und legte den Kopf schräg. Als Logan und Ben aufstanden, sprang Zeus ebenfalls auf die Füße.

„Gehst du mit, Mom?“

Beth erhob sich von ihrem Stuhl. „Ja, ich komme."

Gemeinsam gingen sie im Dunkeln zur Vorderseite des Hauses. Beth blieb zögernd an der Verandatreppe stehen, aber Logan wirkte völlig unbesorgt.

„Okay. Was mache ich jetzt?", fragte Ben.

„Du versteckst dich", erklärte Logan. „Dann schicke ich Zeus los, damit er dich sucht."

„Kann ich mich verstecken, wo ich will?"

„Am besten gehst du in diese Richtung." Logan deutete zu den Bäumen westlich des Baches. „Ich möchte nicht, dass du aus Versehen im Wasser landest. Und wenn dich Zeus gefunden hat, folgst du ihm gleich. Auf die Art kannst du dich nicht verirren."

„Okay. Aber wie weiß ich, dass er nicht sieht, wohin ich gehe?"

„Ich bringe ihn ins Haus und zähle bis hundert, ehe ich ihn rauslasse." Logan wandte sich jetzt Zeus zu. „Komm mit!", befahl er und öffnete die Haustür. Doch dann zögerte er. „Ist es okay, wenn ich Zeus reinlasse?"

Beth nickte. „Ja, klar."

Logan gab Zeus mit einer Handbewegung zu verstehen, er solle ins Haus gehen und sich hinlegen, dann schloss er die Tür wieder.

„Okay, es geht los!", rief er Ben zu.

Der Junge lief zu den Bäumen, und Logan begann laut zu zählen.

Beth verschränkte die Arme vor der Brust. „Ich muss sagen, ich habe kein gutes Gefühl bei der ganzen Sache."

„Ihm passiert schon nichts. Zeus findet ihn in zwei, drei Minuten."

„Sie haben unglaublich viel Vertrauen zu Ihrem Hund."

Logan lächelte nur. Einen Moment standen sie nebeneinander auf der Veranda und blickten hinaus in den Abend. Er schien es zu genießen, nur so neben ihr zu stehen, und auch sie empfand seine Nähe als angenehm.

„Ich finde es schön, dass Sie zum Essen geblieben sind", sagte sie, weil ihr nichts Besseres einfiel.

„Die Freude ist ganz meinerseits."

„Und Sie waren wirklich nett zu Ben. Beim Schachspielen, meine ich."

„Es ist nicht schwierig, nett zu ihm zu sein."

„Das geht nicht jedem so."

Logan zögerte kurz, ehe er fragte: „Reden wir von Ihrem Exmann?"

„Merkt man das so schnell?" Beth lehnte sich an den Verandapfosten.

Er lehnte sich an den Pfosten auf der gegenüberliegenden Seite der Treppe und schaute sie fragend an. „Und?"

„Ich wäre so froh, wenn alles anders wäre." Sie strich sich die Haare aus der Stirn. *Sollte sie weiterreden?* „Wollen Sie noch mehr hören?"

„Nur wenn Sie noch mehr sagen wollen", erwiderte er.

Beth seufzte leise. „Es ist die übliche Geschichte … Ich war in der letzten Highschoolklasse und ziemlich unbedarft. Er ist zwei Jahre älter als ich, aber wir waren schon immer in derselben Jugendfreizeit, deshalb kannte ich ihn gut, und ein paar Monate vor meiner Abschlussprüfung wurden wir ein Paar. Seine Familie ist ziemlich betucht, und er hatte immer die hübschesten Mädchen als Freundinnen. Ich glaube, ich habe mich geschmeichelt gefühlt. Seine offensichtlichen Schwachpunkte habe ich ausgeblendet, für andere fand ich Entschuldigungen, und plötzlich war ich schwanger. Dadurch hat sich mein ganzes Leben verändert. Im Herbst ging ich nicht wie geplant aufs College. Ich hatte keine Ahnung, was es bedeutet, Mutter zu sein, und ein Leben als alleinerziehende Mutter konnte ich mir beim besten Willen nicht vorstellen. Nie im Leben hätte ich erwartet, dass er mir einen Heiratsantrag macht. Doch genau das hat er getan, und ich habe Ja gesagt. Aber ich glaube, noch bevor die Tinte auf der Heiratsurkunde trocknen konnte, sahen wir beide ein, dass die ganze Sache ein Riesenfehler war. Wir hatten praktisch keine Gemeinsamkeiten. Jedenfalls haben wir uns dauernd gestritten, und die Trennung kam schon kurz nach Bens Geburt. Und dann wusste ich wirklich nicht mehr, wie es weitergehen sollte."

Logan presste die Handflächen gegeneinander. „Aber Sie sind später trotzdem aufs College gegangen und Lehrerin geworden. Und Sie haben gelernt, wie man das macht – alleinerziehende Mutter zu sein. Ich habe den Eindruck, Sie haben das sehr gut hingekriegt."

Beth schenkte ihm ein dankbares Lächeln. „Mit Nanas Hilfe."

„Mag sein." Er wandte sich ihr zu und musterte sie aufmerksam. „Und wie hat es auf dem College geklappt?"

„Mit Ben, meinen Sie? Leicht war es nicht. Erst habe ich an dem College hier ein paar Kurse belegt – als Ben noch in den Windeln lag. Nana hat sich um ihn gekümmert, während ich weg war, also zwei oder drei Tage in der Woche. Später bin ich auf das College in Wilmington gegangen. Ich habe insgesamt sechs Jahre gebraucht, um meinen Abschluss zu machen, aber ich wollte Nana nicht übermäßig belasten und außerdem meinem Exmann keinen Vorwand liefern, das alleinige Sorgerecht für sich zu beanspruchen. Und damals hätte er das sicher versucht, nur um Recht zu bekommen."

„Er klingt wie ein ausgesprochen liebenswürdiger Mensch."

Sie zog eine Grimasse. „Ach, wenn Sie wüssten …“

„Wollen Sie, dass ich ihn verprügle?“

Jetzt musste sie lachen. „Es gab Zeiten, da hätte ich dieses Angebot womöglich angenommen. Inzwischen nicht mehr. Keith ist einfach nur … unreif. Er ist schon einunddreißig, benimmt sich aber wie ein Sechzehnjähriger.“

Logan nickte verständnisvoll, dann deutete er zu den Bäumen. „Ähm … meinen Sie, wir sollten Zeus jetzt losschicken?“

„Ach du meine Güte!“, rief Beth erschrocken. „Ja, klar. Er findet Ben doch bestimmt, oder? Wie lange ist er schon weg?“

„Etwa fünf Minuten. Ich hole Zeus. Und machen Sie sich bitte keine Sorgen. Er findet Ben sofort.“

Logan öffnete die Haustür. Schwanzwedelnd kam Zeus angelaufen und postierte sich vor Logan.

„Wo ist Ben?“, fragte ihn Logan.

Zeus stellte die Ohren auf. Logan zeigte in die Richtung, in die Ben gegangen war, und rief: „Such Ben!“

Augenblicklich machte sich der Hund auf den Weg, die Nase dicht über dem Boden. Innerhalb von Sekunden nahm er die Spur auf und verschwand in der Dunkelheit.

„Sollen wir hinterher?“, fragte Beth.

„Haben Sie Lust?“

„Ja.“

Noch bevor sie die Bäume erreicht hatten, hörten sie schon, wie Zeus ein fröhliches Bellen von sich gab. Gleich darauf hörte man Ben begeistert quietschen.

„Sie haben nicht übertrieben“, stellte sie erleichtert fest. „Wie lange hat er gebraucht? Zwei Minuten?“

„Es war nicht besonders schwer für ihn. Ich habe auch gewusst, dass sich Ben nicht allzu weit entfernen würde.“

Zeus kam auf sie zu, Ben folgte ihm auf dem Fuß. „Das ist ja echt super!“, rief Ben. „Er ist direkt zu mir gekommen. Dabei habe ich keinen Mucks von mir gegeben.“

„Willst du es noch mal probieren?“, fragte Logan.

Auch beim zweiten Mal war Zeus erfolgreich: Er entdeckte Ben auf einem Baum. Beim dritten Mal fand er ihn in seinem Baumhaus unten beim Bach, etwa vierhundert Meter entfernt. Beth war nicht gerade begeistert von diesem letzten Versteck, die wacklige Brücke und auch das Baumhaus erschienen ihr bei Nacht noch gefährlicher als am Tag. Aber danach war Ben sowieso müde und hatte keine Lust mehr weiterzumachen.

Logan begleitete sie zum Haus. Nachdem er sich von dem erschöpften Ben verabschiedet hatte, schaute er Beth an, räusperte sich und murmelte leise: „Ich möchte mich bei Ihnen für den schönen Abend bedanken."

Obwohl es schon fast zehn war, ließ sie ihn nur ungern gehen. „Soll ich Sie schnell nach Hause fahren?"

„Das ist sehr nett von Ihnen, aber wir schaffen das schon. Ich gehe gern zu Fuß."

„Viel habe ich ja noch nicht über Sie erfahren, aber dass Sie gern zu Fuß gehen, habe ich inzwischen begriffen." Sie lächelte. „Also dann – bis morgen."

„Um sieben bin ich hier. Darf ich morgen vielleicht mal den Pick-up ausborgen? Ich möchte in die Stadt und ein paar Sachen kaufen, damit ich die Bremsen reparieren kann."

„Kein Problem. Ich muss Ben abliefern und noch ein paar Besorgungen machen, dann lege ich den Schlüssel unter die Matte auf der Fahrerseite."

„Ausgezeichnet", sagte er und schaute ihr fest in die Augen. „Gute Nacht, Elizabeth."

„Gute Nacht, Logan."

Kapitel 9

Logan Thibault

Logan schaute zu, wie Victor die Leine ins Wasser warf. Es war ein wolkenloser Samstagmorgen. Die Luft war ruhig, im See spiegelte sich der hellblaue Himmel. Sie waren schon früh hinausgerudert, damit sie angeln konnten, ehe die Motorboote auftauchten. Es war ihr letzter gemeinsamer Tag. Am nächsten Morgen würden beide in unterschiedlichen Richtungen nach Hause fliegen.

„Ich glaube, du wirst die Frau finden", verkündete Victor unvermittelt.

Logan war gerade dabei, seine Leine aufzurollen. „Welche Frau?"

„Die Frau auf dem Foto – die Frau, die dir Glück bringt."

Mit zusammengekniffenen Augen musterte Logan ihn. „Ich werde sie nicht suchen."

„Das sagst du jetzt. Aber irgendwann machst du dich auf den Weg."

„Nein, ganz bestimmt nicht." Logan schüttelte energisch den Kopf. „Und selbst wenn ich sie finden *wollte* – das wäre doch ein aussichtsloses Unterfangen. Ich weiß gar nicht, warum wir überhaupt darüber reden."

„Weil das Ganze noch nicht abgeschlossen ist", beharrte Victor.

„Okay", seufzte Logan. „Wieso denkst du, dass die Sache noch nicht abgeschlossen ist?"

„Weil noch kein Gleichgewicht hergestellt wurde."

„Kein Gleichgewicht."

„Ja, genau. Verstehst du, was ich meine?"

„Nein."

Victor stöhnte ungeduldig. „Stell dir vor, jemand kommt, um dein Dach zu decken. Der Mann arbeitet hart, und am Ende bekommt er sein Geld. Erst dann ist die Angelegenheit erledigt. In deinem Fall, also bei dem Foto, ist es so, als wäre das Dach gedeckt worden, aber der Besitzer hätte noch nicht bezahlt. Erst wenn die Bezahlung getätigt wurde, ist das Gleichgewicht hergestellt."

„Willst du damit sagen, dass ich der Frau etwas schulde?", fragte Logan skeptisch.

„Ja. Das Foto hat dich beschützt und dir Glück gebracht. Aber solange nicht bezahlt wurde, ist die Sache nicht erledigt."

„Dir ist hoffentlich klar, dass das völlig verrückt klingt."

„Für manche Leute vielleicht. Aber irgendwann wirst du sie suchen. Hinter dem Ganzen steckt ein tieferer Sinn. Es ist dein Schicksal, deine Bestimmung."

„Und was soll das heißen?"

„Keine Ahnung. Aber wenn du am Ziel bist, wirst du es wissen."

Sie schwiegen beide eine Zeit lang.

„Vielleicht seid ihr füreinander bestimmt", murmelte Victor schließlich.

„Ich bin nicht in sie verliebt, Victor."

„Aber trotzdem denkst du oft an sie."

Darauf konnte Logan nichts erwidern.

AM SAMSTAGMORGEN kam Logan früh und begab sich sofort in den Zwinger, machte sauber, fütterte die Hunde und arbeitete mit ihnen wie sonst auch. Ben spielte währenddessen mit Zeus, bis Elizabeth ihn rief, weil er gleich gehen müsse. Sie winkte Logan von der Veranda aus zu, aber selbst aus der Ferne bemerkte er, dass sie in Gedanken weit weg war.

Als er mit den Hunden losging, war sie wieder im Haus. Normalerweise führte er die Tiere in Dreiergruppen aus und Zeus trottete hinterher. Wenn sie weit genug entfernt waren, ließ er die Hunde von der Leine. Meistens dauerte ein solcher Gang dreißig Minuten pro Gruppe. Nach der dritten Gruppe merkte er, dass Elizabeths Wagen nicht mehr dastand. Vermutlich brachte sie Ben zu seinem Vater.

Nach allem, was er über Bens Vater gehört hatte, konnte er ihn nicht leiden – hauptsächlich weil Ben und Elizabeth ihn nicht mochten. Aber natürlich hatte er, Logan, kein Recht, sich einzumischen. Letztlich ging ihn das alles nichts an.

Aber was ging ihn denn etwas an? Warum war er hier? Obwohl er es nicht wollte, wanderten seine Gedanken wieder zurück zu dem Gespräch mit Victor. Eigentlich war er aufgrund dessen hier, was Victor an jenem Morgen auf dem See zu ihm gesagt hatte – und was später passiert war … Er zwang sich, die Erinnerung wegzuschieben.

Nachdem er die Hunde zurück in den Zwinger gebracht hatte, ging er in den Werkzeugschuppen, knipste das Licht an – und war sprachlos. Elizabeths Grandpa hatte nicht bloß ein paar Werkzeuge gehabt – dieser Schuppen glich einem gut sortierten Eisenwarenladen. Schließlich wählte er zwei verstellbare Gabelschlüssel und einen Sechskantschlüssel aus, nahm den Wagenheber und ging hinaus zum Pick-up. Wie versprochen hatte Elizabeth die Schlüssel unter der Matte versteckt. Dann fuhr Logan in Richtung Stadtzentrum. Er erinnerte sich, dort einen Autozubehörladen gesehen zu haben.

Nach einer knappen halben Stunde war er mit neuen Bremsbelägen zurück. Als er gerade dabei war, den letzten Bremsbelag zu erneuern, hörte er Elizabeths Wagen kommen. Sie parkte direkt neben dem alten Pick-up. Erst da wurde ihm bewusst, dass sie ein paar Stunden weg gewesen war.

„Wie läuft's?“, fragte sie.

„Ich bin gleich fertig.“

„Ehrlich?“ Sie schien überrascht.

„Es sind doch nur die Bremsbeläge. Keine große Sache.“

„Haben Sie Hunger? Ich habe Truthahnwurst mitgebracht, für Sandwiches. Und saure Gurken.“

„Klingt verlockend.“

Sie assen auf der hinteren Veranda, mit Blick auf den Garten. Dabei unterhielten sie sich darüber, wie es war, in einer Kleinstadt in den Südstaaten aufzuwachsen, wo jeder alles über jeden wusste.

Während Elizabeth den anschließenden Nachmittag damit verbrachte, den Haushalt zu erledigen, machte sich Logan wieder an die Arbeit im Zwinger. Als er damit fertig war, war es fast fünf Uhr. Er hätte natürlich nach Hause gehen können, entschloss sich aber, lieber noch das Schriftliche auf den neuesten Stand zu bringen. Zwei Stunden später war er immer noch so in seine Tätigkeit vertieft, dass er Elizabeth nicht kommen hörte. Erst als sich Zeus erhob und zur Tür ging, wurde er auf sie aufmerksam.

„Ich bin erstaunt, dass Sie noch hier sind." Sie stand im Türrahmen. „Ich dachte, Sie hätten vergessen, das Licht auszumachen."

„So was vergesse ich nicht. Haben Sie was von Ben oder Nana gehört?"

„Ja, von beiden", antwortete sie. „Nana geht es ausgezeichnet, aber Ben fühlt sich gar nicht wohl. Er sagt es zwar nicht ausdrücklich, aber ich merke es an seiner Stimme."

„Das tut mir leid", sagte Logan aufrichtig.

Elizabeth zuckte resigniert die Schultern und stieß einen Seufzer aus. „Haben Sie vielleicht Lust, mir zu helfen, Eiscreme zu machen?"

„Wie bitte?" Er legte den Ordner weg, den er gerade mit einem Etikett versehen hatte.

„Ich liebe selbst gemachtes Eis. Bei dieser Hitze gibt es nichts Besseres, aber wenn man es allein essen muss, schmeckt es nicht halb so gut."

„Ich glaube, ich habe noch nie selbst gemachtes Eis gegessen."

„Dann wissen Sie nicht, was Ihnen bisher entgangen ist!"

Ihre kindliche Begeisterung wirkte ansteckend. „Okay, ich bin dabei!"

„Ich muss nur noch schnell losfahren und die Zutaten besorgen. Aber das dauert nicht lange."

Tatsächlich war sie nach kürzester Zeit wieder zurück. Logan hatte den Schreibtisch aufgeräumt und nach den Hunden geschaut, als sie bereits die Einfahrt herauffuhr.

„Würden Sie bitte den Beutel mit den zerstoßenen Eiswürfeln ins Haus bringen?", bat sie ihn. „Er liegt auf dem Rücksitz."

Logan folgte ihr in die Küche, und sie deutete auf die Kühltruhe, während sie je einen halben Liter Sahne und Milch auf den Tisch stellte.

„Ach, und könnten Sie wohl die Eismaschine holen? Sie steht in der Speisekammer. Oberstes Regal links."

In der Kammer fand Logan tatsächlich eine Eismaschine mit Handkurbel, die aussah, als wäre sie mindestens fünfzig Jahre alt.

„Ob die wohl noch funktioniert?", überlegte er laut.

„Sie funktioniert einwandfrei. Da staunen Sie, was? Nana hat das Ding zur Hochzeit geschenkt bekommen, und wir benutzen es immer noch."

Logan stellte sie auf die Arbeitsplatte. „Was soll ich tun?"

„Wenn Sie die Kurbel drehen, mische ich die Zutaten."

„Einverstanden."

Elizabeth holte ein elektrisches Mixgerät und eine Schüssel, dazu einen Messbecher. Anschließend gab sie drei Tassen Zucker sowie eine Tasse Mehl in die Schüssel und vermischte alles. Als Nächstes kamen drei Eier dazu, der Liter Sahne-Milch-Mischung und drei Teelöffel Vanilleextrakt. Dann verrührte sie alles und gab schließlich die ganze Mischung in die Eiscremeschüssel, die sie in die alte Maschine stellte und mit zerstoßenen Eiswürfeln und Steinsalz umgab.

„Das war's schon", verkündete sie und reichte Thibault die Maschine. Sie selbst nahm die restlichen Eiswürfel und das Steinsalz. „Wir gehen am besten raus auf die Veranda. Eis muss man im Freien machen, sonst wird es nicht richtig."

Draußen setzte sie sich neben ihn im Halbdunkel auf die Verandastufen. Logan klemmte die Schüssel zwischen die Knie und begann die Kurbel zu drehen.

„Danke, dass Sie das übernehmen", sagte Elizabeth. „Ich brauche das Eis ganz dringend. Heute war nämlich nicht mein Tag. Ben war wieder so schlechter Laune, als er heute Morgen seine Sachen gepackt hat, und ich habe ihn angefahren, weil er wahnsinnig getrödelt hat. Sein Dad kann es nicht leiden, wenn er zu spät kommt. Aber heute hatte Keith wohl völlig vergessen, dass Ben kommt. Ich musste ewig lange klingeln, bis er endlich aufgemacht hat, und so wie's aussah, kam er direkt aus dem Bett. Als ich weggefahren bin, habe ich noch gesehen, wie Ben den Müll raustrug, weil sein guter alter Dad zu faul dafür ist. Und dann habe ich den ganzen Nachmittag damit verbracht, das Haus zu putzen."

„Klingt nicht gerade wie ein erholsamer Samstag."

„Stimmt."

Logan merkte, dass sie überlegte, ob sie noch mehr erzählen sollte.

Dann atmete sie hörbar ein. „Heute hat mein Bruder Geburtstag", fuhr sie dann mit leichtem Zittern in der Stimme fort. „Nachdem ich Ben bei seinem Vater abgesetzt hatte, brachte ich frische Blumen auf den Friedhof."

Logan musste an das Foto auf dem Kaminsims denken. Zwar hatte er schon vermutet, dass ihr Bruder gefallen war, aber weder Nana noch Elizabeth hatten es je ausgesprochen. Jetzt verstand er auch, warum sie heute Abend nicht allein sein wollte.

„Das tut mir leid", sagte er mit aufrichtiger Anteilnahme.

„Ja, mir auch – ich denke, dass Sie ihn gemocht hätten. Alle mochten ihn."

„Das glaube ich sofort."

„Sie erinnern mich an ihn", entgegnete Beth leise. „Nicht so sehr äußerlich, sondern in Ihrem Verhalten. Das ist mir gleich aufgefallen, als Sie das erste Mal ins Büro gekommen sind wegen des Jobs. Manchmal habe ich das Gefühl, als wären Sie aus demselben Holz geschnitzt wie er. Ich nehme an, das hat etwas mit dem Marine Corps zu tun, oder?"

„Vielleicht", erwiderte er. „Aber man trifft dort alle möglichen Typen."

Elizabeth zog die Knie an und umschlang sie mit den Armen. „Hat es Ihnen bei den Marines gefallen?"

„Manchmal."

„Drake war begeistert. Von allem. Als die Invasion begann, hatte ich Angst um ihn, vor allem wegen der chemischen Waffen – aber soll ich Ihnen sagen, was ihn am meisten beschäftigt hat? Vor der Invasion, meine ich?"

„Was?"

„Ein Foto. Ein ganz banales Foto. Können Sie sich das vorstellen?"

Bei dem Wort „Foto" begann Logans Herz heftig zu klopfen, aber er bemühte sich, ruhig zu bleiben.

„Er hat ein Foto von mir gemacht, als wir hier auf dem Rummel waren", fuhr Elizabeth fort. „Es war unser letztes gemeinsames Wochenende, ehe er zur Armee gegangen ist, und nachdem wir uns alle Attraktionen angeschaut hatten, gingen wir ein Stück, um für uns zu sein. Mir kommt es vor, als wäre es gestern gewesen – wir redeten und redeten, bis es dunkel wurde, und haben dabei dem Riesenrad zugeschaut. Wir sprachen über unsere Mom und unseren Dad, wir haben uns ausgemalt, wie sie jetzt wären, wenn sie noch leben würden. Ich weiß noch, wie ich nach oben geschaut habe – und auf einmal ist eine Sternschnuppe über den Himmel gesaust und ich hatte das Gefühl, dass unsere Eltern uns zuhören." Sie schwieg einen Moment, dann erzählte sie weiter. „Er hat das Foto laminiert, und während der Grundausbildung hat er es dauernd bei sich getragen. Aber von Kuwait hat er mir dann eine E-Mail geschrieben, in der stand, dass er es verloren habe, und ich solle ihm doch bitte einen Abzug schicken. Mir kam das verrückt vor, aber ich habe ihm versprochen, dass ich das Foto noch mal schicke. Aber ich bin nicht gleich dazu gekommen. Und plötzlich begann die Invasion. Da habe ich es endlich geschafft, ihm das Bild zu schicken, aber der

Brief kam ungeöffnet zurück. Drake ist gleich in der ersten Woche ums Leben gekommen."

Elizabeth schaute Logan über ihre Knie hinweg an. „Fünf Tage. Länger war er nicht dabei. Und ich habe ihm seinen Wunsch nicht rechtzeitig erfüllt. Können Sie sich vorstellen, wie sich das anfühlt?"

Logans Magen krampfte sich zusammen. „Ich weiß nicht, was ich sagen soll."

„Es ist einfach alles nur schrecklich traurig … Heute habe ich gemerkt, dass er immer mehr verschwindet. Nana hat nicht an ihn gedacht, Ben auch nicht. Er war noch nicht mal fünf, als Drake starb, und so frühe Erinnerungen bleiben bei Kindern nicht haften. Aber Drake war immer besonders nett zu Ben, weil es ihm wirklich Spaß gemacht hat, mit ihm zu spielen." Sie zuckte die Achseln. „Es war ähnlich wie bei Ihnen."

Logan wäre es lieber gewesen, wenn sie das nicht gesagt hätte. Er gehörte nicht hierher …

„Ich wollte Ihnen den Job nicht geben", fuhr sie fort, ohne sein Unbehagen zu bemerken. „Haben Sie das gewusst?"

„Ja."

„Nicht weil Sie zu Fuß von Colorado hierhergelaufen sind. Das hat mich zwar stutzig gemacht, aber ausschlaggebend war, dass Sie bei den Marines gewesen sind."

Er nickte stumm. Elizabeth griff nach der Eismaschine. „Ich glaube, wir müssen noch mehr Eiswürfel reintun", bemerkte sie, öffnete den Deckel, gab etwas zerstoßenes Eis hinzu und reichte ihm die Maschine wieder.

„Warum sind Sie hier?", fragte sie unvermittelt. „Ich meine: Warum sind Sie in Hampton? Und diesmal will ich die Wahrheit hören!"

Er suchte nach einer passenden Erklärung. „Die Stadt hat mir auf Anhieb gefallen, und bisher hat sich dieser erste Eindruck bestätigt."

An ihrem Gesichtsausdruck konnte er ablesen, dass sie wusste, es steckte mehr dahinter. Als er nicht weitersprach, runzelte sie die Stirn. „Es hat etwas mit Ihrer Zeit im Irak zu tun, nicht wahr?"

Sein Schweigen sagte mehr als tausend Worte.

„Wie lange waren Sie dort?", wollte Elizabeth wissen.

„Kommt drauf an, welchen Aufenthalt Sie meinen."

„Wie oft mussten Sie hin?"

„Drei Mal."

„Haben Sie viele Gefechte miterlebt?"

„Ja."

„Aber Sie sind unversehrt zurückgekommen."

„Ja."

Ihre Lippen wurden schmal, und er hatte den Eindruck, als würde sie gleich in Tränen ausbrechen. „Warum Sie und nicht mein Bruder?"

Er drehte die Kurbel vier Mal, bevor er antwortete. Und die Antwort war eine Lüge. „Ich weiß es nicht."

ALS ELIZABETH aufstand und ins Haus ging, um Schälchen und Löffel für das Eis zu holen, musste Logan gegen den Impuls ankämpfen, Zeus zu sich zu rufen und ohne Abschied zu verschwinden. Weg von hier, am besten gleich zurück nach Colorado.

Dauernd dachte er an das Foto in seiner Tasche, dieses Foto, das Drake verloren hatte. Logan hatte es gefunden. Drake war tot. Und er saß hier, vor dem Haus, in dem Drake aufgewachsen war, und unterhielt sich mit seiner Schwester.

Aber er hatte sich doch nur auf die Suche gemacht wegen Victor …

Logan blinzelte und machte sich erneut klar, dass er nichts von dem glaubte, was Victor ihm gesagt hatte. Victor war abergläubisch. Seine Theorien konnten nicht stimmen. Zumindest nicht alle.

Er hörte, wie hinter ihm die Fliegengittertür zufiel. Elizabeth setzte sich wieder neben ihn und reichte ihm einen Löffel. Dann öffnete sie die Eismaschine und füllte zwei kleine Schalen mit der cremigen Masse.

„Hoffentlich schmeckt es Ihnen", bemerkte sie und hielt ihm eins der Schüsselchen hin. Sie selbst probierte ein bisschen, bevor sie weitersprach. „Ich möchte mich bei Ihnen entschuldigen. Für das, was ich vorhin gesagt habe … Als ich fragte, warum Sie überlebt haben und mein Bruder nicht."

„Ich finde die Frage berechtigt", erwiderte er.

„Ist sie nicht. Und es war unfair, Sie so etwas zu fragen. Deshalb möchte ich mich entschuldigen."

„Ist schon okay", beruhigte er sie.

Elizabeth löffelte ihr Eis und starrte dabei nachdenklich vor sich hin. Dann fuhr sie fort: „Ich habe Ihnen gesagt, dass ich Sie nicht einstellen wollte, weil Sie bei den Marines waren."

Er nickte.

„Es war nicht deswegen, weil Sie mich an Drake erinnern. Sondern wegen der Art, wie Drake gestorben ist." Sie klopfte mit dem Löffel an ihr Schüsselchen. „Drake wurde durch Beschuss der eigenen Truppe getötet."

Logan senkte den Blick.

„Wir haben nie erfahren, wer der Schuldige war." Sie suchte nach den passenden Worten. „Das fand ich einfach nicht … nicht richtig, verstehen Sie? Ich weiß ja, dass es ein Unfall war. Aber wenn es hier in den Staaten passiert wäre, hätte es eine Anzeige wegen fahrlässiger Tötung gegeben. Doch wenn so etwas im Irak geschieht, will niemand, dass die Wahrheit ans Licht kommt."

„Wieso erzählen Sie mir das?", fragte Logan mit ruhiger Stimme.

„Weil es der eigentliche Grund ist, weshalb ich Sie nicht einstellen wollte. Nachdem ich erfahren hatte, dass er von seinen eigenen Leuten erschossen worden war, habe ich mich, wenn ich einem Marine begegnet bin, jedes Mal sofort gefragt: Ist das der Mann, der Drake getötet hat? Ich weiß, das ist ungerecht, aber ich konnte einfach nicht anders." Elizabeth stellte ihr Eisschüsselchen weg. „Deshalb habe ich anfangs auch kaum mit Ihnen geredet. Ich wusste einfach nicht, was ich sagen sollte. Und ich bin davon ausgegangen, dass wir sowieso nicht viel miteinander zu tun haben würden, weil Sie garantiert nach ein paar Tagen kündigen würden wie alle anderen auch. Aber nein! Stattdessen machen Sie Ihre Arbeit erstklassig, Sie bleiben freiwillig länger, Sie können sehr gut mit Nana und mit meinem Sohn umgehen … und plötzlich sind Sie nicht mehr nur ein Marine, sondern ein ganz normaler Mann." Sie verstummte und schien in ihren Gedanken zu versinken, doch dann stieß sie ihn mit dem Knie an. „Und nicht nur das – Sie sind sogar ein Mann, der gefühlsduseligen Frauen erlaubt, pausenlos zu quasseln."

Er stieß sie ebenfalls an, um ihr zu zeigen, dass es in Ordnung war. „Heute hat Drake Geburtstag."

„Ja, stimmt." Sie nahm ihr Schüsselchen und rief: „Auf meinen kleinen Bruder! Auf Drake!"

Logan stieß mit seinem Eisschälchen gegen ihres. „Auf Drake!"

Zeus erhob sich und schaute die Einfahrt hinunter. Seine Ohren zuckten. Es dauerte einen Moment, dann hörte auch Logan ein leises Motorengeräusch und sah in der Ferne Scheinwerferlicht. Jemand kam die Einfahrt heraufgefahren.

Elizabeth runzelte die Stirn, als ein Wagen um die Kurve bog und auf das Haus zufuhr. Jetzt erkannte Logan, was für ein Wagen es war, und richtete sich auf. Entweder der Sheriff oder einer seiner Deputys.

Auch Elizabeth erkannte den Wagen. „Da stimmt was nicht", murmelte sie beunruhigt.

„Was wollen die hier?"

Sie erhob sich. „Es ist nur einer. Mein Exmann." Damit ging sie die Stufen hinunter. „Bleiben Sie einfach hier sitzen. Ich regle das schon."

Logan rief Zeus zu sich, als der Wagen neben Elizabeths Auto parkte. Durch die Büsche konnte er sehen, wie die Beifahrertür aufging. Ben stieg aus, trottete mit gesenktem Kopf auf seine Mutter zu und zog dabei seinen Rucksack hinter sich her. Dann öffnete sich die Fahrertür und Deputy Keith Clayton kam zum Vorschein.

Zeus gab ein leises Knurren von sich. Jetzt trat Ben ins Licht. Logan merkte, dass er keine Brille trug und ein blaues Auge hatte. Im selben Moment sah es auch Elizabeth.

„Was ist passiert?" Sie rannte zu ihrem Sohn und ging vor ihm in die Hocke, um besser sehen zu können. „Was hast du gemacht?"

„Es ist nichts", antwortete Clayton an Bens Stelle. „Nur ein kleiner Bluterguss."

Ben drehte sich weg, weil er nicht wollte, dass seine Mutter das blaue Auge sah.

„Wo ist seine Brille? Hast du ihn etwa geschlagen?"

„Nein, natürlich nicht. Für wen hältst du mich?"

Elizabeth schien ihn gar nicht zu hören. Sie hatte nur Augen für ihren Sohn. „Ist alles in Ordnung? Ach, das sieht ja furchtbar aus! Was ist denn passiert, Kleiner?"

Doch Beth wusste selbst, dass Ben erst antworten würde, wenn Clayton weg war. Als sie Bens Kinn anhob, sah sie, dass das Auge innen ganz rot war. Auf einmal war ihr klar, was geschehen war, und sie rief entsetzt: „Wie hart hast du den Ball geworfen, Keith?"

„Überhaupt nicht hart. Und es ist doch wirklich nur ein kleiner Bluterguss. Das Auge ist in Ordnung, und die Brille haben wir wieder geklebt."

„Das ist mehr als ein kleiner Bluterguss!", schrie Elizabeth. Sie konnte sich kaum noch beherrschen.

„Jetzt tu doch nicht so, als wäre ich schuld!", zeterte Clayton. „Er hat den Ball nicht gefangen! Wir haben Werfen geübt. Es war ein Unfall, verflixt noch mal! Stimmt doch, Ben, oder? Eigentlich hat es Spaß gemacht, was?"

Ben starrte auf den Boden. „Ja, klar", murmelte er.

„Sag ihr, was passiert ist. Dass es nicht meine Schuld war. Mach schon!"

Ben trat von einem Fuß auf den anderen. „Wir haben Werfen geübt. Ich habe den Ball nicht erwischt, deshalb hat er mich am Auge getroffen." Er hielt seine Brille hoch, die in der Mitte und über einem Glas ziemlich dilettantisch mit Klebeband repariert war. „Dad hat meine Brille geklebt."

Clayton hob die Hände. „Siehst du? Nichts Schlimmes. So was gibt's jeden Tag. Es gehört dazu, wenn man Ball spielt."

„Wann ist das passiert?", wollte Elizabeth wissen.

„Vor ein paar Stunden."

„Und du hast mich nicht angerufen?"

„Nein. Ich bin mit ihm zur Notaufnahme gefahren. Mir war klar, dass ich ihn nicht hierherbringen kann, ohne ihn vorher untersuchen zu lassen. Und dann wollte er unbedingt nach Hause."

„Okay", murmelte Elizabeth. Man konnte sehen, wie sie sich zusammenreißen mußte. „Am besten fährst du jetzt wieder. Ich kümmere mich um alles." Sie legte den Arm um Ben.

In dem Moment sah Clayton Logan Thibault auf der Veranda sitzen. Er traute seinen Augen nicht und spürte, wie die Wut in ihm hochstieg. Langsam näherte er sich der Veranda und fragte grimmig: „Was tun Sie hier?"

Logan fixierte ihn stumm, ohne sich zu rühren. Zeus knurrte lauter.

„Was hat dieser Typ hier verloren, Beth?"

„Bitte, geh jetzt, Keith. Wir reden morgen weiter." Sie wandte sich ab.

„Du kannst mich nicht einfach so stehen lassen!", schimpfte er und packte Elizabeth am Arm. „Ich habe dich etwas gefragt."

Zeus gab noch bedrohlichere Geräusche von sich, seine Hinterbeine begannen zu zittern. Nun erst schien Clayton den Hund zu bemerken, die gebleckten Zähne, das gesträubte Rückenfell.

„An Ihrer Stelle würde ich ihren Arm loslassen", sagte Logan leise, aber bestimmt. „Und zwar sofort."

Mit einem misstrauischen Blick auf den Hund ließ Clayton seine Exfrau los. Während Elizabeth und Ben zur Veranda gingen, funkelte Clayton Logan an. Zeus machte einen Schritt auf ihn zu, er knurrte immer noch.

„Sie sollten jetzt besser gehen", mahnte Logan betont ruhig.

Clayton überlegte kurz, dann wich er einen Schritt zurück und machte kehrt. Leise vor sich hin fluchend, ging er zu seinem Auto und knallte demonstrativ die Wagentür hinter sich zu.

„So ist's brav", murmelte Logan und tätschelte seinen Hund.

Nachdem Clayton ziemlich ungeschickt gewendet hatte, bretterte er die Einfahrt hinunter. Die Rücklichter entfernten sich, bis sie in der Nacht verschwunden waren. Erst dann glättete sich Zeus' Fell wieder. Und als er Ben auf sich zukommen sah, wedelte er freudig mit dem Schwanz.

„Hallo Zeus!", rief Ben.

Zeus schaute zu Logan auf, als würde er ihn um Erlaubnis bitten. „Es ist okay“, murmelte Logan. Sofort sprang Zeus dem Jungen entgegen. Zärtlich stupste er ihn mit der Schnauze, und Ben tätschelte ihn entzückt.

„Du hast mich vermisst, stimmt's?“, fragte er, offensichtlich erfreut.

„Komm mit, Kleiner.“ Elizabeth schob ihren Sohn vor sich her. „Wir gehen ins Haus und kühlen dein Auge mit Eiswürfeln.“

Als sie die Fliegengittertür öffnete, erhob sich Logan. „Ich gehe mal lieber nach Hause. Es ist schon spät, und morgen muss ich früh raus.“

„Vielen Dank“, erwiderte Elizabeth. „Ich weiß es zu schätzen. Und – mir tut das alles sehr leid.“

„Es braucht Ihnen nicht leidzutun.“

Nachdem er ein Stück gegangen war, drehte er sich noch einmal zum Haus um. Hinter den Vorhängen des Wohnzimmerfensters konnte man zwei Schatten erahnen.

Zum ersten Mal hatte er das Gefühl zu begreifen, warum er hierhergekommen war.

Keith Clayton

DASS ER diesen Kerl ausgerechnet bei Beth wiedersehen musste! *Nicht zu fassen!*

Clayton hasste diesen Mann. Nein, mehr als das. Er wollte ihn fertigmachen, ihn vernichten. Nicht nur wegen der Sache mit der gestohlenen Kamera und den durchstochenen Autoreifen. Auch nicht weil er mit der Speicherkarte jederzeit erpresst werden konnte. Nein, er wollte ihn zerstören, weil dieser Typ, von dem er schon einmal reingelegt worden war, jetzt erreicht hatte, dass er, Keith Clayton, vor Beth dastand wie ein elender Versager.

Normalerweise hätte er sich das keine Sekunde lang gefallen lassen. Niemand durfte es wagen, ihm Befehle zu erteilen, ohne dafür büßen zu müssen. Er hätte dem Kerl sehr deutlich zu verstehen gegeben, dass er gerade den größten Fehler seines Lebens begangen hatte. Aber in diesem Fall ging's nicht. Nicht in Gegenwart von diesem Höllenhund. Im Dunkeln sah das Biest tatsächlich aus wie ein tollwütiger Wolf.

Was hatte dieser Typ überhaupt bei Beth verloren?

Er würde sich diesen Thai-bolt vorknöpfen, so viel war sicher. Aber noch einmal wollte er sich nicht kalt erwischen lassen. Was bedeutete: Bevor er etwas unternehmen konnte, musste er sich erst einmal Informationen beschaffen, musste herausfinden, wo der Typ arbeitete, wo er wohnte. Und vor allem: wo man ihn allein antraf. Mr Logan Thai-bolt würde noch den Tag verfluchen, an dem er in Claytons Stadt gekommen war.

Kapitel 10

Beth

Der Sonntag war der bisher heißeste Tag des Sommers, mit Temperaturen über dreißig Grad. Die Hunde fühlten sich nur im klimatisierten Zwinger richtig wohl, und auch Logan spürte die Auswirkungen der Hitze. Er verkürzte die Trainingseinheiten um jeweils fünf Minuten, und wenn er die Hunde ausführte, ging er mit ihnen zum Bach, damit sie sich im Wasser abkühlen konnten.

Ben stellte einen Ventilator auf die vordere Veranda, richtete ihn direkt auf Zeus und setzte sich neben ihn, um „Alibi" zu lesen, einen der wenigen Agatha-Christie-Krimis, die er noch nicht kannte.

Es war ein typischer fauler Sonntagnachmittag, und normalerweise hätte Beth die entspannte Stimmung genossen, aber jedes Mal wenn ihr Blick auf Bens blaues Auge und die notdürftig reparierte Brille fiel, wurde sie wieder wütend auf Keith.

Klar, es war ein Fehler gewesen, Keith zu heiraten, aber würde sie wirklich bis an ihr Lebensende dafür büßen müssen? Am liebsten wäre sie mit Ben von hier weggezogen.

Noch einmal ganz von vorn anfangen. Es war leicht, sich das alles auszumalen und sich einzureden, damit könnte sie sämtliche Probleme aus der Welt schaffen. Nur hatte dieses Bild leider nichts mit der Realität zu tun. Sie hätte durchaus den Mut aufzubrechen, aber es waren die äußeren Umstände, die dieses Szenario verhinderten. Selbst wenn Nana noch gesund genug wäre, um ihr Leben ohne Hilfe zu meistern, was ja nicht mehr zutraf – Keith würde sie finden, gleichgültig wo sie hinging. Mit Gramps' Unterstützung. Das Gericht, samt Richter Clayton, würde sofort einschreiten. Höchstwahrscheinlich bekäme Keith in ihrer Abwesenheit das alleinige Sorgerecht zugesprochen. Keiths Onkel würde dafür sorgen; die Drohung war schon bei der Scheidung indirekt ausgesprochen worden, und in dieser Stadt musste man solche Ankündigungen ernst nehmen. Vielleicht hätte sie eine Chance, wenn sie Berufung einlegte, aber wie lange zog sich solch ein Prozess hin? Ein Jahr? Sie wollte nicht das Risiko eingehen, Ben auch nur für kurze Zeit abgeben zu müssen. Und das Letzte, was sie wollte, war, dass Ben gezwungen wurde, noch mehr Zeit mit Keith zu verbringen.

Die Menschen bildeten sich gern ein, dass sie ihr Leben frei gestalten konnten, aber Beth hatte längst begriffen, dass diese Entscheidungsfreiheit meistens eine Illusion war. Jedenfalls in Hampton, wo die Claytons so ziemlich alles bestimmten.

Am Sonntagabend rief Nana an: sie wollte am nächsten Freitag wieder abgeholt werden. Solange sie bei ihrer Schwester war, aß Logan immer mit Beth und Ben zu Abend. Nach dem Essen gingen sie meistens noch ein bisschen auf dem Gelände spazieren. Ben und Zeus rannten den Pfad entlang, der zum Bach führte, während sie und Logan gemächlich hinter den beiden herschlenderten.

Manchmal redeten sie über alles Mögliche – ob bei der Arbeit etwas Interessantes vorgefallen war oder wie Logan mit den Akten vorankam. Oder sie schritten einträchtig schweigend nebeneinanderher. Das Verhältnis zwischen ihnen hatte sich verändert. Beth spürte es genau. Sie fühlte sich immer stärker zu ihm hingezogen.

Am Donnerstagabend kletterten sie zu dritt in Nanas Pick-up und fuhren in die Innenstadt, um Pizza zu essen. Zeus hockte auf der Ladefläche und hielt die Schnauze in den Wind.

„Luigi's Pizzeria“ befand sich in einer ruhigen Querstraße, ein urgemütliches Restaurant: abgetretene Steinfliesen, Picknicktische, holzgetäfelte Wände. Beth kam sehr gern hierher. Luigi und seine Frau Maria waren beide schon über sechzig. Sie arbeiteten sieben Tage in der Woche und hatten ihre kleine Wohnung über dem Restaurant. Weil sie keine eigenen Kinder hatten, waren ihre Ersatzkinder fast alle Jugendlichen in der Stadt, und sie hießen jeden Gast so freundlich willkommen, dass das Lokal immer gut besucht war.

Maria strahlte, als sie Beth und Ben sah. Sie war klein und rundlich, mit dunklen Haaren und einem warmherzigen Lächeln. Freudig ging sie auf die neuen Gäste zu und griff unterwegs schon nach den Speisekarten.

„Hallo Beth. Hallo Ben.“ Liebevoll legte sie Ben die Hand auf die Schulter. „Du bist ganz schön gewachsen, Ben. Ein richtiger junger Mann. Und du, Beth – du bist so hübsch wie der Frühling.“

„Vielen Dank, Maria“, erwiderte Beth. „Wie geht es dir?“

„Wie immer. Viel zu tun.“ Erst jetzt schien sie Logan zu bemerken. „Und darf ich fragen, wer dein Begleiter ist?“

„Das ist Logan Thibault, ein Freund“, erklärte Beth und hoffte inständig, dass sie nicht rot wurde.

„Sind Sie neu hier? Ich habe Sie noch nie gesehen.“ Maria musterte ihn mit unverhohlenem Interesse.

„Ich bin vor Kurzem hierhergezogen."

„Und schon befinden Sie sich in Gesellschaft meiner beiden Lieblingsgäste." Maria winkte sie weiter. „Kommt mit, ich habe einen schönen Platz für euch, in einer der Nischen."

Maria ging voraus, legte die Speisekarten auf den Tisch und fragte: „Eistee für alle?"

„Das wäre wunderbar, Maria", erwiderte Beth.

Sobald die Restaurantbesitzerin gegangen war, fragte Ben: „Kann ich ein paar Münzen haben? Ich möchte gern zu den Videospielen."

„Das habe ich mir irgendwie schon gedacht", entgegnete Beth und kramte in ihrer Handtasche, „und deshalb vorhin aus unserem Glas mit den Münzen einen Vorrat eingesteckt. Viel Spaß!"

„Dieses Lokal ist richtig gemütlich", bemerkte Logan.

„Und das Essen schmeckt fantastisch. Sie backen hier Pizzas wie in Italien, einfach überirdisch."

Maria brachte ihnen den Eistee. Im Gehen zog sie die Augenbrauen gerade weit genug hoch, um Beth zu signalisieren, dass ihr Logan gefiel und dass sie gern erfahren würde, was es mit ihm auf sich hatte.

Beth trank einen Schluck Eistee. „Wie lange möchten Sie eigentlich in Hampton bleiben?", erkundigte sie sich unvermittelt.

„Wie meinen Sie das?"

„Sie sind nicht von hier, Sie haben einen College-Abschluss, machen eine Arbeit, die den meisten Leuten nicht gefallen würde und bei der man nur wenig verdient. Ich finde, meine Frage ist berechtigt."

„Ich habe nicht vor zu kündigen", entgegnete er.

„Das habe ich nicht gefragt, sondern wie lange Sie in Hampton bleiben möchten. Und ich will eine ehrliche Antwort."

„Sie lautet: Ich weiß es nicht. Und ich sage das, weil ich in den letzten fünf Jahren gelernt habe, dass man nichts endgültig planen kann."

„Das mag ja stimmen, aber es beantwortet nicht meine Frage."

„Wie wär's damit: Bis jetzt gefällt es mir hier. Ich mag meinen Job, ich finde Nana großartig und bin sehr gern mit Ben zusammen. Das heißt, ich habe nicht die Absicht, in absehbarer Zeit aus Hampton wegzugehen. Beantwortet das Ihre Frage?"

Während er sprach und dabei seinen Blick über ihr Gesicht gleiten ließ, durchlief sie ein Schauer freudiger Erwartung. „Mir fällt auf, dass Sie bei Ihrer Liste mit den Dingen, die Ihnen hier gefallen, etwas Zentrales ausgelassen haben."

„Ach ja?“

„Mich.“ Sie lächelte herausfordernd und studierte dabei seine Miene.

„Hab ich wohl vergessen“, erwiderte er mit einem angedeuteten Lächeln.

„Das glaube ich nicht.“

„Vielleicht bin ich schüchtern?“

„Dritter Versuch.“

Er schüttelte den Kopf. „Mir fällt keine Erklärung mehr ein.“

Mit einem Augenzwinkern meinte sie: „Ich gebe Ihnen noch eine letzte Chance, darüber nachzudenken. Könnte ja sein, dass Ihnen eine Erleuchtung kommt. Dann reden wir noch mal über das Thema.“

„Gut, einverstanden. Und wann?“

Sie umschloss ihr Glas mit beiden Händen und merkte, dass sie ganz aufgeregt wurde, als sie ihn fragte: „Haben Sie am Samstagabend Zeit dafür?“

Falls er sich über ihre Frage wunderte, ließ er es sich nicht anmerken.

Er nickte. „Gut, Samstagabend.“ Dann trank er einen großen Schluck Tee, ohne den Blick von ihr zu wenden.

Sie hatten beide nicht gemerkt, dass Ben wieder an den Tisch gekommen war. „Habt ihr schon bestellt?“

Logan Thibault

Es war Samstagabend. Logan saß auf seiner Couch und wartete. Tue ich auch wirklich das Richtige?, fragte er sich.

Zu einer anderen Zeit, an einem anderen Ort hätte er nicht lange gezögert. Er fand Elizabeth attraktiv, so viel war sicher. Aber was sie betraf, so erschien ihm überhaupt nichts normal. Seit mehr als fünf Jahren trug er ihr Bild mit sich herum. Er hatte sie gesucht. Dann hatte er diesen Job angenommen, um in ihrer Nähe zu sein. Und nun waren es nur noch ein paar Minuten bis zu ihrem ersten Rendezvous.

Das Einzige, was er mit Sicherheit sagen konnte, war, dass er sich auf den Abend freute. Als er am Tag zuvor nach Greensboro fuhr, um Nana abzuholen, musste er die ganze Zeit daran denken. Auf der Rückfahrt redete Nana während der ersten halben Stunde pausenlos auf ihn ein – über alles vom Gesundheitszustand ihrer Schwester bis zum allgemeinen Zustand der Welt. Schließlich fragte sie ihn mit einem vielsagenden Lächeln: „Wie ich höre, wollen Sie mit der Enkeltochter Ihrer Chefin ausgehen. Stimmt das?“

Logan rutschte unbehaglich auf seinem Sitz umher. „Sie hat es Ihnen erzählt?“

„Ja, natürlich. Aber ich habe mir das sowieso schon gedacht, als ich Sie eingestellt habe …“

Logan sagte nichts, und als Nana fortfuhr, schwang in ihrer Stimme eine leise Melancholie mit. „Beth ist so süß wie eine gezuckerte Wassermelone“, murmelte sie. „Manchmal mache ich mir Sorgen um sie.“

„Ich weiß“, erwiderte Logan.

Danach wechselte sie das Thema, doch Logan wusste jetzt immerhin, dass er Nanas Segen hatte.

Es begann schon zu dämmern, als er Elizabeths Auto die Einfahrt herauffahren hörte. Sie hatte ihm nicht verraten, wo sie mit ihm hingehen wollte. Er trat auf die Veranda hinaus. Zeus folgte ihm neugierig. Elizabeth stieg aus. Als er sie im gedämpften Verandalicht stehen sah, konnte er nicht anders, er musste sie einfach anstarren. Genau wie er trug sie Jeans. Die ärmellose cremefarbene Bluse betonte den warmen Schimmer ihrer sonnengebräunten Haut, und ihre honigblonden Haare fielen locker auf die Schultern. Er bemerkte, dass sie sich etwas geschminkt hatte. Sie wirkte einerseits sehr vertraut, andererseits aber auch fremd und verführerisch.

Zeus trottete die Stufen hinunter, wedelte zur Begrüßung mit dem Schwanz und winselte leise.

„Hallo Zeus.“ Sie strich ihm über den Rücken. Zeus jaulte und leckte ihre Hand.

„Na, das ist doch mal eine herzliche Begrüßung!“, rief sie und schaute zu Logan auf. „Wie geht's Ihnen? Bin ich zu spät?“

Logan bemühte sich, unbefangen zu klingen. „Mir geht es blendend. Und Sie kommen absolut pünktlich.“

„Hier wohnen Sie also.“

„Ja.“

Mit einer Handbewegung signalisierte er seinem Hund, er solle wieder auf die Veranda kommen, und stieg dann die Stufen hinunter zu Elizabeth. Gemeinsam gingen sie zu ihrem Auto. Logan hielt Beth die Fahrertür auf, doch sie schüttelte den Kopf. „Ich habe Sie zwar gefragt, ob Sie mit mir ausgehen – aber ich möchte, dass Sie fahren.“

„Ach, und ich dachte, ich sei mit einer emanzipierten Frau verabredet.“

„Ich *bin* emanzipiert. Aber Sie fahren. Und übernehmen die Rechnung.“

Logan lachte, während er sie zur Beifahrerseite geleitete. Nachdem er hinter dem Steuer Platz genommen hatte, fragte er: „Soll ich ins Stadtzentrum fahren?“

„Nein", antwortete sie. „Nehmen Sie die Schnellstraße und fahren Sie in Richtung Küste."

Logan folgte ihren Anweisungen. Sie fuhren durch stille, menschenleere Straßen, bis sie nach ein paar Minuten den Highway erreichten. Je mehr er das Tempo beschleunigte, desto verschwommener wurden die Konturen der Bäume an der Straßenseite. Am Himmel blinkten die ersten Sterne.

„Wohin fahren wir genau?", erkundigte sich Thibault.

„Mögen Sie Krabben?", lautete die Gegenfrage.

„Sehr sogar."

„Das ist schon mal gut. Und wie steht es mit *Shag Dance*?"

„Ich weiß nicht mal, was das ist."

„Dann wage ich die Behauptung, dass Sie es demnächst lernen werden."

Vierzig Minuten später hielt Thibault vor einem Restaurant, das früher einmal als Lagerhalle gedient hatte. Elizabeth hatte ihn in das Industrieviertel von Wilmington gelotst. Fast hundert Autos standen davor. Ein mit weißen Lichterketten dekorierter Holzsteg führte um das Gebäude herum.

„Wie heißt das Lokal?"

„*‚Shagging for Crabs'*. Weil man hier Shag tanzt und Krabben isst."

„Sehr originell. Aber ich kann mir nicht vorstellen, dass es eine große Touristenattraktion ist."

„Ist es auch nicht – hier trifft man nur die Einheimischen."

Mit entschlossenen Schritten gingen sie den Holzsteg entlang. Vor ihnen schimmerte der Fluss, als würde er von unten angestrahlt. Die Musik wurde immer lauter, je näher sie zum Eingang kamen. Als sie die Tür öffneten, schlug ihnen ein ohrenbetäubender Lärm entgegen. Dazu rochen sie den aromatischen Duft von Krabben und zerlassener Butter. Thibault blieb kurz stehen, um die Szene auf sich wirken zu lassen.

Der Innenraum war kahl und schmucklos. In der vorderen Hälfte standen Dutzende von Biertischen mit rot-weiß karierten Plastikdecken. Sämtliche Tische waren besetzt, die Stimmung war ausgelassen und laut, die Kellnerinnen eilten hin und her und stellten überall Schüsseln mit Krabben ab. Bier schien das passende Getränk zu sein.

Direkt vor ihnen, an der Seite zum Fluss hin, befand sich ein langer Tresen. Er sah aus wie ein altes Stück Treibholz, das man auf ein paar Holzfässer gelegt hatte. Die Gäste standen dort in Dreierreihen hintereinander. Auf der gegenüberliegenden Seite war offenbar die Küche. Was Thibault allerdings am meisten beeindruckte, war die Bühne ganz am anderen Ende des Raumes. Eine Band spielte dort gerade „My Girl" von den Temptations.

Mindestens hundert Leute bewegten sich ausgelassen zu dem Stück – mit Tanzschritten, die ihm fremd waren.

Beth und Logan landeten an einem Tisch mit Studenten von der Universität Wilmington. Das Essen war erstklassig. Es gab nur ein Gericht, nämlich Krabben, die nur auf eine Weise zubereitet wurden, und zu jeder Schüssel gehörten Servietten und Plastiklätze. Die Abfälle warf man einfach auf den Tisch – eine Tradition –, und in regelmäßigen Abständen kamen Jugendliche in Schürzen vorbei, um sie einzusammeln.

Nach dem Essen gingen Logan und Elizabeth kurz zur Toilette, um sich die Hände zu waschen. Als sie sich wieder trafen, hakte Beth sich bei ihm unter.

„Na – Lust zum Tanzen?“, fragte sie verführerisch.

„Ich weiß nicht recht – wie geht denn dieser Shag Dance?“

„Wenn man den Shag tanzt, erfährt man viel über die Südstaaten. Man lernt sich zu entspannen, während man das Rauschen des Meeres hört und den Rhythmus der Musik spürt.“

„Ich vermute, Sie wissen, wie’s geht?“

„Ja, ich hab’s schon ein paarmal probiert“, entgegnete sie mit gespielter Bescheidenheit.

„Und Sie bringen mir die Schritte bei?“

„Ich bin Ihre Partnerin. Der Tanzunterricht beginnt um neun.“

„Der Tanzunterricht?“

„Jeden Samstagabend. Deshalb ist es so voll hier.“

„Wie spät ist es?“

Sie schaute auf die Uhr. „Höchste Eisenbahn!“

Elizabeth tanzte viel besser, als sie angedeutet hatte, wodurch glücklicherweise auch Logan auf der Tanzfläche eine gute Figur machte. Das Aufregendste für ihn war allerdings, dass zwischen ihnen eine knisternde Spannung entstand, sobald sie sich berührten. Und ihr Duft, wenn er sie herumwirbelte, diese verführerische Mischung aus Parfum und Schweiß! Hin und wieder warf sie ihm einen provozierenden Blick zu, wenn sie sich von ihm entfernte – mit einem vielsagenden Lächeln, als wüsste sie genau, welche Wirkung sie auf ihn hatte.

Als die Band pausierte, wollte er schon mit den anderen die Tanzfläche verlassen, doch Elizabeth hielt ihn fest, weil aus den Lautsprechern Nat King Coles Song „Unforgettable“ ertönte – Unvergesslich. Sie schaute zu ihm auf, und er verstand sofort, was sie wollte.

Wortlos legte er den Arm um sie, ergriff ihre Hand, und als er sie an sich zog, blickte er ihr tief in die Augen. Langsam, ganz langsam begannen sie, sich im Rhythmus der Musik zu wiegen.

Die anderen Paare, die auch zu tanzen begannen, bemerkte Logan kaum. Als Elizabeth den Kopf an seine Schulter lehnte, schloss er die Augen. In diesem Augenblick zählte sonst nichts auf der Welt. Nicht der Song, nicht das Lokal, schon gar nicht die Menschen um sie herum. Nur sie beide. Was für ein berauschendes Gefühl, wie sich ihr Körper an seinen presste! In kleinen Kreisen drehten sie sich auf dem mit Sägemehl bedeckten Boden, ganz ineinander versunken, als befänden sie sich in einer anderen Welt.

Während sie durch die dunklen Straßen nach Hause fuhren, hielt Logan ihre Hand. Voller Entzücken spürte er, wie sie mit dem Daumen zärtlich über seine Finger strich. Kurz vor elf hielten sie vor seinem Haus. Zeus, der immer noch brav auf der Veranda lag, hob den Kopf, als Logan den Motor ausmachte.

„Es war ein wunderbarer Abend“, sagte er zu Elizabeth und erwartete, dass sie etwas Ähnliches erwidern würde. Ihre Antwort überraschte ihn.

„Willst du mich nicht noch hineinbitten?“, fragte sie ihn.

„Doch.“ Mehr brachte er nicht über die Lippen.

Zeus richtete sich auf und wedelte wieder begeistert mit dem Schwanz, als Logan für Elizabeth die Beifahrertür öffnete.

„Und – gehen wir rein?“, fragte er. „Aber ich muss dich warnen: Du darfst nicht zu viel erwarten.“

„Hast du ein Bier im Kühlschrank?“

„Ja.“

„Dann brauchst du dir keine Sorgen zu machen.“

Logan öffnete die Tür und knipste das Licht an: Eine einsame Stehlampe beleuchtete einen Sessel beim Fenster. In der Mitte des Raumes befand sich ein Couchtisch, der bis auf zwei Kerzen völlig leer war. Gegenüber stand ein Sofa. Das Regal an der Wand beherbergte eine winzige Bibliothek.

Elizabeth ließ den Raum auf sich wirken, ehe sie eintrat.

„Mir gefällt es hier“, meinte sie. „Woher hast du die Möbel?“

„Die waren schon hier.“

„Kein Fernseher?“

„Nein.“

„Kein Radio?“

„Nein.“

„Was tust du, wenn du zu Hause bist?“

„Ich schlafe."

„Und?"

„Lese."

„Romane?"

„Manchmal schon. Aber in der Regel Biografien und historische Sachbücher."

„Wie wär's mit einem Bier?", fragte sie.

„Ich bin gleich wieder da. Mach's dir schon mal bequem."

Logan kam mit zwei Flaschen Bier und einer Schachtel Streichhölzer zurück. Elizabeth hatte sich inzwischen auf das Sofa gesetzt. Er reichte ihr eine Flasche, nahm neben ihr Platz und legte die Streichhölzer auf den Tisch.

Sofort rieb Elizabeth ein Streichholz an der Zündfläche und zündete die beiden Kerzen an. „Du hast hoffentlich nichts dagegen – aber ich liebe den Geruch von Kerzen."

„Selbstverständlich nicht. Ich mag den Geruch auch."

Er erhob sich, um die Stehlampe auszuknipsen, sodass der Raum nur noch vom warmen Glanz des Kerzenscheins erhellt wurde. Als er sich wieder hingesetzt hatte, rückte er ein bisschen näher zu ihr.

Wie gebannt starrte sie in die Flammen, ihr Gesicht halb im Schatten. „Ich muss dich etwas fragen. Hättest du mich hereingebeten, wenn ich mich nicht selbst eingeladen hätte?"

Er drehte die Flasche zwischen den Händen. „Ich bin mir nicht sicher."

„Warum nicht?", hakte sie nach. „Habe ich irgendetwas –"

„Mit dir hat es nichts zu tun", unterbrach er sie. „Eher mit Nana und was sie dazu sagen würde."

„Weil sie deine Chefin ist?"

„Weil sie deine Großmutter ist. Weil ich sie respektiere. Aber vor allem weil ich *dich* respektiere. Der Abend war wunderschön."

„Und trotzdem hättest du mich nicht hereingebeten?"

„Das habe ich nicht gesagt. Nur dass ich mir nicht sicher bin. Ich habe überlegt, wie ich dich fragen könnte, ohne aufdringlich zu wirken. Du warst einfach schneller als ich." Nach einer Pause berührte er ihr Knie ganz leicht mit seinem. „Woher kommt das? Das Problem mit dir und den Männern, meine ich."

„Sagen wir einfach: Ich hatte nicht viel Glück mit meinen Beziehungen." Und schließlich begann sie zu erzählen. „Am Anfang hat es mir nichts ausgemacht. Ich hatte ja auch alle Hände voll zu tun – mit Ben und dem Studium und überhaupt. Da ist es mir gar nicht weiter aufgefallen. Aber mit der Zeit, als es immer wieder schiefgelaufen ist, habe ich mich gefragt: Was ist nur mit mir los? Was mache ich falsch? Leide ich an Mundgeruch? Hin und wieder habe ich einen Mann kennen gelernt und gedacht, wir verstehen uns gut, aber plötzlich hörte ich nichts mehr von ihm. Er hat einfach nicht mehr angerufen. Und wenn ich ihm später irgendwo begegnet bin, hat er sich aufgeführt, als hätte ich die Pest. Ich konnte es überhaupt nicht verstehen. Und ich verstehe es noch immer nicht."

„Ich finde nicht, dass mit dir etwas nicht stimmt." Sanft drückte Logan ihren Arm.

„Wart's nur ab – du findest garantiert etwas."

Logan spürte den Kummer hinter dieser scherzhaften Äußerung. „Nein. Ich glaube nicht, dass ich etwas finde."

„Du bist so lieb."

„Ich bin nur ehrlich."

Lächelnd trank sie einen Schluck Bier. „Jedenfalls meistens."

„Du glaubst nicht, dass ich ehrlich bin?"

Sie stellte ihre Bierflasche auf den Tisch und versuchte, sich zu konzentrieren. „Ich finde, du bist ein toller Mann. Du bist freundlich, du arbeitest hart, und du kannst hervorragend mit Ben umgehen. Was mich aber immer wieder verunsichert, sind die Dinge, die du *nicht* sagst. Ich weiß, du warst im Irak, und ich weiß auch, dass du von Colorado zu Fuß hierhergekommen bist, aber ich habe immer noch keinen Schimmer, warum. Wenn ich dich frage, antwortest du jedes Mal nur: ‚Ich finde, Hampton ist ein hübsches Städtchen.' Du bist intelligent, du hast einen College-Abschluss, aber du gibst dich damit zufrieden, für den Mindestlohn zu arbeiten. Wenn ich wissen will, warum, antwortest du nur: ‚Weil ich Hunde mag.'" Sie fuhr sich mit der Hand durch die Haare. „Die Sache ist die: Ich glaube, dass du die Wahrheit sagst. Aber du lässt viel aus."

Während er ihr zuhörte, bemühte sich Logan, nicht an das zu denken, was er ihr bisher verschwiegen hatte. Er konnte ihr nicht alles offenbaren! Niemals. Aber wie sollte er ihr das begreiflich machen? Ach, er sehnte sich so danach, ihr die ganze Wahrheit zu sagen. Denn sein innigster Wunsch war es, von ihr bedingungslos akzeptiert zu werden.

„Ich spreche nicht über den Irak, weil ich mich nicht gern an diese Zeit erinnere", entgegnete er.

„Du musst nichts erzählen, wenn du nicht möchtest …"

„Aber ich möchte es", erwiderte er mit leiser Stimme. „Die meiste Zeit war es nicht halb so schlimm, wie du vermutlich annimmst. Aber manchmal – manchmal war es ganz entsetzlich. Wirklich grauenvoll. So schlimm, dass ich am liebsten vergessen würde, dass ich je dort war."

„Bist du wegen deiner Erlebnisse im Irak hier in Hampton?"

„In gewisser Weise, ja."

Weil sie sein Zögern spürte, legte sie sanft die Hand auf seinen Unterarm. Die Wärme ihrer Berührung schien eine Blockade in ihm zu lösen.

„Victor war mein bester Freund im Irak", begann er unvermittelt. „Er war bei allen drei Irak-Einsätzen mit mir zusammen. Unsere Einheit hat sehr viele Verluste erlitten, und am Schluss wollte ich nur noch alles hinter mir lassen, um einen Neuanfang machen zu können. Das ist mir auch einigermaßen gelungen. Für Victor war es schwieriger. Er musste die ganze Zeit an den Krieg denken. Als wir zurückkehrten, ging er nach Hause, nach Kalifornien, ich nach Colorado. Aber wir haben einander immer noch gebraucht, verstehst du das? Schließlich hatten wir die letzten vier Jahre jeden Tag gemeinsam damit verbracht, irgendwie dem Tod zu entgehen. Jedenfalls haben wir uns in Minnesota zum Angeln verabredet –" Er hielt inne. An den Tag wollte er jetzt nicht denken. Doch er spürte, dass ihm nichts anderes übrig blieb. „Das war im vergangenen Herbst. An unserem letzten gemeinsamen Tag sind wir am Morgen angeln gegangen. Nur wir zwei, in einem kleinen Boot, und als wir hinausruderten, war die Wasseroberfläche ganz glatt, als wären wir die ersten Menschen dort. Wir hatten vor zurückzurudern, bevor zu viele Leute kamen, aber die Zeit verging schnell, und wir sind zu lange draußen geblieben." Logan rieb sich die Stirn. Es fiel ihm schwer, die Fassung zu bewahren. „Ich habe das Boot schon vorher gesehen. Wieso es mir unter all den anderen aufgefallen ist, kann ich nicht erklären. Vielleicht hat die Erfahrung im Irak etwas damit zu tun. Jedenfalls dachte ich irgendwie, dass ich dieses Boot im Auge behalten muss. Sehr seltsam, findest du nicht? Dabei waren es nur ein paar Jugendliche, die Wasserski fahren wollten. Sie waren zu sechst im Boot." Als er fortfuhr, klang seine Stimme belegt. „Ich habe das Boot kommen hören. Und ich wusste, gleich passiert etwas – obwohl ich nichts gesehen habe. Schnell habe ich mich umgedreht – und da sah ich den Bug mit fünfzig Stundenkilometern auf uns zurasen. Es durchschnitt regelrecht unser Boot. Victor wurde am Kopf getroffen und war sofort tot. Gerade noch redeten wir davon, wie glücklich er war, dass er seine Frau geheiratet hatte, und im nächsten Augenblick war mein bester Freund – der beste, den ich je hatte – tot."

Elizabeth legte ihm die Hand aufs Knie. Sie war ganz blass geworden. „Das tut mir leid …"

„Es ist einfach nicht fair, verstehst du? Drei Aufenthalte im Kriegsgebiet hat er überlebt – und dann stirbt er beim Angeln! Ich konnte es nicht fassen. Danach war ich total fertig. Nicht körperlich, sondern seelisch. Ich bin in ein tiefes Loch gefallen. Ziemlich lange. Irgendwie hatte ich resigniert. Nachts konnte ich nie länger als ein paar Stunden schlafen. Victor hatte mir erzählt, dass er immer wieder Visionen von toten Soldaten hatte, und nach seinem Tod ging es mir ganz ähnlich. Auf einmal war ich wieder mitten im Krieg. Wenn ich einschlafen wollte, sah ich Victor vor mir oder irgendwelche Bombenanschläge, die wir überlebt hatten, und ich fing an, am ganzen Körper zu zittern. In dieser Zeit hat mir nur einer geholfen, nicht vollständig verrückt zu werden, und das war Zeus."

Voller Mitgefühl flüsterte Elizabeth: „Aber du weißt, dass es nicht deine Schuld war?"

„Ja, irgendwie schon", murmelte er. „Aber die Geschichte ist noch nicht zu Ende." Er legte seine Hand auf ihre. „Victor hat immer über das Schicksal gesprochen, und an unserem letzten gemeinsamen Tag sagte er, ich würde meine Bestimmung erkennen, wenn ich ihr begegnete. Daran musste ich ständig denken. Und allmählich wurde mir klar, dass ich meine Bestimmung nicht in Colorado finden konnte. Aber ich hatte keine Ahnung, wo sonst. Schließlich habe ich meinen Rucksack gepackt und bin losgelaufen. Mit jedem Schritt wuchs bei mir die innere Gewissheit, dass ich wieder gesund werde. Dass diese Wanderung genau das ist, was ich brauche, um geheilt zu werden. Und als ich nach Hampton kam, habe ich gewusst, dass ich nicht mehr weiterzugehen brauche. Das war der Ort, an den ich gehen musste."

„Deshalb bist du geblieben."

„Genau."

„Und dein Schicksal? Deine Bestimmung?"

Logan antwortete nicht. Jetzt hatte er ihr so viel mitgeteilt, wie er konnte, und belügen wollte er sie auf keinen Fall. Während er auf ihre Hand unter seiner starrte, erschien ihm plötzlich alles falsch. Er musste aufhören, ehe er noch einen Schritt weiterging, sollte ihr eine gute Nacht wünschen und noch vor Tagesanbruch Hampton verlassen. Doch er brachte kein Wort über die Lippen. Denn plötzlich begriff er alles, und beinahe verblüfft wandte er sich Elizabeth zu. Er war quer durch das halbe Land gelaufen, auf der Suche nach einer Frau, die er nur von einem Foto kannte. Langsam, aber sicher hatte er sich dann in diese wirkliche, verletzliche, wunderschöne Frau verliebt, die ihm ein Gefühl von Lebendigkeit schenkte, wie er es seit dem Krieg nicht empfunden hatte. Zwar verstand er das alles nicht ganz, doch war er sich noch nie in seinem Leben einer Sache so sicher gewesen.

Von ihrem Gesicht konnte er ablesen, dass sie dasselbe empfand wie er. Sanft zog er sie an sich, vergrub seine Hände in ihren Haaren und küsste sie voller Leidenschaft. Sie stöhnte leise. Er küsste sie auf die Wangen, auf den Hals und auf den Mund. Schließlich standen sie vom Sofa auf, eng umschlungen. Wortlos führte er sie ins Schlafzimmer.

Kapitel 11

Keith Clayton

Keith Clayton schaute Beth nach, als sie das Haus verließ. Er wusste genau, was sich drinnen abgespielt hatte. Je mehr er darüber nachdachte, desto stärker wurde bei ihm der Wunsch, ihr nachzufahren und eine kleine Standpauke zu halten, wenn sie zu Hause ausstieg. Er musste ihr die Situation klarmachen – und zwar so, dass sie genau verstand, was er meinte. Sie sollte ein für alle Mal kapieren, dass so ein Verhalten von ihm nicht geduldet wurde.

Das, was da abging, war wirklich der Gipfel. Schlimmer konnte es kaum kommen. Erst stellt sich heraus, dass der Typ im Zwinger arbeitet. Als Nächstes essen die beiden mehrere Abende nacheinander bei ihr zu Hause. Und dann gehen sie in dieses miese Lokal und tanzen, nur um anschließend … Klar, durch die Vorhänge konnte er nichts sehen, aber sie hatte sich garantiert aufgeführt wie eine Nutte. Vermutlich weil sie zu viel getrunken hatte. Durfte eine Mutter sich so benehmen?

Das konnte er nicht zulassen. In gewisser Weise war Beth dumm – wie übrigens die meisten Frauen. Deshalb hatte er ja all die Jahre auf sie aufgepasst. Und das hatte auch wunderbar geklappt. Bis dieser Thai-bolt kam. Der Kerl war ein wandelnder Albtraum.

In der letzten Woche hatte er einiges über Thai-bolt herausgefunden. Nicht nur, dass er im Zwinger arbeitete, sondern auch, dass er in dieser Bruchbude am Waldrand hauste. Und nach ein paar scheinbar offiziellen Telefongesprächen mit den Gesetzeshütern in Colorado sorgte eine Gefälligkeit unter Berufskollegen für den Rest. Er wusste jetzt, dass Thai-bolt an der University of Colorado studiert hatte und dann zu den Marines gegangen war, dass er im Irak gewesen und ein paarmal ausgezeichnet worden war.

Aber warum war er so weit zu Fuß gegangen, um dann ausgerechnet in Hampton hängen zu bleiben? Der Typ kannte hier keine Menschenseele, und nach allem, was Clayton in Erfahrung bringen konnte, war er vorher noch nie in seinem Städtchen gewesen. Was war hier faul? Irgendwie würde er schon dahinterkommen. Das schaffte er immer.

Ja, es war an der Zeit, dass er sich diesen Kerl vorknöpfte. Aber nicht jetzt. Nicht diese Nacht. Und vor allem nicht, wenn der Hund da war. Nächste Woche vielleicht. Wenn Thai-bolt bei der Arbeit war.

Denn das war der Unterschied zwischen ihm und den anderen. Fast alle Menschen lebten ihr Leben wie Verbrecher: erst handeln, dann an die Konsequenzen denken. Aber nicht Keith Clayton! Er überlegte alles vorher. Eines war klar: Hier ging es um Macht, und im Augenblick war Thai-bolt im Vorteil. Wegen der Speicherkarte mit den Fotos, die bewirken konnten, dass ihm, Keith Clayton, der Geldhahn zugedreht wurde.

Aber alle Macht der Welt half einem nichts, wenn man sie nicht einsetzte. Und bisher jedenfalls tat Thai-bolt das nicht. Das konnte zweierlei bedeuten: Entweder wusste er gar nicht, was er in der Hand hatte, oder er besaß die Speicherkarte nicht mehr.

Clayton würde die Angelegenheit überprüfen. Das Wichtigste zuerst. Das bedeutete: Er brauchte die Speicherkarte. Falls der Typ die Speicherkarte noch hatte, würde er, Clayton, sie finden und vernichten. Dann war er wieder der Überlegene, und Thai-bolt würde bekommen, was er verdiente.

Beth

IN DEN NÄCHSTEN TAGEN verbrachte Beth möglichst viel Zeit mit Logan. Zu ihrer großen Erleichterung behandelte Logan ihren Sohn nicht anders als vorher. Beth kam zu der Erkenntnis, dass sie Logan schon allein deswegen immer lieben würde, weil er so unglaublich nett zu ihrem Sohn war.

Da sie ihre Liebe noch für sich behalten wollten, ließen sie sich alle möglichen Ausreden einfallen, die ihnen erlaubten, miteinander allein zu sein. Als Beth am Dienstag aus der Schule nach Hause kam, stellte sie fest, dass Logan mit Nanas offizieller Erlaubnis eine Verandaschaukel aufgestellt hatte, „damit wir nicht immer auf den Stufen sitzen müssen“. Solange Ben im Geigenunterricht war, machten sie es sich dort bequem, und an Logan gekuschelt genoss Beth den langsamen Rhythmus des Schaukelns. Am Mittwoch fuhr sie mit Logan in die Innenstadt, um einen neuen Vorrat Hundefutter zu kaufen. Alltägliche Tätigkeiten, aber Beth war schon überglücklich, wenn sie Logan mal eine Stunde für sich hatte.

Beth war sich sicher, dass Logan sie genauso liebte wie sie ihn und dass auch bei ihm der Gedanke reifte, sie könnten den Rest des Lebens gemeinsam verbringen.

Am Samstag war Ben bei seinem Vater, und sie fuhren nach Sunset Beach, nicht weit von Wilmington entfernt. Das Meer war noch warm, ein Vergnügen, durchs Wasser zu waten. Logan warf für Zeus einen Tennisball in die Wellen. Der Hund paddelte unermüdlich, und zwischendurch bellte er laut, so als wollte er mit dieser Einschüchterungstaktik den Ball dazu bringen, sich nicht mehr von der Stelle zu rühren.

Beth hatte ein Picknick eingepackt, und als Zeus müde wurde, setzten sie sich an den Strand, um etwas zu essen. Behutsam packte sie die Sandwichzutaten aus. Am Horizont erschien ein Fischkutter, dem Logan lange nachblickte, und Beth bemerkte bei ihm erneut diese besorgte Miene.

„Du machst wieder so ein Gesicht", sagte sie nach einer Weile. „Was quält dich? Spuck's endlich aus. Und diesmal bitte keine Ausflüchte!"

„Mir geht es gut", entgegnete er und schaute ihr in die Augen. „Ich suche nur die Antwort auf eine wichtige Frage."

„Und wie lautet die Frage, bitte schön?"

„Warum wir zusammen sind."

Ihr Herz stolperte kurz. Darauf war sie nicht gefasst gewesen, und sie merkte, wie sie innerlich erstarrte.

„Das klingt komisch, ich weiß." Er schüttelte ratlos den Kopf. „Aber ich meine es nicht so, wie du denkst. Ich überlege mir nur, warum wir überhaupt diese Chance bekommen haben. So ganz verstehe ich es nicht. Wenn man die Situation aus meinem Blickwinkel betrachtet, sieht man Folgendes: eine intelligente, wunderschöne Frau, geistreich, witzig und leidenschaftlich. Und, wenn sie will, auch extrem verführerisch." Er lächelte vielsagend. „Unterbrich mich bitte, falls es dir peinlich wird."

„Keine Sorge, du machst das sehr gut", erwiderte sie. „Bitte, weiter."

„Was ich sagen will – also, ich verstehe es einfach nicht, warum du seit deinem Mann keine Beziehung mehr hattest. Klar, du hast einen Sohn, und für manche Männer ist das eine Beziehungsbremse. Aber du gehst doch ganz offen damit um, dass du eine alleinerziehende Mutter bist, und ich nehme mal an, dass die meisten Leute hier in der Gegend sowieso über deine Situation Bescheid wissen. Habe ich Recht?"

„Absolut."

„Das heißt, die Männer, die sich um dich bemüht haben, wussten alle schon vorher, dass du einen Sohn hast, oder?"

„Selbstverständlich."

„Wo sind sie dann geblieben? Du bist die wunderbarste Frau, der ich je begegnet bin. Die anderen haben doch auch gemerkt, wie toll du bist. Und du hast dir Gedanken gemacht, warum es nicht klappt, nicht wahr?"

„Ab und zu", gestand sie.

Er nahm eine Handvoll Sand. „Ich wüsste gern, wie dein Exmann reagiert, wenn du dich mit anderen Männern triffst."

„Ach, das juckt ihn gar nicht. Wieso denkst du, dass seine Reaktion überhaupt eine Rolle spielt?"

Jetzt ließ er den Sand durch die Finger gleiten. „Weil … ich mir ziemlich sicher bin, dass er neulich in mein Haus eingebrochen ist."

Logan Thibault

ES WAR am späten Samstagabend, und Elizabeth war schon gegangen, als Logan plötzlich seinen Freund Victor im Wohnzimmer sitzen sah, in Shorts und Hawaiihemd, wie an dem Tag, an dem er starb.

Logan blieb wie angewurzelt stehen. Das war doch nicht möglich! Nein, es konnte nicht sein. Victor lebte nicht mehr, er war auf einem kleinen Friedhof bei Bakersfield beigesetzt worden.

Victor lächelte. Dann sagte er mit heiserer Stimme: „Es geht noch weiter." Wie eine Verheißung klang das.

Als Logan blinzelte, war Victor verschwunden.

Doch Logan glaubte nicht an Geister. Victor war nicht wirklich da. Er war kein Gespenst, das ihn verfolgte. Die Erscheinung war bloß ein Produkt seiner Einbildungskraft, sein Unterbewusstsein beschwor dieses Bild herauf. Doch was bedeuteten Victors Worte: „Es geht noch weiter"? Bezogen sie sich auf sein Gespräch mit Elizabeth?

Logan goss sich in der Küche ein Glas Milch ein, und auf dem Weg ins Schlafzimmer füllte er für Zeus eine Schüssel mit Hundefutter. Als er im Bett lag, dachte er noch einmal über die Unterhaltung mit Elizabeth nach. Lange hatte er überlegt, ob es überhaupt sinnvoll war, die Sache anzusprechen. Was wollte er damit erreichen? Doch es erschien ihm einfach notwendig, ihr die Augen dafür zu öffnen, dass Keith Clayton ihr Leben viel stärker kontrollierte, als sie ahnte. Davon war Logan fest überzeugt. Vor allem seit dem Einbruch. Klar, es konnte auch jemand anders dahinterstecken – jemand, der hoffte, schnell an ein paar Dollar zu kommen –, aber die Vorgehensweise dieses Einbrechers legte einen anderen Verdacht nahe. Im Haus hatte keinerlei Unordnung geherrscht, als er heimkam. Alles war wie sonst auch, jedenfalls auf den ersten Blick. Erst bei näherem Hinsehen merkte man, dass fast alles angefasst worden war.

Die Bettdecke lieferte das erste Indiz. Diese kleine Falte – sie konnte nur von jemandem stammen, der keine Ahnung hatte, wie man beim Militär sein Bett machte. Bei den Kleidungsstücken in den Schubladen verhielt es sich ähnlich – hier ein Knick, dort ein Ärmel falsch gefaltet. Der Eindringling hatte alles gefilzt, während Logan bei der Arbeit war, sichtlich bemüht, nur ja keine Spuren zu hinterlassen. Das hieß, er war nicht in das Haus eingedrungen, um etwas zu *stehlen*, sondern um etwas zu *suchen*. Es dauerte nicht lange, bis Logan klar war, worum es sich handelte und wer wohl der Täter war.

Keith Clayton brauchte seine Kamera. Oder, genauer gesagt, die Speicherkarte. Die Fotos konnten ihm schaden. Keine besonders komplizierte Schlussfolgerung, wenn man daran dachte, was Clayton bei ihrer ersten Begegnung gerade getan hatte. Also gut. Clayton wollte seine Spuren verwischen. Aber da steckte noch mehr dahinter. Und das hatte mit Elizabeth zu tun.

Es leuchtete Logan einfach nicht ein, dass sie in den letzten zehn Jahren keine Beziehung gehabt hatte. Aber zu der Tatsache, dass sie schon so lange allein war, passte eine Bemerkung, die er aufgeschnappt hatte, als er den Männern am Billardtisch das Foto zeigte. Wie hatte dieser Typ sich noch mal ausgedrückt? Ja, genau – „Sie geht nicht mit Männern aus. Ihr Ex hat was dagegen. Und glaub mir – mit dem will sich keiner anlegen."

Eigentlich wollte Logan Elizabeth alles sagen, was er über ihren Exmann wusste, aber von der Bemerkung am Billardtisch konnte er ihr natürlich nicht erzählen. Dann müsste er ja auch das Foto erwähnen, und das ging noch nicht. Stattdessen hatte er ihr nur einen kleinen Hinweis gegeben in der Hoffnung, dass sie den Zusammenhang selbst herstellte. Gemeinsam konnten sie es schaffen, mit Claytons Attacken fertigzuwerden. Doch dafür musste ihnen beiden klar sein, zu welchen Mitteln er griff, um Elizabeths Beziehungen zu torpedieren. Sie liebten einander. Wenn sie wussten, worauf sie sich einstellen mussten, würde alles gut gehen.

War das der Grund, weshalb er hierhergekommen war? Sollte er sich in Elizabeth verlieben und mit ihr ein neues Leben aufbauen? Lag darin seine Bestimmung?

Irgendwie erschien ihm diese Erklärung nicht vollständig. Victors Worte schienen es zu bestätigen. Dass er sich in Elizabeth verliebte, gehörte dazu, war aber nicht alles.

Es geht noch weiter.

Wie immer seit seiner Ankunft in North Carolina schlief Logan die Nacht durch, ohne aufzuwachen. Außer während einer kurzen Phase nach Victors Tod war das Schlafen für ihn nie ein Problem gewesen.

Als er am Sonntag aufwachte, sah er ein Rad mit Speichen vor sich. Er wusste nicht warum, aber als er ein paar Minuten später mit Zeus nach draußen ging, war ihm plötzlich klar, dass *nicht Elizabeth* das Zentrum des Rades war. Nein, alles, was seit seiner Ankunft in Hampton geschehen war, drehte sich um *Keith Clayton*.

Clayton war der erste Mensch, dem er hier begegnet war. Er hatte *Claytons* Kamera an sich genommen. *Clayton* und Elizabeth waren verheiratet gewesen. *Clayton* war Bens Vater. *Clayton* hatte Elizabeths Beziehungen sabotiert. *Clayton* war in sein Haus eingebrochen. *Clayton* – und nicht Elizabeth – war der Grund, warum er nach Hampton gekommen war. Doch abgesehen von den Dingen, die Elizabeth ihm über Clayton erzählt hatte, wusste er nicht besonders viel über ihren ehemaligen Mann.

In der Ferne hörte man Donnergrollen – leise, unheimlich. Bald würde es ein Gewitter geben, und nach der schwülen, stickigen Luft zu urteilen, sogar ein ziemlich heftiges. Als die ersten Tropfen fielen, begab sich Thibault zurück ins Haus. Später wollte er in die Stadtbibliothek gehen. Er musste verschiedene Dinge recherchieren.

Beth

Beth zog ihren Regenmantel an und fuhr in die Stadt. Seit zwei Stunden goss es in Strömen, außerdem stürmte es – ein fast tropisches Unwetter. Im Wetterbericht wurden bis zu zweihundert Millimeter Niederschlag in den nächsten 24 Stunden vorausgesagt. Der heiße, trockene Sommer ging nun definitiv seinem Ende entgegen.

Beth konnte kaum durch die Windschutzscheibe sehen, obwohl sie die Scheibenwischer auf höchste Geschwindigkeit gestellt hatte. Die Gullys flossen über, und als sie sich der Innenstadt näherte, sah sie überall kleine Rinnsale, die in Richtung Fluss plätscherten. Der Fluss führte noch kein Hochwasser, aber lange würde das nicht mehr auf sich warten lassen, denn in einem Umkreis von achtzig Kilometern mündeten fast alle Nebenflüsse in ihn, und Beth vermutete, dass man schon bald mit Überschwemmungen rechnen musste.

Während der Fahrt ging Beth in Gedanken immer wieder das Gespräch mit Logan durch. Obwohl sie Keith nie für besonders charakterfest gehalten hatte, wäre sie doch nie auf die Idee gekommen, er könnte ihr Privatleben sabotieren. Aber wieso hatte keiner der betreffenden Männer zu Keith gesagt, er solle sich gefälligst nicht einmischen? *Weil er ein Clayton war.* Diese Männer konnten sich nicht gegen ihn wehren – aus den gleichen Gründen, weshalb sie selbst Keith wegen Ben nicht unter Druck setzte. Manchmal war es leichter, einfach nachzugeben und mitzuspielen.

Aber war sie mit ihren Schlussfolgerungen nicht doch zu vorschnell? Nur weil Logan vermutete, dass Keith sie insgeheim manipulierte, hieß das noch lange nicht, dass es auch stimmte. Und deswegen machte sie jetzt diese Fahrt.

An der großen Kreuzung bog sie links ab. Sie kam durch ein älteres Viertel, das von schönen Villen mit geräumigen Veranden dominiert wurde. Sein Haus befand sich etwa in der Mitte der Straße. Das Auto stand im Carport. Davor parkte noch ein zweiter Wagen, was vermutlich bedeutete, dass er Besuch hatte. Aber sie wollte ihr Vorhaben nicht verschieben. Sie hielt am Straßenrand, zog die Kapuze über den Kopf und stieg aus.

Entschlossen ging sie die Stufen zur Veranda hinauf. Im Wohnzimmer brannte Licht, und sie konnte erkennen, dass im Fernsehen ein Autorennen lief. Sie klingelte und trat einen Schritt zurück. Als er im Türrahmen erschien, brauchte er keine Sekunde, um sie zu erkennen, trotz Regenmantel und Kapuze. Dann blickte er schnell die Straße hinauf und hinunter.

„Beth! Was tust du hier?“

„Hallo Adam.“ Sie lächelte. „Hast du ein paar Minuten Zeit für mich? Ich würde gern etwas mit dir besprechen.“

„Im Moment passt es leider nicht so gut“, erwiderte er mit gedämpfter Stimme. „Ich habe Besuch.“

Wie aufs Stichwort rief eine Frauenstimme aus dem Hintergrund: „Wer ist denn da?“

„Bitte!“, murmelte Beth.

Er schien zu überlegen, ob er ihr einfach die Tür vor der Nase zumachen sollte, entschied sich dann aber dagegen. „Eine Bekannte!“, rief er. Damit trat er auf die Veranda und zog die Tür hinter sich zu. „Was ist denn so furchtbar wichtig?“ Er hörte sich an wie ein schlecht gelaunter Teenager.

„Ich bin nur hier, weil ich dich etwas fragen muss. Und zwar möchte ich wissen, warum du dich damals nie mehr bei mir gemeldet hast.“

„Wie bitte?“ Er trat von einem Fuß auf den anderen, unruhig wie ein nervöses Pferd. „Soll das ein Witz sein?“

„Nein.“

„Nun ja, ich habe mich nicht mehr gemeldet, weil … Es hat eben nicht geklappt mit uns. Tut mir leid. Bist du hier, weil du willst, dass ich mich entschuldige?“ Wieder schaute er die Straße hinauf und hinunter.

Da begriff Beth, was sich in seinem Kopf abspielte. „Du hast Angst vor ihm, stimmt's?“ Sie wusste, dass sie ins Schwarze getroffen hatte, obwohl er sich natürlich nichts anmerken lassen wollte.

„Angst vor wem? Wovon redest du?“

„Von Keith Clayton. Meinem Exmann. Was hat er getan? Hat er versucht, dich einzuschüchtern?“

„Dazu sage ich nichts.“ Adam wandte sich zur Tür und fasste nach dem Griff, aber Beth packte ihn am Arm.

„Er hat dich bedroht, habe ich Recht?“

„Hör mal, ich kann nicht darüber reden. Du weißt doch, wie er ist. Er würde …“ Adam verstummte, als hätte er gemerkt, dass er sich verplappert hatte.

„Was würde er?“

Verzweifelt schüttelte er den Kopf. „Gar nichts würde er.“ Er straffte sich. „Wie gesagt – es hat eben nicht geklappt. Belassen wir's doch einfach dabei.“ Er öffnete die Tür. Dann hielt er inne und holte tief Luft. „Und bitte, komm nie wieder hierher.“

Beth saß in der Schaukel auf der Veranda und starrte in den Regen hinaus. Ihre Kleider waren noch nass. Aber ihr war nicht kalt, denn trotz des unerbittlichen Regens blieb die Luft warm. Sie sah, wie weißer Nebel über das Gelände kroch. Die Zufahrt schien in einem diffusen Graublau zu versinken.

Bald würde ihr Exmann hier sein. Keith Clayton. Sie konnte es nicht glauben. Vielmehr – doch, sie konnte es glauben. War sogar ganz einfach. Garantiert hatte Adam sein Büro von der Familie Clayton gemietet. Das galt für fast alle Firmen und Geschäfte in der Innenstadt. Hatte Keith die Vermieterkarte ausgespielt? Oder den „Wir können dir das Leben schwer machen“-Trumpf? Oder hatte er sich als Arm des Gesetzes präsentiert?

In der Ferne tauchten die Scheinwerfer eines Autos auf. Anfangs schien die Kontur des Wagens wie in Wasser aufgelöst, aber je näher er kam, desto klar umrissener wurde sie. Beth erhob sich aus der Verandaschaukel und trat an die Treppe. In diesem Augenblick ging die Beifahrertür auf, und Ben stieg aus. Den Rucksack in der Hand, stapfte er die Verandastufen hinauf.

„Hey Mom.“ Sie schloss ihn in die Arme, und Ben fragte gleich: „Gibt's zum Abendessen Spaghetti?“

„Klar, mein Schatz. Wie war das Wochenende?“

Er zuckte die Achseln. „Ach, du weißt doch.“

„Geh schon mal rein. Ich glaube, Nana hat Kekse gebacken. Und zieh bitte die Schuhe aus, okay?“

„Kommst du nicht?“

„Doch, gleich. Ich muss nur noch kurz mit deinem Vater reden.“

Als Ben im Haus verschwunden war, ließ Keith das Fenster auf der Fahrerseite ein Stück herunter und rief Beth zu: „Das Wochenende war super!“ Er klang sehr selbstbewusst.

Sie machte einen Schritt in seine Richtung. „Hast du einen Moment Zeit?“

Keith starrte sie an, stellte dann den Motor ab, stieg aus und rannte zur Veranda. Dort angekommen, schüttelte er übertrieben heftig den Kopf, dass die Tropfen nur so flogen, und grinste Beth dabei an. Wahrscheinlich hielt er sich für sexy. „Was gibt's?“

„Mehrere Dinge.“ Obwohl er sie anwiderte, zwang sie sich zu einem Lächeln. „Möchtest du dich nicht setzen?“

Er schien überrascht. „Ja, klar.“

Sie nahmen beide in der Schaukel Platz. Beth hatte sich ihre Worte sorgfältig zurechtgelegt. „Neulich habe ich mich mit einer Freundin unterhalten, und sie hat etwas gesagt, was ich ziemlich eigenartig fand.“

„Was denn?“ Keith beugte sich näher zu ihr. Jetzt war er interessiert.

„Bevor ich es dir erzähle, muss ich aber noch vorausschicken, dass es bestimmt nur ein Gerücht ist. Die Freundin einer Freundin einer Freundin hat etwas gehört, und so ist es dann bei mir gelandet. Es geht um dich.“

Sein Interesse wuchs. „Ich höre.“

„Sie hat gesagt, dass du …“ Beth stockte kurz, dann fuhr sie fort, „… mir früher nachspioniert hast, wenn ich mit einem Mann verabredet war. Und dass du manchen von den Männern erklärt hast, du willst nicht, dass sie mich wiedersehen.“ Sie schaute ihn absichtlich nicht an, aber aus dem Augenwinkel erkannte sie, wie seine Gesichtszüge erstarrten.

„Wer hat dir das erzählt?“

„Ach, das ist nicht wichtig“, erwiderte Beth. „Es stimmt doch sowieso nicht, oder?“

„Natürlich stimmt es nicht. Wie kannst du so etwas auch nur denken?“

Lügner!, protestierte sie innerlich, aber sie sagte nichts und wartete ab.

„So wie das klingt, solltest du bei der Wahl deiner Freundinnen besser aufpassen. Für mich ist es eine Beleidigung, dass wir überhaupt über so etwas reden!“

Wieder zwang sich Beth zu einem Lächeln. „Ich habe ihr gleich gesagt, dass es nicht stimmt."

„Aber du wolltest dich versichern und mich persönlich fragen?"

„Ich wollte es ansprechen, weil ich gedacht habe, es interessiert dich, wie man hinter deinem Rücken über dich redet, denn ich will nicht, dass die Leute so etwas über Bens Vater sagen, und das habe ich dieser Freundin auch klargemacht."

Ihre Worte erzielten die gewünschte Wirkung: Keith plusterte sich auf, stolz und selbstgerecht. „Danke, dass du mich verteidigt hast."

„Da gab's nichts zu verteidigen. Du weißt doch, wie das ist mit Klatsch und Tratsch: der Giftmüll einer Kleinstadt." Sie beschloss, das Thema zu wechseln. „Und – wie läuft es sonst? Was macht die Arbeit?"

„Wie immer. Und bei dir? Hast du eine nette Klasse?"

„Ja, ich habe es gut getroffen, glaube ich. Bisher jedenfalls."

„Freut mich." Er schaute zu seinem Auto. „Es gießt wirklich ohne Pause, was? Man kann kaum was sehen."

„Allerdings. Dabei war's gestern am Strand noch so herrlich."

„Du warst am Strand?"

Sie nickte. „Ja, Logan und ich sind ans Meer gefahren. Wir unternehmen in letzter Zeit öfter etwas gemeinsam."

„Hm. Klingt, als würde es ernst."

„Es ist noch nichts Ernstes. Aber er ist sehr charmant. Und ich bin froh, dass ich mich in dir nicht getäuscht habe."

„Wie meinst du das?"

„Es freut mich, dass es dir nichts ausmacht, wenn ich mich verabrede. Ich mag Logan sehr."

„Nun ja, ich würde nicht behaupten, dass es mir *nichts* ausmacht."

„Aber du hast doch gerade ge–"

„Es ist mir egal, mit wem du dich abgibst. Aber es ist mir alles andere als gleichgültig, wer sich in das Leben meines Sohnes einmischt, weil mir Ben extrem wichtig ist. Du hast ja überhaupt keine Ahnung, was ich bei der Arbeit alles mitkriege. Und deshalb mache ich mir natürlich meine Gedanken, wenn jemand oft mit meinem Sohn zusammen ist. Ich will sicher sein, dass derjenige nicht gewalttätig ist oder vielleicht sogar pervers –"

„Ist er nicht", unterbrach Beth ihn. Sie spürte, wie ihr die Hitze ins Gesicht stieg. „Wir haben ihn überprüfen lassen."

„Solche Informationen können gefälscht sein. Woher willst du wissen, ob er wirklich Logan heißt? Hast du überhaupt mit jemandem aus seiner Vergangenheit gesprochen? Mit einem Familienmitglied?“

„Nein …“

„Siehst du. Ich sage ja nur, dass du vorsichtig sein musst.“ Er zuckte die Achseln.

„Du redest ja so, als wäre er ein Verbrecher!“

„So meine ich es nicht. Vielleicht ist er ja der netteste, verantwortungsvollste Mensch auf der ganzen Welt. Ich sage nur, dass du nicht weißt, wer er wirklich ist. Und solange du das nicht herausgefunden hast, ist es besser, übervorsichtig zu sein.“

Beth wollte etwas erwidern, doch zum ersten Mal, seit sie mit Keith sprach, fiel ihr nichts ein.

Keith Clayton

CLAYTON beglückwünschte sich selbst, als er hinter dem Steuer saß. Nur gut, dass es ihm gelungen war, das Gespräch mit Beth so geschickt zu wenden. Er war völlig überrumpelt worden, hatte sich aber glänzend aus der Affäre gezogen und alles glaubwürdig abgeschmettert.

Jemand musste ihn verpetzt haben. Aber wer? Außer den Männern, denen er wegen Beth ins Gewissen geredet hatte, wusste kein Mensch, was gelaufen war. Steckte etwa einer dieser Typen dahinter? Schwer vorstellbar. Im Grunde roch die ganze Sache nach Thai-bolt. Seit dieser Kerl in Hampton war, gab es nichts als Probleme. Er stand ganz oben auf seiner Liste von Personen, denen er klarmachen musste, dass sie hier nichts verloren hatten. Noch ein Grund mehr, ihn sich vorzunehmen.

Clayton bog in seine Straße ein und fuhr an den vornehmen Villen vorbei bis zu seinem Haus. In dem Moment sah er, dass jemand in seiner Einfahrt stand und wartete. Er drosselte das Tempo – und bemerkte den Hund. Entsetzt trat er auf die Bremse. Das durfte doch nicht wahr sein! Obwohl es immer noch sehr stark regnete, stieg er aus und ging direkt auf Thai-bolt zu. Als Zeus knurrte, blieb Clayton stehen.

„Was haben Sie hier verloren?“, rief er laut, um den Regen zu übertönen.

„Ich warte auf Sie“, antwortete Thai-bolt. „Es wird Zeit, dass wir miteinander reden.“

„Warum soll ich mit Ihnen reden?“

„Ich glaube, Sie wissen ganz genau warum.“

„Nein, ich weiß nur so viel, dass man das, was Sie hier tun, als Hausfriedensbruch bezeichnet. Und das ist strafbar.“

„Sie werden mich nicht verhaften."

Genau das hatte Clayton gerade in Erwägung gezogen. „Was wollen Sie von mir?"

„Wie gesagt – es wird Zeit, dass wir miteinander reden." Thai-bolt klang ganz entspannt, aber fest.

„Ich habe Ihnen nichts zu sagen!", zischte Clayton, wandte sich um und ging zum Hauseingang.

„Sie haben die Speicherkarte nicht gefunden!", rief ihm Thai-bolt nach.

Abrupt blieb Clayton stehen. „Wie bitte?"

„Die Speicherkarte", wiederholte Thai-bolt. „Die haben Sie doch gesucht, als Sie in mein Haus eingebrochen sind."

Clayton musterte seinen Gegenspieler mit zusammengekniffenen Augen. „Ich bin nicht in Ihr Haus eingebrochen."

„Doch", erwiderte Logan. „Letzten Montag, während ich bei der Arbeit war."

„Das müssen Sie erst mal beweisen!", kläffte Clayton.

„Ich habe sämtliche Beweise, die ich brauche. Der Bewegungsmelder, den ich im Kamin eingebaut habe, ist mit der Videokamera verbunden, und die ist im Kamin versteckt. Ich habe nämlich schon erwartet, dass Sie eines Tages nach der Speicherkarte suchen werden, aber ich wusste, auf den Gedanken, dort nachzusehen, kommen Sie bestimmt nicht."

Claytons Magen krampfte sich zusammen. „Sie lügen."

„Wie Sie meinen. Ich bringe die Aufnahme gern zur Zeitung und ins Sheriff's Department."

„Was wollen Sie von mir?"

„Das habe ich Ihnen doch bereits gesagt. Ich finde, es wird Zeit, dass wir miteinander reden."

„Worüber?"

„Darüber, was für ein mieser Typ Sie sind." Logan sprach ganz langsam und betonte jedes einzelne Wort. „Und darüber, dass Sie obszöne Aufnahmen von Studentinnen machen. Was würde Ihr Großvater dazu sagen? Ich wüsste gern, was passiert, wenn er es erfährt. Oder wie sich die Zeitungsredaktion verhält, wenn man dort die Fotos sieht. Oder was Ihr Vater meint, wenn er hört, dass sein Sohn bei mir eingebrochen ist. Wenn ich richtig informiert bin, ist Ihr Vater der Sheriff, nicht wahr?"

„Was wollen Sie?"

Thai-bolt betrachtete ihn mit festem Blick. „Drei Punkte. Fangen wir mit Punkt eins an: Lassen Sie Elizabeth in Ruhe."

Clayton stutzte. „Sie meinen Beth?"

„Seit der Scheidung vertreiben Sie alle Männer, die in ihre Nähe kommen. Das wissen Sie, und ich weiß es auch. Und Elizabeth weiß es jetzt ebenfalls. So etwas wird nicht mehr vorkommen. Nie wieder. Ist das klar?"

Clayton antwortete nicht.

„Punkt Nummer zwei – lassen Sie mich in Ruhe. Mein Haus, meine Arbeit, mein Leben. Verstanden?"

Wieder schwieg Clayton.

„Und Nummer drei. Sehr wichtig." Er hob die Hand, als würde er einen Eid schwören. „Wenn Sie Ihre Wut in irgendeiner Weise an Ben auslassen, bekommen Sie es mit mir zu tun."

Claytons Nackenhaare sträubten sich. „Soll das etwa eine Drohung sein?"

„Nein", erwiderte Thai-bolt. „Es ist die Wahrheit. Halten Sie sich an diese drei Punkte, und Sie bekommen keinen Ärger mit mir. Niemand wird erfahren, was Sie getan haben."

Clayton knirschte mit den Zähnen.

Wortlos kam Thai-bolt auf ihn zu. Mit langsamen Schritten. Zeus blieb hinter ihm sitzen, aber man sah dem Hund an, wie frustrierend er das fand. Schließlich standen sich die beiden Männer Auge in Auge gegenüber. „Merken Sie sich eines: Mit jemandem wie mir haben Sie noch nie zu tun gehabt. Es ist besser für Sie, mich nicht zum Feind zu haben."

Mit diesen Worten drehte er sich um und ging. Zeus starrte immer noch Clayton an, bis er das Kommando hörte, hinter Thai-bolt hertrottete und Clayton allein im Regen stehen ließ.

Kapitel 12

Logan Thibault

Ich glaube, ich werde mal Astronaut", verkündete Ben.

Logan spielte mit Ben auf der hinteren Veranda Schach und plante gerade seinen nächsten Zug. Bisher hatte er noch keine einzige Partie gewonnen. Bestimmt war es ein schlechtes Zeichen, dass Ben plötzlich über etwas ganz anderes als Schach redete. In letzter Zeit spielten sie häufig, denn seit Anfang Oktober, also seit neun Tagen, regnete es jeden Tag von früh bis spät. Im Osten von North Carolina gab es bereits Überschwemmungen, und fast stündlich trat ein weiterer Fluss über die Ufer.

„Entweder Astronaut oder Feuerwehrmann. Oder Arzt."

„Hmmm." Logan griff nach seinem Läufer.

„Das würde ich nicht tun", riet ihm Ben.

Verdutzt blickte Logan auf.

„Ich weiß, was du vorhast", erklärte Ben. „Aber das bringt nichts."

Entmutigt zog Logan die Hand zurück.

„Soll ich dir mal mein Baumhaus zeigen?", fragte Ben. „Es ist echt cool. Der Vorbau ragt über den Fluss mit der Hängebrücke."

„Ja, gern."

„Aber nicht jetzt. Irgendwann mal, meine ich."

„Einverstanden." Zögernd legte Logan den Finger auf seinen Turm.

„Auch nicht besonders empfehlenswert", murmelte Ben.

Nachdenklich rieb sich Logan das Kinn. „Habe ich überhaupt noch eine Chance?"

„Nein."

Beim nächsten Spiel erging es Logan auch nicht besser. Eher sogar noch schlechter, weil sich Elizabeth zu ihnen setzte. Die Unterhaltung über die verschiedenen Züge verlief ähnlich wie vorher, und Logan merkte, dass Bens Mutter ein Kichern unterdrücken musste.

In den vergangenen anderthalb Wochen hatte sich eine gewisse Routine entwickelt. Nach der Arbeit kam Logan mit ins Haus, spielte ein paar Partien Schach mit Ben und blieb zum Essen. Anschließend ging Ben nach oben, um zu duschen, und Nana schickte Elizabeth und Logan hinaus auf die Veranda, während sie in der Küche Ordnung machte.

Es war jetzt schon ziemlich spät, und Logan wusste, dass er sich bald verabschieden sollte. Elizabeth war nach oben gegangen, um Ben Gute Nacht zu sagen, während Logan auf der Veranda auf sie wartete. Er spürte die Erschöpfung in seinen Schultern – seit der Konfrontation mit Clayton schlief er sehr wenig. An jenem Abend kletterte er, nachdem er die Lichter gelöscht hatte, aus dem Schlafzimmerfenster und ging in den Wald. Zeus war natürlich bei ihm. Obwohl es goss, verbrachte Thibault den größten Teil der Nacht im Freien, um nach Clayton Ausschau zu halten. In der folgenden Nacht bewachte er Elizabeths Haus; in der dritten pendelte er zwischen den beiden Häusern hin und her. Allerdings fiel es ihm am nächsten Tag immer ziemlich schwer zu arbeiten, weil er lediglich die letzten paar Stunden der Nacht geschlafen hatte.

Aber blieb ihm eine andere Wahl? Dieser Mann war unberechenbar. Clayton war auch Polizeibeamter. Es war so einfach, irgendetwas in seinem

Haus zu verstecken – Drogen, gestohlene Ware oder sogar eine Waffe, die bei einem Verbrechen verwendet worden war. Für den Deputy wäre das ein Kinderspiel. *Wäre Clayton zu so etwas fähig?* Ja. Aus dieser Überzeugung heraus war Logans Entschluss entstanden, vor seinem Haus auf ihn zu warten und ihm von der Speicherkarte und der Videoaufnahme zu erzählen. Beides existierte nicht – die Speicherkarte hatte er zerbrochen und weggeworfen, gleich nachdem er den Fotoapparat aus dem Gebüsch geangelt hatte, und den Bewegungsmelder mit Videokamera hatte es nie gegeben. Aber er brauchte diesen Bluff, um für die Planung seiner Strategie Zeit zu gewinnen.

„Du siehst aus, als wärst du mit deinen Gedanken weit weg", bemerkte Elizabeth, die gerade die Fliegengittertür hinter sich geschlossen hatte. Sie setzte sich zu ihm in die Verandaschaukel.

Logan seufzte. „Ach, ich bin nur unglaublich müde. Es war eine harte Woche."

„Heute Abend bringe ich dich mit dem Auto nach Hause. Da dulde ich keinen Widerspruch."

„Okay."

Elizabeth spähte kurz durchs Verandafenster, ehe sie sich wieder Thibault zuwandte. „Du hast doch nicht geschwindelt, als du behauptet hast, du kannst Klavier spielen – oder?"

„Nein, natürlich nicht."

„Gehe ich recht in der Annahme, dass du auch Noten lesen kannst?"

„Ja, klar."

„Wie hältst du's mit der Kirche? Gehst du je in den Gottesdienst?"

„Irgendwie habe ich das Gefühl, hinter deinen Fragen steckt noch etwas anderes als nur der Wunsch, mich besser kennen zu lernen."

„Nana hat vorhin telefoniert, und ich habe zufällig mitgehört. Du weißt doch – Nana singt im Chor, und das ist ihr sehr wichtig. Und jetzt hat sie wieder angefangen, ab und zu einen Solopart zu übernehmen."

Worauf wollte Elizabeth hinaus? „Ja, das weiß ich", meinte er nur.

„Am Sonntag soll sie ein längeres Solo singen, und darauf freut sie sich riesig. Aber anscheinend ist Abigail gestern gestürzt und hat sich das Handgelenk gebrochen. Darüber hat Nana gerade am Telefon gesprochen."

„Wer ist Abigail?"

„Sie spielt in der Kirche Klavier." Elizabeth begann zu schaukeln und starrte versonnen in den Regen. „Jedenfalls habe ich gehört, wie Nana behauptet hat, dass sie einen Ersatz finden wird. Sie hat es sogar versprochen."

„Und?"

„Und sie hat behauptet, dass sie schon jemanden weiß."

„Aha."

Elizabeth legte ihm die Hand aufs Knie und fragte: „Also – was sagst du dazu?"

„Ich glaube fast, dass ich keine Wahl habe."

„Machst du's oder machst du's nicht?"

„Ja, ich glaube, ich mache es."

„Gut. Und dir ist klar, dass du morgen mit Nana und dem Chor üben musst? Vielleicht wird es eine ewig lange Probe. Die Freitagsproben ziehen sich immer hin."

„Großartig." Er ächzte leise.

„Du musst das so sehen: Dann brauchst du wenigstens nicht den ganzen Tag im Regen zu arbeiten."

„Wunderbar!", stöhnte er.

Beth küsste ihn auf die Wange. „Ach, du bist ja so süß! Ich werde dir von der Kirchenbank aus stumm zujubeln."

Wie aufs Stichwort kam Nana auf die Veranda. Sie lächelte den beiden zu, trat ans Geländer, blickte eine Weile hinaus in den Regen und wandte sich dann an Thibault: „Spielst du eigentlich noch manchmal Klavier?"

Am nächsten Nachmittag traf sich Logan mit der Chorleiterin. Anfangs war sie etwas skeptisch, weil er in Jeans, T-Shirt und mit langen Haaren vor ihr stand, aber es dauerte nicht lange, bis sie begriff, dass Logan ausgezeichnet Klavier spielte. Nach der Chorprobe kam der Pfarrer und erläuterte ihm den Ablauf des Gottesdienstes.

Nana strahlte Logan an und erklärte ihren Freundinnen, dass er im Hundezwinger arbeite und mit Beth zusammen sei. Logan spürte die Blicke der Frauen, die ihn neugierig musterten und offensichtlich sehr angetan von ihm waren.

Auf dem Weg hinaus hakte sich Nana bei ihm unter. „Du warst besser als eine Ente auf einem Stock!"

„Danke", erwiderte er ratlos.

„Lust auf eine kleine Spazierfahrt?"

„Wohin?"

„Nach Wilmington. Wenn wir gleich aufbrechen, sind wir rechtzeitig zurück, und du kannst noch mit Beth essen gehen. Ich übernehme Ben."

„Was soll ich mir denn kaufen?“, wollte er wissen, weil er ihre Pläne durchschaute.

„Einen Sportsakko und eine schicke Hose. Und ein eleganteres Hemd. Ich habe nichts gegen Jeans, aber wenn du am Sonntag in der Kirche auftrittst, musst du dich ein bisschen feiner anziehen.“

„Aha“, meinte er nur, weil er wusste, dass Widerstand zwecklos war.

SPÄTER AM ABEND saß er mit Elizabeth im „Cantina“, einem mexikanischen Restaurant. Sie schaute ihn über den Rand ihrer Margarita hinweg lächelnd an.

„Ist dir klar, dass du für Nana jetzt der große Held bist?“, fragte sie. „Sie hat ohne Ende davon geschwärmt, wie gut du Klavier spielst und wie höflich und charmant du zu ihren Freundinnen warst.“

„So wie du das sagst, klingt es fast so, als hätte sie erwartet, dass ich mich wie ein Steinzeitmensch aufführe.“

Elizabeth lachte. „Vielleicht stimmt das ja. Wahrscheinlich hast du vorher wie aus deiner Höhle gekrochen ausgesehen.“

„Aber ich habe geduscht und mich umgezogen.“

„Das hat sie mir auch erzählt.“

„Und was hat sie *nicht* erzählt?“

„Dass die anderen Frauen im Chor zerflossen sind vor Bewunderung. Ich konnte es an ihrem Gesicht ablesen.“

„Du übertreibst.“

Elizabeth fuhr mit dem Finger über den Glasrand und kostete das Salz. „Und ich glaube, du musst noch einiges lernen über eine Kleinstadt in den Südstaaten. Dass du am Sonntag spielst, ist für die Leute hier ein Riesenereignis. Es wird Keith rasend machen.“

„Wieso?“

„Weil er auch zur Gemeinde gehört. Und bei deinem großen Auftritt wird er sich in Bens Begleitung befinden. Es raubt ihm bestimmt den letzten Nerv, wenn er sieht, wie begeistert alle Leute sind, weil du für Abigail einspringst.“

„Nun ja, ich bin mir nicht sicher, ob ich möchte, dass er noch wütender wird, als er sowieso schon ist. Ich mache mir ja jetzt schon Sorgen seinetwegen.“

„Er kann dir doch nichts tun.“

„Da wäre ich mir nicht so sicher“, bemerkte Logan.

„Wie meinst du das?“

Er trank einen Schluck Bier, dann schilderte er ihr seine erste Begegnung mit ihrem Exmann und auch, was am vorigen Wochenende passiert war.

„Du hättest mir das schon früher erzählen sollen", bemerkte sie mit gerunzelter Stirn.

„Am Anfang habe ich es nicht so ernst genommen – erst seit er bei mir eingebrochen ist."

„Und du glaubst allen Ernstes, dass er fähig wäre, dir ein Verbrechen anzuhängen?"

„Ich kenne ihn besser als du, fürchte ich."

Beth war plötzlich der Appetit vergangen.

Der Gottesdienst begann und endete mit Musik. Nanas Solo wurde mit kräftigem Applaus belohnt. Der Pfarrer sprach beide persönlich an: Er dankte Logan dafür, dass er eingesprungen war, und Nana, dass sie auch nach einer schweren Zeit mit ihrem Gesang Gott für seine Güte pries.

Später, kurz vor dem Abendessen, kam Claytons Auto mit Schwung durch die Pfützen gefahren. Ben stieg aus, und noch ehe er die Veranda erreicht hatte, setzte Clayton schon wieder zurück.

„Hey Mom! Hey Logan!"

Logan winkte ihm zur Begrüßung zu, während Beth aufsprang. „Hallo, mein Schatz." Zärtlich schloss sie ihren Sohn in die Arme. „War's schön?"

„Heute musste ich nicht die Küche putzen und nicht mal den Müll raustragen."

„Sehr gut."

„Und soll ich dir was sagen?"

„Heraus mit der Sprache!"

Ben schüttelte das Wasser von seinem Regenmantel. „Ich würde gern Klavier spielen."

Na, so eine Überraschung! Sie konnte sich ein Lächeln nicht verkneifen.

„Logan?"

Logan blickte auf. „Ja, was gibt's?"

„Möchtest du mein Baumhaus sehen?"

Mit besorgter Stimme schaltete sich Beth ein. „Schatz, ich weiß nicht, ob das eine gute Idee ist – bei dem scheußlichen Wetter …"

„Kein Problem. Bitte, Mom, wir bleiben nur kurz. Und Logan ist doch die ganze Zeit bei mir."

Und obwohl sie wusste, dass sie es verbieten sollte, erklärte sich Beth einverstanden.

Keith Clayton

SEIT ER Ben bei seiner Mutter abgeliefert hatte, hatte Clayton bereits vier Bier getrunken. Garantiert schaffte er den ganzen Zwölferpack, bevor er ins Bett ging. In den letzten Wochen trank er abends immer zu viel, aber was blieb ihm anderes übrig – sonst hätte er nämlich dauernd an sein letztes Zusammentreffen mit Thai-bolt denken müssen.

Hinter ihm klingelte das Telefon. Schon wieder! Das vierte Mal in zwei Stunden. Aber er hatte absolut keine Lust ranzugehen.

Okay, eins musste er zugeben: Er hatte diesen Mann unterschätzt. Thai-bolt war ihm von Anfang an immer einen Schritt voraus gewesen. Das fand er frustrierend, zumal die Situation immer unerfreulicher wurde. Bluffte Thai-bolt, wenn er behauptete, er habe den Einbruch auf Video? Höchstwahrscheinlich. Aber wenn es doch stimmte – was dann?

Clayton ging zum Kühlschrank, um sich noch ein Bier zu holen. Weshalb fühlte sich alles plötzlich derart beschissen an? In Selbstmitleid versunken schüttete er das Bier in sich hinein und hörte nicht, dass jemand an die Haustür klopfte. Als er es endlich registrierte, stieß er sich vom Tisch ab und stolperte zur Tür. Draußen stand Tony. Er sah aus wie eine durchnässte Ratte.

Tony wich einen Schritt zurück. „Hey Mann – ist alles okay? Du hast ja eine wahnsinnige Fahne!"

„Was willst du, Tony?" Er hatte keine Lust, über seinen Alkoholkonsum zu reden.

„Ich hab versucht, dich anzurufen, aber du nimmst nicht ab. Ich muss dir was sagen. Es ist wichtig."

„Und? Was musst du mir sagen?"

„Erinnerst du dich noch, wie ich dich neulich mal angerufen habe? Ich weiß nicht mehr genau, wann das war, so vor zwei Monaten ungefähr."

„Nein."

„Ich war im Billardcenter, und da kam dieser Typ reinspaziert und hat ein Foto von Beth rumgezeigt."

„Und weiter?"

„Deshalb bin ich hier. Ich habe ihn heute wieder gesehen, wie er sich mit Beth unterhalten hat."

„Wovon redest du?"

„Nach der Kirche. Er hat mit deiner Exfrau gesprochen. Ich meine den Typ am Klavier."

Clayton merkte, wie sein Kopf plötzlich ganz klar wurde. Genau! Tony hatte ihn an dem Wochenende angerufen, als Thai-bolt die Kamera mit der Speicherkarte eingesteckt hatte. „Bist du sicher?“

„Ja, absolut. Diesen Typen würde ich überall wiedererkennen.“

„Er hatte ein Foto von Beth?“

„Das habe ich doch gerade gesagt. Ich hab’s gesehen und fand das gleich ziemlich komisch. Und heute sehe ich die beiden zusammen. Da habe ich gedacht, das interessiert dich bestimmt.“

Clayton nickte nachdenklich. „Was genau war auf dem Foto zu sehen? Kannst du dich daran erinnern?“

Logan Thibault

„Das ist es also?“

Obwohl die Bäume etwas Schutz boten, war Logan völlig durchnässt, als er mit Ben beim Baumhaus ankam. Das Wasser tropfte von seinem Regenmantel, und seine neue Hose war von den Knien abwärts klatschnass. Ben hingegen steckte in einem Regenanzug mit Kapuze, und an den Füßen trug er Gummistiefel. Außer im Gesicht merkte er wahrscheinlich gar nichts von dem Regen.

„So kommen wir hinüber.“ Ben deutete auf eine Eiche nicht weit vom Ufer. An ihrem Stamm war eine improvisierte Leiter aus Brettern angebracht. „Wir müssen nur die Baumleiter hochklettern, damit wir auf die Brücke kommen.“

Beunruhigt stellte Logan fest, dass der Bach schon mindestens doppelt so breit war wie sonst und eine enorme Strömung hatte. Die Brücke, die darüberführte, bestand aus drei Teilen: Eine nicht besonders stabil wirkende Konstruktion aus Seilen und Brettern führte von der Eiche bis zu einer Plattform im Bach, die von vier Pfählen getragen wurde. Und diese war wiederum durch ein zweites Hängebrückenteil mit dem Baumhaus am anderen Ufer verbunden, das einen kleinen Vorbau hatte.

Ben war schon die Baumleiter hinaufgeklettert und grinste auf ihn herunter. „Komm mit! Worauf wartest du noch?“

Logan hob den Arm, um sein Gesicht vor den Regentropfen zu schützen. Auf einmal bekam er ein ungutes Gefühl. „Ich weiß nicht, ob das so eine gute Idee ist –“

„Feigling!“, lachte Ben und lief los. Die Brücke schwankte bedenklich.

„Warte!“, rief Logan, aber der Junge hörte ihn nicht mehr. Er war bereits bei der Plattform angekommen.

Also blieb Logan nichts anderes übrig, als ebenfalls die Baumleiter hinaufzuklettern. Vorsichtig betrat er die Hängebrücke. Die durchnässten Bretter ächzten unter seinem Gewicht. Ben sah, dass er ihm folgte, und eilte weiter zu seinem Baumhaus. Der Vorbau knarzte unüberhörbar, als er ihn betrat, gab aber nicht nach. Mit einem breiten Grinsen auf dem Gesicht drehte sich der Junge zu ihm um.

„Komm zurück! Ich glaube nicht, dass die Brücke mich trägt!“, rief Logan.

„Sie hält ganz bestimmt! Schließlich hat Grandpa sie gebaut!“

Offensichtlich betrachtete Ben die ganze Unternehmung als Abenteuerspiel. Nach einem prüfenden Blick kam Logan zu dem Schluss, dass die Brücke ihn eventuell aushielt, wenn er sich langsam bewegte. Auf diese Weise erreichte er die Plattform in der Mitte und betrat den zweiten Abschnitt der Hängebrücke. Das Foto in seiner Tasche fühlte sich an, als würde es brennen. Beim Anblick des wackligen Vorbaus des Baumhauses konnte er sich nicht vorstellen, dass er sie beide tragen würde.

„Geh schon mal rein!“, rief er Ben zu. Er bemühte sich, nicht allzu besorgt zu klingen. „Du musst nicht im Regen auf einen alten Mann wie mich warten.“

Zum Glück fand Ben diese Bemerkung lustig und verkroch sich in seiner Hütte. Logan atmete erleichtert auf, machte einen Riesenschritt und gelangte auf die Weise gleich ins Baumhaus, ohne den wenig vertrauenerweckenden Vorbau zu betreten.

Er wischte sich das Gesicht ab und setzte sich auf den Fußboden. In einer Ecke lagen verschiedene Spielsachen. Da die Fensteröffnung nicht verglast war, regnete es herein. Das einzige Möbelstück war ein Sitzsack auf der anderen Seite.

„Das ist mein Geheimversteck“, erklärte Ben und ließ sich auf den Sack fallen. „Ich komme immer hierher, wenn ich sauer bin. Zum Beispiel wenn die Kinder in der Schule gemein zu mir sind.“

„Was gefällt dir hier besonders?“, fragte Logan.

„Dass ich meine Ruhe habe“, antwortete Ben. „Wenn ich hier bin, fragt mich keiner was, und ich muss nichts machen. Ich kann einfach dasitzen und denken.“

Das Baumhaus wurde von einer Windbö erfasst und schwankte bedenklich. Abermals hatte Logan das Gefühl, als würde das Foto brennen. Instinktiv griff er in die Tasche. Er verstand diesen Impuls zwar nicht, aber ohne lange zu überlegen, zog er es heraus.

Draußen heulte der Sturm, und er konnte hören, wie die Zweige gegen die Bretter schlugen. Mit jeder Minute schien das Wasser im Bach höher zu steigen. Plötzlich sah Logan vor seinem inneren Auge, wie der Vorbau des Baumhauses ins Wasser stürzte und Ben in den tosenden Fluten versank.

„Ich möchte dir etwas geben“, sagte Logan unvermittelt. „Das hilft dir und beschützt dich.“

„Was denn?“

Logan musste schlucken. „Ein Foto von deiner Mom.“

Er gab Ben das Bild, und der Junge betrachtete es neugierig. „Und was soll ich damit machen?“

Thibault beugte sich vor und tippte mit dem Finger an den Bildrand. „Du trägst es einfach nur bei dir. Mein Freund Victor hat gesagt, es ist ein Glücksbringer und dass es mich im Irak beschützt hat.“

„Echt?“

Das war die entscheidende Frage, nicht wahr? Thibault nickte. „Wirklich.“

„Cool!“

„Tust du mir einen Gefallen?“

„Was für einen?“

„Behältst du es für dich, dass ich dir das Bild gegeben habe? Und versprichst du mir, dass du es immer bei dir trägst?“

„Okay.“ Ben steckte das Bild in die Hosentasche. „Danke.“

Es war das erste Mal seit mehr als fünf Jahren, dass Thibault das Foto nicht bei sich hatte. Sonst war es nie weiter von ihm entfernt gewesen als die paar Schritte bis zur Dusche oder zum Waschbecken. Ihn überkam ein Gefühl des Verlusts. Und wieder hatte er das sichere Gefühl, dass seine Aufgabe hier noch nicht abgeschlossen war, sondern jetzt erst begann.

Kapitel 13

Beth

Es war Mittwoch, um die Mittagszeit. Beth starrte aus dem Fenster ihres Klassenzimmers. So etwas wie diese anhaltenden Unwetter, die seit Tagen Hampton County heimsuchten, hatte sie noch nie erlebt. Noch mal 24 Stunden mit solchen Niederschlagsmengen und man konnte die meisten Geschäfte im Stadtzentrum nur noch mit einem Boot erreichen. Die Bezirksverwaltung hatte entschieden, die Schulen für den Rest der Woche zu schließen, weil die Busse nicht mehr die üblichen Strecken abfahren konnten und nur gut die Hälfte der Lehrer überhaupt zum Unterricht erschienen war.

Im Schulhaus eingesperrt zu sein war schwierig für die Kinder. Nach dem Mittagessen würden die Schüler wieder hierher ins Klassenzimmer kommen, und theoretisch sollten sie dann etwas zeichnen oder lesen, statt draußen Ball oder Fangen zu spielen. Aber eigentlich brauchten sie Bewegung, denn sie mussten sich ja irgendwie austoben. Aus diesem Grund arrangierte sie jetzt in einer Ecke ein Spiel, bei dem man mit kleinen Bohnensäckchen auf eine Zielscheibe werfen musste.

Plötzlich bemerkte sie aus dem Augenwinkel, dass jemand in der Tür stand. Als sie aufblickte, wusste sie sofort, wer es war. Die Schultern seiner Uniform waren nass. In der Hand hielt er einen Pappordner.

„Hallo Beth", begann er. „Hast du einen Moment Zeit für mich?"

Sie richtete sich auf. „Was willst du, Keith?"

„Ich möchte mich bei dir entschuldigen", fuhr er fort. Er legte die Hände übereinander, ein Bild der Zerknirschung. „Aber falls es dir jetzt gar nicht passt, können wir vielleicht was anderes ausmachen."

Mit einem Blick auf die Uhr erwiderte sie: „Ich habe fünf Minuten."

Clayton kam näher, blieb jedoch in respektvollem Abstand vor ihr stehen. „Wie gesagt – ich bin hier, weil ich mich bei dir entschuldigen will."

„Wofür?"

„Es geht um die Gerüchte, die du gehört hast. Ich war dir gegenüber nicht ganz ehrlich."

Sie verschränkte die Arme vor der Brust. „Mit anderen Worten – du hast gelogen."

„Ja. Du hast mich gefragt, ob ich die Männer vertrieben habe, mit denen du ausgegangen bist. Nein, ich glaube nicht, dass ich sie *vertrieben* habe – aber ich habe bei unserem Gespräch nicht erwähnt, dass ich mit einigen von ihnen geredet habe."

Beth bemühte sich, ihre Wut unter Kontrolle zu halten. „Und nun tut es dir leid, dass du das getan hast oder dass du gelogen hast?"

„Beides." Er schwieg einen Moment. „Ich weiß, dass unser Verhältnis seit der Scheidung nicht immer optimal war und dass du denkst, es war ein Fehler, dass du mich geheiratet hast. Aber andererseits – und mir ist klar, dass du wesentlich mehr für ihn tust als ich – haben wir einen großartigen Sohn. In deinen Augen bin ich sicher nicht immer der beste Vater auf der Welt, aber ich habe es nie bedauert, dass Ben geboren wurde. Auch nicht, dass er die meiste Zeit über bei dir lebt. Er ist ein wunderbarer Junge, und du erziehst ihn ausgezeichnet. Aber Gedanken mache ich mir trotzdem. Ich habe dir das neulich ja schon gesagt, es ist für mich wichtig, wer in Bens Leben tritt. Vermutlich empfindest du es als eine unzulässige Einmischung in dein Privatleben, aber so bin ich nun mal. Und ich muss gestehen, dass ich mich vermutlich nicht ändern kann."

„Willst du damit sagen, dass du mir immer und ewig nachspionieren wirst?"

„Nein, nein", entgegnete er rasch. „Ich möchte dir nur erklären, warum ich es früher getan habe. Und glaub mir – ich habe diese Männer nicht bedroht oder versucht, sie einzuschüchtern. Ich habe nur mit ihnen geredet und ihnen erklärt, wie viel mir Ben bedeutet und dass es in meinem Leben nichts Wichtigeres gibt, als sein Vater zu sein. Außerdem habe ich ihnen gesagt, ich möchte nicht, dass dir jemand wehtut. Bestimmt klingt das jetzt so, als wäre ich ziemlich besitzergreifend. Aber das stimmt nicht. Ich habe mich verhalten wie ein Bruder. So wie Drake." Er zuckte ratlos die Schultern. „Vielleicht haben mich manche von ihnen missverstanden, weil sie wissen, dass ich Polizist bin, und weil meine Familie hier Einfluss hat, aber dafür kann ich nichts. Glaub mir, das Letzte, was ich möchte, ist, dass du unglücklich bist." Er trat von einem Fuß auf den anderen, den Blick gesenkt. „Wie gesagt – es tut mir sehr leid, und es wird auch nicht wieder vorkommen."

„Okay", entgegnete sie. „War's das?"

„Ja – das heißt, ich wollte noch kurz mit dir über Logan Thibault sprechen. Es gibt da etwas, was du über ihn wissen musst."

Beth hob abwehrend die Hände. „Fang nicht schon wieder an!"

Clayton machte einen Schritt auf sie zu und knetete dabei den Rand seines Hutes. „Glaub mir, Beth, es ist etwas Ernstes. Ich bin nur hier, weil du mir wichtig bist. Ich muss dich warnen. Dieser Typ ist dir gegenüber nicht aufrichtig."

„Raus hier! Ich will nicht mit dir reden, ich will nicht hören, was du zu sagen hast, und –"

Clayton unterbrach sie. „Dann frag ihn selbst. Frag ihn, ob er nach Hampton gekommen ist, um dich zu suchen."

„Das reicht jetzt endgültig", erklärte sie und ging in Richtung Tür.

Da spielte er seinen Trumpf aus: „Frag ihn nach dem Foto von dir."

Abrupt blieb sie stehen. „Wie bitte?"

Mit todernster Miene antwortete Clayton: „Frag ihn nach dem Foto, das er von Drake hat."

Keith Clayton

AN IHREM GESICHT konnte er ablesen, dass sie nun doch mehr erfahren wollte.

„Er hat ein Foto von dir“, fuhr er fort. „Als er hierhergekommen ist, hat er es im Billardcenter herumgezeigt. Tony war an dem Abend auch dort. Er hat es mitbekommen und mich dann gleich angerufen, weil er die ganze Geschichte ziemlich merkwürdig fand. Ich dachte damals, er hat das erfunden, um sich wichtig zu machen. Aber letztes Wochenende ist Tony zu mir gekommen und hat mir erzählt, dass er Thibault wiedererkannt hat, als er in der Kirche Klavier spielte.“

Beth starrte Clayton wortlos an.

„Natürlich habe ich keine Ahnung, ob Drake ihm das Foto geschenkt hat oder ob Thibault es deinem Bruder weggenommen hat. Aber ich denke, eigentlich kann es nur so gewesen sein. Sie waren beide bei den Marines, Drake und Thibault, und Tony meinte, das Foto ist schon ein paar Jahre alt.“

Beth wollte aus dem Zimmer gehen, aber sie hatte nicht die Kraft dazu.

„Überleg doch mal! Er hat ein Foto von dir, und dann läuft er quer durch die Staaten, um dich zu suchen. Da kann man doch nur zu einem einzigen Schluss kommen: Er ist von dir besessen. Der Typ hat dir nachgestellt. Und es hat ihm nicht genügt, dich von Weitem zu sehen oder dich einfach nur kennen zu lernen. Nein, er wollte ein Teil deines Lebens werden. So machen das die wirklich gefährlichen Stalker.“

Clayton klang überlegt und sachlich, wodurch alles noch viel bedrohlicher wurde. Er legte den Pappordner, den er mitgebracht hatte, auf einen der Schultische. „Hier sind ein paar allgemeine Informationen über Logan Thibault.“ Er sah ihr in die Augen. „Denk darüber nach. Und pass gut auf dich auf, okay?“

Beth

SIE KONNTE kaum etwas sehen durch die Windschutzscheibe, aber diesmal lag es weniger am Regen als an ihrer Unfähigkeit, sich zu konzentrieren. Nachdem Keith gegangen war, starrte sie fassungslos auf den Ordner. Sie wusste beim besten Willen nicht, was sie von dem halten sollte, was ihr Ex ihr erzählt hatte. Logan hatte Drakes Foto … Logan war besessen von ihr … Logan wollte sie unbedingt finden …

Ihr war übel geworden, sie konnte nicht mehr richtig atmen – deshalb blieb ihr nichts anderes übrig, als zum Rektor zu gehen und sich für den

Rest des Tages krankzumelden. Beth teilte ihm noch mit, Nana werde Ben nach der Schule abholen kommen.

Sie war von ihren Gefühlen überwältigt und völlig verstört. Als sie die Einfahrt hinauffuhr, bemerkte sie, dass im Büro Licht brannte. Vor der Tür lag Zeus, der wachsam den Kopf hob.

Beth parkte direkt davor und rannte los. Der Regen peitschte ihr ins Gesicht. Sie betrat das Büro in der Erwartung, Logan würde am Schreibtisch sitzen, aber er war nicht da.

Die Tür zum Hundezwinger stand offen. Wie gebannt blieb sie mitten im Büro stehen und starrte in den dunklen Flur hinter der Tür. Wenig später tauchte Logan aus dem Dunkel auf.

„Hallo Elizabeth! Ich wusste gar nicht, dass du heute …" Er verstummte und musterte sie fragend. „Was ist los?"

Elizabeth holte tief Luft und begann zu sprechen. „Warum bist du in Hampton? Und diesmal möchte ich die Wahrheit hören."

Reglos stand er vor ihr. „Ich habe dir die Wahrheit gesagt."

„Aber nicht die *ganze* Wahrheit, oder?"

Für den Bruchteil einer Sekunde zögerte er, doch dann antwortete er mit ruhiger Stimme: „Ich habe dich nie belogen."

„Das habe ich dich nicht gefragt!", fuhr sie ihn an. „Ich möchte wissen, warum du nach Hampton gekommen bist. Hast du ein Foto von mir?"

Logan schwieg.

„Antworte mir!" Sie machte einen Schritt auf ihn zu und schleuderte ihm noch einmal die Frage ins Gesicht: „Hast du ein Foto von mir?"

„Ja", erwiderte er nur.

„Das Foto, das ich Drake gegeben habe?"

„Ja."

Die Welt schien auf sie einzustürzen. Er hatte das Foto. Er war nach Hampton gekommen, um sie zu finden. Er hatte sie gejagt wie eine Beute.

Es verschlug ihr den Atem. „O mein Gott", stöhnte sie.

„Es ist nicht so, wie du denkst …" Er streckte die Hand nach ihr aus.

Ruckartig wich sie zurück, um Abstand zu gewinnen. Es war alles eine große Lüge gewesen. „Fass mich nicht an!"

„Elizabeth …"

„Ich heiße Beth." Sie schaute ihn an, als würde sie ihn gar nicht kennen, bis er den Arm wieder sinken ließ.

„Ich kann es dir erklären –", begann er.

„Was willst du mir erklären?", fauchte sie ihn an. „Dass du meinem Bruder das Bild gestohlen hast? Dass du quer durch die Staaten gelaufen bist, um mich zu suchen? Dass du ein Stalker bist? Du hast mich belogen und benutzt!“

„Glaub mir, ich habe das Foto nicht gestohlen.“ Er sprach ruhig und gefasst. „Ich habe es in Kuwait gefunden, im Sand, und dann habe ich es an das große Anschlagbrett geheftet, weil ich dachte, dort findet es der Besitzer. Aber niemand hat es abgeholt.“

„Und da … da hast du es einfach behalten?“ Sie schüttelte fassungslos den Kopf. „Weil du dir irgendwelche kranken Sachen über mich ausgedacht hast?“

„Nein!“ Zum ersten Mal wurde er laut. „Ich bin hierhergekommen, weil ich dir etwas schuldig war.“

Sie runzelte ungläubig die Stirn. „Was soll das schon wieder heißen?“

„Das Foto … das Foto hat mich gerettet.“

Was er gesagt hatte, erschien ihr so unheimlich, dass sie eine Gänsehaut bekam. Erschrocken wich sie noch einen Schritt weiter zurück. „Wer bist du?“, zischte sie. „Was willst du von mir?“

„Ich will gar nichts von dir. Und du weißt ganz genau, wer ich bin.“

„Nein, das weiß ich nicht! Ich habe keine Ahnung!“

„Dann lass mich dir bitte erklären, was –“

„Ja, erklär es mir! Wenn alles so klar und harmlos ist, warum hast du mir dann nicht von Anfang an von dem Foto erzählt?“, schrie sie. „Warum hast du nicht einfach gesagt: ‚Dieses Foto habe ich in Kuwait gefunden, und ich dachte, du möchtest es vielleicht wiederhaben‘? Warum hast du es mir nicht erzählt, als wir über Drake sprachen?“

„Ich weiß es nicht …“

„Du hättest das Foto nicht behalten dürfen! Kapierst du das denn nicht? Es gehört dir nicht. Das Foto war ein Geschenk für meinen Bruder, nicht für dich. Du hattest kein Recht, es einzustecken. Und später hättest du es mir zurückgeben müssen.“

„Ich wollte dir nicht wehtun“, flüsterte Logan kaum hörbar.

Sie durchbohrte ihn mit ihren Blicken. Ihre Wut war grenzenlos. „Das war doch alles nur ein übler Trick! Stimmt's? Du hast dieses Foto gefunden, und dann hast du dir irgendwelche perversen Geschichten ausgedacht, in denen du die Hauptrolle spielst. Die ganze Zeit hast du mir etwas vorgemacht. Du hast abgewartet, bis du wusstest, was du tun musst, damit ich denke, du bist der passende Mann für mich. Du hast das alles von Anfang an geplant. Das ist ekelhaft! Und ich kann es nicht fassen, dass ich darauf reingefallen bin.“

Er zuckte zurück, als hätte sie ihm einen Schlag versetzt. „Es stimmt, dass ich dich kennen lernen wollte. Aber aus anderen Gründen, als du denkst. Ich habe dir nichts vorgespielt, damit du dich in mich verliebst. Ich weiß, es klingt verrückt, aber im Irak habe ich mit der Zeit wirklich gedacht, dass das Foto mich beschützt und dass … ich dir etwas schuldig bin. Aber ich hatte keinen Plan, was ich mache, wenn ich dich finde. Ich habe die Stelle angenommen, und dann erst habe ich mich in dich verliebt."

Sie schüttelte abweisend den Kopf. „Weißt du überhaupt, was du da redest?"

„Siehst du, ich habe geahnt, dass du mir nicht glauben würdest. Deshalb wollte ich nicht darüber sprechen –"

„Versuche nicht, deine Lügen noch zu rechtfertigen. Du hast dir diese widerlichen Fantasiegeschichten zusammengebastelt und willst es noch nicht mal zugeben!"

„Sag das nicht dauernd!" Jetzt wurde er wieder laut. „*Du* bist doch diejenige, die hier nicht zuhört. Du versuchst nicht mal, mich zu verstehen!"

„Ich soll verstehen, dass du von einem Foto besessen warst und mich gesucht hast, weil du dachtest, das Foto hat dich beschützt? Das ist doch absoluter Unsinn, und das Schlimmste ist – du merkst nicht einmal, wie krank deine Erklärungsversuche klingen."

Stumm starrte er sie an, und sie sah, dass er sich wütend auf die Lippen biss.

„Und jetzt will ich das Foto wiederhaben", stieß sie hervor.

„Ich habe es nicht."

„Wo ist es?"

Nach einer kurzen Pause antwortete er: „Ich habe es Ben gegeben."

Beths Augen wurden schmal. „Raus hier!"

Logan zögerte einen Moment lang, dann wandte er sich zur Tür. Im Türrahmen drehte er sich noch einmal zu Beth um. „Ich schwöre bei meinem Leben, dass ich nicht hierhergekommen bin, um mich in dich zu verlieben oder um zu erreichen, dass du dich in mich verliebst. Aber dann ist genau das passiert." Damit wandte er sich um und ging hinaus in das Unwetter.

Frisch geduscht stand Beth in ihrem Schlafzimmer, nur mit einem übergroßen T-Shirt bekleidet. Es klopfte, und ihre Großmutter streckte den Kopf zur Tür herein.

„Möchtest du reden?", fragte Nana. Sie deutete mit ihrem Daumen in Richtung Fenster. „Die Schule hatte mich angerufen, um mir mitzuteilen, dass du auf dem Weg nach Hause bist. Habt ihr euch gerade gestritten?"

„Schlimmer“, antwortete Beth erschöpft. „Nana – er hat mir nachgestellt. Dieser Mensch ist quer durchs Land gelaufen, um mich zu suchen. Er ist total besessen von mir.“

Ihre Großmutter schwieg verblüffend lange. Schließlich setzte sie sich auf Beths Bett und meinte: „Warum fängst du nicht am Anfang an?“

Beth begann damit, dass Keith plötzlich in ihrem Klassenzimmer aufgetaucht war. Zwanzig Minuten lang erzählte sie von der quälenden Ungewissheit auf der Heimfahrt und von der Konfrontation mit Logan. Als sie fertig war, faltete Nana die Hände im Schoß.

„Das heißt, Logan hat zugegeben, dass er das Bild hat? Und er hat irgendwas von einem Glücksbringer gesagt und dass er hierherkommen musste, weil er dachte, er schuldet dir etwas?“

Beth nickte. „So ungefähr.“

„Was meint er mit ‚Glücksbringer‘?“

„Keine Ahnung.“

„Du hast ihn nicht gefragt?“

„Es ist mir völlig gleichgültig, Nana. Das Ganze ist … abartig. Und widerlich. Wer tut denn so was?“

Nana runzelte die Stirn. „Ich gebe zu, es klingt merkwürdig, aber ich wüsste trotzdem gern, warum er gedacht hat, das Foto sei ein Glücksbringer.“

„Wieso findest du das wichtig?“

„Weil wir nicht dort waren, wo er war“, erklärte Nana mit Nachdruck. „Wir mussten das alles nicht durchmachen. Vielleicht sagt er ja die Wahrheit.“

BETH schlief schlecht und wachte völlig zerschlagen auf. In der Nacht hatte das Unwetter schlimmer denn je getobt. Als sie aus dem Fenster schaute, sah sie die Überflutung. Das Haus mit dem Büro erinnerte an eine Insel im Meer. Dabei hatte sie am Tag zuvor gedacht, das Wasser könnte unmöglich noch höher steigen.

Sie saß in der Verandaschaukel, während Nana und Ben am Küchentisch Rommé spielten. Während sie horchte, wie die Tropfen unablässig auf das Dach trommelten, wanderten ihre Gedanken zu Drake. Was hätte er zu der Sache mit dem Foto gesagt? Hätte er auch an dessen beschützende Macht geglaubt?

Nana hatte Recht. Sie konnte sich nicht vorstellen, was Drake in der Wüste durchgemacht hatte. Und sie wusste auch nicht, was Logan dort erlebt hatte. Welchen Strapazen waren die Soldaten ausgesetzt, in ihren Splitterschutzwesten, Tausende Kilometer von zu Hause entfernt, umgeben von Menschen, deren Sprache sie nicht verstanden, und immer nur angetrieben von dem Wunsch, den nächsten Tag irgendwie zu überleben. War es da so unvorstellbar, dass sie sich an etwas klammerten, was sie beschützen konnte?

Nein, entschied sie. Im Grunde war es nichts anderes, als wenn jemand ein Amulett mit dem heiligen Christophorus um den Hals trug oder eine Kaninchenpfote. Dabei spielte es keine Rolle, dass das alles völlig irrational schien – Logik und Vernunft traten in dem Zusammenhang in den Hintergrund. Man brauchte auch nicht unbedingt an magische Zauberkräfte zu glauben. Wenn einem etwas ein Gefühl von Sicherheit vermittelte, reichte das schon.

Aber er hatte sie gesucht! Er hatte ihr nachgestellt! An diesem Punkt hörte bei ihr das Verständnis auf. Sie schüttelte den Kopf. Ihre Gedanken drehten sich endlos im Kreis.

In diesem Moment öffnete sich quietschend die Fliegengittertür.

„Hey Mom.“ Ben setzte sich zu ihr. „Wo ist Logan? Ich habe ihn noch gar nicht gesehen.“

„Logan kommt heute nicht. Er muss ein paar andere Sachen erledigen“, antwortete sie ausweichend.

„Ach so.“ Ben nickte und schob seine Brille hoch.

Zärtlich strich Beth ihm über den Kopf. „Ich habe gehört, dass Logan dir etwas gegeben hat.“

„Stimmt. Ich soll aber nicht darüber reden.“ Er klang sehr ernst. „Es ist nämlich ein Geheimnis.“

„Deiner Mutter kannst du es ruhig erzählen. Ich behalte alle Geheimnisse für mich.“

„Netter Versuch, Mom.“ Ben grinste. „Aber darauf falle ich nicht rein.“

Lächelnd lehnte sich Beth zurück und stieß dabei die Schaukel leicht mit den Füßen an. „Ist schon okay. Ich weiß von dem Foto.“

Ben musterte sie prüfend. *Wusste seine Mutter etwa alles?*

„Und dass das Foto dich beschützt“, fuhr sie fort.

Enttäuscht ließ er die Schultern sinken. „Er hat's dir erzählt?“

„Ja, klar. Hast du das Bild dabei? Wenn ja, würde ich es gern sehen.“

Einen Moment lang zögerte Ben, dann fasste er in seine Tasche, holte das zusammengefaltete Foto heraus und gab es ihr.

Als Beth es betrachtete, stiegen spontan die Erinnerungen in ihr auf: ihr letztes Wochenende mit Drake, das Gespräch über ihre Eltern, das Riesenrad, die Sternschnuppe.

„Hat Logan sonst noch was gesagt, als er dir das Bild gab?“, erkundigte sich Beth.

„Ja, dass sein Freund Victor das Foto immer als Glücksbringer bezeichnet hat. Und dass es ihn im Irak beschützt hat.“

Beth merkte, wie ihr Herz plötzlich schneller schlug.

„Hast du gesagt, *Victor* hätte es als Glücksbringer bezeichnet?“

„Ja, das hat Logan mir erzählt.“

Sie starrte ihren Sohn an, und in ihrem Innern kämpften widerstreitende Gefühle.

Logan Thibault

LOGAN packte die spärlichen Vorräte, die er im Haus hatte, in seinen Rucksack. Die Windböen wurden immer heftiger, und der Regen ließ nicht nach, aber er war schon bei noch schlechterem Wetter unterwegs gewesen. Trotzdem konnte er sich nicht aufraffen und zur Tür hinausgehen. Zu Fuß hierherzukommen war gar nicht schwer gewesen. Aber wieder wegzugehen?

Es war erst Nachmittag, aber wegen der dunklen Wolken hatte man den Eindruck, es wäre schon Abend. Thibault versuchte möglichst nicht daran zu denken, was passiert war oder wie er es hätte verhindern können. Er hatte Mist gebaut, und die Vergangenheit konnte man nicht ungeschehen machen, so einfach war das. Schon immer hatte er sich bemüht, nicht irgendwelchen Dingen nachzuhängen, die nicht mehr zu ändern waren. Aber diesmal war es anders. Er wusste nicht, ob er je darüber hinwegkommen würde. Gleichzeitig hatte er die ganze Zeit das Gefühl, dass es noch nicht vorbei war. Durch seine Erfahrungen im Krieg hatte er gelernt, sich auf seine Instinkte zu verlassen. Ihm war klar, dass er aus Hampton weggehen musste, aber er schaffte es einfach nicht, die Tür von außen zu schließen.

Keith Clayton war das Zentrum des Rads. Clayton und Ben und Elizabeth waren der Grund, weshalb er nach Hampton kommen musste. Aber er konnte sich immer noch nicht erklären, was er hier tun sollte.

Zeus erhob sich und wanderte von seiner Ecke zum Fenster. In dem Augenblick klopfte es an die Tür. Logan reagierte sofort angespannt, doch Zeus, der aufgerichtet nach draußen sehen konnte, wedelte freudig mit dem Schwanz.

Als Logan die Tür öffnete, sah er Elizabeth vor sich. Einen Moment lang standen sie sich stumm gegenüber und schauten einander nur an.

„Hallo Logan“, sagte sie schließlich.

„Hallo Elizabeth.“

Ein Lächeln huschte über ihre Züge und verschwand gleich wieder.

„Darf ich reinkommen?“

Logan trat einen Schritt zur Seite und schaute zu, wie sie ihre blonden Haare von der Kapuze befreite und den Regenmantel auszog. Unsicher hielt sie ihm den Mantel hin, bis er ihn ihr endlich abnahm und über den Knauf der Eingangstür hängte.

„Ich bin froh, dass du hier bist“, begann er.

Sie nickte. „Können wir reden?“

„Wenn du möchtest, gern.“ Er deutete auf das Sofa. Elizabeth setzte sich ans eine Ende, er an das andere.

„Warum hast du Ben das Foto gegeben?“, begann sie ohne Umschweife.

Logan fixierte die gegenüberliegende Wand, während er überlegte, wie er es ihr erklären konnte, ohne alles noch schlimmer zu machen.

„Sag es mir in zehn Wörtern oder weniger“, schlug sie vor, weil sie seine Bedenken spürte. „Danach können wir ja weitersehen.“

Logan rieb sich die Stirn. Dann blickte er Beth in die Augen. „Weil ich dachte, es würde ihn beschützen.“

„Ihn beschützen?“

„Im Baumhaus. Die ganze Konstruktion hat unter dem Unwetter gelitten, auch die Brücke. Ich finde, Ben sollte gar nicht mehr hingehen. Alles kann jeden Moment zusammenbrechen.“

Sie hielt seinem Blick stand und schaute nicht weg. „Weshalb hast du es nicht behalten?“

„Ich dachte, er braucht es dringender als ich.“

„Weil es ihn beschützt?“

„Ja.“

„Heißt das, du glaubst tatsächlich, dass das Foto ein Glücksbringer ist?“

Zeus kam angetappt und legte sich vor das Sofa.

„Sieht so aus“, antwortete Logan.

„Warum erzählst du mir nicht einfach die ganze Geschichte?“

Die Ellbogen auf die Knie gestützt, den Blick auf den Boden gerichtet, begann Logan zu reden. Stockend erzählte er von dem Foto, von den Pokerrunden in Kuwait, von der Panzerfaust, durch die er das Bewusstsein verloren hatte, von den Feuergefechten in Falludscha. Er berichtete von den Autobomben und den Sprengfallen, die er in Ramadi überlebt hatte, und ließ auch nicht unerwähnt, dass Victor nach einer Attacke behauptet hatte, das Foto habe ihnen beiden das Leben gerettet. Schließlich hob er den Blick und sah Elizabeth wieder an. „Aber selbst nach all diesen Erlebnissen war ich immer noch nicht überzeugt. Doch Victor hat nie daran gezweifelt. Bei unserem letzten gemeinsamen Wochenende hat Victor mir erklärt, dass ich der Frau auf dem Foto etwas schuldig bin, weil ihr Bild mich beschützt hat – und wenn ich diese Schuld nicht einlöste, gäbe es kein Gleichgewicht. Es sei meine Bestimmung, diese Frau zu suchen. Ein paar Minuten später war er tot, während ich heil davonkam. Trotzdem wollte ich ihm immer noch nicht glauben. Aber dann habe ich ein paarmal seinen Geist gesehen." Zögernd berichtete er von diesen Erscheinungen, wagte es dabei aber erneut nicht, Elizabeth anzuschauen. Am Schluss seufzte er kopfschüttelnd. „Ja, ich habe dich gesucht, aber nicht weil ich von dir besessen war, sondern weil Victor gesagt hat, es sei meine Bestimmung, und weil mir immer wieder sein Geist erschienen ist. Ich hatte keine Ahnung, was mich hier erwartet. Als ich schließlich am Zwinger das Schild gesehen habe, dass ihr eine Aushilfe sucht, dachte ich, vielleicht kann ich auf diese Art meine Schuld begleichen. Ich hatte das Gefühl, dass es das Richtige wäre, mich um den Job zu bewerben. Genau wie es mir als richtig erschien, Ben im Baumhaus das Foto zu geben. Aber ich weiß nicht, ob ich das jemals gut erklären kann."

„Warum hast du mir das nicht von Anfang an erzählt?"

„Das hätte ich tun sollen", erwiderte er. „Ich kann es mir auch nicht erklären – aber ich glaube, ich wollte erst einmal selbst verstehen, welche Bedeutung das Foto für mich hat – nachdem ich es fünf Jahre mit mir herumgetragen habe."

„Und? Verstehst du es jetzt?"

Ehe er antwortete, beugte er sich vor, um seinen Hund zu tätscheln. Dann erst blickte er Elizabeth wieder fest in die Augen. „Ich bin mir nicht sicher. Aber so viel kann ich sagen: Was zwischen uns passiert ist, das hat nicht angefangen, als ich das Foto fand. Es hat erst begonnen, als ich das Büro betreten habe. In dem Moment bist du für mich Wirklichkeit geworden, und je besser ich dich kennen gelernt habe, desto wirklicher kam ich mir selbst vor. Ich war schon lange nicht mehr so glücklich und habe mich seit Ewigkeiten nicht mehr so lebendig gefühlt. Als wären wir beide füreinander bestimmt."

„Also doch – deine Bestimmung?" Sie zog skeptisch die Augenbrauen hoch.

„Nein … so meine ich es nicht. Das, was uns verbindet, hat nichts mit dem Foto zu tun oder mit dem, was Victor gesagt hat. Es ist einfach so, dass ich noch nie jemanden wie dich kennen gelernt habe, und ich weiß, dass ich nie wieder jemandem wie dir begegnen werde. Ich mag dich sehr, Elizabeth. Ich bin sehr, sehr gern mit dir zusammen."

Sie musterte ihn mit undurchdringlicher Miene. Als sie antwortete, klang ihre Stimme sachlich. „Dir ist doch hoffentlich klar, dass das trotzdem eine völlig abgedrehte Geschichte ist und du wie ein durchgeknallter Spinner klingst."

„Ich weiß. Glaub mir, ich komme mir selbst so vor."

„Und wenn ich jetzt sage: Verschwinde aus Hampton – ich will nichts mehr mit dir zu tun haben?", wollte Elizabeth wissen.

„Dann würde ich gehen und mich nie wieder bei dir melden."

Der Satz hing schwer in der Luft. Elizabeth wandte sich voller Verachtung ab, doch dann drehte sie sich plötzlich wieder zu ihm um. „Wie bitte? Du würdest nicht mal anrufen? Nach allem, was wir durchgemacht haben?" Sie schnaubte empört. „Ich kann's nicht fassen!"

Voller Erleichterung stellte er fest, dass sie ihre vorherige Drohung nicht ernst gemeint hatte. Er atmete erleichtert aus und merkte jetzt erst, dass er die ganze Zeit die Luft angehalten hatte.

„Wenn es nötig ist, um dich davon zu überzeugen, dass ich kein Psychopath bin, würde ich das tun", erwiderte er lächelnd.

„Ich finde das echt armselig. Ein Mann ist verpflichtet, wenigstens ab und zu mal anzurufen."

Er rutschte unmerklich näher. „Ich werd's mir merken."

„Dir ist wohl klar, dass du diese Geschichte keinem erzählen darfst, wenn du hier in Hampton bleiben willst?"

Wieder rückte er ein Stückchen näher zu ihr. „Damit kann ich leben."

„Und falls du eine Lohnerhöhung erwartest, nur weil du mit der Enkelin der Chefin zusammen bist – vergiss es!"

„Ich komme auch so durch."

„Keine Ahnung, wie du das schaffen willst. Du hast ja nicht mal ein Auto."

Inzwischen saß er dicht neben ihr, und als sie den Kopf drehte, streiften ihre Haare seine Schulter. Er küsste sie zart auf den Hals. „Ich werde mir schon etwas einfallen lassen", murmelte er.

„Ich glaube, du kannst hierbleiben", flüsterte sie.

Keith Clayton

CLAYTON starrte entgeistert auf das Haus und umklammerte das Lenkrad so fest, dass seine Knöchel weiß wurden. Er blinzelte ein paarmal, weil er seinen Augen nicht traute. Aber ihm bot sich noch immer derselbe Anblick:

Beths Wagen stand in der Einfahrt, und durch die Haustür sah man das Pärchen knutschend auf dem Sofa.

Mit jeder Minute wuchs seine Wut. Er schlug mit der Faust aufs Lenkrad. Wie war das möglich? Hatte Beth ihm denn nicht zugehört? Wusste sie nicht, in welche Gefahr sie sich begab? Und vor allem: Dachte sie gar nicht an Ben? Auf jeden Fall durfte dieser Psychopath niemals wieder Kontakt zu seinem Sohn haben. Nie im Leben!

Eigentlich hätte er es sich ja denken können, dass Beth in Thai-bolt nur das sah, was sie sehen wollte, und den Rest ignorierte. Das musste aufhören, und zwar besser heute als morgen. Er würde ihr die Augen öffnen, koste es, was es wolle.

Logan Thibault

NACHDEM er sich mit einem zärtlichen Kuss von Elizabeth verabschiedet hatte, ließ sich Logan aufs Sofa fallen, erschöpft und erleichtert zugleich. Elizabeth akzeptierte ihn, mit all seinen Ecken und Kanten. Das hatte er nicht zu hoffen gewagt.

Sie wollte, dass er zum Abendessen kam. Aber vorher musste er mit Zeus raus. Also zog er seine Regenjacke an und ein Paar feste Schuhe, dann stieß er die Fliegengittertür auf. Wie der Blitz sauste Zeus los und versank gleich in der aufgeweichten Erde. Dann nahm er Kurs auf die geschotterte Einfahrt und rannte außer sich vor Freude hin und her.

Logan lächelte. Ich weiß genau, wie du dich fühlst, dachte er.

Der Himmel war pechschwarz, die Wolken hingen sehr tief, und der Wind hatte wieder aufgefrischt. Fast waagerecht schlug Logan der Regen ins Gesicht. Aber das konnte ihm nichts anhaben. Zum ersten Mal seit vielen Jahren fühlte er sich wirklich frei.

Am Ende der Einfahrt angekommen, bemerkte er, dass Elizabeths Reifenspuren schon beinahe weggespült waren. Doch plötzlich wurde Logan hellwach. Irgendetwas war hier faul. Er schaute genauer hin: Es waren zwei verschiedene Reifenspuren, beide führten zum Haus und wieder zurück zur Straße. *Zwei Fahrzeuge.* Da gab es nur eine einzige Erklärung: Es war noch jemand hier gewesen. Aber das konnte doch nicht sein! Es sei denn …

Sein Blick wanderte zu dem Weg, der durch den Wald zum Zwinger führte. Wind und Regen wurden immer stärker. Thibault kniff die Augen zusammen, holte tief Luft – und rannte los. Hoffentlich schaffte er es noch rechtzeitig!

Beth

WIE ES der Zufall wollte, war Nana gerade im Büro, als Clayton ins Haus gestürmt kam. Er schloss die Tür hinter sich und benahm sich überhaupt so, als würde ihm dieses Haus gehören. Schon von der Küche aus konnte Beth sehen, dass die Adern an seinem Hals geschwollen waren. Als er ihrem Blick begegnete, ballte er die Fäuste.

Intuitiv spürte Beth, dass sie der Situation nicht gewachsen war. Panische Angst stieg in ihr auf. So hatte sie ihren Ex noch nie gesehen. Sie wich zurück und schob sich an der Arbeitsplatte entlang. Zu ihrer Verwunderung blieb Clayton jedoch im Türrahmen stehen. Er lächelte, aber sein Gesicht wirkte völlig verzerrt, eine grinsende Fratze.

„Entschuldige, dass ich unangemeldet hereinplatze", begann er. „Aber wir müssen reden."

„Was willst du hier? Du kannst doch nicht einfach –"

„Machst du das Abendessen?", unterbrach er sie. „Ich erinnere mich noch gut daran, wie du für mich gekocht hast."

„Verschwinde, Keith", entgegnete sie heiser.

„Ich habe nicht die geringste Absicht zu verschwinden."

Sein Blick war so konfus, dass Beth noch mehr erschrak. Ihr Puls raste.

„Würdest du mir bitte ein Bier bringen?", sagte er. „Ich habe einen langen Arbeitstag hinter mir."

Beth hatte Angst, den Blick abzuwenden. „Ich habe kein Bier mehr."

Clayton schaute sich in der Küche um. „Da drüben sehe ich aber eine Flasche. Neben dem Herd. Also ist bestimmt noch mehr da. Hast du was dagegen, wenn ich mal im Kühlschrank nachsehe?" Er wartete ihre Antwort nicht ab, sondern öffnete den Kühlschrank und bückte sich. „Da – schau mal, was ich gefunden habe!", rief er und musterte Beth, während er eine Flasche herausholte und öffnete. „Du hast dich wohl geirrt, was?" Er trank einen großen Schluck und zwinkerte ihr zu.

Sie zwang sich, ruhig zu bleiben. „Was willst du hier, Keith?"

„Ach – ich wüsste gern, wie's so läuft. Ob es irgendetwas Neues gibt, was ich wissen sollte."

„Inwiefern?" Ihr Magen krampfte sich zusammen.

„Thai-bolt."

Beth ignorierte, dass er den Namen falsch aussprach. „Ich habe keine Ahnung, wovon du redest."

Er trank noch einen Schluck. „Als ich hierhergefahren bin, dachte ich mir schon, dass du das sagen würdest. Aber ich kenne dich besser, als du denkst." Dann deutete er mit seiner Bierflasche auf sie. „Es gab mal eine Zeit, da war ich mir nicht sicher, ob ich dich überhaupt kenne, aber in den letzten Jahren hat sich das geändert. Wenn ein Paar gemeinsam ein Kind erzieht, schweißt das zusammen, findest du nicht?"

Sie schwieg.

„Deshalb bin ich nämlich hier, musst du wissen. Wegen Ben. Weil ich für ihn nur das Beste will. Und im Augenblick habe ich den Eindruck, dass du nicht klar denken kannst." Jetzt kam er einen Schritt näher und setzte wieder die Flasche an, dann sprach er weiter. „Weißt du – mir ist klar, dass wir, also du und ich, nicht immer ein ideales Verhältnis hatten. Aber für Ben ist das gar nicht gut. Er muss spüren, dass wir uns immer noch verstehen, dass wir noch immer gute Freunde sind, egal was passiert. Findest du nicht auch, dass das sehr wichtig ist für ein Kind – zu wissen, dass die Eltern noch befreundet sind, auch wenn sie sich haben scheiden lassen?" Er kam immer näher.

„Bleib weg von mir!", flehte sie.

„Aber warum denn?", fauchte er. „Du bist doch im Moment gar nicht richtig zurechnungsfähig."

Als er noch näher kam, versuchte Beth ihm auszuweichen und schob sich an den Küchenschränken entlang. „Komm ja nicht näher! Ich warne dich!"

Wieder machte er einen Schritt in ihre Richtung, sein Blick war starr auf sie gerichtet. „Da – genau das ist es, was ich meine. Du führst dich auf, als hättest du Angst davor, dass ich dir wehtue. Dabei würde ich dir nie auch nur ein Haar krümmen. Das weißt du doch genau."

„Du bist verrückt."

„Nein, überhaupt nicht. Ich bin vielleicht ein bisschen wütend, aber verrückt bin ich nicht. Weißt du eigentlich, dass ich dich trotz allem, was du mir zugemutet hast, immer noch sehr attraktiv finde?"

Jetzt hatte er sie in die Ecke gedrängt, sie konnte nicht mehr ausweichen. „Bitte, geh jetzt endlich. Ben ist oben, und Nana kann jeden Moment hereinkommen –"

„Ich will nur einen Kuss. Ist das denn zu viel verlangt? Um der alten Zeiten willen. Dann gehe ich. Das verspreche ich dir."

„Ich werde dich ganz bestimmt nicht küssen!", erwiderte sie empört.

Jetzt stand er dicht vor ihr. „Doch, du wirst mich küssen", beharrte er. „Und du wirst noch mehr tun, aber dazu kommen wir später. Jetzt reicht mir erst mal ein Kuss."

Beth drückte den Rücken durch, um ihn abzuwehren. „Bitte, Keith. Ich will das nicht. Ich will dich nicht küssen!"

„Keine Sorge – du schaffst das schon.“ Er packte sie an den Armen, als sie sich wegdrehte, und seine Lippen näherten sich ihrem Ohr.

Beth schlug das Herz bis zum Hals. „Du tust mir weh!“, keuchte sie.

„Also, jetzt hör mir mal gut zu, Beth“, flüsterte er, und sie fühlte seinen heißen Atem. „Ich habe beschlossen, dass ich ein bisschen mehr von dir will als nur Freundschaft.“

„Verschwinde!“, flüsterte sie.

Mit einem spöttischen Lachen ließ Clayton sie los. „Meinetwegen.“ Er trat einen Schritt zurück. „Kein Problem. Ich verschwinde. Aber du musst wissen, was passiert, wenn wir uns nicht einigen können.“

„Raus hier! Und zwar sofort!“, schrie sie.

„Ich finde, wir sollten uns ab und zu … treffen. Und dann lasse ich mich nicht mehr abwimmeln.“

Wir sollten uns ab und zu treffen. Wie das klang! Beth bekam eine Gänsehaut.

„Immerhin habe ich dich vor Thai-bolt gewarnt. Aber wo warst du heute? Bei *ihm*.“ Er schüttelte missbilligend den Kopf. „Das war ein schlimmer Fehler. Du weißt ja, es ist kein Problem für mich, eine Anklage zu konstruieren – dass er dich belästigt und dir hartnäckig nachstellt. Das bedeutet, er ist eine Gefahr für dich, aber offenbar interessiert dich das gar nicht. Und deshalb ist es für Ben ebenfalls gefährlich, weil er bei dir wohnen muss.“ Er sagte das ganz kühl.

Beth war wie gelähmt.

„Ich fände es schrecklich, vor Gericht aussagen zu müssen, wie du dich verhältst. Aber wenn es nicht anders geht, werde ich es tun. Und dann wird man mir unter Garantie das alleinige Sorgerecht zusprechen.“

„Das würdest du nicht tun“, flüsterte sie entsetzt.

„Doch. Es sei denn …“ Nach einer theatralischen Kunstpause dozierte Clayton weiter: „Ich möchte ganz sicher sein, dass du alles genau verstehst. Als Erstes teilst du Thai-bolt mit, dass du ihn nie wieder sehen möchtest. Dann forderst du ihn auf, die Stadt zu verlassen. Und danach treffen wir beide uns. Zu einem Date. Um der guten alten Zeiten willen. Entweder das – oder mein Sohn wohnt von jetzt an bei mir.“

„Ich will aber nicht bei dir wohnen!“, rief eine Kinderstimme von der Küchentür her.

Ben stand im Türrahmen, völlig verängstigt. „Ich will nicht bei dir wohnen!“ Damit drehte er sich um und lief los. Kurz darauf hörten sie, wie er die Haustür krachend hinter sich zuschlug.

Keith Clayton

BETH wollte sich an Clayton vorbeizwängen, aber er hielt sie erneut am Arm fest. „Wir zwei sind noch nicht fertig!“, knurrte er.

„Ben ist nach draußen gerannt!“

„Na und? Ihm wird schon nichts passieren. Aber ich will jetzt von dir hören, dass du kapiert hast, wie es zwischen uns weitergeht.“

Ohne auch nur eine Sekunde zu zögern, schlug Beth ihm mit ihrer freien Hand ins Gesicht, und er taumelte zurück. Verdutzt ließ er sie los, und sie nutzte die Gelegenheit, stieß ihn mit aller Kraft weg und rannte aus der Küche.

„Wo willst du hin?“, rief Clayton. „Ich muss dir noch etwas sagen!“

Beth rannte durch das Wohnzimmer. „Ich suche Ben, er ist in Gefahr!“

„Es regnet doch nur.“

„Alles ist überschwemmt, falls du das noch nicht bemerkt haben solltest!“

Clayton sah ihr durchs Fenster nach, wie sie hinaus auf die Veranda lief. Ratlos blickte sie in beide Richtungen und verschwand dann aus seinem Blickfeld. Ein greller Blitz zuckte über den Himmel. Gleich darauf folgte der Donner. Dann ging Clayton zur Tür, von wo aus er Beth am Rand der Veranda stehen und suchend in den Garten hinausstarren sah. In dem Moment erschien Nana mit einem Regenschirm.

„Hast du Ben gesehen?“, rief Beth ihr zu.

„Nein – wieso?“, fragte Nana verwirrt. „Ist etwas passiert?“ Als sie Clayton entdeckte, blieb sie abrupt stehen. „Was will der denn hier?“

„Ben ist nicht an dir vorbeigerannt?“, hakte Beth nach.

Bevor Nana auf ihre Frage antworten konnte, rief Clayton verärgert: „Mach doch nicht so ein Drama, er wird schon zurückkommen!“

Beth schaute ihn an. Auf einmal bemerkte Clayton, dass ihre Wut verschwunden war und in ihrem Gesicht das blanke Entsetzen stand.

„Was hast du?“, fragte er.

„Das Baumhaus …“

Es dauerte nur eine halbe Sekunde – dann begriff Clayton, was das bedeutete, und der Schreck fuhr ihm in die Glieder.

Einen Augenblick später rannten beide in Richtung Wald.

Logan Thibault

ALS LOGAN die Zufahrt zum Zwinger erreichte, waren seine Schuhe völlig durchnässt und bleischwer. Zeus hielt mit ihm Schritt, aber weil das Wasser stellenweise fast knietief war, konnte er nicht richtig rennen. In der

Ferne sah man den Wagen und den Pick-up stehen. Aber – war da nicht auch noch ein Jeep? Als Logan noch ein Stück näher kam, war ihm klar, dass Clayton im Haus war.

Logan watete entschlossen weiter, immer näher zum Haus. Da erst bemerkte er Nana, die auf der Veranda stand und mit einer Taschenlampe zum Wald hinüberleuchtete. An ihrer Körperhaltung konnte man schon von Weitem erkennen, dass sie Angst hatte.

„Nana!“, rief er.

Sie drehte sich in seine Richtung und richtete den Strahl ihrer Lampe auf ihn. „Logan?“

„Was ist passiert?“, rief er.

„Ben ist verschwunden!“, rief sie zurück.

„Was heißt ‚verschwunden‘? Was ist passiert?“

„Keine Ahnung! Clayton war hier, und Beth hat gesagt, Ben ist verschwunden, und dann sind die beiden losgerannt in Richtung Fluss. Ich meine, sie haben irgendwas von ‚Baumhaus‘ gesagt.“

Einen Augenblick später spurtete Logan auf den Wald zu. Zeus folgte ihm.

Logan Thibault, Beth und Keith Clayton

DER STURM schüttelte die Bäume und peitschte die Zweige von beiden Seiten gegen Gesicht und Hände. Überall auf dem Weg lagen abgebrochene Äste und blockierten ihn, sodass Beth und Keith sich durch das Gestrüpp kämpfen mussten. Zweimal stolperte Beth und fiel hin. Sie hörte, dass es Clayton hinter ihr nicht besser ging. Der Boden war aufgeweicht, ein zähflüssiger Schlamm. Auf halbem Weg zum Baumhaus verlor Beth einen Schuh, aber sie ließ sich nicht aufhalten.

Das Baumhaus. Die Brücke. Das Hochwasser. Vor ihrem inneren Auge erschien ihr Sohn auf der Brücke, und die Brücke gab plötzlich unter ihm nach …

Weil sie in der Dunkelheit nicht richtig sehen konnte, stieß sie gegen einen halb vermoderten Baumstumpf. Ein stechender Schmerz schoss durch ihren Fuß. So schnell sie konnte, rappelte sie sich wieder auf. Sie versuchte, den Schmerz zu ignorieren, aber als sie auftrat, sackte sie wieder in sich zusammen.

Inzwischen war Clayton bei ihr und zog sie wortlos hoch, schlang den Arm um ihre Taille und schleppte sie weiter. Sie wussten, dass Ben in Lebensgefahr war.

LOGAN rannte, so schnell er konnte, er kämpfte sich durch Schlamm und Wasser und zwang sich, sein schnelles Tempo beizubehalten. Zweige und Ranken schlugen ihm ins Gesicht.

Gleich habe ich es geschafft, ermutigte er sich immer wieder. *Nur noch ein kleines Stück.*

Und ganz hinten in seinem Kopf hörte er ein fernes Echo, den Widerhall von Victors Stimme: *Es geht noch weiter.*

BETH spürte, wie die Knochen in ihrem Fuß bei jedem Schritt aneinanderrieben. Ihre Schmerzen waren fast unerträglich, und am liebsten hätte sie laut aufgeschrien, aber sie gab nicht einmal ein Stöhnen von sich.

Je näher sie dem Baumhaus kamen, desto breiter wurde der Bach, der sich zu einem reißenden Fluss entwickelt hatte. Das Wasser brauste, gurgelte, tobte. Die Fluten rissen riesige Äste mit sich. Wenn man von solch einem Ast am Kopf getroffen wurde, war man sofort bewusstlos. Es goss weiterhin wie aus Kübeln. Die aufgeweichte Erde war so zäh und matschig, dass jeder Schritt unendlich viel Energie kostete.

Durch den strömenden Regen konnte Beth die Hängebrücke sehen. Ihr Blick glitt zu der Plattform in der Mitte … Die Wassermassen schwappten immer wieder darüber hinweg, und zwischen den Stützpfählen verfingen sich Äste. Ihr Blick eilte weiter von der Hängebrücke zum Vorbau des Baumhauses. Dabei bemerkte sie die bedenkliche Schieflage der baumelnden Hängebrücke. Sie schwebte nur noch etwa dreißig Zentimeter über den Fluten, weil sich der Vorbau des Baumhauses bereits weitgehend vom Rest der Konstruktion gelöst hatte. In Kürze würde der Rest folgen.

Und plötzlich entdeckte sie Ben auf der Brücke, mitten im Strudel, nicht weit vom Baumhaus – eine Szene wie aus einem Albtraum. Hilflos klammerte er sich an das Brückenseil unterhalb der Plattform. Erst jetzt stieß Beth einen gellenden Schrei aus.

CLAYTON wurde vor Schreck totenblass, als er sah, wie Ben sich an dem ausfransenden Seil der Hängebrücke festhielt.

„Du bleibst hier!“, rief er Beth zu, während er zu der Baumleiter rannte. Blitzschnell kletterte er hinauf und betrat die schwankende Brücke. Er musste zu Ben, denn er konnte sehen, wie der Vorbau sich immer weiter absenkte. Wenn die Wassermassen ihn erreichten, würden sie ihn einfach mitreißen.

Beim dritten Schritt gab das modrige Brett unter Clayton nach und er stürzte in die Tiefe. Weil er mit dem Brustkorb aufschlug, brach er sich mehrere Rippen. Mit letzter Kraft schaffte er es noch, das Brückenseil zu packen. Er umklammerte es noch fester, als das Wasser über ihm zusammenschlug. Seine Kleider zogen ihn in die Tiefe, die Strömung zerrte an ihm, das Seil spannte sich – aber er ließ trotzdem nicht los. Verzweifelt bemühte er sich, den Kopf über Wasser zu halten, und strampelte mit den Füßen, so kräftig er konnte.

Keuchend kam er immer wieder an die Oberfläche. Die Schmerzen in seiner Brust waren kaum auszuhalten. Panisch umklammerte er das Seil und kämpfte gegen die Strömung an. Äste schrammten an ihm vorbei, trafen ihn und wurden dann wirbelnd weitergeschwemmt. Das Wasser schwappte über seinen Kopf hinweg. Clayton merkte nicht, wie die Pfähle der Plattform in der Mitte unter seinem Gewicht immer mehr nachgaben und unaufhaltsam von der wilden Strömung ergriffen wurden.

BETH rappelte sich auf und humpelte weiter. Aber nach drei Schritten fiel sie hin. Sie formte mit ihren Händen einen Trichter und rief über das tosende Wasser hinweg: „Halt dich am Seil fest, Ben! Geh weg vom Vorbau. Du schaffst das!“

Sie hatte keine Ahnung, ob Ben sie hörte, aber gleich darauf sah sie, wie er sich vom Baumhaus entfernte und sich der reißenden Strömung in der Mitte des Flusses näherte – und damit auch seinem Vater …

Claytons Kräfte schwanden, er konnte sich kaum noch festhalten …

Da bemerkte Beth aus dem Augenwinkel eine Bewegung. Flussaufwärts, ein paar Meter von ihr entfernt, erkannte sie Logan, der gerade seine Schuhe auszog. Dann warf er sich in die Fluten, Zeus folgte ihm.

CLAYTON ahnte, dass er nicht mehr lange durchhalten konnte. Er schaffte es nur noch selten, so weit aufzutauchen, dass er Atem holen konnte. Sinnlos schlug er um sich, im Kampf gegen den Tod. Und auf einmal wusste er, dass sein Leben gleich zu Ende gehen würde.

DIE STRÖMUNG trieb Logan unerbittlich flussabwärts. Für jeden Meter, den er dem Baumhaus näher kam, zog sie ihn zwei Meter davon fort. Den Blick unverwandt auf Ben gerichtet, schwamm er mit all seiner Kraft.

Doch dann wurde er von einem riesigen Ast getroffen, und einen Augenblick war er unter Wasser. Als er wieder nach oben kam, hatte er die Orientierung verloren. Wo war Zeus? Sobald er sah, dass der Hund immer noch hinter ihm war und angestrengt paddelte, wusste er wieder, in welche Richtung er sich bewegen musste. Verzweifelt mobilisierte er noch einmal seine letzten Reserven.

Plötzlich stieß Logan gegen die mittlere Plattform der Brücke. Die Fluten rauschten längst über sie hinweg. Er wurde herumgerissen und geriet ins Schleudern. Gleich darauf prallte er gegen Clayton, der ihn in seiner Panik am Arm packte und mit sich hinunterzog.

Logan schlug um sich, tastete nach dem Seil, erwischte es auch tatsächlich, genau im selben Moment, als Clayton es verlor. Clayton klammerte sich stattdessen an Logan und japste verzweifelt nach Luft. Logan hielt sich auch unter Wasser krampfhaft am Seil fest, konnte sich aber nicht von Clayton befreien. Er hatte das Gefühl, als müssten seine Lungen gleich explodieren. In dem Moment gaben die Pfähle unwiderruflich nach, das Gewicht der beiden Männer war zu viel für sie, und mit lautem Ächzen löste sich die Plattform aus ihrer Verankerung.

BETH sah Clayton und Logan mit dem Tod ringen. Die Plattform versank in den Fluten. Am anderen Ufer stürzte mit großem Getöse der Vorbau des Baumhauses ins Wasser, und Ben wurde von der Strömung mitgerissen. Beth sah mit Entsetzen, wie Ben sich noch immer an dem Seil festhielt, das zur Plattform gehörte, die jetzt aber in spiralförmigen Bewegungen in den Strom wirbelte. Zeus näherte sich Logan und Keith. Doch dann hob sich die Plattform auf einmal leicht an – und kippte wieder zurück. Der Hund verschwand. War er getroffen worden?

Es geschah alles viel zu rasch – Beth konnte Logan und Keith nicht mehr sehen, doch nach einer Weile verzweifelten Suchens entdeckte sie Bens Kopf, einen kleinen Fleck in den tobenden Fluten. Sie hörte seine lauten Schreie und sah, wie er versuchte, den Kopf über Wasser zu halten. Wieder raffte sie sich auf und stolperte weiter, ohne auf den Schmerz zu achten, denn sie wollte Ben auf keinen Fall aus den Augen verlieren.

Was dann geschah, war so unwirklich wie in einem Traum: Ein dunkler, glatter Kopf näherte sich zielstrebig ihrem Sohn – Zeus. Ben schien den Hund zu sich zu rufen, und auf einmal wurde Beth ganz leicht ums Herz. Sie taumelte, stürzte und krabbelte auf allen vieren weiter, weil sie ihn nicht aus den Augen verlieren wollte. Verzweifelt benutzte sie die Zweige, um sich vorwärtszuziehen. Zeus und Ben wurden immer kleiner, weil das Wasser sie davontrug, aber sie konnte erkennen, wie sich der Hund dem Jungen näherte. Und dann war Zeus bei ihm! Sofort machte er kehrt und schwamm Richtung Ufer, während sich Ben an seinem Schwanz festhielt.

„Ihr schafft es!“, schrie Beth.

Sie robbte weiter, doch die Strömung war schneller als sie, und mit jeder Sekunde wurden Ben und Zeus weiter fortgetrieben. Aber sie hatten immerhin schon die Mitte des Flusses hinter sich gelassen – ja, sie waren sogar schon näher … Beth mobilisierte ihre letzten Reserven und schleppte sich weiter. Noch ein Drittel bis zum Ufer … Die beiden waren gleich am Ziel. Beth wagte schon fast zu glauben, dass alles gut gehen könnte … *Bitte, lieber Gott, nur noch die paar Meter …*

Dann hatten die beiden das rettende Ufer erreicht. Ben bekam als Erster festen Boden unter die Füße und ließ Zeus los, der sich dann ebenfalls aus dem Wasser kämpfte. Beth stolperte ihnen entgegen, während Zeus und Ben aus dem Wasser taumelten.

Kaum war Zeus an Land, sackte er in sich zusammen. Ben erging es nicht anders. Doch als Beth die beiden erreichte, hatte sich Zeus schon wieder aufgerichtet. Seine Beine zitterten, er war völlig durchnässt und hustete.

Beth kauerte sich neben ihren Sohn und zog ihn hoch, damit er aufrecht saß. Sofort fing er an, mit Zeus um die Wette zu husten.

„Ist alles okay?“

„Ja, ja, alles okay!“, keuchte Ben. „Ich hatte ziemlich Angst, aber das Bild war ja in meiner Tasche. Und Logan hat gesagt, es beschützt mich.“ Er rieb sich das Gesicht. „Wo ist Dad? Und wo ist Logan?“

Bei dieser Frage begannen sie beide zu weinen.

Epilog

Zwei Monate später

Beth blickte in den Rückspiegel und musste lächeln: Es sah so lustig aus, wie Zeus da auf der Ladefläche des Pick-ups stand, die Schnauze im Wind. Neben ihr saß Ben, etwas schlaksiger seit seinem letzten Wachstumsschub.

Es war der erste mildere Tag, nachdem sie wochenlang extrem kaltes Wetter gehabt hatten. Weihnachten stand vor der Tür. Die Hitze des Sommers und die Oktoberstürme verwandelten sich schon fast in ferne Erinnerungen. Dabei war von den Überschwemmungen sogar in den überregionalen Fernsehnachrichten berichtet worden. Sechs Menschen waren in Hampton County ums Leben gekommen.

Ja, sie hatten sehr viel durchgemacht, aber heute empfand Beth zum ersten Mal wieder eine Art inneren Frieden. Seit der Beerdigung hatte sie mit den dramatischen Ereignissen gerungen, die zu jenem schicksalhaften Tag geführt hatten. Viele Leute hier wunderten sich über die Entscheidungen, die sie getroffen hatte. Gelegentlich hörte sie auch Gerüchte, die sie aber nicht weiter beachtete. Eines hatte sie von Logan gelernt: Es gab Situationen, da konnte man sich nur auf den Glauben an sich selbst und auf den eigenen Instinkt verlassen.

Zum Glück machte Nana nach wie vor gute Fortschritte. In den Wochen nach dem „Unfall", wie sie es nannte, waren Beth und vor allem auch Ben sehr dankbar für ihre wunderbare Weisheit und ihre bedingungslose Unterstützung gewesen. Sie sang wieder regelmäßig im Chor und trainierte die Hunde. Nur wenn sie sehr müde war, humpelte sie noch ein bisschen. Vor ein paar Wochen, nachdem man Beth den Gips abgenommen hatte, waren sie beide sogar ganz ähnlich dahergekommen. Beth hatte nämlich einige Fußknochen gebrochen und musste fünf Wochen lang einen Gipsverband tragen. Nana zog sie oft deswegen auf, weil sie es lustig fand, zur Abwechslung mal nicht die einzige Invalide zu sein.

Ben hatte sich ziemlich verändert, fand Beth. Dass er diese Katastrophe heil überstanden hatte, verlieh ihm ein neues Selbstbewusstsein. Hatte es vielleicht auch etwas mit dem Foto zu tun, das er mit sich herumtrug? Eines Tages würde er es wahrscheinlich überflüssig finden, obwohl – vielleicht auch nicht.

Der Verlust war sehr schwer für Ben. Obwohl er nicht darüber sprach, wusste Beth, dass er in gewisser Weise sich selbst die Schuld gab. Und er hatte noch immer Albträume.

Beim Friedhof parkte Beth an der üblichen Stelle. Sie hatte zwei Blumensträuße dabei. Zuerst ging sie wie immer zu Drakes Grab. Eine Weile stand sie still davor und dachte an ihren Bruder, zupfte ein bisschen Unkraut und stellte die Blumen in eine Vase vor den Grabstein. Anschließend ging sie zu dem anderen Grab, für das sie den größeren Strauß besorgt hatte: Heute war sein Geburtstag, und sie wollte sicherstellen, dass sein Andenken gewahrt wurde.

Einen Menschen zu verlieren ist ein schwerer Schicksalsschlag, und sie und Ben hatten noch immer mit seinen Nachwirkungen zu kämpfen. Obwohl der Verlust mit einer heroischen Tat verbunden war, gab es doch auch manches in der Vergangenheit, was man beim besten Willen nicht positiv deuten konnte. Alles in allem dachte Beth jedoch mit aufrichtiger Dankbarkeit an Keith Clayton. Sie würde es ihm nie vergessen, wie er sie an jenem Tag weitergeschleppt hatte, nachdem sie gestürzt war. Und letztlich war er gestorben, als er versucht hatte, seinen Sohn zu retten.

Das sprach für ihn, und trotz seiner vielen Fehler wollte Beth ihn so im Gedächtnis behalten. Sie hoffte, dass auch Ben es schaffte, sich mit guten Gedanken an seinen Vater zu erinnern, in dem sicheren Wissen, dass Keith ihn geliebt hatte, auch wenn er es nicht immer hatte zeigen können.

Logan wartete zu Hause auf sie. Er hatte zwar angeboten, mit zum Friedhof zu fahren, aber Beth wusste, dass er eigentlich nicht mitgehen wollte. Am Wochenende verbrachte er den Vormittag gern allein – er bastelte irgendetwas, reparierte alles Mögliche und arbeitete an Bens neuem Baumhaus im Garten hinter dem Haus. Ganz allmählich gewöhnte sie sich an seine Vorlieben und Launen, sie verstand die unausgesprochenen Signale, die ihr zeigten, wer er war. Mit seinen guten und seinen schlechten Seiten, mit allen Stärken und Schwächen – er war für immer der Ihre.

Als sie in die Einfahrt bog, sah sie Logan die Verandastufen herunterkommen und winkte ihm zu.

Ja, er war der Ihre, und sie war für immer die Seine – so unvollkommen sie auch sein mochte. Er muss mich nehmen, wie ich bin, dachte sie.

Logan kam auf sie zu. Er lächelte, als könnte er ihre Gedanken lesen, und breitete zärtlich die Arme aus.

„Liebe ist das wichtigste Gefühl. Ohne Liebe sind wir gar nichts.“

Vor Kurzem war Nicholas Sparks Thema eines Artikels in der *New York Times*. Das ist an sich nicht verwunderlich, genießt der erfolgreiche Autor doch große Popularität: Inzwischen wurden mehr als 50 Millionen seiner Bücher weltweit verkauft und etliche davon in Hollywood verfilmt – auch die Filmrechte an *Für immer der Deine* sind bereits vergeben. Kein Zweifel also, Sparks ist ein begehrter Interviewpartner.

Was jedoch erstaunlich ist: Der Artikel über Sparks fand sich nicht im Literatur- oder Unterhaltungsteil der Zeitung, sondern im Sportteil, und darin ging es nicht um das Schreiben, sondern um den Laufsport. Dabei erfuhr der Leser, dass Nicholas Sparks ein Athlet ist, der bis heute einen Rekord im Staffellauf bei seiner *Alma Mater* hält, der Universität von Notre Dame im US-Bundesstaat Indiana. Noch im Alter von 45 Jahren läuft Sparks jede Woche fünfzig Kilometer und absolviert ein Trainingsprogramm von mindestens neunzig Minuten pro Tag. Er ist im Besitz eines Schwarzen Gürtels in Taekwondo und Leichtathletiktrainer an der Highschool seiner Heimatstadt New Bern in North Carolina. Seit Sparks diese Aufgabe übernommen hat, ist aus der bis dahin unbekannten Schulmannschaft ein Erfolgsteam geworden, das mittlerweile fünf begehrte Titel errungen hat.

Wie Logan Thibault betrachtet Nicholas Sparks sich als Glückspilz. Seit zwanzig Jahren ist er glücklich verheiratet mit Cathy, die dafür sorgt, dass er die Bodenhaftung nicht verliert und sich auf die Dinge konzentriert, die im Leben wirklich wichtig sind. Und dann sind da noch die Kinder: Miles, Ryan, Landon und die Zwillinge Lexie und Savannah. „Ihre Liebe ist das größte Geschenk von allen.“

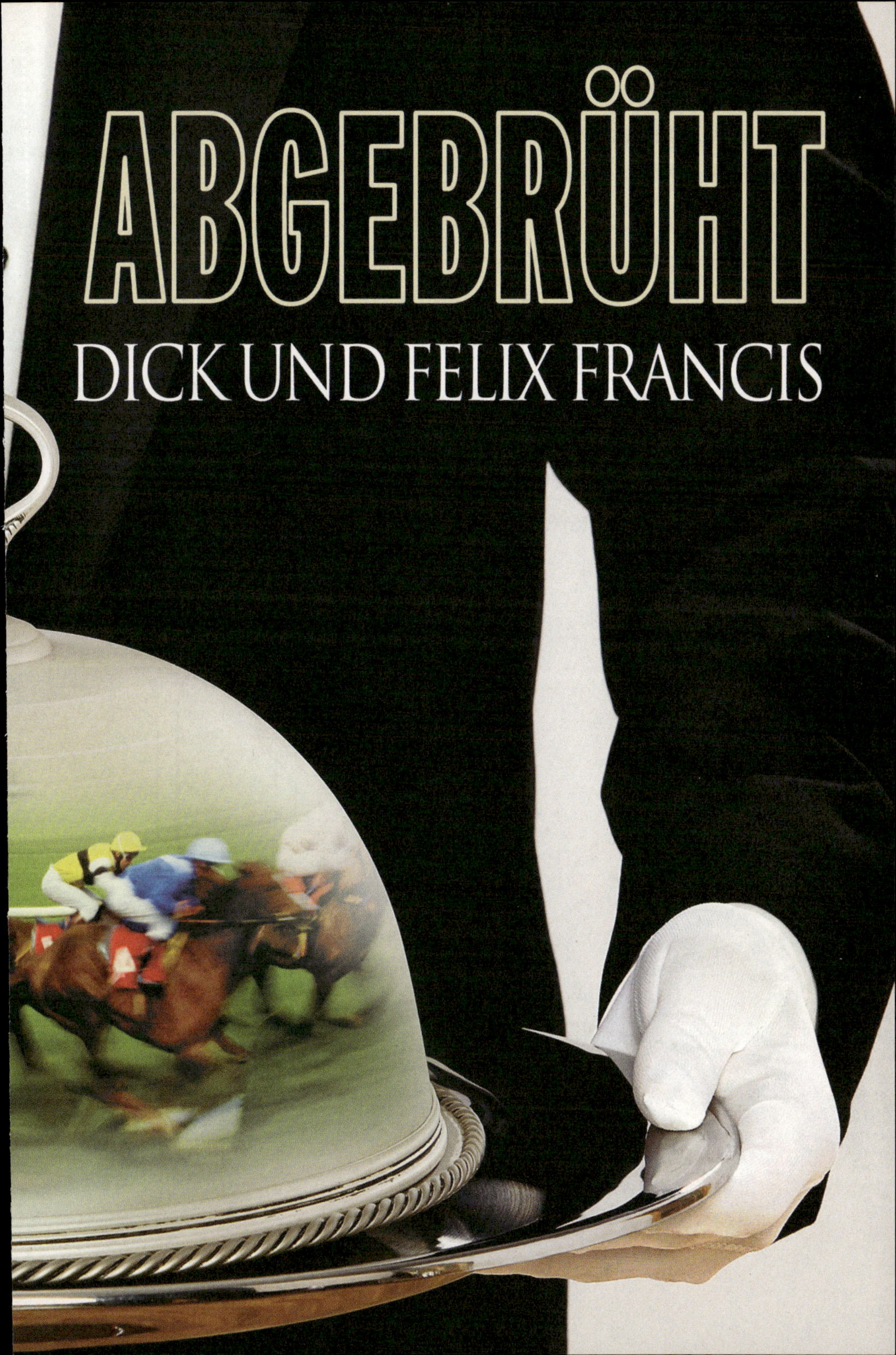
ABGEBRÜHT
DICK UND FELIX FRANCIS

Viele Köche verderben den Brei – manchmal reicht auch ein einziger. Doch Sternekoch Max Moreton schwört Stein und Bein, dass er sich nichts hat zuschulden kommen lassen. Nur stößt er auf taube Ohren. Und plötzlich ist nicht nur seine Karriere, sondern auch sein Leben in höchster Gefahr.

1

Ich dachte, ich sterbe. Allerdings hatte ich keine Angst zu sterben, denn ich hatte so starke Bauchschmerzen, dass ich den Tod herbeiwünschte.

Es war nicht meine erste Lebensmittelvergiftung, aber diesmal hatte es mich besonders schlimm erwischt, mit quälenden Krämpfen und anhaltendem Würgen und Erbrechen. Zwischen den Anfällen saß ich schwitzend in meinem Bad auf dem Fußboden, lehnte mich gegen die Badewanne und versuchte mir zu erklären, wie es zu dieser Misere gekommen war.

Am Freitagabend war ich auf einem Galadiner auf der Rennbahn von Newmarket gewesen. Als Vorspeise hatte ich ein Trio von kaltem geräuchertem Fisch in einer Knoblauch-Senf-Dill-Soße verzehrt, als Hauptgang ein mit Süßkirschen gefülltes Hühnchenbrustfilet im Pancettamantel an einer Wildpilzsoße von Pfifferlingen und Trüffeln, serviert mit gerösteten Frühkartoffeln und gedämpften Zuckererbsen, und zum Dessert eine Crème brûlée. Ich kannte die Zutaten des Menüs genau. Denn ich war nicht etwa einer der geladenen Gäste gewesen, sondern der Küchenchef.

Als im dämmernden Morgen mein schwarzes Badezimmerfenster endlich grau wurde, begann der straffe Knoten in meinem Bauch sich zu lösen, und das feuchtkalte, klebrige Gefühl auf meiner Haut ließ langsam nach. Ich kroch ins Bett und legte mich völlig erschöpft hin: ausgelaugt, dehydriert, aber am Leben. Der Uhr auf dem Nachttisch nach war es zehn nach sieben, und um acht sollte ich wieder bei der Arbeit sein.

Ich lag da und redete mir ein, bald werde alles in Ordnung sein und auf fünf Minuten komme es nicht an. Ich nickte halb ein, doch das Klingeln des Telefons brachte mich voll zu Bewusstsein. Ich drehte mich auf die andere Seite und nahm den Hörer ab.

„Max?“, fragte eine Männerstimme. „War dir *auch* schlecht?“

Das betonte *Auch* gab mir zu denken. Ich fuhr aus dem Bett hoch. „Ja. Dir etwa auch?“

„Furchtbar, was? Es ging allen so, mit denen ich gesprochen habe."

Carl Walsh war offiziell mein Stellvertreter. Tatsächlich führte er die Küche neuerdings genauso oft wie ich. Während ich am Abend zuvor von Tisch zu Tisch gegangen war, um mir den Applaus abzuholen, hatte Carl im Küchenzelt die Teller fertig gemacht und mit dem Personal herumgebrüllt. Jetzt sah es aus, als gäbe es statt Applaus nur noch Vorwürfe.

„Mit wem hast du denn gesprochen?", fragte ich.

„Julie, Richard, Ray und Jean", antwortete er. „Sie alle haben mich angerufen und gesagt, dass sie heute nicht kommen. Und Martin ging es so schlecht, dass er ins Krankenhaus musste."

Ich konnte es mir vorstellen. „Was ist mit den Gästen?"

„Jean sagte, als sie mit Martin ins Krankenhaus kam, wussten sie dort schon von der Vergiftung, wie sie es nannten, also kann er nicht der Einzige gewesen sein."

O Gott! Am Abend vor dem *2000 Guineas Stakes* 250 Gönner und Förderer der Rennwelt zu vergiften, war nicht gerade die beste Geschäftsidee. Ein Meisterkoch, der seine Gäste vergiftet? Der Empfang auf der Rennbahn war eine Ausnahme gewesen. Normalerweise arbeitete ich in meinem Restaurant, dem „Hay Net", am Stadtrand von Newmarket.

„Wie viele von den anderen wohl was abgekriegt haben?", fragte Carl.

Mein Restaurant war am Abend geschlossen gewesen, da meine elf festen Mitarbeiter das Diner auf der Rennbahn besorgt hatten, zusammen mit etwa zwanzig Küchen- und Bedienungshilfen. Und während die geladenen Gäste sich die Reden anhörten, aß die Servicebrigade das gleiche Menü wie alle anderen.

„Für das Mittagessen auf der Rennbahn heute habe ich fünf Leute vorgesehen", erwiderte ich. Bei dem Gedanken, den Lunch für vierzig Sponsorengäste zubereiten zu müssen, hob sich mir gleich wieder der Magen.

Ich sollte ein Dreigängemenü für zwei verglaste Logen auf der Haupttribüne besorgen. Delafield Industries Inc., ein multinationaler Traktorhersteller aus Wisconsin, war der neue Sponsor des ersten klassischen Rennens der Saison. Ich gedachte die Firmengäste mit gedünstetem englischem Spargel in Butter, gefolgt von traditionell englischer Steak and Kidney Pie und einem Sommerpudding als Dessert zu verwöhnen. MaryLou Fordham, die Marketingfrau des Unternehmens, die mich engagiert hatte, wollte den Gästen aus Wisconsin unbedingt das „wahre" England zeigen. Doch wie es im Moment aussah, konnten sie froh sein, wenn sie überhaupt etwas zu essen bekamen.

„Ich hör mich um und melde mich noch mal.“ Carl legte auf.

Mir war klar, dass ich aufstehen und in Gang kommen musste. Vierzig Portionen Rindfleischpastete mit Nieren kochten sich nicht von allein.

Ich döste immer noch auf dem Bett vor mich hin, als das Telefon wieder klingelte. Es war fünf vor acht. „Hallo?“, meldete ich mich schläfrig.

„Spreche ich mit Max Moreton?“, fragte eine Frauenstimme.

„Ja.“

„Mein Name ist Angela Milne“, fuhr die Frau förmlich fort. „Ich bin vom Gesundheitsamt Cambridgeshire. Wir haben Grund zu der Annahme, dass es auf einem Empfang, bei dem Sie gestern Abend als Küchenchef fungiert haben, zu einer Massenvergiftung gekommen ist. Vierundzwanzig Personen wurden über Nacht in der Addenbrooke-Klinik auf Lebensmittelvergiftung behandelt. Sie alle waren zu dem gleichen Abendessen geladen.“

„Oh.“

„Ja, oh“, sagte Ms Milne. „Ich möchte, dass die zur Zubereitung der Speisen für den Empfang verwendete Küche augenblicklich geschlossen und zu Untersuchungszwecken versiegelt wird. Das Küchenzubehör und sämtliche verbliebenen Speisereste sind zur Untersuchung bereitzuhalten. Wo genau befindet sich die Küche, in der das Essen für den Empfang zubereitet wurde?“

„Die gibt’s nicht mehr“, erwiderte ich. „Der Empfang fand im Eclipse-Zelt auf der Rennbahn von Newmarket statt. Während der Rennveranstaltung heute wird dieses Festzelt als Ausschank benutzt. In dem Zelt, das uns gestern Abend als Küche diente, wird jetzt wohl Bier gelagert.“

„Und das Zubehör?“

„Komplett von einem Gastronomielieferanten gemietet. Bei Außenaufträgen arbeiten wir immer mit derselben Firma zusammen. Sie nehmen alles ungespült mit und jagen es durch ihren Dampfreiniger.“

„Meinen Sie, es ist schon durch?“

„Keine Ahnung. Würde mich aber nicht wundern. Heute um acht soll auf der Rennbahn frisches Zubehör angeliefert werden.“ Ich sah auf die Uhr neben meinem Bett – in genau zwei Minuten.

„Wer hat die Lebensmittel für das Diner gestern Abend geliefert?“

„Leigh Foods. Die Daten habe ich in meinem Büro. Normalerweise arbeite ich nicht mit denen, aber für so viele Personen koche ich auch selten.“

„Und der Zubehörlieferant?“

„Stress-Free Catering Ltd.“ Ich gab ihr die Rufnummer. Ich kannte sie auswendig.

Die Ziffern meiner Digitaluhr sprangen auf 8:00, und ich sah schon, wie der Transporter von Stress-Free Catering ankam und niemand da war, um ihn zu empfangen.

„Entschuldigen Sie“, sagte ich, „aber ich muss jetzt zur Arbeit.“

„Ich komme so etwa in einer Stunde zu Ihnen auf die Rennbahn.“

„Die Rennbahn liegt in Suffolk. Ist das noch Ihr Gebiet?“

Newmarket hat nämlich zwei Rennbahnen – die eine gehört zu Suffolk, die andere zu Cambridgeshire, und die Bezirksgrenze verläuft genau dazwischen. Das Diner hatte auf der Rennbahn in Suffolk stattgefunden, und der Lunch nachher würde das auch.

„Die Erkrankten sind in Cambridge, das ist für mich entscheidend. Ach, was haben die Leute gestern Abend eigentlich gegessen, Mr Moreton?“

„Geräucherten Fisch, gefüllte Hühnchenbrust und Crème brûlée.“

„Haben alle das Gleiche verzehrt?“

„Mit Ausnahme der Vegetarier.“

„Was gab’s für die?“

„Tomatensalat mit Ziegenkäse, dann einen Nudelauflauf mit Brokkoli und Käse. Hören Sie, ich muss wirklich los. Bin sowieso spät dran.“

„Gut, nur eins noch. War *Ihnen* heute Nacht auch übel?“

„In der Tat. Und wie.“

ALS ICH schließlich zur Rennbahn kam, war der Mann von Stress-Free Catering bereits kräftig beim Ausladen.

„Ich dachte schon, ich hätte mich im Datum vertan“, begrüßte er mich bissig. Er schob einen großen Drahtkorb mit Besteck zur hydraulischen Heckklappe vor und ließ ihn auf den Boden runter. „Wo soll das ganze Zeug hin?“

„Erste und zweite verglaste Loge im zweiten Stock der Frontaltribüne.“

Wie der Name schon sagte, lag die Frontaltribüne gegenüber der Zielgeraden, sodass die Pferde fast direkt auf sie zugaloppierten. Die Logen dort gewährten den besten Blick auf die Rennen und waren heiß begehrt. Die Traktorbauer von Delafield hatten gut daran getan, sich für ihren großen Tag zwei nebeneinanderliegende Logen zu sichern.

Ich ging an der Tribüne vorbei zur Rennbahnleitung. Auf dem Gelände herrschte hektische Betriebsamkeit. Die Restaurants wurden noch mit Bier beliefert, während andere Cateringleute mit Tabletts voll Räucherlachs und Aufschnitt umhereilten. Ein Heer junger Männer stellte auf dem Rasen vor einem Meeresfrüchtestand Tische und Stühle auf. Alles sah perfekt und normal aus, nur ich war daneben.

In der Regel machte ich keine „Außengastronomie“, aber das *Guineas*-Wochenende war etwas anderes. Seit sechs Jahren nutzte ich es als Gelegenheit, Werbung in eigener Sache zu machen. In meinem Restaurant verkehrten, wie der Name Hay Net – das Heunetz, in dem das Futter für die Pferde aufgehängt wird – nahelegte, hauptsächlich Leute aus dem Rennsport. Das war eine Welt, in der ich mich auskannte. Mein Vater war ein mäßig erfolgreicher Hindernisjockey und danach ein wesentlich erfolgreicherer Trainer gewesen, bis er auf der Fahrt nach Liverpool zum Grand National mit einem Laster zusammengestoßen und gestorben war, als ich achtzehn war. Toby, mein älterer Bruder, hatte damals buchstäblich die Zügel des Trainergeschäfts übernommen und lebte noch immer davon.

Ich hatte zwar meine Kindheit inmitten von Pferden verbracht, Tobys Pferdeliebe aber niemals geteilt. In meinen Augen waren beide Enden eines Pferdes gefährlich – das eine beißt, das andere tritt –, und in der Mitte war es unbequem.

Mehr als dreizehn Jahre waren jetzt seit dem schicksalhaften Tag vergangen, an dem ein Polizist an unsere Tür geklopft und meiner Mutter mitgeteilt hatte, dass als Fahrer und Besitzer des zu Schrott gefahrenen Jaguars ihr Mann, Mr George Moreton, ermittelt worden sei.

Ich hatte einen Studienplatz für Chemie an der Universität Surrey bekommen. Doch nicht der Tod meines Vaters, sondern das vorgesehene Orientierungsjahr änderte mein Leben unwiderruflich. Ich ging weder nach Surrey noch auf eine andere Uni. Geplant war, dass ich zuerst ein halbes Jahr arbeitete, um danach sechs Monate mit dem verdienten Geld durch Ostasien zu reisen. Also jobbte ich als Tellerwäscher, Bierkastenschlepper und Mädchen für alles in einem Landgasthof – Pub, Restaurant und Hotel in einem –, der einer entfernten Verwandten meiner Mutter gehörte.

Die Arbeit in der Restaurantküche, wenn auch nur am Spülstein, weckte in mir die Lust am Kochen und am Herrichten von Speisen. Bald überließ ich anderen den Abwasch und absolvierte einen Lehrgang unter den wachsamen Augen Marguerites, der grimmigen, unflätig schimpfenden Chefköchin. Als mein halbes Jahr vorbei war, blieb ich einfach. Mittlerweile war ich Marguerites rechte Hand und machte alles, von den Vorspeisen bis zu den Desserts. Als sie dann Ende Oktober des darauffolgenden Jahres die Verwandte meiner Mutter einmal zu oft beschimpfte und hinausgeworfen wurde, war mein Lebensweg vorgezeichnet. Nur vier Tage vor meinem 21. Geburtstag übernahm ich die Leitung der Küche und machte mich daran, als jüngster Küchenchef aller Zeiten einen Michelinstern zu bekommen.

In den nächsten vier Jahren florierte das Geschäft, mein Selbstvertrauen gedieh im gleichen atemberaubenden Tempo wie der Ruf des Restaurants. Als die Verwandte meiner Mutter dann den Gasthof an eine kleine Hotelkette verkaufte, sah ich mich einem neuen Boss gegenüber, der meine Küche umkrempeln wollte. Da packte ich meine Sachen und ging.

Ich fuhr nach Hause, und während ich überlegte, wie es weitergehen sollte, kochte ich für die Abendgesellschaften meiner Mutter. Auf einer davon wurde ich Mark Winsome vorgestellt, einem Unternehmer in den Dreißigern, der ein Vermögen in der Mobiltelefonbranche gemacht hatte. Sein Problem sei, gute Gelegenheiten zu finden, um sein Geld anzulegen, erklärte er gerade, als ich mich auf einen Kaffee zu den Gästen gesellte. Scherzhaft meinte ich, er könne ja in mich investieren und mir helfen, ein eigenes Restaurant zu eröffnen. Kein Lachen, kein Lächeln. „Okay", meinte er, „ich finanziere alles, und Sie haben die alleinige Kontrolle. Die Einnahmen teilen wir fifty-fifty."

Ich saß nur mit offenem Mund da. Viel später erst erfuhr ich, dass er meine Mutter seit Langem gedrängt hatte, ein Treffen zwischen mir und ihm einzufädeln, damit er mir dieses Angebot machen konnte.

Und so hatte ich vor nunmehr sechs Jahren das Hay Net eröffnet, ein auf den Rennsport zugeschnittenes Restaurant am Stadtrand von Newmarket. Es war einfach das erste passende Objekt gewesen, das sich gefunden hatte. Das Geschäft war schleppend angelaufen, doch durch die Abend- und Mittagessen anlässlich der Pferderennen war das Restaurant bekannt geworden, und bald war es jeden Abend voll.

Das Handy klingelte in meiner Tasche. „Hallo?", meldete ich mich.

„Komm mal ins Restaurant." Es war Carl. „Das Gesundheitsamt ist da."

„Aber mit der Dame bin ich doch auf der Rennbahn verabredet."

„Hier sind zwei Männer. Anscheinend ist jemand gestorben, und jetzt versiegeln sie die Küche, bis sie untersucht und dekontaminiert worden ist."

Als ich hinkam, klebte vor jedem Fenster Siegelband, und zwei Männer brachten große Überfallen und Vorhängeschlösser an den Türen an.

„Das können Sie nicht machen!", protestierte ich. „Wie soll ich ein Restaurant führen, wenn die Küche geschlossen ist?"

„Tut mir leid. Sie hätten eben keinen umbringen sollen."

„Wer ist denn der Tote?", erkundigte ich mich.

„Keine Ahnung." Einer der beiden drückte noch ein Schloss zu. „So, das wär's. Unterschreiben Sie hier bitte?" Er hielt mir ein Klemmbrett hin.

„Was steht denn da?"

„Da steht, dass Sie mit der Schließung Ihrer Küche einverstanden sind, dass Sie nicht versuchen werden, sie zu betreten, was nebenbei bemerkt eine Straftat wäre, dass Sie sich bereiterklären, für meine Dienste und die Materialkosten aufzukommen."

„Und wenn ich die Unterschrift verweigere?"

„Dann muss ich mit einem Vollstreckungsbefehl und einem Polizisten wiederkommen, der rund um die Uhr Wache hält, und das müssen Sie dann auch noch bezahlen. Geschlossen bleibt so oder so. Wenn Sie unterschreiben, wird die Untersuchung vielleicht morgen oder am Montag durchgeführt, wenn nicht, dann nicht."

„Das ist Erpressung."

„Jepp. Wirkt meistens." Er lächelte.

An seinen Anstand würde ich nicht appellieren können. Er besaß offensichtlich keinen. Ich unterschrieb den Schein.

Während dieses Wortwechsels hatte der zweite Mann selbstklebende Plastikschilder an die Türen und Fenster geheftet. Dort stand in dicken roten Lettern: WEGEN DEKONTAMINIERUNG GESCHLOSSEN und KEIN ZUTRITT.

Ich weiß nicht, ob sie aus purer Gehässigkeit im Hinausgehen auch noch das Restaurantschild am Tor überklebten.

Carl kam von der Gaststubenseite des Gebäudes herüber. „Drinnen ist es das Gleiche", teilte er mir mit. „Die Küchentüren sind mit Vorhängeschlössern versperrt. Den meisten, die für heute Abend reserviert haben, habe ich schon gesagt, dass geschlossen ist."

„Gut gemacht", lobte ich ihn beeindruckt. „Wir sagen am besten auch dem Personal ab."

„Schon passiert. Zumindest hab ich den meisten auf den Anrufbeantworter gesprochen. Aber ich hab den Grund nicht genannt. Muss ja nicht gleich sein. Erst wenn wir genau wissen, was passiert ist." Er wischte sich mit der Handfläche über die Stirn. „Gott, geht's mir dreckig. Nass geschwitzt, und doch ist mir kalt."

„Mir auch", sagte ich. „Aber jetzt können wir uns wohl den Nachmittag freinehmen. Die Traktorbauer müssen sich ihr Futter woanders holen. Ihre Pastetenfüllung ist hinter den versperrten Türen im Kühlraum."

„Ist sie nicht. Ich hatte den Transporter schon beladen, bevor die Typen kamen." Carl zeigte auf den beim Kücheneingang stehenden Ford Transit, den wir für unseren Partyservice einsetzten. „Die Sommerpuddinge sind auch drin." Er lächelte. „Das Einzige, was fehlt, sind der Spargel und die Frühkartoffeln, aber die können wir noch aus Cambridge kommen lassen."

„Du bist einfach fabelhaft!"

Carl fuhr mit dem Transit zur Rennbahn, während ich meinen ramponierten, aber heiß geliebten alten Golf nahm. Ich stellte ihn auf dem Personalparkplatz ab und ging zum anderen Ende der Tribüne, wo Carl bereits den Lieferwagen auslud. Zwei Frauen in mittleren Jahren erwarteten mich dort, die eine in einem grünen Tweedkostüm, mit Wollmütze und praktischen braunen Stiefeln, die andere in einer rüschenbesetzten scharlachroten Chiffonbluse, schwarzem Rock und hochhackigen spitzen Lacklederschuhen. Sie hatte eine Fülle brauner Locken.

Tweed war einen Tick schneller als Schwarz-Rot. „Mr Moreton?", fragte sie auf ihre förmliche Art, als ich hinzutrat.

„Ms Milne vermutlich?", erwiderte ich.

„So ist es."

„Und ich bin MaryLou Fordham", stellte Schwarz-Rot sich mit amerikanischem Akzent vor.

„Ist Ihnen nicht kalt?", fragte ich sie. Eine Chiffonbluse vertrug sich nicht so recht mit einem frühen Maimorgen in Newmarket.

„Nein", antwortete sie. „Wenn Sie wissen wollen, was Kälte ist, kommen Sie mal im Winter nach Wisconsin. Und weshalb möchten Sie Mr Moreton sprechen, der doch für mich arbeiten soll?" Etwas hochmütig wandte sie sich an Angela Milne.

Ihrer Körpersprache war anzumerken, dass Ms Milne es nicht sonderlich schätzte, so angesprochen zu werden. „Es handelt sich um eine Privatangelegenheit", erklärte sie.

Die gute Ms Milne, dachte ich. Eine echte Freundin.

„Dann beeilen Sie sich", meinte MaryLou herrisch. Sie wandte sich mir zu. „Ich war oben in den Logen – mir scheint, da tut sich nichts. Die Tische sind nicht gedeckt, und es ist kein Mensch zu sehen."

„Das wird schon", versicherte ich ihr. „Es ist ja erst halb zehn. Die Gäste kommen frühestens in zwei Stunden, bis dahin ist alles fertig." Hoffentlich hatte ich Recht. „Fahren Sie ruhig wieder rauf, ich komme gleich nach."

Zögernd stakste sie davon. Hübsche Beine, dachte ich, als sie mit klappernden Absätzen über den Asphalt Richtung Tribüne ging.

„Tut mir leid", sagte ich zu Ms Milne.

„Das war nicht Ihre Schuld", meinte sie.

Ich hoffte, ich war an gar nichts schuld.

Sie gab mir ihre Karte und ich las sie: ANGELA MILNE, GESUNDHEITSAMT, GRAFSCHAFTSRAT CAMBRIDGESHIRE.

„Warum haben Sie meine Küche versiegelt und mein Restaurant dichtgemacht?“, fragte ich.

„Davon weiß ich ja gar nichts. Wo genau liegt das Restaurant?“

„In der Ashley Road. Hay Net heißt es. Die Küche ist mit Vorhängeschlössern versehen worden und man hat mir den Zutritt verboten.“

„Oh“, machte sie.

„Die beiden Männer sagten, sie kämen von der Lebensmittelaufsicht.“

„Komisch. Das ist normalerweise Sache der Ortsbehörde. Meine also. Außer wenn jemand durch eine Lebensmittelvergiftung ums Leben gekommen ist.“

„Die Männer sagten, es sei jemand gestorben.“

„Oh“, machte sie wieder. „Auch das ist mir neu. Vielleicht hat die Polizei oder die Klinik sich direkt an die Lebensmittelaufsicht gewandt. Wer weiß, wer das entschieden hat. Tut mir leid.“

„Das war nicht Ihre Schuld“, gab ich zurück.

Sie lächelte kurz. „Am besten frage ich mal nach, was los ist.“

„Lassen Sie mich bitte wissen, wer da gestorben ist, sobald Sie es herausgefunden haben.“ Ich gab ihr meine Handynummer. „Ich bin bis gegen halb sieben hier. Danach gehe ich schlafen.“

Statt fünf waren zwei meiner Angestellten erschienen, um Carl und mir bei dem Mittagessen zu helfen, und beiden war gestern nicht übel gewesen. Da sie beide den vegetarischen Nudelauflauf gegessen hatten, wurde im Ausschlussverfahren das Hühnchen zum Hauptverdächtigen.

Über eine Stunde arbeiteten sie in den verglasten Logen, während Carl und ich in der winzigen Küche auf der anderen Seite des Gangs die Pasteten ofenfertig machten. Carl rollte den Teig aus, ich füllte die einzelnen Formen und verschloss sie. Unser Gemüsehändler hatte rechtzeitig Ersatz für die im Kühlraum des Restaurants gefangen gesetzten Frühkartoffeln und Spargel geliefert, und die Kartoffeln standen bereits auf dem Herd.

Ich entspannte mich ein wenig, überließ Carl den Rest der Pasteten und schaute nach den anderen. Sie hatten erfolgreich die Trennwand zwischen den beiden Logen entfernt und so einen Raum von knapp fünfzig Quadratmetern geschaffen. Vier Tische von fast zwei Meter Durchmesser und vierzig Stühle mit goldfarbenen Rückensprossen waren von meinen Leuten so aufgestellt worden, dass die Tische leicht zu bedienen waren.

Da nur knapp die Hälfte meines Servicepersonals aufgetaucht war, waren wir zu dem Zeitpunkt, als die ersten Mittagsgäste erwartet wurden, alle noch mit Tischedecken beschäftigt. Kings-Pattern-Besteck und elegante Wasser- und Weingläser verwandelten die Tische alsbald in Tafeln, die vielleicht nicht eines Königs, allemal aber eines Traktorherstellers von der anderen Seite des Großen Teichs würdig waren.

Ich trat einen Schritt zurück und bewunderte unser Werk. Es würde seinen Eindruck auf die Gäste nicht verfehlen. Selbst MaryLou schien angetan zu sein. „Gerade noch rechtzeitig." Aber sie lächelte, als sie die Tischkarten verteilte.

Ich sah auf meine Uhr. Fünf nach halb zwölf. Nur das Tageslicht draußen sagte mir, dass es gleich Mittag und nicht vor Mitternacht war. Meine innere Uhr war vor Stunden stehen geblieben und musste mit einer ordentlichen Runde Schlaf neu aufgezogen werden, damit sie wieder tickte. Ich fühlte mich klamm bis in die Zehenspitzen und sehnte mich danach, den Kopf auf ein kuscheliges Federkissen zu legen. Stattdessen ging ich wieder in die Küche und ließ mir am Spülstein kaltes Wasser über den schmerzenden Schädel laufen. Danach fühlte ich mich etwas frischer. Ich stützte mich auf den Spülstein und blickte über den Führring hinaus in Richtung Innenstadt. Die Stadt war in heller Aufregung wegen des ersten klassischen Rennens der Saison.

Rennsportbegeisterte haben Newmarket einst den Spitznamen „Hauptquartier" verliehen, und so wird es heute noch genannt, obwohl es die Rolle als offizielles Machtzentrum des Sports der Könige längst abgegeben hat. Das Hauptquartier des Jockey Clubs wurde um 1750 in Newmarket errichtet, um den schon damals hier populären Turfsport zu beaufsichtigen, und bald dehnte der Club seine Autorität auf den Galopprennsport im ganzen Land aus. Auch heute noch hat der Jockey Club in Newmarket selbst eine Machtstellung inne, da ihm nicht nur die beiden Rennbahnen gehören, sondern auch rund zehn Quadratkilometer Trainingsgelände um die Stadt herum. Von seiner einstigen Schlüsselrolle als Organisations- und Kontrollinstitution im britischen Rennsport ist jedoch seit der Gründung der *British Horseracing Authority*, die jetzt die Untersuchungen und Disziplinarfragen an sich gezogen hat, so gut wie nichts geblieben. Der Jockey Club ist wieder zu dem geworden, was er bei seinen anfänglichen Zusammenkünften in einer Londoner Weinschenke war: ein Treffpunkt für Freunde des Rennsports. Berufsrennreiter natürlich ausgenommen. Jockeys hat es im Jockey Club noch nie gegeben. In den Augen der Mitglieder sind Jockeys Dienstpersonal und haben nicht mit Leuten zu verkehren, die über ihnen stehen.

Carl riss mich aus meiner Tagträumerei.

„In die Öfen hier passt nur die Hälfte der Pasteten“, teilte er mir mit. „Der Rest kann aber in die freien Öfen am Ende des Gangs.“

„Prima“, sagte ich. „Wann kommen sie rein?“

„Punkt Viertel nach zwölf. Um halb eins setzen sich alle zu Tisch, um eins wird die Pastete serviert.“

„Prima“, wiederholte ich. Und um halb zwei horche ich an der Matratze. Schön wär's!

„In fünf Minuten kommen die Kartoffeln rein“, fuhr Carl fort. „Alles unter Kontrolle.“

Ich sah auf meine Armbanduhr. Es dauerte ein Weilchen, bis ich aus den Ziffern klug wurde. 11:50. Was war nur los mit mir? Ich war schon längere Zeit ohne Schlaf ausgekommen als diesmal.

Bald würden die Gäste heraufkommen, und da ich sie begrüßen wollte, fuhr ich runter zu meinem Golf, stellte mich zwischen die Wagen und schlüpfte in meine Arbeitskleidung, eine große schwarz-weiß karierte Hose und eine gestärkte weiße Baumwolljacke. Unter dem Michelinstern auf der linken Brust war in Rot MAX MORETON aufgestickt.

Als ich wieder zu den Logen hinauffuhr, stöckelte MaryLou schon vor den Aufzügen herum und suchte mich.

„Ah, da sind Sie ja“, sagte sie. „Lassen Sie mich Ihnen Mr Schumann vorstellen, den Vorstandsvorsitzenden unserer Firma.“

Sie zerrte mich praktisch am Arm den Gang hinunter zu den Logen, an deren Tür jetzt ein großes Schild klebte: DELAFIELD INDUSTRIES INC. – HAUPTSPONSOR.

Rund zwanzig Personen waren bereits dort versammelt, einige standen um die Tische herum, andere hatten sich hinaus auf den Balkon begeben, um den wässrigen Maisonnenschein und den herrlichen Blick auf die Rennbahn zu genießen. MaryLou lotste mich durch den Raum zur Balkontür und blieb neben einem großen, breitschultrigen Mann stehen, der um die sechzig war und einen anthrazitfarbenen Anzug trug.

„Mr Schumann“, sagte MaryLou, „darf ich Ihnen Max Moreton vorstellen, unseren heutigen Küchenchef?“

Er betrachtete mich in meiner Kochkleidung, und wenn mich nicht alles täuschte, fand er, ich hätte in der Küche bleiben sollen, statt mich seinen Gästen zu zeigen.

MaryLou deutete seinen Gesichtsausdruck offenbar genauso. „Mr Moreton ist ein sehr bekannter Koch, und wir können uns glücklich schätzen, dass er heute für uns kocht. Er ist überaus gefragt.“

Widerstrebend streckte Schumann die Hand aus. „Schön, dass Sie helfen konnten. Unsere MaryLou bekommt meistens, wen sie haben will.“

Ich ergriff die dargebotene Hand, und wir sahen uns in die Augen. Er hatte etwas Einschüchterndes, und ich hielt es für ratsam, an meinen vorgesehenen Platz in der Küche zurückzukehren. Doch die mich am Arm fassende Hand der Dame zu meiner Linken hinderte mich daran.

„Max! Wie reizend“, begrüßte sie mich. „Kochen Sie heute für uns?“

Elizabeth Jennings und ihr Mann Neil, einer der erfolgreichsten Trainer der Stadt, waren Stammgäste im Hay Net.

Sie wandte sich an Schumann. „Rolf, wie klug von Ihnen, Max heute für Sie kochen zu lassen. Er ist Englands allerbester Küchenchef.“

Gute alte Mrs Jennings, dachte ich.

„Nur das Beste für Sie, meine Liebe“, ließ Schumann seinen Charme spielen. Dann kam er zu dem Schluss, dass er draußen auf dem Balkon gefragt war, und entfernte sich, indem er mir kurz zunickte und Elizabeth ein „Entschuldigen Sie mich“ zuwarf.

„Ist Neil auch hier?“, fragte ich sie.

„Nein. Eingeladen ist er, aber heute Nacht ging es ihm nicht gut. Irgendwas Falsches gegessen, vermute ich.“

„Was hat er zu Abend gegessen?“, fragte ich so unschuldig wie möglich.

„Wir waren auf der großen Feier hier, da habe ich Sie auch gesehen. Was hatten wir denn? Müssten Sie doch wissen. Ich merke mir so was nie.“

„Die meisten Gäste hatten Hühnchen.“

„Ja, genau. Wir auch. Und es war sehr gut.“

„Sie hatten also definitiv das Hühnchen?“, hakte ich nach. „Nicht den vegetarischen Nudelauflauf?“

„Natürlich hatte ich das Hühnchen“, bekräftigte sie. „Vegetarisch ess ich nicht. Gemüse ist Beilage zum Fleisch, es ist kein Ersatz.“

Dann lag es vielleicht doch nicht an der Hühnchenbrust.

Trotz des angeschlagenen *chef de cuisine* ging das Mittagessen glatt über die Bühne. Louisa, eine meiner beiden Angestellten, kam mit einem Armvoll leerer Teller in die Küche und berichtete, MaryLou sei von der Rindfleischpastete mit Nieren begeistert gewesen. Anscheinend hatte sie allen geschmeckt. Verfeinert mit ein wenig Zitrone, war die Pastetenfüllung in meiner Spezialwürzmischung eingelegt gewesen.

Carl und ich saßen in der Küche auf Barhockern und dösten. Die Sommerpuddinge mit Schlagsahne und Erdbeergarnitur waren auch schon serviert. Ich verschränkte die Arme auf dem Tresen, legte den Kopf auf die Arme und schlief ein.

„Chef! Chef!“ Jemand rüttelte mich an der Schulter. „Mr Moreton“, drängte die Frauenstimme. „Wachen Sie auf, Chef!“

Ich hob den Kopf und öffnete ein Auge. Es war Louisa.

„Sie werden in der Loge gewünscht“, sagte sie.

Ich rappelte mich hoch, strich mir die Haare glatt und überquerte den Gang.

Sie applaudierten. Ich lächelte. Starkoch sein heißt Entertainer sein, heißt wissen, wie man sich verkauft. Die Huldigung allein ist die Sache wert. Die Hitze und Hektik der Küche vergisst man in der warmen Wertschätzung der anderen. Sogar Rolf Schumann lächelte breit. Elizabeth Jennings saß zu seiner Rechten und strahlte übers ganze Gesicht.

Danach löste sich die Mittagsgesellschaft auf, weil einige Gäste aufbrachen, um noch Wetten auf das bevorstehende erste Rennen abzuschließen. Viele entschieden sich aber auch dafür, am Tisch sitzen zu bleiben, in Ruhe ihren Kaffee zu trinken und das Geschehen auf den in allen vier Ecken des Raums aufgehängten Fernsehschirmen zu verfolgen. Wieder andere traten auf den Balkon, um das Rennen live zu sehen.

Louisa goss mir einen Kaffee ein. Ich trank das heiße schwarze Gebräu im Stehen und hoffte, es würde mich ein wenig wacher machen.

Als das erste Rennen vorbei war, kamen nach und nach die Gäste vom Balkon herein, und viele nahmen wieder an den Tischen Platz. Man war guter Dinge und unterhielt sich bestens. Mir wurde klar, dass es noch dauern würde, bis wir alles wegräumen und uns richtig ausschlafen konnten.

Das *2000 Guineas* stand als drittes Rennen für 15.15 Uhr auf dem Programm. Die Aufregung nahm zu, je näher der Höhepunkt rückte. Als das Hauptrennen begann, kehrte ich in die Logen zurück, wo Louisa und ihr Kollege Robert endlich begonnen hatten, die Tische abzuräumen. Alle Gäste waren jetzt aufgestanden und drängten sich auf den Balkon oder stellten sich drinnen ans Fenster, um die Pferde zu sehen, sobald sie Newmarkets berühmte Rowley Straight Mile entlangkamen.

Ich ergriff ein paar schmutzige Kaffeetassen und warf einen Blick auf den Bildschirm an der Wand. Die Pferde gingen in die Senke, und die Jockeys balgten sich um eine gute Ausgangsposition für die Steigung und das Finish. Ich war zu müde, um das Ergebnis abzuwarten. Lieber würde ich mir später die Wiederholung ansehen. Ich ging hinaus, um die Tassen in die Küche zu bringen.

Diese Entscheidung rettete mir zweifellos das Leben.

2

Die Bombe ging hoch, als ich den Flur überquerte.

Ich begriff nicht sofort, was passiert war. Ein gewaltiger Hitzestoß traf mich im Genick, und es war, als hätte mir jemand einen Vorschlaghammer ins Kreuz geschlagen. Ich krachte geradewegs gegen die Küchentür und stürzte halb in die Küche hinein.

Ich begriff immer noch nicht, was los war. Alles schien still zu sein. Ich hörte nichts. Ich versuchte etwas zu sagen, hörte mich selbst aber auch nicht. Ich schrie. Nichts.

Ich sah auf meine Hände; sie schienen in Ordnung zu sein. Mein linkes Knie schmerzte. Ich schaute hin und sah, dass meine Hose an der Stelle, wo ich gegen den Türrahmen geprallt war, einen Riss hatte. Die weißen Karos röteten sich von meinem Blut. Ich tastete nach dem Knie. Es schien an der richtigen Stelle zu sein, und es tat auch nicht noch mehr weh, wenn ich den Fuß bewegte. Die Verletzung war offenbar nur oberflächlich.

Schlagartig kam mein Gehör zurück, und plötzlich herrschte ein Heidenlärm. Ganz in der Nähe schrie eine Frau. Ihr schrilles, langgezogenes Kreischen setzte immer nur einen Moment lang aus, wenn sie Atem holte. Ein Alarm gellte pausenlos vom Gang her, und auch Männerschreie ertönten, vor allem Hilferufe.

Ich ließ mich zurücksinken und legte den Kopf auf den Boden. Das Kreischen hielt an, sonst wäre ich vielleicht eingeschlafen.

Mir war bewusst, dass ich nicht gut beisammen war. Abgesehen vom linken Knie schmerzte das rechte Bein. Ich lag auf meinem unter dem Hintern eingeklemmten Fuß. Ich streckte das Bein, und es dankte mir dafür mit tausend Nadelstichen. Gutes Zeichen, dachte ich.

Ich hob den Blick und sah das Tageslicht zwischen den Wänden und der Decke, wo ein breiter Riss entstanden war. Kein so gutes Zeichen. Wasser rann durch den Spalt; ich nahm an, von einem über uns geplatzten Wasserrohr. Es lief an der Wand herunter und breitete sich auf dem Betonfußboden aus. Ich drehte den Kopf und sah zu, wie es näher kam.

So schön es auch war, dazuliegen und der Welt ihren Lauf zu lassen, ich hatte keine Lust, nass zu werden. Widerstrebend wälzte ich mich herum, rappelte mich hoch, stützte mich am Türrahmen ab und blickte mich in der Küche um. Alles war mit einem feinen weißen Staub überzogen, der noch in der Luft hing. Als ich mich gerade fragte, was aus Carl geworden war, stand er plötzlich neben mir.

„Teufel!“, rief er. „Was ist passiert?“

„Weiß ich nicht“, ächzte ich. „Wo warst du denn?“

„Pinkeln.“ Er wies den Gang hinunter. „Hab mir bei dem Knall beinahe in die Hose gemacht.“

Ich hielt mich an der Tür fest. Mir war nicht gut. Ich riss mich nicht gerade darum, nachzusehen, was aus meinen anderen beiden Mitarbeitern und den Logengästen geworden war, aber ich wusste, ich musste es tun. Ich konnte nicht den ganzen Tag so dastehen, wenn andere vielleicht Hilfe brauchten. Vorsichtig wankte ich über den Flur und schaute in die Loge.

Ich hatte nicht so viel Blut erwartet. Es klebte nicht nur auf dem Fußboden, sondern auch an den Wänden und sogar an der Decke. Die Tische waren durch die Explosion an die Rückwand geschleudert worden, und ich musste an der Tür über kaputte Stühle steigen, um in den Raum zu gelangen. Die beiden verglasten Logen waren nicht mehr verglast. Das Glas in Fenstern und Türen war restlos verschwunden, ebenso wie große Teile der Balkons und etwa ein Drittel der Seitenwand von Loge 1.

Wenn die Explosion Beton und Stahl so beschädigen konnte, dachte ich, dann haben die Menschen in der Loge keine Chance gehabt.

Blutbad war kein zu starkes Wort für den Anblick. Dreiunddreißig Gäste hatten an dem Essen teilgenommen, zwei weitere waren zur Enttäuschung und zum Missfallen MaryLous nicht erschienen. Dazu kamen meine beiden Mitarbeiter. Demnach mussten mindestens fünfunddreißig Menschen in dem Raum oder auf den Balkons gewesen sein. Die meisten schienen völlig verschwunden zu sein.

Als ich links von mir ein Wimmern hörte, schaute ich zwischen den umgekippten Tischen nach.

MaryLou lag nicht weit von der hinteren Wand auf dem Rücken. Ich konnte sie nur von der Taille aufwärts sehen, da sie halb von einem zerrissenen, sich zusehends rötenden Tischtuch bedeckt war. Das Blut, das in die gestärkte weiße Baumwolle eindrang, war genauso knallrot wie ihre Chiffonbluse, die ihr jetzt als bloßer Fetzen um den Hals hing.

Ich kniete mich neben sie und berührte ihre Stirn. Ihre Augen drehten sich zu mir. Große, weit aufgerissene, erschreckte braune Augen in einem totenbleichen Gesicht, das von zahlreichen herumgeflogenen Glassplittern blutig zerschnitten war.

„Gleich kommt Hilfe“, sagte ich planlos zu ihr. „Halten Sie durch.“

Da sie besonders unterhalb der Taille blutete, hob ich das Tischtuch ein wenig an, um nach der Verletzung zu sehen. Sie war nicht gleich zu entdecken, es war dunkel unter dem Tuch. Dann erfasste mein wirres Hirn das Schreckliche. MaryLous hübsche Beine waren weg. Abgerissen.

O mein Gott, was mach ich jetzt? Dümmlich schaute ich mich um, als könnte ich ihre verschwundenen Beine entdecken. Da erst sah ich die anderen Opfer. Diejenigen, die nicht nur ihre Beine und Füße, sondern auch Arme und Hände verloren hatten – und ihr Leben. Ich begann zu zittern, wusste einfach nicht, was tun.

Schlagartig war alles voller Stimmen und umhereilender Leute mit schwarz-gelben Jacken und großen gelben Helmen. Die Feuerwehr war eingetroffen. Mir kamen die Tränen. Ich weine selten. Jetzt aber waren der Schock, die Müdigkeit, das Gefühl, nichts ausrichten zu können, und die Erleichterung über das Eintreffen der Rettungskräfte zu viel, und so liefen mir die Tränen übers Gesicht.

„Kommen Sie, Sir." Einer der Feuerwehrleute fasste mich an den Schultern. „Wir bringen Sie hier raus. Haben Sie Schmerzen?"

Meine Zunge fühlte sich zum Ersticken dick an. „Nein", krächzte ich. „Na ja, mein Knie schmerzt ein wenig. Sonst geht's mir gut … Aber sie …" Ich zeigte auf MaryLou, denn ich brachte kein Wort mehr heraus.

„Keine Sorge, Sir, wir kümmern uns um sie." Er half mir auf und schob mich zur Tür, wo ein zweiter Feuerwehrmann mir eine Decke um die Schultern legte und mich nach draußen führte.

Er geleitete mich durch den Gang zur Treppe. Im Vorbeigehen warf ich einen Blick in die Küche. Carl lehnte über der Spüle und erbrach sich. Ich konnte es ihm nachfühlen.

Ein Mann in einer grünen Jacke mit der Aufschrift ARZT auf dem Rücken drängte sich an mir vorbei. „Alles in Ordnung mit ihm?", fragte er meinen Begleiter.

„Scheint so", war die Antwort.

Nein, wollte ich widersprechen, nichts ist in Ordnung. Ich wollte herausschreien, dass ich gerade ein Bild aus der Hölle gesehen hatte und dass mit mir vielleicht nie wieder alles in Ordnung sein würde. Stattdessen ging ich brav ins Erdgeschoss hinunter und wurde dort wie versprochen von mitfühlenden Helfern in Empfang genommen. Nach einer kurzen Untersuchung meiner Verletzungen ließ man mich, wie mir schien, sehr, sehr lange in meiner Decke auf einem von vielen weißen Plastikstühlen sitzen.

Mit heulenden Sirenen fuhren Krankenwagen herbei und wieder davon, und die Reihe schwarzer Leichensäcke hinter der Haupttribüne wurde im langsam verblassenden Licht der Nachmittagssonne immer länger.

Gegen sieben schließlich wurde ich ins Krankenhaus nach Bedford gebracht, da die näher bei Newmarket gelegenen Kliniken schon so viele Schwerverletzte aufgenommen hatten. Dort zeigte eine Röntgenaufnahme, dass in meinem geschwollenen linken Knie nichts gebrochen war. Ein Arzt vermutete, beim Aufprall auf die Tür könnte meine Kniescheibe kurzzeitig verrutscht sein, sodass es zu einer inneren Blutung gekommen war. Die Schmerzen und die Schwellung gingen auf das Hämatom im Gelenk zurück. Die Blutflecken an meiner Hose kamen von einer Fleischwunde am unteren Oberschenkel. Obwohl die Blutung fast aufgehört hatte, bestand der Arzt darauf, die Wunde mit Pflaster zu verschließen. Dann verpasste man mir einen eng anliegenden blauen Knieschutz zur Stützung des Gelenks und zur Eindämmung des Blutergusses. Freundlicherweise bekam ich auch einen Vorrat an Schmerztabletten. Ein paar Tage Ruhe, meinten sie, und es gehe mir wieder gut. Körperlich, dachte ich. Aber die seelischen Wunden würden nicht so schnell heilen.

Für den Heimweg bestellten sie mir ein Taxi. Gegen elf traf ich an meinem Cottage am südlichen Stadtrand von Newmarket ein. Ich hatte auf dem ganzen Weg vom Krankenhaus in Bedford bis nach Hause geschlafen, und der Fahrer hatte alle Mühe, mich zu wecken und aus dem Wagen zu bekommen. Irgendwann hatte er mich aber so weit, dass er mir über die kleine Rasenfläche zwischen der Straße und meiner Haustür helfen konnte.

„Geht's?", fragte er, als ich den Schlüssel ins Schloss steckte.

„Ja, danke", versicherte ich ihm, und er fuhr davon.

Ich hüpfte in die Küche und nahm zwei Schmerztabletten. Bloß nicht die Treppe hoch, sagte ich mir und legte mich in meinem winzigen Wohnzimmer aufs Sofa. Ich wollte nichts als schlafen.

Ich lag auf einem Krankenhausbett, das langsam einen grauen, fensterlosen Gang entlangfuhr. Ich sah die Deckenlampen vorübergleiten. Ich blickte mich um und stellte fest, dass ich von einer Frau in einer roten Chiffonbluse geschoben wurde, deren Lockenpracht über ihren Schultern wippte. Es war MaryLou Fordham, und sie lächelte mich an. Ich schaute nach ihren hübschen Beinen, aber sie hatte keine Beine und schien über dem grauen Fußboden dahinzuschweben. Abrupt setzte ich mich auf und schaute nach meinen eigenen Beinen. Die Bettdecke war flach, dort wo sie hätten sein sollen, und ich sah Blut, lauter Blut. Ich schrie auf und wälzte mich aus dem Bett. Ich fiel und fiel und fiel …

Ich schrak aus dem Schlaf, mein Herz pochte. Der Traum war so lebhaft gewesen, dass ich mit beiden Händen nach unten fasste, um mich meiner

Beine zu vergewissern. Schwer atmend lag ich im Dunkeln, bis mein Puls wieder annähernd normal ging.

Es war der erste Albtraum einer ganzen Serie. Nach zwei unruhigen Nächten in Folge war ich fix und fertig.

AM SONNTAGMORGEN blieb ich lange liegen und schaute die Nachrichtensender, um mehr über das zu erfahren, was mittlerweile als „Terroranschlag beim *Guineas Stakes*“ bekannt war. Zahlreiche Kameras hatten das Rennen gefilmt, aber nur eine hatte zufällig miteingefangen, wie auf dem Balkon der Logen 1 und 2 auf der Frontaltribüne die Bombe hochging. In jedem neuen Nachrichtenblock wurden die Bilder gezeigt. Man sah einen grellen Blitz, in dem Glas, Stahl und Beton durch die Luft geschleudert wurden. Viele Gäste von Delafield Industries waren buchstäblich vom Balkon geblasen worden und wie Stoffpuppen auf das darunterliegende Flachdach und die sich darunter aufhaltenden Rennbahnbesucher gestürzt. Sie hatten offenbar Glück im Unglück gehabt – sie waren verletzt, lebten aber noch. Die Leute in den Logen, wie MaryLou, hatte es am schlimmsten erwischt.

Wieder dachte ich an Robert und Louisa. Ich wusste, ich hätte jemanden anrufen und fragen sollen, was mit ihnen geschehen war. Ich wusste aber auch, dass mir das widerstrebte, weil ich Angst vor der Antwort hatte.

Aus dem Fernsehen erfuhr ich, dass die Veranstaltung abgebrochen und das *2000 Guineas* für ungültig erklärt worden war. Denn einige Jockeys hatten sich derart auf das Rennen konzentriert gehabt, dass sie bis nach dem Zieleinlauf nichts von der Explosion mitbekommen hatten.

Es gab wilde Spekulationen, wer da gemordet hatte und warum. Ein Fernsehreporter behauptete, jemand von der Polizei habe angedeutet, dass die Bombe möglicherweise ihr wahres Ziel verfehlt habe. Angeblich war Loge 1 kurzfristig umbelegt worden. Daran anknüpfend vermutete der Reporter, der Anschlag habe eigentlich einem arabischen Prinzen und dessen Gefolge gegolten, die ursprünglich Loge 1 hatten belegen sollen.

Als im Fernsehen die 13-Uhr-Nachrichten begannen, wurde mir bewusst, dass ich Hunger hatte. Außer ein paar Stücken Baguette auf der Rennbahn und einem Schokoriegel im Krankenhaus hatte ich seit Freitagabend nichts mehr gegessen, und das Essen vom Freitag war über meinen Magen nicht hinausgekommen. Ich humpelte in die Küche und machte mir eine Tortilla. Man hört oft, dass Essen Trost spenden kann, und tatsächlich greifen Menschen, die unter Stress stehen, nicht nur deshalb zu Süßigkeiten wie Schokolade, weil ihnen das Energie verschafft, sondern weil es ihnen dann besser geht. In der Klinik in Bedford hatte ich es genauso gemacht. Aber noch tröstlicher war es, wenn ich das Essen selbst zubereiten konnte.

Ich kochte wirklich gern und fühlte mich geistig und körperlich schon erheblich besser, als ich mich setzte, um mein Werk zu vollenden, indem ich es aß.

Irgendwann am Nachmittag rief Carl an. „Gott sei Dank, da bist du ja! Wie ist es dir ergangen?“

„Bin am Knie verletzt. Und du?“

„Mir geht’s gut. Die Polizei hat meinen Namen aufgenommen und mich nach Hause geschickt.“

„Hast du Louisa und Robert gesehen?“ Mir bangte vor der Antwort.

„Gesehen habe ich beide nicht, aber Robert hat heute Morgen angerufen. Er ist arg mitgenommen, aber sonst okay. Er wollte hören, ob ich weiß, was mit Louisa ist.“

„War Robert denn nicht in der Loge, als die Bombe detonierte?“

„Er sagt, die Bombe ging eindeutig in Loge 1 hoch, aber er war bei der Explosion in Loge 2, und die zusammengeschobene Trennwand hat ihn geschützt.“

„Und was ist mit Louisa?“, erkundigte ich mich.

„Keine Ahnung. Ich wollte die Notfallnummer anrufen, die die Polizei angegeben hat, aber die ist dauernd besetzt.“

Eine Weile schwiegen wir beide, so als ob wir noch einmal die Ereignisse auf der Rennbahn durchlebten.

„Was machen wir mit dem Restaurant?“, fragte Carl schließlich.

„Daran habe ich noch gar nicht gedacht“, antwortete ich. „Ich kümmere mich morgen darum. Jetzt bin ich zu müde.“

„Ja, ich auch. Ruf mich morgen früh bitte an.“

Den Nachmittag verbrachte ich im Sessel, das linke Bein mit einem Kissen darunter auf dem Beistelltisch. Da ich vom Fernseher einfach nicht loskam, sah ich mir immer wieder die gleichen neu aufgetischten Nachrichten an. Irgendwann gegen fünf nickte ich dann ein.

MaryLou Fordham kam nicht durch. Montagfrüh wurde mir wie gewohnt die *Times* an die Haustür gebracht. MaryLous Name stand schwarz auf weiß neben sechs anderen namentlich ermittelten Toten. Die übrigen Opfer waren noch nicht identifiziert. Der aktuellen Schätzung der Polizei nach waren fünfzehn Personen bei dem Anschlag getötet worden.

Zu meiner Verblüffung hatte offenbar die Hälfte der Leute in und um die

Logen überlebt, viele allerdings schwer verletzt, und es wurde mit weiteren Toten gerechnet. Ich setzte mich aufs Sofa und las die Berichte, aber der Informationsgehalt war dürftig und dünn.

Ich machte mir einen Kaffee und schaltete die BBC-Frühstücksnachrichten an. Gerade wurde der Polizeipräsident von Suffolk auf der vom Fernsehen übertragenen Pressekonferenz begrüßt.

„Die Untersuchung des Bombenanschlags vom Samstag auf der Rennbahn von Newmarket geht voran", begann er. „Ich kann bestätigen, dass nach unseren derzeitigen Erkenntnissen achtzehn Menschen ums Leben gekommen sind. Wo es möglich war, haben wir die Angehörigen verständigt, doch mit den Familien einiger Opfer konnten wir bisher keinen Kontakt aufnehmen. Eine vollständige Liste der Opfer kann ich daher nicht vorlegen. Bisher sind uns vierzehn Verstorbene namentlich bekannt."

Er verlas die Namen langsam und machte jeweils eine Kunstpause.

MaryLou Fordham stand wie erwartet auf der Liste. Ebenso Elizabeth Jennings. Rolf Schumann wurde nicht aufgeführt, und als ich schon zuversichtlich hoffte, verkündete der Polizeipräsident: „Und schließlich Louisa Whitworth."

Wie betäubt saß ich da. Wahrscheinlich hätte ich darauf gefasst sein müssen, da aber Robert noch lebte, hatte ich unwillkürlich gehofft, auch Louisa sei verschont geblieben.

Ich dachte daran, wie ich sie zuletzt gesehen hatte, weiße Bluse, schwarzer Rock, wie sie zu den Tischen geeilt war und ihre Arbeit gemacht hatte. Sie war ein kluges Mädchen gewesen, neunzehn erst, doch mit einer vielversprechenden Zukunft. Verdammt unfair. Hingerafft, wo doch ihr Leben gerade erst richtig angefangen hatte. Wie konnte jemand so etwas tun?

Im Fernsehen hielt jetzt ein anderer Polizeibeamter eine Zeichnung hoch, den Grundriss der Logen auf der Frontaltribüne. „Die Bombe wurde hier deponiert", er zeigte mit dem Finger auf eine Stelle, „in der Klimaanlage in Loge 1, über dem Hauptfenster auf der Vorderseite. Sie befand sich also zwischen den Personen in der Loge und jenen auf dem Balkon. Die meisten Opfer wurden unmittelbar durch die Explosion getötet oder verletzt, doch eine Person wurde von umherfliegendem Gebälk tödlich getroffen."

Der Polizeipräsident ergriff wieder das Wort. „In den Medien wurde spekuliert, dass es sich um ein Attentat auf einen ausländischen Staatsbürger gehandelt habe. Es ist zu früh, um dazu etwas zu sagen, aber ich kann bestätigen, dass die Inhaber von Loge 1 mit denen von Loge 6 getauscht hatten. Der Tausch wurde Anfang voriger Woche beschlossen. Wie es aussieht, explodierte die Ladung mithilfe eines Zeitzünders. Da wir bisher nicht feststellen konnten, seit wann die Ladung vor Ort war, können wir die Möglichkeit nicht ausschließen, dass sie ihr eigentliches Ziel verfehlt hat."

Die Pressekonferenz zog sich noch eine Weile hin, doch die Polizei hatte offensichtlich keine Ahnung, wer dahintersteckte, und keine brauchbaren Hinweise.

Mein Telefon klingelte. „Hallo?", meldete ich mich.

„Chef? Gary hier. Kommen Sie zur Arbeit?"

Gary war mein *Sous-Chef*, der Koch unter mir. Mein Geselle.

„Wo sind Sie?", fragte ich.

„Im Hay Net. Aber ich kann nicht in die Küche."

„Ich weiß." Ich schaute auf die Uhr. Viertel nach zehn. Normalerweise fingen wir um zehn an. „Wer ist sonst noch da?"

„Ray, Julie und Jean, und die Aushilfen sind auch irgendwo. Ach ja, und Martin", fügte er hinzu.

Mein Barmann hatte sich offenbar erholt. Martin war derjenige, der am Freitag ins Krankenhaus gekommen war.

„Was ist mit Richard und Carl?", erkundigte ich mich.

„Fehlanzeige", antwortete Gary. „Genau wie Robert und Louisa." Offensichtlich hatte er von ihr noch nicht gehört.

„Setzt euch alle in die Gaststube und wartet auf mich", sagte ich. „Ich bin in einer Viertelstunde da."

Tatsächlich brauchte ich zwanzig Minuten bis zum Restaurant, nicht zuletzt, weil mein Wagen noch an der Rennbahn stand und ich ein Taxi rufen musste. Bis dahin war auch Richard eingetroffen, und er hatte die traurige Nachricht von Louisa überbracht. Julie und Jean weinten, Ray, Martin und Gary saßen mit hängenden Köpfen stumm da.

Martin fragte mich nach Robert, und ich konnte ihm versichern, dass er wohlauf war. Die Stimmung verbesserte das nur wenig. Richard brachte seine Wut über die „Schweine" zum Ausdruck, die da am Werk gewesen waren. Immer wieder schlug er mit der Faust auf den Tisch, bis ich schließlich meinte, er solle erst mal an die frische Luft gehen. Er war Mitte vierzig und mein Oberkellner. Louisa war die beste Schulfreundin seiner Tochter gewesen, und über Richard war Louisa auch zum Hay Net gekommen. Jetzt fühlte er sich wahrscheinlich irgendwie verantwortlich.

Zu dieser fröhlichen Schar gesellte sich Carl. „Wie geht's dem Knie?", fragte er mich.

„Ich werd's überleben."

„Schade.“ Er lächelte gequält. Ich wusste, dass es ihn wurmte, einen Boss zu haben, der zehn Jahre jünger war als er. Da ich aber gut zahlte, blieb er.

Ich berief in der Gaststube eine Versammlung ein. Richard kam mit roten verweinten Augen vom Parkplatz herein, Julie und Jean klammerten sich noch aneinander, während Martin sie umsorgte. Ray und Gary saßen weiterhin nebeneinander und schauten mich an.

„Das mit Louisa ist furchtbar. Dies Wochenende war für alle ein Graus.“

„Ich habe Schuldgefühle“, unterbrach mich Richard. „Ich war für Samstag auch eingeteilt, bin aber nicht hin, weil mir am Freitagabend so schlecht war. Wenn ich da gewesen wäre, hätte ich sie vielleicht retten können.“

„Richard, Sie dürfen sich keine Vorwürfe machen. Wären Sie da gewesen, wären Sie jetzt vielleicht auch tot.“

„Martin und mir war am Freitagabend auch übel“, sagte Jean. „Ich hab einen Krankenwagen gerufen, weil es ihm so schlecht ging.“

„Mir war auch schlecht“, warf Julie mit ihrer hohen Stimme ein.

„Uns auch.“ Gary wies auf sich und Ray.

„Ich glaube, wir haben uns am Freitagabend alle eine Lebensmittelvergiftung geholt, und die meisten Gäste des Diners auf der Rennbahn auch.“

Die Ungeheuerlichkeit meiner Worte tat ihre Wirkung.

„Ist deshalb die Küche versiegelt?“, fragte Gary schließlich.

„Ja.“ Ich erzählte ihnen, dass offenbar jemand an Lebensmittelvergiftung gestorben sei, dass ich aber noch nicht wisse wer. Auch versicherte ich ihnen, dass ich mich um einen baldigen Termin für die Kücheninspektion bemühen würde, damit wir so schnell wie möglich wieder aufmachen könnten. „Louisa hätte das auch gewollt“, schloss ich. Davon war ich überzeugt, und alle nickten zustimmend.

„Gut, jetzt könnt ihr alle nach Hause gehen; seid bitte morgen früh um zehn wieder hier. Ich kann zwar nicht versprechen, dass wir dann wieder arbeiten dürfen, aber ich bemühe mich darum. Wir werden sehen, wann Louisa beerdigt wird, dann machen wir zu, damit wir alle zum Begräbnis gehen können. Vielleicht sollten wir Louisas Eltern anbieten, den Beerdigungskaffee hier im Restaurant abzuhalten?“

Wieder nickten alle.

„Das übernehme ich, wenn Sie wollen“, erbot sich Richard.

„Ja, bitte“, stimmte ich zu.

Das Telefon klingelte auf dem Tisch in der Ecke, und Carl ging dran. Er hörte kurz zu und sagte dann: „Danke, dass Sie uns Bescheid gegeben haben.“ Er legte auf. „Eine Stornierung. Für heute Abend.“

„Auch gut“, brummte ich.

„Ich ruf mal die anderen Reservierungen an“, sagte Carl.

„Okay.“ Ich bemühte mich um einen sachlichen, optimistischen Ton. „Das wär’s, die Versammlung ist aufgelöst. Wenn mich jemand sprechen will, ich bin in meinem Büro.“

Ich nannte es zwar „mein Büro“, aber es wurde von allen genutzt. Martin war zuständig für die Bar und das Organisieren sämtlicher Getränke, auch im Restaurant. Carl kümmerte sich um die Lebensmittel- und Zubehörbestellungen.

Ich setzte mich an den Schreibtisch und legte Papiere aufeinander, um etwas Platz zu schaffen. Notizen und Rezepte zur Ergänzung der Speisekarte lagen überall herum. Ich kramte in meiner Tasche und zog die Karte Angela Milnes heraus.

Sie meldete sich nach dem ersten Klingeln.

„Max Moreton hier. Wer ist gestorben?“, fiel ich mit der Tür ins Haus.

„An der Vergiftung?“ Ich wünschte, sie hätte es nicht so genannt.

„Natürlich.“

„Nun, es sieht so aus, als ob der fragliche Todesfall nicht mit den Ereignissen vom Freitag in Zusammenhang steht. Das scheint ein natürlicher Tod gewesen zu sein.“

„Was meinen Sie damit?“, fragte ich etwas gereizt mit dem Gedanken an meine versiegelte Küche.

„In der Notaufnahme des Krankenhauses meldete sich am Freitagabend ein Mann mit Unterleibsschmerzen, Übelkeit und heftigem Erbrechen; alles wies also auf eine Vergiftung hin. Er kam zeitgleich mit mehreren anderen Notfällen an, und da er dieselben Symptome zeigte, ging man davon aus, dass er an denselben Problemen litt. Der Patient starb Samstag früh um halb acht, und ein junger Klinikarzt verständigte die Lebensmittelaufsicht unter ihrer Londoner Notrufnummer, worauf ein übereifriger kleiner Beamter die Schließung der Küche anordnete.“

„Woran ist der Mann denn gestorben?“

„Die Obduktion steht noch aus, aber er dürfte an einer Darmperforation gestorben sein. Einem Loch im Darm, durch das sich der Darminhalt in die Bauchhöhle ergießt. Das führt zur Entzündung des Bauchfells und zum Tod, wenn es nicht rasch behandelt wird. Seine Familie sagt, dass er an Morbus Crohn erkrankt war, einer chronischen Darmentzündung, und dass er seit mehreren Tagen über Schmerzen im Unterleib geklagt hatte. Morbus Crohn kann zu Darmverstopfung führen und dadurch zur Perforation.“

„Meine Küche ist also raus aus der Sache?“

„Das würde ich nun wieder nicht sagen. Es gab ja tatsächlich Fälle von Lebensmittelvergiftung, auch wenn der Tote nichts damit zu tun hat.“

„Das Essen wurde aber nicht in unserer Restaurantküche zubereitet.“

„Das weiß ich wohl.“

„Dann lassen Sie doch bitte die Vorhängeschlösser entfernen.“

„Erst muss die Küche untersucht werden.“

„Bitte sehr. Lassen Sie Ihre Inspekteure heute noch antreten, damit ich das Restaurant wieder aufmachen kann.“

„Ich werde tun, was ich kann. Aber trotzdem muss noch untersucht werden, was die Leute am Freitagabend vergiftet hat.“

„Aber die Küche vom Freitag gibt’s nicht mehr und Essensreste auch nicht, was wollen Sie da denn noch untersuchen?“

„Von den im Krankenhaus Behandelten gibt es Proben ihres Erbrochenen und ihres Stuhls. Die werden noch analysiert.“

Reizende Beschäftigung, dachte ich. „Sie geben mir doch über die Ergebnisse Bescheid, oder?“

„Unter Umständen“, erwiderte sie mit einem Anflug von Belustigung. „Sofern sich keine Gründe zur Strafverfolgung ergeben. In dem Fall erfahren Sie das Ergebnis, wenn die Polizei Sie festnimmt.“

„Oh, danke.“

Wir legten in gutem Einvernehmen auf. Bei meinem Gewerbe war es wichtig, dass ich mir Angela Milne zur Freundin, nicht zur Feindin machte.

Carl fuhr mich zur Rennbahn, damit ich meinen Wagen abholen konnte.

„Heute Nachmittag fahre ich noch mal zum Restaurant und mach die neue Speisekarte fertig“, sagte ich beim Aussteigen.

„Vielleicht komme ich auch noch mal“, meinte Carl. „Hab sonst nichts zu tun.“

„Okay, dann bis nachher, aber ich will erst noch nach Hause.“

„Gut.“ Er fuhr davon.

Ich blieb kurz stehen und blickte über die Hecke zur Tribüne. Alles war ruhig bis auf einen Polizeiposten. Ich nahm an, dass im Gebäude selbst mehr los war, da die Spurensicherung wahrscheinlich noch nach Bombensplittern suchte. Ich humpelte zu meinem Wagen.

Zu Hause angekommen, nahm ich ein paar Tabletten, um die Schmerzen im Knie zu betäuben, und legte mich eine Weile aufs Sofa, um die Tabletten wirken zu lassen. Dann fuhr ich zur nahe gelegenen Tankstelle, um zu tanken und die Lokalzeitung zu kaufen. Auf den Straßen war es sehr ruhig, und die Frau von der Tankstelle, die meine Kreditkarte durchzog, versicherte mir, die ganze Stadt stehe unter Schock.

Ich ging zurück zu meinem Wagen, wo ich mich erst einmal hinsetzte und las, was die *Cambridge Evening News* über den Bombenanschlag berichtete. Während die Polizei nur die Namen von vierzehn der achtzehn Toten genannt hatte, führte die Zeitung sie alle auf. Offensichtlich hatte das Blatt gute Verbindungen zu den örtlichen Krankenhäusern und zur Polizei.

Ich sah die Namenliste durch. Acht der Todesopfer waren amerikanische Mitarbeiter von Delafield Industries, darunter MaryLou Fordham. Elizabeth Jennings zählte ebenso zu den Toten aus Newmarket wie Louisa und ein Ehepaar, das regelmäßig im Hay Net zu Gast gewesen war. Auf der Liste der Schwerverletzten, die noch lebten, standen neben Rolf Schumann, dem Vorstandsvorsitzenden von Delafield, fünf oder sechs Namen, die ich aus der Welt des Galopprennsports kannte. Alles nette, arbeitsame Menschen. Ob es in unserer gemütlichen kleinen Stadt jemals wieder wie früher sein würde?

Ich schaute den Rest der Zeitung durch. Auf Seite fünf prangte eine zweieinhalb Zentimeter hohe Schlagzeile: FREUNDE DES RENNSPORTS VERGIFTET VOM HAY NET – EIN TOTER.

Ach du Scheiße! Der Bericht selbst war nicht ganz korrekt, aber nah genug an der Wahrheit, um uns zu schaden: 250 Gäste einer Rennbahngala seien durch die Küche des Starkochs Max Moreton vom Hay Net vergiftet worden. Ferner hieß es, eine Person sei gestorben, fünfzehn weitere seien ins Krankenhaus gekommen. Neben dem Artikel war ein Foto des Schildes abgedruckt, das mit der Aufschrift WEGEN DEKONTAMINIERUNG GESCHLOSSEN – KEIN ZUTRITT vor meinem Restaurant hing.

3

Wie versprochen setzte Angela Milne alle Hebel in Bewegung, damit noch am Montagnachmittag meine Küche überprüft wurde. Der Kontrolleur, ein kleiner Mann im Anzug, traf gegen Viertel vor fünf ein.

„Tag", grüßte er, als ich zu ihm auf den Parkplatz hinauskam. „Mein Name ist James Ward."

Ich gab ihm die Hand und dachte schon, er würde nachsehen, ob ich einen Schmutzrand auf seinem Handteller hinterlassen hatte, aber das tat er nicht.

„So, wo ist denn die Küche?“, fragte er.

Die Inspektion war gründlich: Ward schaute buchstäblich in jede Ritze. Er fuhr mit dem Finger oben an den Abzugshauben entlang, suchte nach Rückständen in den großen Ausgüssen und führte sogar ein Wattestäbchen durch den winzigen Spalt zwischen der eingebauten Bratpfanne und der Arbeitsfläche. Der Spalt war sauber. Ich wusste, dass er sauber war. Ich ließ ihn täglich reinigen.

„Gut“, sagte Ward schließlich. „Alles hübsch sauber. Natürlich lasse ich die morgen noch auf Bakterien untersuchen.“ Er wies auf die mittlerweile in Plastikbeuteln verstauten Wattestäbchen, mit denen er nicht nur durch den Spalt bei der Bratpfanne, sondern auch über die Arbeitsflächen, die Schneidbretter und die Spülbecken gestrichen war.

„Aber die Küche ist jetzt wieder offen?“, fragte ich.

„Sicher. Ich habe schon viele Küchen kontrolliert, und so sauber war noch selten eine.“

Ich war froh. Die Küche musste sauber sein, darauf hatte ich schon immer Wert gelegt, und nicht nur, damit sie Inspektionen standhielt. Ich dankte Ward und komplimentierte ihn zu seinem Wagen. Die nächste Stunde verbrachten Carl und ich damit, die Siegelbänder und die GESCHLOSSEN-Schilder zu entfernen sowie die Vorhängeschlösser möglichst gebäudeschonend zu entfernen. Ward hatte die Schlüssel dafür nicht mitgehabt. „Von Vorhängeschlössern hat man mir nichts gesagt“, hatten seine Worte gelautet.

„Morgen öffnen wir also wieder?“, fragte Carl.

„Falls wir noch Kunden haben“, seufzte ich.

ICH RIEF Mark Winsome an. Wie ich fand, sollte mein stiller Teilhaber langsam wissen, dass uns ein bisschen Ärger bevorstand. Aufmerksam hörte er sich die ganze Geschichte vom Freitagabend und vom Anschlag am Samstag an. Von der Bombe hatte er natürlich schon gehört, aber er hatte nicht geahnt, wie nah seine Geldanlage daran gewesen war, ins Gras zu beißen.

„Das mit Ihrer Kellnerin tut mir leid“, meinte er. „Aber morgen hat das Restaurant wieder geöffnet, sagen Sie?“

„Ja. Ich glaube aber kaum, dass viel Betrieb sein wird, nicht nur wegen der Lebensmittelvergiftung, sondern weil die ganze Gegend unter Schock steht. Da geht keiner essen.“

„Sie hätten diese Woche also etwas Zeit, Max?“

„Na ja, für diejenigen, die es hierher verschlägt, sollte ich schon da sein. Wieso?“

„Ich finde, es wird Zeit, dass Sie nach London kommen und hier ein Restaurant eröffnen. Ich habe Ihnen sechs Jahre Zeit gelassen, und ich denke, jetzt sind Sie so weit."

Ich saß in meinem Büro und starrte an die Wand. Ich hatte Mark mit einem ganz mulmigen Gefühl angerufen, weil ich befürchtete, er könnte mir übel nehmen, dass ich allem Anschein nach einen erheblichen Teil der gehobenen Gesellschaft von Newmarket vergiftet und damit seine Investition geschädigt hatte. Stattdessen bot er mir – was an? Ruhm und Reichtum, vielleicht aber auch Reinfall und Prestigeverlust.

„Kommen Sie doch gegen Ende der Woche mal vorbei. Wie wär's mit Freitag? Lunch im ‚Goring'?"

Ich stimmte zu.

„Gut", meinte er. „Um eins an der Bar."

Mark legte auf, und ich dachte eine Weile darüber nach, was die Zukunft bringen könnte. Das Hay Net war gefragt, gemütlich, und es machte Spaß, dort zu essen. War ich bereit, die ländliche Beschaulichkeit aufzugeben und mich in die brutale Welt der Hauptstadtgastronomie zu stürzen?

DIE NACHT war etwas weniger unruhig als die vorhergehende, und so war ich einigermaßen erfrischt, als mich das Klingeln meines Telefons auf dem Nachttisch aus dem Schlaf riss.

„Hallo?"

„Max, sind Sie das?", fragte eine Frauenstimme. „Suzanne Miller hier." Die Geschäftsführerin des Rennbahnrestaurants. „Entschuldigen Sie, dass ich Sie zu Hause anrufe, aber ich glaube, wir haben ein Problem. Es geht um vergangenen Freitag. Anscheinend waren einige Gäste des Galadiners hinterher krank."

„Ah ja?", fragte ich mit gespielter Überraschung. „Und Sie und Tony?" Suzanne und ihr Mann hatten beide an dem Empfang teilgenommen.

„Uns ging es gut. Es war ein reizender Abend. Aber ich habe heute Morgen einen Brief bekommen. Und zwar..." Ich hörte Papier rascheln. „‚Sehr geehrte Mrs Miller, hiermit weisen wir Sie darauf hin, dass unsere oben genannte Klientin, die bei einem am Freitag, dem 4. Mai, auf der Rennbahn Newmarket von Ihrem Restaurant ausgerichteten Diner eine Vergiftung davongetragen hat, Ihr Unternehmen wegen erlittener Schmerzen und Verdienstausfalls auf Schadensersatz verklagen wird.'"

„Und wer ist die Klientin?", fragte ich.

„Im Betreff steht: Ms Caroline Aston. Sie steht nicht auf der Gästeliste, aber da fehlen viele Namen. Sie wissen ja, wie das ist: Mr XY und Gast. Wird so jemand sein."

„‚Einige Gäste', sagten Sie. Wer noch?"

„Recht viele anscheinend. Ich habe meiner Sekretärin gesagt, was in dem Brief steht, und sie meinte, am Freitagabend sei vielen Leuten schlecht geworden. Ihr Mann ist Arzt, und sie hat erzählt, dass er zu etlichen Patienten gerufen wurde. Außerdem habe es gestern in der Zeitung gestanden. Was sollen wir tun?"

„Vorerst gar nichts. Wenn jemand nachfragt, sagen Sie, Sie kümmern sich drum. Nur aus Interesse, was haben denn Sie und Tony am Freitagabend gegessen?"

„Das weiß ich nicht mehr. Seit der Bombengeschichte kann ich kaum noch denken."

„Furchtbar, nicht?"

„Furchtbar", stimmte sie zu. „Was machen wir nun mit dem Brief?"

„Können Sie mir eine Kopie davon schicken? Und wenn ich Sie wäre, würde ich abwarten, ob die sich noch mal melden."

„Ich muss mich wohl mit meinen Vorgesetzten besprechen."

Das Rennbahnrestaurant gehörte einem Konzern, und ich nahm an, Suzanne war lieber, die Firmenjuristen warfen einen Blick auf den Brief. Das konnte ich ihr nicht verdenken.

„Okay, aber könnten Sie mir erst eine Kopie davon schicken?"

„Werde ich tun", antwortete sie langsam, als überlege sie, „aber dann schreibe ich dazu, dass ich Sie als zuständigen Küchenchef offiziell von dem Brief in Kenntnis setze, und meine Zentrale bekommt eine Kopie."

Wieso kam es mir auf einmal vor, als distanziere sich Suzanne von mir? Sollte ich für das Restaurant als Sündenbock herhalten?

„Gut. Und wenn Ihnen wieder einfällt, was Sie am Freitag gegessen haben, sagen Sie mir das bitte auch, ja?"

„Tony ist Vegetarier", erwiderte sie, „da wird er das Entsprechende gegessen haben."

„Und Sie? Haben Sie vielleicht auch das Vegetariermenü genommen?"

„Was gab's denn?"

„Nudelauflauf mit Brokkoli und Käse."

„Brokkoli kann ich nicht ausstehen, da scheidet das wohl aus. Lassen Sie mich mal überlegen." Eine kurze Pause entstand. „Ich glaube, ich hatte Huhn. Aber ich war so nervös wegen der Feier, dass ich kaum was runterbrachte. Warum wollen Sie das wissen?"

„Für den Fall, dass es irgendwas an dem Abendessen war, was den Leuten nicht bekommen ist. So kann man schon mal einiges ausschließen."

Nachdem wir uns noch über unsere Kriegserlebnisse vom Tag der Bombenexplosion ausgetauscht hatten, legten wir auf. Ich ließ den Kopf aufs Kissen sinken und fragte mich, wer und wo Ms Caroline Aston war. Ich hätte ihr den Hals umdrehen können. Von wegen Schmerzen und Verdienstausfall! Ich hatte auch Schmerzen und finanzielle Einbußen erlitten. Und wen konnte *ich* verklagen?

ALS ICH ins Hay Net kam, lag dort ein zweiter Brief von Ms Astons Anwälten – für mich. Daraus ging hervor, dass sie sowohl mich persönlich als auch das Rennbahnrestaurant verklagte.

Wütend saß ich in meinem Büro und las den Brief immer und immer wieder. Am besten hätte ich mir wohl einen Anwalt genommen und ihm das Schreiben übergeben. Stattdessen rief ich noch einmal Mark an.

„Schicken Sie ihn mir", sagte er. „Meine Anwälte sehen ihn sich mal an."

Ich faxte ihn an die Nummer, die er mir durchgab, und keine Viertelstunde später rief einer seiner Anwälte an. Ich erklärte ihm das Problem.

„Keine Sorge", meinte er. „Wir kümmern uns drum."

„Danke. Aber teilen Sie mir bitte mit, wer diese Frau ist, damit ich eine Voodoopuppe von ihr basteln und sie mit Nadeln spicken kann."

Der Anwalt lachte. „Vergiften Sie sie doch einfach."

„Das ist nicht lustig", gab ich zurück.

„Nein. Verzeihung. Ich melde mich wieder." Er legte auf.

Carl kam, und ich teilte ihm die frohe Kunde mit.

„Kommst du in den Knast?", fragte er hoffnungsvoll.

„Scher dich zum Teufel!"

Er lächelte. „Dann bringen wir den Laden jetzt mal ins Rollen."

Zu einem Restaurantbetrieb gehört sehr viel mehr als die Zubereitung von ein paar Mahlzeiten. Zunächst mal erwarten die Gäste eine Auswahl an Speisen, und sie möchten nicht allzu lange auf ihr Essen warten. Im Idealfall waren die Hauptgänge binnen zehn Minuten nach Abräumen der Vorspeise fertig, oder, wenn keine Vorspeise gewünscht wurde, spätestens 28 Minuten nach Eingang der Bestellung in der Küche. Ich wusste nur zu gut, dass man einen Gast nicht länger warten lassen durfte, als er für angemessen hielt, sonst spielte es keine Rolle mehr, wie gut das Essen schmeckte, und nur die Wartezeit blieb in Erinnerung.

Drei von uns – Carl, Gary und ich – arbeiteten am Herd, während Julie sich um die Kaltspeisen einschließlich Salate und Desserts kümmerte. Dem uneingeweihten Betrachter könnte eine Restaurantküche als chaotisches Durcheinander erscheinen, aber in Wirklichkeit ist sie etwa so unsortiert wie die Hände eines Jongleurs, der vier Bälle gleichzeitig in der Luft hält. In beiden Fällen trügt der Schein. Es versteht sich, dass uns nicht immer alles gelang, doch insgesamt ernteten wir ungleich mehr Lob als Nörgeleien, und das genügte mir.

Die Ankunft einer Warenlieferung meines Metzgers unterbrach mich in meinen Gedanken. Fleisch kaufte ich bei einem Mann aus Bury St Edmunds, der alles selbst schlachtete. Ein gutes Restaurant braucht selbstverständlich einen guten Koch, aber auch der beste Koch braucht gute Zutaten, daher ist die Wahl der Zulieferer entscheidend.

Bis um zehn mein übriges Personal eintraf, hatte der Fahrer die Lieferung fast schon vollständig im Kühlraum gestapelt. Gary war ganz aufgeregt wegen der wieder entfernten Vorhängeschlösser und lief in der Küche herum wie ein kleiner Junge, der sich im Spielwarenladen austoben darf. Er hatte den Schwung und die Begeisterung, um ein guter Küchenchef zu werden. Seit er vor ein paar Jahren bei mir angefangen hatte, achtete ich darauf, jeden Tag wenigstens ein von ihm kreiertes Gericht oder Menü anzubieten; momentan hatte ich Red Snapper mit Kräuterkruste und einer karamellisierten Birnenhälfte im eigenen Jus auf einem Kartoffelpüreebett auf der Karte. Es war ein wohlschmeckendes und beliebtes Gericht, mit dessen Zubereitung Gary normalerweise genug zu tun hatte.

Die Vorbestellungen für diesen Dienstagmittag hielten sich jedoch in Grenzen, und nach einigen Stornierungen im Lauf des Vormittags machte sich Leere breit.

Gegen Mittag berief ich in der Gaststube eine Personalversammlung ein.

„Es kann sein, dass wegen des Bombenanschlags vom Samstag und der Probleme, die wir am Freitag hatten, eine etwas magere Woche auf uns zukommt. Ich bin aber überzeugt, dass es bald wieder aufwärtsgeht. Wir machen weiter wie gewohnt und geben unser Bestes für diejenigen, die uns beehren, okay?“ Ich schlug einen optimistischen Ton an.

„Ich habe mit den Whitworths gesprochen“, berichtete Richard. „Ich soll Ihnen für Ihr Angebot danken, aber sie möchten den Beerdigungskaffee lieber zu Hause abhalten. Und Louisas Mutter will das Essen selber machen, wenn’s recht ist.“

„Natürlich.“ Ich fragte mich, ob die Eltern Louisas Job für ihren Tod verantwortlich machten. „Wissen Sie, wann die Beerdigung ist?“

„Freitag um halb drei, im Krematorium in Cambridge."

Dann musste ich das Mittagessen mit Mark verschieben. „Okay. Wir bleiben am Freitag geschlossen. Ihr habt den Tag frei und könnt, wenn ihr wollt, zur Beisetzung gehen."

Letztlich servierten wir nur vier Mittagessen für zwei einzelne Paare, die zufällig vorbeikamen. Die sechs noch reservierten Tische blieben leer.

Ich verbrachte einige Zeit am Telefon, um den Kunden, die für Freitag einen Tisch bestellt hatten, mitzuteilen, dass wir an dem Tag geschlossen hatten und warum. Die meisten meinten, sie wären wohl sowieso nicht gekommen. Irgendwann wählte ich eine Nummer und hörte es klingeln, bevor mir klar wurde, dass ich die Nummer der Jennings vor mir hatte. Ich wollte wieder auflegen, doch da meldete sich Neil schon.

„Hier ist Max Moreton vom Hay Net."

„Ah ja. Tag, Max."

„Neil", fuhr ich etwas verlegen fort, „mein Beileid wegen Elizabeth. Es ist furchtbar."

„Ja", erwiderte er.

Eine unbehagliche Stille trat ein. Ich wusste nicht recht, was ich sagen sollte. „Wann ist die Beerdigung?", fragte ich. „Ich würde ihr gern die letzte Ehre erweisen."

„Freitag um elf. Our Lady and St Etheldreda."

„Wenn es geht, komme ich."

„Gut."

Wieder entstand eine beklommene Pause. Ich wollte mich schon verabschieden, da meinte er: „Eigentlich müsste ich mich bei Ihnen bedanken, dass Sie mir das Leben gerettet haben. Wenn Sie mich am Freitagabend nicht so krank gemacht hätten, wäre ich am Samstag bei meiner Elizabeth in der Loge gewesen."

Ich konnte nicht heraushören, ob er darüber froh war oder nicht.

DER MITTWOCH begann klar und sonnig. Zum ersten Mal seit fast einer Woche hatte ich tief und fest durchgeschlafen.

Am Dienstagabend war im Restaurant so wenig los gewesen, wie ich befürchtet hatte. Nur fünf Tische waren am Ende besetzt. Das gab mir ein ungutes Gefühl, und auch dem Personal merkte ich die Anspannung an. Sie hatten Angst um ihren sicheren Arbeitsplatz, Angst vor der Zukunft. Genau wie ich.

Erfrischt von gesundem Schlaf und einer kräftigen Dusche, entschloss ich mich, etwas für die Rehabilitierung des Restaurants zu tun. Ich sah die Telefonnummer der *Cambridge Evening News* nach.

Ich ging davon aus, dass eine Abendzeitung schon früh mit der Arbeit anfing, und ließ mich, im Frotteemantel auf der Bettkante sitzend, um Viertel vor acht mit der Redaktion verbinden. Es dauerte eine Weile, bis Mrs Harding, die Nachrichtenredakteurin, an den Apparat kam.

„Ja? Was kann ich für Sie tun?"

„Wären Sie an einem Exklusivinterview mit Max Moreton interessiert?", fragte ich, ohne meine Identität preiszugeben. „Sowohl über die Lebensmittelvergiftung vorige Woche als auch über den Bombenanschlag am Samstag auf der Rennbahn?"

„Was hat denn Max Moreton mit dem Bombenanschlag zu tun?"

Er habe das Essen für die betroffenen Logen zubereitet, teilte ich ihr mit, und sei unmittelbar nach der Bombenexplosion als Erster am Schauplatz gewesen.

„Wenn dem so ist, hätten wir sehr gern ein Interview mit Mr Moreton."

„Gut. Wie wäre es dann mit heute Vormittag um halb elf im Hay Net?"

„Na gut." Sie klang ein wenig unsicher. „Ist das auch nicht gefährlich?"

Ich schluckte meinen Unmut hinunter und verneinte.

„Okay. Sagen Sie Mr Moreton, ich werde um halb elf dort sein."

Ich versprach ihr das und legte schmunzelnd auf.

Als Nächstes rief ich Mark an. Ich wusste, dass er jeden Morgen um halb acht an seinem Schreibtisch war und manchmal auch noch abends um elf. Offenbar kam er mit maximal sechs Stunden Schlaf aus. In der Zeit, wenn er wach war, widmete er sich dem Geldverdienen.

„Kein Problem", sagte er, als ich ihm von den geänderten Freitagsplänen erzählte. „Treffen wir uns zum Abendessen. Sie sagen wo, ich zahle."

„Okay. Im OXO Tower?" Wie lange dauerte noch gleich die Fahrt mit der Bahn? „Um halb neun?"

„Gut. Freitag um halb neun im OXO."

Er legte auf, und ich lehnte mich im Bett zurück und dachte über die Zukunft nach. Wie ehrgeizig war ich?

Im November wurde ich zweiunddreißig. Vor sieben Jahren hatte ich als jüngster Küchenchef aller Zeiten einen Michelinstern bekommen. Doch inzwischen sah man mich nicht mehr als den aufgeweckten Youngster an, von dem noch viel zu erwarten war, sondern schon als etablierten Meisterkoch, der sein Vermögen mehrte. In Wahrheit ging es mir zwar nicht schlecht, aber das Hay Net war zu klein und zu provinziell, um ein echter Goldesel zu sein. Auf Landesebene war ich lediglich ein kleiner Promikoch.

Worum ging es mir sonst noch im Leben? Ich hatte mir schon immer eine Familie gewünscht und Kinder haben wollen. Das geht aber nun mal nicht ohne Frau. Ein paar Beziehungen mit Frauen hatte ich hinter mir. Und abgehakt. Die Arbeitszeiten in der Gastronomie sind von vornherein asozial: anstrengende Abende und später Feierabend.

Andererseits war ich auch nicht aktiv auf Partnersuche, noch nie gewesen, aber wenn sich die Gelegenheit ergab, würde ich sie beim Schopf fassen. In London könnte sich die Wahrscheinlichkeit eines solchen Zufalls deutlich erhöhen.

Das Telefon auf meinem Nachttisch klingelte. Ich griff zum Hörer.

„Morgen, Mr Moreton", meldete sich Angela Milne. „Ich habe eine gute und eine schlechte Nachricht für Sie. Welche möchten Sie zuerst hören?"

„Lieber die gute."

„Die Abstriche, die Ward in Ihrer Küche gemacht hat, sind alle okay."

„Gut." Ich hatte es nicht anders erwartet. „Und die schlechte Nachricht?"

„Sie haben Mann und Maus mit Phytohämagglutinin vergiftet. Lektin in Kidneybohnen, der Stoff, der die roten Bohnen giftig macht. Sie haben Ihren Gästen Kidneybohnen vorgesetzt, die nicht gar gekocht waren."

Ich dachte scharf an das Diner vom Freitag zurück. „Da gab es keine Kidneybohnen. Ihr Labor muss sich irren."

„Im Krankenhaus wurden Proben von sechzehn verschiedenen Personen genommen, und alle haben dieses Phydingsda enthalten."

Ich war verwirrt. Ich wusste, dass das Essen keine Kidneybohnen enthalten hatte; zumindest hatte ich nicht wissentlich welche verwendet. „Dann muss ich mir die Zutaten auf den Lieferscheinen noch mal ansehen."

„Das sollten Sie vielleicht tun." Sie hielt kurz inne. „Einstweilen muss ich in meinem Bericht schreiben, dass die Vergiftung durch den Verzehr unsachgemäß zubereiteter Kidneybohnen hervorgerufen wurde. Und es kann sein, dass die Bezirksverwaltung den Bericht an die Staatsanwaltschaft weiterleitet, um prüfen zu lassen, ob wegen Verstoßes gegen das Lebensmittelschutzgesetz ein Strafverfahren gegen Sie eingeleitet werden sollte."

„Danke für den Hinweis. Wie wird das geahndet?"

„Höchststrafe ist ein nach oben offenes Bußgeld und zwei Jahre Freiheitsentzug, aber da muss es schon Vorsatz sein. Sie bekommen schlimmstenfalls eine amtliche Verwarnung."

Auch eine amtliche Verwarnung zählte als Vorstrafe. Damit wären die

Londonträume vielleicht schon ausgeträumt. Und auch für das Hay Net könnte es den Todesstoß bedeuten.

Wir verabschiedeten uns, und ich saß da und starrte auf das Telefon in meiner Hand.

Kidneybohnen! Jeder Koch, jede Köchin, jede Hausfrau weiß, dass Kidneybohnen gekocht werden müssen, damit sie genießbar sind. Niemals hätte ich Kidneybohnen als Zutat verwendet, ohne sie vorher rigoros abzukochen, um die giftigen Inhaltsstoffe loszuwerden. Das war einfach absurd.

In meinem Büro im Restaurant kramte ich später auf dem Schreibtisch nach dem Lieferschein von Leigh Foods Ltd., dem Lieferanten, bei dem ich sämtliche Zutaten für Freitag bestellt hatte. Alles war aufgeführt – und keine Spur von Kidneybohnen.

Ich war vollkommen ratlos. Ich rief Angela Milne an. Da sie nicht abnahm, hinterließ ich eine Nachricht auf ihrer Mailbox. „Hier ist Max Moreton. Ich habe die Zutatenliste für das Essen vom Freitag geprüft, Kidneybohnen sind nicht dabei. Sind die Testergebnisse wirklich stichhaltig? Da kann was nicht stimmen."

Ich legte auf, und das Telefon klingelte, bevor ich es noch losgelassen hatte. „Angela?", fragte ich in den Hörer.

„Nein, Bernard Sims", erwiderte eine Männerstimme. „Sie ist Musikerin. Spielt Viola."

„Pardon. Ich kann Ihnen leider nicht folgen."

„Die Dame ist Musikerin."

„Wer, Bernard Sims?"

„Nein, Caroline Aston. Ich bin Bernard Sims, der Anwalt von Mr Winsome."

Endlich fiel der Groschen. „Ach so. Und wessen Gast war Ms Aston bei dem Diner?"

„Kein Gast. Sie gehörte zu dem Streichquartett, das an dem Abend gespielt hat", erklärte Sims.

Ich erinnerte mich an die Musikerinnen, vier schwarz gekleidete Frauen in den Zwanzigern, schlank und elegant. Ich erinnerte mich auch an meinen Unmut darüber, dass ich vor lauter Arbeit nicht dazu gekommen war, mich an sie ranzuschmeißen. Schon seltsam, wie die Gefühle spielen. Statt der Dame den Hals umdrehen zu wollen, bedauerte ich jetzt vielmehr, dass ihr übel geworden war.

„Wo arbeitet sie?", fragte ich.

„Anscheinend spielt sie im Royal Philharmonic Orchestra. Echte Profis. Möchten Sie ihre Adresse?"

„Gern“, sagte ich, ohne recht zu wissen, was ich damit anfangen sollte.

„Sie wohnt in Fulham, in der Tamworth Street.“ Sims gab mir die vollständige Anschrift und auch ihre Telefonnummer.

Ich notierte beides. „Wie sind Sie denn da drangekommen?“

Er lachte. „Berufsgeheimnis.“

„Was soll ich machen?“

„Fragen Sie mich das nicht, und sagen Sie es mir auch nicht. Ich will’s nicht wissen.“ Er lachte wieder. „Vielleicht sollten Sie sie zum Essen einladen, aber dann würde ich alles, was sie zu sich nimmt, vorkosten.“ Offensichtlich amüsierte er sich prächtig, und er lachte noch, als er auflegte.

Gary kam ins Büro. „Draußen ist so ’ne Tussi für Sie. Harding, glaub ich. Von irgend’ner Zeitung.“

Die Nachrichtenredakteurin der *Cambridge Evening News*. Aufgrund der neuen Informationen von Angela Milne hatte ich meine Zweifel, ob das mit der Zeitung so eine gute Idee war. Zurückhaltung wäre vielleicht besser gewesen. Aber jetzt war es zu spät.

Sie wartete in der Bar auf mich, um die dreißig, das schulterlange Haar zum Pferdeschwanz gebunden. Seriös gekleidet in weißer Bluse zum knielangen dunklen Rock. Es hätte ihr bestimmt gefallen, von Gary als Tussi bezeichnet zu werden.

„Ms Harding.“ Ich bot ihr die Hand. „Ich bin Max Moreton.“

Sie betrachtete die Hand einen Moment lang, ehe sie sie vorsichtig ergriff. Offensichtlich hielt sie es für ein Gesundheitsrisiko, mir oder meinem Restaurant zu nahe zu kommen.

„Vielleicht möchten Sie einen Blick in meine Küche werfen, um sich davon zu überzeugen, dass sie sauber ist? Ich kann Ihnen das versichern. Die vom Ordnungsamt waren am Montag hier, und der Inspektor sagte mir, es sei die sauberste Küche, die er je gesehen habe.“

Sie schien noch nicht ganz beruhigt zu sein, willigte jedoch zögernd ein, mit in die Küche zu kommen. „Eigentlich möchte ich lieber mit Ihnen über den Bombenanschlag sprechen“, meinte sie.

„Okay, machen wir, aber erst hätte ich doch gern einen Kaffee. Möchten Sie auch einen? Er ist frisch gekocht.“ Ich hätte ihn auch am Tresen machen können, aber ich war entschlossen, ihr meine Küche zu zeigen.

Sie betrachtete ein Weilchen den blitzenden Edelstahl um sich herum. Die Arbeitsflächen waren so blank, dass sie sie als Make-up-Spiegel hätte benutzen können. Ich merkte, wie sie sich ein wenig entspannte.

Ich hielt ihr einen Becher dampfenden Kaffee hin. „Milch und Zucker?“

„Nur ein bisschen Milch. Danke."

Ich lächelte. Runde eins an Moreton.

„Ist die Einrichtung neu?", fragte sie, als sie den Kaffee nahm.

„Nein. Das meiste ist sechs Jahre alt."

„Aber das ist alles so blank."

„Das muss es wegen der Gesundheitskontrollen auch sein. Die meisten Haushaltsküchen dürften für einen Restaurantbetrieb nicht kochen, sie wären viel zu verdreckt. Wann haben Sie zuletzt den Boden unter Ihrem Kühlschrank geputzt? Hier bei uns wird er's täglich." Runde zwei an Moreton.

„Wenn hier alles so sauber ist", entgegnete sie anklagend, „wie haben Sie es dann fertiggebracht, so viele Leute zu vergiften und ein Betriebsverbot wegen Dekontaminierung zu bekommen?" Runde drei an Harding.

„Zunächst mal wurde das Essen nicht hier zubereitet", betonte ich. „Der Empfang fand auf der Rennbahn statt, wo vorübergehend eine Küche eingerichtet wurde. Die war aber genauso sauber." Ich beschloss, von den schwer zu fassenden Kidneybohnen lieber nichts zu sagen.

Sie hatte flinke Fäuste. „Wie sind die Gäste dann zu ihrer Lebensmittelvergiftung gekommen? Dass die Leute krank waren, steht fest. Fünfzehn Personen kamen ins Krankenhaus, und eine starb."

„Dass es Fälle von Übelkeit gab, steht außer Zweifel. Falsch ist aber die Behauptung Ihrer Zeitung, dass an dem Essen jemand gestorben sei. Das stimmt nicht. Ich könnte Sie dafür verklagen, dass Sie das geschrieben haben." Moreton landet einen rechten Haken.

„Warum wurde das dann von unserer Quelle in der Klinik behauptet?"

„Offenbar ist dort am Freitagabend ein Mann gestorben, bei dem man zunächst von einer Lebensmittelvergiftung ausging, was sich aber als Irrtum herausstellte. Er hatte gar nicht an dem Essen teilgenommen. Er ist an etwas anderem gestorben. Und genau wegen dieser verheerenden Falschinformation hat die Lebensmittelaufsicht mir die Küche dichtgemacht."

„Hm", meinte sie. „Ich muss zugeben, dass mir das nicht besonders fair zu sein scheint." Wieder eine Runde an Moreton.

Ich nutzte meinen Vorteil. „Außerdem war mir auch schlecht. Glauben Sie, ich würde mich selbst vergiften? Schreiben Sie für Ihre Zeitung jetzt also einen Artikel, der mein Restaurant entlastet?"

„Kommt drauf an. Haben Sie mir zu dem Bombenanschlag auf der Rennbahn etwas interessantes Neues zu erzählen?"

„Vielleicht. Wenn Sie mir versprechen, es auch zu drucken."

„Versprechen kann ich gar nichts, weil der Chefredakteur entscheidet.“ Sie lächelte. „Aber da er mein Mann ist, wird es sich schon schaukeln lassen.“

Da Carl und Gary in die Küche mussten, um mit den Vorbereitungen für das Mittagessen anzufangen, kehrten Mrs Harding und ich für den Rest des Interviews an die Bar zurück. Ich lieferte ihr die erhofften neuen Gesichtspunkte zu dem Bombenanschlag, ohne die blutigen Einzelheiten allzu plastisch zu schildern. Schließlich sah sie auf die Uhr, klappte ihr Notizbuch zu und meinte, sie müsse sich sputen.

„Sie kommen heute aber nicht mehr rein. Schauen Sie morgen mal.“

„Gut“, sagte ich.

Wir gaben uns die Hand, sie zögerte diesmal nicht.

„Haben Sie hier schon mal gegessen?“, fragte ich.

„Noch nie.“

„Dann lade ich Sie ein. Bringen Sie Ihren Mann mit. Jederzeit.“

„Danke.“ Wieder lächelte sie. „Das nehme ich gern an.“

Moreton siegt durch K. o.

4

Angela Milne rief am Donnerstagmorgen in aller Frühe an, und ich merkte gleich, dass ihr meine Nachricht übel aufgestoßen war. Sie teilte mir unmissverständlich mit, dass ein Irrtum bei den Laborergebnissen ausgeschlossen sei. „Sie haben Kidneybohnen serviert, die nicht richtig abgekocht waren. Geben Sie’s doch zu, Mr Moreton.“

Wurde ich verrückt? Ich wusste genau, dass ich keine Kidneybohnen in das Essen getan hatte. Aber konnte ich auch für andere sprechen? Vielleicht hatte jemand anders sie hinzugefügt. Aber wieso? Und wer?

Am Mittwochabend war die Gaststube deprimierenderweise nicht mal zu einem Viertel gefüllt. Der Donnerstag gestaltete sich etwas erfreulicher, schon wegen der *Cambridge Evening News*. Der Artikel brachte zwar hauptsächlich meine Antworten auf Mrs Hardings Fragen nach dem Bombenanschlag. Weiter unten stand dann aber mit Verweis auf den Montagsartikel, dass das Hay Net wieder geöffnet sei, nachdem die Lebensmittelaufsicht das Lokal geprüft und keinen Grund zur Beanstandung gefunden habe. Mrs Harding hatte hinzugefügt, sie habe sich die Küche selbst angesehen und sei von dem Maß an Hygiene beeindruckt. Braves Mädchen.

Ich dachte, es sei noch zu früh, um von dem Artikel eine Wirkung zu erwarten, doch am Donnerstagabend konnten wir immerhin schon rund 35 Gäste verbuchen. Das deckte zwar nach wie vor unsere Kosten nicht, aber es machte Mut, und die Atmosphäre in der Gaststube war etwas lebhafter. Vielleicht ging es wieder aufwärts.

Am Freitag kamen in Newmarket und Umgebung viele Leute unter die Erde, zumindest viele, die ich kannte.

Es fing an mit Elizabeth Jennings in der Kirche Our Lady and St Etheldreda. Bei der Beerdigung der Frau eines der erfolgreichsten und beliebtesten Trainer im Land war die Kirche natürlich so voll, dass es nur noch Stehplätze gab.

Tapfer hielt Neil Jennings die Totenrede auf seine Frau und rührte die meisten von uns zu Tränen. Er sah gealtert und hinfällig aus, viel älter als sechzig. Eine halbe Stunde lang stand er im Anschluss an der Kirchentür und gab allen, die an dem Gottesdienst teilgenommen hatten, die Hand. Bei solchen Anlässen reichen Worte nicht aus, um die Trauer, die man empfindet, einander mitzuteilen. Ich konnte nur mit zusammengepressten Lippen und traurigen Augen lächeln – das Lächeln, das besagt: „Ich trauere mit Ihnen“, ohne dass man die Worte tatsächlich ausspricht.

Ich plauderte noch mit einigen anderen Trauergästen, denn es waren überwiegend Leute, die ich vom Sehen kannte und die mich grüßten, wenn wir uns auf der Straße begegneten. Zu ihnen gehörte George Kealy, der führende Trainer Newmarkets, dessen Frau Emma einen Samstagstisch in meinem Restaurant abonniert hatte.

„Tag, George“, grüßte ich. „Eine schlimme Geschichte ist das, hm?“

„Fürchterlich.“ Wir schwiegen uns an.

Emma stand neben Neil Jennings und hielt ihm die Hand, als er sich an der Kirchentür von den letzten Trauergästen verabschiedete. Mir fiel ein, dass Emma Neils Schwester war. Ich sah zu, wie sie langsam zusammen fortgingen und sich in den Fond einer schwarzen Limousine setzten.

Neben mir schüttelte George den Kopf und schürzte die Lippen. Ich fragte mich, warum er Emma und Neil nicht zum Friedhof begleitet hatte, aber es war kein Geheimnis in der Stadt, dass sich die beiden großen Trainerrivalen nicht ausstehen konnten, auch wenn sie Schwäger waren.

Plötzlich wandte sich George wieder mir zu. „Tut mir leid wegen Samstagabend. Nach allem, was passiert war, konnten Emma und ich nicht mehr zu Ihnen essen kommen.“

„Wir hatten eh nicht geöffnet.“ Die Vorhängeschlösser verschwieg ich lieber.

„Ich dachte es mir schon.“ Er hielt inne. „Für morgen streichen Sie uns am besten auch. Nein, überhaupt fürs Erste. Emma ruft Sie wieder an, okay?“ Ohne eine Antwort abzuwarten, marschierte er davon.

WEITER ging es um halb drei mit Louisas Bestattung in der Westkapelle des Krematoriums von Cambridge.

Ich hatte die Whitworths am Mittwochnachmittag besucht und die Trauer und den Schmerz in ihrem Haus beinahe greifen können. Wie hatte ich mich geirrt in der Annahme, die Eltern Louisas könnten glauben, der Job im Restaurant sei schuld an ihrem Tod! Sie hätten im Gegenteil nicht überschwänglicher davon sprechen können, wie sehr die Arbeit ihr Selbstvertrauen gestärkt hatte. Wie grausam, dachte ich, dass diesen lieben Menschen die größte Freude, die sie im Leben hatten – ihre kluge, lebenslustige Tochter –, so brutal entrissen wurde. Aufgewühlter als erwartet hatte ich ihr Haus verlassen.

Ich halte mir etwas darauf zugute, ein ausgeglichener Mensch zu sein, den so schnell nichts zu Tränen rührt oder in Rage bringt. Doch jetzt in der Kapelle litt ich derart, dass ich Tränen und Wut kaum zurückhalten konnte.

Trotzdem hielt der Tag noch mehr Trauer bereit: die Beerdigung von Brian und June Walters, die als Freunde meines verunglückten Vaters zu meinen allerersten Kunden gehört hatten, als ich das Restaurant eröffnet hatte.

Nach dem Gottesdienst fuhr ich zum Bahnhof von Cambridge. Und es kam mir vor, als wäre ich den ganzen Tag durch das Schattenreich des Todes gewandelt, als ich um zehn vor sieben in den Zug nach London stieg. Zum Trost goss ich mir einen Gin Tonic ein und machte es mir unter all den stillen Wassern auf der grünen Weide der ersten Klasse bequem. Für heute hatte ich genug von Asche zu Asche, Staub zu Staub und Psalm 23.

Gegen Viertel vor acht fuhr der Zug in die King’s Cross Station ein. Eigentlich hätte ich mich auf den Abend mit Mark freuen sollen. Aber ich tat es nicht.

„DA SOLLTEN SIE drüberstehen“, meinte Mark beim Essen. „Glauben Sie an sich und pfeifen Sie auf das, was die Leute denken.“

„Man muss doch die Kunden für sich einnehmen“, entgegnete ich. „Also ist auch wichtig, was sie denken, oder?“

„Ich spreche ja nicht von Newmarket“, leitete Mark zum eigentlichen Anlass unseres Abendessens über. „Es wird Zeit, dass Sie nach London kommen und einen Laden wie den hier aufmachen. Dass Sie sich einen Namen machen.“

Wir saßen im Restaurant des OXO Tower, im achten Stock mit Blick auf die Londoner Skyline. Es gehörte zu meinen Lieblingstreffpunkten, und wenn ich in London ein Restaurant eröffnen sollte, dann würde es tatsächlich auch etwas in dieser Art sein – Eleganz gepaart mit Vergnügen.

„Sie wollen sich doch einen Namen machen, oder?“, bohrte Mark.

„Auf jeden Fall“, versicherte ich. „Bloß habe ich im Moment daran zu knabbern, dass die Boulevardpresse mich als Essensvergifter tituliert.“

„Daran denkt nächste Woche keiner mehr.“

„Was ist mit der Frau, die mich verklagen will?“

„Darüber machen Sie sich mal keine Sorgen. Einigen Sie sich außergerichtlich, dann kräht kein Hahn danach. Geben Sie ihr hundert Pfund für ihre Nöte und vergessen Sie's. Sowieso bescheuert, wegen einer kleinen Lebensmittelvergiftung zu klagen.“ Er lachte mit einer wegwerfenden Geste, und ich entspannte mich ein wenig.

„Also“, sagte Mark, als der erste Gang serviert war, „wo machen wir das Restaurant auf, und was für ein Stil schwebt Ihnen vor?“

Warum läuteten bei diesen Fragen die Alarmglocken in meinem Kopf? Beim Hay Net hatte sich Mark strikt an unsere Abmachung gehalten. Er hatte das Kapital bereitgestellt, mir aber in allen Einzelheiten freie Hand gelassen: Standort, Stil, Speisekarte, Weine, Personal. Hörte ich nun aus Marks Fragen heraus, dass er in London mehr mitreden wollte?

„Ich denke an so etwas wie das hier“, antwortete ich. „Traditionell, aber gleichzeitig modern.“

„Beides zusammen geht nicht“, wandte Mark ein.

„Natürlich geht das“, beharrte ich. „Hier haben Sie Altbewährtes wie weiße Tischtücher, guten Service, bestes Essen, besten Wein und dass die Gäste einigermaßen für sich sein können. Die Raumgestaltung aber ist modern, und auch die Speisekarte ist innovativ, mit mediterranen und asiatischen Einflüssen.“ Ich hielt kurz inne, bevor ich ernst fortfuhr: „Mark, in dem neuen Restaurant hätte ich doch völlige Entscheidungsfreiheit, nicht? So wie im Hay Net, oder?“

Er saß nur da und schaute mich an. „Max“, sagte er schließlich, „habe ich Sie schon mal gefragt, wie man Handys verkauft?“

„Nein.“

„Eben. Warum sollte ich Sie dann fragen, wie man ein Restaurant betreibt?"

„Aber Sie essen in Restaurants."

„Und Sie benutzen ein Handy", konterte er.

„Also gut. Ich verspreche, dass ich mit Ihnen nicht über Handys streite, wenn Sie mit mir nicht über Restaurants streiten."

„Okay. Zu den gleichen Bedingungen?"

„Nein", antwortete ich. „Ich möchte mehr als fünfzig Prozent vom Gewinn. Sie bekommen vierzig, ich sechzig, damit ich mein Personal am Gewinn beteiligen kann. Und dann entscheide ich nach meinem Gutdünken, wie viel oder wenig davon über Prämien an mein Personal geht. Außerdem bekomme ich nach fünf Jahren die Möglichkeit, Sie zu einem fairen Preis auszubezahlen."

Mark lehnte sich auf seinem Stuhl zurück und sah mich an. „Sie wahren knallhart Ihren Vorteil."

„Warum auch nicht? Ich mache die ganze Arbeit. Sie stellen lediglich einen dicken Scheck aus und können auf Ihrem Hintern sitzen, bis die Kohle reinkommt." Zumindest hoffte ich, dass Kohle reinkam.

„Wussten Sie, dass viele Restaurants in London innerhalb eines Jahres mit gewaltigen Verlusten dichtmachen? Ich gehe ein ganz schönes Risiko ein mit meinem Geld." Er sah mich mit schief gelegtem Kopf an, als dächte er nach. Plötzlich beugte er sich auf dem Stuhl vor. „Okay, abgemacht." Er streckte mir die Hand hin.

Ich schlug herzlich ein, wir lächelten uns an. Der Handel war perfekt.

„Kidneybohnen!", rief Carl. „In dem Essen waren aber doch keine Kidneybohnen."

„Das dachte ich auch", seufzte ich. „Anscheinend wurden aber sechzehn verschiedene Personen untersucht, und dieses Phyzeug war in sämtlichen Proben."

Es war später Samstagnachmittag, und ich hatte Carl und Gary zu mir ins Büro gebeten, bevor wir für den Abend aufmachten.

„Wo könnten die Bohnen denn drin gewesen sein?", fragte Carl.

„Genau das gedenke ich herauszufinden", antwortete ich. „Dann finde ich auch raus, wer sie reingetan hat."

„Willst du damit etwa sagen, dass jemand absichtlich die ganzen Leute vergiftet hat?"

„Was soll ich denn sonst denken?"

„Müsste man nicht sehen, wenn irgendwo Kidneybohnen drin sind?“, fragte Gary.

„Dachte ich auch. Aber wenn sie klein gehackt sind, sieht man sie natürlich nicht.“ Niemand hätte ungekochte Kidneybohnen herausgeschmeckt, zumal wenn sie klein gehackt sowie mit Pfifferlingen, Trüffeln und Schalotten vermischt waren, ganz abgesehen von Weißwein, Kognak, Knoblauch und Sahne.

„Der Wein in der Soße musste aber doch reduziert werden.“ Damit meinte Carl, dass die Soße zum Verdampfen der überschüssigen Flüssigkeit hatte gekocht werden müssen. „Wenn tatsächlich Bohnen drin waren, wären sie dann doch harmlos gewesen.“

„Sie müssen nach dem Aufkochen dazugegeben worden sein“, sagte ich. „Die Soße wurde ja mit Sahne abgeschmeckt. Mit der Sahne ist sie nicht mehr gekocht worden.“

Ich dachte an das Essen zurück. Die Soße hatte ich in vier großen Alukochtöpfen zubereitet; für den Fall, dass sie in einem Topf gerann, hatte ich sie getrennt gekocht. Die vier halb vollen Töpfe hatten im Anrichteraum gestanden, wo wir das Essen auf die Teller verteilt hatten. Ich hatte einen der Küchengehilfen die Soße umrühren lassen, damit sie sich nicht absetzte. Zu viel mehr war der Mann nicht zu gebrauchen gewesen. Ich erinnerte mich an ihn, weil ich einige Mühe gehabt hatte, mich ihm verständlich zu machen, da er nur wenig Englisch konnte. Ich nahm an, er kam aus Polen oder Tschechien oder sonst einem osteuropäischen Land.

Es gab einen Zeitraum von rund zehn Minuten, in dem die Bohnen der Soße hinzugefügt worden sein konnten, bevor sie aufgetragen wurde. In dieser Zeit hätte jeder vom Personal Gelegenheit gehabt, etwas in die Töpfe zu geben.

„Was sollen wir also tun?“, fragte Gary.

„Wir können gar nichts tun“, erwiderte ich, „nur weitermachen wie immer. Fürs Abendessen haben wir fünfundsechzig Reservierungen, und heute hat bisher noch niemand abgesagt.“

Das Telefon auf meinem Schreibtisch klingelte. Warum nur hältst du dein blödes Maul nicht?, dachte ich, als ich den Hörer abnahm. „Hallo, Restaurant Hay Net.“

„Max? Hier ist Emma Kealy. Sie haben gestern auf Elizabeths Beerdigung mit George gesprochen, nicht wahr? Er sagt, er hat unseren Tisch für heute Abend abbestellt.“

„Stimmt. Er sagte, Sie wollten vorerst keinen mehr.“

„Der alte Dummkopf! Wir haben noch Übernachtungsgäste und nichts zu essen im Haus. Kriegen Sie um halb neun noch vier Personen unter?“

„Natürlich kriegen wir Sie unter. Ich freue mich auf Sie.“ Ich legte auf und sah Gary und Carl an. „Vier Personen mehr für heute Abend“, verkündete ich lächelnd. Ein Hoch auf die Kealys.

Die beiden anderen gingen in die Küche, um mit den Vorbereitungen fürs Abendessen anzufangen, während ich am Schreibtisch sitzen blieb und Suzanne Miller auf ihrem Handy anrief.

„Tag, Suzanne. Max Moreton hier. Entschuldigen Sie, dass ich Sie am Samstagnachmittag behellige. Hätten Sie einen Moment Zeit?“

„Schießen Sie los, Max. Ich bin sowieso im Büro. Wir hatten heute eine Hochzeitsgesellschaft, deshalb arbeite ich noch.“

„Ich wusste gar nicht, dass es auf der Rennbahn Hochzeiten gibt.“

„Aber ja. Fast jeden Samstag im Sommer – wenn keine Rennen stattfinden, versteht sich. Was kann ich für Sie tun?“

„Könnten Sie mir vielleicht eine Kopie der Gästeliste vom vorigen Freitagabend schicken?“

„Gern. Die hab ich in meinem Computer. Ich maile sie Ihnen.“

„Danke. Und noch etwas. Haben Sie auch eine Liste mit den Namen der Küchenhilfen, die Sie über die Agentur bekommen haben?“

„Nein. Die Agentur hat mir nur gesagt, wie viele kommen, aber nicht, wie sie heißen.“

„Ein paar sind aber nicht aufgetaucht, wie Sie wissen, dafür mussten im letzten Moment Leute von Ihnen einspringen. Haben Sie noch die Namen der Ersatzleute, die wir herangezogen haben?“

„Ich maile Ihnen die Telefonnummer der Agentur, dann können Sie sie direkt fragen. Wozu brauchen Sie die Namen meines Personals?“

„Ich habe Grund zu der Annahme, dass jemand etwas in das Essen getan hat, was nicht hineingehörte.“

„Soll das heißen, Sie trauen meinem Personal zu, dass es Leute vergiftet hat?“, fragte sie ziemlich frostig.

„Nein“, beeilte ich mich zu erwidern. „Das will ich damit nicht sagen, und ich glaube es auch nicht. Ihre Leute sind ja alle erst auf den letzten Drücker eingesprungen. Ich möchte nur ihre Namen, damit ich sie als Verdächtige ausschließen kann.“ Jetzt hörte ich mich schon an wie ein Kriminalbeamter.

„Ich werde nachsehen, Max. Das klingt mir aber alles ein bisschen weit hergeholt. Warum sollte einer denn so viele Leute vergiften wollen?“

„Weiß ich auch nicht. Warum haben so viele Leute Lust, was kaputt zu machen? Es gibt nicht für alles eine logische Erklärung."

„Aber meinen Sie nicht, Sie sollten mit Ihrem Verdacht bezüglich des Essens zur Polizei gehen?"

„Sollte ich vielleicht. Aber die Polizei ist sicher vor allem hinter dem Bombenleger her." Insgeheim dachte ich, die Polizei würde genau wie Angela Milne annehmen, ich hätte ungare Kidneybohnen aufgetischt und wollte es bloß nicht zugeben.

Wir verabschiedeten uns, und ich wandte mich meinem Computer zu.

SIE HABEN POST, teilte er mir kurz darauf mit, und tatsächlich erschien nach ein paar Mausklicks die Gästeliste des Galadiners vor meinen Augen. Ich sah die Liste durch, da ich aber weder genau wusste, wonach ich suchte noch warum, druckte ich sie aus und legte sie auf meinem Stapel unerledigter Post ab. Dann ging ich ins Internet.

Ich suchte nach dem Royal Philharmonic und sah, dass das Orchester heute Abend und fast die ganze nächste Woche „Sibelius und Elgar" in der New Yorker Carnegie Hall spielte. Wie schön für Caroline Aston. Ich war letztes Frühjahr in New York gewesen und hatte jede Sekunde genossen.

Ich sah mir Ms Astons Telefonnummer an, die ich mir am Mittwochmorgen bei dem Anruf von Bernard Sims notiert hatte. Wenn sie in New York war, konnte sie jetzt nicht zu Hause sein. Ich fragte mich, ob sie eine Ansage hatte – ob ich ihre Stimme hören könnte. Ich tippte die Nummer ein.

Eine Frauenstimme meldete sich schon nach dem ersten Klingeln. Ups, keine Ansage vom Band. Ein richtiges Gegenüber.

„Ist da Caroline Aston?", fragte ich im Vertrauen darauf, dass ebendie fünftausend Kilometer entfernt war.

„Ja", erwiderte sie. „Kann ich Ihnen helfen?"

„Ähm", stammelte ich tölpelhaft, „hätten Sie Interesse daran, Doppelglasfenster zu kaufen?"

„Nein danke. Wiederhören!" Sie legte auf.

Blödmann!, schimpfte ich mich, wobei mir das Herz bis zum Hals klopfte. So was Dummes. Ich legte den Hörer auf, und sofort klingelte das Telefon wieder.

„Hallo", meldete ich mich.

„Hätten *Sie* Interesse daran, Doppelglasfenster zu kaufen?"

„Bitte?"

„Na, sehen Sie. Warum sollte ich Doppelglasfenster von jemandem kaufen wollen, der mich aus heiterem Himmel anruft?"

Ich wusste nicht, was ich sagen sollte. „Entschuldigung." Auch für mich klang das albern.

„Wer sind Sie überhaupt?", fuhr sie fort. „Eine Verkaufskanone jedenfalls nicht."

„Woher haben Sie denn meine Nummer?", fragte ich.

„Anruferkennung. Was aber wichtiger ist, woher haben Sie *meine*?"

Die Wahrheit konnte ich ihr schlecht sagen, aber alles andere hätte mich jetzt noch mehr in die Bredouille gebracht. „Bitte entschuldigen Sie, ich muss Schluss machen. Wiederhören." Ich legte schnell auf. Meine Hände waren feucht. Zu blöd aber auch!

Ich ging hinaus in die Küche, wo Carl gerade einem der Springer ziemlich bissig erklärte, dass es wirklich nötig war, beim Spülen alle Speisereste aus den Pfannen zu entfernen.

Ungeachtet ihres Namens trifft man Springer seltener beim Springen als beim Tauchen an, da sie den Abwasch besorgen und ihre Arme meistens bis zu den Ellbogen in heißem Wasser stecken. Im Hay Net hatten wir zwei. Einer davon war ein Mann in den Fünfzigern, der meist für sich blieb. Der andere Springer hieß Jaček (*Jatscheck* gesprochen); er war in der vierten Woche bei uns und nahm es mit dem Auswaschen der Bratpfannen offenbar nicht so genau. Er hatte nur sehr dürftige Englischkenntnisse. Immerhin hatte er mich aber fragen können, wie er es anstellen müsse, seiner Frau und seiner kleinen Tochter, die noch in der Heimat seien, jede Woche Geld zu überweisen. Er schien zufrieden mit dem Leben, und mit seinem unverwüstlichen Lächeln hatte er vorige Woche der Moral in der Küche wirklich gutgetan. Jetzt stand er mit gesenktem Kopf vor Carl, als bäte er ihn um Verzeihung. Weil er dabei immer wieder nickte, fragte ich mich, wie viel von Carls Tirade er eigentlich verstand.

Ich zog Carls Blicke auf mich. *Das reicht*, gab ich ihm stumm mit den Lippen zu verstehen. Jaček war ein tüchtiger Angestellter, und ich wollte ihn jetzt bestimmt nicht verlieren.

Carl entließ den Missetäter mit einer kurzen Handbewegung. Jaček kam auf dem Rückweg zu einem Platz an der Spüle an mir vorbei, und ich sah ihn lächelnd an. Er zwinkerte mir zu und erwiderte das Lächeln. Oho, dachte ich, der Bursche ist nicht ohne.

AM SAMSTAGABEND sah es aus, als wäre das Hay Net wieder im Geschäft. An der Bar und in der Gaststube ging es lebhaft zu.

George und Emma Kealy erschienen mit ihren beiden Gästen pünktlich um halb neun, bekamen ihren gewohnten Tisch und schienen sich wohlzufühlen. Über mein Gespräch mit George bei der Beerdigung wurde kein Wort verloren, doch als sie aufbrachen, wandte sich Emma zu mir und sagte: „Bis nächste Woche, wie gewohnt."

„Gern." Ich lächelte sie an.

„Haben Sie schon rausgefunden, wovon letzte Woche allen schlecht geworden ist?", fragte sie. George machte ein Gesicht, als entsetzte ihn die Taktlosigkeit seiner Frau.

„Nicht direkt", antwortete ich. „Anscheinend ist aber etwas ins Abendessen getan worden."

„Wollen Sie etwa sagen, da war Absicht dahinter?"

„Das ist für mich der einzig mögliche Schluss."

„Das klingt mir aber etwas abwegig", warf George ein.

„Ihnen vielleicht, aber wie soll ich mir das sonst erklären? Und ich will unbedingt herausfinden, wer dafür verantwortlich ist."

„Na, für uns war es jedenfalls ein Segen", sagte Emma. „Wir waren auch zu dem Lunch geladen, bei dem die Bombe hochging. Wir sind nur deshalb nicht hin, weil wir beide eine grässliche Nacht hinter uns hatten." Sie lächelte mich an. „Deshalb verzeihe ich Ihnen."

Ich erwiderte das Lächeln und legte ihr eine Hand auf den Arm. „Das freut mich." Wenn Kundinnen mit mir schäkerten, ging ich immer gern darauf ein. Es war gut fürs Geschäft.

„Komm, Emma", drängte George. „Wir müssen los. Peter und Tania warten." Er wies mit einer Handbewegung auf ihre beiden Gäste, die geduldig an der Eingangstür standen.

„Schon gut, George. Ich komm ja schon." Sie reckte sich mit ihren eins sechzig, um mir einen Kuss zu geben, und ich beugte mich ein wenig zu ihr herunter. „Gute Nacht, Max. Es war ein ganz reizender Abend. Und Sie dürfen uns jederzeit wieder vergiften, wenn Sie uns damit das Leben retten."

„Danke." Sonst fiel mir keine passende Antwort ein.

„Komm jetzt, Schatz", sagte George genervt. Mit einem Seufzer fügte sich Emma. Durchs Fenster sah ich zu, wie die vier in einen neuen Mercedes der Spitzenklasse einstiegen und davonfuhren.

Damit waren es jetzt schon drei Leute, die in der zerbombten Loge hätten sein sollen, wegen der Essensvergiftung aber nicht dort gewesen waren. Hier passte vielleicht wirklich das Wort vom Glück im Unglück.

WENIGER GÄSTE konnten schneller bedient werden, und so gingen die letzten um kurz vor elf.

Ich saß an meinem Schreibtisch im Büro und hoffte im Stillen, dass das Schlimmste überstanden war. Wenn ich das Gerichtsverfahren abwenden und glaubhaft versichern konnte, dass ich von den giftigen Kidneybohnen nichts geahnt hatte, würde sich die Lage im Hay Net vielleicht normalisieren, zumindest für ein paar Monate, bis ich so weit war, meinen Umzug nach London bekannt zu geben. Wie man sich täuschen kann!

Ich sah auf die Uhr. Viertel nach elf. Zeit, nach Hause zu gehen. Mal früher Feierabend.

Das Telefon klingelte neben mir. „Hallo? Restaurant Hay Net."

Am anderen Ende war es still.

„Restaurant Hay Net", wiederholte ich. „Was kann ich für Sie tun?"

„Wieso haben Sie mir erzählt, dass Sie Doppelglasfenster verkaufen?"

Oje, Caroline Aston! „Ähm ... Ich weiß nicht warum", brummelte ich.

„Haben Sie ein Rad ab, oder was?"

Ja, sah fast so aus. „Nein. Darf ich Ihnen das bitte erklären?"

„Ich warte", sagte sie.

„Nicht am Telefon. Können wir uns vielleicht treffen?"

„Wie sind Sie an meine Nummer gekommen?", wollte sie wieder wissen.

„Über die Auskunft."

„Ich habe eine Geheimnummer."

Ich ritt mich immer tiefer hinein. „Ach so. Ich weiß nicht mehr. Über das Orchester vielleicht. Hören Sie, wenn wir uns treffen, kann ich alles erklären. Darf ich Sie zum Essen einladen?"

„Nach Newmarket komme ich nicht. Meinen Sie, ich gebe Ihnen noch mal Gelegenheit, mich zu vergiften?"

„Sie sagen wo, und ich zahle. Sie können es sich aussuchen."

Es war kurz still, während sie überlegte. „Im ‚Gordon Ramsay'. Bis Freitag bin ich diese Woche jeden Abend frei."

Abgesehen davon, dass das Gordon Ramsay zu den teuersten Restaurants der Welt gehörte, war es auch bekannt dafür, dass man nur schwer reinkam. Aussichten auf einen Tisch hatte ich nur, wenn ich meine Beziehungen spielen ließ.

„Ich ruf Sie an. Aber wieso sind Sie nicht in New York?"

„Dafür hat Ihr verdammtes Essen gesorgt!", antwortete sie böse. „Ich konnte am Samstag nicht zum Flughafen kommen und wurde ersetzt."

„Oh, das tut mir leid."

„Ist das ein Schuldeingeständnis?“

Ich konnte mir ausmalen, was Bernard Sims mit mir angestellt hätte. „Aber keineswegs“, widersprach ich.

„Mein Agent meint, ich soll Sie fertigmachen. Er meint, ich müsste mindestens zehntausend dafür kriegen. Mir ist ja nicht nur das Geld für die Tour entgangen. Ich habe auch keine Gewähr dafür, dass ich in das Orchester wieder aufgenommen werde, wenn es zurückkommt. Dabei bin ich erst vor Kurzem zur ersten Viola aufgestiegen.“

„Da fällt mir ein“, ich bemühte mich, das Thema zu wechseln, „was ist der Unterschied zwischen einer Violine und einer Viola?“

„Was?!“, schrie sie durch die Leitung. „Haben Sie nicht zugehört? Ich sagte gerade, Sie haben mich vielleicht meine Karriere gekostet!“

„So schlimm wird’s schon nicht kommen. Sie sollten sich beruhigen. Das ist besser für Ihren Blutdruck.“

Eine Pause entstand. „Sie sind widerlich.“

„Das hat mein Bruder auch immer gesagt.“

„Er hatte völlig recht. Also?“

„Also was?“, fragte ich.

„Was gedenken Sie zu tun?“

„Gar nichts.“

„Nichts? In diesem Fall sehen wir uns vor Gericht.“

„Okay. Aber was ist denn nun der Unterschied zwischen einer Violine und einer Viola. Sie sehen gleich aus.“

„Nein“, widersprach sie. „Eine Viola ist viel größer als eine Violine. Da könnte man genauso gut sagen, eine Gitarre sieht wie ein Cello aus.“

„Sie wissen, was ich meine. Violine wie Viola wird mit einem Bogen unterm Kinn gespielt.“

„Auch mit den Fingern“, präzisierte sie. „*Pizzicato.* Und das Instrument liegt weniger unterm Kinn als auf der Schulter.“

„Heißt das, Sie recken das Kinn in die Luft?“

„Manchmal.“

Ich hörte an ihrem Tonfall, dass sie lächelte. Vielleicht war es ganz gut, mich jetzt loszueisen, bevor sie noch mal nachfragte, woher ich denn ihre Privatnummer kannte und wusste, was sie machte.

„Ich ruf Sie wegen des Essens an.“

„Meinen Sie wirklich, Sie bekommen einen Tisch?“, fragte sie.

„Selbstverständlich. Kein Problem.“

Ich hoffte, ich hatte Recht. Dann sparte ich vielleicht zehn Riesen.

5

Wir bekamen einen Tisch für zwei an der Wand neben der Tür. Klar war es nicht der beste Platz, aber Caroline war trotzdem beeindruckt.

„Ich hätte nie gedacht, dass Sie hier einen Tisch besorgen können“, meinte sie zur Begrüßung. „Hätte ich gewusst, dass Sie das hinkriegen, hätte ich es nicht vorgeschlagen. Ich bin keineswegs sicher, ob ich hier sein möchte.“

Tja, ich war nicht umsonst ein Starkoch – wenn auch ein Leichtgewicht. Nachdem ich meine Seele zwar nicht direkt dem Teufel, aber dem Hüter seiner Küche verkauft und Versprechungen gemacht hatte, die schwierig bis unmöglich einzulösen waren, bot man mir dafür „einen kleinen Extratisch um neun, der noch in die ausgebuchte Gaststube passt.“

„Sie müssen Gordon Ramsay sehr gut kennen, wenn Sie den Tisch gekriegt haben.“

„Gefälligkeit unter Kollegen.“ Ich lächelte. „Wir Gourmetköche halten zusammen.“ Quatsch hoch zwei, aber besser als die Wahrheit. „Und Sie?“, wechselte ich das Thema. „Erzählen Sie doch mal, was Sie so machen.“

„Ich mache Musik. Und Sie machen Essen. Das heißt, Sie verköstigen die Menschen, und ich unterhalte sie.“ Sie lächelte über ihren Scherz. Dabei veränderte sich ihr Gesicht. Es war, wie wenn man am Morgen die Vorhänge aufzieht und die Sonne hereinlässt.

„Wird Musik nicht als Nahrung für die Seele bezeichnet?“, fragte ich.

„Eigentlich bezieht sich das Zitat auf Leidenschaft“, korrigierte sie mich. „‚Es kennt die Menschenseele keine Leidenschaft, die in der Musik nicht Nahrung fände.‘ Ich weiß nicht mehr, von wem das ist, aber es war auf einer Tafel in der Eingangshalle unserer Musikhochschule in Holz geschnitzt.“

„Welche Schule?“

„Royal College of Music.“

„Aha. Und wieso die Viola?“

„Das geht auf die Grundschule zurück. Die Musiklehrerin war Bratschistin, und ich wollte so sein wie sie. Sie war großartig.“ Caroline lächelte wieder.

Ich sah sie mir an. Sie war schlank und elegant, nicht in Schwarz heute, sondern in einem cremefarbenen Rock und einer silbernen Wickelbluse, die mein Herz jedes Mal höherschlagen ließ, wenn sie sich vorbeugte. Ihr Haar war hellbraun und zu einem Pferdeschwanz gebunden.

Ein Kellner kam und fragte, ob wir gewählt hätten.

„Was ist *pied de cochon*?“, erkundigte sich Caroline.

„Wörtlich bedeutet es ‚Schweinefuß‘“, erklärte ich. „Schweinshaxe. Schmeckt sehr gut.“

Sie zog die süße Nase kraus. „Ich nehme die Hummerravioli und danach das Lamm, glaube ich.“

„Und ich nehme *pied de cochon* und den Seebarsch.“ Dazu bestellte ich einen halbwegs erschwinglichen Médoc, erschwinglich zumindest für diese Weinkarte. Ich würde mich an die Londoner Preise erst noch gewöhnen müssen.

„Also, wovon ist mir so schlecht geworden?“, kam sie unvermittelt zur Sache.

„Das tut mir aufrichtig leid. Aber falls es Sie tröstet, mir war auch furchtbar schlecht.“

„Gut. Geschieht Ihnen recht.“

„Das ist aber nicht sehr mitfühlend.“

Sie lachte. „Warum bitte sollte ich Mitgefühl mit dem berüchtigten Giftmischer aus Newmarket haben?“

„Also, der bin ich nicht.“

„Wer denn dann?“

„Das“, antwortete ich ernst, „ist die Eine-Million-Dollar-Frage.“

Bernard Sims hätte es bestimmt nicht gutgeheißen, doch ich erzählte ihr alles, was ich über die Vergiftung wusste, was unterm Strich so viel auch wieder nicht war.

Unsere Vorspeisen kamen, als ich mitten dabei war, die grässlichen Auswirkungen des Phytohämagglutinin auf den menschlichen Verdauungstrakt zu schildern, und mir war, als sähe Caroline sich ihre Ravioli sehr genau an, um nicht etwa eine verirrte Kidneybohne mitzuessen.

Zum Glück sah meine Schweinshaxe nicht so aus, als hätte sie Lust, auf dem Teller herumzuspazieren, und war einfach köstlich. Sie würde mir Ansporn sein, in der Küche noch besser zu werden.

„Was glauben Sie denn, wer es war?“, fragte Caroline schließlich.

„Wichtiger scheint mir die Frage *warum*. Mein erster Gedanke war, dass jemand mich und mein Restaurant ruinieren will, aber um Newmarket herum gibt’s nicht viele Restaurants, und keins, das meinetwegen darben müsste.“

„Vielleicht neidet Ihnen jemand Ihren Erfolg.“

„Auch daran habe ich gedacht, aber ich kann mir nicht vorstellen wer.“ Ich trank einen Schluck Wein. „Ich habe eine andere, etwas wilde Theorie.

Ich frage mich inzwischen, ob die Vergiftung bei dem Abendessen und der Bombenanschlag auf der Rennbahn irgendwie zusammenhängen. Nehmen wir mal an, das Abendessen wurde vergiftet, damit jemand am Samstagnachmittag nicht zum Pferderennen kam und folglich nicht von der Bombe zerrissen wurde. Es würde aber bedeuten, dass entgegen dem allgemeinen Konsens die Bombe das Ziel getroffen hat, für das sie bestimmt war. Es würde bedeuten, dass sie nicht dem Araberprinzen galt und dass sämtliche Zeitungen sich irren."

„Wieso bedeutet es das?"

„Weil jemand, der am Abend vor dem Bombenanschlag das Essen vergiftet hat, gewusst haben dürfte, dass einige Tage vorher die Loge umbelegt wurde. Sieben Personen, die zum Lunch in der Bombenloge erwartet wurden, sind an dem Tag nicht aufgetaucht, und von dreien weiß ich sicher, dass sie zu Hause geblieben sind, weil sie sich am Abend vorher die Vergiftung zugezogen hatten."

„Wow! Haben Sie das auch schon anderen erzählt?"

„Nein. Ich wüsste nicht, wem. Jedenfalls hätte ich Angst, dass man mich auslacht. Haben Sie das nicht in der Zeitung gelesen? Die ganze Woche über war nur von der Nahostverbindung die Rede."

„Vielleicht haben die ja mehr Informationen als Sie."

„Mag sein", stimmte ich zu.

Unsere Hauptgänge kamen, und wir unterhielten uns eine Weile über Alltäglicheres wie unsere Familien, unsere liebsten Filme und liebste Musik. Ohne sie direkt danach zu fragen, kam ich zu dem Schluss, dass sie derzeit keinen Freund hatte. Offenbar war das allabendliche Bratschenspiel der Partnersuche genauso wenig zuträglich wie der Kochberuf.

„Die meisten Orchestermusiker, die ich kennen gelernt habe", erzählte Caroline, „sind leider ziemlich langweilig, nicht ganz mein Typ."

„Wie ist denn Ihr Typ?", wollte ich wissen.

„Hm. Gute Frage."

Vielleicht war sie ja wirklich gut, aber da ich keine Antwort bekam, wechselte ich das Thema. „Schmeckt das Lamm?"

„Köstlich. Möchten Sie mal probieren?"

Wir tauschten ein Häppchen auf der Gabel, ihr Lamm gegen meinen Fisch. Dabei sah ich ihr Gesicht ganz nah. Sie hatte strahlend blaue Augen, hohe Wangenknochen, eine eher lange, schmale Nase über einem breiten Mund und ein eckiges Kinn. Keine klassische Schönheit vielleicht, aber ich fand, sie sah ziemlich gut aus.

„Was starren Sie so?“, fragte sie. „Habe ich Soße am Kinn?“

„Ich habe mir nur die Frau, die mich verklagen will, genau angesehen, damit ich sie vor Gericht wiedererkenne.“ Ich lächelte dabei, doch sie erwiderte das Lächeln nur halb.

„Ja, irgendwie ist das schon schade.“

„Sie könnten die Klage ja auch fallen lassen“, regte ich an.

„Mein Agent ist dahinterher. Er verzichtet nicht gern auf seine Provision. Er ist mit fünfzehn Prozent an allen Einnahmen beteiligt.“

Eine Weile aßen wir schweigend. Es gefiel mir mit ihr. Eine hübsche, kluge und begabte Tischgenossin, ein wundervolles Essen und eine annehmbare Flasche Bordeaux. Was gab es Besseres?

„Zu wem wollen Sie mit Ihrer Theorie denn gehen?“, fragte Caroline beim Kaffee.

„Was schlagen Sie vor?“

„Zur Polizei natürlich. Aber erst mal müssen Sie Ihre Fakten klarmachen. Haben Sie die Gästeliste von dem Galadiner?“

Ich bejahte. „Aber die gibt nicht so viel her, weil nicht jeder Einzelne aufgeführt ist. Bei etlichen Tischen steht nur der Tischherr auf der Liste.“

„Haben Sie eine Gästeliste von der Loge, in der die Bombe explodierte?“

„Die konnte ich nicht bekommen. Wer da war, lässt sich aber dennoch leicht feststellen, denn sie stehen entweder auf der Liste der Toten oder der Verletzten. Mich interessieren aber mehr die Namen der sieben Personen, die eingeplant, aber nicht da waren.“

„Irgendjemand muss doch die Namen der Geladenen haben.“

„Ich hab mich drum bemüht. Aber ohne Erfolg.“ Ich hatte den größten Teil des Montagmorgens hindurch versucht, die Liste aufzutreiben. Suzanne Miller vom Rennbahnrestaurant hatte lediglich „Gäste von Delafield Industries“ in ihren Unterlagen, und der Rennbahndirektor konnte sogar nur mit „Sponsor und Gäste“ aufwarten.

„Und die Sponsorenfirma? Haben Sie sich an die gewandt?“

„Nein. Ich halte es eher für unwahrscheinlich, dass die wissen, wer eingeladen war, abgesehen von ihren aus den Staaten eingeflogenen Mitarbeitern. Ich glaube, die Marketingchefin der Firma, die auch getötet wurde, hat die britischen Gäste erst auf die Liste gesetzt, als sie hier war und sich ein Bild davon gemacht hatte, wer infrage kam.“

„Und die Verletzten von der Sponsorenfirma? Jemand von denen könnte doch wissen, wer eingeladen war.“

„Daran habe ich auch schon gedacht. Laut der Lokalzeitung von gestern liegen zwei noch auf der Intensivstation, die anderen sind bereits zurück in die Staaten geflogen worden."

Ich bat einen vorbeikommenden Kellner um die Rechnung und zuckte nur ein kleines bisschen zusammen, als sie kam. Als ich Caroline anbot, sie heim nach Fulham zu bringen, beharrte sie darauf, dass ich sie nur in ein Taxi zu setzen brauchte.

Widerstrebend rief ich eins, und sie stieg allein in den Wagen.

„Darf ich Sie wiedersehen?", fragte ich durch die offene Tür.

„Klar. Vor Gericht."

„Das meinte ich nicht. Noch mal ein Abendessen? Ein Besuch auf der Rennbahn?"

„Was machen Sie denn am Donnerstag in vierzehn Tagen?"

„Nichts", antwortete ich. Nichts, außer dass ich sechzig Mittagessen und hundert Abendessen im Hay Net kochen musste.

„Da gebe ich mit dem Orchester ein Bratschenkonzert in der Cadogan Hall. Kommen Sie doch hin."

„Liebend gern", erwiderte ich. „Und danach Abendessen?"

„Wunderbar", stimmte sie zu.

Die beiden Zahnreihen in ihrem Mund blendeten mich, bis sich die Tür schloss und das Taxi davonfuhr. Dann war sie fort, und ich stand etwas betreten allein auf dem Gehsteig. War ich doch so verzweifelt, dass ich mich auf die erste Frau stürzte, die mir über den Weg lief? Caroline wollte mich auf zehntausend Pfund Schadensersatz verklagen. Andererseits: Hatten wir nicht offensichtlich einen Draht zueinander?

DEN LETZTEN ZUG nach Cambridge erwischte ich in letzter Minute. Als er den Bahnhof verließ und die siebzigminütige Fahrt nach Nordosten vor mir lag, dachte ich über das nach, was ich mit Caroline besprochen hatte.

In Worte gefasst, war das alles für mich plausibler geworden. Wenn meine Vermutung zutraf, dass das Essen vergiftet worden war, um zu verhindern, dass jemand Bestimmtes in die Luft gesprengt wurde, dann durfte ich getrost davon ausgehen, dass die Bombe ihr vorgesehenes Ziel getroffen hatte. Was also war so Besonderes an Delafield Industries, dass jemand sie in die Luft jagen wollte? Sie stellten Traktoren her, aber was machten sie sonst noch? Ich nahm mir vor, am nächsten Morgen im Internet ein paar Recherchen anzustellen. Unter anderem zu Rolf Schumann.

Der Zug fuhr um fünf vor halb zwei in den Bahnhof Cambridge ein. Wie üblich, wenn ich abends nach London musste, hatte ich meinen Wagen in

Cambridge auf dem Bahnhofsparkplatz abgestellt. Um fünf war da noch alles voller Pendlerautos gewesen, aber jetzt stand mein Golf allein am hinteren Ende des Parkplatzes und wartete auf meine Rückkehr.

Mich wunderte ein wenig, dass der Wagen nicht abgeschlossen war. Die Fahrertür war nicht ganz zu. Ich konnte mich zwar nicht erinnern, sie unverschlossen gelassen zu haben, aber es wäre bei Weitem nicht das erste Mal gewesen. Nach so vielen Jahren schonungsloser Behandlung musste man die Tür schon ordentlich zuwerfen, damit sie sich richtig schloss.

Ich sah mir den Wagen gut an. Ich prüfte die Reifen, aber sie schienen in Ordnung. Ich kniete mich hin und schaute unter das Fahrgestell. Nichts. Ich machte sogar die Haube auf und warf einen Blick auf den Motor. Aber es hingen keine verdächtigen Kästen an den Kabeln oder so etwas. Vielleicht litt ich allmählich an Verfolgungswahn. Das kam davon, wenn man ständig von Giftmischern und Bombenlegern redete. Jedenfalls klopfte mir das Herz ein wenig lauter in der Brust, als ich den Schlüssel in die Zündung steckte und den Motor anließ.

Er sprang an, wie er sollte. Ich brachte ihn in ein paar Sekunden auf Touren, und alles hörte sich gut an. Ich drehte das Lenkrad, aber nichts Ungewöhnliches geschah. Ich fuhr auf dem Parkplatz ein Stück vor und bremste scharf. Der Wagen kam mit einem Ruck normal zum Stehen. Ich leide tatsächlich unter Verfolgungswahn, sagte ich mir und fuhr ohne Zwischenfall nach Hause.

Doch MaryLou Fordhams Beine oder vielmehr ihr Nichtvorhandensein bescherten mir wieder eine unruhige Nacht. Kaum dämmerte ich weg, schien der Traum aufs Neue einzusetzen. Das rieb mich sehr auf.

DER MITTWOCH, als er dann endlich kam, war ein Maimorgen, wie man ihn insbesondere auf dem ebenen Land von East Anglia genießen kann: wolkenloser blauer Himmel, klare Luft, unvergleichlich weite Sicht.

Wäre mein Leben nur auch so klar, dachte ich.

Mein Handy klingelte.

„Max, hier ist Suzanne Miller. Leider habe ich ziemlich unangenehme Neuigkeiten. Ich habe heute Morgen einen Brief von der Bezirksverwaltung erhalten, dass sie ein Verfahren wegen Verstoßes gegen das Lebensmittelschutzgesetz von 1990 anstrengen wollen."

Mist! Wenn sie das Rennbahnrestaurant verklagten, das die Veranstaltung nur organisiert hatte, verklagten sie mit Sicherheit auch den Koch.

„Schreiben sie ausdrücklich, wen sie verklagen wollen?", fragte ich.

„Alle“, antwortete sie etwas hilflos. „Für Sie liegt auch ein Brief hier auf der Rennbahn, ‚zu Händen von Max Moreton‘.“

Zweimal Mist! Dann wartete im Hay Net wahrscheinlich auch noch einer. „Ich hole ihn bei Ihnen ab, Suzanne.“

„Also, für das Essen waren Sie verantwortlich, Max, und das werde ich klarstellen müssen. Ich habe nur die Räumlichkeiten organisiert.“ Sie weinte. „Bald gehe ich in Ruhestand. Das darf mich jetzt nicht meine Rente kosten.“

„Suzanne“, sagte ich so beruhigend wie möglich, „ich weiß das, und Angela Milne vom Grafschaftsrat weiß es auch. Wenn in dieser Sache irgendwelche Köpfe rollen, dann meiner, okay?“

„Ja, danke.“ Sie zog die Nase hoch.

„Aber, Suzanne, Sie müssen mir noch mal helfen. Ich brauche eine vollständige Liste der Leute, die an dem Essen teilgenommen haben, und so weit wie möglich die Namen des Personals. Außerdem brauche ich die Namen derer, die in die Delafield-Loge geladen waren.“

„Ich versuch’s.“ Sie legte auf.

Ich rief die Redaktion der *Cambridge Evening News* an und verlangte Mrs Harding.

„Hallo“, begrüßte sie mich. „Möchten Sie nachfragen, ob ich nicht vergessen habe, dass ich in Ihrem Restaurant zu Abend essen wollte?“

„Das auch“, erwiderte ich. „Aber ich wollte Ihnen nur etwas mitteilen, bevor Sie es von anderer Seite erfahren. Man will mich wegen Servierens gesundheitsgefährdender Speisen vor Gericht bringen.“

„Ach ja? Und warum kommen Sie damit zu mir?“

„Ich bin davon ausgegangen, dass Sie’s sowieso rausfinden, und wollte gleich reinen Tisch machen“, erklärte ich.

„Rein wie Ihre Küche.“

„Danke. Ich nehme das als Kompliment. Ich schlage Ihnen einen Deal vor: Ich halte Sie über die anstehende Vergiftungsklage auf dem Laufenden, und Sie räumen mir das Recht ein, auf alles zu antworten, was mir oder dem Restaurant nachgesagt wird.“

„Okay, abgemacht“, meinte sie, klang aber unschlüssig.

Zeit, die Richtung zu ändern, dachte ich. „Gibt es eigentlich was Neues über die Leute, die bei dem Bombenanschlag verletzt wurden? In Ihrer Zeitung habe ich gelesen, dass die meisten Amerikaner wieder zu Hause sind, aber zwei noch hier auf der Intensivstation liegen.“

„Nur einer noch“, korrigierte sie mich. „Die andere ist gestern gestorben. An ihren Verbrennungen.“

„Oh. Wie viele Tote sind das jetzt?“

„Neunzehn.“

„Sie wissen nicht zufällig, was aus einem Rolf Schumann geworden ist? Er ist der Vorstandschef von Delafield Industries.“

„Offenbar ist er mit einem Ambulanzflugzeug zurück in die Staaten geflogen worden.“

„Wissen Sie was über seine Verletzungen?“, fragte ich.

„Etwas am Kopf. Anscheinend leidet er an einem mentalen Trauma.“

„Was ist mit den anderen Verletzten – den Nichtamerikanern?“

„Ein Ehepaar aus Nordengland liegt noch mit Wirbelsäulenverletzungen im Krankenhaus. Alle anderen sind entlassen worden, aber wir wissen von mindestens einem, der nach Roehampton verlegt wurde.“

„Roehampton?“

„Rehazentrum“, erklärte sie. „Künstliche Gliedmaßen.“

„Oh.“ Die Bilder von fehlenden Beinen statteten meinem Bewusstsein den nächsten unwillkommenen Besuch ab.

„Ich muss jetzt Schluss machen“, sagte Mrs Harding. „Ich habe zu tun.“

Sie legte auf, und ich saß am Fußende meines Bettes und wünschte, sie hätte meine Erinnerungen an das Blutbad nicht geweckt, die so leicht wie ein Korken in einem Wassereimer an die Oberfläche kamen.

Um mich aufzumuntern, rief ich Caroline an.

„Tag“, sagte sie. „Sie haben meine Nummer also noch.“

„Ich rufe an, um Ihnen für gestern Abend zu danken“, erklärte ich mit einem Lächeln.

„Ich sollte *Ihnen* danken“, meinte sie. „Ich habe mich blendend amüsiert.“

„Ich auch. Meinen Sie, ich könnte Sie heute oder morgen Abend zum Essen nach Newmarket locken? In mein Restaurant.“

„Ich esse aber nicht allein, während Sie kochen.“

„Nein, natürlich nicht. Kommen Sie und schauen Sie mir beim Kochen zu, und dann essen wir zusammen.“

„Wird das nicht etwas spät? Wie komme ich nach Hause?“

Ich hätte sie gern eingeladen, bei mir zu übernachten, aber das war vielleicht nicht ratsam. „Ich spendiere Ihnen eine Übernachtung im ‚Bedford Lodge Hotel‘.“

„Für mich allein?“

Ich zögerte kurz. „Das liegt bei Ihnen“, antwortete ich schließlich.

„Gut. Keine Versprechungen, keine Bedingungen.“ Sie hörte sich aufgeregt an. „Wann und wo?“

„Kommen Sie, so früh Sie wollen, und ich hole Sie in Cambridge am Bahnhof ab.“

„Okay. Ich suche mir einen Zug raus und rufe Sie noch mal an.“

Der Gedanke, sie so bald wiederzusehen, versetzte mich in Hochstimmung. Noch nicht mal die Aussicht, wegen Verstoßes gegen das 1990er-Lebensmittelgesetz verklagt zu werden, dämpfte meine Freude, als ich die Treppe hinuntersprang. Ich lachte laut und stieß die Fäuste in die Luft, als ich meine Jacke holte und hinaus zum Wagen ging. Caroline kam zum Abendessen! In mein Restaurant! Und sie blieb über Nacht! Schade nur, dass sie nicht vorhatte, bei mir zu übernachten.

Die Bremsen meines Golfs versagten ausgangs der Woodditton Road.

Es ging mir gut, und mein Tempo war, wie meine Erwartungen wahrscheinlich auch, etwas zu hoch. Ich setzte den Fuß auf die Bremse, und nichts geschah. Ich stieg fester drauf. Nichts. Der Wagen beschleunigte vielmehr den Berg hinunter. Ich hätte ihn nach links durch die Hecke und auf den Acker dahinter lenken können. Stattdessen hielt ich panisch das Steuer fest und rammte das unnütze Bremspedal immer noch fester in den Boden.

In gewisser Weise hatte ich Glück. Ich fuhr nicht wie mein Vater frontal in einen Ziegeltransporter. Mein teures Autochen wurde von einem 53-sitzigen, vollklimatisierten Reisebus mit einzeln zu bedienenden Videoschirmen erfasst. Das wusste ich, weil sich der Golf hinter dem Bus auf die Seite legte und ich die in großer weißer Schrift auf rotem Grund angepriesenen Vorzüge des Busses lesen konnte. Ich prägte es mir ein, während ich langsam das Bewusstsein verlor: 53 SITZE.

AUF EINEM KRANKENHAUSBETT wurde ich durch einen grauen Flur geschoben. Ich konnte die Deckenbeleuchtung sehen, und es gab viele sonnendurchflutete Fenster. Stimmen gab es auch.

„Ich glaube, er kommt wieder zu sich“, sagte die eines Mannes über mir.

„Hallo!“, rief eine andere, weibliche. „Mr Moreton, können Sie mich hören?“ Ein Gesicht erschien. Lächelte. „Mr Moreton, Sie hatten einen kleinen Unfall, aber bald geht es Ihnen wieder gut.“

Schmerzen hatte ich weiter nicht, aber mein Körper schien seltsam losgelöst von meinem Kopf zu sein. O nein, dachte ich, ich hab mir doch wohl nicht das Genick gebrochen? Ich versuchte mit den Zehen zu wackeln und wurde mit dem Anblick der sich über meinen Füßen bewegenden Bettdecke belohnt. Eine Welle der Erleichterung durchströmte mich.

„Sie haben wahrscheinlich eine Gehirnerschütterung", erklärte die Frau. „Wir machen jetzt erst mal eine Hirnszintigrafie."

Ich hoffte, sie fanden was zum Szintigrafieren.

In den nächsten beiden Stunden bekam ich undeutlich mit, wie ich hochgehoben und gepikst wurde, wie man über mich redete, aber nicht mit mir. Mir fehlte die Erinnerung, weshalb ich hier war. Leider konnte ich mich überhaupt an herzlich wenig erinnern. Wer bin ich? Warum bin ich hier? Und wo bin ich hier?

„Mr Moreton?", rief eine Frau zu meiner Linken, und jemand streichelte meinen Arm. Ich schlug die Augen auf.

„Er ist zu sich gekommen", sagte die Frau. „Hallo, Mr Moreton, wie fühlen Sie sich?"

Ich wollte sagen, dass es mir gut ging, brachte aber nur ein Krächzen heraus.

Die Frau hielt das offenbar für ein gutes Zeichen. „Sehr schön. Ihnen geht's bald wieder besser."

Ich nahm noch einmal Anlauf. „Wo bin ich?", krächzte ich.

„In der Addenbrooke-Klinik. In Cambridge."

Als ich das nächste Mal aufwachte, war es dunkel. Rechts von mir war ein Fenster, und es war schwarz bis auf ein paar gelbe Straßenlaternen in der Ferne. Ich lag da und schaute hinaus. Ich wusste noch, dass ich im Krankenhaus war, aber ich erinnerte mich nicht warum.

„Tag, Max", sagte eine Stimme zu meiner Linken.

Ich drehte den Kopf. Es war Caroline. Ich lächelte sie an.

„Tag, Caroline. Schön, dass du da bist."

„Du weißt also, wer ich bin? Der Arzt meinte, du könntest dich vielleicht nicht erinnern. Wie geht es dir?"

„Jetzt, wo ich dich sehe, besser. Aber warum bin ich hier?"

„Du hattest einen Unfall. Dein Wagen wurde von einem Bus gestreift, und du hast dir den Kopf angeschlagen. Am Fahrerfenster vermutlich. Du hast eine kleine Gehirnerschütterung, aber in ein paar Tagen bist du wohl wieder obenauf."

„Woher wusstest du denn, dass ich hier bin?"

„Ich habe auf deinem Handy angerufen, um dir zu sagen, mit welchem Zug ich komme, und eine Krankenschwester meldete sich. Sie sagte mir, du seist hier in der Klinik, da bin ich gleich hergekommen." Sie lächelte.

Das war nett, fand ich. „Wie spät ist es?"

„Gegen zwei Uhr früh", antwortete sie.

„Tut mir leid mit dem Essen. Wo übernachtest du?"

„Hier." Auch das war nett. „Ich musste ihnen zwar ein bisschen zureden, aber dann waren sie einverstanden, dass ich bleibe. Morgen früh suche ich mir was zum Schlafen."

Wow, dachte ich. „Willst du mich immer noch verklagen?"

„Unbedingt." Sie lachte dabei. Ihr Lachen verwandelte sich in Tränen, die ihr über die Wangen liefen. Sie lachte und weinte zugleich. „O Gott, ich bin ja so froh, dass es dir gut geht! Jag mir nie wieder so einen Schrecken ein. Ich will dich nicht verlieren, wo ich dich gerade erst gefunden habe."

„Ich dachte, *ich* hätte *dich* gefunden."

„Ja." Sie drängte das Schluchzen zurück. „Stimmt. Wie kam das eigentlich? Aber vielleicht ist es besser, wenn ich das nicht weiß." Sie beugte sich vor und gab mir einen Kuss.

„Die Bremsen meines Wagens haben versagt", flüsterte ich.

„Das weiß ich. Ein Polizist sagte den Ärzten, Bremsversagen sei wohl die Unfallursache."

„Es war kein Unfall", widersprach ich. „Ich glaube, jemand hat versucht, mich umzubringen."

Ich erzählte ihr, dass mein Wagen am Dienstagabend am Bahnhof Cambridge nicht abgeschlossen gewesen war und dass ich befürchtet hatte, mit den Bremsen oder der Lenkung könnte etwas nicht in Ordnung sein.

„Du weißt aber nicht hundertprozentig, dass jemand die Bremsen manipuliert hat", wandte sie ein. „Es kann ja auch ein Zufall gewesen sein."

Mit hochgezogenen Augenbrauen sah ich sie an.

„Schon gut", lenkte sie ein. „Was unternehmen wir nun also?"

„Ich frage mich, ob es bei der Polizei jemanden gibt, der sich die Bremsen an meinem Wagen mal ansehen könnte, um festzustellen, ob sie manipuliert worden sind."

„Unfallsachverständige vielleicht?" Caroline gähnte. „Entschuldige."

„Du musst dich ausschlafen."

„Es geht schon." Sie gähnte wieder.

„Fahr zu mir nach Hause", schlug ich vor. „Irgendwo muss der Schlüssel sein."

Sie sah bei meinen Sachen nach, die jemand vorsorglich in einer weißen Plastiktüte im Nachttisch verstaut hatte. Kein Schlüssel.

„Jetzt weiß ich's wieder", sagte ich. „Er ist am selben Ring wie der Autoschlüssel." Wahrscheinlich noch im Wagen.

„Allein möchte ich sowieso nicht zu dir nach Hause", sagte Caroline.

„Schon gar nicht, wenn dir wirklich jemand nach dem Leben trachtet. Nein, ich bleibe hier."

Schließlich schlief sie auf dem Stuhl neben meinem Bett.

Ich betrachtete sie eine Weile und überlegte, auf was für ein seltsames Rezept für eine Liebelei ich da gestoßen war: Man vergifte die Zukünftige, brüskiere sie anschließend mit albernen Telefonanrufen und bearbeite sie gründlich beim Abendessen, bevor man sie mit einem lebensgefährlichen Autounfall erschreckt, um ihr schließlich die Theorie eines Mordkomplotts aufzutischen. Offenbar hatte es bestens funktioniert.

AM NÄCHSTEN TAG ließen sie mich nach Hause. Caroline hatte den Ärzten glaubhaft versichert, dass ich dort gut aufgehoben sei, wenn sie sich um mich kümmere. Hätte ich da vielleicht widersprechen sollen?

Ein Taxi setzte uns gegen eins an meinem Cottage ab. Ich hatte die Frau, die ab und zu bei mir putzte, angerufen, damit sie uns ihren Schlüssel gab und wir reinkonnten. Das Mittagessen stellte uns vor das nächste Problem. Außer fürs Frühstück hatte ich selten viel Essbares im Haus, da ich mittags und abends normalerweise im Restaurant aß. Caroline fand Cornflakes im Schrank und Milch im Kühlschrank, also setzten wir uns an meinen Küchentisch und aßen jeder eine Schale Frühstücksflocken zu Mittag.

Carl hatte in aller Frühe in der Klinik angerufen, um sich nach meinem Befinden zu erkundigen, und war zum Telefon an meinem Bett durchgestellt worden. Ganz wie erwartet hatte er so getan, als sei er etwas enttäuscht, dass ich nicht nur noch am Leben war, sondern auch ein unzermatschtes Hirn besaß, das nach wie vor zum klaren Denken taugte.

„Du weilst noch unter uns?", hatte er in leicht frustriertem Ton gefragt.

„Ja, tut mir leid. Wie läuft's im Hay Net?"

„Gut ohne dich", hatte er geantwortet und hinzugefügt: „Wie immer", was er sich aus meiner Sicht auch hätte sparen können. Frecher Hund.

So brummig sich Carl auch gegeben hatte, ich konnte mir nicht vorstellen, dass er etwas mit einem Komplott zu meiner Ermordung zu tun hatte.

Nach unserem Cornflakes-Lunch legte ich mich aufs Sofa und rief im Restaurant an, während Caroline die obere Etage erkundete.

„Rückfall gehabt?", fragte Carl hoffnungsvoll, als ich ihm mitteilte, ich käme nicht vorbei.

„Nein. Die Ärzte meinten, ich solle es ein paar Tage ruhig angehen lassen. Dann seh ich weiter. Sag allen, dass ich wieder zur Arbeit komme, sobald ich kann, wahrscheinlich Mitte nächster Woche."

„Okay. Gute Besserung von allen. Und fürs Wochenende habe ich bei der Agentur in Norwich einen Aushilfskoch gebucht, ich hoffe, das geht in Ordnung."

„Klar. Gut gemacht." Ich legte auf. Carl gehörte zu den Guten, da war ich mir sicher. Oder?

Als Nächstes rief ich die Polizei Suffolk an, um herauszufinden, was mit meinem Wagen passiert war. „Er ist von Bradys Abschlepp- und Pannendienst in Kentford abgeschleppt worden", hieß es. „Da wird er sein."

„Wurde er untersucht?", fragte ich. „Anscheinend hat jemand von der Polizei gegenüber einem Klinikarzt geäußert, der Unfall gehe auf Bremsversagen zurück."

„Darüber weiß ich nichts, Sir."

„Hätte ich vielleicht die Möglichkeit, mit dem Beamten, der den Unfall aufgenommen hat, zu sprechen?"

„Tut mir leid, Sir. Der gewünschte Beamte ist derzeit nicht zu sprechen."

„Können Sie ihm bitte ausrichten, er möchte mich zurückrufen?" Ich gab dem Polizisten meine Handynummer, hegte jedoch keine große Hoffnung, dass die Nachricht durchkam, denn er meinte noch, sie hätten viel zu tun.

Danach rief ich den Abschleppdienst an. Ja, hieß es, sie hätten den Golf, aber es sei nicht mehr viel los damit. Ich fragte, ob ich ihn mir ansehen könne. Jederzeit, so die Antwort. Ich nahm ein paar Schmerztabletten für meinen Brummschädel, dann fuhren Caroline und ich mit dem Taxi nach Kentford, um meinen Wagen in Augenschein zu nehmen.

Wie der Mann vom Abschleppdienst gesagt hatte, war nicht mehr viel los damit. Schon weil kein Dach mehr dran war.

„Was in aller Welt ist damit passiert?", fragte ich Brady.

„Die Feuerwehr hat das Dach abgeschnitten, um den Insassen rauszukriegen", erklärte er.

„Hat jemand den Wagen untersucht?"

„Nicht dass ich wüsste."

„Ich war der Fahrer."

„Himmel, dann hatten Sie aber Glück! Für mich sah das nach einem Tödlichen aus, als ich hinkam. Feuerwehr und Rettungsleute haben ewig lange gebraucht, um Sie da rauszuholen. Sie sahen wirklich nicht gut aus, Mann. Keine Bewegung und alles. Ich dachte, Sie wären übern Jordan."

„Herzlichen Dank", meinte ich sarkastisch.

„Nein, mich freut, dass Sie noch am Leben sind. Ist auch einfacher für mich. Da kann ich Ihnen die Rechnung fürs Bergen und Abschleppen schicken."

Ich nahm mir vor, die Versicherung anzurufen, auch wenn sie mir wahrscheinlich nicht viel zahlen würde. Aber vielleicht reichte es immerhin, um Brady die Rechnung für das Entsorgen des Wracks zu bezahlen.

„Ich glaube, ich bin verunglückt, weil meine Bremsen versagt haben", tippte ich an. „Kann man sehen, ob das so war?"

„Das kostet", entgegnete er.

„Okay. Wie viel?"

„Der übliche Tarif."

Rund zwanzig Minuten inspizierte er, was von meinem Wagen übrig war, kam aber zu keinem eindeutigen Ergebnis. „Könnten vielleicht die Bremsen gewesen sein. Schwer zu sagen. Durch den Unfall ist alles kaputtgegangen."

Ich bezahlte ihm eine halbe Arbeitsstunde und rief per Handy ein Taxi.

„Haben Sie die Schlüssel von dem Wagen?", fragte ich Brady noch.

„Nein, nie zu Gesicht bekommen. Dachte, die lägen noch drin."

Lagen sie nicht. Ich hatte nachgesehen. „Egal. Viel wäre damit jetzt sowieso nicht mehr anzufangen." Aber ich hatte sie an einem silbernen Schlüsselanhänger gehabt. Ein Geburtstagsgeschenk meiner Mutter zum Einundzwanzigsten.

„Kann ich ihn jetzt also auf den Schrottplatz bringen?", fragte der Mann.

„Noch nicht", antwortete ich. „Warten Sie, bis der Typ von der Versicherung ihn sich angesehen hat."

„Mach ich. Aber denken Sie dran, die Lagerung bezahlen Sie."

Welche Überraschung.

Über den Supermarkt in Newmarket fuhren wir nach Hause. Ich blieb im Taxi sitzen, während Caroline etwas zum Abendbrot und eine Flasche Rotwein kaufte. Meine Schmerztabletten vertrugen sich bestimmt nicht allzu gut mit Alkohol, aber wen kümmerte das.

Ich legte mich aufs Sofa und hielt meinen Brummkopf still, während Caroline in der Küche herumwirbelte. Ein- oder zweimal kam sie und setzte sich zu mir, aber dann war sie auch schon wieder weg.

„Entspann dich", sagte ich zu ihr. „Ich fress dich schon nicht."

Sie seufzte. „Nein, nein. Ich bin unruhig, weil ich meine Viola nicht dabeihabe. Normalerweise übe ich jeden Tag mindestens zwei Stunden. Seit vorgestern habe ich nicht eine Note gespielt, deshalb leide ich an Entzugserscheinungen. Ich brauche meinen Schuss."

„Was spielst du, wenn du übst?"

„Fingerübungen meistens. Sehr langweilig. Aber ich spiele auch Stücke. Tonleitern allein hält keiner aus."

„Hast du ein Lieblingsstück?"

„Bachs Violinkonzert in E-Dur. Nur spiele ich es eben auf der Viola."

Ich öffnete die Flasche Wein, die wir gemütlich miteinander tranken. Caroline bereitete frischen Lachs mit Petersiliensoße, Frühkartoffeln und Salat zu; es war lecker. Wir setzten uns aufs Sofa und hielten die Teller auf den Knien, während wir fernsahen. Richtig häuslich.

Wie nie anders geplant gewesen war, schlief Caroline nicht in meinem Schlafzimmer.

Ich allerdings auch nicht.

6

Caroline stand zeitig auf und bestellte sich ein Taxi.

„Hab ich was Falsches gesagt oder getan?", fragte ich.

„Aber nein." Lachend saß sie am Fußende des Betts in meinem Gästezimmer und zog sich schwarze Socken an. „Ich muss nur zurück nach London. Ein Termin beim Orchester. Ich möchte sie überreden, dass sie mich für den Rest der Tour noch rüberfliegen lassen."

„Kommst du nach deiner Besprechung wieder hierher?"

„Ich kann nicht. Das Orchester spielt heute zum letzten Mal in New York und fährt dann weiter nach Chicago. Da will ich unbedingt wieder dabei sein. Wenn heute alles gut geht, fliege ich am Sonntag nach Chicago."

Jetzt war Freitag. Sonntag fand ich viel zu früh, um sie über den weiten Atlantik entweichen zu lassen. „Und wann kommst du zurück?"

„Noch steht ja nicht fest, dass ich fliege. Das Orchester wird nächstes Wochenende zurückerwartet, dann wollen wir uns auf die Saison in der Festival Hall vorbereiten. In dieser Zeit gebe ich auch die Solovorstellung in der Cadogan Hall. Willst du da immer noch dabei sein?"

„Wenn du danach immer noch mit mir essen gehst", erwiderte ich.

„Abgemacht." Wir besiegelten es mit einem Kuss.

Als Caroline fort war, lungerte ich den ganzen Morgen zu Hause herum und nahm mit gemischten Gefühlen gegen eins ihren Anruf entgegen. Sie war ganz aufgeregt, weil das Orchester sie in Gnaden wiederaufgenommen hatte, und vollauf mit den Reiseplänen für Chicago beschäftigt. Ich freute mich für sie, war aber gleichzeitig enttäuscht, dass sie flog.

„Das ist nicht wahr!“, rief Bernard Sims ungläubig aus. „Ich hab ja schon gehört, dass Klientinnen mit ihren Anwälten was hatten, dass Geschworene miteinander ins Bett gehen, aber noch nie, dass der Beklagte mit der Klägerin schläft.“ Er lachte laut.

Ich wünschte, ich hätte die Klappe gehalten. Er hatte am frühen Nachmittag angerufen, um mir mitzuteilen, dass er einen zweiten Brief von Ms Astons Anwälten erhalten habe, in dem sie die Gründe für ihre Klage nannten und uns aufforderten, ein annehmbares Angebot vorzulegen. Dummerweise hatte ich ihm erzählt, dass ich Caroline seinem Rat entsprechend zum Essen eingeladen hatte und sich daraus eine Beziehung zwischen uns ergeben hatte.

„Haben Sie mit ihr geschlafen?“, hatte er hartnäckig gefragt.

„Tja“, hatte ich schließlich zugegeben. „Und wenn?“

Jetzt hatte er einen Riesenspaß an der Sache. „Hat sie die Klage zugleich mit ihren Hüllen fallen lassen?“ Er konnte das Lachen fast nicht unterdrücken.

„Bernard“, ermahnte ich ihn scharf, „das reicht! Nein, sie hat die Klage nicht fallen lassen. Ihr Agent besteht darauf, dass sie das durchzieht. Er will seine Provision haben. Ich denke am Wochenende über das Angebot für die Anwälte nach.“

Gegen halb drei rief ich Carl an und bat ihn, mich abzuholen.

„Ich dachte, du müsstest dich ein paar Tage ausruhen“, maulte er.

„Das tu ich auch“, versicherte ich ihm. „Ich will nicht arbeiten. Ich brauche nur meinen Computer, um ins Internet zu kommen.“

„Gut. Ich bin in fünf Minuten da.“

Es gab fast eine Million Treffer, als ich Rolf Schumann in die Suchmaschine eintippte. Die meisten Treffer waren deutschsprachig. Ich gab Wisconsin als Suchwort hinzu und war überrascht, dafür immer noch mehr als 28 000 Treffer zu bekommen. In Wisconsin waren Rolf und Schumann offenbar ziemlich gängige Namen. Mit Delafield als zusätzlichem Suchbegriff verringerte sich die Trefferzahl auf einige Hundert, und so fand ich ihn: Rolf Schumann, Vorstandsvorsitzender der Delafield Industries Inc.

In der darauffolgenden Stunde bekam ich nicht allzu viel Brauchbares über Schumann heraus. Er war 61 und – als ehemaliger Finanzvorstand – seit sieben Jahren Vorstandschef von Delafield. Die gleichnamige Stadt Delafield schätzte ihn als Stütze der Gemeinde und als Förderer oder Vorstand mehrerer wohltätiger Organisationen. Nirgends war ein Grund zu finden, warum er zehntausend Kilometer von seinem Heimatort entfernt zur Zielscheibe eines Bombenlegers geworden sein könnte, einen gigantischen Geschäftserfolg und Riesengewinne als Mordmotiv für die neidische Konkurrenz einmal beiseitegelassen.

So richtig gut kam ich als frischgebackener Detektiv nicht voran.

Carl trat ins Büro und gab mir einen Brief. „Der ist vorgestern gekommen", teilte er mir mit.

Es war der Brief von der Bezirksverwaltung, in dem ich über das anstehende Gerichtsverfahren informiert wurde. Ich rief Suzanne Miller an.

„Tag, Max. Geht's Ihnen gut? Ich hab von Ihrem Unfall gehört."

„Nichts passiert, danke. Nur eine leichte Gehirnerschütterung."

„Ach je", seufzte sie. „Das tut mir leid."

„Und mir tut's leid, dass ich deshalb nicht dazu gekommen bin, den Brief von der Bezirksverwaltung bei Ihnen abzuholen. Hat es denn mit den Listen geklappt, um die ich Sie gebeten hatte?"

„Mit der Gästeliste für das Galadiner kann ich leider nicht dienen. Es gibt nur die, die Sie schon haben. Man müsste die Leute anrufen, die auf der Liste stehen, und sie nach den Namen ihrer Gäste fragen – sonst fällt mir auch nichts ein. Bei der Delafield-Liste hatte ich mehr Glück. Anscheinend hat die Special Branch Namenlisten von den Gästen sämtlicher Logen verlangt. Als Schutzmaßnahme für den Araber. Hat echt was gebracht."

Sie schien nicht sonderlich beeindruckt von der Sonderabteilung, die jeder Polizeitruppe im Land zugeteilt ist und überwiegend zum Staatsschutz eingesetzt wird. Wie alle anderen außer mir glaubte Suzanne immer noch, dass die Bombe dem Prinzen gegolten hatte.

„Wo sind die Listen?", fragte ich.

„Bei der Special Branch, nehme ich an."

Also rief ich im Anschluss die Polizei Suffolk an und erfuhr, dass für den Prominentenschutz die Sonderabteilung der Polizei London zuständig sei. Freundlicherweise erhielt ich eine Telefonnummer.

„Wir geben der Öffentlichkeit keine Auskünfte", teilte mir der zuständige Detective Inspector Turner mit.

„Aber ich bin nicht bloß ein Vertreter der Öffentlichkeit, ich war dabei. Ich war von der Explosion betroffen und musste ins Krankenhaus."

„Und um was geht es Ihnen jetzt?"

Ich erklärte ihm, dass ich das Essen für die Gäste der Loge, in der die Bombe hochgegangen war, zubereitet hatte und eine meiner Angestellten ums Leben gekommen war. Er drückte sein Bedauern aus. Ich fuhr fort, meines Wissens habe die Special Branch eine Liste aller in diese Loge geladenen Gäste erhalten, und ich sei an dieser Liste interessiert, da ich die Überlebenden zur Teilnahme an einer im Namen meiner toten Kellnerin gegründeten therapeutischen Selbsthilfegruppe einladen wolle. Um sie bei der Bewältigung des Bombentraumas zu unterstützen. Etwas Besseres fiel mir auf die Schnelle nicht ein.

„Ich will sehen, was ich tun kann, Sir“, sagte Turner.

Ich gab ihm meine E-Mail-Adresse und meine Telefonnummer. Nachdem ich aufgelegt hatte, schaute ich auf die Uhr. Es war fast halb fünf. Ich rief Caroline an.

„Hallo.“ Sie klang erstaunt. „Gerade hab ich an dich gedacht.“

„War dein Nachmittag schön?“, erkundigte ich mich.

„Wunderbar. Ich habe drei Stunden am Stück auf meiner Viola gespielt. Die Finger sind müde, aber ich fühle mich umso lebendiger. Musik ist wie Sauerstoff, ohne sie würde ich eingehen.“

„Ich dachte, du packst.“

„Ich fliege erst am Montag. Der erste Auftritt in Chicago ist am Mittwochabend.“

„Kommst du dann vorher noch mal nach Newmarket?“

„Geht nicht, aber du kannst zu mir kommen, wenn du willst. Komm morgen und bleib bis Montag früh. Dann kannst du mir helfen, mein ganzes Zeug nach Heathrow zu schaffen, und mir zum Abschied winken.“

An einen Abschied von ihr mochte ich nicht denken. „Fein“, stimmte ich zu. „Ich bin morgen gegen neunzehn Uhr bei dir.“

Die nächste Stunde verbrachte ich wieder am Computer. Ich grub die Ausgabe der *Cambridge Evening News* aus, in der die Toten aufgelistet waren, und suchte im Internet nach Hinweisen zu den einzelnen Namen. Nichts. Allerdings fand ich heraus, dass eines der Todesopfer von Delafield, Gus Witney, mit dem Pferdesport in Verbindung gestanden hatte, und zwar über einen Poloclub. Den Lake Country Polo Club, genau gesagt.

Ich schaute nach. Der Club hatte eine umfangreiche Website, und es stellte sich heraus, dass Gus Witney dessen Präsident gewesen war. Der Club wurde erwartungsgemäß von Delafield Industries gesponsert, und Rolf Schumann war in der Liste der Vorstandsmitglieder aufgeführt.

Es gab einen Link zum US-Poloverband, und es überraschte mich, dass Polo dort drüben ein so verbreiteter Sport war.

SIE HABEN POST, meldete ein blaues Kästchen unten rechts auf dem Bildschirm meines Computers.

Es war eine Mail von Detective Inspector Turner: die Gästeliste vom Tag des *2000 Guineas*. Sehr schön. Allerdings fiel sie nicht ganz wie gewünscht aus. Turner hatte ein Blatt Papier eingescannt, auf dem ursprünglich die komplette Gästeliste abgedruckt war, doch irgendjemand hatte die Namen der sieben nicht erschienenen Gäste mit einem dicken schwarzen Balken durchgestrichen. Sechzehn der übrigen Namen waren mit einem V versehen, das vermutlich für „verstorben" stand, denn Elizabeth Jennings, MaryLou Fordham, die Walters und Louisa hatten jeweils eins. Beklagen durfte ich mich nicht. Ich hatte um eine Liste der Überlebenden gebeten, und genau die hatte Turner mir geliefert. Was mir immer noch fehlte, waren die Namen der sieben Personen, die eingeladen gewesen, aber nicht erschienen waren.

Ich wählte die Nummer von vorhin. „Ist Detective Inspector Turner da?"

Ich musste ein paar Minuten warten, bevor er an den Apparat kam. „Danke für die Liste", sagte ich, „aber können Sie mir ausnahmsweise noch mal helfen?" Geduldig ließ er sich erklären, dass ich gern auch die Namen derer hätte, die knapp dem Tod entronnen waren, damit sie ebenfalls aus der Selbsthilfegruppe Nutzen ziehen könnten. Ob er die sieben fehlenden Namen habe.

Er schien zu zögern, erklärte sich dann aber bereit, nach der Originalliste zu suchen. „Kann nicht versprechen, dass wir die noch haben. Abwesende sind ja nicht so wichtig für uns. Mal sehen, was ich tun kann."

Ich legte auf und spielte mit dem Gedanken, Neil Jennings anzurufen, wollte ihn in seiner noch frischen Trauer jedoch nicht mit der Frage behelligen, wie er zu der Einladung von Delafield gekommen sei. Stattdessen rief ich die Kealys an.

„Tag, Max", sagte Emma. „Wollten Sie hören, ob wir morgen kommen? Wir werden wohl zu sechst sein, wie üblich."

„Prima. Nein, eigentlich rufe ich an, weil ich fragen wollte, ob Sie noch wissen, wie Sie zu der Luncheinladung am *Guineas*-Tag gekommen sind."

„Ach so. Wir hatten einen Starter im *Guineas*. Ich glaube, das war der Grund."

„Aber sie können doch nicht alle Trainer eingeladen haben", wandte ich ein.

„Da bin ich überfragt", entgegnete Emma. „Wir waren's jedenfalls, und ich weiß, dass Neil und Elizabeth ebenfalls eingeladen waren."

„Es tut mir leid, Sie damit zu behelligen, aber wissen Sie noch, wann Sie die Einladung bekommen haben?"

Eine Pause entstand. „Nein, leider nicht. Ich weiß nur, dass es schon länger her ist."

„Na gut. Danke auch."

„Gern geschehen. Ich frage George, wenn er nach Hause kommt."

„Danke. Tschüss dann." Ich legte auf. Wieder eine Sackgasse.

Ich sah mir noch einmal Turners Liste an. Von den siebzehn nicht durchgestrichenen Namen ohne ein V daneben kannte ich elf. Diejenigen, die ich nicht kannte, waren vermutlich Leute von Delafield. Zu den elf, die ich kannte, zählten ein Ehepaar, das regelmäßig ins Hay Net kam, und vier Gelegenheitskunden aus der Umgebung. Die übrigen fünf wohnten weiter weg. Keiner davon sah mir nach einer Zielscheibe für Terroristen aus.

Der Letzte war Rolf Schumann. War er die Zielscheibe gewesen?

Ich rief noch einmal meine E-Mails ab. Nichts Neues.

Es war halb sieben, und da im Restaurant jetzt gerade der Abendbetrieb anlief, ging ich in die Küche, um nach dem Rechten zu sehen, wurde von Carl aber prompt wieder hinausgeschickt.

„Du bist krank, Max. Fahr nach Hause und lass uns in Ruhe arbeiten."

„Ich bin nicht krank", widersprach ich. „Ich habe nur Kopfschmerzen. Eine Gehirnerschütterung ist nicht ansteckend."

Carl grinste mich an. „Egal. Wir kommen schon ohne dich zurecht. Das ist übrigens Oscar." Er zeigte mir ein neues Gesicht in der Küche. „Er macht sich gut." Oscar grinste auch. Gary nicht. Er hatte offensichtlich keinen guten Tag. Ich ließ sie allein und kehrte ins Büro zurück.

Als ich langsam die Hoffnung aufgab, noch etwas von Turner zu hören, klingelte das Telefon. Er war dran.

„Entschuldigung", sagte er. „Ich habe die Originalliste gefunden, aber ich komme mit dem verdammten Scanner nicht klar, und die Sekretärin ist schon weg. Ich schick Ihnen die Liste nächste Woche."

„Könnten Sie sie mir nicht vorlesen?", bat ich. „Dann schreibe ich mit."

„Na gut."

Ich schnappte mir einen Stift und notierte die Namen auf der Rückseite einer alten Speisekarte. Wie erwartet waren Neil Jennings sowie George und Emma Kealy darunter, und zwei von den vier Übrigen kannte ich auch – Patrick und Margaret Jacobs, die eine gut gehende Sattlerei in der Stadt betrieben. Von dem anderen Ehepaar hatte ich noch nie gehört. Sie hießen Pjotr und Tatjana Komarov.

Ich dankte Turner und wünschte ihm einen schönen Abend.

Wieso hatte ich angenommen, der Schlüssel zu dem Ganzen seien die

Namen derjenigen, die eine Einladung für die Bombenloge erhalten hatten, aber nicht erschienen waren? Patrick und Margaret Jacobs waren nette Leute, die sich charmant und kompetent um ihre Kunden bemühten. Ich ging die Gästeliste des Freitagdiners durch, und tatsächlich waren die Jacobs auch dort verzeichnet.

Für die Komarovs traf das nicht zu, sie fehlten auf der Freitagsliste. Was nicht unbedingt hieß, dass sie an dem Diner nicht teilgenommen hatten, doch sie waren nicht namentlich aufgeführt.

Ich gab PJOTR KOMAROV in meinen Computer ein. Google spuckte rund 38 000 Treffer aus, es waren vorwiegend Russen. PJOTR UND TATJANA KOMAROV zusammen ergaben 16 000. Es war, als suchte man die richtige Stecknadel in einem Stecknadelhaufen, ohne zu wissen, wie die richtige aussah.

Ein Treffer stach mir jedoch ins Auge. Ein gewisser Pjotr Komarov war als Präsident des Sankt Petersburger Poloclubs aufgeführt. Das muss er sein, dachte ich. Pjotr Komarov und Rolf Schumann hatten sich wahrscheinlich übers Polo kennen gelernt.

Ich suchte weiter und fand die Website des Poloclubs Sankt Petersburg, derzufolge Polo im nachsowjetischen Russland eindeutig im Kommen war. Die neue Mittelschicht schien das Polospiel zum angesagten gesellschaftlichen Ereignis zu küren.

Und weiter? Was sollte Polo mit dem Bombenanschlag auf der Rennbahn von Newmarket zu tun haben? Ich war mir nicht sicher, dass es wirklich einen Zusammenhang gab, aber Polo war unbestreitbar eine Verbindung zwischen mehreren Bombenopfern und jemandem, der nicht dabei gewesen war, obwohl er es hätte sein sollen.

WIEDER verbrachte ich eine ruhelose Nacht. Doch statt MaryLous fehlenden Beinen beschäftigten mich immer wieder die brennenden Fragen: Wer hatte das Essen vergiftet? Und warum? Hatte mich wirklich jemand umbringen wollen, indem er die Bremsen meines Wagens manipuliert hatte? Und schließlich, hatte das irgendetwas mit der Poloverbindung zu tun?

Den größten Teil des vorhergehenden Abends hatte ich im Internet zugebracht. Ich hatte allerhand Neues über Polo erfahren. Die Spielregeln waren so kompliziert, dass ich mich fragte, ob sie überhaupt jemand verstand. Außerdem hatte ich herausgefunden, dass Poloponys gar keine echten Ponys waren. Vielfach waren es argentinische Criollo-Pferde oder aber ehemalige Galopprennpferde und andere speziell gezüchtete Vollblüter.

Ich hatte auch erfahren, dass am kommenden Sonntag im Guards Polo Club in der Nähe von Windsor das Finale eines Poloturniers stattfand. Vielleicht würde ich hinfahren. Oder noch besser, vielleicht zusammen mit Caroline.

„Bist du verrückt?", hielt sie mir vor, als ich sie anrief. „Ich habe keine Zeit, mir ein blödes Polospiel anzusehen. Und du sollst dich doch ausruhen. Wegen der Gehirnerschütterung, erinnerst du dich?"

„Es ist doch nur der Nachmittag."

„Warum willst du da eigentlich hingehen?"

„Na, du kennst doch meine wilde Theorie von dem Bombenanschlag und dem vergifteten Essen. Ich werde das Gefühl nicht los, dass das was mit Polo zu tun haben könnte. Klar, es hört sich doof an, aber ich möchte mir mal ein Polomatch ansehen und ein paar Fragen stellen."

„Warum sagst du das nicht gleich?", meinte sie. „Natürlich komme ich mit. Soll ich meine Sherlockmütze aufsetzen und eine Lupe mitnehmen?"

„Höre ich da eine gewisse Skepsis heraus?" Ich lachte.

Am Samstag wuselte ich die meiste Zeit im Haus herum, beobachtete die Ziffern meiner Armbanduhr und wünschte, sie würden einen Zahn zulegen, damit ich mich auf den Weg zu Caroline machen könnte.

Ganz vergeudet war der Tag aber nicht. Am Vormittag rief ich Margaret Jacobs in ihrem Sattlereigeschäft an. Sie war nicht besonders freundlich.

„Patrick und ich sind von Ihrem Essen so krank geworden, dass ich dachte, wir würden sterben", sagte sie unwirsch.

„Es tut mir leid", entschuldigte ich mich. „Falls es Ihnen ein Trost ist, mir ging es danach auch sehr schlecht. Und ich habe die Leute nicht absichtlich krank gemacht."

„Nein, das wohl nicht." Sie war ein wenig besänftigt.

„Margaret, ich weiß, dass Sie und Patrick am *2000 Guineas*-Tag zu dem Mittagessen von Delafield Industries geladen waren. War Ihre Übelkeit der Grund, warum Sie da nicht hingegangen sind?"

„Ja", antwortete sie entschieden. „Ich hatte mich wirklich darauf gefreut, aber wir waren die ganze Nacht auf gewesen."

„Eigentlich war es ja gut, dass Sie nicht hin sind. Die Todesopfer des Bombenanschlags waren alles Leute von Delafield und deren Gäste."

„Mir war nicht klar, dass die Bombe dort hochgegangen ist", erwiderte sie fassungslos. „Mein Gott! Wir hätten sterben können."

„Aber Sie leben noch", meinte ich beruhigend. „Und bitte, Margaret, glauben Sie mir, das Hay Net ist vollkommen unbedenklich. Kommen Sie als Gast des Hauses zu uns, zusammen mit Patrick."

„Mal sehen", entgegnete sie.

Die Sattlerei der Jacobs belieferte die meisten Ställe am Ort mit Reitzubehör, und ich musste zusehen, dass sie ihre Vorbehalte gegen mein Essen nicht weitertrugen. „Überlegen Sie es sich. Und bringen Sie ruhig auch ein paar Freunde mit."

„Wann?" Sie hatte angebissen.

„Wann Sie wollen." Ich holte die Leine ein.

„Samstag?"

„Gern. Ich merke Sie mit vier Personen vor. Um acht?"

„Okay", sagte sie. „Danke."

Der Fang war perfekt. Aber in meiner Suche nach Antworten brachte mich das kein Stück weiter.

DAS LEBEN ohne Auto wurde allmählich öde. Ich warf ein paar Sachen in eine Reisetasche und bestellte ein Taxi zum Bahnhof Cambridge, um den Fünfuhrzug nach London zu bekommen.

Für alle Fälle packte ich nachträglich noch meinen Reisepass ein. Ich sagte mir zwar, das sei albern, aber wen kümmerte das? Hieß es in Shakespeares „Wie es euch gefällt" nicht irgendwo, dass nur der geliebt hat, der sich erinnert, aus Liebe schon mal eine Dummheit begangen zu haben? War ich verliebt? Es sah mir ganz danach aus.

CAROLINE lebte in der Souterrainwohnung einer alten Stadtvilla, die aus den ehemaligen Kellerräumen entstanden war, welche die Dienstboten der oben wohnenden Familie beherbergt hatten. Carolines Domizil war deshalb nicht von der Haustür, sondern vom alten Dienstboteneingang aus zu erreichen. Sie öffnete mit einem unmissverständlichen Jauchzer und schlang mir die Arme um den Hals.

Ihre Wohnung erstreckte sich über die ganze Länge des Hauses und führte hinten auf eine winzige Terrasse hinaus, die gerade groß genug für einen Tisch und ein paar Stühle war.

„Im Sommer fällt hier die Morgensonne herein", erzählte sie. „Ein hübscher kleiner Garten. Deswegen wollte ich die Wohnung haben."

Diese war modern und minimalistisch gestaltet, mit vielen blanken Holzfußböden. Sie hatte zwei Schlafzimmer, doch das kleinere war in einen Übungsraum umfunktioniert worden.

„Spielst du mir was vor?“, bat ich Caroline.

„Nein. Ich spiele erst für dich, wenn du mir was gekocht hast.“

„Was hast du im Kühlschrank? Ich koche dir sofort was.“

„Kommt nicht infrage“, widersprach sie. „Wir gehen ins Pub. Ich musste den Barmann bestechen, damit wir einen Tisch bekommen.“

Das fragliche Pub lag um die Ecke und war gerammelt voll. Ich zwängte mich durch das Gewühl zum Tresen durch und wählte eine Flasche Chianti aus der an eine Tafel geschriebenen Weinkarte aus. Das Essen war gut und fantasievoll. Caroline nahm gegrillten Seebarsch mit Couscoussalat, ich wählte Cumberlandwürstchen mit Knoblauch-Kartoffelpüree.

Caroline war gespannt auf Chicago, und wir unterhielten uns über ihren Beruf und besonders über ihre Musik.

„Ich fühle mich so lebendig, wenn ich spiele“, schwärmte sie. „Dann existiere ich nur in meinem Kopf, und ich weiß, das hört sich blöd an, aber die Hände am Bogen und an den Saiten sind wie vom Körper losgelöst. Sie haben ihren eigenen Willen, und den setzen sie um. Es ist wundervoll.“

„Hörst du denn bei all den anderen Instrumenten um dich herum, was du selber spielst?“, fragte ich.

„Aber ja. Nur spüre ich es eher. Über die Knochen. In einem großen Orchester zu spielen ist wirklich aufregend. Der Höhepunkt einer Aufführung kann fantastisch sein. Tschaikowskys ‚Ouvertüre 1812‘ zum Beispiel, mit dem Kanonendonner und allem, das ist unglaublich aufregend.“

Sie lachte. Ein ungezwungenes, glückliches Lachen. Über den Tisch hinweg streichelte ich ihre Hand.

Wir beendeten unsere Mahlzeit in zufriedenem Schweigen, vielleicht um den Zauber nicht zu brechen, bis ein Kellner kam und unsere leeren Teller mitnahm. Wir bestellten beide Kaffee, und ich goss den letzten Chianti in unsere Gläser.

Schließlich gingen wir Arm in Arm zu ihrer Wohnung zurück.

7

Wir wachten früh auf und lagen verschlafen nebeneinander im Bett. Ich drehte mich zu ihr hin und liebkoste sie, doch da sie nicht darauf einging, merkte ich, dass etwas sie bedrückte.

„War ich so eine Enttäuschung?“ Ich stützte mich auf einen Ellbogen auf.

„Aber nein“, erwiderte sie. „Ganz im Gegenteil. Das ist ja das Problem.“

„Was soll daran ein Problem sein? Erzähl."

Sie lehnte den Kopf gegen die Wand. „Ich kann nicht nach Newmarket ziehen. Bei meiner Arbeit muss ich in London wohnen."

Erleichtert lachte ich auf. „Ich verlange doch gar nicht, dass du nach Newmarket ziehst. Wahrscheinlich ziehe ich nach London."

„Dann ist es ja gut." Sie lächelte breit. „Und wann? Was ist mit deinem Restaurant?"

„Wann steht noch nicht fest, und mein Personal soll auch noch nichts davon wissen, aber geplant ist noch für dieses Jahr die Eröffnung eines neuen Restaurants in London."

„Klasse!" Sie kuschelte sich an mich.

GEGEN MITTAG nahmen wir den Zug nach Virginia Water und fuhren von dort mit dem Taxi zum Smith's Lawn, der Heimat des Guards Polo Club. Wir ahnten beide nicht, was uns erwartete, hatten uns aber entschlossen, für alle Eventualitäten gerüstet zu sein. Caroline hatte ein schwarz-weiß geblümtes Kleid gewählt, das meines Erachtens an allen richtigen Stellen anlag. Über dem Kleid trug sie einen taillierten Tweedmantel mit braunem Pelzbesatz an Kragen und Manschetten. Ich hatte mich für einen blauen Blazer und eine graue Flanellhose entschieden, dazu ein weißes Hemd und eine gestreifte Krawatte. Nach meiner Einschätzung die Freizeituniform eines jeden Gardeoffiziers, der etwas auf sich hielt.

Ich wusste, dass das Ziel des Spiels darin bestand, den kleinen weißen Ball mit dem Schläger zwischen die Torpfosten zu schlagen. Aber damit ist diese in hohem Tempo zu Pferd ausgetragene Mischung aus Hockey, Krocket und American Football natürlich zu einfach dargestellt. Spieler wie Zuschauer hatten offensichtlich einen Riesenspaß dabei. Es gab viele Zurufe, und schon bald ging die Erregung auf der Vereinstribüne auf Caroline und mich über.

Bei der Ankunft auf den so genannten *grounds* hatten wir festgestellt, dass es Bereiche für Vereinsmitglieder und für Nichtmitglieder gab. Ich wollte zu den Mitgliedern. Dass ich hier war, hatte überhaupt nur einen Sinn, wenn ich mich mit meinen Fragen an Insider wenden konnte.

Wir hatten ein wenig auf dem Vereinsparkplatz herumgelungert, bis eine Fünfergruppe in einem Range Rover eingetroffen war. An sie hatten wir uns einfach drangehängt und am Eingang durchwinken lassen.

Polospiele sind unterteilt in *chukkas* genannte Abschnitte von etwa sieben Minuten. Das Spiel kann vier, fünf oder sechs Chukkas lang sein, mit

Pausen dazwischen. In unserem Fall ging es über vier Chukkas, unterbrochen von jeweils fünfminütigen Pausen.

Caroline fragte einen Mann mittleren Alters, der neben ihr saß, nach dem Spielstand. Das war nicht so dumm, wie es sich vielleicht anhört, denn das Spiel kann sehr verwirrend sein. Schon weil nicht immer klar ist, ob jemand ein Tor erzielt hat, da im Gegensatz zum Fußball die Tore kein Netz haben, in dem der Ball landet. Zudem werden nach jedem Tor die Seiten gewechselt, und für einen Anfänger ist es nicht immer leicht zu erkennen, welches Team in welche Richtung spielt.

„Die Mad Dogs führen gegen Orchio Rios mit dreieinhalb zu zwei Toren." Der Mann wies auf die Anzeigetafel am linken Spielfeldrand, die den Spielstand in großen weißen Ziffern auf blauem Grund weithin sichtbar verkündete.

Wir wünschten, wir hätten gar nicht erst gefragt. Wir wussten nicht mal, welches Team die Mad Dogs waren, aber es spielte keine Rolle. Wir hatten Spaß.

In der Halbzeit gingen viele Zuschauer von der Tribüne zu den Spielern hin, als sie absaßen und die Pferde wechselten. Ich fragte unseren Freund auf der Tribüne, ob ihm jemals Rolf Schumann oder Gus Witney von einem Poloclub in den USA über den Weg gelaufen seien. Er schüttelte den Kopf.

„Leider nein. US-Polo ist ein bisschen anders. Die spielen hauptsächlich Arenapolo. Das wird in der Halle oder auf einer kleinen, von Banden begrenzten Spielfläche gespielt – wie man sie fürs Dressurreiten benutzt. Die Mannschaften bestehen nur aus je drei Spielern, und …" Er brach ab. „Es ist halt nicht ganz das, wofür wir uns begeistern."

„Kennen Sie denn jemanden namens Pjotr Komarov?", fragte ich.

„Klar. Peter Komarov ist allgemein bekannt."

„Peter?", hakte ich nach.

„Pjotr ist russisch für Peter. Er ist der größte Importeur von Polopferden in Großbritannien. Wahrscheinlich weltweit."

„Von wo importiert er sie?"

„Hauptsächlich aus Südamerika. Mit Jumbojets fliegt er sie ein. Ich schätze, dass mindestens die Hälfte der Ponys hier aus Peter Komarovs Beständen stammen."

„Lebt er in England?"

„Er verbringt zwar ziemlich viel Zeit hier, aber ich glaube, er lebt in Russland. Da betreibt er einen Poloclub. Mein Sohn da drüben, der Dreier von den Mad Dogs, kauft seine Ponys auch bei Komarov."

Zwei weitere Spiele wurden ausgetragen, jedes dauerte knapp eine Stunde, und wir schauten sie uns beide an. Das zweite verfolgten wir von den Tischen und Stühlen vor dem Vereinsgebäude aus. Wir plauderten noch mit einem halben Dutzend anderer Leute, und alle hatten von Peter Komarov gehört, wenn sie auch nicht alle so überzeugt von ihm waren wie unser Mann auf der Tribüne.

„Er tut dem Spiel nicht gut", meinte einer. „Ich finde, er hat zu viel Macht. Er verkauft nicht nur Pferde, er least sie auch, insbesondere an die Spitzenspieler. Damit sind ihm einige der besten internationalen Spieler verpflichtet. Man muss kein Einstein sein, um sich auszurechnen, was da für ein Korruptionspotenzial drinsteckt."

„Aber im Polo gibt es doch sicher nicht so hohe Preisgelder zu gewinnen?", wandte ich ein.

„Mag sein, aber es wird immer mehr", sagte der Mann. „Und es wird auch immer mehr auf die Spiele gewettet. Meiner Meinung nach würden wir ohne sein Geld besser fahren."

Niemand hatte allerdings von Rolf Schumann oder Gus Witney gehört, aber das grämte mich nicht, ich hatte reichlich Auskünfte über den schwer zu fassenden Mr Komarov bekommen, darunter eine Information, die Gold wert war. Die Cateringdame des Clubs war sich ganz sicher: Pjotr Komarov und seine Frau waren Vegetarier.

Das hieß, sie konnten in der Nacht vor dem Lunch in der Delafield-Loge nicht wie alle anderen krank gewesen sein, denn sie hatten nicht das Entsprechende gegessen. Dennoch waren sie wider Erwarten am Samstag nicht in der Loge aufgetaucht. Hatten sie etwa gewusst, dass dort eine Bombe hochgehen würde?

ICH KOCHTE in Carolines weißer, chromblitzender Küche, und sie spielte mir dabei auf der Viola vor. Wir hatten im Supermarkt in der Waterloo Station einige Zutaten und eine Flasche Wein gekauft. Während ich Bœuf Stroganov zubereitete, spielte sie den ersten Satz von Bachs Violinkonzert in E-Dur, ihrem Lieblingsstück. Es hörte sich großartig an auf der Viola.

Wir setzten uns in ihrem Wohnzimmer aufs Sofa und aßen von Tabletts auf unserem Schoß.

„Nicht schlecht", lobte sie. „Warum heißt das Stroganov?"

„Nach dem Russen, der's erfunden hat, glaube ich."

„Wieder ein Russe. Hast du's deswegen für heute Abend ausgesucht?"

„Nicht bewusst", erwiderte ich.

Der Montagmorgen war voller Widersprüche und nicht zu vergleichen mit dem Abend davor. Caroline wollte nur noch zum Flughafen und wusste sich kaum zu halten, so freute sie sich auf die Reise nach Chicago und das Wiedersehen mit dem Orchester. Mich hingegen machte der Gedanke, dass sie bald so weit weg von mir sein würde, fast krank.

Wir kamen zwei Stunden, bevor ihr Flug ging, auf dem Terminal an und sie checkte problemlos ein.

Wir setzten uns an die Bar und tranken einen Kaffee. Aber wir waren nicht auf einer Wellenlänge. Ich wollte bis zum letzten Augenblick bei ihr sein, sie wollte nur noch zu ihrem Gate. Und beide mochten wir dem anderen nicht sagen, was uns bewegte, da uns die Situation klar war.

„Ich denke, du solltest jetzt durch den Zoll, falls die Schlangen an der Sicherheitskontrolle lang sind." Ich wollte nicht, dass sie ging. Ich wollte, dass sie für immer bei mir blieb.

„Vielleicht hast du Recht", stimmte sie sichtlich erleichtert zu.

Ich winkte ihr, bis sie und Viola schließlich im Sicherheitsbereich und der dahintergelegenen Abflughalle verschwanden. Dann nahm ich den Heathrow Express nach Paddington und fühlte mich sehr allein.

Carl holte mich um drei am Bahnhof Newmarket ab und fuhr mich zum Hay Net. Ich wollte nicht nach Hause und allein in meinem Cottage sitzen. Als wir im Restaurant ankamen, war Gary mit den Springern dabei, die Küche zu reinigen. Sie hatten sämtliche Edelstahlteile rausgestellt und schrubbten den Fußboden darunter.

„Ich glaube, Gary will Eindruck schinden", meinte Carl lachend. „Oscar hat ihm ganz schön Dampf gemacht."

„Oscar?"

„Der Aushilfskoch von der Agentur. Gary findet anscheinend, dass Oscar sich zu sehr in sein Leben drängt, und das gefällt ihm nicht."

„Das ist doch lächerlich", meinte ich. „Oscar ist ja nur noch ein paar Tage hier."

„Arbeitest du heute Abend?", fragte Carl. „Wenn du wieder voll dabei bist, könnte ich Oscar gleich nach Hause schicken."

„Nein. Behalt ihn vorerst. Ich bin noch nicht wieder ganz auf dem Damm." Außerdem musste ich in den nächsten Wochen vielleicht öfter weg, um mich nach einem Standort in London umzusehen.

Zu guter Letzt half ich am Abend dann doch in der Küche, wenn ich auch nicht gebraucht wurde. In erster Linie wollte ich mich von Carolines

Flug ablenken und widmete mich ganz dem Kochen. Wir hatten über fünfzig Gäste – das entsprach zwar noch nicht den Zahlen vor der Vergiftung, stellte aber eine gewaltige Verbesserung gegenüber der Vorwoche dar.

Zweimal bemerkte ich, dass Jaček mir bei der Arbeit zusah. Seine Aufgabe war, die gebrauchten Töpfe und Pfannen zum Spülen abzuholen und sie den Köchen gespült wieder zurückzubringen. Beim ersten Mal dachte ich, er warte nur auf die Pfanne, die ich noch in Gebrauch hatte, doch beim zweiten Mal war ich sicher, dass er mir beim Kochen zuschaute.

„Seien Sie vor dem auf der Hut“, sagte Gary, der die Szene beobachtet hatte. „Ich traue ihm nicht.“

Vielleicht hatte er Recht, jedenfalls nahm ich mir vor, am nächsten Morgen mehr über unseren neuen Springer in Erfahrung zu bringen.

Nachdem wir geschlossen hatten, zog ich mich um und ließ mich von Carl nach Hause fahren. Erst unterwegs merkte ich, dass ich meine Reisetasche in meinem Büro im Restaurant hatte liegen lassen. Was soll's?, sagte ich mir. Muss ich eben mal mit ungeputzten Zähnen ins Bett gehen.

IM TRAUM konnte ich Toast riechen. Nur hatte jemand das Brot zu lange in meinem kaputten Toaster gelassen, und es brannte an. Jetzt war ich wach und konnte immer noch den angebrannten Toast riechen.

Ich stand auf und öffnete meine Schlafzimmertür. Mein Haus brannte lichterloh – riesige Flammen loderten im Treppenhaus empor.

Ich stieß die Schlafzimmertür zu, roch aber den Rauch, der durch die Türritzen drang, und spürte die Hitze sogar durch das Holz. Bald würde sich das Feuer durchgefressen haben. Verdammt! Wie kam ich hier raus? Ich eilte ans Fenster.

Mein Cottage war vor über zweihundert Jahren erbaut worden. Die Fenster waren noch original bleiverglast – kleine, in ein Bleigitter gefasste Scheiben, die nur eine winzige Kippluke zum Lüften hatten, durch die ich keinesfalls durchpasste.

Ich öffnete die Luke und schrie aus vollem Hals. „Feuer! Feuer! Hilfe! Hilfe, es brennt!“

Ich hörte nichts von einer Reaktion. Der Lärm des Feuers wurde mit jeder Sekunde lauter.

Die Luft im Schlafzimmer wurde qualmiger. Ich wusste, dass bei Brandkatastrophen die meisten Menschen an Rauchvergiftung sterben und nicht durch die Flammen umkommen, aber war das nun wirklich ein Trost? Ich wollte nicht sterben, und schon gar nicht so, eingeschlossen in meinem brennenden Haus. Stattdessen wurde ich wütend, stinkwütend sogar, und die Wut gab mir Kraft.

Ich kniete mich hin und stellte fest, dass die Luft in Bodennähe relativ klar war. Ich atmete tief ein, stand auf, packte meinen Nachttisch, lief damit aufs Fenster zu und schmetterte ihn gegen die Scheibe. Das Fenster gab nach und verbog sich, aber der Rahmen hielt stand. Ich versuchte es noch einmal, und diesmal durchschlug der Nachttisch glatt das Fenster und nahm, als er hinaus in die Flammen und den Qualm fiel, den Fensterrahmen mit. Ich hatte keine Zeit, mir darüber Gedanken zu machen, wo ich landen würde. Ich kletterte durch die Öffnung, sprang und versuchte, möglichst weit vom Haus, von den Flammen wegzukommen.

Vom Schlafzimmerfenster bis zum Rasen unten waren es nur etwa drei Meter. Tief genug, dachte ich. Ich hielt die Knie zusammen und warf mich nach vorn, sodass ich wie ein Fallschirmspringer abrollte, kopfüber durchs Gras und hinaus auf die Straße. Ich rappelte mich hoch, lief auf die andere Straßenseite und blickte mich um.

In meinem Schlafzimmerfenster waren deutlich Flammen zu sehen. Ich war buchstäblich in letzter Sekunde gesprungen.

Ich rang nach frischer Luft und hustete heftig. Fröstelnd stand ich neben der Straße, und da erst wurde mir bewusst, dass ich völlig nackt war.

Vielleicht durch mein Geschrei geweckt, stand meine Nachbarin an der Straße und kam jetzt auf mich zu. Sie war eine kleine, ältere Dame, und im Feuerschein sah ich, dass sie einen flauschigen rosa Morgenmantel mit ebenso rosa Pantoffeln trug.

Ich suchte nach etwas, womit ich meine Blöße bedecken konnte, und musste dann doch die Hände nehmen.

„Schon gut, mein Lieber. Ich kenne das. Dreimal verheiratet und vierzig Jahre lang Krankenschwester.“ Sie lächelte. „Ein Glück, dass Sie da rausgekommen sind. Ich hole Ihnen einen Mantel.“ Sie wandte sich zum Gehen. „Die Feuerwehr habe ich schon verständigt“, teilte sie mir über ihre Schulter hinweg mit. Sie schien die Ruhe selbst zu sein.

Die Feuerwehr kam mit Blaulicht und Sirenen, konnte aber nicht mehr viel ausrichten. Mein Cottage wurde restlos von den Flammen verschlungen. Derweil saß ich in der Küche der Nachbarin, im Bademantel eines ihrer Exgatten, die Füße in seinen Pantoffeln.

„Sie hatten Glück, lebend da rauszukommen“, sagte der Feuerwehrführer, nachdem der Morgen ein Ende der Flammen gebracht hatte. „Diese alten Gebäude können Todesfallen sein. Nichts als Gips auf Holz.“

Von der Straße aus schauten wir zu, wie seine Männer Wasser auf die Ruine spritzten. „Können Sie sagen, wie es dazu gekommen ist?", fragte ich ihn.

„Noch nicht. Es ist noch viel zu heiß, um reinzugehen. Aber ich tippe auf Kurzschluss. So entstehen die meisten Brände, oder aber durch nicht richtig ausgemachte Zigaretten. Rauchen Sie?"

„Nein." Ich schaute auf die qualmenden schwarzen Trümmer. „Ich habe alles verloren."

„Ihr Leben haben Sie nicht verloren", gab er zu bedenken.

UM ACHT rief ich vom Telefon meiner Nachbarin Carl an.

„Es war nicht deine Woche", meinte er, nachdem ich es ihm erzählt hatte.

„Kannst du mich abholen?", fragte ich ihn.

„Und wo willst du hin?"

„Könnte ich bei dir duschen? Ich rieche wie ein Lagerfeuer."

„Bin in fünf Minuten da."

„Ach, Carl, kannst du was zum Anziehen mitbringen?"

„Wofür?"

„Ich bin mit dem Leben davongekommen. Mit nichts als dem Leben."

NACH DER DUSCHE setzte ich mich in Carls Trainingsanzug an den Küchentisch und machte eine Bestandsaufnahme. Ein paar Habseligkeiten waren mir doch noch geblieben, da meine Reisetasche die ganze Nacht wohlbehalten unter meinem Schreibtisch im Hay Net gestanden hatte. Carl hatte sie dort geholt, als ich unter der Dusche gewesen war.

Er wohnte in Kentford. Obwohl ich seit fünf Jahren Seite an Seite mit ihm in derselben Küche arbeitete, wurde mir zu meiner Überraschung klar, dass ich jetzt zum ersten Mal bei ihm zu Hause war.

„Was machst du denn jetzt?", fragte er.

„Erst mal muss ich einen Wagen mieten. Dann ziehe ich in ein Hotel."

„Du kannst auch hier wohnen, wenn du willst. Platz hab ich genug."

„Was ist mit Jenny und den Kindern?"

„Jenny ist vor fast einem Jahr wieder zu ihrer Mutter gezogen. Sie hat die beiden Mädchen mitgenommen."

„Mensch, Carl, tut mir leid. Warum hast du mir nichts davon gesagt?"

„Fand's nicht so wichtig. Ehrlich gesagt, ich war erleichtert, als sie ging. Hatte die Nase voll von der Zankerei."

„Könnte ich dann ein paar Tage bleiben? Am Wochenende bin ich wieder weg."

„Bleib, solange du willst."

Auf dem Weg zur Arbeit setzte mich Carl am Autoverleih ab. Ich wollte ein eher unscheinbares Fahrzeug, das nicht auffiel, und entschied mich für einen Ford Mondeo. Ein Angestellter des Verleihs bestand darauf, mich für die Zahlungsabwicklung zur Bank zu begleiten, bevor er mir die Schlüssel für den Mondeo aushändigte.

Auf der Bank hob ich ein dickes Bündel Bargeld ab und ließ mir eine neue Kreditkarte ausstellen mit der Bitte, sie mir so bald wie möglich an die Adresse des Hay Net zu schicken.

Morgen, sagte man mir. Heute Nachmittag?, drängte ich. Man werde es versuchen, aber dann müsse ich den Kurier bezahlen. In Ordnung. Ohne Kreditkarte kam ich mir so nackt vor wie vergangene Nacht auf der Straße.

Ich setzte mich in mein neues Mietauto und schätzte beim Fahren die Lage ab. Ich war am Leben, hatte Kleider zum Wechseln in meiner Reisetasche, meinen Reisepass, einen Schlafplatz für die nächsten beiden Tage, und notfalls konnte ich immer ein Bett in meinem Büro im Restaurant aufstellen. Aber ich hatte keine Armbanduhr, und mein Handy war mit Sicherheit hinüber, denn es hatte wie meine Brieftasche in dem Blazer gesteckt, den ich gestern vorm Schlafengehen zu Hause über die Sofalehne gehängt hatte.

Ich stellte den Wagen ab und ging in einen Handyladen. Mein Haus und mein Handy seien in Flammen aufgegangen, erklärte ich der jungen Frau hinter der Theke, und nun hätte ich gern ein Ersatzgerät, am liebsten mit der alten Nummer. Nachdem ich mein neues Handy sowie ein Ladegerät fürs Auto hatte, setzte ich mich wieder in den Mondeo und schloss es an den Zigarettenanzünder an. Die Uhr im Wagen zeigte halb zwölf. Halb sechs am Morgen in Chicago. Noch zu früh, um Caroline anzurufen, selbst wenn ich ihre Nummer im Kopf gehabt hätte.

Ich ließ das Handy zum Aufladen im Wagen und ging einen Kaffee trinken. Danach kaufte ich mir in einem Lederwarengeschäft einen Koffer, den ich in den darauffolgenden eineinhalb Stunden mit neuer Wäsche und Socken, fünf neuen Hemden, drei neuen Hosen, einem marineblauen Blazer, zwei Tweedsakkos und einer Krawatte füllte. Meine Arbeitskleidung war ja zum Glück unbeschadet im Restaurant.

Caroline rief gegen zwei an und war denkbar entsetzt über meine Neuigkeiten. Ich versicherte ihr, dass ich wohlauf war, und informierte sie darüber, dass ich für ein paar Tage bei Carl wohnen würde, bis ich mir überlegt hatte, wie es auf lange Sicht weitergehen sollte.

„Du kannst doch zu mir ziehen", schlug sie vor.

„Würd ich gern", erwiderte ich lächelnd. „Aber ich muss näher am Restaurant sein, wenigstens noch eine Weile. Ich überleg mir was."

„Pass auf dich auf", bat sie. „Ich ruf dich um sieben Uhr deiner Zeit wieder an, nach der Probe."

Vom Rest meines Bargelds kaufte ich mir eine neue Uhr. Schon besser, dachte ich, als ich prüfte, ob sie richtig lief. Langsam bekam mein Leben wieder einen Anschein von Normalität.

Ich ging noch einmal zur Bank, um weiteres Bargeld abzuheben. Danach kaufte ich als Erstes meiner Nachbarin eine Schachtel Pralinen und einen Strauß Frühlingsblumen.

Ich parkte den Mondeo an der Straße vor meinem Haus. Es war kein hübscher Anblick mit den geschwärzten Wänden, die jämmerlich allein ohne Dach in den grauen Himmel ragten. Betrübt wandte ich mich ab und klopfte an der Tür meiner Nachbarin.

„Ach, hallo, mein Lieber", begrüßte sie mich lächelnd. Sie sah auf den Blumenstrauß. „Sind die für mich? Wie reizend. Kommen Sie rein."

Ich gab ihr die Blumen, und wir setzten uns und tranken Tee.

„Kennen Sie schon die Ursache?", fragte sie.

„Nein. Die Feuerwehr will noch ihre Sachverständigen vorbeischicken. Es ist praktisch alles verbrannt."

„Sie Armer."

Ich blieb über eine Stunde bei meiner freundlichen Nachbarin, dann ging ich wieder nach nebenan, um mir die Trümmer meiner Burg genauer anzuschauen. Ich war nicht der Einzige. Ein Mann in einer dunkelblauen Weste und königsblauer Hose stakste durch die Asche.

„Guten Tag", sagte ich. „Kann ich Ihnen helfen?"

„Ich bin von der Feuerwehr", erklärte er. „Brandsachverständiger."

„Ach so. Mir gehört dieser Schutthaufen."

„Das tut mir leid."

„Na ja." Ich lächelte. „Wenigstens finden Sie meine Asche hier nicht."

„Sonst jemandes Asche?", fragte er ernst.

„Nein. Sonst war niemand im Haus. Na ja, sofern nicht jemand eingebrochen ist, als ich schon im Bett war, und den Flammen nicht entkommen konnte."

„Es wäre nicht das erste Mal", meinte er kein bisschen belustigt.

Mit einem Stock stocherte er weiter in der Asche herum. Einmal bückte er sich und füllte etwas Asche in einen Plastikbeutel, den er aus der Tasche gezogen hatte.

„Was haben Sie gefunden?“, fragte ich.

„Nichts weiter. Brauche ich für den Brandbeschleunigertest. Stoffe wie Benzin, Lösungsmittel, Paraffin oder so.“

„Ich dachte, es war ein Kurzschluss?“

„War es wahrscheinlich auch. Die meisten Brände entstehen durch Kurzschluss, aber den Test müssen wir so oder so machen.“

Er stocherte wieder in der Asche. Nach einer Weile pickte er etwas mit dem Stock auf und schwang ihn in die Höhe, als lande er einen Lachs.

„Aha“, sagte er. „Was haben wir denn da?“

Mir sah es wie ein schwarz verkokelter Klumpen aus. Ich erkannte darin nichts, was mir einmal gehört hatte. „Was ist das?“

„Ihr Rauchmelder.“

Ich konnte mich nicht erinnern, seine Sirene gehört zu haben.

„Wäre besser gewesen, Sie hätten eine Batterie dringehabt“, meinte der Sachverständige.

„Ich hatte doch eine drin.“

„Nein, Sir“, widersprach er entschieden. „Schauen Sie, wie er zugeschmolzen ist.“ Er zeigte mir den Klumpen. „Wäre da eine Batterie drin gewesen, wäre sie noch drin, oder vielmehr ihre Reste. Ich seh das nicht zum ersten Mal. Eine Menge Leute vergessen, leere Batterien auszutauschen, oder nehmen wie Sie die alte raus und vergessen, eine neue reinzutun.“

Aber ich hatte es nicht vergessen. In dem Gerät musste eine Batterie gewesen sein. Ich hatte sie wie immer im März ausgetauscht, als die Uhren auf Sommerzeit umgestellt worden waren.

Mir wurde kalt und klamm. Offensichtlich hatte jemand die Batterie aus dem Rauchmelder genommen, bevor er mein Haus mit mir drin in Brand gesteckt hatte. Ich hatte einfach Glück gehabt, dass ich aufgewacht war.

8

Ich hatte Angst. Große Angst. Zweimal war ich einem Mörder entkommen. Wer trachtet mir nach dem Leben und warum?, fragte ich mich ein weiteres Mal.

Es war sechs Uhr abends, und ich saß in meinem gemieteten Mondeo auf einem leeren Parkplatz. Ich wollte weit weg von allen sein und beizeiten sehen, wenn jemand näher kam.

Wem konnte ich trauen? Konnte ich überhaupt jemandem trauen?

Caroline. Ihr würde ich mein Leben anvertrauen. Aber sonst?

Konnte ich Carl trauen? Unbesorgt bei ihm übernachten? War er in Gefahr, wenn ich bei ihm übernachtete?

Sollte ich jetzt zur Polizei gehen? Würden sie mir dort glauben? Sogar mir selbst kam das alles unwirklich vor. Würden sie mich ernst nehmen?

Auf meinem neuen Handy rief ich das Hay Net an. Mein Barmann Martin meldete sich, und ich verlangte Carl zu sprechen.

„Hallo“, meldete er sich. „Alles in Ordnung?“

„Nein, nicht direkt“, antwortete ich. „Ich muss für ein paar Tage weg. Kommst du für den Rest der Woche ohne mich klar?“

„Natürlich“, erwiderte er etwas unsicher. „Kann ich irgendwie helfen?“

„Nein. Ich komme schon zurecht. Aber ist was per Kurier für mich eingetroffen?“

„Ja, vor einer halben Stunde. Soll ich das irgendwo hinbringen?“

„Nein, danke. Ich hole es ab. Leg es an den Eingang, ja?“

Ich fuhr zum Restaurant und hielt links und rechts nach Gefahren Ausschau. Es gab keine, zumindest waren keine zu sehen. Ich ließ den Motor laufen, als ich schnell ausstieg und ins Restaurant sauste. Die Kuriersendung lag, wo Carl sie hatte hinlegen sollen. Ich schnappte sie mir, lief schnurstracks wieder raus zum Wagen und fuhr davon, wobei ich alle paar Sekunden in den Rückspiegel schaute, um zu sehen, ob ich verfolgt wurde. Wurde ich nicht. Ich lief weg und wusste selbst nicht einmal, wo ich hinwollte.

AM NÄCHSTEN MORGEN lief ich noch weiter weg. Ich nahm den 10.50-Uhr-Flug nach Chicago.

Nachdem ich am Abend das Restaurant verlassen hatte, war ich ziellos herumgefahren und hatte wieder auf einem leeren Parkplatz haltgemacht. Irgendwer hatte mir mal gesagt, es sei möglich festzustellen, von woher ein Handyanruf komme. Ich war das Risiko eingegangen und hatte Caroline angerufen.

„Wie konnte denn jemand in dein Haus gelangen und an den Rauchmelder gehen?“, wollte sie wissen.

„Mein Haustürschlüssel war an demselben Anhänger wie mein nach dem Unfall verschwundener Wagenschlüssel. Derjenige, der die Batterie entfernt und mein Haus angezündet hat, muss die Schlüssel haben.“

„Du kannst zu mir gehen, wenn du willst“, bot Caroline noch einmal an. „Meine Nachbarin von oben hat einen Schlüssel, und ich kann ihr sagen, sie soll dich reinlassen.“

„Ob das sicher ist? Nimm mal an, ich bin beschattet worden. Dann haben die gesehen, dass ich voriges Wochenende bei dir war."

„Dann komm doch her. Komm nach Chicago. Dann entscheiden wir, was zu tun ist."

Ich war zu einem Hotel am Nordrand von Heathrow gefahren, hatte mich unter falschem Namen für die Nacht angemeldet und mein Zimmer im Voraus bar bezahlt. Vielleicht machte ich ja zu viel Theater, aber ich wollte nicht riskieren, über meine Kreditkarte ausfindig gemacht zu werden.

Am Mittwochmorgen hatte ich den Mondeo auf dem Hotelparkplatz stehen lassen und widerstrebend meine neue Kreditkarte zum Kauf eines Flugtickets benutzt. Wenn das jetzt jemand herausfand, war das eben Pech. Ich hoffte nur, dass sie es nicht zum Flughafen schafften, bevor ich in der Luft war. Wenn sie obendrein herausbekamen, dass mein Ticket nach Chicago ging – nun, es war eine große Stadt. Ich gedachte mich versteckt zu halten.

ICH WUSSTE, dass Caroline mich nicht am Flughafen abholen würde. Sie hatte mir erklärt, dass sie den ganzen Nachmittag proben müsse.

Ich nahm ein Taxi vom Flughafen ins Stadtzentrum, sprich zum „Hyatt", in dem das Orchester wohnte, und ließ mich in der Hotelhalle in einen tiefen Ledersessel gegenüber dem Eingang sinken. Da saß ich, wartete auf Carolines Rückkehr und schlief prompt ein.

Sie weckte mich, indem sie mir mit den Fingern durchs Haar fuhr. Langsam schlug ich die Augen auf.

„Ich sehe, Max, du bist voll auf der Hut vor potenziellen Mördern."

„Mach keine Witze darüber." Aber sie hatte Recht.

Ich sah auf meine neue Uhr. Sie zeigte halb zwölf an. Sechs Stunden Zeitunterschied, also war es halb sechs am frühen Abend. „Wann fängt die Vorstellung an?", erkundigte ich mich.

„Um halb acht. Aber ich muss um Viertel vor sieben umgezogen und einsatzbereit wieder da sein, und die Halle ist fünf Taximinuten entfernt."

Wir hatten eine Stunde und zehn Minuten. Dachte sie, was ich dachte?

„Gehen wir ein Stündchen ins Bett", schlug sie vor.

Haargenau.

ES GELANG mir, das ganze Konzert hindurch wach zu bleiben. Caroline hatte das Wunder zustande gebracht, mir einen Platz zu verschaffen. Einen einzelnen „Freiplatz" in der Mitte der achten Reihe. Er war ausgezeichnet, nur dass der Dirigent, ein Hüne mit extrabreiten Schultern, mir den Blick auf Caroline verstellte.

Ihr gegenüber hätte ich es zwar nicht zugegeben, aber ohne das Programm hätte ich nicht gewusst, welches Stück von wem war, nämlich vor der Pause „Elgar", danach „Sibelius". Einiges erkannte ich allerdings doch. Caroline hatte mir gesagt, wie stark Musik wirken könne, und jetzt fühlte ich diese Kraft. Während ich dasaß und die Musik auf mich wirken ließ, fühlte ich mich von der Vergangenheit befreit und für die Zukunft gerüstet.

Am Ende stand das Publikum auf und jubelte vor Begeisterung. Die Ovationen hielten gut fünf Minuten an.

Ich erwartete Caroline am Bühneneingang, und sie schwebte auf Wolke sieben. „Hast du die Leute gehört?", fragte sie atemlos. „Hast du den Krach gehört?"

„Wieso gehört?" Ich lachte. „Ich habe den veranstaltet."

„Was musst du heute machen?", fragte ich Caroline am nächsten Morgen, als wir in ihrem Hotelzimmer im Bett lagen.

„Bis um vier gar nichts. Wir gehen nur ein paar Sätze durch und spielen dann wieder um halb acht, wie gestern Abend. Ich schau mal, ob ich noch eine Karte für dich kriege."

„Und was möchtest du bis um vier machen?"

Sie grinste. „Wir könnten im Bett bleiben."

Blieben wir aber nicht. Wir entschlossen uns, in dem Restaurant im 95. Stock des John Hancock Building zu frühstücken, das der Reiseführer auf dem Zimmer als das nach dem Sears Tower zweithöchste Gebäude im Mittleren Westen auswies.

Ich nahm den Lift nach unten, während Caroline einer anderen Bratschistin, mit der sie zum Shopping verabredet war, einen Zettel unter der Tür durchschob, dass sie umdisponiert habe. Während ich auf sie wartete, bat ich den Portier um eine Karte der Umgebung und fand das John Hancock Building. Und noch etwas anderes stach mir ins Auge.

„Wusstest du", fragte ich Caroline, als sie erschien, „dass der Staat Wisconsin nur ein paar Kilometer nördlich von Chicago anfängt? Und in Wisconsin liegt Delafield, die Heimat von Delafield Industries."

Ich fragte nach. Der Hotelportier war sehr hilfsbereit. Delafield sei keine zwei Autostunden entfernt. Ja, selbstverständlich könne er einen Mietwagen besorgen, dazu brauche er nur eine Kreditkarte. Caroline borgte mir ihre. Lieber vorsichtig als tot.

Der Interstate Highway 94 führte praktischerweise direkt von Chicago nach Delafield. Mit unserem gemieteten Buick fuhren wir an der Ausfahrt vom Highway herunter und fanden uns in einem Gewerbegebiet wieder, wie es sie überall gibt. Hinter den Einkaufszentren und Einzelhandelsgeschäften sah ich auf einer kleinen Anhöhe einen stattlichen Gebäudekomplex mit dem Schriftzug Delafield Industries Inc. in fetten schwarzen Lettern auf dem Dach.

Ich wusste eigentlich nicht genau, was ich mir davon erhoffte, extra von Chicago hierhergekommen zu sein. Wenn ich aber Recht hatte und Delafield Industries tatsächlich das Ziel des Bombenanschlags gewesen war, dann kannte bestimmt niemand besser das Motiv dafür als Rolf Schumann. Ob er es mir verraten würde, war eine andere Sache.

Wir fuhren zum Eingangstor.

„Kann ich Ihnen helfen, Sir?", fragte ein Wachmann, der aus einem verglasten grauen Häuschen zu meiner Linken trat.

„Ich hätte gern gewusst, ob Mr Rolf Schumann da ist."

„Und Ihr Name, Sir?"

„Butcher. Max und Caroline Butcher."

„Haben Sie einen Termin, Mr Butcher?"

„Nein, leider nicht."

„Bedaure. Besucher empfangen wir nur nach Absprache."

„Gut. Aber ist Mr Schumann denn im Haus?"

„Das kann ich Ihnen nicht sagen, Sir."

„Warum nicht?"

„Bitte, Sir", er klang nicht mehr besonders freundlich, „wenden Sie und verlassen Sie das Grundstück."

Er meinte es offenbar ernst. Ich tat, wie mir geheißen.

„Was jetzt?", fragte Caroline. „Sollen wir über den Zaun klettern?"

„Gönnen wir uns endlich das Frühstück, mit dem wir den Tag beginnen wollten."

Wir parkten den Buick an der Main Street, setzten uns in „Mary's Café" ans Fenster, tranken Kaffee und aßen Blaubeermuffins.

Delafield war irgendwie auf den Kopf gestellt. Das so genannte Delafield Town war das Neubaugebiet bei der Interstate, zu dem auch die Einkaufszentren und die Landmaschinenfabrik gehörten, und Delafield City war ein malerisches, uriges Dorf am Ufer eines Sees.

„Noch Kaffee?" Mary kam hinter der Theke hervor.

„Ja, danke." Caroline schob ihr unsere Tassen hin.

„Kennen Sie einen Rolf Schumann?“, fragte ich Mary, als sie einschenkte.

„Na klar. Die Schumanns kennt hier jeder. Es ist zu schlimm.“

„Was ist schlimm?“

„Sein Gesundheitszustand.“

„Was ist damit?“

Mary blickte sich um, als wollte sie sich vergewissern, dass sonst niemand zuhörte. Aber nur wir drei waren im Café. „Na ja, er ist nicht mehr ganz bei sich. Wegen seiner Verletzungen.“

„Wie meinen Sie das?“

Mary wirkte verlegen. Leise fuhr sie fort: „Er ist in Shingo. Sie wissen schon, die Heilanstalt.“ Die letzten beiden Worte flüsterte sie fast.

„Wo genau ist Shingo?“, fragte ich genauso leise.

„In Milwaukee.“

„Leben die Schumanns in Milwaukee?“

„Nein, natürlich nicht. Die wohnen hier. Oben am Lake Drive.“

Kurz darauf verabschiedeten wir uns von Mary und ihren Muffins. Die Innenstadt von Delafield – das Dorf – lud in zahlreichen Geschäften zum Kauf von Sachen ein, die kein Mensch so recht braucht und trotzdem jeder haben muss. Wir klapperten die Läden ab und brachten überall die Schumanns zur Sprache. In einem Laden, in dem mit Sprüchen bestickte Kissen angeboten wurden, weinte die Inhaberin ihretwegen beinahe.

„So nette Leute“, schluchzte sie. „So großzügig. Was haben sie nicht alles für die Gemeinde getan. Es ist so traurig.“

„Die Verletzungen von Mr Schumann?“, tippte ich an.

„Ja. Und dass so viele Menschen gestorben sind in England. Die waren ja alle hier aus der Gegend. Wir haben sie jeden Tag gesehen.“

„Schrecklich“, sagte ich mitfühlend.

„Und wir alle sorgen uns fürchterlich um die Zukunft.“

„Inwiefern?“

„Wegen der Fabrik“, erklärte sie. „Die läuft nicht so gut. Vorigen November haben sie ein Drittel der Arbeiter entlassen. Weil die Chinesen Traktoren um die Hälfte billiger liefern, als wir sie hier herstellen können. In der Stadt erzählt man sich schon, dass das Werk ganz stillgelegt wird.“

Der *2000 Guineas*-Ausflug war offenbar ein verzweifelter Versuch gewesen, einen neuen Markt für den angeschlagenen Riesen aufzutun. Das Blutbad und der Verlust an Führungskräften, den der Trip mit sich gebracht hatte, besiegelten nun vielleicht beide den Untergang des Unternehmens.

„Was jetzt wohl aus den Schumanns wird?“, sagte ich.

„Machen Sie sich über die keine Gedanken", meinte die Frau. „Die haben Geld wie Heu. Gerade erst ein neues Haus gebaut. Eine Villa eher. Bosse gehen nie bankrott. Verlassen Sie sich drauf."

Anscheinend hielt sie doch nicht so viel von den Schumanns, wie sie anfangs hatte glauben lassen.

Wir fuhren langsam den Lake Drive entlang und bestaunten die imposanten Wohnhäuser. Hier war das Millionärsviertel von Delafield. Von der Straße aus waren die Häuser wegen der vielen Kiefern und der üppigen Rhododendren nicht leicht zu sehen, doch Caroline und ich waren zuvor auf die andere Seite des Sees gefahren und hatten das Domizil der Schumanns von dort aus gesichtet. Wie die Kissendame gesagt hatte, war es eher eine Villa: ein modernes, dreistöckiges Haus aus grauem Stein mit rotem Dach, umgeben von einem weiten, gepflegten Rasen, der zum Seeufer hinunterführte.

War hier der Mann zu Hause, dem eigentlich die Bombe von Newmarket gegolten hatte? War es das Zuhause eines Opfers oder eines Schurken?

Es gibt nur eine Möglichkeit, das herauszufinden, dachte ich und drückte auf den Knopf der Gegensprechanlage neben dem zwei Meter vierzig hohen gusseisernen Sicherheitstor.

DOROTHY SCHUMANN war eine schmächtige Frau. Durch ihren schlanken Wuchs wirkte sie größer, als sie mit ihren eins siebzig war. Ihre wachsbleichen, schmalen Hände zitterten leicht auf ihrem Schoß. Sie, Caroline und ich saßen uns auf zwei grün-weißen Sofas in ihrem Salon gegenüber, und der Blick auf den See war hinreißend.

„Sie haben Rolf also in England kennen gelernt", sagte Mrs Schumann.

„Ja", bestätigte ich. „Auf der Rennbahn von Newmarket."

„Am Tag des Bombenanschlags?"

„Ja. Ich war bei dem Lunch und hatte Glück." Ich erklärte ihr, dass ich geschäftlich in Chicago sei und die Gelegenheit nutzen wolle, um ihren Mann zu besuchen.

„Sehr freundlich", erwiderte sie unglücklich. „Aber Rolf ist immer noch in der Klinik. Es geht ihm leider überhaupt nicht gut." Es fiel ihr schwer, die Fassung zu wahren. „Er hat wohl etwas am Hirn. Er sitzt nur da und starrt ins Leere. Die Ärzte wissen nicht, ob er sich je wieder erholt." Sie brach in Schluchzen aus. „Was mache ich nur?"

Caroline ging zu ihr hinüber, setzte sich neben sie und legte ihr einen Arm um die Schulter.

„Entschuldigung." Mrs Schumann nahm ein Papiertaschentuch aus dem Ärmel und verschmierte, als sie sich die Augen betupfte, ihr Make-up, worauf sie nur noch mehr weinte.

„Kommen Sie. Ich helfe Ihnen mal." Caroline zog sie praktisch vom Sofa hoch und führte sie behutsam zum Schlafzimmer, das sich ebenfalls im Erdgeschoss befand.

Ich schaute mich um. Eine Unmenge silbern gerahmte Fotos standen auf einem Tisch beim Fenster. Ich betrachtete die Aufnahmen von Rolf Schumann aus glücklicheren Tagen, viele mit einer wesentlich gesünder aussehenden Dorothy an seiner Seite. Es gab auch Fotos, die ihn im schwarzen Anzug auf Abendgesellschaften zeigten oder mit einem leuchtend gelben Helm auf einer Baustelle sowie breit lächelnd in Polokleidung den Schläger schwingend.

Sonst gab jedoch nichts im Salon darüber Aufschluss, was für eine Art Mensch Rolf Schumann früher gewesen war.

Ich öffnete eine Tür am Ende des Raumes und fand mich in seinem Arbeitszimmer wieder. Im Gegensatz zu dem weiß gehaltenen Salon war das Arbeitszimmer dunkel, mit schwerer Holztäfelung und einem großen Eichenschreibtisch in der Mitte. Hinter dem Tisch prangte ein riesiger Hirschkopf an der Wand. Auch hier gab es Fotos: Rolf Schumann im Safarianzug im afrikanischen Busch, das Gewehr in der Hand und den linken Fuß auf einem erlegten Elefanten; Rolf Schumann im Jagdrock zu Pferd. Rolf Schumann war offensichtlich ein Mann des Jagdsports.

Mir war etwas unbehaglich zumute, was nicht nur an den leblosen Glasaugen des Hirsches lag, die mir zu folgen schienen. So kehrte ich in den Salon zurück, und das keinen Augenblick zu früh. Mrs Schumann und Caroline kamen vom Make-up-Ausbessern wieder, als ich mich gerade auf das grün-weiße Sofa gesetzt hatte.

„Entschuldigen Sie", sagte Mrs Schumann zu mir. „Ich bin im Moment nicht ganz auf der Höhe."

„Aber ich bitte Sie. Wir hätten Sie nicht stören sollen. Wir sollten jetzt gehen." Ich stand auf.

„Nein, nein", wehrte sie ab. „Es ist doch nett, Gesellschaft zu haben. Möchten Sie etwas trinken? Ich habe Eistee im Kühlschrank."

Ich sah auf die Uhr. Es war kurz nach zwölf. „Sehr gern."

Wir gingen alle drei in die Küche. Mrs Schumann schenkte drei hohe Gläser ein und gab noch eine Zitronenscheibe dazu. Caroline und ich setzten uns auf Hocker an die von Mrs Schumann so genannte „Bar".

„Dorothy, können Sie sich vorstellen, wie Rolf ins Visier eines Bombenlegers geraten ist?“

Sie sah mich an. „Die hiesige Polizei hat mir gesagt, dass die Bombe nicht Rolf galt. Er sei ihr versehentlich zum Opfer gefallen.“

„Ich weiß. Aber wenn die Polizei sich nun irrt?“

Schwer ließ sie sich auf einen Hocker sinken. „Wollen Sie damit sagen, dass jemand versucht haben könnte, Rolf umzubringen?“

„Ja“, bestätigte ich. Ein langes Schweigen entstand. „Wüssten Sie jemanden, der ihm nach dem Leben trachten könnte?“

Sie lachte. „Nur so ungefähr tausend Leute von hier. Die wurden im vergangenen Jahr entlassen. Und alle schieben sie es Rolf in die Schuhe.“

„Ja, aber…“, setzte ich an.

„Nein, nein“, unterbrach sie mich. „Ich meine das nicht ganz ernst.“

„Kennen Sie einen Mann mit Namen Komarov?“

„Natürlich. Peter kenne ich sehr gut. Er importiert Poloponys. Aber Sie wollen mir doch wohl nicht erzählen, dass er etwas mit dem zu tun hat, was Rolf passiert ist?“

„Ich weiß es nicht. Mich hat nur interessiert, ob Sie von ihm gehört haben. Hat er etwas mit dem Poloclub zu tun, in dem Rolf Vorstand ist?“

„Ich glaube nicht. Aber ich weiß, dass alle Pferde Peters erst mal ein paar Tage dort verbringen, wenn sie ins Land kommen.“

„Wo kommen die Pferde denn ursprünglich her?“

„Südamerika. Argentinien, Uruguay und Kolumbien hauptsächlich.“

„Und wohin gehen sie, wenn sie den Poloclub verlassen?“

„Überallhin. Ab und zu war ich mit Rolf auf den Auktionen. In Keeneland in Kentucky etwa und in Saratoga.“

Davon hatte ich gehört. Beides waren große Verkaufsveranstaltungen für Vollblutpferde. „Es handelt sich also nicht bloß um Poloponys?“

„Aber nein“, erwiderte Mrs Schumann. „In der Mehrzahl wohl schon, aber es sind definitiv auch Rennpferde dabei.“

„Warum kommen sie dann alle erst mal hierher – in den Poloclub?“

„Ich weiß nicht genau. Ich weiß aber, dass sie mit dem Flugzeug in Chicago oder Milwaukee ankommen und dann mit Pferdetransportern zum Club gebracht werden. Ich glaube, sie bleiben bis zu acht Tagen, bevor sie verschickt werden. Rolf sagt, sie müssen vom Tierarzt untersucht werden. Und er muss was mit den Kugeln machen.“

„Mit den Kugeln?“, wiederholte ich.

„Ja. Den Metallkugeln. Die haben irgendwas mit der Reise zu tun. Was

Genaues weiß ich nicht, aber ein paar Tage nach so einer Flugzeugladung Ponys hat Rolf immer eine große Kiste voll davon."

„Haben Sie so eine Kugel hier?", fragte ich.

„In Rolfs Schreibtisch müssten ein paar sein."

Sie ging aus der Küche und kam kurz darauf mit einer glänzenden Metallkugel wieder, die etwa so groß wie ein Golfball war. Sie legte die Kugel vor mir auf die Theke, und ich nahm sie in die Hand. Ich ging davon aus, sie wäre schwer, wie ein Teil aus einem Kugellager, doch sie war überraschend leicht und hohl.

„Wofür sind die?", fragte ich Mrs Schumann.

„Ich habe keine Ahnung. Aber ich meine, sie hätten auch was mit der Ponyzucht zu tun."

„Kann ich diese hier behalten?"

„Ich glaube nicht, dass Rolf begeistert wäre, wenn ich die hergebe. Er achtet immer sehr genau darauf, dass die Anzahl stimmt. Er zählt immer wieder nach."

„Sie könnte mir aber helfen herauszufinden, warum er verletzt wurde."

„Meinen Sie? Na, eine wird schon nicht so schlimm sein. Aber Sie müssen versprechen, sie mir zurückzugeben, wenn Sie damit fertig sind."

„WAS GLAUBST DU, was das ist?" Caroline saß auf dem Beifahrersitz und warf die kleine Metallkugel von der einen Hand in die andere.

„Keine Ahnung, wozu die gut ist. Aber wenn sie was mit Komarov zu tun hat, würde mich das doch sehr interessieren."

Ich überholte einen Sattelschlepper. Wir waren spät dran. Nach Chicago waren es hundertsechzig Kilometer. Es war bereits zwei Uhr, und Carolines Orchesterprobe begann um vier. Die Zeit war knapp.

„Vielleicht spielt man damit Tischpolo." Sie lachte laut über ihren Scherz.

Die kleine Kugel hatte eine dünne Naht in der Mitte. Caroline nahm sie in beide Hände und versuchte, die Kugelhälften voneinander zu trennen. Und tatsächlich war das gar nicht so schwer, wenn man erst einmal wusste, wie es ging. Die beiden Hälften hatten ein Linksgewinde.

Ich warf einen kurzen Blick auf die Halbkugeln in Carolines Händen. „Schlauer bin ich jetzt auch nicht, aber ich weiß, dass das kein Spielzeug ist. Es ist schwierig, etwas so dünnes Rundes mit solch einem Gewinde zu versehen. Und dann auch noch so passgenau. Das ist echte Präzisionsarbeit. Wenn Schumann wirklich, wie seine Frau sagt, eine große Kiste davon hat, muss die Herstellung einiges gekostet haben."

„Aber wofür sind sie gut?“, fragte Caroline.

„Vielleicht kommt etwas rein, das nicht auslaufen darf“, spekulierte ich. „Aber frag mich nicht was.“

Fünf Minuten vor der Zeit kamen wir im Hotel an.

Caroline schnappte sich ihr Kleid und ihre Viola und rauschte mit einem Kuss davon. „Bis nachher. Die Karte für dich liegt an der Kasse.“ Sie sprang in den bereitstehenden Bus, der das Orchester zur Konzerthalle bringen sollte.

Ich machte mich auf die Suche nach dem Empfangschef.

„Lake Country Polo Club?“, wiederholte er als Frage.

Ich bestätigte es. „Müsste in der Nähe von Delafield in Wisconsin sein.“

Er tippte etwas in seinen Computer. „Aha, da haben wir ihn.“

Sein Drucker surrte, und er reichte mir ein Blatt Papier mit der Wegbeschreibung. Der Club lag knapp zehn Kilometer näher an Chicago als Delafield, an der Silvernail Road, die vom Interstate Highway abging. Ich bedankte mich und verlängerte die Miete für den Wagen um einen Tag.

Ich fand das Donnerstagskonzert noch besser als das vom Abend zuvor. Schon weil ich Caroline sehen konnte und sie es wusste. Das Haus war ausverkauft, im Saal gab es nicht mal mehr einen Notsitz für mich. Als ich um sieben an der Kasse eingetroffen war, hatte da keine Karte für mich gelegen, sondern eine Nachricht: *Komm zum Bühneneingang und frag nach Reggie*. Ich war zur Bühne gegangen.

„Alles klar“, hatte Reggie gesagt. „Sie sind also der Engländer, von dem sie in einer Tour quasselt.“ Er hatte breit gegrinst. „Ich hab genau den richtigen Platz für Sie. Kommen Sie mit.“

Sein Platz entpuppte sich als zwei Metallstühle, die fürs Publikum unsichtbar in der Seitenkulisse standen. Von dem einen Stuhl hatte ich besonders gute Sicht auf meine Caroline.

Sie setzte sich in der Pause zu mir, während das übrige Orchester über eine Betontreppe hinter der Bühne verschwand. „Ich möchte lieber hier bei dir bleiben.“

Mir war das auch viel lieber. „Morgen fahre ich noch mal nach Delafield. Ich schnüffle mal ein bisschen im Lake Country Polo Club rum.“

„Ich kann aber nicht mitkommen“, sagte sie unglücklich. „Für morgen hat sich das Programm geändert, und ich habe Proben.“

„Und am Samstag?“

„Am Samstag haben wir um halb drei eine Nachmittagsvorstellung. Fahr ruhig morgen ohne mich, aber sei vorsichtig.“

Der Lake Country Polo Club war eine große Sache: reihenweise weiß gestrichene Stallungen neben vier oder fünf Polofeldern und einer Fülle von Vereinsgebäuden. Zahlreiche Pferde standen auf weiß umzäunten Koppeln. Hier roch alles nach Geld, sehr viel Geld.

Ich stellte den Buick auf den Besucherparkplatz und spazierte durch die Tür, auf der Anmeldung stand. Eine Frau in weißem Rollkragenpullover und Jeans saß an einem Schreibtisch.

„Kann ich Ihnen helfen?“, fragte sie.

„Ist Mr Komarov vielleicht da?“, erkundigte ich mich.

„Leider nein. Er wird frühestens nächsten Monat wieder hier sein, zum Delafield Cup. Sein Ponymann ist aber da, wenn Sie den sprechen möchten?“ Ob ich das wollte, wusste ich gar nicht, doch bevor ich sie bremsen konnte, griff sie auch schon zum Telefon und drückte ein paar Tasten. „Wie war noch mal Ihr Name?“

„Mr Buck“, erwiderte ich mit Blick auf meinen Wagen. Um ein Haar hätte ich „Buick“ gesagt.

Am anderen Ende meldete sich jemand. „Kurt“, sagte die Frau, „hier ist ein Mr Buck, der nach Mr Komarov fragt. Wann der wieder in den Club kommt, wüsste er gern.“ Sie hörte einen Augenblick zu und sah mich an. „Kurt lässt fragen, woher Sie Mr Komarov kennen.“

„Ich kenne ihn nicht“, korrigierte ich sie. „Ich möchte ihn nur nach etwas fragen, was in England passiert ist. In Newmarket.“

Sie gab meine Antwort weiter und lauschte dann wieder schweigend. „Gut, sag ich ihm.“ Sie legte auf. „Kurt kommt gleich zu Ihnen“, teilte sie mir mit. „Kurt ist für alle Ponys von Mr Komarov verantwortlich.“

„Danke. Ich warte draußen auf ihn.“

Warum stellten sich mir die Nackenhaare auf und signalisierten Gefahr? Wäre es vielleicht klüger, sofort ins Auto zu steigen und davonzufahren? Stattdessen machte ich einen kleinen Spaziergang, lief durch einen Pferdedurchgang unter einer leeren Arenatribüne hindurch und kam auf dem Polofeld auf der anderen Seite heraus.

„Mr Buck?“, rief ein Mann vom Durchgang her. Kurt, nahm ich an, und er war nicht allein. Bei dem zweiten Mann beschlich mich ein ganz ungutes Gefühl. Während Kurt klein war und die Statur eines Jockeys hatte, war sein Begleiter groß und breit. Und er hielt einen anderthalb Meter langen Poloschläger quer vor der Brust wie ein Soldat sein Gewehr. Es war sonnenklar, dass mich das einschüchtern sollte. Was es auch tat. Ich war sehr eingeschüchtert.

Ich stand mitten in der Poloarena, und mein Fluchtweg lag auf der anderen Seite der Tribüne. Ich musste ihnen die Stirn bieten.

„Was wollen Sie?“, fragte Kurt barsch.

„Sie sollen Mr Komarov kennen. Ich hatte gehofft, er könnte mir helfen, etwas zu identifizieren“, sagte ich.

„Und was?“

„Das hab ich im Auto.“ Schnell ging ich an ihm vorbei.

Er konnte nicht wissen, dass ich das Ding in der Hosentasche hatte, aber keinesfalls hier herausholen wollte. Am Wagen schien es mir sicherer.

Kurt schien nicht erbaut zu sein und schnaubte durch die Nase, doch er folgte mir; sein Schatten leider auch. Ich rannte zwar nicht direkt, aber um mich zu überholen, hätten *sie* rennen müssen. Der große Kerl war nicht in Form, und als ich bei meinem Wagen ankam, lag er schwer atmend ein Stück zurück. Ich öffnete die Wagentür und tat, als suchte ich im Innern etwas, das ich in Wirklichkeit aus der Hosentasche nahm. Ich drehte mich um und hielt Kurt in der offenen Hand die glänzende Stahlkugel hin.

Es verschlug ihm die Sprache. „Wo haben Sie das her?“ Er schnappte danach, aber ehe er zugreifen konnte, hatte ich längst die Hand zur Faust geschlossen.

„Sagen Sie mir, was es ist, und ich sage Ihnen, wo ich es herhabe“, versetzte ich.

„Sie geben mir das jetzt auf der Stelle!“

Ohne Vorwarnung holte der Kraftkerl mit dem Poloschläger aus und schmetterte ihn mir direkt über dem Handgelenk auf den Unterarm. Es gab einen lauten Knall, und mein Arm war augenblicklich taub. Ich ließ die glänzende Metallkugel fallen. Sie rollte auf Kurt zu. Als er sich bückte, um sie aufzuheben, sprang ich in den Wagen, schlug die Tür zu und drückte den Knopf für die Zentralverriegelung.

Mein rechter Arm war nicht zu gebrauchen. Ich bekam den Schlüssel nicht in das Zündschloss. Wertvolle Sekunden verlor ich mit unnützem Gestocher, bevor ich den Schlüssel mit links einsteckte. Ich ließ den Wagen an und legte, ebenfalls mit links, den Rückwärtsgang ein. Das Heckfenster zerbarst. Ich sah durch das Fensterloch und stieg aufs Gas. Rückwärts schoss der Wagen auf den schlägerschwingenden Berserker hinter mir zu. Überraschend flink wich er aus und holte mit dem Schläger wieder aus. Das Fenster der Beifahrertür zersprang, und ich wurde mit Glassplittern übersät. Kurt hämmerte an der Fahrertür ans Fenster, aber er hatte keinen Poloschläger, und seine Faust war machtlos gegen das gehärtete Glas.

Ich bremste scharf und schaltete mit dem Ellbogen wieder auf Automatik. Aber der Keulenmann war noch nicht fertig. Als der Wagen nach vorn auf Tor und Highway zu beschleunigte, holte er noch einmal aus. Der Kopf des Schlägers durchschlug glatt das Verbundglas der Windschutzscheibe auf der Beifahrerseite und blieb stecken. Ich hielt nicht an. Aus dem Augenwinkel sah ich den erschrockenen Ausdruck im Gesicht des Kerls, als ich mit dem fest im Glas steckenden Schlägerkopf davonschoss. Seine Hand steckte nämlich ebenso fest in der geflochtenen Lederschlaufe am Griff des Schlägers.

Im Rückspiegel sah ich, wie ihn die Schlaufe von den Beinen holte. Ich hörte, wie er irgendwo unten gegen die hintere rechte Tür prallte, aber Anhalten kam nicht infrage. Irgendwie bekam er die Hand aber doch los und rollte zur Seite, bevor ich auf die Silvernail Road bog und losraste. Nach vielleicht anderthalb Kilometern fuhr ich auf den Pannenstreifen und schaffte es, den Poloschläger, der noch seitlich aus der Windschutzscheibe ragte, zu entfernen. Die Lederschlaufe am Griff war gerissen. Ich hoffte, das Handgelenk, das vorhin darin gesteckt hatte, war ebenfalls lädiert. Ich warf den Schläger auf den Rücksitz und fuhr weiter.

„Verdammt!“, rief ich laut. Ich hatte mir nicht nur den Arm verletzt, sondern hatte auch noch die glänzende Metallkugel verloren.

Ich muss mir eine neue holen, dachte ich und wendete an der nächsten Kreuzung. Ich konnte nur hoffen, dass Dorothy Schumann nicht bereute, mir eine der Kugeln geborgt zu haben.

ALS ICH zum Hyatt zurückkam, tat mein Arm höllisch weh. Ich fuhr auf den Gästeparkplatz und erntete ein paar sehr verwunderte Blicke vonseiten des Personals. Ohne darauf zu achten, nahm ich den Poloschläger vom Rücksitz und ging ins Hotel. Ich warf dem Empfangschef die Schlüssel hin und sagte ihm, ein paar Scheiben seien beschädigt worden, er möge das bitte mit dem Autoverleih regeln.

„Selbstverständlich, Sir.“ Er schaute kurz auf den Poloschläger. „Sofort, Sir.“ Einen guten Empfangschef bringt nichts aus dem Konzept.

Ich fuhr nach oben und legte mich auf Carolines Bett. Der Wecker zeigte 15 Uhr. Das Orchester fing gerade mit der zweiten Probe an. Da mich meine vollen Hosentaschen störten, räumte ich sie leer und legte alles auf den Nachttisch: Brieftasche, Geld, Zimmerschlüssel, Taschentuch und eine glänzende Metallkugel, die etwa so groß wie ein Golfball war.

Mrs Schumann war alles andere als erfreut gewesen zu hören, dass ich die Kugel, auf die ich doch unbedingt hätte Acht geben sollen, schon verloren hatte. Trotzdem war es mir gelungen, ihr noch eine abzuschwatzen, wenn auch erst, nachdem ich sie überzeugt hatte, dass die Kugel entscheidend dazu beitragen könne, herauszufinden, warum ihr Rolf so schwer verletzt worden war.

Vielleicht hatte ich mir das auch selbst einreden wollen.

9

Als Caroline zwischen der Schlussprobe und der Abendvorstellung vorbeikam, lag ich noch immer auf dem Bett, und es ging mir schlecht. Bei jeder Bewegung des Arms zuckte ich zusammen.

„Du musst zum Arzt“, beschwor mich Caroline.

„Ich weiß, aber ich will das nicht mit meiner Kreditkarte bezahlen. Wer weiß, wozu Komarov fähig ist. Wie viel Zeit hast du bis zur Vorstellung?“

„In ungefähr einer Stunde muss ich los.“

„Das muss reichen. Los, komm, und nimm deine Kreditkarte mit.“

Mit dem Taxi fuhren wir zur Notaufnahme des Northwestern Memorial Hospital.

„Sind Sie versichert?“, fragte die Frau an der Kasse des Krankenhauses.

„Ich habe wohl eine Reiseversicherung, aber im Moment finde ich die Unterlagen nicht“, antwortete ich.

„Dann trage ich ‚nein‘ auf dem Formular ein. Wollen Sie die Behandlung also selbst bezahlen?“

„Ja. Zumindest vorläufig.“

„Da Sie kein US-Bürger sind, müssten Sie, bevor Sie behandelt werden können, diesen Schätzbetrag im Voraus zahlen.“

Caroline gab der Frau ihre Kreditkarte und zuckte nur leicht zusammen, als sie den Betrag auf dem Zettel sah, den sie unterschreiben sollte. Dann setzten wir uns in den Warteraum. Ich küsste sie sanft und versprach ihr, das Geld zurückzuzahlen, sobald ich zu Hause sei.

„Es passt mir überhaupt nicht“, seufzte sie, „aber ich muss jetzt los, sonst komme ich zu spät zum Konzert. Kommst du allein zurecht?“

„Ganz bestimmt“, versicherte ich ihr. „Bis später.“

„Sie werden dich doch nicht über Nacht hierbehalten?“

„Nur gegen mehr Kohle“, ewiderte ich mit einem hohlen Lachen.

Ich war vor Caroline wieder im Hotelzimmer, wenn auch nur zehn Minuten. Wieder befand sie sich in einem beifallbedingten Adrenalinhoch, während ich von einer Kombination aus Lachgas und Schmerzmitteln berauscht war. Und mein Handgelenk steckte in einem Fiberglasverband, der vom Handteller über den Daumen bis zum Ellbogen hinaufreichte.

Auf dem Röntgenbild war der Bruch am Handgelenk deutlich zu sehen gewesen. Zum Glück hatte sich nicht viel verschoben, sodass der Arzt den Bruch hatte richten können, indem er einfach an meiner Hand zog, bis die Knochenenden wieder ihre angestammte Position einnahmen. Spaß gemacht hatte mir das Ganze trotz der anästhetischen Wirkung des Stickoxiduls nicht. Lachgas hin und her, es gab Komischeres.

Den Samstag verbrachte ich weitgehend horizontal auf dem Bett in Carolines Hotelzimmer. Ich sah mir eine Baseballübertragung im Fernsehen an und rief dann vom Hoteltelefon aus Carl an.

„Wo steckst du?", fragte er. „Mich haben zwei Leute angerufen, die dich angeblich dringend sprechen müssen. Einer war vom Finanzamt, und wer der andere war, hat er nicht gesagt."

„Hast du die Nummern?"

„Sie haben keine hinterlassen und wollen es noch mal versuchen. Was soll ich denn sagen, wo du bist?"

Wieder fragte ich mich, ob ich Carl trauen konnte. „Sag einfach, ich bin unterwegs. Und dass ich noch mindestens eine Woche weg bin. Kommst du so lange klar?"

„Ich käme auch ganz ohne dich klar."

„Dann gehe ich mal davon aus, dass im Restaurant alles in Ordnung ist. Ich melde mich am Montag wieder."

Ich legte mich zurück aufs Bett und rief auf dem Handy meinen Bruder an. Toby und ich redeten kaum je miteinander, aber das lag nicht an irgendwelchen Feindseligkeiten; wir hatten als Kinder schon keine enge Beziehung gehabt.

„Hallo", sagte er. „Seltenes Vergnügen."

„Ja. Wie geht's Sally und den Kindern?"

„Danke, gut. Die Kinder wachsen schnell."

Das sollte wohl kein Wink mit dem Zaunpfahl sein, mich mehr um meine zwei Neffen und die Nichte zu kümmern. Wir wussten beide, dass seine Frau Sally und ich uns aus unerfindlichen Gründen nicht besonders leiden konnten. Ihm und mir genügte es, wenn wir uns hin und wieder sahen.

„Toby, kann ich nächste Woche mal vorbeikommen? Montag wahrscheinlich. Oder Dienstag."

„Gut", erwiderte er.

„Kann ich über Nacht bleiben?"

Es war einen Moment still, bevor er antwortete. „Ist alles in Ordnung?"

„Mein Haus ist abgebrannt."

„Ach du lieber Gott! Das tut mir leid, Max."

„Ich glaube nicht, dass es ein Unfall war", setzte ich hinzu.

Wieder war es still, nur diesmal länger. „Komm, wann du willst, und bleib, solange du willst. Ich regle das mit Sally."

„Danke. Kann ich jemanden mitbringen?"

„Eine Frau?" Er kannte mich besser, als ich dachte.

„Ja."

„Ruf mich an, wenn du weißt, wann ihr kommt." Er klang belustigt.

CAROLINE und ich flogen Sonntagnacht zurück nach London, ärgerlicherweise aber mit zwei verschiedenen Maschinen. Ich konnte für den Flug des Orchesters keinen Platz bekommen und folgte den Musikern rund fünfzig Minuten später in den blauen Abendhimmel von Illinois.

In Heathrow erwartete mich Caroline direkt hinter der Passkontrolle, auf einer Bank neben der in ihrem maßgefertigten schwarzen Kasten verstauten Viola. Es war zwar keine Stradivari, aber sie war dennoch viel zu wertvoll, als dass ihr zugemutet worden wäre, den Atlantik im Frachtraum eines Flugzeugs zu überqueren.

„Meinst du, wir können unbesorgt zu mir fahren?", fragte Caroline.

„Wann musst du denn wieder beim Orchester sein?"

„Mittwochmittag. Bis zu den Proben für die Konzerte in der Cadogan Hall haben wir jetzt erst einmal frei."

„Wir können ein paar Tage bei meinem Bruder wohnen."

„Ach ja? Und wo wohnt dein Bruder?"

„In East Hendred. Das ist bei Didcot in Oxfordshire."

Ich rief Toby von einer Telefonzelle aus an und teilte ihm mit, dass wir heute kämen.

„Sind wir da sicher?", fragte Caroline.

„Ich weiß es nicht." Außerdem machte mir zu schaffen, dass es vielleicht auch für die Familie meines Bruders nicht ganz ungefährlich war. Doch ich musste es darauf ankommen lassen.

„Wäre es nicht an der Zeit, zur Polizei zu gehen, Max?"

„Mach ich auch. Ich rede nur noch mit meinem Bruder und zeige ihm die Metallkugel. Dann gehe ich zur Polizei."

So kam es, dass ich von der Telefonzelle aus als Nächstes nicht unsere Freunde und Helfer anrief, sondern Bernard Sims, meinen lachfreudigen Anwalt.

WIR HOLTEN erst unser Gepäck ab und dann den gemieteten Ford Mondeo, den ich vergangenen Mittwoch auf dem Parkplatz des Flughafenhotels abgestellt hatte. Dank der Automatik ließ er sich relativ leicht mit einer Hand fahren, und so reihten wir uns in den zähen Stoßverkehr auf der M4 nach London ein. Caroline wollte unbedingt, dass wir bei ihr vorbeifuhren, damit sie ein paar frische Sachen zum Anziehen einpacken konnte.

„Außerdem brauche ich neue Saiten für meine Viola. Ich habe nur noch zwei."

Also ging's nach Fulham, aber ich bestand darauf, mindestens dreimal die Tamworth Street rauf und runter zu fahren, um zu sehen, ob jemand von einem parkenden Wagen aus Carolines Wohnung beobachtete. Da wir beide niemanden ausmachen konnten, hielt ich an, und sie ging hinein, während ich mit laufendem Motor draußen Wache stand.

Als ich das Gefühl bekam, Caroline bleibe reichlich lange weg, tauchte sie plötzlich wieder auf und kam zum Wagen gestürzt. Im Einsteigen warf sie eine Reisetasche auf den Rücksitz.

„Fahr!" Sie schlug die Tür zu. Schon brausten wir los. „Jemand war in meiner Wohnung", fügte sie hinzu.

„Woher weißt du das?", fragte ich.

„Auf einem der Briefe auf der Matte unter meinem Briefeinwurf war ein schmutziger Schuhabdruck. Ich sagte mir, ich sei paranoid. Der Abdruck konnte schon auf dem Brief gewesen sein, bevor er eingeworfen wurde. Aber ich bin mir auch sicher, dass jemand bei mir im Bad war, an meinem Arzneischrank. Der ist so vollgestopft, dass einem praktisch alles entgegenfällt, wenn man ihn aufmacht. Man muss den Bogen raushaben, damit es gut geht, und jemand kannte den Dreh nicht. Jetzt steht alles ein bisschen anders drin."

„Bestimmt?"

„Ganz bestimmt." Sie wandte den Kopf, um zu sehen, ob wir verfolgt wurden. „Max, ich hab Angst."

Das hatte ich auch. „Sachte." Ich bemühte mich um einen ruhigen Ton. „Jetzt ist niemand da, und niemand folgt uns." Wiederholt blickte ich in den Rückspiegel und überzeugte mich davon.

„Warum war jemand in meiner Wohnung?“, fragte sie. „Und wie ist er reingekommen?“

„Ich weiß nicht. Vielleicht wollte jemand rauskriegen, wann du wiederkommst, und sie haben was deponiert, das ihnen darüber Aufschluss gibt.“ James Bond ließ grüßen. Das war nicht sehr überzeugend.

Wir verließen London in Richtung Westen. Ich hielt an der Tankstelle in Heston, und Caroline rief per Kartentelefon ihre Nachbarin von oben an.

„Sie kamen angeblich im Auftrag des Vermieters“, berichtete sie, als sie wieder einstieg. „Wegen einer undichten Wasserleitung oder so. Mrs Stack, das ist die Frau von oben, sagt, sie hat sie reingelassen, aber immerhin an der Tür gewartet, während sie Küche und Bad kontrolliert haben. Zwei Männer. Anscheinend haben sie bei ihr angeklopft und gefragt, ob sie weiß, wo ich bin. Sie hat gegengefragt, warum sie das wissen wollen, und daraufhin haben sie von dem möglichen Leitungsschaden in meiner Wohnung erzählt. Da sagte sie dann, sie habe einen Schlüssel.“

Als wir East Hendred erreichten, hatte ich wieder starke Schmerzen im Handgelenk und konnte vor Müdigkeit kaum noch die Augen offen halten. Auf dem Motorway hatte ich die Wagen hinter uns fast genauso im Auge behalten wie diejenigen vor uns.

Toby kam heraus, als er den Wagen auf der kiesbestreuten Einfahrt hörte. Für mich war es immer wieder ein eigenartiges Erlebnis, zum Haus meiner Kindheit zu kommen und nicht meine Eltern, sondern meinen Bruder und seine Familie vorzufinden. Vielleicht war auch das ein Grund, warum wir uns so selten sahen.

„Toby, darf ich dir Caroline Aston vorstellen?“

„Ihr seht euch sehr ähnlich.“ Sie blickte vom einen zum anderen.

„Gar nicht wahr“, protestierte ich mit gespielter Empörung. „Er ist viel älter als ich.“

„Und distinguierter“, ergänzte Toby lachend. Er legte mir die Hand auf die Schulter. „Komm rein, Brüderchen.“

Netter hatten wir uns seit Jahren nicht begrüßt.

Wir gingen ins Haus, und Sally empfing uns in der Diele. Wir küssten uns auf die Wange. Reine Höflichkeit.

„Sally“, sagte ich, „schön, dich zu sehen. Das ist Caroline.“

„Max, wie reizend.“ Ich wusste nicht, ob sie damit meinte, es sei reizend, mich zu sehen, oder Caroline sei reizend. „Das mit deinem Haus tut mir leid“, fuhr sie beinahe aufrichtig fort. „Das mit deinem Arm auch.“ Ich lächelte ein

Dankeschön. Am Telefon hatte ich Toby von dem gebrochenen Handgelenk erzählt, aber nicht, wie es dazu gekommen war.

„Wo sind die Kinder?“ Ich schaute mich um.

„Na, in der Schule“, sagte Sally. „Unsere Jüngste ist inzwischen sechs.“

„Ach so.“ Ich war wirklich schon lange nicht mehr da gewesen. Bei meinem letzten Besuch hatte die Nichte gerade laufen gelernt.

Toby unterbrach die verlegene Stille. „Ihr zwei möchtet euch bestimmt erst mal ein paar Stunden aufs Ohr legen.“ Ich hatte ihm am Telefon erklärt, dass wir während des Flugs kaum geschlafen hatten.

„Danke“, sagte Caroline. „Das wäre nett.“

Wir gingen im Gästezimmer zu Bett und schliefen sofort ein.

Ich schlummerte mit Unterbrechungen gut zwei Stunden, ehe der unbequeme Gipsverband mich endgültig weckte. Leise zog ich mich an, ließ Caroline friedlich weiterschlafen und ging nach unten. Toby war in seinem Büro neben dem Flur. Er studierte den Rennkalender, die Bibel der Trainer. Vater hatte das auch immer gemacht.

„Hallo.“ Toby sah mich an. „Gut geschlafen?“

„Geht so.“ Ich hielt den Gipsarm hoch. „Einfach zu unbequem.“

„Wie ist das passiert?“, fragte er, die Augen wieder auf dem Kalender.

„Ich bin nicht schnell genug weggekommen.“

„Weg wovon?“, fragte er weiter, ohne aufzuschauen.

„Von einem Poloschläger.“

Jetzt warf er mir einen Blick zu. „Ich wusste gar nicht, dass du Polo spielst.“

„Spiel ich auch nicht“, erwiderte ich trocken.

„Und wie …?“ Er brach ab. „Willst du damit sagen, das war Absicht? Jemand hat dir absichtlich den Arm gebrochen?“

„Ich glaube nicht, dass sie’s beim Arm belassen hätten, wenn ich nicht geflohen wäre.“

„Aber das ist ja furchtbar. Hast du das der Polizei erzählt?“

„Noch nicht.“

„Und wieso nicht, um Gottes willen?“

Eine gute Frage, dachte ich. Weil ich große Angst hatte, dass ich tot sein könnte, wenn ich das täte, bevor sie herausfanden, wer mir nach dem Leben trachtete. Aber so aus dem Zusammenhang gerissen konnte ich das Toby schlecht sagen, oder?

„Lass mich dir das alles erklären, ich brauche nämlich deine Hilfe“, antwortete ich stattdessen. „Ich bin auf dein Pferdewissen angewiesen.

Deshalb bin ich hergekommen. Und ich hoffe, es macht dir nichts aus, aber ich habe für heute Nachmittag einen Rechtsanwalt herbestellt, der sich das ebenfalls anhören soll."

„Einen Anwalt?", wiederholte er langsam. „Es ist also ernst?"

„Allerdings. Ich habe noch nie etwas so ernst genommen."

BERNARD SIMS war dick und leutselig. Er hatte eine schwarze Wuschelmähne und trug einen übergroßen, zweireihigen Nadelstreifenanzug, der sich mühte, das Ganze zusammenzuhalten.

„Max!", sagte er überschwänglich, als ich ihn in der Einfahrt empfing. Mit ausgestreckter Hand trat er auf mich zu, doch ich hielt den Gipsverband hoch und verweigerte den Händedruck.

„Wie haben Sie das denn angestellt?", fragte er.

„Erzähl ich Ihnen später. Kommen Sie rein."

„Ist sie auch hier?", wisperte er beinahe verschwörerisch.

„Wer denn?", erkundigte ich mich unschuldig.

„Die Bratschistin natürlich."

„Kann schon sein." Ich konnte mir ein Schmunzeln nicht verkneifen.

„Ah, gut. Ich meine, schlecht. Ich bin mir nicht sicher, ob ich sie privat kennen lernen sollte. Das könnte zu einem Interessenkonflikt in der Vergiftungssache führen."

„Zum Teufel mit der Vergiftungssache! Außerdem handelt es sich keineswegs um einen Privatbesuch."

„Richtig. Sie haben mir noch gar nicht verraten, warum ich unbedingt herkommen sollte. Eine Sache auf Leben und Tod, sagten Sie."

„Genau", bestätigte ich ernst. „Auf mein Leben und meinen Tod."

UM HALB FÜNF versammelten wir uns alle in Tobys und Sallys Salon wie die Figuren in einem Agatha-Christie-Roman. Ich hatte die Rolle des Hercule Poirot, nur dass ich im Unterschied zu ihm nicht alle Antworten kannte. Wir waren zu fünft im Zimmer. Ich hatte angenommen, Sally müsse sich um die Kinder kümmern, aber die waren nach der Schule alle drei zum Nachmittagstee zu ihrer Tante, Sallys Schwester, gefahren. Toby und Sally setzten sich aufs Sofa, Caroline und Bernard nahmen links und rechts von ihnen auf Sesseln Platz.

Als ich Caroline dem Anwalt vorgestellt hatte, war keine abfällige Bemerkung über seine Lippen gekommen, und er hatte darauf verzichtet, sich über fallen gelassene Hüllen und Klagen zu amüsieren.

Ich stellte mich an den Kamin. „Ich weiß nicht so recht, wo ich anfangen soll.“

„Am Anfang vielleicht“, schlug Caroline vor.

Ich holte tief Luft. „Am Abend vor dem *2000 Guineas* richtete ich im Auftrag des Rennbahnrestaurants Newmarket ein Galadiner aus. Neben meinem ganzen eigenen Personal war auch noch von einer Cateringagentur gestelltes da, aber ich war für die Beschaffung und Zubereitung des Essens verantwortlich. Caroline nahm als Mitglied eines Streichquartetts auch teil. Tja, und fast alle, die an dem Abend dort waren, erlitten eine Lebensmittelvergiftung. Auch ich, Caroline und die meisten meiner Mitarbeiter. Aus Untersuchungen ging hervor, dass unzureichend gekochte Kidneybohnen die Vergiftung verursacht hatten. Dabei hätten in dem Essen gar keine Kidneybohnen sein dürfen. Da die Untersuchungsergebnisse aber eindeutig waren, muss jemand sie hinzugefügt haben.“

„Soll das heißen, absichtlich?“, fragte Bernard.

„Ja. Man kann nicht versehentlich so viele Kidneybohnen in ein Essen geben, dass mehr als zweihundert Personen davon schlecht wird. Und die Bohnen müssen gemahlen oder fein zerhackt worden sein, sonst hätte man sie in der Soße gesehen, denn in der waren sie vermutlich.“

„Aber warum macht jemand so was?“, wunderte sich Toby.

„Gute Frage. Seit Tagen suche ich vergebens eine Antwort darauf.“ Ich sah in die Gesichter vor mir. „Weiter im Text. Am nächsten Tag fungierte ich wieder als Gastkoch, diesmal in der Loge eines Sponsors auf der Rennbahn. Was da passiert ist, wissen wir alle, und ich hatte unerhörtes Glück, dass ich nicht ums Leben gekommen bin.“

„In den Zeitungen stand, die Bombe war für einen arabischen Prinzen bestimmt. Was hat das also mit dem Abendessen zu tun?“ Bernard war den anderen einen Schritt voraus.

„Und wenn die Bombe nun nicht für den Prinzen gedacht war, sondern tatsächlich für diejenigen, die sie erwischt hat?“, entgegnete ich. „Und wenn das Gift im Essen jemanden davon abhalten sollte, am nächsten Tag zum Pferderennen zu gehen, damit ihn die Bombe nicht zerreißt?“

„Aber wenn jemand wusste, dass eine Bombe gelegt wird, konnte er dem Lunch doch einfach fernbleiben“, wandte Bernard ein. „Warum mussten dann am Abend vorher erst alle vergiftet werden?“

„Ich weiß es nicht“, bekannte ich. „Aber fest steht – als ich anfing, darüber zu reden und mich zu erkundigen, wer zu dem Lunch geladen war und dann nicht daran teilnahm, versuchte jemand, mich umzubringen.“

„Wie denn?“, fragte Bernard in die Stille hinein.

„Die Bremsen meines Wagens wurden manipuliert, sodass ich mit einem Bus zusammenstieß.“

„Sind Sie ganz sicher, dass es kein Unfall war?“

„Nein“, gab ich zu. „Eine Zeit lang dachte ich, ich litte nur an Verfolgungswahn. Ich konnte mir nicht vorstellen, warum mir jemand nach dem Leben trachten sollte. Aber dann wurde mir das Haus über dem Kopf angezündet. Und das war ganz bestimmt ein Anschlag auf mein Leben.“

„Geht die Feuerwehr von Brandstiftung aus?“, fragte Bernard.

„Nicht dass ich wüsste. Aber ich weiß, dass es Brandstiftung war, weil jemand bei mir eingedrungen ist und die Batterie aus dem Rauchmelder entfernt hat, bevor das Haus angezündet wurde. Und weil ich nicht wusste, wie lange mein Glück hält, bin ich in die Staaten geflüchtet. Ich hatte Angst. Habe ich immer noch. Und wenn ich mir anschaue, was in den Staaten passiert ist, habe ich auch allen Grund dazu. Denn jemand hat mir dort mit einem Poloschläger den Arm gebrochen.“ Ich erzählte ihnen von dem Irren und wie er den Mietwagen ramponiert hatte.

„Aber warum?“, bohrte Bernard nach.

Statt zu antworten, nahm ich die glänzende Metallkugel aus der Tasche und warf sie Toby zu.

„Was ist das?“, fragte Sally.

„Ich hatte gehofft, das könnte mir einer von euch sagen.“

Sie ließen die Kugel von Hand zu Hand gehen, und ich gab ihnen ein paar Minuten Zeit, sie sich in Ruhe anzusehen.

„Ich geb’s auf“, stöhnte Toby. „Was ist das?“

„Hey“, rief Sally aus, „die lässt sich aufschrauben! Das sind zwei Hälften.“ Triumphierend hielt sie die beiden Teile hoch.

„Max und ich glauben, dass die Kugel ein Behälter ist“, meldete sich Caroline zu Wort. „Sie schließt so dicht, dass wir uns gefragt haben, ob von dem Inhalt nichts entweichen darf.“

„Und es könnte etwas mit der Einfuhr von Poloponys zu tun haben“, fügte ich hinzu.

„Von wo?“, erkundigte sich Toby.

„Aus Südamerika hauptsächlich. Argentinien, Uruguay, Kolumbien.“

„Drogen?“, überlegte Sally laut. „In Kolumbien gibt es Unmengen Kokain. Ob sich damit Rauschgift transportieren lässt?“

Alle betrachteten die Kugel noch einmal.

„Wie mit Kondomen“, nahm ich den Faden auf. „Ihr habt doch bestimmt schon davon gehört, dass Leute Rauschgift in Kondomen durch den Zoll schleusen. Sie binden die mit Rauschgift gefüllten Kondome oben zusammen und verschlucken sie. Dann fliegen sie nach England oder sonst wohin, warten darauf, dass die Natur ihren Lauf nimmt, und Simsalabim haben sie Kondome voller Rauschgift."

„Mulis", sagte Caroline. „Mulis nennt man diese Leute. Viele Frauen machen das von Jamaika oder Nigeria aus. Des Geldes wegen."

„Hört sich für mich ziemlich gefährlich an", meinte Toby. „Können die Kondome nicht platzen?"

„Anscheinend nicht", antwortete sie. „Ich habe einen Fernsehbericht darüber gesehen."

„Wollen Sie damit sagen, solche Metallkugeln könnten mit Drogen gefüllt und runtergeschluckt werden, um das Zeug von Südamerika nach hier zu schmuggeln?" Bernard hielt sich die Kugel an den Mund. Sie passte vielleicht gerade so rein, aber sein Gesichtsausdruck besagte, dass sie damit noch lange nicht geschluckt wäre.

„Nicht von Menschen." Ich lachte ihn fast aus. „Von Pferden."

„Ich glaube aber nicht, dass die Kugel jemals wieder hinten rauskäme", warf Toby ein.

„Wieso nicht?", fragte ich.

„Pferde ernähren sich von Gras, und Gras ist sehr schwer verdaulich", erklärte er. „Für die menschliche Ernährung taugt es nicht, weil das bei uns alles ganz schnell durchläuft und wir die Zellulosefasern praktisch unverdaut wieder ausscheiden, also kaum Nährstoffe herausziehen. Das Verdauungssystem der Pferde verlangsamt den Vorgang so, dass die Zellulose aufgeschlossen werden kann. Und zwar über den Blinddarm. Das ist eine Art großer Sack, rund einen Meter zwanzig lang, der als Gärapparat dient. Aber Eingang wie Ausgang des Blinddarms liegen ziemlich weit oben, und ich glaube, die Kugel würde einfach auf den Boden des Sacks fallen und dort bleiben. Ich nehme an, das Pferd würde irgendwann eine schwere Kolik bekommen. Du müsstest einen Tierarzt fragen. Ich weiß nur, dass bei Pferden, verglichen mit dem, was man vorn reintut, erstaunlich wenig hinten rauskommt, und ich halte es für äußerst unwahrscheinlich, dass die Kugel jemals ausgeschieden würde. Auf alle Fälle wäre das viel zu unsicher."

„Womit diese Theorie gestorben ist", seufzte ich. „Ich kann mir irgendwie nicht vorstellen, dass Komarov etwas dem Zufall überlässt."

„Komarov?", wiederholte Toby. „Etwa Peter Komarov?"

„Ja", bestätigte ich überrascht. „Kennst du ihn?"

„Er verkauft Pferde. Ich habe selbst schon welche von ihm gekauft. Für meine Besitzer natürlich. Ist das der Mann, von dem du meinst, er will dich umbringen?"

„Ich glaube, er hat was damit zu tun, ja."

„Menschenskind! Ich habe Komarov immer für eine Stütze des Rennsports gehalten. Wieso glaubst du, dass er dahintersteckt?"

„Aus mehreren Gründen. Vor allem, weil mir, als ich seinen Namen erwähnte und jemandem so eine Kugel zeigte, kurzerhand der Arm gebrochen wurde. Außerdem waren Komarov und seine Frau zu dem Lunch in Newmarket geladen, bei dem die Bombe hochging, sind wider Erwarten aber nicht erschienen."

„Das ist nicht gerade stichhaltig", wandte Bernard ein.

„Ich weiß. Aber sein Name taucht immer wieder auf. Und irgendwie scheint er mit vielem, was gelaufen ist, in Verbindung zu stehen."

Toby saß da und drehte immer wieder die Kugel in den Händen. „So gesehen …", sagte er wie zu sich selbst. „Nein, das ist albern."

„Was ist albern?", hakte ich nach.

Er sah mich an. „Ich hab nur überlegt, ob man damit klickern könnte."

„Was, um Gottes willen, ist ‚klickern'?", fragte Bernard.

„So heißt das eigentlich nicht, aber ich nenne es so", erläuterte Toby. „Dabei setzt man einer Stute zur Vortäuschung der Trächtigkeit eine große Glasmurmel in die Gebärmutter ein. Um der Rosse vorzubeugen."

„Pardon, ich komme nicht mehr mit", klagte Bernard.

„Wenn man nicht will, dass eine Stute zu einer bestimmten Zeit rossig wird", fuhr Toby fort, „setzt man ihr durch den Gebärmutterhals ein oder zwei Murmeln in die Gebärmutter. Weil dann da schon was drin ist, meint das Tier irgendwie trächtig zu sein und bekommt keinen Eisprung, es kommt nicht in die Rosse."

„Wieso ist denn die Rosse ein Problem?", fragte ich.

„Nun, vielleicht möchte man, dass die Stute zu einem ganz bestimmten Zeitpunkt rossig ist, weil sie dann von einem Hengst gedeckt werden soll. In dem Fall kann man sie ein paar Wochen ausklickern, dann entfernt man die Murmeln, und im Nu ist die Stute rossig. Ich weiß, dass es viel praktiziert wird. So sorgt man dafür, dass Springpferde bei den großen Turnieren nicht rossig sind. Sonst werden sie leicht zickig und benehmen sich schlecht. Wie Frauen auch." Er lachte, und Sally gab ihm einen neckischen Klaps aufs Knie.

„Oder Poloponys“, meinte ich. „Man möchte wahrscheinlich keine rossige Stute auf dem Platz haben, zumal wenn männliche Ponys mitspielen. Toby, meinst du, die Kugel ließe sich statt einer Glasmurmel verwenden?“

„Ich weiß es nicht. Aber die Größe kommt hin.“

„Und wie viele kann man noch mal einsetzen?“

„Normalerweise nimmt man eine oder zwei. Es sind aber auch schon drei benutzt worden.“

„Fallen die nicht raus?“, fragte Caroline belustigt.

Toby verneinte. „Um sie einzusetzen, muss man der Stute ein Mittel injizieren, das den Gebärmutterhals öffnet. Die Murmeln werden durch einen Schlauch eingeführt, der wie ein kurzes Plastikrohr aussieht. Nach der Injektion zieht sich der Gebärmutterhals zusammen und schließt die Kugeln ein.“

„Wie kriegt man sie denn wieder raus?“, erkundigte ich mich.

„Man gibt der Stute wieder eine Spritze, die den Gebärmutterhals öffnet, und die Murmeln werden von selbst ausgestoßen.“

„So eine Kugel wäre aber doch wohl nicht groß genug für den Transport von Drogen“, gab Bernard zu bedenken. „Ob im Pferd oder sonstwie.“

„Ich habe mir sagen lassen, dass Komarov Pferde in Jumbojets einfliegen lässt“, entgegnete ich. „Wie viele Pferde fasst ein Jumbo?“

„Ich schau mal, ob ich das rausfinde.“ Toby verließ den Salon.

„Wir gehen mal davon aus, dass jedes Pferd mindestens drei Kugeln mitbekommt“, schlug ich vor.

Nach einer Weile kam Toby wieder herein. „Laut der Spedition, die Pferde nach Gaton und Luton bringt und dort abholt, gehen bis zu achtzig Pferde in einen Jumbo.“

„Achtzig Stuten zu je drei Kugeln“, sagte Caroline. „Macht zweihundertvierzig. Wie viel wäre das?“

Aus der Schule kannte ich noch die Formel für das Volumen einer Kugel. Die Kugeln hatten einen Durchmesser von rund vier Zentimetern. Ich rechnete es kurz durch. Das Volumen einer Kugel betrug etwa dreißig Kubikzentimeter: 30 × 240 = 7200. „Etwas über sieben Liter“, verkündete ich.

„Und wie viel wäre diese Menge Kokain wert?“, fragte Bernard.

„Von Kokainpreisen habe ich keinen Schimmer.“

„Die findet man sicher im Internet.“ Wieder verschwand Toby. Als er zurückkam, sagte er: „Dem Internet zufolge ist Kokain etwa vierzig Pfund pro Gramm wert. Bei Wasser wären sieben Liter tausend Gramm pro Liter. Alles in allem wären's dann also siebentausend Gramm. Ich weiß allerdings nicht, ob Kokainpulver eine größere oder geringere Dichte als Wasser hat."

„So groß kann der Unterschied nicht sein", sagte Bernard. „Rechnen wir siebentausend Gramm à vierzig Pfund, das macht zweihundertachtzigtausend Pfund. Nicht schlecht. Aber in Anbetracht der Risiken auch wieder nicht so viel."

„Das ist aber erst die halbe Geschichte", ließ Caroline sich vernehmen. „Zunächst mal wird Kokain in hundert Prozent reiner Form importiert und dann ‚gestreckt', das heißt, man fügt Backpulver, Vitamin C oder Zucker hinzu. Was auf der Straße verkauft wird, besteht zu mindestens einem Drittel, wenn nicht zwei Dritteln bis drei Vierteln aus diesen Zusätzen."

Verblüfft sah ich sie an. Sie lächelte. „Ich war mal mit einem Kokser zusammen. Es ging ein oder zwei Wochen, bis ich rausfand, dass er abhängig war. Aber er hat mir alles über Koks und wie man es kauft erzählt. User kaufen meistens ein Tütchen Kokain oder einen so genannten Crackstein. Das ist gerade mal eine Einzeldosis. Ein Tütchen Kokainpulver enthält vielleicht nur fünfzig Milligramm reines Kokain. Ein Gramm ergibt also gut zwanzig Einzeldosen. Eine Jumboladung käme auf Millionen Pfund."

„Hinzu kommt der Gewinn aus den Pferdeverkäufen", sagte ich.

„Soweit vorhanden", meinte Toby. „Er muss in Südamerika ja auch was dafür bezahlen und für den Transport aufkommen. So viel Gewinn bleibt da wohl nicht. Es sei denn, Pferde sind in Argentinien sehr billig."

„Wie finden wir das raus?", fragte ich.

Wieder verließ Toby den Salon und kam mit einem großformatigen Buch zurück. „Das ist der Auktionskatalog für Pferde im Training vom letzten Oktober in Newmarket, wo ich ein Pferd von Komarov gekauft habe." Er blätterte. „Da haben wir's." Er las. „Hier steht, das Pferd kam von einer Firma namens Horse Imports Ltd. Aber ich weiß, dass es Komarov gehörte. Er war da und hat mir anschließend zum Kauf gratuliert."

„Heißt das, du hast mit dem Mann gesprochen?", fragte Sally beunruhigt. „Weiß er, wer du bist?"

„Nicht direkt."

„Na, hoffentlich. Wo er doch deinem Bruder an den Kragen will." Sie blickte zu mir. „Du hättest nicht herkommen sollen."

10

Toby verbrachte einen großen Teil des Abends damit, den Verkaufskatalog Seite für Seite durchzugehen. Dabei stellte sich heraus, dass 68 der rund 1500 auf der Auktion verkauften Pferde von Horse Imports Ltd. stammten. Und davon war jedes einzelne eine Stute. Das konnte kein Zufall sein.

Diese Auktion war nur eine von vielen Verkaufsveranstaltungen, die jährlich weltweit abgehalten wurden. Dazu kamen die privat verkauften Tiere. Der Pferdehandel war international ein Riesengeschäft. Jumbo über Jumbo, und jede Fracht brachte Millionen.

Während Toby den Katalog durchging, setzten Caroline und ich uns an seinen Computer und suchten nach Horse Imports Ltd. Die britische Tochter eines holländischen Unternehmens. Ihr Jahresumsatz belief sich auf zig Millionen, doch da sie bei der Muttergesellschaft offenbar Schulden hatte, wies sie keinen Nettogewinn aus und zahlte in England keine Steuern. Ich wusste nicht, wie viele Pferde sie jährlich verkaufte, doch es mussten Tausende sein. Ich fragte mich, ob sie alle eine Gebärmutter hatten und mit Metallkugeln im Bauch nach England gekommen waren. Und ich war mir ziemlich sicher, dass auch das holländische Unternehmen wieder eine Muttergesellschaft hatte und so weiter. Die Obermutter saß vermutlich auf den holländischen Antillen, wo Körperschaftssteuern kein Thema waren.

Bernard hatte eine interessante kleine Rede gehalten, bevor er zurück nach London gefahren war. „Ein Hauptproblem der Drogenhändler sind die Riesensummen Bargeld, die der Handel abwirft. Heutzutage sind die Regierungen im Bilde und haben Maßnahmen gegen die Geldwäsche ergriffen. Man kann nichts richtig Teures mehr bar kaufen, keine Luxusjacht an der Riviera mit Koffern voller Bargeld. Die nimmt der Bootshändler nicht an, weil er dann das gleiche Problem hätte."

Ich überlegte, was ich mit Millionen Pfund in bar anstellen würde, wenn ich Komarov wäre. „Und wenn er nun das Geld zusammen mit den leeren Kugeln wieder nach Südamerika schafft", sagte ich zu Caroline, „und dazu benutzt, sowohl neue Pferde als auch Drogen zu kaufen?"

Sie saß da und schaute mich mit offenem Mund an.

„Kein Mensch wundert sich, wenn man ein oder zwei erschwingliche Pferde in Argentinien, Uruguay oder Kolumbien bar bezahlt. Ich wette, Komarov hat Hunderte kleiner Pferdezüchter an der Hand, die ihn regelmäßig gegen Bares mit Tieren versorgen. Man schickt den Gewinn aus dem

Drogenschmuggel in bar zurück nach Südamerika und lässt damit zur Fortsetzung des Handels in einem Endloskreislauf neue Stuten kaufen. Toby meint ja, dass der Pferdeverkauf nicht unbedingt viel Gewinn abwirft. Das muss er gar nicht. Dazu ist er nicht da. Nur das Bargeld soll damit gewaschen werden. So kommt man zu legalem Geld aus legalen Pferdeverkäufen bei Auktionen wie der von Newmarket, wo Mr Komarov als Stütze der Gesellschaft mit offenen Armen empfangen wird, weil er bei jeder Auktion mit achtundsechzig Pferden vertreten ist."

„Bloß wissen wir nicht, ob er Drogen schmuggelt", meinte Caroline.

„Was er schmuggelt, spielt keine Rolle. Es kann irgendwas Hochwertiges sein, das in diese Kugeln passt. Ist jemand bereit, dafür zu zahlen, könnten es auch Computerchips oder Sprengstoff sein."

„Aber die Kugeln wären doch zu sehen, wenn das Pferd durchleuchtet würde."

„Pferde werden aber nicht durchleuchtet. Röntgenstrahlen können Embryonen oder Föten in der Entwicklung schädigen, und Pferde werden oft verschickt, wenn sie trächtig sind. Das wäre viel zu riskant."

„Aber", sie lächelte, „wenn jemand anonym den Zollbeamten Ihrer Majestät flüstern würde, dass es sich lohnen könnte, Mr Komarovs nächste Jumbofracht doch einmal zu durchleuchten, käme Mr Komarov ganz schön in Schwierigkeiten."

Ich gab ihr einen Kuss. Hervorragend.

„Eines macht mir trotzdem noch zu schaffen", sagte sie. „Warum hat Komarov die Bombe in der Loge in Newmarket gelegt?"

„Ich frage mich, ob es eine Bestrafung war. Vielleicht ist Schumann seinen Verpflichtungen gegenüber Komarov nicht nachgekommen. Womöglich hat er das Geld aus den Drogen- und Pferdeverkäufen in sein kränkelndes Traktorunternehmen gesteckt, statt es weiterzugeben. Vielleicht war der Bombenanschlag eine an Komarovs anderen Komplizen gerichtete Warnung, dass er Ernst macht und sich von niemandem bestehlen lässt."

„Du meinst, er hat rein zu Demonstrationszwecken unschuldige Menschen umgebracht?"

„Unschuldig oder nicht, das interessiert Komarov nicht. Drogen bringen täglich unschuldige Menschen um, wenn man so will."

AM NÄCHSTEN MORGEN war Toby sehr schlecht gelaunt. Beim Frühstück fuhr er die Kinder an und beschimpfte sogar den Hund. Das passte nicht zu ihm. Er war schon um sechs mit dem ersten Lot, einer Trainingsgruppe, ausgeritten, da der ungewöhnlich warme Maitag sie früher als sonst hinausgelockt hatte. Gefrühstückt wurde zwischen dem ersten und zweiten Lot, bevor Sally die drei Kleinen zur Schule fuhr. Ich hatte Caroline schlafen lassen, damit sie die sechs Stunden Zeitunterschied aufholen konnte.

Als Sally und die Kinder aufgebrochen waren, setzte sich Toby wieder an den Küchentisch und versuchte die *Racing Post* zu lesen. Offensichtlich konnte er sich aber nicht auf die Zeitung konzentrieren.

„Was ist los?“, erkundigte ich mich.

„Nichts“, brummte er.

„Doch.“ Ich griff nach der Zeitung und zog sie ihm weg. „Was ist?“

Er sah mich an. „Sally und ich haben uns gestritten.“

„Ging es um mich?“

„Das spielt keine Rolle.“ Er stand auf.

„Es ging also um mich. Erzähl.“

Keine Antwort. Er wandte sich zur Tür, um wieder raus zu den Ställen zu gehen. Dann blieb er stehen und sah mich an. „Sally möchte, dass ihr heute Morgen fahrt. Sie hat Angst. Wegen der Kinder, du weißt schon.“

„Ach, das ist alles?“ Ich lächelte. „Wir fahren, sobald wir fertig sind.“

„Müsst ihr nicht. Ich habe ein Machtwort gesprochen. Du bist mein Bruder, und wenn ich dir in der Not nicht helfe, wer dann?“

„Schon gut. Sie hat ja Recht. Vielleicht hätte ich gar nicht erst herkommen sollen.“ Dennoch war ich froh, dass ich ihn besucht hatte. Tobys Pferdewissen war der Schlüssel zu allem gewesen. „Wir werden weg sein, wenn du vom zweiten Lot zurückkommst. Ich rufe dich noch an. Dank Sally von mir, dass wir überhaupt hier sein durften.“

Zu meiner Überraschung kam er herüber und umarmte mich. „Pass auf dich auf. Wär schade um dich.“ Abrupt ließ er mich los und ging ohne ein weiteres Wort nach draußen.

Vielleicht war er zu gerührt. Ich jedenfalls war's.

CAROLINE und ich waren um halb zehn wieder unterwegs. Sie war zwar nicht begeistert gewesen, als sie von mir aus tiefem Schlaf geweckt worden war, hatte aber auch nicht weiter protestiert.

„Wohin?“, fragte sie, als ich den Wagen zum Tor hinausfuhr.

„Was schlägst du vor?“

„Irgendwohin, wo es ein schönes weiches Bett gibt.“ Sie gähnte.

Und so lenkte ich den Mondeo zu dem zwanzig Kilometer entfernten Lokal mit Blick auf die Themse, das einmal der entfernt mit meiner Mutter verwandten Witwe gehört hatte und in dem meine Kochleidenschaft zum Leben erweckt worden war.

Es hatte sich seit meinem Weggang vor sechs Jahren verändert. Es war nicht mehr das stilvolle Gasthaus aus dem 16. Jahrhundert, das ich in Erinnerung hatte. Dort, wo ich zuletzt einen gepflegten Rasen gesehen hatte, führte ein neuer, verglaster Anbau aus dem 21. Jahrhundert zum Fluss hinunter. Die eine Seite der alten Gaststube nahm jetzt ein langer Messingtresen ein, und zu essen wurden nur noch Barsnacks angeboten. Geblieben waren allerdings der erholsame Blick auf die sechsbogige alte Steinbrücke über den Fluss und das unermüdliche Gluckern des Wassers.

Caroline, Viola und ich setzten uns auf eine Bank an einem Tisch im Freien. Viola könne nicht im Auto bleiben, da sie zu wertvoll sei, erklärte Caroline. Wir tranken Kaffee, während Viola nur dasaß.

„Wie schön es hier ist“, sagte Caroline.

„Hier habe ich kochen gelernt“, erzählte ich. „Aber es hat sich sehr verändert. Mich macht das etwas traurig.“

„Warum sind wir dann hergekommen?“

„Wahrscheinlich wollte ich irgendwohin, wo man in Ruhe nachdenken und planen kann.“

„Und wie sieht dein Plan aus?“, fragte sie neugierig.

„Das weiß ich auch noch nicht. Aber erst mal muss ich ein paar Telefongespräche führen.“

Ich schaltete mein Handy ein und rief den Autoverleih an. „Kein Problem“, meinten sie, „behalten Sie den Mondeo, solange Sie wollen.“ Sie würden wöchentlich abrechnen. „In Ordnung“, sagte ich und legte auf.

Sofort klingelte das Telefon in meiner Hand. „Sie haben sechs neue Nachrichten“, teilte mir meine Mailbox mit. Eine war von Mrs Harding, der Nachrichtenredakteurin, die mir verspätet für das Abendessen dankte, die fünf anderen stammten alle von Carl. Er müsse mich sprechen. Mit jedem Anruf schien er sich mehr darüber aufzuregen, dass ich mich nicht meldete.

Ich rief ihn an. Er war erleichtert und hocherfreut, doch umgekehrt war ich keineswegs erfreut über das, was ich zu hören bekam.

„Du musst herkommen“, drängte er. „Ich musste Oscar rauswerfen. Gary hat ihn erwischt, wie er in den Papieren auf deinem Schreibtisch stöberte, und Geld aus der Kaffeekasse fehlte auch. Aber das ist erst die halbe Geschichte. Die ganze vorige Woche hat er sich mit Gary in der Küche angelegt. Am Samstag hatten sie dann einen ausgewachsenen Streit. Einmal dachte ich, Oscar geht mit einem Fischfiletierer auf Gary los.“

Mit diesem sehr scharfen, sehr dünnen Küchenmesser, das eine zwanzig Zentimeter lange Klinge hat, auf jemanden loszugehen, konnte sehr schnell tödlich enden.

„Aber du und Gary kommt doch sicher ein paar Tage ohne ihn zurecht?"

„Wenn Gary da wäre, ja!", rief Carl aus. „Dummerweise hat er die Windpocken, und der Arzt hat ihn für die nächsten zehn Tage krankgeschrieben. Und die Agentur will keinen neuen Koch stellen. Die sind sauer wegen Oscar. Wir hätten ihn ungerecht behandelt."

„Davon mal abgesehen", seufzte ich, „ist sonst alles in Ordnung?"

„Nicht so ganz", gestand er. „Jean will wissen, wann wir einen Ersatz für Louisa einstellen. Sie meint, sie wird in der Gaststube zu sehr beansprucht. Ich sagte ihr, sie solle den Mund halten oder verschwinden. Jetzt ist sie eingeschnappt. Und Jaček jammert, dass er mehr Geld will. Ihm habe ich auch gesagt, er solle die Klappe halten oder abhauen. Da er noch hier ist, hat er sich vermutlich beruhigt. Bitte komm wieder, Max", flehte er. „Ich weiß nicht, wie lange ich das hier noch durchstehe."

„Ich melde mich", erwiderte ich und legte auf.

„Probleme?", fragte Caroline.

„Das führerlose Schiff ist auf Grund gelaufen. Je länger ich wegbleibe, desto schlimmer wird's werden."

„Dann musst du sofort wieder hin."

„Ist das nicht gefährlich? Will jemand vielleicht genau das erreichen?"

„Wer? Komarov?"

„Mag sein. Oder Carl."

„Carl? Traust du deinem Stellvertreter nicht?"

„Ich weiß nicht, wem ich trauen kann." Nachdenklich schaute ich einem Boot zu, das unter der Brücke hindurchtuckerte. „Doch, wahrscheinlich traue ich Carl schon."

„Dann fahren wir zurück nach Newmarket und retten dein Restaurant."

CAROLINE ging mit Viola auf der Wiese unterhalb des Pubs am Flussufer spazieren. Ich hörte die weichen Klänge ihres Spiels, während ich die Special Branch der Londoner Polizei anrief.

„Ist Detective Inspector Turner zu sprechen?", fragte ich.

„D. I. Turner ist erst ab vierzehn Uhr wieder im Dienst."

Ich hinterließ ihm die Nachricht, er möge mich zurückrufen. Es sei dringend. Man versprach mir, es ihm auszurichten.

Caroline spielte auf dem Uferweg etwa vierzig Minuten lang ihre liebliche

Musik, bevor sie glücklich lächelnd zurückkam. Liebevoll legte sie Viola wieder in ihren Kasten. „Bleiben wir zum Lunch hier?"

„Nein", antwortete ich. „Ich möchte lieber fahren, zumal ich das Essen hier nicht sehr einladend finde."

Unmittelbar nördlich von Oxford hielten wir an und aßen gemütlich im Garten eines Pubs unter einem knallroten Sonnenschirm zu Mittag.

Je näher wir Newmarket kamen, desto nervöser wurde ich, und als wir am späten Nachmittag endlich die Stadt erreichten, kam ich mir verloren vor. Ich hatte jetzt kein Zuhause mehr, es gab nichts außer einem Haufen verrußter Steine und Asche, an dem ich langsam vorbeifuhr, während Caroline stumm das Bild der Zerstörung betrachtete.

„Ach Max, es tut mir so leid."

„Ich kann es ja wiederaufbauen." Das kleine Cottage war das einzige Haus, das ich je besessen hatte. Würde ein Wiederaufbau ihm jemals seine Seele zurückgeben? Vielleicht war es doch an der Zeit, etwas Neues zu beginnen.

„Wo schlafen wir denn heute Nacht?", fragte Caroline, als ich endlich von dem Unglücksort weggefahren war.

„Als ich dich zum ersten Mal überredet habe, nach Newmarket zu kommen, habe ich dir eine Nacht im Bedford Lodge versprochen, weißt du noch? Und die perfekte Planung wurde durch einen gewissen Unfall über den Haufen geworfen. Heute nun sollst du deine Nacht in Newmarkets bestem Hotel bekommen."

ZU SAGEN, dass Carl sich freute, mich zu sehen, wäre eine Untertreibung. Er heulte beinahe, als ich um sieben die Küche des Hay Net betrat. „Gott sei Dank!", rief er.

„Ich bin nicht besonders gut zu gebrauchen." Ich tippte an den harten Verband um meinen rechten Arm.

„Was hast du angestellt?" Schon ließ er die Schultern hängen.

„Bin gestürzt, und dabei hab ich mir das Handgelenk gebrochen. Ein bisschen kann ich aber schon helfen."

„Gut." Ein wenig von seiner Freude kehrte zurück.

Ich zog mich nicht groß um, sondern streifte einfach die Kochjacke über mein Hemd und machte mich an die Arbeit, unterstützt von Caroline.

Ich hätte nicht behaupten wollen, dass der Küchenservice wieder normal lief, aber wir meisterten 72 Gedecke. Hinaus in die Gaststube ging ich nicht, da ich lieber nicht gesehen werden wollte. Das Personal sah mich natürlich, doch ich bat meine Leute, das für sich zu behalten. Ich hielt den

Gips hoch und sagte ihnen, der Arzt habe mich krankgeschrieben und er solle auf keinen Fall erfahren, dass ich gearbeitet hatte.

Schließlich ging der Sturm vorüber, und wir hatten Gelegenheit zu einer Verschnaufpause. Erschöpft ließ ich mich im Büro in meinen Sessel fallen.

„Mir war nicht klar, dass es in einer Küche so heiß ist“, stöhnte Caroline. Den ganzen Abend hindurch hatte sie Kleidungsstücke abgelegt, bis es unanständig gewesen wäre, noch eins auszuziehen.

„Dann koch erst mal an einem heißen Junitag“, meinte ich.

Carl kam mit Bier für uns alle aus der Bar ins Büro. „Möchten Sie einen Job?“, fragte er Caroline lächelnd.

„Ich hab schon einen.“ Sie griff nach der stets gegenwärtigen Viola und nahm sie aus dem Kasten.

„Jetzt weiß ich, wer Sie sind“, sagte Carl plötzlich. „Das Miststück, das uns verklagen will!“

Wir lachten. Das Miststück lachte mit.

„Ich denk mal drüber nach“, meinte sie. „Vielleicht bin ich ja jetzt abgefunden.“ Sie hielt das Bier hoch und trank einen großen Schluck.

Ich versuchte, D. I. Turner anzurufen. Es war das vierte Mal, doch wieder hieß es, er sei nicht erreichbar. Und wieder bat ich, ob man ihm etwas ausrichten könne, es sei wirklich dringend. „Um was geht's?“, fragte der Beamte am Telefon. „Um den Bombenanschlag auf der Rennbahn von Newmarket“, antwortete ich. Da müsse ich mich an die Polizei Suffolk wenden, nicht an die Special Branch. Das tat ich und verlangte den diensthabenden Vorgesetzten zu sprechen, doch der Inspector, hieß es, sei momentan außer Haus. Ich seufzte und sagte, ich würde es später noch mal probieren.

Richard kam ins Büro, um uns mitzuteilen, dass die meisten Gäste gegangen seien, bis auf einen Tisch, und dort sei man beim Kaffee.

„Mrs Kealy hat nach Ihnen gefragt“, sagte er zu mir.

„Waren die Kealys heute Abend hier? Es ist doch nicht Samstag.“

„Gestern Abend und heute Abend. Mrs Kealy meinte, nach der schwierigen Zeit wollten sie das Restaurant unterstützen.“

Wie nett. Ich brauchte mehr Kunden wie die Kealys.

„Das Personal kann so weit nach Hause gehen. Du auch, Carl. Ich schließe dann zu.“ Ich wollte als Letzter gehen, damit mir niemand folgte. „Richard, können Sie Schluss machen?“ Er würde den letzten Gästen die Rechnung stellen und sie hinausbegleiten.

„Kein Problem.“ Er kehrte in die Gaststube zurück.

„Wo wohnt ihr?“, fragte Carl.

„Wir gehen in ein Hotel“, antwortete ich.

„Welches denn?“

Wieder fragte ich mich, wieweit ich Carl trauen konnte. „Ins ‚Rutland Arms‘“, log ich.

Hoffentlich prüfte er es nicht nach. Der Name Moreton würde für heute Nacht nicht auf der Gästeliste des Rutland Arms stehen. Andererseits stand Moreton auch nicht auf der Gästeliste des Bedford Lodge. Ich hatte uns ein Zimmer auf den Namen Butcher bestellt.

„Bin ich fertig.“ Carl stand auf. „Ich fahr nach Hause.“ Das Büro diente auch als Umkleideraum, doch heute ging er, zweifellos aus Rücksicht auf Caroline, zum Umziehen in die Toilette.

Caroline legte Viola an ihre Schulter und spielte leise, bis Carl in Straßenkleidung wieder ins Büro kam. Sie unterbrach sich, und er lächelte sie an. „Jemand hat ein Handy in der Herrentoilette vergessen.“ Er legte es mir auf den Schreibtisch. „Ich kümmere mich morgen darum. Gute Nacht.“ Er ging.

„Wir auch?“, fragte Caroline.

„Wir warten noch, bis Richard abgeräumt hat und ebenfalls gegangen ist.“

Das vergessene Handy auf meinem Schreibtisch klingelte.

„Hallo“, meldete ich mich beim vierten Klingeln.

„Hallo“, sagte eine Männerstimme am anderen Ende. „Ich glaube, das ist mein Telefon.“

„Wer ist denn da?“

„George Kealy. Sind Sie das, Max?“

„Ja, George. Sie haben Ihr Handy in der Toilette liegen lassen.“

„Dachte ich mir. Zu dumm. Wenn’s Ihnen recht ist, komme ich es holen.“

„Gern. Wir haben aber geschlossen – klopfen Sie an der Eingangstür.“

„Mach ich.“ Er legte auf.

Richard kam herein und gab Bescheid, dass alle Kunden weg seien und auch er sich auf den Weg mache. „Ach so.“ Er drehte sich um. „Jaček ist noch da, er wollte Sie kurz sprechen. Er wartet in der Küche.“

„Er soll nach Hause fahren. Wir reden morgen.“ Ich hatte nicht die Absicht, allein zu Jaček in die Küche zu gehen. Ich war alles andere als sicher, dass ich ihm trauen konnte.

„Okay“, meinte Richard. „Ich sag’s ihm.“

„Geben Sie mir Bescheid, wenn er weg ist“, bat ich. „Und vergewissern Sie sich bitte, dass er das Restaurant wirklich verlässt.“

Richard sah mich zwar etwas komisch an, nickte aber und ging hinaus.

Laut klopfte es an der Eingangstür.

Ich ging in den Vorraum zwischen Bar und Gaststube. Durchs Fenster sah ich auf den Parkplatz. Wie erwartet war es George Kealy. Ich hatte sein Mobiltelefon in der Hand.

Ich schloss die Tür auf, doch es war nicht Georges Fuß, der sie mit einem Tritt aufstieß, sodass ich nach hinten wegtaumelte. Es war ein anderer Mann, und mit der Automatik, die er in der Hand hielt, zielte er mir genau zwischen die Augen. Mr Komarov, nahm ich an.

„Ich hörte von George, dass Sie schwer totzukriegen sind, Mr Moreton", sagte er, als er zur Tür hereinmarschierte.

ICH WICH von der Tür in den Vorraum zurück. Komarov und George folgten mir.

In diesem Moment kam Richard mit einem Tablett voll Gläser aus der Gaststube. Komarov und ich sahen ihn gleichzeitig, und bevor ich Richard warnen konnte, zog Komarov die Pistole herum und schoss auf ihn. Der Knall war ohrenbetäubend laut in dem geschlossenen Raum. Ein sternförmiger roter Fleck zeichnete sich auf Richards weißer Hemdbrust ab, und er hatte einen etwas überraschten Ausdruck auf dem Gesicht, als er vornüberfiel. Die Kugel hatte ihn mitten in die Brust getroffen, und ich war überzeugt, dass er tot war, bevor er aufschlug. Das Metalltablett landete scheppernd auf dem Boden, die Gläser zersprangen.

Sofort zielte die Pistole wieder auf mich. Das war's, dachte ich.

Komarov war stämmig, Mitte fünfzig, mittelgroß, mit gut frisiertem, vollem grauem Haar. Mir wurde klar, dass ich ihn schon mal gesehen hatte. Er war am ersten Samstag nach dem Bombenanschlag mit George und Emma Kealy hier im Hay Net gewesen. Ich erinnerte mich, dass George nach Emma gerufen hatte, als er gehen wollte. „Peter und Tania warten", hatte er gesagt. Peter und Tania, Georges Freunde, waren niemand anders als Pjotr und Tatjana Komarov.

Es fiel mir schwer zu glauben, dass George nicht der freundliche Stammkunde war, den ich so gut kannte. Ich sah ihn an, doch meine missliche Lage schien ihn nicht im Mindesten zu kümmern. Er war offenbar nicht einmal bestürzt darüber, was sein Freund mit meinem Oberkellner gemacht hatte.

„Ich werde Sie umbringen", sagte Komarov zu mir. „Aber vorher möchte ich das zurück, was Sie von mir haben."

„Was denn?" Das Sprechen fiel mir schwer.

„Das wissen Sie. Sie haben es aus Delafield."

Ach je, dachte ich. Er musste mit Mrs Schumann gesprochen haben; oder vielleicht hatten Kurt und sein wandelnder Poloschläger ihr einen Besuch abgestattet. Ich mochte mir nicht ausmalen, was sie mit ihr gemacht hatten.

„Ich weiß nicht, wovon Sie reden.“ Ich hatte ein wenig die Stimme erhoben. Caroline war ja noch im Büro, und ich wollte sie vor der Gefahr warnen, wenn sie auch den Schuss, das Scheppern des Tabletts und das Klirren der Gläser gehört haben musste. Ich bezweifelte nicht, dass Komarov sie ohne Weiteres töten würde. Oder, noch schlimmer, sie als Druckmittel benutzte, um die Metallkugel zurückzubekommen. Aber ich hatte sie nicht bei mir, hätte sie Komarov also, selbst wenn ich gewollt hätte, nicht geben können. Wahrscheinlich lag sie noch auf Tobys Schreibtisch, denn ich hatte sie ihm dagelassen, damit er sie seinem Tierarzt zeigen konnte.

„George“, sagte Komarov, die Pistole unverwandt auf mich gerichtet, „sieh nach, ob wir allein sind.“

George zog ebenfalls eine Pistole aus der Tasche und trat in die Gaststube. Ich hörte, wie er zur Küche durchging. Nach einiger Zeit kam er wieder. „Sonst ist niemand hier.“

„Sieh da drin nach.“ Mit der Waffe deutete Komarov auf die Bar und das Büro dahinter. Genau genommen lag das Büro zwischen Bar und Küche, mit beiden durch eine Tür verbunden, und war eher ein Durchgang als ein richtiges Zimmer.

Ich starrte Komarov weiter an, spannte aber unmerklich meine Muskeln, um mich auf ihn zu stürzen, falls George Caroline finden sollte. Doch der kam zurück und verkündete, wir seien allein.

„Wo ist Ihre Freundin?“, fragte Komarov.

„In London, bei ihrer Schwester.“

Er schien mit meiner Antwort zufrieden zu sein und winkte mit der Pistole zur Gaststube hin. „Da rein!“

Ich ging vor Komarov her. „Halt!“, befahl er. Ich blieb stehen. „Ziehen Sie den Stuhl mit den Armlehnen raus.“ Ich zog den Stuhl links von mir vom Tisch weg. „Setzen Sie sich mit dem Rücken zu mir.“ Ich gehorchte.

Komarov und George kamen um mich herum. Hinter mir hörte ich jemanden mit knirschenden Schritten über die Scherben im Vorraum gehen.

„Hast du das Zeug?“, fragte Komarov den Hinzugekommenen.

„Ja“, antwortete die Stimme eines Mannes. Mit weiteren knirschenden Schritten trat er näher hinter mich. „Schade, dass Sie Richard erschießen mussten.“

Ich erkannte die Stimme. Mit einem Mal wurde mir vieles klar.

„Fessle ihn“, sagte Komarov.

Der Mann, der hinter mir gestanden hatte, trat vor. Er hielt eine dunkelblaue Segeltuchtasche in der Hand.

„Tag, Gary“, begrüßte ich ihn.

„Hallo Chef“, erwiderte er, zwanglos wie immer.

Nicht ein Windpöckchen war an ihm zu sehen. Woher auch? Gary hatte nicht die Windpocken, und Oscar hatte mit Sicherheit weder im Büro meine Papiere durchstöbert noch Geld aus der Kaffeekasse gestohlen. Ich war ihnen in die Falle gegangen. Komarov wollte mich im Hay Net haben, und das beste Mittel, mich dorthin zu bekommen, war eine Personalkrise. Schon kam ich angerannt.

„Warum?“, fragte ich Gary. „Warum das hier?“

„Wegen Geld natürlich.“ Er grinste.

„Aber ich bezahle Sie doch gut.“

„So gut auch wieder nicht. Und bei Ihnen gibt’s keinen Bonus.“

„Bonus?“

„Stoff“, erklärte er. Ich sah ihn fragend an. „Koks.“

Ich hatte keinen Süchtigen in ihm vermutet. Drogen und Küchenbetrieb passen eigentlich nicht zusammen. Das erklärte aber einige seiner Stimmungsschwankungen und auch sein jetziges Handeln. Gary würde sicher alles für seine nächste Dosis tun, und George hatte ihn zweifellos fest in der Hand. Gary nahm eine Rolle braunes Paketklebeband aus der Tasche und befestigte damit mein linkes Handgelenk an der Stuhllehne. Dann machte er sich an mein rechtes Handgelenk.

„Hey“, sagte er, „der hat einen Gipsverband unter der Jacke.“

„Kurt hat ja auch behauptet, Walter müsse ihm das Handgelenk gebrochen haben.“ Komarov kam näher heran. „Und Sie haben Walter den Arm gebrochen. Dafür werden Sie bezahlen.“

Gary befestigte den Gipsarm an der anderen Armlehne. Dann klebte er auf die gleiche Weise meine Fußgelenke an den Stuhlbeinen fest. Ich war verschnürt wie ein Truthahn, der auf das Messer wartet, das ihm den Hals abschneidet. Doch Gary holte noch etwas anderes aus seiner Tasche. Es sah aus wie Kitt, weicher weißer Kitt. Oder wie eine in Plastik verpackte, lange weiße Salami. Plastiksprengstoff. Es überlief mich noch kälter als zuvor.

Gary befestigte die weiße Wurst zwischen meinen Beinen an dem Stuhl. O Gott, dachte ich, mein Albtraum sollte offenbar Wirklichkeit werden.

Als Nächstes nahm Gary behutsam ein zigarettengroßes Metallröhrchen aus der Tasche und schob es ganz vorsichtig tief in die weiche Sprengladung. Oben aus dem Röhrchen kamen zwei kurze Drähte, die mit einem kleinen schwarzen Kasten verbunden waren. Die Fernzündung, schätzte ich. Jetzt empfand ich bares Entsetzen.

„Wo ist sie?“, fragte Komarov.

„Wo ist was?“, fragte ich zurück.

„Lassen wir doch die Spielchen. Wir wissen beide, wovon ich rede.“

„Ich habe sie Mrs Schumann zurückgegeben.“

„Man hat mir gesagt, dass das nicht der Fall ist. Mrs Schumann hat Ihnen zwei Stück ausgehändigt. Sie hätte die Sachen gar nicht haben dürfen. Die eine haben wir wieder, aber die andere nicht. Na, früher oder später werden Sie es mir verraten.“

Aus der Küche kam ein Geräusch, wie das Klirren eines auf den Steinboden fallenden Löffels. Caroline, dachte ich.

„Kannst du nicht ein Mal was richtig machen?“, fuhr Komarov George an. „Behalt ihn im Auge!“ Er wies auf mich. „Macht er eine Bewegung, schieß ihm in den Fuß. Dass du mir aber nicht die Ladung triffst, sonst sind wir alle tot.“ Er winkte Gary. „Du kommst mit mir.“

Die beiden gingen durch die Schwingtür in die Küche hinüber. Ich betete, dass Caroline sich weiter versteckt hielt. Nervös stand George vor mir.

„Wie um alles in der Welt sind Sie da reingeraten?“, fragte ich ihn.

„Halten Sie den Schnabel!“, gab er zurück.

Ich dachte nicht daran. „Warum haben Sie das Festessen vergiftet? Haben Sie’s getan, damit Sie nicht zum *Guineas* gehen mussten?“

„Sie sollen den Schnabel halten!“

Ich machte weiter. „Hat Gary die Kidneybohnen in die Soße getan? Das war nun wirklich blöd. Ohne das hätte ich mir keine Gedanken gemacht. Ich hätte keine Fragen gestellt.“

„Das sollten Sie auch jetzt nicht!“, zischte George.

Ich musste einen Nerv getroffen haben. „Probleme? Mit dem großen Boss? Sie haben’s vermasselt, ja?“

„Es reicht!“ Er richtete die Pistole auf mich.

„Was sagt denn Emma dazu? Weiß sie, was Sie treiben? Oder hat etwa sie die giftigen Kidneybohnen für euch zubereitet?“

„Reden Sie keinen Stuss! Von den Bohnen sollte nur *ihr* übel werden.“

„Ihr sollte übel werden?“, wiederholte ich verblüfft.

„Emma wollte unbedingt mit mir in diese blöde Loge auf der Rennbahn. Sie und Elizabeth Jennings hatten das seit Wochen geplant. Ich konnte ihr ja nun schlecht sagen, warum sie da fernbleiben sollte, oder?“

„Sie haben das Essen vergiftet, damit sie nicht zum Pferderennen geht?“

„Gary sollte nur die Portionen von Emma und den Jennings vergiften. Stattdessen hat er das ganze Essen vergiftet, der blöde Hund."

Wahrscheinlich war das für Gary einfacher gewesen. Bei nur drei Portionen hätte er außerdem dafür sorgen müssen, dass sie zu den richtigen Personen gelangten. Das hätte er mit einem der Kellner absprechen müssen.

„Elizabeth Jennings war aber trotzdem beim Pferderennen", sagte ich.

„Ich wusste nicht, dass sie eine Pilzallergie hatte", rechtfertigte sich George. Elizabeth hatte das Huhn wohl ohne die Trüffel- und Pfifferlingsoße gegessen. „Das hat mir leidgetan." Aber nicht so leid, dass er es unterlassen hätte, Neil Jennings an der Kirchentür die blutbefleckte Hand zum Trost zu reichen. „Sie hätten sich da raushalten sollen, Max. Sie waren so versessen darauf rauszufinden, wer das Essen vergiftet hatte."

„Na logisch", erwiderte ich.

„Aber das konnte ich nicht zulassen", fuhr George fort.

Ich starrte ihn an. „Heißt das, Sie haben versucht, mich umzubringen?"

„Ich hab's arrangiert", sagte er obenhin. Es lag keine Reue in seinem Ton.

Ich hatte George gemocht. Ich hatte ihn immer als einen Freund betrachtet, und doch hatte er offenbar zwei Anschläge auf mein Leben veranlasst.

„Sie haben sich aber nicht besonders schlau dabei angestellt, was?", stachelte ich ihn wieder auf. „Komarov war sicher auch nicht begeistert. Zu blöd, um einen Provinzkoch zu killen."

„Halten Sie den Schnabel!", brüllte er wieder. „Gary, dieser Vollidiot …"

„Dann hat also Gary versucht, mich umzubringen?"

Ohne mich zu beachten, ging er zur Verbindungstür und warf durch das runde Fenster einen Blick in die Küche.

„Warum hat Komarov die Loge in die Luft gejagt?", versuchte ich einen neuen Ansatz. „War Rolf Schumann die Zielperson?"

„Schnauze!", rief er und richtete die Waffe auf meinen Kopf.

Ich beachtete ihn wieder nicht. Wenn ich ihn genügend in Rage brachte, tat er mir vielleicht den Gefallen und tötete mich schnell. „Wozu die Bombe in der Loge?", bohrte ich weiter. „Das war doch maßlos übertrieben. Warum hat er Schumann nicht einfach erschossen, wenn er ihn umbringen wollte? Schnell und heimlich, in irgendeiner dunklen Gasse."

„Komarov macht nichts unauffällig", erklärte George. „Er wollte ein Exempel statuieren. Allen zeigen, dass er es ernst meint. Schumann hat ihn bestohlen, und Komarov mag keine Diebe."

In der Küche ertönte ein Schrei. Dann ein Schuss. Ich war außer mir. Bitte lass es nicht Caroline sein, auf die da geschossen wurde, betete ich.

George trat rückwärts von mir weg und blickte wieder durch das Fenster in der Schwingtür zur Küche. Noch ein Schuss knallte, dann noch einer.

Komarov kam rasch zur Tür herein. „Hinterm Haus ist jemand“, sagte er zu George. „Ich glaub, ich hab ihn erwischt. Geh raus und gib ihm den Rest. Aber ich hab Gary auch schon losgeschickt – nicht, dass du den abknallst.“ George zögerte. „*Los*, George!“ Dessen Körpersprache schrie regelrecht hinaus, dass ihm das nicht gefiel, als er durch die Tür trat.

„Also?“ Komarov stellte sich vor mich hin. „Wo ist meine Kugel? Ich gebe Ihnen eine letzte Chance, es mir zu sagen, dann schieße ich Sie in den linken Fuß. Danach in den rechten, dann in die Knie.“ Er beugte sich zu meinem Gesicht herunter. „Zum letzten Mal, wo ist sie?“

Er trat einen Schritt zurück und hob die Pistole. Ich fragte mich, wie weh es tun würde. Aber was auch geschah, ich konnte ihn nicht nach East Hendred schicken, zu Toby, Sally und ihren drei reizenden Kindern.

Komarov zielte mit der Pistole auf meinen linken Fuß.

„Warten Sie!“, rief ich. „Wozu brauchen Sie die überhaupt? Sie haben doch bestimmt Hunderte davon.“

Er ließ den Arm ein wenig sinken. „Weshalb sollte ich Hunderte haben?“ Er war sichtlich gespannt, wie viel ich wusste.

„Um sie den Pferden einzusetzen“, sagte ich. „Gefüllt mit Drogen.“

Die Wirkung war ziemlich verblüffend. Er wurde sehr blass.

„Wer weiß davon?“, fragte er in einer deutlich höheren Tonlage als sonst.

„Jeder. Ich hab’s der Polizei erzählt.“

„Das war sehr unklug von Ihnen. Dafür werden Sie sterben.“ Das war nichts Neues. Das würde ich sowieso.

Er machte ein paar Schritte um mich herum. Gut, dachte ich, er schießt mich in den Hinterkopf. Viel besser, wenn ich den Tod nicht kommen sah.

Doch als Komarov auf Höhe meiner Schulter war, trat Caroline durch die offen stehende Tür und schlug ihm die Viola mitten ins Gesicht. Sie schwang das Instrument mit beiden Händen durch die Luft, indem sie es an Hals und Griffbrett gepackt hielt. Der Schlag war mit solcher Wucht geführt, dass die arme alte Viola unrettbar zerbarst, aber Komarov, und das war mir wichtiger, ging halb bewusstlos zu Boden. Caroline weinte und schnappte gleichzeitig keuchend nach Luft.

„Schnell!“, rief ich ihr zu. „Hol ein Messer! Aus der Anrichte, obere Schublade links.“

Schnurstracks lief sie hin und kam mit einem Steakmesser wieder. Schließlich schaffte sie es, meine linke Hand zu befreien.

„Rasch!“, drängte ich. „Nimm ihm die Pistole ab und gib sie mir.“

Caroline bückte sich und riss Komarow die Pistole aus der Hand, als er bereits langsam wieder zu sich kam. Sie gab sie mir und machte sich wieder daran, mich vom Stuhl loszuschneiden. Plötzlich fiel mir der Sprengstoff ein. Wo war der Schalter für die Fernzündung? Hatte Komarov ihn in der Tasche?

Caroline säbelte an meiner Beinfessel herum, aber sie brauchte zu lange. Komarov war wieder bei vollem Bewusstsein und sah ihr zu. Blut lief ihm aus der Nase. Er hob die Hand zum Kopf und verzog das Gesicht. Caroline musste ihm die Nase gebrochen haben.

„Keine Bewegung!“ Ich richtete die Pistole auf ihn.

Er stützte sich mit dem linken Ellbogen am Fußboden auf und schob die rechte Hand in die Tasche.

„Halten Sie die Hände so, dass ich sie sehen kann!“, befahl ich.

Er zog die Hand wieder heraus, aber jetzt hielt er einen kleinen schwarzen Kasten in den Fingern, mit einem roten Knopf in der Mitte.

O Gott! Würde er den Knopf drücken? Aber brachte er sich dann nicht auch selbst um? Ich beobachtete ihn und merkte, wie er seine Möglichkeiten abwog. Wenn ich wirklich die Polizei informiert hatte, stand sein Imperium vor dem Zusammenbruch. Eventuell könnte er sich noch nach Russland oder Südamerika absetzen, vielleicht waren die Fluchtwege aber auch schon versperrt. Das bedeutete lebenslange Haft in einem britischen Gefängnis.

Ganz plötzlich wurde mir klar, dass er es tun würde. Er würde uns alle in die Luft jagen, und damit basta.

Ich beugte mich zwischen meine Beine vor, packte die Drähte, zog den zigarettengroßen Zünder aus der Ladung und warf ihn quer durch die Gaststube. Komarov drückte den roten Knopf, aber es war zu spät. Der Zünder explodierte mit einem harmlosen Knall mitten in der Luft.

Komarov fühlte sich sichtlich betrogen, und er war wütend. Er wollte aufstehen.

„Keine Bewegung!“, rief ich wieder. Er beachtete mich nicht und kniete sich hin. „Ich schieße“, drohte ich. Aber er rappelte sich weiter hoch.

Also schoss ich.

Die Kugel traf ihn ins rechte Bein, direkt über dem Knie. Ich hatte nicht auf das Bein gezielt. Ich war Rechtshänder, aber durch den Gips gezwungen gewesen, mit links zu schießen. Ich hatte die Pistole einfach mittendrauf gehalten und abgedrückt. Komarov sackte wieder zu Boden. Blut strömte ihm aus dem Bein, und ich fragte mich, ob ich eine Arterie getroffen hatte. An ihm lag mir nichts weiter, bloß ruinierte er den Teppichboden in meiner Gaststube.

Caroline hatte mich endlich vom Stuhl losgeschnitten. Ich stand auf und trat zu ihr, wobei ich Komarov und die Tür zur Küche im Auge behielt. Es war ja noch mit George und Gary zu rechnen. Caroline wiegte die zerbrochene Viola in den Armen und schluchzte.

„Pass auf, mein Schatz", sagte ich. „Zwei von ihnen laufen hier noch rum. Ich such sie. Geh du ins Büro und ruf die Polizei."

Durch den Vorraum ging sie in die Bar, wobei sie Violas Überreste behutsam vor sich hertrug.

Komarov wollte wieder aufstehen. Die Blutung am Bein war zu einem Rinnsal abgeflaut, und ich überlegte, ob ich noch einmal auf ihn schießen sollte. Stattdessen packte ich ihn am Kragen, drückte ihm die Pistole ins Kreuz und stieß ihn vor mir her, durch die Schwingtür in die Küche. Wenn George auf mich schießen wollte, musste er erst mal an seinem Boss vorbeiballern. Doch die Küche war leer. George und Gary suchten offenbar noch draußen.

Ich schubste Komarov quer durch die Küche und knallte ihn neben der Edelstahltür des Kühlraums an die Wand. Ich öffnete die Tür des Kühlraums und stieß Komarov hinein, sodass er der Länge nach auf dem Bretterboden landete. Der Kühlraum war gut drei mal drei Meter groß und zwei zwanzig hoch, mit vier breiten, ringsum führenden Edelstahlfächern voller Lebensmittel. Ich warf die Tür zu. Sie ließ sich von innen aufstoßen, damit sich niemand versehentlich einsperrte, und von außen durch ein Vorhängeschloss sichern. Da ich kein Schloss hatte, steckte ich einen dreißig Zentimeter langen Kebabspieß in den Bügel und setzte Komarov so gefangen.

Ich sah Caroline im Büro zitternd am Schreibtisch stehen. Dann hörte ich, wie George draußen bei der Hintertür nach Gary rief. Ich zog den Kebabspieß heraus und hielt die Pistole schussbereit, als ich vorsichtig den Kühlraum wieder öffnete. Komarov saß auf dem Bretterboden. Er hob zwar den Kopf, aber die gebrochene Nase, die Schusswunde und der Blutverlust hatten ihn kampfesmüde gemacht.

Ich hörte George durch die Spülküche hereinkommen. Komarov hörte ihn auch. Er versuchte zu rufen, doch es war nur ein Krächzen.

Ich stellte mich hinter die Tür und sperrte sie so weit auf, wie ich konnte. Ich spürte eher, als ich sah, wie George in die Küche trat und zum Kühlraum herüberkam. Er entdeckte Komarov im Innern und spazierte hinein. Sofort warf ich die Tür hinter ihm zu. Schnell schob ich den Spieß wieder in den Bügel. Ich hörte, wie George drinnen versuchte, die Tür aufzustoßen, doch der Spieß hielt sie problemlos geschlossen. George feuerte einen Schuss ab, doch zwischen den Edelstahlwänden der Tür lagen acht Zentimeter Isolierung, da drang ein Geschoss aus einer Faustfeuerwaffe nicht durch.

Jetzt musste ich mich nur noch mit Gary befassen.

Es dauerte eine Weile, bis ich ihn fand. Er lehnte an einem Baum auf der anderen Seite des Parkplatzes. Er war kein Problem. Genau gesagt, er würde für niemanden mehr ein Problem sein, höchstens für einen Bestattungsunternehmer. Ein Fischfiletierer steckte in seiner Brust. Das Messer hatte anscheinend sein Herz durchbohrt und es sofort stillstehen lassen.

Aber wer war das gewesen? Sicher nicht George Kealy.

Ich fuhr herum. Es musste noch jemand anders da sein.

Caroline schrie plötzlich vom Haus her, und ich rannte über den Parkplatz zurück hinein. Mit aufgerissenen Augen stand sie mitten im Büro, und sie war nicht allein.

Jaček stand vor ihr, und auch er blutete. In dicken Tropfen klatschte das Blut von den Fingern seiner linken Hand auf den Fußboden. Ich hob die Pistole, aber ich brauchte sie nicht. Bevor ich etwas sagen konnte, ging er in die Knie und drehte sich langsam auf den Rücken. Er hatte einen Schuss in die Schulter bekommen.

Der Springer, dem ich misstraut hatte, der mir ein stilles Wasser zu sein schien, war die ganze Zeit einer der Guten gewesen und hatte mir zweifellos das Leben gerettet.

SCHLIESSLICH kam die Polizei. Und ein Krankenwagen. Zuerst wurde Jaček, dann Caroline ins Krankenhaus gebracht. Sie stand stark unter Schock, und wie es aussah, kam sie wieder nicht zu ihrer Nacht im Bedford Lodge. Ich wollte sie im Krankenwagen begleiten, woran mich aber ein Polizist hinderte, der mir mitteilte, dass ich im Restaurant bleiben müsse, um eine Aussage zu machen.

Die polizeiliche Verstärkung, die später eintraf, bestand aus etlichen Kriminalbeamten und einem Ballistikteam, zudem erschien der Kampfmittelräumdienst der Armee auf der Bildfläche. Verständlicherweise war niemand darauf erpicht, die Kühlraumtür zu öffnen. Immerhin befand sich ein Bewaffneter im Innern. Man entschloss sich, die Insassen noch eine Weile zu lassen, wo sie waren, damit sie buchstäblich abkühlen konnten. Drei Grad Celsius wären auch dann ziemlich ungemütlich gewesen, wenn sie dicke Mäntel, Handschuhe und Hüte getragen hätten. In Anbetracht des warmen Maitages aber waren Pjotr Komarov und George Kealy in Hemdsärmeln gewesen. Was kümmerte es mich?

EPILOG

Sechs Monate später eröffnete ich „Maximilian's", ein modernes Restaurant am Berkeley Square mit vorwiegend französischer Küche.

Der Eröffnungsabend war eine große Sache mit zahlreichen geladenen Gästen. Hinten in der Gaststube spielte sogar ein Streichquartett. Ich blickte zu den vier schlanken, eleganten jungen Damen in Schwarz hinüber. Besonders die Bratschistin schaute ich mir an. Sie spielte eine neue Viola – neu zumindest für sie. An der linken Hand, die am Griffbrett entlangglitt, sah ich einen diamantbesetzten Verlobungsring im Licht glitzern.

„Wie man hört, haben Sie beschlossen, aus der Klägerin eine ehrbare Frau zu machen", sagte Bernard Sims in seiner tiefen Bassstimme.

„Schuldig", bekannte ich grinsend.

Die mir drohende Anklage wegen Verstoßes gegen das Lebensmittelschutzgesetz war fallen gelassen worden, und der Rechtsstreit wegen der Vergiftung war durch die Zahlung eines Schmerzensgelds in unbekannter Höhe an die Klägerin außergerichtlich beigelegt worden. Carolines Agent hatte seine fünfzehn Prozent von dem vertraulichen Betrag einzufordern versucht, doch für Caroline wäre es sehr schwierig gewesen, nur 85 Prozent einer von Stefano Scarampella 1869 gebauten Viola zu spielen.

D. I. Turner hatte mich zu guter Letzt zurückgerufen und war umgehend persönlich vorbeigekommen, als ich ihm mitgeteilt hatte, ich wisse, wer die Bombe auf der Rennbahn gelegt habe. Seither hielt er mich in dem Fall auf dem Laufenden. Komarov hatte sowohl den Beinschuss wie auch die Unterkühlung durch den Aufenthalt im Kühlraum überlebt und musste sich wegen zwanzigfachen Mordes verantworten, darunter der kaltblütige Mord an Richard, meinem schmerzlich vermissten Oberkellner. Anklagen wegen Sprengstoffmissbrauch und Drogenschmuggel sollten folgen.

George Kealy war des Mordes an Richard mitangeklagt, doch Turner war überzeugt, dass er letztlich nur wegen Beihilfe verurteilt werden würde, da er inzwischen sang, um einen Freispruch oder zumindest ein glimpfliches Urteil zu bekommen. Bei einer polizeilichen Durchsuchung im Hause Kealy waren in einem verschlossenen Schrank Kisten mit Metallkugeln entdeckt worden, und in Garys Wohnung hatte sich ein gewisser silberner Schlüsselanhänger gefunden, an dem noch der Schlüssel zu meinem abgebrannten Cottage hing.

Wie ich angenommen hatte, war George Komarovs Mann in England gewesen, so wie Rolf Schumann es in den Staaten gewesen war. Wie dieser hatte auch George sich offenbar rege auf dem Drogenmarkt betätigt und etliche Großdealer fortwährend mit hochwertigem Kokain versorgt. Schumann hatte die Hälfte dieses Drogengeldes abgesahnt, um sein Unternehmen über Wasser zu halten. Doch genau drei Monate nach der Bombe in Newmarket hatte die Traktorfabrik endgültig dichtgemacht.

Kurt und Walter waren unterdessen von der Polizei Delafield gestellt worden, die sie wegen gefährlicher Körperverletzung und schwerer Sachbeschädigung im Haus von Mrs Schumann hatte befragen wollen. Der ungestüme Walter hatte einem Beamten des Sheriffbüros mit einem Poloschläger den Schädel einschlagen wollen und war erschossen worden.

Ich trat an die Bar und überblickte mein neues Reich. Mark Winsome hatte Wort gehalten, wenn er auch wohl tiefer in die Tasche hatte greifen müssen als ursprünglich vorgesehen. Aber das Geld war gut angelegt worden: reichlich Glas und eine bestens eingerichtete Küche.

Trotz der Neueröffnung in London hatte ich Newmarket doch nicht aufgegeben. Carl und ich hatten gemeinsam an seinen Fähigkeiten zur Personalführung gefeilt, ich hatte ihn zum Küchenchef des Hay Net ernannt und ihm drei neue Assistenten zur Seite gestellt, insbesondere Oscar, der unsere zerknirschte Entschuldigung sowie eine beträchtliche Wiedergutmachung in bar entgegengenommen hatte und jetzt Carls fester Stellvertreter war. Jaček war allerdings nicht geblieben.

Ich hatte Recht gehabt mit ihm, wenigstens in einer Hinsicht. Mein Springer war wirklich ein stilles Wasser. Als er aus der tschechischen Republik nach England gekommen war, hatte er so wenig Englisch gekonnt, dass ihn das Arbeitsamt als nur für ungelernte Gaststättenarbeit geeignet eingestuft hatte. Dabei war Jaček ein ausgesprochener Könner. In seiner Heimat hatte er Kochtöpfe nicht gespült, sondern sie gefüllt. Er blieb nicht im Hay Net, weil ich ihn als Assistenzkoch mit ins Maximilian's nahm. Seine Frau und Tochter waren mittlerweile nachgezogen.

Ich spürte eine Hand auf meinem Arm, drehte mich um und sah Sally vor mir stehen. Sie und Toby hatten meine Einladung zu der Eröffnung mit Freuden angenommen.

„Es ist wunderschön, Max." Sally lächelte herzlich.

„Danke." Ich beugte mich vor und gab ihr einen Kuss auf die Wange.

In den letzten sechs Monaten hatte ich Sally und Toby öfter gesehen als in den sechs Jahren zuvor. Ihr Haus war momentan mein einziges Zuhause.

Und war ich in Newmarket, wohnte ich bei Carl. Ich hatte mich an das Nomadendasein gewöhnt und lebte ständig aus dem Koffer. Mein Cottage war dem Erdboden gleichgemacht worden. Die Parzelle, auf der es gestanden hatte, war jetzt samt Neubaugenehmigung zu einem Preis auf dem Markt, den ich für überhöht hielt, an den mein Makler aber glaubte.

Meine einstweilige Londoner Adresse war eine gewisse Souterrainwohnung in der Tamworth Street in Fulham, wo nach eingehender Suche zwei winzige Abhörgeräte entdeckt worden waren, eins in dem Schrank unter der Spüle und eins im hintersten Winkel des Badezimmerschranks.

Zu ihrem Solo in der Cadogan Hall hatte es Caroline nicht gereicht; für Viola war der letzte Vorhang gefallen. Wir hatten sie bei Caroline zur bleibenden Erinnerung an das von ihr gebrachte Opfer auf ein Bord gelegt.

Caroline hatte die Orchesterleitung allerdings dazu überredet, Benjamin Brittens Konzert für Violine und Viola – das Stück, das ihr in der Cadogan Hall entgangen war – in ein Sommerabendkonzert im St James's Park mit aufzunehmen. Es war ein wunderschöner, warmer Abend Ende Juni gewesen, und ihr Talent hatte mich verzaubert.

Wieder blickte ich durch das Restaurant zu ihr hinüber und lächelte. Sie erwiderte das Lächeln. Ms Caroline Aston, die stolze Bratschistin, meine Verlobte und meine Retterin.

Jaček und Caroline hatten mir mein Leben zurückgegeben. Ich war neu geboren, nachdem ich fest mit dem Tod gerechnet hatte. An jenem schicksalhaften Abend, als ich darauf gewartet hatte, dass der Kampfmittelräumdienst den Sprengstoff aus dem Hay Net entfernte, hatte ich beschlossen, das Leben bei den Hörnern zu packen und nicht mehr loszulassen.

Mein zweites Leben wollte ich mit Volldampf leben.

„Abgebrüht fiel uns ein, weil man heute den Fernseher nicht einschalten kann, ohne in einer Kochsendung zu landen."

„Die Queen hat es mit großer Trauer vernommen", so kommentierte der Buckingham-Palast die Nachricht vom Tode Dick Francis'. Der englische Krimigroßmeister und Ex-Jockey starb im Februar 2010 im Alter von 89 Jahren. Und sein jüngerer Sohn Felix ließ verlauten: „Natürlich sind mein Bruder und ich über den Verlust unserer Vaters niedergeschmettert, aber wir sind glücklich, die Söhne eines so wunderbaren Mannes zu sein."

Dem 1963 geborenen Felix ist es auch zu verdanken, dass nach der sechsjährigen Pause, die dem Tod seiner Mutter Mary – Dicks Ehefrau und Kreativpartnerin – folgte, ab 2006 doch noch weitere Krimis aus dem Hause Francis veröffentlicht werden konnten: „Ich hatte Dad bereits geholfen, *Scherben* zu vollenden, denn nach Moms Tod war er völlig fertig. Er war achtzig und hätte den Abgabetermin nicht einhalten können." Zu jener Zeit war Felix noch in erster Linie als Manager seines Vaters tätig, nachdem er Anfang der Neunzigerjahre seine Stelle als Physiklehrer aufgegeben hatte. Mit dem Neubeginn änderte sich aber auch die Aufgabenverteilung. „Dick Francis war zuletzt weniger ein einzelner Autor, obwohl es natürlich Dads Name war. Aber von Mom wurde er immer Richard genannt, nicht mit seinem Rufnamen, deshalb dachte ich auch lange, Dick Francis würde für die beiden gemeinsam stehen. Und nun war Dick Francis eben wir beide, Vater und Sohn. Am Ende fiel das Schreiben immer mehr mir zu, während Dad mir bei allem den Kopf wusch, was ihm nicht gefiel. Das war natürlich besonders der Fall, wenn es etwas mit der Welt des Pferderennsports zu tun hatte."

INGA LINDSTRÖM
Sehnsucht nach Marielund
Verfilmt für das
ZDF

Fast zehn Jahre lang hat sich Lena geweigert, nach Hause zurückzukehren. Zu schmerzlich sind die Erinnerungen an das, was dort geschah. Doch dann hat ihr Vater einen Unfall und Lena bleibt nichts anderes übrig, als sich ihrer Vergangenheit zu stellen …

Mama, guck mal, was Großvater und ich gefangen haben!"
Lasses fröhliches Rufen schallte über den See. Der Junge stand aufgeregt im Bug des kleinen Motorsegelboots und schwenkte einen Fisch, der so groß war, dass er ihn kaum halten konnte.

Ingrid kam aus dem Bootshaus und beschattete mit dem Handrücken ihre Augen gegen die gleißende Sonne. Die Sommerhitze flimmerte über dem Wasser wie ein funkelnder Film, ab und zu durchbrochen vom Aufblitzen vorbeihuschender Libellen, die im Zickzack aus dem Schilf geschossen kamen.

Das Dorf am gegenüberliegenden Ufer wirkte von dieser Seite des Sees wie eine Spielzeuglandschaft – die Häuser sahen aus wie bunte Holzwürfel, die Boote wie weiße Tupfen auf der glitzernden Bläue des Wassers.

Björn saß auf der Ruderbank, die Hand am Steuer. Er lachte seine Tochter zufrieden an und sah dabei seinem Enkel auf eine so frappierend knabenhafte Art ähnlich, dass Ingrid unwillkürlich lächeln musste.

Jungs, dachte sie. Mit gutmütigem Stolz musterte sie ihren kleinen Sohn, der den Fisch voller Begeisterung in die Luft hielt.

Er strahlte seine Mutter an. „Den habe ich ganz allein rausgezogen!" In seinem Eifer, Ingrid seinen Fang aus der Nähe zu präsentieren, beugte er sich vor, in der einen Hand den Fisch, die andere weit nach vorn ausgestreckt, als könnte er so den Anlegevorgang beschleunigen.

Das Boot hielt geradewegs auf den Steg zu, und Ingrid ging besorgt in die Hocke. „Pass auf!", sagte sie scharf.

Doch der Kleine kletterte unbekümmert auf den Rand des Bootes, den Anlegesteg schon fast in Reichweite seiner nassen, von Fischschuppen glänzenden Finger.

„Lasse, nicht aussteigen!", rief Björn im Befehlston. Ihm war nicht entgangen, dass Lasse drauf und dran war, ins Wasser zu fallen. „Lasse … Warte! Ich helfe dir! Lasse!"

Der Kleine hockte rittlings auf dem Dollbord, den Fisch nach wie vor mit der freien Hand umklammernd, ein unbekümmertes Grinsen im Gesicht.

Das Boot schwankte auf den Steg zu, und Björn erfasste mit einem Blick, dass der Stützpfeiler im nächsten Augenblick Lasses Bein mit voller Wucht gegen das Boot drücken würde. Entschlossen ließ er das Ruder fahren und war mit einem Satz bei dem Kleinen. Er packte seinen Enkel bei der Schulter und riss ihn heftig zurück, nur einen Sekundenbruchteil bevor das Boot mit einem hässlichen Knirschen am Pfeiler entlangschrammte. Von seinem eigenen Schwung vorwärtsgetragen, geriet Björn ins Straucheln. Er ruderte mit den Armen, um sich wieder zu fangen, und beinahe hätte er es geschafft, doch dann kam wie aus dem Nichts der Großbaum von der Seite auf ihn zugeschossen und erwischte ihn am Rücken.

Er hörte den entsetzten Aufschrei seiner Tochter, zeitgleich mit der schrillen, angsterfüllten Stimme seines Enkels. „Großvater!"

Im selben Moment krachte Björn rücklings mit einem berstenden Geräusch gegen die Kante des Bootsrandes. Er war betäubt, fühlte keinen Schmerz, nur die Gewissheit, dass irgendetwas in seinem Körper entzweigegangen war. Und die klare Kälte des Wassers, das einen Augenblick später über ihm zusammenschlug.

Lena war erschöpft, sie spürte kaum noch einen Knochen im Leib. Sie liebte die Transatlantikflüge, weil sie auf diese Weise die größtmögliche Entfernung zwischen sich und Schweden legen konnte. Doch natürlich hatte das Ganze auch den Nachteil, dass es entsprechend anstrengend war und ihr regelmäßig das Gefühl bescherte, wochenlang schlafen zu wollen.

Sie riss sich zusammen, nahm das Mikrofon und spulte mit geübter Stimme ihr Sprüchlein ab: „Meine Damen und Herren, in wenigen Minuten landen wir in Arlanda, Stockholm …"

Der bald darauf folgende Moment des Aufsetzens löste wie immer ein Gefühl der Beklemmung in ihr aus. Es war stets dasselbe: ein Zurückkehren auf den harten Boden der Tatsachen, der nur dann weit genug weg war, wenn sie sich in der Luft befand, ein paar Tausend Kilometer über der Erde.

Ihr Unbehagen verstärkte sich, als sie kurz darauf beim Verlassen der Boeing sah, dass Malte am Fuße der Gangway auf sie wartete.

Lena lächelte leicht gezwungen, überrascht, ihn hier zu treffen. „Was machst du hier? Wieso bist du nicht auf dem Flug nach New York?"

Er nahm sie in die Arme und strahlte sie an. „Mein Dienstplan hat sich geändert. Ich fliege die Nachtmaschine. Das heißt, wir haben einen ganzen Tag zusammen." Lena spürte, dass er in ihrem Gesicht nach Anzeichen derselben Freude forschte, die er offenbar empfand. Sie gab sich Mühe, ebenso glücklich auszusehen wie er, obwohl alles in ihr danach drängte, einfach nur allein zu sein und zu Hause die Füße hochzulegen.

„Ich habe einen Termin mit der Maklerin gemacht", erzählte Malte aufgeräumt, während er Lena den kleinen Bordkoffer aus der Hand nahm und gemeinsam mit ihr in Richtung Flughafengebäude schlenderte. „Wir können uns die Wohnung in Birger Jarlsgatan um elf Uhr anschauen."

Lena wich seinem begeisterten Blick aus. „Ich dachte, wir hätten das geklärt. Warum möchtest du unbedingt, dass wir zusammenwohnen? Es ist doch perfekt so, wie es ist." Sie zwang sich zu einem fröhlichen Lächeln, um ihren Worten die Schärfe zu nehmen, doch es war nicht zu übersehen, dass sie ihn verärgert hatte. In seinen Mundwinkeln hatte sich bei ihren Worten ein missmutiger Zug eingenistet, der auch nicht verschwand, als sie liebevoll seinen Arm drückte und in gewollt munterem Ton sagte: „Komm, lass uns frühstücken gehen, ja?"

Er zuckte die Achseln, anscheinend bereit, fürs Erste ihre Ablehnung zu akzeptieren. Lena gestattete sich ein kaum merkliches Aufatmen. Sie spürte sogar einen leichten Anflug von guter Laune, als sie gewahr wurde, wie viele Blicke ihnen auf dem Weg ins Gebäude folgten. In der spiegelnden Glasfront waren sie beide zu sehen, ein gut aussehender junger Pilot und eine hübsche blonde Stewardess, Arm in Arm, wie füreinander geschaffen. Warum hatte sie selbst nur immer wieder solche Probleme damit, das zu erkennen? Lena drückte sich in einer unvermittelten Aufwallung von Zärtlichkeit an ihn, entschlossen, den freien Tag mit ihm zu genießen.

Doch als ihr Handy piepte und sie die Nummer im Display sah, wurde ihr aufkommendes Bedürfnis nach Nähe schlagartig von einer unguten Vorahnung verdrängt.

„Entschuldige", sagte sie zu Malte. Und dann, halb von ihm abgewandt, ins Telefon: „Ingrid?"

Die Stimme ihrer Schwester klang angespannt. „Papa hatte einen Unfall. Du musst kommen. Dieses Mal gibt es keine Ausflüchte, hörst du!"

„Einen Unfall?", fragte Lena mit tauben Lippen. Sie umklammerte ihr Handy so fest, dass ihre Finger schmerzten. „Was ist passiert?"

„Das erzähle ich dir, wenn du da bist, Lena. Wann kommst du?"

„Ich weiß nicht … Eigentlich habe ich … ähm, ich habe gleich einen wichtigen Termin, und morgen früh fliege ich nach Sydney." Das war natürlich gelogen, doch auf die Schnelle war Lena nichts anderes eingefallen. Sie spürte Maltes Hand auf ihrer Schulter und wandte sich zu ihm um, wich aber seinen fragenden Blicken hartnäckig aus.

Wenn Papa etwas Schlimmes passiert wäre, hätte Ingrid es mir gesagt, dachte sie trotzig. Doch es gelang ihr kaum, gegen das übermächtige Gefühl von Sorge anzukämpfen, das sich ihrer bemächtigt hatte. Ingrid war offenbar nicht bereit, ihr auch nur die kleinste Information zukommen zu lassen. Am anderen Ende der Leitung herrschte vielsagendes Schweigen.

Lena holte Luft und wollte etwas sagen, doch im nächsten Augenblick kam ihre Schwester ihr zuvor.

„Lena, er ist dein Vater, und er wird nicht jünger!“ Ingrids Stimme ließ eine Spur von Verzweiflung erkennen. „Meine Güte, einmal musst du über deinen Schatten springen und nach Hause kommen! Oder willst du warten, bis wir hier alle gestorben sind?“

Lena unterdrückte ein Keuchen. Sie spürte, wie ihr Herz einen Takt langsamer schlug, fast so, als wollte es sich weigern, ihren Körper länger mit Blut zu versorgen. Malte schaute sie alarmiert an.

„Lena?“, fragte Ingrid. „Bist du noch da? Hast du gehört, was …“

„Schon gut“, fiel Lena ihr hastig ins Wort. Sie schluckte hart. „Ich komme. Heute Abend bin ich da.“

Lena hörte, dass ihre Schwester dazu ansetzte, noch etwas zu sagen, doch bevor Ingrid den Satz zu Ende bringen konnte, hatte Lena die Verbindung getrennt. Sie steckte ihr Handy zurück in ihre Handtasche und atmete tief ein, bevor sie sich Malte zuwandte. „Aus unserem gemeinsamen Tag wird leider nichts. Ich muss nach Hause fahren. Mein Vater hatte einen Unfall.“

Malte wirkte ehrlich betroffen. „Das tut mir leid! Soll ich mitkommen?“ Die Morgensonne glänzte auf den Emblemen seiner schmucken Uniform. Seine Körperhaltung und sein Gesichtsausdruck signalisierten aufrechte Zuverlässigkeit und die Bereitschaft, ihr beizustehen.

Erschöpft dachte sie, wie wenig sie das alles doch verdient hatte.

„Lieber nicht“, sagte Lena. Sie senkte den Kopf, um ihm nicht länger in die Augen schauen zu müssen. „Das muss ich allein erledigen.“

DIE LUFT war weich wie Samt und schien förmlich zu leuchten. Die Straße wand sich durch ein lichtes Birkenwäldchen, zwischen dessen hellen Stämmen die Sonnenstrahlen zu einem silbernen Gespinst verwoben schienen, wie in einem Märchen, das von Trollen und Elfen erzählte.

Jenseits der Baumgrenze erstreckte sich Weidefläche in endlosem Grün, hier und da gesprenkelt vom wolligen Weiß einer Schafherde oder einer Schar behäbig grasender Kühe. Der Sommer erfüllte die nordische Landschaft mit seinem eigentümlich klaren Licht, das alle Konturen zum Schimmern brachte.

Lenas Hände lagen am Steuer ihres Cabrios, aber alle ihre Sinne waren auf ihre Umgebung konzentriert. Der Fahrtwind fing sich in ihren Haaren und trug ihr den Geruch von Harz und Gras zu.

Zu ihrer Rechten lag der See, glatt und ruhig. Wenige Segelboote kreuzten mit geblähten Segeln übers Wasser, strahlend weiße Punkte, die einzige Bewegung weit und breit. Das Ufer war streckenweise von Holzhäusern gesäumt, in deren Fenstern sich blinkend die Sonne spiegelte.

Alles war unverändert und auf schmerzhafte Weise vertraut. Lena versuchte vergeblich, die plötzliche Enge in ihrer Kehle zu ignorieren. Sie knöpfte den Kragen ihrer Bluse auf, doch es wurde nicht besser. Ein Sonnenstrahl verirrte sich durch die dünnen Zweige der Bäume rechts und links der Straße und kitzelte ihr Gesicht. Geblendet schloss Lena die Augen, nur für den Bruchteil einer Sekunde. Als sie wieder richtig sehen konnte, stand er plötzlich vor ihr. Wie aus dem Boden gewachsen ragte er mitten auf der Straße vor ihr auf, mit seinem riesenhaften, ausladenden Geweih, seinen knochigen Schultern und seinem höckerigen Rücken, dunkel und schweigsam, ein Fabelwesen von urtümlicher, geheimnisvoller Kraft.

Lena bremste abrupt und riss das Lenkrad herum, um dem Elch auszuweichen. Der Wagen geriet ins Rutschen und kam nur wenige Zentimeter vor einem Wegweiser in Form eines großen Steinquaders zum Stehen. Zusammen mit einem identisch aussehenden Quader auf der gegenüberliegenden Seite des Weges markierte er eine Abzweigung, von der Lena wusste, dass sie zu einem Anwesen führte, dessen Name auf den beiden steinernen Wegweisern eingraviert war. MARIELUND …

Lena rang nach Luft, dann biss sie die Zähne so fest zusammen, dass es wehtat. Sie presste ihre Hände gegen die Augen, doch nichts konnte die Bilder verdrängen, die plötzlich von allen Seiten auf sie einstürmten.

Das dröhnende Motorrad. Der Junge, mit dem sie zusammen war. Ihr Lachen in der Dunkelheit. Die vorbeifliegenden Bäume. Plötzlich das riesige Tier, mitten auf der Straße. Schwerelosigkeit, Sturz. Die Härte des Aufpralls. Und dann die Schreie. Schreie, die nicht aufhören wollten …

Lena kam wieder zu sich und merkte, dass sie aus dem Wagen gestiegen war. Sie stand vor dem Wegweiser, beide Arme um ihren Körper geschlungen, unfähig, ihr Zittern zu unterdrücken. Der Elch war verschwunden.

Sie weinte leise, gefangen von den Schrecken der Vergangenheit.

Der verwitterte Wegweiser ragte vor ihr auf wie ein Mahnmal aus einem früheren Leben.

Magnus Jacobsson schlenderte über den Kai der Stockholmer Altstadt, der so genannten Gamla Stan, als sein Handy klingelte. Gegenüber lag im Sonnenschein das Nationalmuseum. Stockholm zeigte sich mal wieder von seiner schönsten Seite.

Sein Partner Claes Sandberg war am Apparat. Schon seit Tagen wollte er Magnus ein Projekt schmackhaft machen, das er irgendwo auf dem Land aufgetan hatte. Nach allem, was Claes bis jetzt angedeutet hatte, war es *die* Gelegenheit der letzten Jahre, ein Seegrundstück von seltener Schönheit, das förmlich prädestiniert war für die Errichtung eines Hotels – vielleicht sogar einer Ferienanlage. Und obendrein war das Ganze auch noch spottbillig zu haben, weil die Bank bereits die Zwangsversteigerung betrieb.

Claes schilderte mit dem bei ihm üblichen Eifer, was er in der Zwischenzeit darüber in Erfahrung hatte bringen können.

Magnus seufzte unhörbar. Claes' Enthusiasmus war oft mitreißend, aber hin und wieder auch lästig.

„Ich bin zwar in fünf Minuten im Büro", sagte Magnus mit gutmütigem Spott, „aber sprich einfach weiter."

Claes ließ sich nicht zweimal bitten. „Es hat einen hübschen Namen, habe ich das schon erzählt? Marielund."

Magnus stutzte, als er den Namen hörte. Aber er sagte sich, dass es sich vermutlich nur um eine zufällige Namensgleichheit handelte. Doch als er kurz darauf ins Büro kam und die vergrößerten Farbfotos sah, die Claes an die Pinnwand geheftet hatte, wusste er, dass er hier dasselbe Marielund vor sich hatte, das eben in seiner Erinnerung aufgetaucht war.

Er blieb vor den Aufnahmen stehen und betrachtete sie eingehend.

Claes lockerte seine Krawatte und raschelte geschäftig mit den Grundstücksplänen, die er auf seinem Arbeitstisch ausgebreitet hatte. „Sieht aus, als wäre das eine tolle Sache. Das Haus selbst soll ein vergammelter Kasten sein. Steht seit Jahren leer. Aber dieser Ort! Die Lage! Mensch, Magnus, so eine Gelegenheit kommt so schnell nicht wieder!"

Magnus hörte kaum hin. Versunken starrte er auf die Fotos.

Claes war in seinem Element. Er sprudelte förmlich über vor Ideen. „Wenn man die alte Bude abreißt … Ich würde sagen, fünfundvierzig Wohneinheiten werden das locker. Mit allen Schikanen. Seeblick, Sauna, Wellnessbereich … Hm, vielleicht ein kleiner Hafen …" Er strahlte Magnus an. „Das kann ein Knaller werden! Wir müssen nur schnell sein. Es gibt nämlich schon ein paar andere Interessenten." Aufmunternd fügte er hinzu:

„Fahr hin, sieh dir die Sache an, mach ein paar Pläne. Und Ende nächster Woche wissen wir, ob sich die Sache rechnet."

Magnus nickte geistesabwesend, ohne den Blick von den Fotos zu wenden. „Soll es wirklich versteigert werden?", murmelte er.

Claes zuckte ungeduldig die Achseln. „Ende nächsten Monats, soweit ich weiß." Spielerisch schlug er Magnus auf die Schulter. „Junge, das ist mal wieder genau das richtige Projekt für uns! Das wird uns sanieren, hörst du?" Er hielt inne und lächelte erwartungsvoll. „Also, wann fährst du?"

Magnus zuckte zusammen, dann erwiderte er den Blick seines Partners.

„Sofort", sagte er, ohne zu zögern. Während er sich vage wunderte, woher diese plötzliche Entschlossenheit kam, packte er die Pläne zusammen und nahm seine Jacke. „Ich muss nur vorher mit Britta reden."

Er hatte nicht erwartet, dass Britta sich vor Begeisterung überschlagen würde, doch mit dieser offenen Ablehnung hatte er nicht gerechnet. Sie stellte ihr Wasserglas mit einem Knall auf dem Tisch ab und starrte ihn an. „Marielund?" Ihre Stimme klang gedehnt und ließ keinen Zweifel an ihrer Skepsis. „Noch nie davon gehört. Gibt es da einen Flugplatz?"

Magnus fuhr sich durchs Haar und suchte nach Worten, mit denen er sie von der Bedeutung seines Vorhabens überzeugen konnte. „Hör zu, Britta, ich muss da einfach hin. Ich kenne das Objekt." Seine Stimme bekam einen sehnsüchtigen Unterton. „Ich war als Kind mal dort. Es ist … Es ist ein Traum." Bittend schaute er seine Frau an. „Wieso willst du nicht mitfahren? Du und Emma! Ihr könntet ein bisschen schwimmen, gut essen, relaxen. Und am Abend kommen wir beide vielleicht endlich mal wieder zum Reden." Als er ihren unversöhnlichen Gesichtsausdruck bemerkte, fühlte er, wie Streitlust in ihm aufkeimte. Er riss sich zusammen und zwang sich, sein freundliches Lächeln beizubehalten und ihr nicht ins Wort zu fallen, während sie ihm mitteilte, was sie von seiner Idee hielt.

„Ich habe keine Zeit zum Relaxen", erklärte sie. „Hast du vergessen, dass wir nach Göteborg wollten? In zwei Stunden geht der Flieger, Magnus!"

Natürlich hatte er es nicht vergessen. Gestern noch war ihm die Aussicht auf einen Abstecher nach Göteborg als willkommene Abwechslung erschienen, eine Gelegenheit, wieder einmal einen Tag mit seiner Frau zu verbringen. In den letzten Monaten hatte es nicht mehr viele solcher gemeinsam verlebten Tage gegeben.

„Hast du mir eigentlich zugehört?", fragte er eindringlich. „Ich will mit dir und Emma zu diesem Haus! Glaub mir, es ist was ganz Besonderes!"

„Aber ich muss zu meinem Vorstellungstermin nach Göteborg.“ Britta fixierte einen Punkt über seiner Schulter. „So eine Chance kriege ich so schnell nicht wieder.“ Sie schwieg ein paar Sekunden, dann lächelte sie mit leichter Bitterkeit. „Es ist wohl wie bei den Königskindern. Wir kommen nicht zusammen, selbst dann nicht, wenn wir es wollen.“

Magnus konnte fast körperlich spüren, dass sie sich von ihm entfernte. Es tat auf unbestimmte Art weh. „Was willst du damit sagen?“, wollte er wissen. „Wir versuchen es doch, oder nicht? Immer wieder!“

Als sie die Schultern zuckte, fuhr er beharrlich fort: „Es kann doch nicht sein, dass wir nur wegen unserer Jobs …“

Britta schnitt ihm das Wort ab. „Vielleicht ist es ja nicht nur wegen unserer Jobs.“ Sie stand auf und nahm dabei ihre Handtasche und ihre Jacke an sich. „Okay, tu, was du tun musst. Ich gehe davon aus, dass Emma mit dir fährt. Ich kann mich in Göteborg wirklich nicht um sie kümmern.“

„Kein Problem“, sagte Magnus tonlos. Er stand ebenfalls auf und ließ es zu, dass sie ihn flüchtig umarmte und dabei mindestens eine Handbreit Körperabstand einhielt. Ihr Parfum stieg ihm in die Nase, eine blumige Mischung, die er nicht kannte. Wann hatte sie angefangen, ein neues Parfum zu benutzen? Früher waren ihm derlei Kleinigkeiten nicht entgangen.

„Melde dich mal“, sagte er. „Vielleicht kannst du ja doch noch nach Marielund kommen …“

„Ich muss wirklich los“, sagte Britta schnell, aber nicht unfreundlich. „Wiedersehen, Magnus.“ Sie lächelte ihm kurz zu, fast so, als wolle sie sich für etwas entschuldigen. „Und viel Spaß auf dem Land!“ Ihre hohen Absätze klapperten auf dem steinernen Boden der Stockholmer Altstadt, als sie mit raschen Schritten davoneilte.

Magnus blieb am Tisch stehen und schaute ihr nach. Er wartete noch einige Augenblicke, in der lächerlichen Hoffnung, sie vielleicht noch einmal winken zu sehen. Natürlich geschah nichts dergleichen. Sie verschwand irgendwo zwischen den hohen alten Häusern, ohne sich noch einmal umzudrehen.

EMMA war von der Idee, Ferien auf dem Bauernhof zu machen, uneingeschränkt begeistert. Sie war in Freudenschreie ausgebrochen, als Magnus ihr erzählt hatte, dass es dort Reitpferde gab.

„Und ich kann da wirklich reiten?“, hörte sie während der Fahrt nicht auf, sich zu vergewissern. „Nicht nur in der Halle?“

Magnus lachte nachsichtig. „Du kannst sogar reiten, wohin du willst. Das hat jedenfalls die Vermieterin gesagt. Sie heißt übrigens Ingrid. Auf dem Gut gibt es zehn Reitpferde, also ist bestimmt auch eins für dich dabei."

Emma lehnte sich zufrieden lächelnd in den Beifahrersitz zurück. Seit ihrem achten Lebensjahr war sie eine begeisterte Reiterin, und ihr größter Wunsch war seither ein eigenes Pferd. Magnus überlegte bereits seit einiger Zeit, ihr im kommenden Frühjahr zum nächsten Geburtstag ein Pferd zu schenken. Mit dreizehn war sie wahrscheinlich alt genug, sich selbstständig darum zu kümmern, ohne dass er oder Britta ständig dabei sein mussten.

Er seufzte unhörbar, als er an seine Frau dachte. Inzwischen war sie in Göteborg, doch sie hatte sich noch nicht gemeldet. Als sie ihm vor ein paar Wochen eröffnet hatte, dass sie sich auf die Stelle beim *Dagbladet* beworben hatte, war ihm nicht sofort klar gewesen, was das bedeuten würde. Erst bei ihrem nächsten Satz hatte er begriffen, welche Konsequenzen dieser Stellenwechsel für ihr gemeinsames Leben haben würde.

„Schau", hatte sie gesagt, „auch andere Leute führen eine Wochenendehe." Sie hatte sich auf keine Diskussion eingelassen, und schließlich hatte er es aufgegeben. Es war eine große Chance für sie, beruflich weiterzukommen, und es war ihr gutes Recht, diese Gelegenheit zu nutzen.

Emma riss ihn aus seinen Gedanken. „Kommt Mama dann nach?"

Magnus verspannte sich. „Sie weiß noch nicht, wie lange sie in Göteborg bleiben muss."

Etwas in seiner Stimme oder seiner Haltung erregte Emmas Argwohn. „Habt ihr euch wieder gestritten?"

„Ach was." Er bemühte sich um einen forschen Ton. „Sie hat in Göteborg zu tun. Und ich eben in Marielund."

„Marielund …" Emma sprach es langsam aus, als wolle sie sich den Klang des Wortes auf der Zunge zergehen lassen. „Das hört sich schön an … Ein bisschen wie im Märchen …"

Magnus schwieg, dann nickte er zögernd. „Ja", sagte er leise. „Es klingt wirklich so."

ALS LENA um die letzte Straßenbiegung kam und auf den Hof fuhr, verschlug es ihr den Atem. Erschrocken umklammerte sie das Lenkrad und bremste scharf. Sie hatte nicht erwartet, dass es sie bis ins Innere treffen würde, ihr Elternhaus wiederzusehen.

Zehn Jahre, dachte sie leicht benommen. Es waren fast zehn Jahre. Sie hatte Lagerberg verlassen und sich das Herz herausgerissen bei dem Versuch, es zu vergessen. Und jetzt stand sie wieder hier, sah das Haus, die Ställe, die Bäume, und mit einem Mal war es so, als füge sich etwas in ihr zusammen, was die ganze Zeit über kaputt gewesen war.

Lena stieg aus dem Wagen und blieb wie erschlagen stehen, machtlos gegen ihre Gefühle.

Hör auf!, befahl sie sich. Sie sagte sich, dass es nichts Besonderes sei, nur ein ganz normaler schwedischer Gutshof. Es war wohl recht nett, aber nichts Weltbewegendes. Jahrhundertealte Nadelbäume säumten die Auffahrt. Dicht neben dem Hauptgebäude stand eine riesenhafte Eiche, deren ausladende Zweige das große Holzhaus beschatteten. Die üppigen Blumenrabatten vor dem Gebäude setzten farbige Akzente, und die benachbarten Ställe bildeten zusammen mit den eingezäunten Weiden sowie dem kleinen Teich mit seinen schnatternden Gänsen ein einladendes bäuerliches Idyll.

Es war nur ein Gut auf dem Land mit ein paar Ferienwohnungen als zusätzlicher Einnahmequelle, weiter nichts. Doch je länger Lena hier stand und schaute, umso mehr verstörte es sie.

Sie holte tief Luft und ging auf das Haus zu. „Hallo?“, rief sie zögernd. „Ist jemand da? Ingrid?“

Sie zuckte zusammen, als sie die Schritte und ihren leise ausgesprochenen Namen hinter sich hörte. Atemlos fuhr sie herum. „Papa!“, stieß sie hervor.

Björn war aus dem Stall gekommen und blieb ein paar Meter entfernt von ihr stehen. Sein linker Arm und seine Schulter waren bandagiert.

Er starrte Lena unverwandt an. In seinem Gesicht arbeitete es.

„Ingrid sagte, dass du einen Unfall hattest“, meinte Lena eilig, bevor er etwas sagen konnte. „Ich bin so schnell wie möglich gekommen, und …“

„Und jetzt ist es nur eine gebrochene Schulter“, unterbrach Björn sie. Der Anflug eines Lächelns trat auf sein Gesicht.

Lena ging auf ihn zu, zuerst langsam, dann schneller. „Gott sei Dank ist es nur eine gebrochene Schulter“, korrigierte sie ihn. Ihre Stimme klang unsicher. „Ich hatte schon befürchtet …“ Sie brach ab und schaute ihn an. Ihr Vater hatte sich nicht sehr verändert in den letzten Jahren. Er war immer noch riesenhaft groß und kräftig, und sein Gesicht war sonnenverbrannt und zerfurcht von der vielen Arbeit im Freien. Abgesehen von der Verletzung durch den Unfall wirkte er so vital wie eh und je.

„Wie geht es dir?“, fragte sie behutsam. „Hast du Schmerzen?“

Björn schluckte und zwinkerte kurz, so, als könnte er plötzlich nicht mehr richtig sehen. „Glaubst du mir, wenn ich dir sage: Jetzt nicht mehr?“

Mit der Rechten ergriff er ihre Hand. „Dass du gekommen bist … nach so vielen Jahren …“ Er hielt inne und schüttelte kurz den Kopf, als er mit belegter Stimme hinzufügte: „Ich weiß, wie schwer dir das fallen muss …“

Seine Augen baten Lena stumm um etwas, verzweifelt und dringlich, und sie hatte nicht die Kraft, es ihm zu versagen. Wem wollte sie länger etwas vormachen?

„Ach, Papa.“ Heftig schlang sie beide Arme um ihren Vater und presste sich an ihn, unfähig, das Schluchzen zurückzuhalten, das ihr mit einem Mal in die Kehle stieg.

Björn legte unbeholfen den gesunden Arm um seine Tochter. Er spürte ihren Herzschlag an seiner Brust und die Nässe ihrer Tränen. Hilflos überlegte er, dass er irgendetwas sagen sollte, was sie trösten könnte, doch ihm fiel nichts ein. Er war ja nicht einmal in der Lage, zusammenhängend zu denken! Nur daran, dass sie hier war, bei ihm. Zu Hause.

Hinter ihnen beiden ertönte lautes Kindergeheul. Lasse kam aus dem Haus gestürzt, ein Wirbelwind mit flachsblondem Haar und rot verschmiertem Gesicht. Er sah Lena und blieb stehen. „Hej. Bist du meine Tante?“ Allem Anschein nach entschied er, dass sie es war, denn bevor sie antworten konnte, kam er auf sie zugerannt.

Hinter ihm tauchte Ingrid auf, ein nasses Tuch in der Hand. „Lasse, warte! Erst Mund abputzen!“

Lasse ignorierte den mütterlichen Befehl. „Tante Lena!“, rief er begeistert und ohne jede Scheu.

Lena, die sich ihm verblüfft zugewandt hatte, streckte impulsiv die Arme aus, um ihn aufzufangen. Im nächsten Augenblick war er auch schon bei ihr und drückte sich an sie. Lena hob ihn übermütig hoch. „Du bist Lasse?“, rief sie scherzhaft. „Mann, bist du groß! Ich dachte, du bist noch ein Baby!“

Ingrid kam näher. „Lasse, du bist ein Ferkel“, rügte sie. „Jetzt sieh dir mal Lenas Jacke an.“

Lena stellte den Kleinen ab und schaute zu, wie ihre Schwester ihm den Mund abwischte.

Ingrid deutete mit dem Lappen auf die roten Flecken, die Lasse mit seinem verschmierten Gesicht auf Lenas Jacke hinterlassen hatte. „Tut mir leid, Schwesterlein. In der Beerenzeit sollte man solche kleinen Ferkel nicht an sich ranlassen.“ Sie grinste ihre Schwester offen an.

Lena lachte befreit und streckte ihr die Arme entgegen. Für einen Moment hielten sie einander umschlungen und kosteten die Wiedersehensfreude aus.

Lena dachte an die quälend lange Zeit, in der sie weder ihren Vater noch ihre Schwester gesehen hatte. Beide waren sie hin und wieder nach Stockholm gekommen, um den Kontakt nicht völlig abreißen zu lassen, doch mit den Jahren waren ihre Treffen seltener geworden. Die Entfernung war zu groß, die weite Reise zu aufwändig für diese kurzen Begegnungen. Meist hatten sie einander nur für ein paar kurze, befangene Stunden in Lenas beengtem Apartment beim Kaffee gegenübergesessen, in jeder Minute ängstlich darauf bedacht, nur kein Wort über die Vergangenheit zu verlieren.

Lena schaute sich um. „Wo werde ich schlafen?"

„In deinem Zimmer natürlich", sagte Björn, allem Anschein nach erstaunt über ihre Frage.

Irritiert schaute Lena zuerst ihren Vater und dann ihre Schwester an. Beide taten so, als wäre sie nur mal eben für ein paar Tage von zu Hause weg gewesen. Sie räusperte sich und stellte die nächstbeste Frage, die ihr in den Sinn kam. „Wo ist eigentlich dein Mann?"

„Sören ist in Åkersund auf der Bauernmesse. Es wird ihm leidtun, dass er dich nicht sehen kann."

Lena fasste diese Äußerung so auf, wie sie vermutlich gemeint war: als reine Höflichkeitsfloskel. Sie kannte ihren Schwager kaum. Während der Hochzeit ihrer Schwester hatte sie sich auf einem Flug nach New York befunden, und als Lasse getauft worden war, hatte sie mit einer Darmgrippe in einem Hotel in Djakarta festgesessen.

Sie nahm den Koffer aus dem Cabrio, während Ingrid die Reisetasche vom Rücksitz hob. Während sie gemeinsam zum Haus gingen, meinte Ingrid inbrünstig: „Ich bin froh, dass du kommen konntest."

Lena warf einen Blick über die Schulter hinüber zu ihrem Vater. Er war auf seinem Weg zum Stall stehen geblieben und schaute ihnen nach. Sein Gesicht zeigte eine Mischung aus Schmerz und Freude. Lena spürte einen wachsenden Kloß in der Kehle. Mit gespielter Munterkeit wandte sie sich wieder ihrer Schwester zu. „Eine andere Möglichkeit hatte ich ja wohl nicht nach deinem Anruf. Schämst du dich wenigstens ein bisschen?"

Ingrid grinste nur. Unterdessen pirschte sich Lasse von hinten an seinen Großvater heran und stupste ihn an. Wie erhofft, fuhr Björn überrascht zusammen und brachte Lasse damit zum Kichern.

„Tut dein Arm noch weh, Großvater?"

Björn zauste dem Kleinen die Haare. „Halb so wild." Er sah seine beiden Töchter ins Haus gehen und dachte, wie dämlich es doch von ihm gewesen war, dass er sich nicht schon viel früher etwas gebrochen hatte.

LENA war sicher, dass jede Gefühlsregung überdeutlich von ihrem Gesicht abzulesen war, denn anderenfalls hätte Ingrid nicht so angestrengt zur Seite geblickt, während sie beide das Wohnzimmer betraten.

„Lieber Himmel“, sagte sie. „Es hat sich nichts verändert.“

Ingrid trat zu ihr und schlang die Arme um sie. „Doch“, flüsterte sie dicht neben Lenas Ohr. „Wir sind erwachsen geworden.“

Lena machte sich sanft los und ging zum Klavier. Während sie ein paar Töne anschlug, schaute sie sich um. Es war wie früher. Die Wände waren irgendwann frisch gestrichen worden, aber in demselben Pastellgelb wie damals. Es war die Farbe, die ihre Mutter so sehr gemocht hatte. Leuchtend blaue Vorhänge vor den Fenstern, gemusterte Teppiche auf den Planken des Fußbodens, die hellen Holzmöbel.

Lena ließ ihre Finger klimpernd über die Tastatur des Klaviers gleiten. „Es ist gestimmt“, stellte sie erstaunt fest.

„Papa hat immer darauf geachtet“, sagte Ingrid ruhig. „Aber gespielt hat er nicht mehr, seit du weggegangen bist.“ Sie trat neben das Klavier. „Wie geht es dir in der großen, weiten Welt, Lena? Macht es immer noch Spaß, jeden Tag woanders zu sein?“

Lena hörte auf zu spielen und schaute auf den Boden. „Du weißt es doch, ich wollte immer nur fliegen … Es ist mein Traumberuf.“

„Und was ist mit deinem Freund?“, forschte Ingrid. „Es gibt ihn doch noch, diesen Piloten? Malte – oder?“

„Ja, es gibt ihn noch.“

„Und, werdet ihr heiraten? Wollt ihr Kinder? Oder …“

„Ich bin Stewardess“, fiel Lena ihr ins Wort. „Und er ist Pilot.“ Da ihr das selbst als Erklärung nicht ganz ausreichend erschien, fügte sie hinzu: „Wir haben nicht einmal eine gemeinsame Wohnung!“

Ingrid setzte zu einer mitfühlenden Bemerkung an, doch Lena hob abwehrend die Hand. „Das ist schon in Ordnung so. Ich kann mir ein anderes Leben überhaupt nicht vorstellen.“

Ihre Schwester runzelte zweifelnd die Stirn. „Aber richtig glücklich bist du nicht.“ Es war keine Frage, sondern eine Feststellung. Lena erwiderte nichts. Glück – das war etwas, was sie vor langer Zeit für immer verspielt hatte.

MAGNUS hielt bei jeder Abzweigung nach Schildern mit bekannten Namen Ausschau. Er wusste, dass es jetzt nicht mehr weit sein konnte.

Die stundenlange Autofahrt hatte ihn angestrengt, aber je näher sie ihrem Ziel kamen, desto wacher und aufmerksamer schien er zu werden.

Bei Emma hatte die lange Fahrt den gegenteiligen Effekt – seine Tochter war vor gut einer Stunde eingeschlafen.

Britta hatte sich nach ihrer Ankunft mit einiger Verzögerung doch noch gemeldet. Sie war gut gelandet und voller Zuversicht, was das Vorstellungsgespräch betraf. Magnus gönnte ihr den Erfolg, aber er hatte kein besonders gutes Gefühl bei der ganzen Sache. Im Grunde hatte er schon seit Monaten den Eindruck, dass es zwischen ihnen beiden nicht mehr so richtig klappte, aber es war bisher immer so einfach gewesen, das wegzuschieben. Es war kein Problem, eine in Auflösung begriffene Ehe zu verdrängen, wenn man selbst bis über die Ohren in Arbeit steckte.

Wegen Emma hatte er hin und wieder ein schlechtes Gewissen. Wenn schon Britta so wenig Zeit für die Familie hatte, so hätte wenigstens er selbst sich mehr engagieren können, statt die Hälfte seiner Abende im Büro zu verbringen.

Doch Emma war ein völlig problemloses Kind. Sie hatte viele Freundinnen, sie las viel, ging häufig reiten und schwamm leidenschaftlich gern. In der Schule kam sie hervorragend mit. Sie war intelligent, anpassungsfähig und hatte einen für ihr Alter erstaunlich ausgeprägten Sinn für Humor. Magnus liebte sie mit allen Fasern seines Wesens. Er war schlicht nicht in der Lage, sich ein Leben ohne seine Tochter vorzustellen. Schon allein deswegen war es sträflich von ihm, dass er seine Ehe so vernachlässigt hatte.

Doch dann sagte er sich mit schwachem Trotz, dass zu einer kaputten Beziehung immer zwei Leute gehörten. Wenn Britta und er sich voneinander entfernt hatten, war das ebenso ihre Schuld wie seine.

Allerdings half ihm das kaum dabei, sich mit der Vorstellung anzufreunden, dass Britta womöglich eines Tages mit Emma nach Göteborg oder sonst wohin verschwinden könnte und er sich in der Rolle des Wochenendvaters versuchen müsste.

Emma sah reizend aus im Schlaf. Ihr brünettes Haar hing gelöst um ihr kindlich zartes Gesicht. Anscheinend hatte sie einen angenehmen Traum, denn plötzlich zuckte ein unbewusstes Lächeln in ihren Mundwinkeln auf.

Magnus betrachtete sie aus den Augenwinkeln und hätte dabei um ein Haar die beiden steinernen Wegweiser übersehen. Da war es. Marielund.

Er bog kurzentschlossen ab und folgte der schmalen Straße, eigentlich kaum mehr als ein Weg. Nach einer Weile hielt er an und stieg aus. Das Haus musste ganz in der Nähe sein, wenn er seinen Erinnerungen trauen konnte. Magnus ließ es einfach darauf ankommen. Er holte seine Digitalkamera vom Rücksitz und ging zu Fuß weiter.

LENA ritt in leichtem Trab durch den Wald. Ihr Haar wippte bei jeder Bewegung auf und ab, und hin und wieder strich sie es ungeduldig aus der Stirn, weil ihr heiß war. Sie schwitzte von der ungewohnten Anstrengung. Sie überlegte, wann sie das letzte Mal reiten gewesen war. Es war bestimmt zwei Jahre her, wenn nicht länger. In ihrer Anfangszeit in Stockholm war sie einige Male in einem Reitstall gewesen, weil sie es vermisst hatte, auf einem Pferderücken zu sitzen. Oder vielleicht hatte ihr auch einfach nur das herrliche Gefühl der Freiheit gefehlt, das sie jedes Mal überkam, wenn sie durch den Wald ritt.

Was auch immer es war, sie hatte es nicht wiedergefunden. Nicht bei den gelegentlichen Reitstunden in der kahlen Stockholmer Halle und auch nicht bei anderen Gelegenheiten.

Zu ihrer Rechten wurde der Wald lichter und gab den Blick auf den See frei. Tief atmete Lena die klare Luft ein und ließ sich erneut vom Zauber ihrer Umgebung gefangen nehmen. Diesmal wehrte sie sich nicht gegen die wohligen Gefühle, die dabei in ihr aufkamen. Sie genoss einfach nur die Wärme der Sonne auf ihrer Haut und den Wind in ihren Haaren.

Sie ritt langsam weiter bis zum Ufer des Sees, wo sie absaß und aufs Wasser hinausschaute. Das dichte Schilf wogte raschelnd im Wind, und die Sonne warf funkelnde Reflexe auf die Wasseroberfläche, Abermillionen leuchtende, tanzende Goldflecke. Lena erinnerte sich, dass sie sich als Kind tatsächlich eingebildet hatte, diese hüpfenden blendenden Lichtpunkte seien eine Mischung aus Wasser und purem Gold. Möglich, dass auch Ingrid ihr das eingeredet hatte. Als sie beide klein gewesen waren, hatte sie sich gern den ein oder anderen Scherz mit Lena erlaubt. Die meiste Zeit hatte sie ihre jüngere Schwester beschützt und bemuttert, vor allem nach dem Tod ihrer Mutter. Aber Gott sei Dank hatten sie beide auch danach noch mehr als genug Zeit gehabt, einfach nur Kinder zu sein, wild, verspielt und ungezogen.

Lena hob lauschend den Kopf und wandte sich um. Einen Moment lang war es ihr so vorgekommen, als hätte sie drüben im Wald ein Geräusch gehört. Doch sie sah niemanden.

Aus einem Impuls heraus wandte sie sich wieder dem Ufer zu und streifte eilig ihr Kleid ab, unter dem sie einen Bikini trug. Mit raschem Schritt legte sie die wenigen Meter zurück, die sie noch von der Böschung trennten. Sie beugte sich hinab und schöpfte mit beiden Händen Wasser über ihr Gesicht und ihre Arme, als könnte sie so nicht nur ihren Schweiß, sondern auch alle überflüssigen Gedanken wegwaschen.

Die Frau, von der Lena beobachtet worden war, war auf ihrem Rad nach Hause unterwegs gewesen, als sie Lena am Ufer gesehen hatte. Sie hatte so abrupt gebremst, dass beinahe die Tüte mit den Lebensmitteln aus dem Fahrradkorb gefallen wäre. Niemand hatte ihr sagen müssen, wer das dort drüben war. Kein Tag war in den letzten zehn Jahren vergangen, an dem sie nicht dieses helle Haar und das sanfte, madonnenhaft schöne Gesicht ihres Patenkindes vor sich gesehen hatte.

Übelkeit stieg in ihr auf, heftig und unerwartet. Lena ist zurück, dachte sie. Ihr Körper war starr, ebenso wie ihre Augen. Sie bewegte sich keinen Millimeter, als Lenas Blicke suchend den Waldrand entlangglitten. Schließlich wandte Lena sich wieder dem Wasser zu. Diesen Augenblick nutzte die Frau im Wald, um so schnell, wie sie konnte, davonzufahren.

Magnus hatte mit seiner Einschätzung richtiggelegen. Er brauchte nicht mehr weit zu gehen, höchstens hundert Meter bis zum Waldrand. Und da war es. Marielund.

Fasziniert blieb er stehen, um den Anblick auf sich wirken zu lassen. Der rote Anstrich des Herrenhauses war im Lauf der Jahre zu einem warmen Rosa verblasst. Die an den Wänden emporwachsenden Kletterrosen und die Hecken ringsherum ließen das Haus wie ein verwunschenes Dornröschenschloss aussehen, so als befände sich Marielund in einem langen, Jahrhunderte dauernden Schlaf, ungestört inmitten der Wildnis des Waldes.

Magnus ging langsam auf das Haus zu. Er klopfte an die Eingangstür und versuchte dann, die Klinke herunterzudrücken. Doch er hatte sie kaum berührt, als er eine scharfe Stimme hinter sich hörte.

„Was machen Sie da?“

Er fuhr wie ein ertappter Sünder herum und sah sich einer dunkelhaarigen Frau in mittleren Jahren gegenüber. Sie mochte ebenso gut vierzig wie siebzig sein, denn ihr gebräuntes Gesicht war auf zeitlose Art faltenlos glatt und schön. Ihr wahres Alter lag vermutlich irgendwo in der Mitte.

Es war nicht zu übersehen, dass sie zornig war.

„Das ist Privatbesitz!“, fuhr sie ihn an.

Jetzt erst erkannte Magnus sie. „Frau Frödin“, sagte er überrascht. „Ich habe gar nicht erwartet, Sie hier noch anzutreffen!“

Als er ihren fragenden Blick bemerkte, beeilte er sich hinzuzufügen: „Ich bin Magnus Jacobsson. Vor ungefähr dreißig Jahren habe ich einmal einen Sommer hier verbracht.“ Er hielt inne, und dann hörte er sich selbst zu seinem eigenen Erstaunen voller Nachdruck sagen: „Es war der schönste Sommer meiner Kindheit."

Sofort erkannte er, dass es die schlichte Wahrheit war. Nichts war je wieder diesem einen besonderen Sommer auf Marielund gleichgekommen.

Elinor Frödins Gesicht verlor den Ausdruck von Aggression. „Vor dreißig Jahren …", sagte sie leise. „Ja, damals war es noch schön auf Marielund." Doch in der nächsten Sekunde verschloss sich ihr Gesicht wieder. Brüsk wandte sie sich ab, um auf das Pförtnerhäuschen zuzugehen. Sie öffnete die Tür und verschwand im Innern des kleinen Hauses, ohne sich noch einmal zu Magnus umzudrehen. Magnus nahm es befremdet zur Kenntnis. Was zum Teufel war hier passiert? Er hatte Elinor Frödin als etwas stille, aber jederzeit freundliche Person in Erinnerung. Jetzt war sie allem Anschein nach eine verbitterte, völlig zurückgezogen lebende Frau.

Abermals ließ er seine Blicke schweifen. Über den herrlichen Rosengarten, das sanfte Grün des angrenzenden Waldes und die weiten Grasflächen, die sich hinterm Haus bis zum See erstreckten.

Magnus ging hinunter zum Ufer, wo er zu seiner Verblüffung ein Pferd grasen sah. Als er über das Wasser schaute, sah er die Frau. Sie stand auf einem Felsen, der über einer kleinen Insel unweit des Ufers aufragte. Völlig reglos verharrte sie dort, wie eine antike Statue, die vollkommen geformten Gliedmaßen vom Licht der tiefstehenden Sonne übergossen.

Einen Augenblick lang hatte Magnus tatsächlich die absurde Vorstellung, sie sei ein Fabelwesen, eine Wassergöttin, aus den Tiefen des Sees aufgestiegen, um sich den Freuden der Sterblichen hinzugeben.

Doch dann stellte er fest, dass sie einen ganz profanen blauen Bikini trug. Als Nächstes hob sie in einer grazilen Bewegung beide Arme und verschwand mit einem perfekten Kopfsprung unter der Wasseroberfläche.

Magnus wartete gebannt, bis sie Sekunden später prustend auftauchte und zum Ufer geschwommen kam, genau in seine Richtung.

Noch bevor sie aus dem Wasser stieg, merkte sie, dass sie beobachtet wurde. Ihr Gesicht nahm einen Ausdruck von Befangenheit an, während sie durch das Schilf rasch ans Ufer watete.

„Hej", sagte sie. Ihre Stimme klang jung und mädchenhaft.

„Hej", antwortete er hastig. Seine Blicke folgten ihr, während sie zu der Stelle ging, wo sie ihr Kleid abgelegt hatte. Sie schlüpfte rasch hinein und schaute ihn dabei über die Schulter hinweg an, verunsichert, aber mit leichtem Lächeln.

Er erwiderte ihren Blick, fast erschrocken von der Faszination, die diese

Fremde auf ihn ausübte. Ohne nachzudenken, tat er einen Schritt auf sie zu, dann noch einen, bis er nur noch ein paar Meter von ihr entfernt war.

Die nassen Haarsträhnen kringelten sich um ihr schmales Gesicht und ließen sie jünger wirken, als sie vermutlich war. Magnus schätzte sie auf Mitte bis Ende zwanzig.

Ihm wurde klar, dass er sich aufdringlich benahm, wenn er sie weiter auf diese unverfrorene Art angaffte. Er holte Luft. „Tut mir leid, dass ich Sie angestarrt habe. Aber es war …“ Er stockte, immer noch gebannt von ihrem Anblick. „Dieses Licht … das Wasser … und … und Sie …“

Sie erwiderte seine Blicke, stumm und fragend, als hätten seine Worte etwas in ihr berührt, von dem sie vorher nicht gewusst hatte, dass es dort war.

Magnus glaubte die Magie des Augenblicks mit Händen greifen zu können.

Sie war es, die den Zauber beendete. „Auf Wiedersehen“, sagte sie leise. Einen Moment später hatte sie sich aufs Pferd geschwungen und war mit einem letzten Blick über die Schulter davongeritten.

Magnus sah ihr nach, bis sie im Wald verschwunden war. Erst nach weiteren, endlos scheinenden Sekunden dachte er daran, dass Emma immer noch allein im Wagen saß. Hoffentlich. Über seine missglückten Flirtversuche hatte er völlig seine Tochter vergessen. Mit einem gemurmelten Fluch machte er sich auf den Rückweg.

Er hatte Glück, Emma war nicht aufgewacht. Bis zum Gut der Lagerbergs war es nicht mehr weit, innerhalb weniger Minuten waren sie da. Als er wenig später den Wagen an der Pferdekoppel vorbei in die Einfahrt lenkte, schlief Emma immer noch.

„Aufwachen, Schätzchen“, rief er leise. „Wir sind da!“

Blinzelnd setzte sie sich auf. „Kann ich gleich reiten?“

Magnus lachte. „Weißt du, wie spät es ist?“

Eine Frau kam aus dem Haus, und an der Art, wie sie ihn und Emma anlächelte, erkannte er, dass er die Vermieterin der Ferienwohnung vor sich hatte, Ingrid Holm. Sie kam auf ihn zu, eine hübsche Frau um die dreißig, mit hellbraunem, kinnlangem Haar und einem ansteckenden Lächeln.

„Herr Jacobsson? Herzlich willkommen!“

Er ergriff die zur Begrüßung ausgestreckte Hand. „Entschuldigung, dass es so spät geworden ist. Ich hatte ganz vergessen, wie weit es doch von Stockholm entfernt ist.“

Damit hatte er sofort ihre Neugier geweckt. „Ach, Sie waren schon mal hier?“

Magnus nickte. „Ist lange her. Ich war acht. Wir machten damals Ferien auf Marielund.“

Sie betrachtete ihn interessiert. „Na, dann kennen Sie sich ja in der Gegend aus.“ Sie deutete auf ein hübsches kleines Nebengebäude mit Blumenkübeln vor dem Eingang. „Kommen Sie, ich zeige Ihnen das Gästehaus.“ Sie gab Emma die Hand. „Hej, ich bin Ingrid.“

„Ich bin Emma.“

„Fein. Dein Zimmer wird dir gefallen.“ Ingrid half Magnus und Emma beim Ausladen des Gepäcks und ging anschließend mit dem Mädchen voraus ins Gästehaus.

Magnus nahm den großen Koffer und eine Tragetasche. Er wollte den beiden gerade folgen, als er im nächsten Moment glaubte, Opfer einer Sinnestäuschung zu werden.

Die Frau, die er vorhin am See getroffen hatte, kam unvermittelt auf den Hof geritten.

Sie zügelte das Pferd und saß ab. Ein wenig befangen blieb sie stehen und bedachte Magnus mit einem überraschten Blick.

„So ein Zufall“, sagte Magnus. Er merkte selbst, wie lahm es klang, doch er hatte das Gefühl, unbedingt etwas sagen zu müssen, bevor sie auf den Gedanken kam, wieder auf das Pferd zu steigen und davonzureiten. Dann erst wurde ihm klar, was es mit ihrem plötzlichen Erscheinen hier auf sich haben musste. „Wohnen Sie hier?“, fragte er.

Sie nickte und schüttelte gleich darauf den Kopf. „Eigentlich nicht hier, sondern in Stockholm. Ich …“ Sie unterbrach sich, als aus dem Gästehaus Emmas Stimme zu hören war.

„Papa, komm schnell! Das musst du dir ansehen!“

Magnus zögerte. Er wollte nicht ins Haus gehen, sondern hier stehen bleiben und reden. Sie sah so zauberhaft aus in ihrem hell geblümten Kleid. Das blonde Haar wellte sich feucht um ihr süßes junges Gesicht, und ihre hellen Augen schienen von innen heraus zu leuchten. Sie hielt den Grauschimmel fest beim Zügel, während sie ihn anschaute. „Mir scheint, Ihr Typ wird verlangt. Sie sollten Ihre Familie nicht warten lassen.“ Mit einem letzten Blick über die Schulter führte sie ihr Pferd in Richtung Stallungen.

Magnus kam sich wie ein alberner Junge vor, weil er ihr nachstarrte, bis sie hinter der Stalltür verschwunden war. Erst dann ging er hinüber zum Gästehaus. Es war auf nette, typisch ländliche Art eingerichtet, mit hell gebeizten Holzmöbeln, bunten Knüpfteppichen und Leinenvorhängen. Das Zimmer, in dem Emma untergebracht war, stellte sich als echter Jungmädchentraum heraus, mit seinem veritablen Himmelbett, rosa geblümter Bettwäsche und dazu passenden Rüschengardinen.

Amüsiert sah Magnus zu, wie seine Tochter sich rücklings auf das Bett fallen ließ. „Ich fühle mich wie eine Prinzessin", kicherte sie.

Ingrid hörte, was Emma sagte. Sie kam hinter Magnus ins Zimmer, einen Stapel frischer weißer Handtücher im Arm. „Na, dann träum mal was Schönes", sagte sie gut gelaunt. Und an Magnus gewandt: „Brauchen Sie noch was?"

„Danke, es ist perfekt. Oder, Emma?"

„Wenn ich morgen reiten darf – superperfekt", murmelte Emma, die mit geschlossenen Augen auf dem Bett lag.

Magnus folgte seiner Gastgeberin nach draußen. „Ach, Ingrid, Moment noch." Er räusperte sich und kam sich plötzlich entsetzlich dämlich vor. „Haben Sie … Haben Sie zurzeit noch andere Gäste? Ich meine … Ich wollte nur wissen …" Er brach ab, in der sicheren Gewissheit, sich bis auf die Knochen blamiert zu haben.

Falls Ingrid belustigt war, ließ sie es sich nicht anmerken. „Keine zahlenden Gäste", sagte sie sachlich. „Aber meine Schwester ist da. Lena."

Magnus nickte lässig und tat so, als interessiere ihn das nicht sonderlich. Aber in Wahrheit konnte er es kaum erwarten, besagte Schwester wiederzusehen.

LENA sattelte gerade vor den Boxen das Pferd ab, als ihr Vater in den Stall kam. Mit der gesunden Hand trug er einen Eimer voll Äpfel, den er zwischen den Heuballen abstellte.

Sie lächelte ihn reumütig an. „Ihr seid schon mit dem Essen fertig, stimmt's? Tut mir leid, ich habe einfach am See die Zeit vergessen."

„Du hast schon immer gerne geträumt." Björn hielt inne, als müsse er überlegen, wie er seine nächsten Worte formulieren sollte. „Als du damals weggegangen bist …" Er stockte, und in seinen Augen standen mehr Fragen, als Lena ertragen konnte. Sie schaute geflissentlich weg und gab vor, sich intensiv um das Pferd zu kümmern.

„Ich hätte nicht gedacht, dass es so lange dauern wird, bis du wieder zurückkommst", fuhr Björn mit schwerer Stimme fort. „Zehn Jahre …"

„Es hat sich einfach nicht ergeben", sagte Lena mit aufgesetzter Leichtigkeit, während sie die Sattelgurte löste.

Björn war abwartend stehen geblieben, so, als wäre ihm das, was sie zur Erklärung vorgebracht hatte, bei Weitem nicht genug.

„Ich habe einen Beruf, Papa“, sagte Lena. Mit leiser Gereiztheit setzte sie hinzu: „Ich kann nicht einfach wochenlang Urlaub machen.“

„Jedenfalls nicht hier, oder?“ Björn suchte ihren Blick. „Du glaubst wirklich, man kann seine Wurzeln kappen? Einfach so?“

Lena verschränkte beide Arme vor der Brust, als wäre ihr kalt. „Wenn es nötig ist fürs Überleben – ja“, entgegnete sie mit abgewandtem Gesicht. Mit einem Mal spürte sie, dass sie Kopfschmerzen bekam. Zu viel war heute auf sie eingestürmt. Zuerst der Nachtflug, dann die weite Fahrt, Schwimmen, Reiten … Kein Wunder, dass sie allmählich Ausfallerscheinungen zeigte.

„Du machst dir etwas vor, Lena. Lösen kannst du dich von den Gespenstern deiner Vergangenheit erst, wenn du dich ihnen stellst.“

Lena starrte ihren Vater an. Mit der Anklage und dem Kummer in seinen Augen konnte sie vielleicht fertig werden. Aber nicht mit den Erinnerungen, die sie von innen heraus auffraßen. „Du hast gut reden, Papa“, sagte sie mit harter Stimme. „Du musst ja auch nicht mit meiner Schuld leben.“

Ohne ein weiteres Wort ließ sie ihn vor der Box stehen und rannte quer über den Hof davon.

Im Vorbeilaufen sah sie den Mann, der ihr vorhin am See und dann eben wieder im Hof begegnet war. Anscheinend ein Urlauber, der heute mit seiner Familie hier angekommen war. Sein Starren und Stammeln hätte sie nervös machen sollen, aber auf unerklärliche Art hatte es ihr gefallen. Mehr noch, sie hatte in sich eine sonderbare Unruhe unter seinen Blicken gespürt, ein Gefühl, als sei sie plötzlich lebendiger als vorher.

Doch darüber wollte sie jetzt nicht nachdenken. Blindlings rannte sie weiter, bis sie den See erreicht hatte. Auf dem äußeren Ende des Stegs ließ sie sich nieder und starrte hinaus aufs Wasser. Das eigentümliche Zwielicht der nordischen Sommernacht begann schleichend herabzusinken und tauchte alle Konturen in ein feines, silbriges Grau.

Ganz in der Nähe schlug eine Nachtigall. Ihr Gesang tönte klagend aus dem Wald und erinnerte Lena an eine andere Nacht zu einer anderen Zeit, als das Lied der Nachtigall für sie noch romantisch und schön gewesen war.

Sie schwankte vor und zurück, beide Knie mit den Händen umklammernd, das Gesicht nass vor Tränen.

Auch auf dem winzigen Friedhof in der Nähe war die Nachtigall zu hören. Dämmerung lag über den Gräbern, und Elinor Frödin sagte sich wie immer, dass dies die beste Zeit war, um der Toten zu gedenken. Die Blumen waren dunkel und der Himmel fahl, es gab keinen Glanz, der ein falsches Licht auf ihre Trauer hätte werfen können. Sie blieb stehen, als sie den Ort erreicht hatte, an den sie bis an ihr Lebensende Tag für Tag würde zurückkehren müssen, ohne die Aussicht, je zur Ruhe zu kommen. Schwere Rosenstöcke standen rund um das Grab, auf dem ein glatter grauer Marmorstein bezeugte, dass die Vergangenheit nie endete.

INGRID hatte eigene Vorstellungen davon, wie Lena ihren Urlaub am sinnvollsten verbringen konnte. In ihren Augen sprach nichts dagegen, das Angenehme mit dem Nützlichen zu verbinden, was in diesem Fall einen Abstecher in den Obstgarten beinhaltete. Lena hatte sich gefügt. Die Apfelplantage von Gut Lagerberg war nicht sonderlich groß, aber die Bäume trugen in diesem Jahr ungewöhnlich gut, vor allem diejenigen mit der früh reifenden Sorte, die bereits im Sommer geerntet wurde.

Nachdem sie fast zwei Stunden lang Äpfel gepflückt hatten, spürte Lena ihren Rücken und ihre Arme kaum noch. Sie stieg von der Leiter und stellte den vollen Korb ab. „Meine Güte, ihr ertrinkt ja hier in Äpfeln. War das früher eigentlich auch so?“

Ingrid lugte von der Leiter im Nachbarbaum zu ihr herab. „Erinnerst du dich nicht, wie wir mit Stefan um die Wette gepflückt haben? Wir hatten ja hier schon eine Menge Äpfel, aber drüben auf Marielund … Ich hatte immer das Gefühl, die haben zehnmal mehr als wir.“

Lena wandte sich rasch ab und bückte sich, allem Anschein nach voll konzentriert auf das Unterfangen, eine Schütte mit Äpfeln in den großen Korb am Boden auszuleeren.

Ingrid beobachtete ihre Schwester. „Du weißt, wie sehr Papa sich freut, dass du hier bist, oder? Er hat dich so vermisst die ganze Zeit. Dass seine Lieblingstochter ihn aus ihrem Leben ausschließt … Er kann das einfach nicht verstehen.“

Lena spielte nicht länger die Geschäftige. Zögernd richtete sie sich auf. „Ich habe ihn auch immer vermisst. Euch alle. Aber es ging einfach nicht. Ich konnte nicht hierherkommen.“

„Aber jetzt bist du da.“

Lena wurde einer Antwort enthoben, denn soeben kam ihr Neffe aufs Feld gerannt. Er trug eine Apfeltorte vor sich her, die fast so groß war wie er selbst und bedenklich in seinen Händen hin und her rutschte.

„Wir wollen Kuchen essen!“, schrie er vergnügt.

Amüsiert überlegte Lena, dass daraus vermutlich nichts werden würde. Lasse legte ein derartiges Tempo vor, dass der Kuchen wahrscheinlich in ein paar Sekunden nur noch Matsch war. Was wirklich schade wäre, denn sie und Ingrid hatten den halben Morgen in der Küche gestanden, um den Lieblingskuchen der Familie Lagerberg zu backen.

„Lasse!“, rief Ingrid erbost. „Stell sofort den Kuchen hin!“

Lena war näher dran und nahm die Verfolgung des kleinen Tunichtguts auf. „Hiergeblieben, Lasse! Bleib stehen!“

Für Lasse war das Ganze nichts weiter als ein lustiges neues Spiel. Er kicherte frech und nahm seine kleinen Beine in die Hand. Für seine vier Jahre konnte er ziemlich schnell laufen, stellte Lena fest, während sie ihm nachsetzte. Sie jagte ihm lachend hinterher und fühlte sich dabei so gut wie schon lange nicht mehr.

Emma ritt über die Koppel und ließ den Braunen in leichten Galopp fallen. Magnus stand neben Björn am Gatter, ein breites Grinsen auf seinem Gesicht. Er platzte fast vor Stolz, wenn er seiner Tochter beim Reiten zusah.

Björn beobachtete Emma anerkennend. „Das machst du prima, Mädchen!“, rief er.

Emma zügelte das Pferd ein wenig und trabte an ihnen vorbei. „Was ist, kann ich los?“

Magnus nickte. „Pass auf dich auf!“

Björn öffnete das Gattertor und trat zur Seite, damit sie vorbeireiten konnte. Im nächsten Augenblick zuckte er verdutzt zusammen, denn Lasse kam angerannt, einen Kuchen mit beiden Händen vor sich hertragend wie eine Trophäe. Lena war ihm dicht auf den Fersen, gefolgt von ihrer Schwester, die dabei war, Boden gutzumachen und aufzuholen.

Björn wusste nicht, ob er lachen oder schimpfen sollte, als der blonde Zwerg auf ihn zugeschossen kam. Sein Wohlwollen hielt sich stark in Grenzen, denn soeben war sein Lieblingsnachtisch im Begriff, als Abfall auf dem Boden zu enden.

„Großvater, Kuchen!“, rief Lasse freudestrahlend.

Magnus’ verblüffte Blicke wechselten von dem Knirps zu seiner Verfolgerin, die den Jungen im nächsten Moment zu fassen bekam.

„Habe ich dich, du kleiner Troll!“, rief sie triumphierend.

Durch den plötzlichen Ruck gebremst, ließ Lasse seine Beute fahren.

Ohne nachzudenken, tat Magnus einen Satz nach vorn und schnappte sich den Kuchen, den Bruchteil einer Sekunde bevor das gute Stück auf dem Boden landen konnte.

Die anderen starrten ihn an, anscheinend sprachlos nach seiner artistischen Einlage. Er räusperte sich und wollte gerade irgendeine launige Bemerkung von sich geben, als Lena ihm zuvorkam.

„Das ist ja gerade noch mal gut gegangen." Sie zauste ihrem Neffen das Haar. „So geht das aber nicht, Lasse. Wir wollen alle was von dem Kuchen haben."

Magnus übergab Ingrid seinen an einer Seite leicht zermatschten Fang. „Hier, bitte. Beinahe unversehrt zurück."

Dabei hatte er nur Augen für Lena. Spontan erwiderte sie sein Lächeln und fragte sich dabei, wieso sie auf einmal den Eindruck hatte, schneller atmen zu müssen. Gestern am See war es genauso gewesen. Er hatte etwas an sich, was sie nervös und verlegen machte.

In der Tat war er einen zweiten Blick wert, so viel war sicher. Er mochte Mitte bis Ende dreißig sein und war tadellos in Form. Als er sich vorhin die Torte geschnappt hatte, hatte sie sehen können, wie sich die Muskeln seines Oberkörpers unter seinem Hemd spannten. Sein lachendes, offenes Gesicht strahlte Gesundheit, Gutmütigkeit und Lebensfreude aus, und die Haarsträhne, die ihm immer wieder in die Stirn fiel, ließ ihn jungenhaft und zugleich verwegen aussehen.

Ingrids Blicke wanderten zwischen ihrer Schwester und dem Gast hin und her. Sie hob die Torte leicht an und betrachtete Magnus gelegentlich. „Duftet lecker, stimmt's?" Als er geistesabwesend nickte, meinte sie: „Wenn Sie wollen, stelle ich Emma und Ihnen ein Stück aufs Zimmer."

„Danke", sagte Magnus zerstreut. „Das ist nett von Ihnen." Ohne den Blick von Lena zu wenden, setzte er hinzu: „Na, dann will ich mal los." Er lächelte. „Nachschauen, was sich alles verändert hat im Laufe der Jahre."

„Ach", meinte Ingrid leichthin, „hier ist noch alles beim Alten."

„Das würde mich freuen", sagte Magnus ohne den Hauch einer Ahnung, ob die Antwort passte. Er hatte ganz und gar nicht den Eindruck, der Konversation folgen zu können. Wie denn auch, wenn er die ganze Zeit nur wie ein Idiot dastehen und die Schwester seiner Gastgeberin anstarren konnte.

Er riss sich zusammen, nickte den beiden zu und ging entschlossen davon. Björn schnappte sich Lasse und schlenderte mit ihm in Richtung Haus.

„Netter Typ", sagte Ingrid mit Blick auf Lena, nachdem Björn und Magnus außer Hörweite waren. „Ich glaube, du gefällst ihm."

„Findest du?" Lena versuchte, mit den Augen die Breite seiner Schultern abzuschätzen. „Wahrscheinlich ist er verheiratet. Viel zu kompliziert."

Trotzdem schaute sie ihm nach, bis er hinter der nächsten Wegbiegung verschwunden war.

MAGNUS hatte nicht vor, einfach nur so durch den Wald zu spazieren. Zielstrebig hielt er auf Marielund zu. Die hellen Augen und das verwirrende Lächeln der blonden Wasserfee hatten ihn zwar den Zweck seiner Reise vorübergehend vergessen lassen, aber immerhin war ihm rechtzeitig wieder eingefallen, dass er nicht nur zur Erholung hier war.

Er blieb an einer Stelle stehen, von der aus er einen guten Blick auf das Herrenhaus hatte. Mit der Digitalkamera machte er einige weitere Aufnahmen und fragte sich dabei, welches Ereignis dazu geführt hatte, dass das Anwesen im Lauf der Jahre so heruntergekommen war. Von dem gepflegten, beinahe eleganten Flair, das Marielund damals zu seiner Kinderzeit ausgestrahlt hatte, war es mittlerweile Welten entfernt.

Magnus stieg die große Freitreppe hinauf, die auf die Veranda führte. Die Haustür war offen. Als er die große, kahl wirkende Halle betrat, fluteten hinter ihm Sonnenstrahlen durch den Türspalt ins Haus und erzeugten staubig flimmernde Lichtbahnen über den abgehängten Möbelstücken. Das schöne alte Holzparkett war von einer dicken Staubschicht bedeckt, und auch die hohen Kassettentüren hätten einen frischen Anstrich vertragen können. Doch für Magnus sah alles beinahe so aus wie damals. Das gedrechselte Holzgeländer der Treppe, die nach oben führte. Die Bilder, die an den Wänden hingen – alles war wie in seiner Kindheit.

Eines der verhängten Möbelstücke in der Halle hatte unter dem Laken merkwürdige Umrisse. Magnus hob einen Zipfel des Leinentuchs an und schaute darunter. Zu seinem Befremden entdeckte er ein völlig demoliertes, offensichtlich bei einem Unfall zerschmettertes Motorrad.

Er zuckte zusammen, als hinter ihm plötzlich Elinors kalte Stimme ertönte.

„Was tun Sie hier?"

Magnus fuhr herum. Diese Frau hatte ein Talent, sich unbemerkt anzuschleichen! Doch sein Schuldbewusstsein überwog seinen Ärger. Immerhin hatte sie ihn nun schon zum zweiten Mal dabei erwischt, dass er unbefugterweise hier herumschnüffelte.

„Entschuldigen Sie, dass ich einfach so hier reingegangen bin", sagte er hastig. „Es ist nur so … Ich konnte nicht anders. Wissen Sie, wenn ich dieses Haus sehe …" Er hielt inne und holte Luft. „Es ist, als wäre ich wieder acht." Er spürte Beklommenheit bei diesen Worten, weil mit einem Mal Erinnerungen über ihn hereinbrachen, die wehtaten.

Linkisch deutete er auf die Treppe. „Einmal bin ich da runtergerannt, weil mein Vater mit mir angeln gehen wollte. An der zweiten Stufe war ein Brett locker. Ich bin gestolpert und die ganze Treppe runtergekugelt." Er lächelte flüchtig. „Ist aber nichts weiter passiert."

„Diese Stufe!" Elinor schaute in die Ferne. „Wie oft haben wir das Brett festgenagelt, doch es hat sich immer wieder gelöst." Sie schaute ihn unvermittelt an. „Ich erinnere mich an Ihre Mutter. Kommen Sie mit raus, wir gehen ein Stück."

Der Garten hinterm Haus war eine einzige verwunschene Märchenlandschaft mit üppigen Rosenstöcken, dicken alten Bäumen und blühenden Sträuchern, alles vor der malerischen Kulisse des nahen Seeufers.

Elinor ging neben ihm, den Blick zum See gewandt. „Ihre Mutter war eine fröhliche Frau. Aber sie hat immer gefröstelt."

„Sie saß gern unter den Bäumen dort", sagte Magnus leise, mehr zu sich selbst. „Sie war schon ziemlich schwach damals. Aber sie hat die Luft und die Wärme genossen. Und natürlich den herrlichen Blick."

Jener Sommer auf Marielund war zugleich der letzte im Leben seiner Mutter gewesen. Er hatte nicht gewusst, dass seine Mutter sterben musste. Sein Vater schon. Oft hatte er einfach nur dagestanden und sie angeschaut, einen Ausdruck verzweifelter Sehnsucht in den Augen. Magnus erinnerte sich, wie sehr es ihn verstört hatte, seinen Vater so zu sehen.

Im Dezember darauf war sie gestorben.

Magnus merkte, dass er es laut ausgesprochen hatte.

„Das tut mir leid", sagte Elinor Frödin.

Sie wirkte nun ein wenig zugänglicher als vorher, und Magnus fand es an der Zeit, ihr ein paar wichtige Fragen zu stellen.

„Sagen Sie, Frau Frödin – was ist passiert, dass Marielund versteigert werden soll? Man sagte meinem Partner, Sie seien nicht mehr die Eigentümerin. Sondern die Nordisc-Bank."

Elinors Miene erstarrte. „Ich weiß nicht, was Sie meinen." Sie wandte sich ab und ging zurück zum Haus. Magnus schaute ihr stirnrunzelnd nach. Die ganze Sache wurde immer rätselhafter.

Ingrid schälte Äpfel, als Björn in die Küche kam. Ohne ein Wort ging er zur Anrichte, wo er sich, behindert durch den unbrauchbaren Arm, mit unbeholfenen Bewegungen Kaffee einschenkte. Er setzte sich an den Tisch, immer noch schweigend. Er sprach auch nicht, als seine Tochter aufstand, ihm ein Stück Apfelkuchen abschnitt und es vor ihn hinstellte.

Sein Gesichtsausdruck war verschlossen. Irgendetwas steckte ihm ganz gewaltig quer, und Ingrid musste nicht lange überlegen, was es war.

„Es ist schön, dass sie hier ist, oder?“, begann sie in lockerem Konversationston.

Er fuhr auf. „Sie hat sich nur drei Tage Urlaub genommen!“

Ingrid setzte sich zu ihm an den Tisch. „Das kann ein Anfang sein“, meinte sie begütigend. „Hast du mit ihr geredet?“

Er starrte bloß schweigend auf das unberührte Kuchenstück.

„Du musst ihr sagen, dass du sie vermisst“, drängte Ingrid. „Es ist nicht leicht für sie!“

Björn ballte die unverletzte Hand zur Faust. „Sie fühlt sich immer noch schuldig“, sagte er tonlos. „Nach zehn Jahren! Mein Gott, wieso verschwendet sie bloß auf diese Weise ihr Leben!“ Seine Wut verrauchte ebenso schnell, wie sie gekommen war. Er senkte den Kopf und berührte fahrig den Tellerrand, dann nahm er doch die Gabel und teilte ein Stück von dem Kuchen ab. „Ich würde ihr ja gern helfen. Wenn ich nur wüsste wie.“

Ingrid hatte keine Ahnung, was sie noch an tröstenden Worten sagen sollte. Alles, was gepasst hätte, war schon vor Jahren ausgesprochen worden. Sie drehten sich nur noch im Kreis. „Vermutlich wird sie am Ende ihren Weg allein finden.“ Die Resignation, die in ihren Worten zum Ausdruck kam, besiegelte die Aussichtslosigkeit der Situation erneut. Es war nun mal so, wie es war, und sie konnten offenbar nicht das Geringste dagegen tun.

Sonnenlicht fiel in blassgoldenen Sprengseln durch das Blätterdach der Bäume und malte unregelmäßige Lichtmuster auf den bekiesten Weg. In ihrer Vorstellung war Lena schon oft hierhergekommen, an diesen besonderen Ort direkt am See. Jeden Schritt hatte sie in Gedanken schon getan, hatte sich selbst dabei beobachtet, wie sie Meter um Meter zurücklegte, bis sie schließlich bei Stefans Grab angekommen war.

Doch in der Realität schaffte sie es nicht, das letzte Stück des Weges zurückzulegen. Lena glaubte, ersticken zu müssen, als sie an der Mauer aus Bruchsteinen entlangstreifte, die den Friedhof zum Weg hin abgrenzte.

Gott helfe ihr, sie brachte es nicht fertig, diese paar erbärmlichen letzten Schritte bis zu seinem Grab zurückzulegen! Erschüttert und von Selbsthass erfüllt, wandte sie sich ab und rannte stolpernd davon, bloß weg von hier.

Sie erreichte das freie Feld und traf dort unversehens auf Magnus.

„Hej“, sagte Lena mit flattriger Stimme.

Er lächelte sie auf seine beunruhigende Weise an. Lena hatte mit einem Mal das Bedürfnis, ihr Haar aus dem Gesicht zu streichen oder zu prüfen, ob ihre Bluse richtig saß.

Er machte eine ausholende Geste um sich herum, deutete auf die Bäume, die weiten Wiesen, den See. „Es ist unglaublich, wie schön es hier ist.“

Lena schaute sich um und holte Luft, als sähe sie selbst diese Umgebung zum ersten Mal. „Ja“, sagte sie ruhig. Mehr nicht.

Es war schön. Es war so schön, dass es sie innerlich zerriss, wenn sie daran dachte, wie bald sie wieder wegmusste.

Magnus betrachtete sie intensiv. „Es gibt nicht viele Orte mit so einem besonderen Zauber. So wie ihn Marielund hat.“

Lena hätte sich am liebsten die Ohren zugehalten. Sie wollte nicht über Marielund reden. „Ingrid hat mir erzählt, dass Sie Architekt sind“, meinte sie eilig. „Was bauen Sie denn so?“

„Ich entwerfe Wohnhäuser und Schulen“, antwortete Magnus bereitwillig. Er schien mehr als erfreut über ihr Interesse zu sein, und während sie langsam nebeneinander den Waldweg entlanggingen, merkte Lena zu ihrem eigenen Erstaunen, dass sie wirklich mehr über ihn erfahren wollte.

„Macht Ihnen Ihr Beruf Spaß?“

Er nickte. „Ich wollte Häuser bauen, seit ich denken kann. Vor allem Häuser, in denen Menschen leben können. Familien.“ Er lächelte. „Am besten auf dem Land.“

„Mögen Sie die Stadt nicht? Sie leben doch in Stockholm, oder?“

„Doch, ich wohne gern in der Stadt. Nur manchmal …“ Er hielt inne. „Manchmal ist da so eine Sehnsucht. Nach Natur, nach Platz.“ Er deutete hinaus auf den See. „Dieser weite Blick, den man hier hat, den vermisse ich in der Stadt schon sehr. Geht es Ihnen nicht auch so? Sind Sie nicht sofort entspannter, wenn Sie hierher nach Hause kommen?“

Lena starrte schweigend hinaus aufs Wasser. „Ich bin nicht oft hier“, sagte sie schließlich mühsam. „Aber ich kann verstehen, dass es Ihnen gefällt. Ingrid hat mir erzählt, dass Sie als Kind schon einmal hier waren. Sie haben wohl sehr glückliche Erinnerungen an diese Zeit?“

Magnus zuckte die Achseln und nickte dann, während er ihren Blick festhielt. „Schade, dass Sie damals noch nicht auf der Welt waren. Wir hätten wahrscheinlich viel Spaß gehabt."

Lena lachte. „Ich war ziemlich wild als Mädchen, fast so schlimm wie Lasse."

Er lachte ebenfalls. „Auf jeden Fall ist es nett, Sie jetzt kennen zu lernen." In seinen Augen stand ein unmissverständliches Funkeln. Bestürzt wurde Lena gewahr, dass zwischen ihnen etwas aufflammte. Es war wie ein elektrisches Knistern, und sie glaubte es förmlich auf ihrer Haut zu spüren. „Ich muss leider jetzt gehen", sagte sie hastig. „Ich … ich habe Ingrid versprochen, ihr beim Einkochen zu helfen."

Sie sah seine Enttäuschung und lächelte unwillkürlich, als könne sie damit ihren Aufbruch weniger überstürzt wirken lassen.

„Wiedersehen", sagte sie. Dann wandte sie sich ab und ging mit eiligen Schritten davon.

MAGNUS schaute ihr nach, nicht ganz sicher, was er von ihrem Benehmen halten sollte. Einen Augenblick lang hatte sie echtes Interesse an ihm bekundet, dann, nur eine Sekunde später, hatte sie wieder die Spröde, Unnahbare herausgekehrt und war verschwunden.

Was zum Teufel machte er falsch?

Oder andersherum gefragt – was hatte er bisher richtig gemacht? Ganze drei Mal hatte er sie mehr oder weniger zufällig getroffen, sie angestarrt wie ein aufdringlicher Wegelagerer und sie mit dämlichen Sprüchen gelangweilt. Kein Wunder, dass sie jedes Mal so schnell das Weite suchte.

Von schwachem Ärger über sich selbst erfüllt, machte er sich auf den Weg zum See. Drüben vom Steg her war Kinderlachen zu hören. Emma und Lasse saßen einträchtig nebeneinander auf den Planken und übten sich im Fischen. Björn hockte weiter vorn auf dem Steg und machte sich an einem kleinen Ruderboot zu schaffen, das vor ihm lag. Er schliff einige raue Stellen im Holz glatt, das Gesicht in grimmiger Entschlossenheit verzogen. Er schien nicht gewillt zu sein, sich durch seine gebrochene Schulter einschränken zu lassen.

Magnus schlenderte auf den Steg hinaus. „Kann ich helfen?", fragte er.

„Sie haben Ferien. Sie müssen nichts tun." Trotz der in brummigem Ton vorgebrachten Ablehnung war der hoffnungsvolle Ausdruck in Björns Augen nicht zu übersehen.

Geschmeidig ging Magnus neben dem Boot in die Hocke und nahm ein

Stück Schmirgelpapier. „Ich werde immer mehr zum Büroarbeiter“, sagte er leichthin. „Dabei gibt es für mich nichts Schöneres, als mit den Händen zu arbeiten.“ Er bemerkte Björns fragenden Blick und setzte erläuternd hinzu: „Vor dem Studium habe ich eine Schreinerlehre gemacht.“

Geschickt fuhr er mit der Schleifpappe über die abgesplitterte Stelle an dem Boot, das offenbar bei einer Karambolage Schaden genommen hatte.

„Sie haben nichts verlernt“, stellte Björn anerkennend fest.

Magnus nickte und glättete mit gleichmäßigen Bewegungen das Holz. Ohne seine Arbeit zu unterbrechen, meinte er in beiläufigem Tonfall: „Ich habe Elinor Frödin getroffen. Sagen Sie, was ist da los mit Marielund?“

Er schaute auf, weil Björn nicht sofort antwortete. Die Miene des Älteren drückte Zurückhaltung aus. „Das ist eine komplizierte Geschichte“, sagte er knapp. „Wir haben schon lange keinen Kontakt mehr zu Elinor.“

Magnus war nicht bereit, so schnell aufzugeben. „Lebt sie dort ganz allein?“

„Hin und wieder kommt jemand aus der Stadt und hilft ihr beim Mähen oder beim Holzmachen. Aber eigentlich lebt sie wie eine Einsiedlerin.“

Auf Magnus’ fragenden Blick hin wandte Björn den Kopf zur Seite und schaute über den See. „Es ist eine Schande“, sagte er mit unbewegter Stimme. „Was haben wir zusammen für schöne Zeiten auf Marielund verbracht. Diese Sommerfeste.“ Er schwieg einen Moment. „Der ganze Park war voll bunter Lampions. Es gab Musik. Es wurde gefeiert, getanzt und gelacht. Es ist so ein Jammer.“ Er schüttelte den Kopf, und Magnus glaubte, Verzweiflung in den Zügen seines Gastgebers zu erkennen.

Er beschloss, es auf die direkte Art anzugehen. „Was ist passiert?“

„Es hat ein Unglück gegeben“, sagte Björn. „Danach war nichts mehr so, wie es früher war.“ Nach dieser wortkargen Auskunft war er offenbar nicht bereit, mit weiteren Informationen herauszurücken.

Für den Augenblick musste Magnus das wohl oder übel akzeptieren, doch er nahm sich vor, bei nächster Gelegenheit weiterzuforschen.

ELINOR hörte das leise Quietschen der Fahrradkette, während sie auf dem staubigen Asphalt in Richtung Stadt strampelte. Mehr als einmal hatte sie sich vorgenommen, die Kette zu schmieren. Oder Stinas Mann zu bitten, sich das Rad anzusehen. Jens hätte es sicher sofort erledigt.

Doch Elinor wusste schon jetzt, dass sie ihn wieder nicht fragen würde. Wozu auch. Ihr Rad war alt und ging aus den Fugen, daran würde ein bisschen Öl auch nichts mehr ändern.

Mit einer unbestimmten Ironie dachte Elinor, dass ihr Rad im Grunde nichts anderes war als ein Sinnbild ihres ganzen Lebens. Gut genug, um damit noch ein paar Wege zurückzulegen, dies und das zu erledigen. Aber ansonsten klapprig und zum Untergang verdammt.

Die Leute, an denen sie vorbeikam, grüßten sie mit derselben Freundlichkeit wie immer. Elinor grüßte jedes Mal zurück, fragte sich aber ein ums andere Mal, was es den Betreffenden brachte, nett zu ihr zu sein. Niemand wurde mehr nach Marielund eingeladen, und sie blieb niemals auf der Straße stehen, um ein Schwätzchen zu halten. Wenn sie überhaupt in die Stadt kam, dann nur, weil es sich nicht vermeiden ließ. Sie musste essen und brauchte Lebensmittel, folglich musste sie einkaufen. Und weil das nicht ohne Geld ging, war sie gezwungen, etwas zu verdienen.

Sie erinnerte sich nicht genau an den Zeitpunkt, als sie kein Geld mehr von der Bank hatte abheben können. Irgendwann vor ein paar Jahren war es einfach aufgebraucht gewesen. Natürlich waren ihr die Zusammenhänge klar. Die Arbeiter auf dem Gut hatte sie schon vor vielen Jahren entlassen, und Ferienwohnungen hatte sie ebenso lange nicht mehr vermietet. Deswegen war kein Geld mehr hereingekommen. Doch das war ihr gleichgültig, und mehr gab es dazu aus ihrer Sicht nicht zu sagen.

Immerhin hatte sie noch ihre Rosen. Wenn sie nicht regelmäßig ihre Rosen an Stina hätte verkaufen können, wäre sie wahrscheinlich schon verhungert. Doch auch das berührte sie nur am Rande.

Die Luft war klar und mild an diesem Sommertag. Der Wind raschelte in den Birken, welche die jetzt geschlossene Grundschule säumten, und er wehte den betäubenden Duft der Rosen in Elinors Gesicht.

Die Holzhäuser leuchteten gelb, grün und blau in zarten Pastellfarben und natürlich auch in jenem warmen, kräftigen Rotton des Faluröd, das traditionell aus den Kupfergruben von Falun gewonnen wurde.

Es war ruhig im Ort, wie immer um diese Tageszeit. Elinor legte keinen Wert auf Betriebsamkeit.

Stina trat aus dem Laden, als Elinor vom Rad stieg.

„Hej, Elinor“, sagte sie gut gelaunt. „Deine Rosen sind wieder herrlich! Meine Kunden warten schon darauf!“ Sie nahm das dicke Bündel aus dem Fahrradkorb und schnupperte an den vollen Blüten. „Wie viele sind es heute?“, wollte sie wissen. „Was bekommst du?“

„Zweihundertfünfzig Stück“, sagte Elinor mit abgewandtem Gesicht. „Bezahlen kannst du auch beim nächsten Mal.“

Das sagte sie immer, wenn sie die Rosen brachte. Es war, als müsse sie sich unabhängig zeigen. Sie brauchte nichts, und der Gedanke, jemand könnte auf die Idee kommen, es sei anders, war ihr unangenehm.

Stina lächelte. „Ach was. Ich hole das Geld schnell." Auch sie folgte einem eingespielten Ritual. Sie würde nicht zulassen, dass Elinor ohne Geld davonfuhr. Insgeheim war Elinor erleichtert.

Dann sagte sie unvermittelt: „Für nächstes Jahr wirst du dir einen anderen Rosenlieferanten suchen müssen, Stina."

So, jetzt war es draußen. Elinor war vor sich selbst erschrocken. Warum hatte sie das gesagt? Wieso ging sie mit einer Geschichte hausieren, an die zu denken sie sich selbst bisher doch die ganze Zeit verboten hatte?

Stina, bereits im Begriff, mit dem Eimer in ihren Armen in den Laden zu gehen, drehte sich zu Elinor um. Ihr reizendes Gesicht unter dem blauen Kopftuch zeigte eine Mischung aus Bestürzung und Unglauben. Bevor sie die unvermeidliche Frage stellen konnte, kam Elinor ihr zuvor.

„Die Zeiten ändern sich", sagte sie beinahe barsch. „Wer weiß, ob nächstes Jahr überhaupt noch Rosen auf Marielund blühen." Sie wich Stinas fragenden Blicken beharrlich aus und stieg rasch auf ihr Rad. Mit einem flüchtigen Gruß verabschiedete sie sich von Stina und radelte davon.

Sie hatte bereits den Ortsrand passiert, als ihr klar wurde, dass sie diesmal ohne Geld nach Marielund zurückkehrte.

DER DUFT von frischem Heu stieg Magnus in die Nase, als er in Richtung Stallungen kam. Emma stand auf dem Hof und striegelte das Pferd. Als Magnus sich ihr näherte, hörte er ihre leise, beruhigende Stimme.

„Ist das schön? Mhm, ja, das tut dir gut … Du bist so schön, Svala."

Magnus war glücklich, dass sie sich wohlfühlte. Nichts von alldem, worüber er sich in den vergangenen Tagen so sehr gesorgt hatte, schien sie hier zu belasten. Weder, dass ihre Mutter im Begriff war, in einer anderen Stadt eine neue Stelle anzunehmen, noch der Umstand, dass er mit ihr allein hierhergekommen war. Er trat neben seine Tochter und berührte mit spontaner Zärtlichkeit ihre Wange. „Na, wie lange bist du geritten?"

„Eine Stunde vielleicht. Nachher helfe ich noch beim Ausmisten. Und morgen fahre ich mit Björn zum Schmied."

„Da hast du ja allerhand vor." Magnus griff sich eine Bürste und half ihr, das Pferd zu striegeln. Es war eine ungewohnte Tätigkeit, doch zu seiner Überraschung empfand er es als durchaus angenehm, dabei zuzuschauen, wie das glatte braune Fell unter den Bürstenstrichen zu schimmern begann.

Doch bei den nächsten Worten seiner Tochter merkte er, wie trügerisch sein selbst erzeugtes friedliches Stimmungsbild in Wirklichkeit war.

„Hat Mama eigentlich mal angerufen?" Ein Hauch von Aggression klang aus Emmas Stimme.

Als hätte sich eine unbekannte Macht mit ihr verbündet, klingelte in diesem Augenblick Magnus' Handy. Auf dem Display sah er Brittas Nummer und war plötzlich von merkwürdig zwiespältigen Gefühlen erfüllt.

„Hej", meldete er sich. „Gerade haben wir von dir geredet." Seine Stimme klang um einiges aufgeräumter, als er sich fühlte.

„Mama, es ist toll hier!", rief Emma dazwischen. „Wann kommst du?"

„Du hast sie gehört", sagte Magnus ins Telefon.

„Gib ihr einen Kuss von mir", kam es zurück. „Ich muss leider noch ein paar Tage hierbleiben. Ein paar wichtige Gespräche stehen noch aus."

Magnus spürte sofort Erleichterung in sich aufsteigen. Er hasste sich dafür, aber das vermochte auch nichts daran zu ändern, wie wenig Wert er auf die Anwesenheit seiner Frau legte. Er sagte rasch: „Na ja, wenn es wichtig ist … Ich wünsche dir jedenfalls viel Glück." Er warf einen Blick zu Emma hinüber, die ihn mit aufgerissenen Augen anstarrte. Dieser Anblick versetzte ihm einen Stich. Sie war im Begriff, etwas zu verlieren, und sie begriff es trotz ihrer Jugend mit unfehlbarem Instinkt. Magnus glaubte es nicht ertragen zu können, und schaute schnell zur Seite.

„Deine Tochter schickt dir einen Kuss", sagte er tonlos. Dann trennte er die Verbindung. Er hätte Emma gern in die Arme genommen, um sie zu trösten. Doch eine innere Stimme sagte ihm, dass er es damit zum jetzigen Zeitpunkt vielleicht nur noch schlimmer machen würde.

DER BETÄUBEND AROMATISCHE DUFT von köchelndem Obst erfüllte die große Wohnküche der Lagerbergs. Björn fühlte sich an alte Zeiten erinnert, als er Lena am Herd stehen und in dem großen Topf rühren sah. Sie sah ihrer Mutter so ähnlich, dass er sich manchmal fragte, warum ihm das nicht schon viel früher aufgefallen war.

Vielleicht lag es daran, dass er sie so lange nicht gesehen hatte. Gesehen im Sinne von richtig wahrgenommen. Die kurzen Besuche in Stockholm zählten nicht mit. Dort hatte sie sich regelmäßig wie eine Fremde benommen. Sie war nicht dieselbe gewesen wie hier zu Hause auf Lagerberg. Nicht so wie in diesem Moment, als sie am Herd stand und Obst kochte. Sie war kaum achtzehn gewesen, als sie weggegangen war. Seit damals hatte sie sich verändert, und das wurde ihm erst jetzt wirklich klar.

Zehn Jahre waren eine Ewigkeit, und er hatte sie so sehr vermisst, dass er manchmal geglaubt hatte verrückt zu werden.

Björn verharrte einen Augenblick in der offenen Küchentür. Lena sah hübsch aus in ihrem weißen Rock und der ärmellosen Bluse. Das Haar hatte sie locker hinter die Ohren gestrichen, was ihr ein rührend mädchenhaftes Aussehen verlieh.

Nein, dachte er plötzlich. Sie hat sich gar nicht richtig verändert. Kein bisschen. Sie ist immer noch mein kleines Mädchen!

Björn hatte plötzlich Angst vor dem Moment, in dem sie beschließen würde, wieder wegzugehen.

Er trat neben sie an den Herd und schnupperte. Frisch gepflückte Erdbeeren und Gelierzucker, jeden Sommer wieder eine unvergleichliche Geruchskombination, wie er fand.

„Diesen Duft habe ich schon als Kind geliebt“, bekannte er lächelnd. Dann betrachtete er Lena nachdenklich. „Weißt du, es ist seltsam. Da warst du zehn Jahre nicht hier, und wenn ich dich so sehe, ist es wie immer.“ Er suchte ihren Blick: „Geht es dir nicht auch so?“

Sie schaute zur Seite, um ihn nicht ansehen müssen.

„Ich hätte dich einfach holen müssen“, sagte ihr Vater unbeirrt. Lena merkte, wie die Emotionen in ihm brodelten. „Ich hätte dich zwingen müssen, mit nach Hause zu kommen. Es wäre meine Pflicht gewesen!“

„Ich wäre nicht mitgekommen“, sagte Lena in unbeteiligtem Tonfall. Mit linkischen Bewegungen stellte sie einen Stapel Teller auf die Anrichte.

Björn ließ nicht locker. „Du lebst dort draußen in deiner Welt und glaubst, wenn du nicht dran denkst, dann ist es auch nicht passiert. Aber man kann etwas nicht ungeschehen machen, bloß weil man nicht dran denkt!“ In seinem Gesicht spiegelten sich Ärger und Hilflosigkeit.

Lena hob den Kopf und schaute ihm in die Augen. „Wenn man eine Erinnerung nicht mehr aushalten kann, schiebt man sie einfach weg. Ich kann ganz gut damit leben.“ Sie log, und sie wussten es beide.

„Kannst du das?“, fragte Björn mit wachsender Wut. „Diesen Eindruck habe ich nicht. Du läufst dem Leben davon, Lena. Und das ist ganz und gar nicht gut.“

„Ach komm, Papa! Du weißt doch gar nichts von meinem Leben!“

„Und das findest du gut so?“ Er blickte sie eindringlich an. „Ich bin dein Vater, Lena. Und du schließt mich seit Jahren aus deinem Leben aus!“ Björns Blicke waren eine einzige Anklage. Lena wandte sich hastig ab und eilte vom Essraum ins Wohnzimmer, um Gläser zu holen.

Ihr Vater war mitten im Raum stehen geblieben, ein Riese von einem Mann, die Schultern so breit wie eine Tür, das Gesicht kantig und gefurcht wie ein zerklüfteter Stein. Er schien entschlossen, das Thema ein für alle Mal mit ihr auszudiskutieren.

Lena war gezwungen, um ihn herumzugehen, damit sie den Tisch fertig decken konnte.

„Ich sage dir jetzt was, Lena. Für mich ist der Gedanke schrecklich, dass du weit weg von uns ein Leben führst, das dich nicht glücklich macht!"

„Das ist einfach nicht wahr!", widersprach Lena mit erhobener Stimme. „Nicht jede Frau muss ein Häuschen, einen Mann und ein Dutzend Kinder haben!" Mit wütenden Bewegungen verteilte sie die Gläser auf dem Tisch.

„Willst du mir weismachen, dass du gern allein lebst?" Björn trat zu ihr. „Ich erinnere mich sehr gut an deine Träume als Teenager!"

„Ich wollte immer die Welt sehen." Lena wandte sich ab, um die Teller von der Anrichte zu nehmen.

„Richtig", gab Björn zu. „Aber du wolltest immer auch einen Mann und Kinder."

Lena drehte sich um und stellte die Teller auf den Tisch. Ihre Hand zitterte, als sie den Wasserkrug von der Anrichte nahm und die Gläser vollschenkte. „Ist dir vielleicht schon mal in den Sinn gekommen, dass ich so ein Glück einfach nicht verdient haben könnte?", fragte sie mit tränenerstickter Stimme.

Björn verlor die Beherrschung. „Wie kannst du nur so einen Unsinn reden? Lena, hör endlich auf damit, dich in deinen Schuldgefühlen zu vergraben! Das muss ein Ende nehmen!"

Er hätte noch mehr zu sagen gehabt, aber sie waren nicht mehr allein. Magnus war in der offenen Tür aufgetaucht.

Lena hätte sich gern in Luft aufgelöst. Das Letzte, wonach ihr jetzt der Sinn stand, war die Aussicht, ihm verheult und verzweifelt gegenübertreten zu müssen.

„Entschuldigen Sie die Störung", sagte Magnus. „Ich wollte nur fragen, wo ich hier in der Gegend Batterien kaufen kann."

„In Hendriks Drogerie", antwortete Björn brummig. Dieser Jacobsson war ihm sympathisch, was jedoch nichts daran änderte, dass er sich für sein Auftauchen einen ziemlich ungünstigen Zeitpunkt ausgesucht hatte. Er hatte seiner Tochter noch einiges zu sagen. Aber wie er Lena kannte, würde sie ab sofort darauf achten, bis zu ihrer Abreise nicht mehr mit ihm allein zu sein, um weiteren Auseinandersetzungen aus dem Weg zu gehen.

„Danke“, sagte Magnus.

Björn fühlte sich verpflichtet, ihm wenigstens den Weg zu beschreiben. „Wenn Sie in die Stadt kommen, fahren Sie gleich die erste Straße links …“

„Ich bringe ihn hin“, fiel Lena ihm entschlossen ins Wort. Björn drehte sich erstaunt zu ihr um. Sie wirkte einigermaßen gefasst, doch ihre Augen waren noch nass, als sie Magnus unsicher anlächelte.

„Ich muss sowieso noch Zucker für die Marmelade und das Gelee besorgen. Wir haben nicht damit gerechnet, dass wir dieses Jahr so viele Beeren und Äpfel ernten würden.“

Sie hatte es plötzlich sehr eilig, aus dem Haus zu kommen. „Passt du so lange auf die Früchte auf?“, fragte sie ihren Vater mit abgewandtem Gesicht, während sie zur Tür ging. Ohne Björns Antwort abzuwarten, wandte sie sich Magnus zu. „Und, wollen wir?“

Im nächsten Augenblick waren die beiden auch schon draußen. Björn wusste nicht recht, was er davon halten sollte. Nicht nur weil im oberen Fach des Küchenschranks ungefähr ein halbes Dutzend Kilopackungen mit Einmachzucker standen, sondern weil dieser Magnus Jacobsson vielleicht eine unbekannte Größe in einem Spiel darstellte, das bereits begonnen hatte, ohne dass es ihm, Björn, bisher aufgefallen war.

MAGNUS war entzückt von der Fußgängerzone des Örtchens. Hübsche schmiedeeiserne Ladenschilder hingen über den Türen der Geschäfte und lenkten den Blick auf die in unterschiedlichen Pastellfarben gestrichenen Holzfassaden.

Lena war von einer seltsamen Befangenheit erfüllt. Seit sie vorhin zusammen mit Magnus in ihren Wagen gestiegen war, spürte sie wieder diese nervöse Unruhe, die sie offenbar immer in seiner Gegenwart überkam.

Er hatte ein paar flapsige Bemerkungen über die ungewohnte Stille auf dem Land gemacht, und anschließend wollte er wissen, was ihr an der Fliegerei Spaß machte und ob sie manchmal daran dachte, sesshaft zu werden.

Lena hatte sich mit fröhlichen Floskeln aus der Affäre gezogen, ohne dass ihr dabei entgangen wäre, wie sehr sie ihm gefiel. Sie genoss seine Bewunderung. Es war, als wäre die Sonne auf ihrer Haut mit einem Mal doppelt so warm und der Himmel blauer als sonst.

Sie betrachtete Magnus von der Seite. Er hatte die Ärmel seines Hemdes bis zu den Ellbogen hochgekrempelt. Seine kräftigen, gebräunten Unterarme kontrastierten auffällig mit dem hellblauen Karomuster, das denselben Farbton aufwies wie seine Augen. Die Sonne zauberte blonde Lichter in sein braunes Haar. Lena schluckte, weil sie mit einem Mal gewahr wurde, wie sehr er sie anzog. Sie drehte sich rasch zur Seite, damit er ihr plötzliches Erröten nicht bemerkte.

„Hendriks Drogerie ist drüben beim Bootshafen.“ Sie fragte sich bange, ob ihre Stimme vielleicht eine Spur piepsig geklungen hatte, und etwas burschikoser setzte sie hinzu: „Soll ich mitkommen? Wenn nicht, warte ich auf dem Marktplatz auf Sie.“

Er lächelte sie an. „Wo kriegen Sie denn Ihren Zucker?“

„Zucker?“ Lena musterte ihn verständnislos, dann biss sie sich auf die Lippen. Den blöden Zucker hatte sie völlig vergessen. Kein Wunder, hatte sie doch nie wirklich vorgehabt, welchen zu kaufen.

„Den hole ich schnell im Supermarkt“, sagte sie eilig, in der völligen Gewissheit, dabei so rot anzulaufen, dass es noch aus zehn Meter Entfernung zu erkennen war.

Im nächsten Augenblick sah sie ein bekanntes Gesicht und nutzte rasch die Gelegenheit, den Moment der Peinlichkeit zu überbrücken. „Stina!“, rief sie erfreut, als sie die Frau mit der hellen Schürze und dem hübschen blauen Kopftuch vor dem kleinen Blumenladen an der Ecke stehen sah. Spontan eilte sie auf die älteste Freundin ihrer Schwester zu und umarmte sie herzlich. Stina erwiderte die Begrüßung mit offensichtlicher Freude. Sie hielt einen großen, duftenden Rosenstrauß in den Händen und strahlte, während Lena ihr Magnus vorstellte.

„Das ist Magnus Jacobsson, einer von Ingrids Gästen.“ Lena betrachtete Stina eingehend. „Du siehst gut aus! Wie geht es dir?“

„Bestens.“ Stina hob lachend den üppigen Strauß. „Willst du ein paar Rosen kaufen?“

„Die sind ja wirklich traumhaft“, meldete Magnus sich zu Wort.

„Allerdings“, bestätigte Stina. „Elinor Frödin hat die schönsten Rosen in der ganzen Gegend. Die Sorte heißt genau wie ihr Gut – Marielund.“

Lena fühlte sich, als hätte sie soeben einen Fausthieb in den Magen bekommen. Mit ihrer aufgeräumten Stimmung war es schlagartig vorbei. Stina schien es zum Glück nicht zu bemerken.

„Hat mich damals ganz schön viel Mühe gekostet, deine Tante zu überreden, mir die Rosen zu verkaufen.“ Sie zwinkerte Lena zu. „Sie ist eben ein wenig eigen. Na ja, kein Wunder nach der Sache damals …“

„Wir müssen gehen“, fiel Lena ihr ins Wort. Sie drehte sich einfach um und marschierte los. „Mach’s gut, Stina!“, rief sie über die Schulter zurück.

Sie wagte nicht abzuschätzen, wer wohl verblüffter über diesen abrupten

Aufbruch war, Magnus oder Stina. Es war ihr völlig egal. Sie wollte nur weg. Weg von den Rosen, weg von dem Namen Marielund, weg von der Vergangenheit.

Magnus war bei Stina stehen geblieben. „Geben Sie bitte mir die Rosen“, bat er, während er seine Brieftasche hervorzog. „Alle. Sie sind einfach zu schön.“

Er bezahlte den Strauß und eilte Lena nach, bis er sie beim Bootshafen eingeholt hatte. Wortlos streckte er ihr die Blumen hin.

„Das ist sehr nett“, sagte Lena leise. Sie hatte Mühe, richtig zu atmen. „Aber ich … Ich will sie nicht. Nicht diese Rosen.“ Sie verschränkte die Arme vor der Brust und schaute hinaus auf die Segelboote und kleinen Motorjachten, die in langen Reihen am Steg vertäut waren und in der Dünung sanft auf und ab schaukelten.

Lena riskierte einen raschen Seitenblick auf die Rosen und dann auf Magnus, dessen ratloser Gesichtsausdruck nicht zu übersehen war.

Sie riss sich zusammen. Zum ersten Mal seit Urzeiten war sie in Begleitung eines Mannes, der nicht nur äußerst aufregend und ungewöhnlich attraktiv war, sondern zu allem Überfluss auch noch unzweifelhaft an ihr interessiert. Und sie führte sich auf wie ein bockiges Kind.

„Entschuldigung“, sagte sie lahm. „Ich stelle mich wirklich an, oder? Wie wär's, wollen wir Eis essen?“ Sie zwang sich ein Lächeln ab und deutete auf den kleinen Eisstand in der Nähe.

Und dann überwand sie ihre Vorbehalte und nahm doch noch die Rosen. Über die betörend duftenden Blüten hinweg lächelte sie ihn versöhnlich an.

„Eis essen ist eine gute Idee“, sagte Magnus. „Aber nur wenn ich Sie einladen darf.“

Die verschiedenen Eissorten in der Kühltruhe des Eisstandes sahen verlockend aus, fand Magnus. Er bestellte je eine Kugel Schokolade, Himbeer und Blaubeer und reichte Lena den Becher.

Verblüfft schaute sie ihn an, in der einen Hand die Rosen, in der anderen das Eis. „Das sind meine Lieblingssorten! Woher konnten Sie das wissen?“

„Bei manchen Menschen kann man Gedanken lesen“, meinte Magnus verschmitzt. „Kennen Sie das nicht?“ Er machte eine bedeutungsvolle Pause. „Man muss ihnen nur tief genug in die Augen schauen.“ Er machte einen Schritt auf sie, bis er dicht vor ihr stand. „Versuchen Sie es mal.“

„Okay“, sagte Lena grinsend. Impulsiv beugte sie sich vor, das Kinn dicht über den tiefroten Rosen. Gleichzeitig reckte Magnus den Kopf vor, bis ihre Nasen fast zusammenstießen. Das kleine Kichern, das eben noch in Lena aufsteigen wollte, verwandelte sich in ein winziges, erschrockenes Keuchen, weil sie ihm mit einem Mal so nah war.

Sie spürte seine Gegenwart mit all ihren Sinnen, die ihr plötzlich seltsam geschärft erschienen. Trotz des betäubenden Dufts der Rosen nahm sie den herberen Geruch seines Aftershaves wahr, eine Mischung aus Sandelholz und einem Hauch von Zitrone. Ganz dicht darunter lag ein weiterer Duft, schwach, aber unverkennbar. Es war der Geruch von männlicher Erregung, tief, dunkel und lockend.

Seine Augen brannten sich in die ihren, als suchten sie den Weg zu ihrer Seele. Rund um die strahlend blaue Iris glomm ein schmaler bernsteinfarbener Ring, der seinem Blick diese atemberaubende Tiefe verlieh.

Lena schöpfte kurz, aber zitternd Atem und trat hastig einen Schritt zurück. Mit einem heiseren kleinen Auflachen wandte sie sich dem Eisverkäufer zu. „Das Gleiche noch einmal bitte. Schokolade, Himbeer, Blaubeer."

Anschließend wandte sie sich zu Magnus um und reichte ihm den gefüllten Becher. Magnus nahm ihn und lächelte sie an. In seinen Augen stand ein wissendes kleines Glitzern. „He, es stimmt", sagte er. „Das sind auch meine Lieblingssorten."

„Sehen Sie, ich kann auch Gedanken lesen."

Sein Lächeln wurde breiter. „Tja, es scheint so, als hätten wir beide ganz schön viel gemeinsam."

Sie schlenderten einträchtig im Schatten der Bäume die Uferstraße entlang und löffelten ihr Eis. Lena wälzte die Frage, die sie ihm schon die ganze Zeit hatte stellen wollen, abermals im Kopf, bevor sie endlich durchatmete und es hinter sich brachte. „Warum ist eigentlich Ihre Frau nicht mit Ihnen hierhergekommen?"

Magnus versuchte, seine Verlegenheit zu verbergen, aber es gelang ihm nicht ganz. „Britta ist Journalistin. Sie ist ziemlich ehrgeizig." Er stocherte abwesend in seinem Eisbecher herum. „Die letzten Jahre war sie dauernd unterwegs. Das ist ziemlich schwierig für eine Beziehung."

Lena unterbrach ihn nicht. Das, was er ihr da erzählte, kam ihr seltsam bekannt vor. Beziehungen, in denen einer oder beide immerzu auf Reisen waren, hatten im Grunde keine Basis. Das wusste niemand besser als sie selbst. Unvermittelt kam ihr in den Sinn, dass sie noch kein einziges Mal mit Malte gesprochen hatte, seit sie hier war.

„Britta hat sich jetzt um einen festen Job in Göteborg beworben", fuhr Magnus fort. „Beim *Dagbladet*, als Chefin des Kulturressorts."

„Das *Dagbladet* ist eine gute Zeitung.“ Lena sagte das Erstbeste, was ihr in den Sinn kam. Sie merkte selbst, wie nichtssagend es sich anhörte.

„Es wäre eine tolle Chance für Britta“, sagte Magnus. Er gab sich Mühe, es heiter klingen zu lassen, aber in seinen Augen stand ein Ausdruck von Verlorenheit.

„Für Ihre Frau ist es vielleicht eine tolle Chance“, pflichtete Lena ihm behutsam bei. „Aber für Ihre Ehe?“

Magnus zögerte. „Ich weiß es nicht“, sagte er schließlich ehrlich, während er stehen blieb und auf den See hinausschaute. „Wir haben schon länger Schwierigkeiten, Britta und ich.“ Er hob die Schultern. „Wir haben eine Menge versucht, um unsere Ehe zu retten. Haben immer wieder einen neuen Anlauf genommen, aber …“ Er verstummte resigniert. Erst nach einer Weile setzte er mit angestrengtem Lächeln hinzu: „Die Dinge ändern sich.“

Sie sahen sich an, schweigend, versunken, jeder in seine eigenen bedrückenden Gedanken vertieft.

Ingrid roch an den Rosen und stellte die Vase, in der sie den Strauß arrangiert hatte, auf dem Beistelltischchen draußen auf der Terrasse ab, bevor sie sich anschickte, den Tisch zu decken. Der Salat war bereits angerichtet, Teller und Gläser hatte sie ebenfalls schon herausgebracht. Es wäre eine Sünde gewesen, bei diesem herrlichen Sommerwetter drinnen zu essen.

Lena stand mit dem Rücken zu ihr vor dem niedrigen Holzzaun, der die Terrasse zu der leicht abfallenden Wiese hin abgrenzte. Versonnen schaute sie hinüber zu der schmalen kleinen Bucht, die sich in der Senke unterhalb des Hauses erstreckte. Der Himmel über ihr war von einem fast durchsichtigen Blau, übersät von bizarren Tupfen weißer Watte. Irgendein Fluggast hatte mal zu ihr gesagt, dass nirgendwo auf der Welt die Wolken so watteartig aussehen wie in Schweden. Zum ersten Mal überlegte Lena, ob da vielleicht was dran sein könnte.

Im Normalfall machte sie sich selten Gedanken über das Aussehen von Wolken, schließlich hatte sie davon fast täglich kilometertiefe Schichten unter sich. Doch heute schien sie sich über die äußere Erscheinung aller möglichen Dinge den Kopf zu zerbrechen. Warum sonst nahm sie die Farbe des Wassers und der Bäume auf einmal ganz anders wahr als vorher?

„Geht's dir gut?“, wollte Ingrid wissen, während sie die Salatschüssel und den Brotkorb in die Mitte des Tisches stellte.

Lena wandte sich zu ihr um. „Ja, ich bin nur ein bisschen müde. Zu viel Sauerstoff vermutlich.“ Sie half Ingrid, die Teller und Gläser zu verteilen.

„Du warst mit Magnus in der Stadt?“, fragte Ingrid gelegentlich, während sie sich an den Tisch setzte.

Lena zuckte die Achseln. „Wir waren Batterien kaufen“, meinte sie leichthin.

„Und Zucker“, sagte Ingrid grinsend. Neugierig fügte sie hinzu: „Was wäre, wenn es Malte nicht geben würde … Könnte Magnus dir gefallen?“ Sie schlug entspannt die Beine übereinander und betrachtete ihre Schwester. „Ich meine, er sieht gut aus, ist nett, hat einen ordentlichen Beruf …“

„Den habe ich auch“, unterbrach Lena sie unwillig. Sie nahm ein Stück Brot aus dem Korb und zupfte daran herum, während sie sich ebenfalls an den Tisch setzte. „Und dieser Beruf verträgt sich nicht mit dem Modell einer festen Beziehung. Also vergiss es, ja?“

Ingrid dachte gar nicht daran. „Du könntest dich zum Bodenpersonal versetzen lassen“, meinte sie ungerührt.

„Tut mir leid, aber ich würde es nicht aushalten, an einem Ort festgenagelt zu sein.“ Lena versuchte, ihrer Stimme einen humorvollen Anstrich zu verleihen, merkte aber, dass es ihr nicht gelang.

„Noch dazu mit einem Mann“, setzte Ingrid mit deutlichem Spott hinzu.

Lena drehte das Weißbrot in den Händen. „Ingrid, ich habe ein paarmal versucht, mich zu binden. Aber ich habe jedes Mal Angst bekommen.“

„Es muss ja nicht immer alles so bleiben, wie es ist. Manche Dinge ändern sich!“

Das entlockte Lena ein unwillkürliches Lächeln. „Ich glaube, das habe ich heute schon einmal gehört.“

Björn blickte auf, als Lena den Steg betrat. Leichtfüßig schritt sie auf ihn zu, eine zauberhafte Erscheinung in ihrer weißen Schnürbluse und dem schwingenden Sommerrock.

„Hej, Papa“, sagte sie lächelnd. „Was dagegen, wenn ich ein bisschen mit dem Boot rausfahre?“

„Weißt du denn noch, wie es geht?“, zog Björn seine Tochter auf, während er auf den Steg zurückkletterte, den verletzten Arm vorsichtig vor dem Körper balancierend.

Lena gab sich empört. „Also hör mal! Ich konnte früher Boot fahren als laufen! Erinnerst du dich etwa nicht daran?“ Sie startete den Motor und lachte ihren Vater triumphierend an, als das Boot sich tuckernd in Bewegung setzte und langsam auf den See hinausglitt.

„Wenn du schon unterwegs bist, kannst du bei Johan Stenmark die neuen Netze abholen!“

„Klar“, rief sie, „ich fahre bei ihm vorbei! Bis später!“ Sie winkte ihm begeistert zu und gab dann Gas, bis das Boot über die Wasseroberfläche davonbrauste. Der Fahrtwind wehte ihr Haar vor ihr Gesicht und ihre Augen. Lena strich es mit einer Hand zurück und atmete tief ein. Nach dem Abendessen, bei dem sie sich alle miteinander wieder höflich angeschwiegen hatten, hatte sie einfach rausgemusst. Sie brauchte Weite, Distanz, Einsamkeit. All das fand sie hier auf dem See.

Die Geschwindigkeit des Bootes versetzte sie in eine Art Rausch, und für einen Moment konnte Lena sich der Illusion hingeben, frei zu sein.

Doch dieser Wunschgedanke verflog so schnell, wie er gekommen war. Wohin auch immer sie fuhr und egal wie viel Gas sie dabei gab – ihrer Vergangenheit würde sie niemals entkommen können.

Die Stelle, die Magnus für das Picknick ausgesucht hatte, befand sich in Sichtweite von Marielund direkt am Ufer des Sees. Alte Obstbäume säumten die Wiese, auf der er die Decke ausgebreitet hatte, und wenn der Wind über das Gras fuhr, bewegten sich die Sommerblumen wie ein zarter, unregelmäßig gemusterter bunter Teppich.

Ingrid hatte ihnen Essen eingepackt; alles, was zu einem zünftigen Picknick dazugehörte, war vertreten. Leckeres Brot, Käse, Schinken, Obst, Gürkchen, Hering im Glas. Ingrid hatte sogar daran gedacht, eine Flasche Bier für Magnus einzupacken. Er hatte sie bereits leer getrunken und fühlte sich angenehm entspannt.

Emma saß auf der Decke, die Beine von sich gestreckt, die Hände hinter sich aufgestützt. „Super“, sagte sie verträumt. „So sollte es immer sein.“

„Mhm.“

„He, du hörst mir überhaupt nicht zu“, beschwerte Emma sich.

Magnus beugte sich mit der Kamera über sie. „Bitte lächeln!“

Sie grinste ihn übertrieben an, ein dunkelhaariger Kobold mit blitzblauen Augen. In ihrem rosa Kleid sah sie einfach entzückend aus. Ein paar Jahre noch und Magnus würde vermutlich nicht mehr damit nachkommen, all die Jungs zu zählen, die mit ihr ins Kino gehen wollten.

„Denkst du schon wieder an Marielund?“, wollte sie wissen. „Was hast du nur immer mit diesem Haus?“

„Ich habe dir doch erzählt, dass ich als Junge mal dort Ferien gemacht habe. Das habe ich nicht vergessen können, weil es mir so gut gefallen hat."

Emma schaute über den See hinüber zu dem alten Herrenhaus, das rosarot in der Abendsonne leuchtete. „Es ist ein bisschen wie verzaubert", sagte sie. Sie nahm ein Stück Brot aus dem Picknickkorb und biss hinein. „Hm, lecker." Dann richtete sie sich auf. „Findest du nicht, dass alles hier so gut schmeckt, wie es schön ist?"

Magnus blinzelte verblüfft. „Was ist das denn für ein Satz?"

„Ein wahrer", behauptete Emma im Brustton der Überzeugung. Sie stand auf. „Ich muss jetzt gehen. Björn hat mir versprochen, dass ich dabei sein darf, wenn der Tierarzt die Pferde impft." Sie schaute ihn fragend an. „Du findest doch allein zurück, oder?"

„Ich komme zwar aus der Stadt, aber mein Orientierungssinn funktioniert noch", sagte Magnus trocken.

Das brachte sie zum Kichern. Magnus half ihr, die benutzten Teller in den Picknickkorb zu räumen und die Decke zusammenzulegen.

„Wenn du Björn gleich siehst, kannst du ihm sagen, dass ich ihm gerne helfe, den Zaun zu reparieren, wenn er will."

Emma lächelte ein wenig ungläubig, schon im Gehen begriffen. „Du bist schon komisch, weißt du das? Zu Hause schraubst du nicht mal eine Glühbirne rein, und hier gibst du den Handwerker."

Magnus erwiderte ihr Lachen und ließ sich nicht anmerken, wie ihre Bemerkung ihn getroffen hatte. Während sie mit dem Korb zurück zum Gut der Lagerbergs marschierte, setzte er sich gedankenverloren in Bewegung und lenkte seine Schritte in Richtung Marielund.

War er wirklich so? Hatte seine Tochter zu Recht dieses Bild von ihm? War er für sie ein Mann, der nichts von praktischen Dingen verstand? Er, der eine mehrjährige Schreinerlehre absolviert hatte?

Bei näherem Nachdenken musste er vor sich selbst einräumen, dass ihre Einschätzung vielleicht zutraf. Nachdem er angefangen hatte, Architektur zu studieren, hatte er praktisch keinerlei handwerkliche Arbeiten mehr ausgeführt. Es war tatsächlich so, als sei mit dem Beginn seines neuen Berufslebens das alte abgeschlossen gewesen. Was er Lena heute gesagt hatte, stimmte vollkommen. Dinge änderten sich.

Ein Abschnitt des Lebens war vorbei, ein anderer fing an. Das war der Lauf der Welt, kein Grund, deswegen in Grübeleien zu versinken.

Magnus hatte das Herrenhaus erreicht und machte ein paar Fotos von der reizvoll aufgeteilten Fassade mit der schönen großen Freitreppe und dem von Säulen gestützten Vordach.

Anschließend schlenderte er wieder zurück zum Seeufer, wo er vom Steg aus weitere Fotos schoss. Mittlerweile hatte er weit mehr Material mit Stimmungsbildern von Marielund, als Claes benötigte. Doch er hatte nicht die geringste Ahnung, was er damit anfangen würde.

Im nächsten Moment war diese Frage von größtmöglicher Bedeutungslosigkeit, denn von der Mitte des Sees aus näherte sich ein Boot, in dem niemand anders saß als die reizende Tochter seines Gastgebers.

Sie hatte ihn ebenfalls bereits gesehen und winkte ihm lebhaft zu. „Hej! Wollen Sie mitfahren? Ich hole für meinen Vater noch ein paar Netze ab."

„Klar, wieso nicht! Ich habe Zeit."

Das Boot kam auf den Steg zugetuckert und ging längsseits. Doch Magnus hatte kaum einen Fuß auf den Rand gesetzt, als ein schnittiges Schnellboot in Ufernähe vorbeiraste. Bugwellen rollten in Richtung Steg, wo sie das kleinere Motorboot zum Schwanken brachten. Durch das plötzliche Schlingern plumpste Magnus eher in das Boot, als dass er es bestieg.

Lena geriet ebenfalls aus dem Gleichgewicht und klammerte sich an ihn, um nicht zu fallen. Sie lachten beide und hielten einander fest, um das Schwanken des Bootes auszugleichen.

Magnus spürte die plötzliche Nähe ihres Körpers mit allen Sinnen. Ihr Geruch, die zarte Kurve ihres Halses über der weißen Bluse – das vereinte sich mit einem Mal zu einem machtvollen sinnlichen Sog, gegen den er nichts tun konnte. Er starrte sie an, sah das schwache Funkeln ihrer Augen, in deren blauer Iris er sich selbst sehen konnte.

Das war alles an Aufforderung, was er noch brauchte. Ohne länger zu zögern, senkte er den Kopf und berührte ihre Lippen mit seinen.

Sie entzog sich ihm nicht, sondern drängte sich ihm sofort entgegen, als habe sie schon die ganze Zeit darauf gewartet.

Magnus hörte sich selbst stöhnen, tief in der Kehle, bevor er sie fester in seine Arme zog und ihren Mund zu einem heftigen, langen Kuss öffnete. Lena erwiderte seine zügellosen Zärtlichkeiten mit solcher Leidenschaft, dass Magnus für einen Moment glaubte, sich unmöglich länger beherrschen zu können. Sein erregter Körper befahl ihm, mit beiden Händen unter ihre Bluse zu fahren oder ihr den Rock herunterzureißen oder beides. Doch zum Glück hatte ein Rest seines Verstandes noch so viel Macht über ihn, dass er in der Lage war, sich ein paar Zentimeter von ihr zu lösen.

Sie starrten einander an. Endlose, zitternde Sekunden vergingen, ohne dass einer von ihnen auch nur ein Wort hätte sagen können.

„Weißt du, wer das gewesen ist?“, murmelte Magnus irgendwann, einfach nur, um die Stille zu unterbrechen.

„Nein, wieso?“, gab Lena ebenso leise zurück.

„Ich will ihm eine Flasche Champagner schicken.“

Ihr Lächeln war eine neue Aufforderung. Magnus umfasste sie, presste sie abermals an sich und küsste sie, diesmal jedoch zärtlicher.

Der Kuss dauerte eine Ewigkeit und war doch viel zu schnell wieder vorbei.

„Solltest du dich nicht besser um deine Frau kümmern, als mir hier den Kopf zu verdrehen?“

Magnus spürte, wie sich bei diesen Worten in seiner Magengegend etwas zusammenzog.

„Tue ich das denn?“, fragte er vorsichtig. „Verdrehe ich dir wirklich den Kopf?“

„Mir ist schon ganz schwindlig“, bekannte Lena.

„Gefällt es dir denn? Ich meine, dich schwindlig zu fühlen.“

„Ich glaube schon.“ Diesmal klang es ernst. Magnus zog sie erneut an sich, so heftig, dass er merkte, wie ihr die Luft dabei wegblieb. Es war ihm egal. Er wollte sie, und zwar so sehr, wie er noch nie etwas in seinem Leben gewollt hatte.

Irgendwann kamen sie wieder zur Vernunft. Lena löste sich sanft, aber entschieden aus seiner Umarmung.

„Was ist mit dir?“, fragte er.

Dann schluckte er und stellte die entscheidende Frage.

„Gibt es jemand anders in deinem Leben?“

Ihr Lächeln zeigte eine Spur von Reserviertheit. „Stewardessen sind die Matrosen des 21. Jahrhunderts. An jedem Flughafen ein anderer.“

„Wenn das so ist, musst du den Beruf wechseln“, erklärte Magnus schlagfertig.

Lena konnte daran nichts Erheiterndes finden. „Zur Hausfrau und Mutter tauge ich leider nicht.“

Magnus spürte, dass sie im Begriff war, zwischen ihnen beiden eine Mauer zu errichten. „Was ist los?“

„Nichts. Ich bin nur gerade wieder in der Realität angekommen.“ Sie ging zum Heck und startete den Motor. Während der Fahrt über den See sprachen sie nicht mehr miteinander. Die Stille zwischen ihnen war nicht kalt oder unfreundlich, sondern einfach nur abwartend, so, als wollten sie sich die Option, später weiterzureden, nicht zerstören.

Lenas Versuch, auf Distanz zu gehen, war so oder so zum Scheitern verurteilt. Sie musste es sich in dem Moment eingestehen, als sie gemeinsam mit Magnus am Steg des malerischen Bootshauses von Johan Stenmark den Ballen Fischernetze in das Boot lud. Magnus stand im Boot und streckte ihr beide Hände entgegen, damit sie einsteigen konnte. Und zog sie augenblicklich in seine Arme, als sie beide auf gleicher Höhe waren. Lena drängte sich blindlings gegen ihn und versank in seiner Umarmung, erwiderte seinen Kuss mit fieberhafter Rastlosigkeit.

Ihr war völlig egal, dass Johan sie beide hervorragend sehen konnte. Um nichts in der Welt hätte sie auf diesen sinnlichen Rausch verzichten mögen, den sie zum ersten Mal erlebte. Sie war fast 28 Jahre alt und hatte nicht gewusst, dass es so etwas zwischen Mann und Frau gab, diese verrückte Begierde, die einem den Boden unter den Füßen wegzog und das Blut in den Ohren rauschen ließ. Sie wäre lieber gestorben, als Magnus nicht mehr zu küssen. Und diesmal war sie es, die ihn mit sich zog, hinab auf den Boden des Bootes, dorthin, wo niemand sie sehen konnte.

DAS LICHT des schwindenden Tages hatte diese milchige, helle Konsistenz, wie es sie nur hoch im Norden gibt, jenes matte Zwielicht, das alle Konturen mit einem silbernen Schimmer überzieht.

Magnus hielt Lenas Hand, als sie gemeinsam den Hof betraten, und wie schon die ganze Zeit spürte er, dass sie innerlich so nah bei ihm war, wie er es sich nur wünschen konnte.

Doch als sie sich dem Haus näherten, schien sich ihrer eine wachsende Unruhe zu bemächtigen. Sie ließ seine Hand los und tat so, als müsste sie sich die Haare glatt streichen. Hier, in Sichtweite ihres Elternhauses, spürte Magnus wieder diese Mauer, die immer dann hochging, wenn er es am wenigsten erwartete.

„Sehen wir uns später noch?“, fragte er drängend. „Wir können essen gehen. Und dann vielleicht tanzen. Was meinst du? Du tanzt doch gerne, oder?“ Er versuchte, wieder nach ihrer Hand zu greifen, doch Lena entzog sich ihm. „Ja, schon“, sagte sie hastig. Es ist nur …“ Sie stockte. „Ich glaube, mir geht das doch ein bisschen zu schnell.“ Sie lachte verlegen.

„Kein Problem“, sagte Magnus eilig. „Wir können es auch ein bisschen langsamer angehen lassen.“ Es klang wie der blöde Spruch eines aufdringlichen Aufreißers, und er hätte sich ohrfeigen können, weil er es überhaupt gesagt hatte. Ihre Reaktion fiel dementsprechend auch nicht so aus, wie er es sich gewünscht hätte, denn sie nickte bloß knapp und war an der Haustür, bevor er sie zurückhalten konnte. „Gute Nacht, Magnus."

„Gute Nacht, Lena." Er holte Luft und setzte entschieden hinzu: „Es war schön mit dir heute."

Sie nickte abermals, wie eine mechanische Puppe. Im nächsten Moment war sie im Haus verschwunden.

Lena konnte nicht mehr klar denken, als sie in ihr Zimmer kam. Sie wusste nur noch eins: Sie musste weg, und zwar so schnell wie möglich. Hastig zerrte sie ihren Koffer aus dem Schrank und begann, wahllos ihre Sachen hineinzuwerfen.

Es klopfte kurz an der Tür, und Ingrid stand mitten im Raum, bevor Lena auch nur auf die Idee kommen konnte, Einwände zu erheben.

Ingrid erfasste mit einem Blick Lenas Vorhaben. „Was ist passiert?"

„Gar nichts."

„Ach ja, und deswegen packst du?"

„Ich hatte doch gesagt, dass ich nur drei Tage Urlaub habe", versetzte Lena patzig und warf weitere Sachen in den Koffer.

Ingrid ging um sie herum und stellte sich so hin, dass Lena sie ansehen musste. „Wovor läufst du weg? Vor Marielund? Oder vor Magnus? Du hast dich verliebt, stimmt's? Und jetzt kriegst du Panik."

Lena starrte sie an. „Und wenn es so wäre?" Ihre Stimme war bitter. „So bin ich nun mal. Nicht geschaffen für die Liebe."

„Was für ein Blödsinn!", ereiferte sich Ingrid. Sie hätte am liebsten mit dem Fuß aufgestampft oder Lena an den Haaren gezogen, so wie sie es früher getan hatte, als sie beide noch Kinder gewesen waren. Lena hatte sie schon damals zur Weißglut getrieben mit ihrem dummen Dickkopf! Ingrid spürte das Kratzen in ihrer Kehle und wusste, dass sie gleich anfangen würde zu weinen. Zu wissen, dass ihre kleine Schwester allein und unglücklich gewesen war, all die Jahre – es war so niederschmetternd!

„Du magst vielleicht Angst haben, dich zu binden oder dich einem anderen Menschen zu öffnen", sagte sie beschwörend. „Aber andererseits wünschst du dir doch, geliebt zu werden! Geborgen zu sein!"

Lena wandte sich heftig von ihrer Schwester ab, weil sie nicht wollte, dass Ingrid ihre Tränen sah. „Ich kann das einfach nicht", sagte sie mit erstickter Stimme.

Ingrid trat von hinten dicht an Lena heran und legte beide Arme um sie.

Sie zitterten beide. Lena presste für einen Moment ihr Kinn gegen Ingrids Arm, Haut gegen Haut, eine stumme Geste der Liebe und der Einsamkeit.

„Du kannst es", flüsterte Ingrid. „Wenn du wirklich willst, schaffst du es."

MAGNUS saß auf der Terrasse, den Rücken an die Wand des kleinen Holzhauses gelehnt, auf den Knien den Laptop. Er klickte sich durch die Bilddateien, die er von den bisher geschossenen Fotos angelegt hatte.

Als sein Handy klingelte und Claes' Nummer auf dem Display zu sehen war, seufzte er entnervt, ging aber trotzdem dran. Wie erwartet, war sein Partner mehr als ungeduldig.

„Wieso höre ich nichts von dir? Wolltest du mir nicht schon längst die ersten Entwürfe schicken?"

„Hör zu, ich habe mir etwas überlegt. Vielleicht ist es besser, das alte Haus zu erhalten. Es ist wirklich ein Schmuckstück, es wäre eine Schande, das einfach abzureißen und eine Menge Apartments an seine Stelle zu setzen. Man könnte es beispielsweise renovieren."

„Bist du verrückt geworden?" Claes war hörbar sauer. „Das rechnet sich doch niemals! Nein, Magnus, entweder Neubau oder wir lassen die Finger von der Sache. Sieh bitte zu, dass du mir so schnell wie möglich einen Entwurf schickst!"

Magnus stand auf und ging ein paar Schritte vom Gästehaus weg. Rötliche Streifen zogen sich über den Himmel und tauchten die Nacht in Flammen. Es war ein wundervolles, farbenprächtiges Bild, doch Magnus hatte kaum einen Blick dafür. Er starrte hinüber zur Wiese unweit des Haupthauses, wo er soeben die Person ausgemacht hatte, derentwegen er seit Tagen kaum noch einen klaren Gedanken fassen konnte.

„Ich brauche auf jeden Fall noch ein paar Tage", sagte er geistesabwesend zu Claes.

„Bis zum Ende der Woche. Mehr Zeit hast du nicht."

Claes hörte sich ziemlich erbittert an, doch Magnus nahm es kaum zur Kenntnis. „Ich muss Schluss machen, ich habe noch Arbeit." Er trennte kurzerhand die Verbindung. Gebannt schaute er die Frau an, die nur fünfzig Meter von ihm entfernt war und sich doch ebenso gut in einem anderen Universum hätte befinden können.

Lena starrte in die Ferne. Unter dem rötlichen Licht des nächtlichen Himmels war ihre Silhouette wie in Gold getaucht. Irgendwo schlug eine Nachtigall, lockend und traurig zugleich, die melodische Verheißung von Gefühlen, die bis zum Anbruch des Tages längst Vergangenheit wären.

AUCH ELINOR FRÖDIN hörte die Nachtigall, doch für sie war es in diesem Moment ein beliebiges Hintergrundgeräusch, das durch das offene Fenster hereindrang. Der Gesang der Nachtigall fand nur dann den Weg in ihre Wahrnehmung, wenn sie auf dem Friedhof war. Stefan war bei Nacht gestorben, und die Nachtigall hatte seinen Tod beweint. Wenn Elinor auf dem Friedhof war, hörte sie der Nachtigall zu, sonst nicht.

Von Bedeutung war im Augenblick nur das aufgeklappte Journal vor ihr auf dem Schreibtisch. In den letzten Tagen war es öfter vorgekommen, dass sie das Bedürfnis verspürt hatte, wieder Tagebuch zu führen. Seit Lena Lagerbergs Ankunft gab es bereits drei neue Einträge, ebenso viele wie in den ganzen sechs Monaten zuvor. Es war wie ein Zwang zu dokumentieren, wie sehr dieses unerwartete Auftauchen sie beunruhigte.

Elinor hatte Mühe, leserlich zu schreiben, immer wieder gerieten ihre Gedanken in Aufruhr, sodass ihre Hand anfing zu zittern. An einer Stelle verschmierte die Tinte so stark, dass sie selbst Mühe hatte, ihre Schrift zu entziffern. Auf der Suche nach einem Löschstift stand sie auf und zog die Schublade einer kleinen Kommode auf, und als diese klemmte, riss sie ärgerlich daran. Die Schublade krachte aus der Verankerung und fiel ihr vor die Füße. Sie quoll über von alten Fotos, die jetzt vor Elinors Füßen ausgebreitet auf dem Boden lagen.

Zögernd bückte sie sich und hob eines der Bilder auf. Stefan war auf dem Foto zu sehen, zusammen mit Lena. Beide waren sie herzzerreißend jung und schön, die blonden Schöpfe aneinandergelegt, die Gesichter offen und glücklich und leuchtend vor Liebe.

Elinor spürte, wie in ihrem Innern etwas aufbrechen wollte, doch sie unterdrückte gewaltsam jeden gefühlsseligen Impuls. Stattdessen tat sie das, was seit damals unumgänglich war: das Gute vom Schlechten trennen. Mit einer entschlossenen Bewegung riss sie das Foto mitten durch, exakt zwischen Lena und ihrem Sohn. Nichts verband die beiden. Nichts außer Tod. Achtlos warf sie den Teil des Bildes, der Lena zeigte, auf den Schreibtisch.

Die Hälfte, auf der ihr Sohn zu sehen war, behielt sie in der Hand und schaute sie lange an. Und dann hörte sie auf einmal doch den Gesang der Nachtigall.

AM NÄCHSTEN TAG fuhr Magnus mit dem Wagen vor dem Herrenhaus von Marielund vor. Es war höchste Zeit, dass er endlich zur Sache kam. Er hatte sich bereits überlegt, mit welchen Worten er Elinor Frödin überzeugen konnte, ihm nicht sofort die Tür vor der Nase zuzuwerfen, doch an diesem Morgen hatte er Glück, weil er sie draußen vorfand und sie ihm daher nicht so ohne Weiteres davonlaufen konnte.

Letzteres schon deshalb nicht, weil sie ein ziemlich marodes Fahrrad schob, das allem Anschein nach einen Platten hatte. Magnus stieg aus dem Wagen und ging zu ihr.

„Guten Morgen, Frau Frödin. Ich muss mit Ihnen sprechen."

„Ich wüsste nicht worüber", sagte Elinor. Ihr war deutlich anzusehen, wie wenig sie von diesem unverhofften Besuch hielt. Sie machte Anstalten, das Rad an Magnus vorbeizuschieben.

„Hören Sie, ich glaube, hier läuft etwas grundlegend schief. Wollen Sie wirklich, dass die Bank Marielund versteigert? An den Meistbietenden, der dann damit macht, was er will?"

„Und was wollen Sie?", fragte Elinor barsch.

„Ich will nach einer Lösung suchen! Mit Ihnen zusammen!" Jetzt war es draußen. Das war es, was Magnus die ganze Zeit umgetrieben hatte, wie er zu seiner Verblüffung jetzt erst selbst richtig begriff. Er wollte ganz einfach, dass hier alles so blieb, wie es war. Kein Abriss, keine Apartments. Das Gut sollte wieder so werden, wie es früher gewesen war, in seiner alten Pracht.

„Sie wollen doch Marielund nicht verlieren, oder?", versuchte Magnus es erneut. „Es muss also in Ihrem Interesse liegen, das Anwesen zu erhalten!"

Elinor deutete mürrisch auf den Platten an ihrem Rad. „Mein erstes Interesse gilt im Moment meinem Fahrrad. Ich muss in den Ort, die Rosen abliefern, bevor sie die Köpfe hängen lassen."

Magnus zuckte die Achseln. „Ich kann Sie mit dem Auto hinfahren."

Zu seiner Überraschung nickte Elinor, und Magnus nahm den großen Korb mit den Rosen vom Lenker, um ihn zum Wagen zu bringen.

Während der Fahrt redeten sie nicht viel. Magnus machte ein paarmal den Versuch, mit ihr über seine Pläne zu sprechen, doch sie drehte jedes Mal stumm den Kopf zur Seite, sodass er es schließlich aufgab.

Nachdem er vor dem Blumenladen angehalten hatte, stieg Elinor eilig aus und verschwand in dem Geschäft. Frustriert stieg Magnus ebenfalls aus und öffnete den Kofferraum, um den Korb mit den Rosen herauszunehmen.

„Hej", sagte eine bekannte Stimme hinter ihm. Es war Björn. Er betrachtete Magnus ein wenig spöttisch und schaute dann auf den von Rosen überquellenden Korb. „Sind Sie jetzt auch noch Blumenbote?"

„Wieso nicht?“ Magnus hob verdrossen die Schultern. „Wenn ich Frau Frödin damit helfen kann.“ Fragend deutete er auf den bandagierten Arm. „Wie geht es Ihnen, waren Sie beim Arzt?“

Björn nickte. „Der Bruch verheilt prima. Nächste Woche kann ich wohl auf die Schlinge verzichten.“ Er blickte auf, wobei seine Augen sich unmerklich geweitet hatten. Elinor war aus dem Laden gekommen.

„Stina ist gerade nicht da, aber …“ Sie stockte, als sie Björn sah. „Hej, Björn“, sagte sie kühl.

„Hej, Elinor. Wie geht es dir?“

„Wie soll es mir gehen?“, gab sie ironisch zurück. „Sehr gut natürlich.“ An Magnus gewandt fügte sie hinzu: „Sie können die Rosen einfach in den Laden bringen. Danke.“ Ohne ein weiteres Wort drehte sie sich um und marschierte davon.

Magnus starrte ihr verdattert nach, dann suchte er ratlos Björns Blick. „Ich verstehe diese Frau nicht. Was hat sie nur?“

Björns Gesichtsausdruck war nicht zu deuten. „Ich habe es Ihnen doch gesagt, es ist eine schwierige Geschichte.“

Magnus ersparte es sich, weitere Fragen zu stellen. Achselzuckend wandte er sich ab und brachte die Rosen in den Laden.

LENA schlenderte am Gästehäuschen vorbei. Sie hatte gehofft, Magnus dort anzutreffen, aber sein Wagen war nicht da.

Sie wusste, dass seit gestern in ihrem Leben eine entscheidende Wende eingetreten war. Nicht nur weil sie die erstaunlichste erotische Erfahrung ihres bisherigen Lebens gemacht hatte, sondern weil sie zum ersten Mal seit all den Jahren das Gefühl hatte, irgendwo angekommen zu sein. Gestern hatten sie und Magnus es nicht zum Äußersten kommen lassen. Sie hatten in dem Boot gelegen und herumgeknutscht wie die Teenager, doch da sie damit rechnen mussten, dass Johan Stenmark noch in der Nähe war, hatten sie es dabei belassen. Danach hatte Lena es plötzlich mit der Angst zu tun bekommen. Angst vor dem, was passieren könnte, wenn sie sich zu sehr auf diesen Mann einließ. Dass dies längst geschehen war, hatte sie sich nicht klarmachen wollen.

Immerhin hatte ihre Schwester sie davor bewahrt, ein weiteres Mal wegzulaufen. Vor sich selbst, vor der Vergangenheit – und auch vor Magnus.

Ja, sie hatte sich in ihn verliebt, welchen Sinn hatte es, das abstreiten zu wollen? Ihr Herz schlug ja bereits schneller, wenn sie nur an ihn dachte, und sie war in diesem Augenblick mehr als enttäuscht, weil er nicht da war.

Doch im nächsten Moment kam sein Wagen um die Kurve hinter der Koppel, und Lena spürte, wie sich ihr Gesicht zu einem breiten Grinsen verzog. Er war wieder da!

Als Magnus neben ihr anhielt, beugte sie sich zu ihm hinunter und stützte die Ellbogen im offenen Fenster auf der Fahrerseite ab. Sie lächelte ihn an.

„Hej." Es kam ein wenig atemlos heraus. Plötzlich war sie auf unerklärliche Weise schüchtern. „Eigentlich wollte ich schon weg sein."

Magnus war davon überzeugt, dass sie vorhatte, gleich nach Stockholm zurückzufahren, und sich jetzt von ihm verabschieden wollte. Er wappnete sich und blickte sie gefasst an, ohne verhindern zu können, dass sich sein Inneres bei ihrem Anblick vor Sehnsucht zusammenzog.

„Ich habe meinen Urlaub verlängert."

Zuerst glaubte er, sie nicht richtig verstanden zu haben. Sie sah ihn an, unsicher, ein bisschen ängstlich, und mit einem Mal fühlte Magnus sich von einer maßlosen Erleichterung durchströmt.

Er strahlte sie an. „Ich hatte deinem Vater versprochen, das Loch im Zaun an der Südweide zu reparieren", sagte er, nur um irgendetwas von sich zu geben. Hastig fügte er hinzu: „Möchtest du vielleicht mitkommen?"

Sie nickte stumm, und er war glücklich wie ein Kind, weil sie ihn dabei auf eine Art anlächelte, die kaum noch Fragen offen ließ.

Sie holten sich Fahrräder aus dem Stall und radelten durch das Wäldchen den See entlang, lachend und albern und dabei doch gleichzeitig so gehemmt wie zwei Teenager bei ihrer ersten wichtigen Verabredung.

Doch mit ihrer guten Laune war es hinter der nächsten Wegbiegung schlagartig vorbei. Auf einer kleinen Lichtung am Straßenrand war ein Elch aufgetaucht, ein großes, schönes Tier mit einem majestätischen Geweih und einem gewaltigen Körper.

Magnus hörte hinter sich Blech scheppern. Lena war vom Rad gestiegen und hatte es achtlos auf die Straße fallen lassen. Wie festgenagelt stand sie mitten auf der Fahrbahn. Sämtliche Farbe war aus ihrem Gesicht gewichen.

„Lena?" Magnus schaute sie bestürzt an. „Was ist denn los?"

Doch sie hatte sich bereits abgewandt und rannte wie von Furien gehetzt die Straße entlang und dann seitwärts in die Büsche, um von dort aus den Hang hinabzustolpern, bis sie auf einer von Bäumen gesäumten Wiese direkt am See schluchzend in die Knie brach.

Magnus war ihr gefolgt und hockte sich dicht neben sie. Er legte beide Hände um ihr Gesicht und schaute sie eindringlich an. „Willst du mir nicht sagen, was los ist?"

Anstelle einer Antwort weinte sie nur laut auf. In ihrem Gesicht spiegelte sich solche Qual, dass Magnus glaubte, es keine Sekunde länger aushalten zu können. In seiner Hilflosigkeit tat er das Einzige, wovon er meinte, dass es sie vielleicht von ihrem Kummer ablenken könnte: Er beugte sich vor, um sie zu küssen.

Lena ergab sich seinen Zärtlichkeiten nicht nur, sondern drängte sich heftig an ihn. Stumm und in blinder Inbrunst verlangte sie mehr. Wild an seinem Hemd zerrend, riss sie ihn mit sich ins hohe Gras.

Es war, als wäre plötzlich ein Damm in ihr geborsten, der viele Jahre lang alle Gefühle, Begierden und Sehnsüchte in ihrem Innern zurückgehalten hatte. Mit einem Mal war sie frei. Zum ersten Mal seit zehn Jahren fühlte sie sich lebendig. Niemand durfte ihr das wieder wegnehmen!

Immer noch schluchzend, klammerte sie sich an ihn und versuchte ihm noch näher zu kommen, beseelt von der verzweifelten Gier, die sich immer dann zeigt, wenn das Leben über den Tod triumphiert hat. Ihre Vergangenheit hatte endlich aufgehört. Dies war die Zukunft, und Lena war entschlossen, sie mit allen Mitteln festzuhalten.

EMMA trieb Svala zu einem leichten Galopp, während sie auf Björn zuritt, der am Gatter auf sie wartete. Ihr dunkler Pferdeschwanz wippte unter ihrem Helm, als sie den Braunen zügelte und vor Björn zum Stehen kam.

Er grinste sie beifällig an, während er sich einhändig an den Sattelgurten zu schaffen machte, um deren Spannung zu überprüfen. „Du reitest wirklich sehr gut", lobte er sie.

„Svala ist aber auch so ein liebes Pferd. Wir kommen supergut miteinander aus."

Björn fand am Sitz der Gurte nichts auszusetzen. „Du kannst los."

Emma ließ Svala antraben. „Bis dann, Björn!"

„Pass auf dich auf, mein Mädel." Er winkte ihr nach, während sie in Richtung See davonritt. Sie erinnerte ihn an Lena, die in dem Alter auch wie ein kleiner Teufelsbraten zu Pferd gesessen hatte. Es hatte viele Tage gegeben, an denen er sich Sorgen gemacht hatte, wenn sie auf einem Ausritt die Zeit vergaß. Einmal hatte er sie sogar suchen müssen, weil sie überhaupt nicht nach Hause gekommen war. Das war jedoch bereits zu der Zeit gewesen, als sie mit Stefan gegangen war. Die beiden hatten damals andere Dinge im Kopf gehabt, als pünktlich heimzukommen.

Björns Gedanken verdüsterten sich bei der Erinnerung. Angeblich heilte doch die Zeit alle Wunden. Aber offenbar galt diese Lebensregel nicht für alle Menschen. Elinor Frödin war einer davon. Und seine Tochter ebenfalls.

Er beschattete mit der Hand die Augen, während er Emma nachblickte. Sorgenvoll fragte er sich, warum er mit einem Mal diese Beklemmung spürte, wie bei einem heraufziehenden Unheil.

MAGNUS UND LENA saßen dicht beim Wasser, die Arme umeinander gelegt. Ein leichter Wind brachte das Schilf am Ufer zum Rascheln.

Lena starrte auf den See hinaus. Das, was sie vorhin erlebt hatte, erschien ihr immer noch wie ein Traum. Ein Traum aus verstörenden, hitzigen Bildern voller Hingabe und alles verschlingender Begierde.

Magnus hatte sein Gesicht in ihren Haaren vergraben. „Alles okay?“, murmelte er gegen ihren Hals.

Lena nickte und lehnte sich fester gegen ihn. Sie war süchtig nach seiner Wärme und Nähe.

„Irgendwie ist es komisch“, sagte Magnus. „Gerade ist meine Beziehung kaputtgegangen, weil Britta dauernd unterwegs ist. Und jetzt verliebe ich mich in eine Stewardess.“

Lena versteifte sich ein wenig. „Was willst du damit sagen?“

Magnus hob den Kopf und lachte leicht verlegen. „Na ja, ich frage mich gerade, wie wohl unsere Zukunft aussehen wird.“

Lena wusste nicht, woher plötzlich diese Kälte kam, die sich in ihr auszubreiten begann. Eben war noch alles so schön gewesen, so perfekt. Und auf einmal hatte sie wieder das Gefühl, in einem Kerker zu stecken.

„Unsere Zukunft?“ Sie löste sich von ihm und rückte ein Stück zur Seite. „Magnus, wir kennen uns doch kaum!“

Er glaubte seinen Ohren nicht trauen zu können. Soeben hatten sie beide eine der für ihn bemerkenswertesten sexuellen Erfahrungen seines Lebens geteilt, und sie saß hier und behauptete, sie würden sich nicht richtig kennen. Er hätte sie am liebsten geschüttelt. Stattdessen riss er sich zusammen. „Gut, wir kennen uns erst kurze Zeit. Aber was bedeutet das denn konkret? Dass es nicht weitergeht mit uns?“ Er schaute ihr eindringlich in die Augen. „Willst du denn nicht, dass es weitergeht mit uns?“

Lena wich seinen Blicken aus. „Doch, natürlich“, behauptete sie. „Ich bin ja öfter in Stockholm. Einmal im Monat auf jeden Fall.“

Das brachte ihn in Rage, und er hatte Mühe, ruhig weiterzusprechen. „Ich will dich nicht nur einmal im Monat oder hin und wieder sehen.“ Er hielt inne, dann beugte er den Kopf vor und legte seine Stirn gegen die ihre. „Kannst du dir wirklich nichts anderes vorstellen?“, fragte er flüsternd.

„Habe ich dir nicht gesagt, dass ich der geborene Single bin?“

„Kein Mensch ist der geborene Single. Jeder Mensch sehnt sich doch nach einem Partner.“ Bittend setzte er hinzu: „Du musst es einfach nur zulassen.“

Lena schluckte und starrte schweigend hinaus aufs Wasser.

Magnus sprach weiter, so leise, dass seine Stimme fast vom Rauschen der Bäume in ihrem Rücken übertönt wurde. Doch Lena verstand jedes einzelne Wort.

„Ich möchte dich nicht drängen. Aber du musst uns eine Chance geben.“

„Ich kann nichts versprechen“, sagte Lena.

Magnus legte seine Hand auf ihren nackten Oberarm, fest und besitzergreifend. „Dafür verspreche ich dir jetzt etwas. Denk drüber nach, wenn du willst. Und egal wie du dich entscheidest: ich werde da sein.“

LENA saß mit angezogenen Beinen auf der Fensterbank und schaute durch das weit offene Fenster hinaus. Der Wind spielte draußen in den Bäumen und fächelte sanft über ihr Gesicht, doch sie konnte die herrliche Sommerbrise nicht wirklich genießen. Der Kopf tat ihr weh vom vielen Nachdenken. Heute Morgen war sie noch so entschlossen gewesen, ganz neu anzufangen. Sich auf einen Menschen ganz und gar einzulassen. Und jetzt wusste sie schon wieder nicht mehr, was sie wirklich wollte.

Ihr Vater klopfte an die offen stehende Tür und kam ins Zimmer. „Entschuldige, Lena. Hast du Magnus gesehen? Ich könnte seine Hilfe brauchen.“

„Er ist zur Südweide gefahren, den Zaun reparieren.“

Björn musterte sie sinnend. „Er tut dir gut, oder? Du siehst so entspannt aus.“

Sie zuckte leicht verlegen die Achseln. „Es geht mir ja auch gut.“

„Aber?“

Lena glitt von der Fensterbank und blieb vor ihm stehen. Ratlos blickte sie zu ihm auf. „Eigentlich wollte ich nichts Ernstes. Es ist noch nie gut gegangen.“

Ihre Mutlosigkeit versetzte Björn einen Stich. Behutsam legte er den Arm um ihre Schultern und zog sie näher. „Ach, Engelchen“, murmelte er. „Es ist einmal nicht gut gegangen. Ein einziges Mal, und das ist zehn Jahre her! Danach hast du es doch gar nicht mehr versucht, oder?“ Er drückte sie an sich. „Jetzt nimmst du mal deinen ganzen Mut zusammen. Lass dich einfach fallen! Du wirst sehen, es passiert dir schon nichts!“

Lena spürte, wie verzweifelt sie ihm glauben wollte, doch sie hatte keine Ahnung, wie sie das anstellen sollte. „Warum bist du da so sicher?“, fragte sie hilflos.

„Weil du es verdient hast“, sagte er ruhig.

LENA flog förmlich über die Wiese hinüber zum Gästehaus. Sie war von überschäumender Freude erfüllt. Ihr Vater hatte Recht! Wem nützte es denn, wenn sie weiter vor jeder Möglichkeit des Glücklichseins davonrannte? Jetzt sah sie endlich klar! Irgendein gnädiges Schicksal hatte gewollt, dass sie Magnus traf und sich in ihn verliebte, und sie hatte nicht das Recht, dieses Geschenk einfach wegzuwerfen. Er war ihre Chance, sich selbst und das Leben wieder zu finden.

Aufgeregt stieß sie die Tür des kleinen Holzhauses auf. „Magnus?“, fragte sie außer Atem. „Wollen wir heute Abend vielleicht tanzen …“

Die Frage erstarb ihr auf den Lippen. Er war gar nicht hier.

Zögernd trat sie näher und betrachtete die Papiere und Unterlagen, die ausgebreitet auf dem Tisch lagen. Pläne, Zeichnungen, Kalkulationen, Fotos. Sie las die Wörter Abriss und Ferienresidenz und fühlte sich dabei, als hätte sie einen Boxhieb in den Magen bekommen.

MAGNUS saß zusammen mit den Mitgliedern der Familie Lagerberg an dem großen Tisch auf der Terrasse. Er hatte voller Freude nicht nur Björns Angebot angenommen, ihn zu duzen, sondern auch die Einladung zum Essen. Er konnte nicht erwarten, Lena endlich wiederzusehen. Egal wie er es anstellte – er würde es schon noch schaffen, die Distanz zwischen ihnen beiden abzubauen. Sie war es wert, in jeder nur denkbaren Weise.

Ingrid brachte eine Terrine aus dem Haus und stellte sie schwungvoll auf den Tisch. „Unsere Familien-Fischsuppe“, verkündete sie stolz.

Magnus sog genießerisch den Duft ein. „Riecht wunderbar!“

Zwanglos begannen sie mit dem Essen.

„Sag mal, hast du das Loch im Zaun gefunden?“, wollte Björn wissen.

Magnus nickte. „Es war ziemlich groß. Du solltest darüber nachdenken, ob du dieses Stück Zaun nicht komplett erneuerst.“

„Sobald Sören zurück ist, werden wir …“ Björn verstummte mitten im Satz, denn Lena kam wie eine Furie angestürmt und warf einen Stapel Papiere auf den Tisch.

„Deswegen bist du also hier!“, schleuderte sie Magnus wütend entgegen. „Du willst Marielund abreißen und eine Riesen-Wohnanlage dahin bauen!“

Magnus hatte den Eindruck, von einer Dampflok überrollt zu werden. „Ich kann das erklären! Mein Partner hat erfahren, dass Marielund zwangsversteigert werden soll. Er dachte sich, dass es ein tolles Grundstück …“

„Zwangsversteigert?“, fiel Björn ihm ungläubig ins Wort. „Das kann doch gar nicht sein!“

„Doch“, sagte Magnus. „Elinor Frödin hat anscheinend einen Bankkredit aufgenommen, den sie nicht zurückzahlen konnte.“

Lena stemmte die Hände in die Hüften. „Und da dachtest du, dass das eine tolle Gelegenheit ist, ein dickes Geschäft zu machen!“

„Das ist nicht wahr!“, widersprach Magnus, gereizt wegen ihrer unerwarteten Aggressivität. „Im Gegenteil! Seit ich erkannt habe, dass es sich um Marielund handelt, versuche ich doch alles, um zu verhindern, dass …“

Sie ließ ihn nicht ausreden. „Tatsache ist doch, dass du hier nicht deine Ferien verbringst, sondern dass du hier bist, um Elinor Marielund wegzunehmen!“ Ihr Gesicht war eine einzige Anklage. „Und ich habe dir vertraut!“ Mit diesen Worten drehte sie sich um und lief davon.

Magnus schob seinen Stuhl zurück und stand auf. „Lena!“ Sie hatte schon fast den Hof überquert, bevor er sie endlich einholte. „Jetzt warte doch!“ Verärgert über ihren Starrsinn fasste er sie am Arm. „Lass es mich doch erklären!“

Sie riss sich los. „Du brauchst mir gar nichts zu erklären. Ich bin auf dich reingefallen! Ich dachte, es geht dir um mich! Aber in Wahrheit bist du nur an deinem Profit interessiert!“

„Das ist doch nicht wahr! Es stimmt zwar, dass mein Partner vorhatte, Marielund zu ersteigern, aber …“

„Jetzt will ich dir mal was sagen, Magnus!“, fauchte Lena dazwischen. „Egal was du und dein Partner für Pläne habt – daraus wird nichts! Weil das Haus und die größten Teile des Parks zwar Elinor Frödin gehören, aber das Bootshaus, der Steg und ein zehn Meter breiter Uferstreifen gehören meinem Vater! Und der, darauf kannst du Gift nehmen, wird niemals verkaufen. Niemals!“, wiederholte sie heftig. Ohne ihn weiter zu beachten, stürmte sie davon.

Diesmal war sie endgültig entschlossen, auf der Stelle abzureisen. Niemand würde sie jetzt mehr aufhalten können.

„ICH GLAUB'S NICHT", sagte Ingrid wütend, während sie Lena aus dem Haus folgte und zusah, wie ihre Schwester den Kofferraum ihres Cabrios öffnete und ihr Gepäck hineinlegte. „Das Haus brennt und du haust ab!"

„Ich würde nur Öl ins Feuer schütten", erwiderte Lena knapp.

Ingrid blieb neben dem Wagen stehen. „Es ist falsch, und das weißt du!"

„He, ich bin hier hintergangen worden! Er hat mir was vorgemacht! Da wirst du doch wohl verstehen, dass ich wegmuss!"

„Nein, das verstehe ich nicht! Ich verstehe nicht, wie man bei der ersten Schwierigkeit gleich aufgeben kann!"

Lena übersah geflissentlich Ingrids vorwurfsvolle Blicke und wandte sich ab, um in den Wagen zu steigen. Sie würde das Verdeck schließen müssen, denn der Himmel hatte sich inzwischen zugezogen, passend zu ihrer Stimmung. Es sah nach Regen aus.

Dann sah sie Magnus quer über den Hof herankommen und verkrampfte sich. Du lieber Himmel, nicht das noch! Sie dachte gar nicht daran, sich von ihm zu verabschieden.

Er rannte eher, als dass er ging. Er war ganz offensichtlich in heller Aufregung. Und zwar nicht ihretwegen, wie sich bei seinen nächsten Worten herausstellte.

„Habt ihr Emma gesehen?", stieß er außer Atem hervor. „Sie müsste doch längst von ihrem Ausritt zurück sein!"

„Beruhige dich", sagte Ingrid. „Bestimmt kommt sie bald wieder."

Sie hatte die Worte kaum ausgesprochen, als Svala mit hängenden Zügeln und leerem Sattel um die Ecke des Hauses in den Hof getrottet kam. Von Emma war weit und breit nichts zu sehen. Magnus erstarrte.

„Ich sage Papa Bescheid!", rief Ingrid eilig. Sie lief ins Haus.

„Ich gehe sie suchen", erklärte Magnus, schon im Losrennen begriffen.

„Warte!", rief Lena ihm nach. „Ich komme mit!" Atemlos lief sie ihm nach, Seite an Seite streiften sie hektisch durch den Wald und riefen immer wieder nach Emma.

„Wo kann sie sein?" Magnus war vollkommen außer sich. Bei dem Gedanken, dass ihr etwas passiert sein könnte, drehte sich ihm der Magen um. „Wenn sie bewusstlos ist … Sie kann doch gar nicht …" Er bahnte sich einen Weg durch das dichte Gehölz. „Emma!", brüllte er.

Plötzlich glaubte er etwas gehört zu haben. Er hielt inne und lauschte. Ja, da war etwas. Eine Stimme. Emmas Stimme!

„Papa!" Es klang schwach.

Magnus stürzte vorwärts, dicht gefolgt von Lena.

Emma lag unter einem Baum, das Gesicht schmerzerfüllt verzogen, die Hand gegen ihren Knöchel gepresst.

„Da bist du ja!“, keuchte Magnus. Er sank neben seiner Tochter in die Knie und zog sie heftig in seine Arme.

Emma gab einen leisen Jammerlaut von sich. Magnus ließ sie wohl oder übel los und schaute sie sich genauer an. „Dein Bein, oder?“

Sie nickte. Ihr Gesicht war bleich. Offensichtlich hatte sie ziemliche Schmerzen.

Lena war neben ihnen in die Hocke gegangen. „He, du machst ja Sachen! Hast du schon versucht aufzustehen?“

Emma schüttelte den Kopf. „Es geht nicht. Tut irre weh!“

„Ist wahrscheinlich gebrochen.“ Magnus wunderte sich selbst, wie sachlich er auf einmal reagieren konnte. Sie war da, und sie war in Ordnung, oder jedenfalls beinahe. Wenn es nur ihr Bein war – das würde heilen.

„Ich laufe rasch zum Hof zurück und hole den Wagen“, entschied er. „Ich bin gleich wieder da.“ Er stand auf und eilte davon, während Lena den Arm um Emma legte und sie tröstend an sich zog. „Sag mal, wie ist das eigentlich passiert? Svala ist doch sonst ganz brav!“

Ihre Worte wurden von plötzlichem Donnern begleitet, und dann fing es auch schon an zu regnen. Binnen Sekunden waren sie bis auf die Haut durchnässt. Ein Blitz zuckte in nicht allzu weiter Entfernung nieder. Lena umfasste Emma mit beiden Armen und drückte das Mädchen an sich.

„Lena, ich will hier nicht bleiben!“ Emma war sichtlich verängstigt. „Bei Gewitter soll man nicht unter Bäumen sein!“

Lena sah sich beunruhigt um. Emma hatte Recht. Entschlossen stand sie auf. „Ich weiß, wo wir uns unterstellen. Ist nicht weit.“ Sie half Emma, sich vom Boden hochzustemmen.

Emma schrie leise auf. „Das tut weh!“

Lena begriff, dass es dem Mädchen unmöglich war, sich aus eigener Kraft fortzubewegen. Ohne zu zaudern, hob sie das Kind hoch. Leicht war sie nicht, aber für die paar Schritte würde es schon gehen.

Als sie kurz darauf die Tür des Herrenhauses von Marielund aufstieß, hatte sie das Gefühl, die Lungen müssten ihr bersten vor Anstrengung. „Wir haben’s geschafft!“, presste sie keuchend hervor, während sie Emma in die dunkle Halle schleppte. Mit dem Ellbogen knipste sie das Licht an und setzte Emma anschließend vorsichtig in einem der alten Sessel ab.

Die Kleine zitterte so stark, dass ihre Zähne aufeinanderschlugen.

„Dir ist kalt!“, stellte Lena überflüssigerweise fest. Sie zog einfach eines der vielen weißen Tücher vom nächstbesten Möbelstück und wollte es Emma gerade umhängen, als sie schockiert innehielt.

Mit weit aufgerissenen Augen starrte sie den Gegenstand an, der unter dem Tuch sichtbar geworden war. Es war gar kein Möbelstück.

Mit steifen Händen legte sie Emma das Laken in den Schoß. „Emma, trockne dich damit ab“, sagte sie mit seltsam emotionsloser Stimme. „Ich bin gleich wieder da.“

Raus hier, dachte sie. Sonst nichts. Nur raus aus diesem Haus, bevor sie an ihrem Entsetzen erstickte. Sie rannte durch den Vordereingang auf die Veranda und stützte sich nach Luft ringend auf dem Geländer ab.

Dann hörte sie die Stimme.

„Was machst du hier?“ Elinor stand in der bekiesten Auffahrt, das Gesicht in hochmütiger Feindseligkeit erstarrt.

Lena verlor die Beherrschung. „Warum tust du so was?!“, schrie sie. „Warum hast du das Motorrad aufgehoben?“

„Es wird noch da sein, wenn ich schon längst tot bin“, sagte Elinor kalt. „Vielleicht wollte ich verhindern, dass mit mir auch die Erinnerung stirbt.“

„Aber was denkst du denn?“, rief Lena. „Dass ich es vergessen hätte? Dass ich es vergessen könnte?“ Die Stimme drohte ihr zu versagen vor Wut und Schmerz. „Ich wünschte, ich könnte es! Ich wünschte, es gäbe auch nur einen Tag in meinem Leben, an dem ich nicht daran denken müsste!“

„Lena!“ Das kam aus dem Haus. Emmas Stimme klang verloren.

„Das ist Emma“, sagte Lena. Ihr Zorn war so schnell verraucht, wie er gekommen war. Mit hängenden Schultern stand sie da. Das Haar klebte ihr am Kopf, und sie merkte, dass ihre Kleidung nur so triefte. Der Regen hatte aufgehört, aber die Luft war noch schwer und kalt von der Nässe.

„Sie ist die Tochter eines Feriengastes“, fügte Lena mühsam hinzu. „Sie hatte einen Unfall …“

Elinor versetzte sie in Erstaunen. „Was kann ich tun?“, fragte sie sachlich.

„Sie ist klatschnass und könnte eine Decke brauchen.“

Elinor wandte sich stumm ab und eilte zum Pförtnerhaus.

Etwas hatte sich verändert, das spürte Elinor. Vielleicht lag es daran, dass sie sich auf einmal selbst ganz fremd vorkam, wie ein Mensch, den sie lange nicht getroffen hatte. Nicht, dass es ein schlechtes Gefühl gewesen wäre, im Gegenteil.

Es erfüllte sie mit einer gewissen Zufriedenheit, dem Mädchen die

Decke umzulegen und ihr die Tasse mit dem heißen Kräutertee zu reichen, den sie in aller Eile zubereitet hatte.

„Trink das“, sagte sie leise. Sie legte den Arm um die Kleine und empfand dabei eine seltsam tröstliche Zuneigung. „Gleich wird dir wärmer.“

Lena beobachtete sie mit unbewegter Miene. „Ich gehe dann mal raus und schaue, wo Magnus bleibt.“ Mit raschen Schritten verließ sie die Halle.

Emma blickte zu Elinor auf. „Gehört Ihnen Marielund?“, fragte sie eifrig. „Es ist schön hier! Ein bisschen wie verzaubert.“

„Das hat mein Sohn auch immer gesagt.“ Elinor schluckte und schüttelte den Kopf, als müsste sie einen Spuk vertreiben. Sie nahm das Laken auf, das auf den Boden gefallen war. Behutsam breitete sie es über das zerbeulte Motorrad. „Ein bisschen wie verzaubert …“, flüsterte sie.

„Und wo ist Ihr Sohn jetzt?“, wollte Emma wissen.

Draußen fuhr ein Wagen vor, und Elinor war froh, nicht antworten zu müssen. „Das wird wohl dein Vater sein.“

LENA überlegte, was ihr mehr zusetzte – die Sorge um Emma, die Frage, was mit ihr und Magnus werden sollte, oder die Tatsache, dass sie immer noch völlig durchnässt war und sich wahrscheinlich eine Lungenentzündung holen würde, wenn sie noch länger hier auf dem zugigen Krankenhausflur herumstehen musste. Im Hintergrund sprach Magnus mit dem diensthabenden Arzt, und Lena schnappte ein paar Fetzen der Unterhaltung auf, der zufolge der Knöchel nur angebrochen sei und dass Emma, sobald ihr eine Schiene angelegt worden sei, wieder nach Hause dürfe.

Wenigstens in dem Punkt gab es Entwarnung. Stumm wartete sie, bis Magnus zu ihr herüberkam.

Erleichterung malte sich auf seinem Gesicht. „In ein paar Wochen ist wieder alles in Ordnung!“

„Gott sei Dank.“

Er blickte auf seine verschränkten Hände, dann schaute er ihr direkt in die Augen. „Ich weiß, dass du sauer auf mich bist. Aber hör mir bitte zu: Wenn es in meiner Macht stünde, würde ich versuchen, Marielund zu erhalten. Es wäre eine Sünde, da eine Wohnanlage hinzubauen!“

Lena nickte nachdrücklich. In dem Punkt musste er sie nicht überzeugen. Es sah ganz danach aus, als hätte sie ihn vorschnell verurteilt. Vielleicht hatte sie es getan, um wieder einen Grund zum Davonlaufen zu haben.

„Die Bank interessiert das alles nicht. Sie wollen das Anwesen nur loswerden. Und wer am meisten bietet, wird es bekommen.“ Magnus wollte weitersprechen, doch Lena legte ihm die Hand auf den Arm und deutete über seine Schulter. Eine Schwester schob Emma in einem Rollstuhl den Gang entlang. Emmas rechter Unterschenkel steckte in Gips. Magnus lief ihr entgegen. „Schätzchen! Hast du Schmerzen?“

Emma schüttelte den Kopf. „Ich habe ein Schmerzmittel gekriegt.“

„Na, Gott sei Dank. Das wird sicher bis Stockholm reichen. Und da melden wir uns dann gleich bei Dr. Paulsen.“

„Müssen wir denn schon wieder fahren?“, maulte Emma.

Magnus warf Lena einen forschenden Blick zu, doch sie blickte nur stumm zur Seite.

Er wandte sich wieder seiner Tochter zu. „Ich muss auch irgendwann mal wieder ins Büro.“

Emma zog einen Flunsch. Magnus fühlte sich unbehaglich, und an Lenas Gesichtsausdruck sah er, dass es ihr nicht anders erging.

Nichts war klar zwischen ihnen. Bis auf die unumstößliche Gewissheit, dass es noch nicht vorbei war.

MAGNUS parkte seinen Kombi dicht vor Lenas Cabrio und überlegte dabei düster, dass sie auf keinen Fall verschwinden konnte, solange er den Wagen dort stehen ließ.

Er hob Emma vom Rücksitz und trug sie zu der kleinen Bank, die unter dem großen Baum in der Einfahrt stand. „Ich packe schnell unsere Sachen, dann können wir auch schon fahren.“ Während er das sagte, waren seine Blicke Lena gefolgt, die langsam in Richtung Haus schlenderte.

„Lena!“ Er ging zu ihr. „Sehen wir uns wieder?“

„Ich weiß nicht …“ Sie brach ab. „Es ist alles so schwierig“, flüsterte sie.

Magnus starrte sie an, fast verrückt vor Sehnsucht. Wenn Emma nicht weniger als zwanzig Meter von ihm entfernt auf der Bank gesessen hätte – er hätte Lena in seine Arme gerissen und versucht, sie auf seine Weise zu überzeugen. Er spürte, dass zwischen ihnen etwas existierte, das so machtvoll und bezwingend war, wie er es noch nie erlebt hatte.

Er machte einen Schritt auf sie zu, sodass er sie fast berührte. „Lass uns die Schwierigkeiten überwinden. Wir können das, Lena.“

„Wieso bist du dir da so sicher?“

Ein verzweifelter Ausdruck stand in ihren Augen, und Magnus merkte, dass sie schwankend wurde. Er holte tief Luft. „Wieso ich sicher bin? Das ist ganz einfach. Weil ich dich liebe.“

Lena starrte ihn mit stockendem Atem an. Es war, als hätte er beide

Hände ausgestreckt und ihre Seele berührt. Plötzlich glaubte sie Stefan vor sich zu sehen, jung und strahlend. Er winkte ihr aus der Ferne zu. Sei glücklich!, schien er zu sagen.

Die helle Stimme hinter ihr riss sie aus ihrer Versunkenheit.

„Emma, mein Liebes! Wie geht es dir? Hast du Schmerzen?"

Eine Frau kam aus dem Haus gestürzt. Brünette Locken umrahmten ihr puppenhaft hübsches Gesicht, das sorgfältig geschminkt war. Sie trug hochhackige Pumps und einen eleganten weißen Hosenanzug. Ingrid, die zusammen mit ihr auf den Hof gekommen war, blieb neben Lena stehen.

Britta ging mit besorgter Miene vor Emma in die Hocke. „Ich bin gleich losgefahren, als ich gehört habe, was passiert ist!"

Magnus runzelte die Stirn. Britta war die letzte Person, die er in diesem Moment hier erwartet hatte, obwohl es selbstverständlich abzusehen gewesen war, dass sie auftauchen würde. Schließlich hatte er sie noch vom Wagen aus angerufen, bevor er Emma auf Marielund abgeholt hatte. Sie musste wirklich wie der Teufel gefahren sein, um so schnell herzukommen.

„Ist alles nicht so schlimm, Mama", behauptete Emma.

Britta wandte sich stirnrunzelnd zu Magnus um, der mit beklommener Miene von einem Bein aufs andere trat.

„Hej, Magnus."

„Hej, Britta." Er erwiderte ihre kurze Umarmung eher widerstrebend als herzlich.

Für Lena dagegen sah das Ganze so aus wie eine lange ersehnte und längst fällige Familienzusammenführung. Sie hatte die Szene reglos und mit zusammengepressten Lippen verfolgt. Als sie sah, wie Magnus seiner Frau zur Begrüßung über den Rücken strich, erwachte sie aus ihrer Erstarrung und lief um ihren Wagen herum zur Fahrertür.

Ingrid folgte ihr mit großen Schritten und hielt sie am Handgelenk fest. „O nein, das machst du nicht. Du wirst auf keinen Fall fahren, ohne Papa Auf Wiedersehen zu sagen! Du kommst jetzt mit und trinkst noch eine Tasse Kaffee, bis er wieder da ist!" Sie zerrte Lena zur Haustür, ohne auf die Gegenwehr ihrer Schwester zu achten. Lena warf einen Blick über die Schulter. Magnus stand dicht bei Britta, und im Hintergrund saß Emma auf der Bank. Ein Bild der Zusammengehörigkeit. Eine glückliche kleine Familie.

Es tat so weh, dass sie glaubte, schreien zu müssen. Rasch wandte sie sich ab und ging mit ihrer Schwester ins Haus.

„ICH MACHE MIR schreckliche Vorwürfe“, sagte Britta. „Ich hätte euch nicht allein fahren lassen dürfen!“

„Was meinst du damit?“, fragte Magnus irritiert. „Wenn du mitgefahren wärst, hättest du auch nicht verhindern können, dass Emma vom Pferd fällt!“ Er starrte hinüber auf die Haustür, die sich soeben mit einem Knall hinter Ingrid und Lena geschlossen hatte.

„Ich muss unbedingt mit dir reden. Das hätte ich schon lange tun müssen.“

„Ja“, sagte Magnus. „Ich muss auch mit dir reden.“

„DU HAST DOCH gewusst, dass er verheiratet ist!“ Ingrids Stimme klang leicht gereizt. Sie nahm die Kanne von der Warmhalteplatte der Kaffeemaschine und schenkte zwei Tassen voll.

„Ja“, sagte Lena erbittert. „Und du hast ihn mir noch eingeredet!“

„Ich habe dir gar nichts eingeredet“, widersprach Ingrid vehement. Sie drehte sich erbost zu Lena um. „Ich fasse es nicht! Du legst dir alles so zurecht, dass du mit gutem Gewissen weglaufen kannst!“

„Warum kannst du mich nicht in Ruhe lassen?!“, schrie Lena. Tränen strömten über ihr Gesicht. „Ich hab’s satt, mir immer von dir sagen lassen zu müssen, was ich tun soll! Ich weiß, dass ich weglaufe!“ Erregt breitete sie beide Arme aus und schluchzte: „Ich … ich habe mich auf ihn eingelassen, und was macht er? Er lügt mich an!“ Sie stapfte zum Küchentisch und ließ sich auf einen Stuhl fallen.

„Er lügt dich nicht an!“ Ingrid knallte wütend die Kaffeetassen auf den Tisch und setzte sich ebenfalls.

Lena schüttelte weinend den Kopf. „Verstehst du das nicht? Gerade noch hat er mir gesagt, dass er mich liebt! Und dann taucht auf einmal seine Frau hier auf, und zwischen den beiden ist alles wunderbar! Er hat mich immer nur angelogen! Marielund … Seine Frau …“ Sie brachte es kaum heraus.

„Meine Güte, Lena!“ Ingrid nahm Lenas Hand und beugte sich vor, um ihren Worten Nachdruck zu verleihen. „Er hat dir vielleicht nicht alles erzählt wegen Marielund. Na und? Und diese Britta … Ich hatte vorhin die Möglichkeit, mich länger mit ihr zu unterhalten. Und ich sage dir, zwischen den beiden läuft gar nichts mehr!“ Ingrid streckte die Hand aus und legte sie gegen Lenas Wange. „Kämpf um ihn!“, flüsterte sie.

Lena starrte sie an, völlig konfus von dem Aufruhr, der in ihrem Innern herrschte. Sie zuckte zusammen, als plötzlich Magnus die Küche betrat. „Lena, ich weiß, wie das alles auf dich wirken muss, aber …“

„Du musst mir nichts erklären", fiel ihm Lena heftig ins Wort. „Du hast ein Kind, und an das musst du jetzt denken. Es wäre mit uns beiden sowieso nicht gut gegangen. Also mach dir keine Gedanken."

Mit abgewandtem Gesicht sprang sie auf und lief aus der Küche. Magnus blieb wie vom Donner gerührt stehen und blickte ihr stumm nach. Ingrid seufzte und wusste nicht, wohin sie schauen sollte. Sie konnte sich kaum an eine Situation erinnern, die so verfahren war wie diese.

MAGNUS traute seinen Ohren nicht. Er hörte die Worte zwar, konnte aber nicht glauben, dass es Britta war, die sie aussprach. Sie stand mit dem Rücken zu ihm auf dem Weg, der vom Hof zum See hinunterführte. Offenbar hatte sie sich außer Hörweite von Emma begeben, weil sie kein Interesse daran hatte, dass ihre Tochter von diesem Telefonat etwas mitbekam.

Dafür kam Magnus in den Genuss, ein paar besonders aufschlussreiche Sätze aus nächster Nähe anzuhören.

„Komm, sei nicht so ungeduldig", sagte sie in einem ihm gänzlich unbekannten, lockenden Tonfall. „Morgen bin ich doch wieder da!" Als Nächstes sagte Britta leise: „Ich doch auch! Bis dann, mein Liebling!" Sie trennte die Verbindung und schob ihr Handy in die Hosentasche.

Magnus trat an ihre Seite, und ihr genügte ein Blick in sein Gesicht, um zu erkennen, dass er genug mitgehört hatte. In Anbetracht der peinlichen Situation verhielt sie sich bemerkenswert gefasst, wie Magnus fand. Nicht die Spur von Schuldbewusstsein zeigte sich in ihrer Miene.

„Kenne ich ihn?" Er brachte es nicht fertig, ruhig stehen zu bleiben. Die Hände in den Hosentaschen vergraben, ging er in Richtung Bootssteg.

„Es tut mir leid, Magnus." Britta folgte ihm. „Ich wollte es dir schon längst sagen. Aber irgendwie war nie die richtige Gelegenheit."

Magnus hockte sich auf die Holzbank am Rande des Stegs, beide Hände neben den Oberschenkeln zu Fäusten geballt. „Es ist was Ernstes, oder?"

Britta nickte. Seufzend ließ sie sich neben ihm nieder.

Sie schwiegen beide eine Weile.

„Wann hat es aufgehört mit uns?", fragte Magnus schließlich.

„Es gibt wohl keinen bestimmten Zeitpunkt." Britta zuckte die Achseln. Ihr Gesicht war ernst. „Irgendwann."

Es hätte ihn treffen müssen, doch das tat es nicht. Da war keine Bitterkeit. Alles schien mit einem Mal von unausweichlicher Endgültigkeit zu sein. Trotzdem fühlte er sich entsetzlich schlecht. Das, was sein Inneres plötzlich zu Eis erstarren ließ, hatte nichts mit seiner Ehe zu tun, sondern damit, dass er ein Kind hatte, das er mehr liebte als sein Leben.

„Wirst du nach Göteborg ziehen?“ Sein Herz klopfte heftig bei der Frage und setzte kurz, aber spürbar aus, als Britta nickte.

„Und Emma?“ Magnus konnte nichts dagegen tun, dass seine Stimme emotionsgeladen klang.

„Was denkst du?“ Sie schaute ihn von der Seite an. „Wo soll sie leben?“

Magnus begriff, dass Britta nicht automatisch unterstellte, Emma werde mit ihr nach Göteborg ziehen. Sein Herz setzte erneut einen Takt aus, doch diesmal tat es nicht ganz so weh. Er hatte eine Chance.

„Sie wird uns schon sagen, bei wem sie leben will“, erklärte er mit fester Stimme. „Sie ist ein kluges Mädchen. Ganz die Mutter.“ Er lächelte Britta zögernd an.

Britta erwiderte sein Lächeln. Impulsiv ergriff sie seine Hand und drückte sie fest. Nur um sie im nächsten Moment wieder loszulassen, als wäre ihr soeben eingefallen, dass sie dazu kein Recht mehr hatte.

Lena hatte rasch geduscht und sich umgezogen. Der Abschied von Ingrid war unkomplizierter über die Bühne gegangen, als sie befürchtet hatte. Wahrscheinlich lag es daran, dass Lasse dabei gewesen war. In der Gegenwart ihres Sohnes hatte Ingrid sich vermutlich zusammengerissen. Lena war froh, ohne eine weitere Standpauke davongekommen zu sein.

Der Abschied von ihrem Vater stand ihr noch bevor, doch auch damit würde sie fertig werden.

Als sie ihn allerdings über den Hof auf sich zukommen sah, war sie sich dessen auf einmal nicht mehr ganz so sicher. Sein Gesicht war so ernst, und in seinen Augen stand unübersehbar die Furcht, sie zu verlieren.

„Ich muss fahren“, sagte Lena. „Mein Urlaub ist zu Ende.“

Björn legte den gesunden Arm um sie und hielt sie fest. „Kommst du wieder?“, flüsterte er in ihr Haar. Er wollte nicht, dass sie sah, wie schlecht es ihm ging. Sie war sein Kind, und sie riss ihm das Herz heraus.

„Du kannst mich doch auch in Stockholm besuchen.“

„Und Elinor?“ Es war ein letzter Versuch, doch auch das nützte nichts.

„Ich kann ihr nicht helfen“, sagte Lena.

„Du würdest auch dir selbst damit helfen.“

Lena schüttelte den Kopf. „Ich muss los, Papa. Ich melde mich. Mach’s gut.“ Sie gab ihm einen raschen Kuss auf die Wange und eilte dann ohne ein weiteres Wort davon. Björn blieb stehen, ohne ihr nachzuschauen.

LENA hatte Mühe, nicht zu weinen, während sie an der Pferdekoppel vorbeifuhr und dann das Wäldchen passierte. Doch sie hatte sich vorgenommen, auf keinen Fall mehr zu heulen. Es führte zu nichts. Das Leben ging weiter, und wenn sie eins begriffen hatte, so war es die Tatsache, dass die Dinge sich eben nicht änderten, egal was Magnus dazu gesagt hatte.

Sie hatte kaum die ersten paar Hundert Meter mit dem Cabrio zurückgelegt, als ihr Handy klingelte. Es war Malte.

Sie hatte ihn erst vor ein paar Tagen das letzte Mal gesehen, doch mit einem Mal kam es ihr vor, als sei er ein Fremder.

„Hallo Malte", sagte sie höflich. „Ich bin auf dem Weg nach Stockholm. Wie geht es dir?"

„Sehr gut." Seine Stimme am Telefon klang aufgeräumt. „Ich komme gerade aus London. Sehen wir uns heute Abend?"

„Warum nicht", erwiderte sie mit mechanischer Höflichkeit.

„Was wollen wir machen? Essen? Kino? Oder bleiben wir bei dir?"

Lena bremste abrupt und starrte auf die beiden steinernen Wegweiser, die den Weg nach Marielund markierten.

„Lena?", tönte es aus dem Handy.

„Hör zu, Malte!", sagte sie mit plötzlicher Entschiedenheit. „Das mit uns – es ist vorbei. Oder genauer: Es gab im Grunde nie etwas."

„Was zum Teufel soll das heißen?"

„Wir lieben uns nicht."

„Was hat Liebe damit zu tun?" Es klang überrascht.

Lenas Blicke hatten sich an der steinernen Inschrift festgesaugt. MARIELUND … „Was Liebe damit zu tun hat?" Sie lachte bitter. „Alles natürlich!"

Er war derjenige, der die Verbindung trennte, das machte es ihr leichter. Der Weg lag offen vor ihr, sie musste ihn nur noch gehen. Es war Zeit, Ordnung in ihrem Leben zu schaffen. Kurzentschlossen stieg sie aus dem Wagen und ging zwischen den beiden großen, verwitterten Steinen hindurch.

ELINOR saß an ihrem Schreibtisch im Pförtnerhäuschen und beendete ihren letzten Tagebucheintrag. Sie hatte etwas über das Mädchen geschrieben. Wie tapfer es gewesen war. Tapferkeit war eine Charaktereigenschaft, die Elinor sich manchmal gern für sich selbst gewünscht hätte. Vielleicht würde sie es dann endlich fertigbringen, all die Briefe zu öffnen, die in den letzten Jahren von der Bank und vom Gericht gekommen waren. Sie hatte es nicht getan, weil sie ahnte, dass nichts Gutes darin stand.

Jetzt lagen die Briefe vor ihr, säuberlich zu einem Stapel aufgeschichtet. Elinor starrte sie an und dachte an das tapfere kleine Mädchen. Worte tauchten von irgendwoher auf und gingen ihr nicht mehr aus dem Kopf.

Es ist ein bisschen wie verzaubert …

Zögernd streckte Elinor die Hand aus und nahm den obersten Brief vom Stapel. Sie schlitzte das Kuvert auf, nahm den Briefbogen heraus und begann zu lesen.

MAGNUS legte die letzte Tasche in den Kofferraum und ging dann zu der Bank neben der Einfahrt, wo Emma auf ihn wartete.

„Komm, mein Schätzchen, lass uns nach Hause fahren." Er schickte sich an, sie hochzuheben, doch sie hielt ihn zurück. „Mama ist nach Göteborg zurückgefahren. Sie hat mir alles gesagt." Emma schaute ihn eindringlich an. „Werdet ihr euch wirklich trennen?"

„Ja, das ist wohl das Beste für uns." Magnus hob resigniert die Schultern und setzte sich neben sie. Er fragte sich, ob Britta ihr den wirklichen Grund genannt hatte oder ob sie den neuen Job vorgeschoben hatte. Sie hatte den Posten bekommen, es wäre ein Leichtes gewesen, vor Emma so zu tun, als wäre die berufliche Veränderung Schuld an den ganzen Umständen.

„Es tut mir leid, dass du es so plötzlich erfahren musstest", sagte er unbeholfen. „Ich hätte es dir lieber etwas schonender beigebracht." Unbehaglich schaute Magnus seine Tochter an, doch zu seiner Überraschung wirkte sie nicht sonderlich niedergeschlagen.

„Ich komme schon damit klar." Ihre Gelassenheit hatte nichts Gekünsteltes. „Weißt du, ich mag Göteborg. Ich werde sie dauernd besuchen."

Es dauerte einen Moment, bis bei Magnus der Groschen fiel, doch dafür mit umso mehr Getöse. Er unterdrückte nur mühsam einen Freudenschrei. „Soll das heißen, dass du …?"

Emma grinste. „Was hast du denn gedacht? Natürlich werde ich bei dir bleiben! Wir sind doch ein Team, oder?"

Magnus legte die Arme um sie und drückte sie fast grob an sich. „Das sind wir." Er hatte einen Kloß im Hals und konnte kaum sprechen. „Ich bin froh, dass ich dich habe." Diese paar dürftigen Worte konnten nicht annähernd ausdrücken, was er tatsächlich empfand. Wenn es so etwas wie Glück überhaupt gab, so war es ihm in diesem Moment zuteilgeworden.

„Jetzt wollen wir aber fahren." Magnus hob seine Tochter mit Schwung von der Bank und trug sie zum Wagen.

„Was ist mit Marielund?", wollte Emma wissen.

„Seit wann interessiert dich Marielund?“

„Mich vielleicht nicht so sehr. Aber dich.“ Emma hob ihr Kinn und warf ihm aus nächster Nähe einen nachdenklichen Blick zu. „Du gibst auf, Papa? Das kenne ich gar nicht an dir.“

Magnus schaute sie verblüfft an, dann irrten seine Blicke ab und richteten sich in die Ferne. Er sah sich selbst als kleinen Jungen, in jenem traumgleichen letzten Sommer, den er zusammen mit seiner Mutter verbracht hatte. Er sah sie unter den Bäumen sitzen und lächeln. Sie war so glücklich gewesen, obwohl sie wusste, dass sie sterben würde. Plötzlich spürte Magnus den Zauber von Marielund wie einen Sog, und er wusste, dass seine Tochter Recht hatte. Er musste es versuchen, ein letztes Mal.

„Gib mir eine halbe Stunde“, sagte er zu Emma.

Sie nickte vergnügt, und er setzte sie vorsichtig wieder auf der Bank ab. Dann stieg er in den Wagen und brauste in Richtung Marielund davon.

Alles wird gut, hatte ihre Mutter gesagt, bevor sie weggefahren war. Emma war davon überzeugt, dass sie Recht hatte. Ihre Mutter war bereits glücklich, und ihr Vater würde es noch werden. Emma wusste, dass es hier etwas gab, was ihr Vater dringend brauchte. Er musste es nur festhalten.

LENA hatte eigentlich nicht vorgehabt, zum Herrenhaus zu gehen. Eigentlich hatte sie beim Pförtnerhäuschen anklopfen und Elinor um die längst überfällige Aussprache bitten wollen.

Doch dann hatten ihre Füße sie wie von allein zum Haupthaus hinübergetragen, die große Freitreppe zu der überdachten Veranda hinauf und von dort aus weiter in die von trübem Dämmerlicht erfüllte Halle. Auch ihre Hände schienen nicht mehr zu ihr selbst zu gehören, denn ganz ohne ihr Zutun zogen sie das große weiße Tuch von dem zerschmetterten Motorrad. Ein Lachen drang plötzlich an ihre Ohren, es kam aus einer anderen Zeit und überbrückte eine Distanz von zehn Jahren …

Stefan kam aus dem Haus gestürmt, strahlend vor Vorfreude.

„Nur einmal“, bettelte Lena. „Lass mich nur einmal fahren! Ich kann das! Los, Stefan! Sei kein Frosch!“

„Die Maschine ist viel zu schwer für dich.“

„Ich fahre genauso gut wie du!“ Als er immer noch zweifelnd dreinschaute, schmeichelte sie: „Ich bin auch ganz vorsichtig.“

Er war nicht überzeugt, aber er ließ sie fahren. Sie brausten durch den Wald, wo sich die Abenddämmerung binnen weniger Minuten in Dunkelheit verwandelte.

„Wow!“ Lenas Jubelschrei übertönte das Brummen des PS-starken Motors. „Das ist toll!“

Er schmiegte von hinten seine Wange an ihr Gesicht. „Ich liebe dich, weißt du das?“

„Und jetzt – Licht aus!“ Kreischend vor Übermut drehte sie die Scheinwerfer aus. Das war ihre gemeinsame Mutprobe und gleichzeitig der ultimative Spaß. Sie hatten das schon früher hin und wieder gemacht, aus Jux. Nur, dass Stefan sonst immer am Lenker gesessen hatte. Es war wie eine Fahrt auf der Geisterbahn. Mit rasender Geschwindigkeit rauschten sie durch den dunklen Wald und lachten beide vor wilder Lebenslust.

Ihr Lachen in der Dunkelheit. Die vorbeifliegenden Bäume. Der Elch, mitten auf der Straße. Schwerelosigkeit, Sturz. Die Härte des Aufpralls. Und dann die Schreie. Schreie, die nicht aufhören wollten …

Lena lag auf dem Rücken, sie bekam keine Luft. Rechts von ihr drehte das Rad des umgestürzten Motorrads in der Luft durch. Irgendwie schaffte sie es, sich auf den Bauch zu rollen und dann auf blutigen Händen und Knien zu dem leblosen, verkrümmten Körper hinüberzukriechen. Seine Augen waren offen, es war, als wollte er sie noch einmal anschauen. Doch er konnte nichts mehr sehen. Würde nie wieder etwas sehen können.

Lena brach weinend neben dem Motorrad in die Knie, die Hände vor das Gesicht geschlagen. Jemand trat zu ihr, hockte sich neben sie und streichelte sanft ihren Arm. Es war Magnus.

Sie umklammerte schluchzend ihre angezogenen Knie. „Wir waren so glücklich! Er … er saß hinter mir auf dem Motorrad … Er hat gelacht … Ich war so verliebt in ihn.“ Sie schluckte heftig und sah Magnus an. „Er wäre jetzt Arzt. Er wollte immer Arzt werden, schon als Kind. Und er hätte es bestimmt gut gemacht. Tante Elinor wäre so stolz auf ihn gewesen!“

Magnus konnte sie nur stumm und schockiert anblicken.

„Ich habe ihn umgebracht“, weinte sie. „Ich habe ihn geliebt, und ich habe ihn umgebracht! Es ging alles so schnell. So wahnsinnig schnell …“

Erschüttert zog Magnus sie in seine Arme. Nichts von dem, was sie ihm eben erzählt hatte, konnte er ungeschehen machen, obwohl er es gern getan hätte – um ihretwillen und um diese schreckliche Qual der Schuld von ihr zu nehmen. Doch er konnte nichts weiter tun, als sie zu trösten.

ELINOR hatte alle Briefe geöffnet und sie nacheinander gelesen. In jedem Brief stand mehr oder weniger dasselbe. Sie hatte Marielund verloren. Man hatte es ihr weggenommen. Es würde nicht mehr lange dauern und ein Gerichtsvollzieher würde sie auf die Straße setzen. Sie würden ihr alles nehmen. Nicht nur das Dach über dem Kopf, sondern all ihre Erinnerungen. Das Motorrad würden sie natürlich auch holen. Ob sich jemand um ihre Rosen kümmern würde, wenn sie selbst nicht mehr da war?

Die Fotos würden sie ihr sicher lassen. Vor ihr auf dem Schreibtisch stand ein Bild, das sie zusammen mit Stefan zeigte. Er umarmte sie und grinste dabei frech in die Kamera. Damals hatte auch sie selbst noch jung und hübsch und glücklich ausgesehen. Nein, verbesserte Elinor sich in Gedanken, sie hatte nicht nur so ausgesehen, sie war es tatsächlich gewesen.

Das rot geblümte Seidenkleid war ein Modell von Dior. Damals war es ihr Lieblingskleid gewesen, denn immer wenn sie es getragen hatte, war es ihr gut gegangen.

Elinor hob grübelnd den Kopf. Sie war sicher, dass sie das Kleid noch irgendwo hatte. Plötzlich war sie besessen von der Idee, dass sich irgendetwas ändern würde, wenn sie es anzog. Vielleicht brachte es ihr ein kleines Stück von all dem Glück zurück, das sie damals im Überfluss gehabt hatte.

Sie fand es in einer Kommode mit Kleidungsstücken, die sie lange nicht getragen hatte. Es fühlte sich gut an auf der Haut, glatt und kühl, ein sanfter Hauch aus der Vergangenheit. Elinor horchte in sich hinein. Doch da war kein Glück, nur stumme Traurigkeit.

Steifbeinig wie eine Marionette ging sie nach draußen, hinunter zum See. Sie umrundete das Bootshaus vorn am Steg und ging weiter, bis sie das Ende der Planken erreicht hatte. Es war ganz leicht, die Leiter hinabzusteigen. Das Wasser fühlte sich schmeichelnd und kühl an. Es tat gut, so schwerelos dahinzutreiben. An nichts mehr zu denken, nur noch an die verheißungsvolle Dunkelheit, die sie schon fast erreicht hatte. Stefan wartete dort drüben auf sie, dort, wo Vergangenheit und Zukunft sich vereinten.

ALS LENA mit Magnus aus der dämmrigen Halle hinaus in die strahlende Sonne trat, wusste sie, dass sie es geschafft hatte. Die Schuld, die sie auf sich geladen hatte, würde sie zeitlebens begleiten, aber mit Magnus' Unterstützung würde sie damit fertig werden.

Auf der Veranda blieben sie beide stehen und schauten einander an. Magnus hob stumm die Hand und strich ihr ein paar verirrte Löckchen aus dem Gesicht. Seine Augen waren voller Zuversicht. Lena spürte, wie ihr Herz ihm entgegenflog. Er war ein neuer Anker in ihrem Leben, stark und sicher.

Dann sah sie drüben im See etwas merkwürdig Rotes, das auf der Wasseroberfläche dahinzutreiben schien. Als sie begriff, was es war, erstarrte sie. „Tante Elinor", flüsterte sie entsetzt.

Magnus war ihrer Blickrichtung gefolgt und stieß einen Fluch aus. Er war ein guter Sprinter, wie Lena gleich darauf feststellte, als sie versuchte, auf dem Weg zum Ufer mit ihm Schritt zu halten.

Magnus sprang ohne großes Federlesen ins Wasser. Halb watend, halb kraulend bewegte er sich auf die an der Wasseroberfläche treibende Gestalt zu. Als er sie erreicht hatte, packte er sie bei den Schultern und hievte sie in Richtung Steg.

Mit vereinten Kräften stemmten er und Lena den schlaffen Körper aus dem Wasser auf die Planken des Stegs.

„Lasst mich doch in Ruhe", murmelte Elinor mit erstickter Stimme. Wasser rann aus ihren Haaren über ihr Gesicht und tropfte von ihrem Kinn auf ihr nasses Kleid. „Es hat doch alles keinen Sinn mehr."

„Tante Elinor, bitte." Lena presste Elinor an sich. Magnus stemmte sich keuchend hoch und entfernte sich in Richtung Haus. „Ich hole eine Decke."

Elinor starrte mit weit aufgerissenen Augen zum Himmel hinauf. „Stefan wäre jetzt genauso alt wie du."

Lena spürte die Anklage wie einen Hieb. „Ich habe ihn sehr geliebt."

Elinor richtete sich mühsam auf. „Er war mein einziges Kind. Als er starb, war auch mein Leben zu Ende."

„Ich weiß." Lenas Stimme klang gefasst. „Tante Elinor, du wolltest dir damals meine Entschuldigung nicht anhören. Du hast mich nicht mehr sehen wollen. Ich habe das verstanden. Und ich habe auch nie erwartet, dass du mir jemals verzeihen wirst." Sie stockte. Tränen erstickten ihre Stimme, als sie fortfuhr: „Wenigstens einmal muss ich dir sagen, wie leid es mir tut! Dass ich es nicht wollte. Dass ich genauso um Stefan getrauert habe wie du … Dass ich immer noch um ihn trauere." Sie schluchzte kurz auf. „Ich habe seit Stefan niemanden mehr geliebt. Ich habe …"

„Du hast auch dein eigenes Leben zerstört", flüsterte Elinor. Sie schaute Lena direkt in die Augen, als suche sie dort etwas. Sie schien es gefunden zu haben, denn plötzlich wurden ihre Züge weicher.

„Ich wollte, dass du genauso unglücklich wirst, wie ich es war. Aber jetzt, wo du hier bist, weiß ich nicht mal mehr warum." Sie wandte sich ab. „Es macht Stefan nicht wieder lebendig und meinen Schmerz nicht kleiner. Im Gegenteil." Es kostete sie sichtlich Kraft, aber sie wandte sich Lena erneut zu. „Es war nicht allein deine Schuld, ich weiß es."

Jetzt, da sie es ausgesprochen hatte, fühlte Elinor sich mit einem Mal von tiefem Frieden erfüllt. Ja, ihr Sohn war tot. Aber es war ein Unglück gewesen, verursacht durch das leichtsinnige Verhalten zweier Kinder. Was immer Lena dazu beigetragen hatte – sie hatte mehr als genug dafür gebüßt.

„Tante Elinor." Weinend schlang Lena die Arme um ihre Patentante. Erst in diesem Moment wusste sie mit letzter Sicherheit, dass sie das Recht hatte, wieder glücklich zu sein.

INGRID servierte Elinor einen Teller mit dampfender Suppe. „Hier, die ist schön heiß. Das wird dir guttun."

Elinor zog die Decke, die Magnus ihr vorhin um die Schultern gelegt hatte, etwas fester um sich. Es war warm und windgeschützt auf der Terrasse der Lagerbergs, aber ihr Kleid war immer noch klamm und feucht. „Danke, aber ich habe keinen Hunger."

Björn, der mit Lasse auf dem Schoß neben ihr am Tisch saß, schob ihr den Löffel hin. „Iss das jetzt."

Als sie ihm einen erstaunten Seitenblick zuwarf, fügte er brummig hinzu: „Ich habe mich viel zu lange nicht um dich gekümmert."

Elinor nahm den Löffel und fing langsam an zu essen. „Bis jetzt bin ich ganz gut allein zurechtgekommen." Es klang kaum noch rebellisch, im Gegenteil. Ihre Stimme hatte einen deutlich versöhnlichen Unterton. Magnus fand, dass dies ein gutes Zeichen war. Er kam gerade mit Lena aus dem Haus, sämtliche Pläne unterm Arm und erfüllt von zuversichtlichem Eifer.

„Wir müssen mit dir reden, Tante Elinor." Lena lächelte nicht nur, sie strahlte förmlich. Alles an ihr schien zu leuchten. Björn und Ingrid tauschten Blicke und schauten dann beide wieder Lena an, die sich zusammen mit Magnus an den Tisch setzte und ihm half, die Pläne auszubreiten. „Magnus hat sich ein paar Gedanken gemacht, wie Marielund zu retten ist!" Sie nickte Magnus zu, der ihr Stichwort bereitwillig aufgriff. „Es gibt Mittel und Wege, das Schlimmste zu verhindern, Frau Frödin. Ich könnte …

„Ich weiß, wie sehr Marielund dir gefällt", unterbrach Elinor ihn mit Bestimmtheit. „Aber es gehört mir nicht mehr."

Björn mischte sich ein. „Es gehört auch keinem anderen. Und es wird auch keiner haben wollen, wenn herauskommt, dass der ganze Uferbereich mir gehört und dass ich ihn auch nicht verkaufe. Ohne Seezugang ist das alles nichts wert."

„Hören Sie sich einfach an, was ich mir gedacht habe", bat Magnus. „Es lohnt sich! Marielund ist so ein wundervoller Ort.“ Er bedachte Emma mit einem kleinen Lächeln. „Voller Zauber.“

Elinor wirkte überrascht. Scheue Hoffnung lag in ihrer Stimme. „Und du glaubst wirklich, du könntest es retten?“

Magnus drehte sich zu Lena um und suchte ihren Blick. Sie schaute ihn an, voller Hoffnung, Bewunderung und Liebe.

„Ja“, sagte er mit fester Stimme. „Ja, das kann ich.“

LENA ging vor dem Grab in die Hocke und fuhr sanft mit der Hand über die Marmorinschrift. Leb wohl, mein lieber Freund, dachte sie. Du warst mir damals das Wertvollste auf der Welt, und ich werde dich niemals vergessen.

Magnus, der im Hintergrund gewartet hatte, ging zu ihr und nahm sie in die Arme. Seine Nähe spendete ihr Trost und Kraft, und Lena spürte dankbar, dass ein Teil davon von ihr auf ihn zurückströmte. Zusammen würden sie alles erreichen, was sie sich vorgenommen hatten.

Arm im Arm verließen sie den Friedhof und schlenderten zurück zum Herrenhaus.

„Marielund ist ein Ort, nach dem man sich ein Leben lang sehnt.“ Magnus blieb mit Lena vor dem Haus stehen und schaute es versonnen an. „Wie ein Traum, von dem man glaubt, ihn nie finden zu können.“

Lena schmiegte sich an ihn. „Und dann steht man auf einmal davor.“ Zögernd setzte sie hinzu: „Magnus, warum machst du es nicht einfach?“

Er nahm ihre Hände und lachte sie an. „Was genau soll ich machen?“

„Du sollst hierbleiben. Und Marielund umbauen. Und dann die Leitung übernehmen.“ Entschlossen schaute sie ihn an. „Magnus, du musst das einfach tun! Keiner kann das so gut wie du!“

„Ich fühle mich geschmeichelt“, sagte er bedächtig. „Aber ich kann das nicht allein.“

„Du bist nicht allein. Papa ist da. Elinor, Ingrid, mein Schwager Sören …“ Sie verstummte bedeutungsvoll.

Magnus spürte ein glückliches Lachen in sich aufsteigen. „Und du?“

„Ich bin auch da.“

Das war alles, was er wissen wollte. Ungestüm zog er sie in die Arme, um sie küssen.

Hinter ihnen lag das Herrenhaus von Marielund wie eine rosa strahlende Verheißung in der Sonne. Und Magnus hatte für die Dauer eines Lidschlags die absurde Vorstellung, das Haus wolle ihnen Glück wünschen.

ZUM KRÄFTSKIVA im August kamen sie alle wieder zusammen. Das traditionelle Fest zur Eröffnung der Krebssaison war genau der Rahmen, den Lena und Magnus sich für die Bekanntgabe ihrer Pläne vorgestellt hatten. Sie waren alle gekommen, Freunde, Nachbarn, Bekannte und Verwandte. Das Wetter war schon seit Tagen herrlich, also hatten sie die Tische auf dem Bootssteg aufgebaut, damit die Gäste, wie es bei einem zünftigen Krebsfest üblich ist, an Ort und Stelle das Wasser mit Keschern nach den begehrten Köstlichkeiten abfischen konnten.

Rund um den Steg waren Leinen gespannt, an denen Girlanden und Lampions hingen. Die Gäste hatten sich bunte Papierhütchen aufgesetzt und trugen die bei diesem Fest unerlässlichen großen Servietten um den Hals.

Für die musikalische Unterhaltung war Björn zuständig. Er hatte vor dem Fest darauf beharrt, mit dem Anhänger sein Klavier in das Bootshaus zu schaffen. Ingrid hatte zuerst den Kopf geschüttelt, doch das hatte sie nicht davon abgehalten, sein Vorhaben liebevoll zu unterstützen. Ihr Vater hatte viel zu lange kein Klavier gespielt.

Zu den frisch gefangenen und traditionell zubereiteten Flusskrebsen gab es frische Salate, schwedischen Käse, geröstetes Weißbrot, Knäcke, Butter – und natürlich jede Menge Schnaps. Die Stimmung bei Tisch war entsprechend ausgelassen. Trinksprüche flogen hin und her, und Björns Klavierspiel klang von Runde zu Runde flotter.

Lena brachte zwei große Schüsseln Salat an den Tisch und blieb anschließend bei Magnus stehen, um ihn zu küssen, bevor sie weiterging. Elinor trat auf sie zu und fasste sie bei den Schultern. „Sag mal, träume ich das alles?“, fragte die Ältere strahlend.

„Nein, Tante Elinor. Das ist die Wirklichkeit! Und es ist erst der Anfang!“ Lächelnd ging Lena zurück zum Tisch. Mit einer Gabel klopfte sie gegen ein Glas, bis die ganze Tischrunde verstummt war und ihr zuhörte.

„Magnus Jacobsson und ich haben euch was zu sagen!“

Magnus war aufgestanden und neben sie getreten. Er nahm Lenas Hand und blickte in die Runde. „Als Erstes möchten wir uns allen eine gute Krebssaison wünschen. Des Weiteren wollen wir euch mitteilen, dass Lena und ich Marielund nun offiziell von Tante Elinor gepachtet haben.“ Er bedachte Elinor mit einem Lächeln, das sie voller Wärme erwiderte.

„Wir werden Marielund renovieren und zu einem wunderschönen Konferenzzentrum umbauen, das wir im nächsten Jahr mit einem großen Fest …“, er machte eine kurze, aber inhaltsschwere Pause, während deren er Lenas Blicke suchte, „… vielleicht sogar mit einem Hochzeitsfest eröffnen werden.“

Beifällige Rufe und Gratulationen wurden laut, die Gäste klatschten begeistert. Björn ging zu Lena und Magnus. Sein Gesicht war bewegt. „Ich wünsche euch alles Glück der Welt!"

„Glück und Erfolg euch beiden!", stimmte Elinor ein.

Magnus hob sein Glas. *„Skål!"*, rief er.

„Skål!", schallte es ihm von allen Seiten entgegen.

Sie tranken auf ihre gemeinsame Zukunft.

Anschließend nahm Magnus Lena bei der Hand und ging mit ihr zum Ende des Bootssteges, wo die bunten Lampions sacht im Wind schwankten. Eine Girlande streifte ihr Haar, als er sie in die Arme nahm, um sie zärtlich zu küssen.

Ein Wind war über dem See aufgekommen. Er schien ein Versprechen nach Marielund mitzubringen, eine Verheißung von Glück und Erfüllung. Sie hatten beides und sie hatten sich. Vor allem aber hatten sie ein Zuhause. Und solange sie an sich und die Zukunft glaubten, würde sich daran so schnell auch nichts ändern.

INGA LINDSTRÖM

Die Drehbuchautorin der großen ZDF-Sonntagsfilme

Inga Lindström ist das Pseudonym einer erfolgreichen Drehbuchautorin, die gerne inkognito bleibt und daher nicht möchte, dass ihr Foto abgebildet wird. Lindström, die mit einem Bildhauer verheiratet ist und eine Tochter hat, studierte Jura und Anglistik und wandte sich, nachdem sie einige Jahre als Journalistin gearbeitet hatte, dem Theater zu. Bald arbeitete sie auch als Dramaturgin für verschiedene Fernsehproduktionsgesellschaften und fing schließlich an, selbst Drehbücher zu schreiben.

Diese Drehbücher begründeten die erfolgreiche Inga-Lindström-Reihe im ZDF. Bereits über dreißig von Lindströms Geschichten wurden verfilmt, und viele Millionen Menschen sehen sonntagabends die Filme, die allesamt in Schweden spielen und dort auch an Originalschauplätzen gedreht werden. Um diese zu finden, gibt es eigens einen Filmarchitekten, der nach möglichen Drehorten Ausschau hält. Er sucht in erster Linie nach schönen Ausblicken, die „typisch für Schweden sind" und die es vor allem an Seen oder am Meer gibt. Denn neben den Personen spielt das Land Schweden selbst eine Hauptrolle in den Verfilmungen. Seine unterschiedlichen Landschaften nehmen ebenso wie das Alltagsleben seiner Einwohner einen großen Platz in den Inga-Lindström-Filmen ein und geben das Flair und die Eigenheiten des Landes wieder. Vor allem Stockholm und die Region Sörmland, die gleich südlich der schwedischen Hauptstadt liegt, haben sich als Schauplätze bewährt: in Sörmland finden sich mehr als 500 Schlösser und Herrenhäuser, idyllische Kleinstädte, mehr als 800 Seen und Wasserläufe und tiefe Wälder. Und da den deutschen Fernsehzuschauern die Schönheiten dieser Region durch die Inga-Lindström-Filme nahegebracht wurden, reisen in den letzten Jahren immer mehr deutsche Touristen in diese Gegend.

DIE AKTE ROSENHERZ
© 2010 by Rowohlt Verlag GmbH, Reinbek bei Hamburg

FÜR IMMER DER DEINE
Originalausgabe: *The Lucky One*
erschienen bei Grand Central Publishing/Hachette Book Group USA, New York
© 2008 by Nicholas Sparks
© für die deutsche Ausgabe: 2009 by Wilhelm Heyne Verlag, München
in der Verlagsgruppe Random House GmbH

ABGEBRÜHT
Originalausgabe: *Dead Heat*
erschienen 2007 bei Michael Joseph, London
© 2007 by Dick Francis
Alle deutschen Rechte vorbehalten
© für die deutsche Ausgabe: 2009 by Diogenes Verlag AG, Zürich

SEHNSUCHT NACH MARIELUND
© 2004 by Bastei Lübbe GmbH und Co. KG, Köln

Übersetzer
Für immer der Deine: Adelheid Zöfel
Abgebrüht: Malte Krutzsch

Illustrationen und Fotos
Die Akte Rosenherz: S. 4 (oben), S. 6/7: Frau mit Zigarette: Corbis/Sie Productions, Wald: plainpicture/Onimage; S. 8: plainpicture/Arcangel
Für immer der Deine: S. 4 (unten), S. 214/215: Corbis/Philip James Corwin; S. 216: plainpicture/Pictorium
Abgebrüht: S. 5 (oben), S. 364/365: Butler mit Servierglocke: Getty Images/Lew Robertson, Pferderennen: Getty Images/Leo Mason; S. 366: Getty Images/James French
Sehnsucht nach Marielund: S. 5 (unten), S. 496/497: Getty Images/Anders Blomqvist; S. 498: plainpicture/Etsa

Autorenfotos
Jan Seghers (Seite 213): Wonge Bergmann
Nicholas Sparks (Seite 363): Alice M. Arthur
Dick Francis (Seite 495): Horsephotos.com/Harold Roth

Einband
Hauptmotiv: Getty Images/Tim Robberts; *Die Akte Rosenherz:* Frau mit Zigarette: Corbis/Sie Productions, Wald: plainpicture/Onimage; *Für immer der Deine:* Corbis/Philip James Corwin; *Abgebrüht:* Butler mit Servierglocke: Getty Images/Lew Robertson, Pferderennen: Getty Images/Leo Mason; *Sehnsucht nach Marielund:* Getty Images/Anders Blomqvist.
Autorenfoto Jan Seghers: Wonge Bergmann

Die ungekürzten Ausgaben von „Die Akte Rosenherz“, „Für immer der Deine“, „Abgebrüht“ und „Sehnsucht nach Marielund“ sind im Buchhandel erhältlich.